천
년 동안에
2

ARASOI NO KI NO SHITA DE
by Kenji MARUYAMA

Korean translation copyright ⓒ 2011 by MUNHAKDONGNE Publishing Corp.
Copyright ⓒ 1996 by Kenji MARUYAMA
Originally published in Japan by SHINCHOSHA, Tokyo

This Korean edition is published by arrangement
with Kenji MARUYAMA through Orion Literary Agency, Tokyo
and BookPost Agency, Seoul.

이 책의 한국어판 저작권은 Orion Literary Agency와 BookPost Agency를 통해
저자와 독점 계약한 (주)문학동네에 있습니다. 저작권법에 의해 한국 내에서
보호를 받는 저작물이므로 무단 전재 및 무단 복제를 금합니다.

이 도서의 국립중앙도서관 출판시도서목록(CIP)은
e-CIP 홈페이지(http://www.nl.go.kr/cip.php)에서 이용하실 수 있습니다.
(CIP제어번호: CIP2011001433)

천년 동안에 2

争いの樹の下で

마루야마 겐지 장편소설

김난주 옮김

문학동네

*

　이것은 내가 아직 젊고, 아직 '싸움나무'라 불리지도 않고 하루 하루가 무사하기를 바라면서 오들오들 떨며 살았던 시절의 이야 기다.

　나를 표적으로 총을 발사하는 놈이 있었다.

　당시는 화승총을 쓰던 시절이라 그 위력이나 명중률은 대수로 울 게 못 됐다. 그러나 처음으로 총성이란 것을 듣고 처음으로 납 탄환을 맞은 나는 너무도 무서운 나머지 제정신을 잃었다. 이제 운이 다했나 싶었다. 물론 그 정도로 죽을 나는 아니었다. 줄기의 굵기만 해도 특대 사이즈 절굿공이를 만들 수 있을 만큼 생장해 있었기 때문이다.

　수피 일부가 푹 들어가는 정도에 그쳤다.

얼빠진 표정의 그 남자는, 전란의 시대가 종결되었음을 깨닫고 사격부대의 미래에 의구심을 품어, 남은 인생을 사냥꾼으로 살 결심을 굳힌 모양이었다. 아마도 인간을 표적으로 하는 생활에 싫증이 난 것이리라. 어쩌면 총과도 인연을 끊고 싶었는지 모른다. 하지만 달리 살아갈 길이 없다고 생각했을 것이다.

그의 사격 솜씨는 정확했다.

연습 따위는 전혀 필요 없을 정도의 솜씨였다. 그럼에도 그는 연일 숲을 다니면서 내 앞에 섰다. 그렇다고 함부로 총을 쏴대는 일은 없었다. 하루에 딱 세 번으로 정했는지 그보다 많지도 적지도 않았다. 천천히 자세를 가다듬어 표적을 정하고는 바람의 방향이나 햇빛의 각도까지 계산에 넣어, 아주 신중하게 한 발씩 방아쇠를 당기는 것이었다. 그리고 매번 사격 거리와 자세를 바꿨다.

솜씨라기보다, 눈 자체가 뛰어나게 좋았던 것은 아닐까.

집중력도 상당했다. 고작 세 발인데도 다 쏘고 나면 그는 마치 막 죽어가는 병자처럼 축 늘어져 잠시 내 밑동에 엎드려 휴식을 취했다. 머리칼이 듬성듬성한 이마 위로 땀이 맺혀 있었다.

열흘이 지나자 그 남자에 대한 나의 분노는 사그라졌다.

아무리 탄환을 맞아도 실질적인 피해가 없다는 것을 알았기 때문이 아니라, 그의 후덕하고 원만한 성품을 충분히 이해할 수 있었기 때문이다. 농사가 어울릴 그가 오랜 세월 총에 의지하여 살았고, 수도 없이 살생을 거듭하였다니 믿기 어려웠다. 그의 원시적인 총에서 기세등등하게 튀어나온 탄환은 원망에 찬 말을 뿌리지도 않고, 도발적으로 여기저기 흩어지지도 않았다.

돌부처처럼 움직이지 않는 그는 망아의 경지에 들어가기 직전에 방아쇠를 당겼다.

그리고 검은색 화약이 작렬하는 잠깐 동안에 일종의 잔혹하고 괴이한 미소를 흘렸다. 그렇지만 연기가 다 날아가고 다시 빛 속에 드러난 그 얼굴은 원래대로의 온화한 표정으로 돌아와 있었다. 곰곰 생각건대, 인간만큼 알 수 없는 생물도 없다. 그들은 자신도 모르는 채 살고, 끝내 아무것도 모르는 채 죽어간다.

그런데 나를 상대로 한 사격은 사전 연습에 지나지 않았다.

한 달쯤 지나 그 사실을 알았다. 어느 날 그는 여느 때처럼 딱 세 발 연습을 하고는 한숨 쉬지도 않고 발길을 돌렸다. 청명한 봄의 햇빛을 반사하며 반짝반짝 빛나는 늪가를 따라 조용히 걸어가서는 마침내 푸르른 나무들 사이로 사라졌다. 어언 그를 잊었을 무렵, 느닷없는 총성이 온 숲으로 메아리쳤다. 새들이 일제히 울음을 멈추고, 기어다니던 절족동물은 뚝 움직임을 멈추었다.

그가 총을 쏘았다는 것은 다름아닌 사냥감을 한 마리 잡았다는 뜻이다.

어떻게 그것을 알았느냐 하면, 한참 후 그가 다시 내 앞에 모습을 나타냈기 때문이다. 그렇게 크지 않은 짐승 같으면 그 자리에서 처리하는 편이 손쉬웠을 텐데 무슨 생각에서인지 그는 그렇게 하지 않았다. 일부러 나한테 자랑하려고 끌고 왔다고밖에 여겨지지 않았다. 그가 땀까지 흘려가며 질질 끌고 온 사슴은 급소에 구멍이 뻥 뚫려 있었다. 먹이가 많은 곳에서 안심하고 풀을 뜯고 있는 틈에 당했는지 입안에는 푸른 풀이 가득하였다.

그는 그 훌륭한 포획물을 나한테 제일 먼저 보이고 싶었는지도 모른다.

식물인 나를 상대로 동물을 죽이는 재주를 자랑하고 싶었는지도 모른다. 만약 그렇다면 나에게는 쓸데없는 배려였다. 살생의 증거물을 봐야 마음이 울적해질 뿐이다. 그건 그렇다 치고 사람은 평생 동안 대체 얼마나 많은 다른 목숨을 필요로 하고 빼앗은 수만큼 생명을 다시 낳고 기를 수 있다는 말인가. 늘어나는 것은 인간뿐이 아닌가.

가능한 일이라면 나는 살아 있는 자하고만 관계하고 싶었다.

불가능하다는 것을 충분히 알고 있지만, 영원한 생명에 대한 동경은 자제하기 어려웠다. 문득 하늘을 올려다보니 금빛으로 빛나는 불사조가 날아다니는 그런 꿈을 지금까지 몇 번이나 꾸었던가. 나쁜 뜻으로 해석하면, 그는 어쩌면 자신이 저지른 살생의 죄 절반을 나에게 덮어씌우고 싶었는지도 모를 일이다. 천만의 말씀이다. 나는 인간들과, 인간밖에 상대하지 않는 신 사이에서 벌어지는 어리석은 싸움에 휘말리고 싶지 않다.

분주히 포획물을 해체하는 사냥꾼의 날랜 솜씨는 완전무결하고 감탄스러웠다.

그는 단도 하나로 눈 깜짝할 사이에 포획물을 헤쳐놓았다. 김이 모락모락 피어오르는 내장의 일부를 손아귀에 쥐고 우적우적 먹고 나머지는 뼈와 함께 연못가에 던지고 살과 가죽만 등에 지고 돌아갔다. 그의 살기가 사라지고, 총이 온 숲에 뿌렸던 긴장감의 여운이 밤의 장막에 싸이자 이번에는 다른 긴장이 숲을 에워쌌다.

육식 짐승들이 피냄새를 맡은 것이다.

놈들은 서로 라이벌을 견제하면서 조금씩조금씩 포위망을 좁혔다. 산다는 것은 타자를 먹는 것이라는 진리가 낮은 웅얼거림과 뼈를 깨부수는 소리가 되어 밤새도록 계속되었다. 그리고 날이 밝았을 무렵에는 피 한 방울까지 깨끗하게 핥아져, 생태학에 기초한 자연이 막 떠오른 태양 아래서 반짝반짝 빛나고 있었다.

백발백중인 그한테도 모자람이 있었다.

그러나 곰을 잘못 쏴 무참한 상처를 남긴 것은 아니었다. 또 실수로 나무꾼의 흉판을 꿰뚫은 것도 아니었다. 그가 암담한 얼굴로 나한테 온 것은 새끼 있는 어미 사슴을 죽였기 때문이었다. 흔히 있는 일이지만 그는 중대한 잘못을 저질렀다고 여기고 있었다.

어미를 포기하지 못한 새끼 사슴이 그의 뒤를 따라왔다.

필경 새끼 사슴은 어미 사슴이 갑자기 쓰러진 사태가 무엇을 뜻하는지 제대로 이해하지 못했으리라. 따라가면 어떻게 되리라고 생각했을 것이다. 어미 사슴을 쏜 남자는 당황하였다. 그런 그를 보고 나는 이렇게 생각했다. 이 사람은 사냥꾼이 적성에 맞지 않는지도 모르겠다고. 가슴이 찢어지는 듯한 슬픔에 젖은 그의 모습은 세상의 역경을 늠름하게 헤쳐온 자의 모습이 아니었다. 차라리 식물로 태어났으면 좋았을 인간인지도 모른다.

그가 인간을 살해한 적이 있다는 말은 사실일까.

그후에 그가 한 일은 미치광이 짓이라고는 할 수 없어도, 사냥꾼으로서는 상식을 벗어난 행위였다. 화약과 탄환을 소비할 필요도 없이 단도를 한 번만 휘두르면, 또다시 고급 가죽과 부드러운 살을 지닌 짐승을 포획할 수 있었음에도 불구하고, 그는 한참이나 아연하게 우뚝 서 있었던 것이다. 그뿐인가, 애써 잡은 어미 사슴까지 그 자리에 놔두고 돌아가버리고 말았다.

나는, 그가 기개 없는 놈이라고 생각하였다.

겨우 그 정도 일에 일일이 마음을 써서야 남은 인생을 어떻게 살아갈 수 있을까 싶었다. 또 그 일을 계기로 나는 그에 대한 친근감을 잃었다. 나는 그에게 실망하였다. 인간다움이란 그런 것이 아니다.

그가 놔두고 간 사냥감은 늑대의 밥주머니를 채워주었다.

그리고 언제까지고 그곳을 떠나지 않는 새끼 사슴이 당한 재난은 한층 비참한 것이었다. 원숭이가 고기를 먹지 않는다는 말은 새빨간 거짓말이라는 것을 그날 밤 알았다. 원숭이들이 새끼 사슴을 산 채로 뜯어먹었던 것이다. 그런데 웬일인지 원숭이들한테는 실망하지 않았다.

그다음 날, 그는 내 앞에 나타나지 않았다.

숲 어디에서도 총성은 울리지 않았다. 다음 날도 그다음 날도 숲은 조용했다. 딱히 애타게 기다린 것은 아니지만 매일 오던 사람이 안 오자 역시 일말의 아쉬움이 남았다. 계절이 바뀌어도 그는 나타나지 않았다. 결국 두 번 다시 모습을 보이지 않았다.

아마도 총을 버린 것이리라.

그렇지 않다면, 어쩌면 그 총으로 마지막 조준을 한 것이 그 자신의 입이었는지도 모를 일이다. 총구를 입에 물고 엄지발가락을 방아쇠에 건 그의 모습을 상상하는 것은 그리 어려운 일이 아니었다. 적어도 막노동으로 땀을 흘리며 좁은 땅을 평생 지킬 남자는 아니었다.

인간이란 결국 나약한 생물이다.

그들은 사소한 일로 깊은 상처를 입는다. 그들 대부분은 이 세상에 태어난 보람도 없고, 좋다고도 나쁘다고도 할 수 없는 생애를 보낸다. 고뇌의 덩어리 같은 그들이 어떻게 이렇게까지 번성할 수 있었을까. 나한테는 그것이 수수께끼이다. 그들이 나무랄 데 없는 생식기관을 갖추고 있다는 것 자체도 믿기 어려운 일이다. 그들만 존재하지 않았다면 이 별에는 비극 따위는 없었을 것이다. 다른 생물은 모두, 동물이나 식물이나 잔혹한 세상을 저주하는 일 없이, 삶과 죽음을 당연하게 물이나 공기처럼 받아들이고 있다.

내 줄기에 박혀 있는 납 탄환은 때로 나를 염세적으로 만든다. 그러나 가끔 그런 기분에 젖는 것도 괜찮을지 모른다. 산다는 것에 대한 관심이 극단적으로 희박해져, 뭐가 어떻게 되든 알 바가 아니라고 생각할 때, 그때까지 알지 못했던 존재의 의의 같은 것이 언뜻 모습을 드러내므로.

그러나 너의 몸에 파고든 탄환은 너의 마음에 아무런 영향도 끼치지 못했다.

그것은 또 치명상을 입히지도 못했다. 권력의 말단인 경관의 권총에서 잇달아 발사된 손가락 끄트머리만 한 크기의 금속은, 네가 자전거와 함께 강으로 몸을 날리자 동시에 두 팔을 관통하였다. 다행히 뼈를 깨부수지도, 굵은 혈관을 짓찢지도 않았다. 그리고 한층 운이 좋았던 것은, 흐르는 자로서의 너의 혼이 아무런 손상도 입지 않았다는 점이다.

그런 너를 보고서 나는 외치지 않을 수 없었다.

"잘 태어났다!"

그렇다. 말 그대로다. 너란 놈은 잘 태어난 인간이며 잘 사는 인간이다. 너에게 열의에 찬 응원가를 보내는 것은 내가 아니라 항상 너 자신이다.

너는 강의 흐름에 몸을 맡기고 바다로 흘러내려가 무사히 도망칠 수 있었다.

그리하여 너는 의사의 힘을 빌리지도 않고 팔의 상처를 치료하였다. 시판되고 있는 항생물질을 몇 번이고 상처에 주입하는 단순한 치료로 불과 삼 주 만에 너는 쾌유하였다. 새살이 쑥쑥 솟아오르고, 피부가 두꺼워지고 드디어 마지막 상처 딱지가 깨끗하게 떨어져나갔다. 다만 너는 느끼지 못하는 모양이지만 찢어지고 짓뭉개진 근육 깊은 곳에서 사상의 핵을 이루는 분노가 움트고 있었다. 그렇지만 그 싹이 어떤 방향으로 자랄지는 아직 미지수다. 어쩌면 크게 자라기도 전에 말라버릴지도 모른다.

치료중에도 너의 흐름은 중단되지 않았다.

명랑한 기분을 유지하고, 절대로 내성적인 발상을 하지 않으며, 그렇다고 조잡한 사고도 하지 않고, 사람을 온화하게 누그러뜨리는 분위기를 한시도 잃지 않고, 또 추악한 인간들과 몸을 섞는 일도 없이, 먹고 싶은 것을 먹고 적당히 수면을 취하고 주운 나뭇조각으로 원숭이를 새기고 그것을 갖고 싶어하는 자에게 팔고, 그 근원이 샘에 있는 시냇물처럼 졸졸졸 흘렀다.

너는 도시 주변을 기분 내키는 대로 배회하였다.

한낮에 머리 위의 거대한 광원체는 네가 나아가야 할 길을 비추어주었다. 담홍빛, 지금이 한창때인 꽃이 너를 매력 넘치는 우회도로로 인도하였다. 손을 이마에 대고 햇빛을 가리며 저 멀리 푸른 산을 바라볼 때, 너의 자유는 무한이 되었다.

너는 터벅터벅 끝없이 걸었다.

너는 대두하는 국가주의와 애국심을 고취하지 않고는 위기를 극복할 수 없다는 설을 무시하고 지나쳤다. 너는 대치하는 경관대와 데모대 한가운데를 가슴을 쫙 펴고 당당하게 지나갔다. 그것을 계기로 경관들은, 세상을 향하여 닥치는 대로 경종을 난타하는 데모대를 한 명 한 명 끌어내기 시작하였다. 치열이 예쁘장한 여학생의 깨진 이마에서 피가 줄줄 흐르고 있었다. 그런데도 그녀는 목청을 돋우어 부정을 탄핵하고 있었다. 그러나 그 소동을 구경하는 어른들의 얼굴에는 분명히 이렇게 쓰여 있었다.

학생 나부랭이가 뭘 할 수 있다고.

반항적인 학생의 수는 너무도 적었다. 그뿐인가, 많은 학생들은 오히려 나라가 지급하는, 신분을 위장하기 위해 입는 평상복과 비슷한 전투복을 동경하는 형편이다. 또 국민 대다수는 대국에 종속될 수밖에 없는 나라나 범죄가 맹위를 떨치는 나라, 정권의 교체가 빈번한 나라로 전락할까봐 두려운 나머지 무슨 주의고 뭐고를 선택할 여유가 없었다.

거짓 풍문이 퍼져나가고 있었다.

체제, 반체제를 막론하고 의심스러운 자들은 온갖 악질적인 유언비어를 온 나라 구석구석까지 퍼뜨렸다. 그러나 그런 풍문의 대부분은 어린애 속임수에 지나지 않았고 거의 아무런 효과도 없이 사라져갔다. 그래도 교묘하고 고도하게 조작된 몇몇 공공 정보는 적시타를 날려, 고안한 자의 기대 이상으로 성공을 거둔 나머지 아주 유력한 민중 대책으로 자리 잡았다.

그러나 『원숭이 시집』을 무사히 통과할 수 있는 거짓 풍문은 없었다.

모든 풍문은 백발의 늙은 원숭이의 안목에 당장 정체가 드러났고, 덕분에 너는 아무런 세뇌도 받지 않았다. 한 나라의 안위에 관계되는 중대한 문제라는 것을 알면서도 너는 절대로 남에게 발설하지 않았다. 말하고 싶지 않았다. 왜냐하면 사람들은 한결같이 권위로 물들여지지 않은 이야기에는 귀 기울이지 않는다는 것을 알고 있기 때문이다. 또는 스스로 깨닫지 못하는 자에게 무슨 말을 해봐야 소용없다고 생각했기 때문이다.

네 마음의 황무지를 지속적으로 개간하고 있는 늙은 원숭이는 이렇게 노래한다.

흐르는 자여, 동조자를 구해서는 안 된다.

구름 사이로 비치는 가는 햇살을 이용하여 부채질하는 행위를 해서도 안 된다.

그 길은 마침내 민중을 지배하는 길로 이어질 것이다.

그대는 타인의 자유에 대하여 일절 간섭해서는 안 된다.

간섭하는 순간 그대의 자유는 물거품이 될 것이다.

마음에 깊이 새겨야 할 말이다.

나도 그렇게 생각한다. 흐르는 자이기를 원한다면 처세의 길을 피해 지날 것이며, 좁고 험한 길을 계몽사상 따위에 의존하여 헤쳐나가려고 부심해서도 안 된다. 사람은 천 년이 지나도 변하지 않는다. 설령 천 년이란 수명이 부여되었다 해도 인간은 거의 변하지 않을 것이다. 혹 변한 것처럼 보이는 경우라도, 숨어 있거나 잠자고 있던 능력이 기회를 틈타 표면으로 부상한 것에 지나지 않는다.

네가 보내고 있는 청춘은 애착을 위한 것이 아니다.

네가 매일 아침 정성껏 갈고 있는 나이프는 밤이면 켜지는 고깃배의 불 같은 빛을 발하고 억제된 날카로움을 번뜩이며 이렇게 말한다. 원숭이를 조각하기 위해서만 사용하다니, 아깝지 않느냐고. 참 운치 있는 말을 하는 나이프다. 그 한마디는 네 가슴속에 간직되어 있던 무언가를 자극하여 피를 용솟음치게 한다. 나이프의 날카로운 힐문으로 수세에 몰린 너에게 살며시 구원의 손길을 내밀어준 것은, 진정한 자유의 주창자인 늙은 원숭이다.

늙은 원숭이가 예리한 안광으로 쏘아보자 나이프는 침묵한다.

구름이 높게 긴 흐린 날, 건물이 들쭉날쭉한 길을 걸을 때 너는 인간 세상의 무상함을 홀연히 깨닫는다. 너의 깨달음은 대대손손 전해지는 무수한 가르침과는 정반대 방향에 위치하는 것들뿐이다. 완만한 언덕길 위, 그윽한 대나무 울타리가 둘러쳐진 집 안에서 침착하게 죽음에 임하는 노인의 콧노래 소리가 들려온다. 온 동네 소문에 밝은 절구통 같은 주부가, 아는 사람의 불명예스러운 소문을 듣고는 혼자 좋아하고 있다. 정부를 몇 명이나 거느리고 있는 호색한 대부호가 고이 모셔놓은 명화를 도난당했다고 엉엉 울고 있다.

너는 그들을 보지만 그들은 너를 보지 못한다.

밤과 낮의 기온차가 심하고 강물 소리가 들리는 온천 여관에서는 매끄러운 은발의 안주인이 투숙객 한 명 한 명에 관한 신분의 높낮이를 자문하면서, "이 얼간이 같은 까마귀 놈"을 낮은 목소리로 연발하고 있다. 똑같은 보라색 자전거를 타고 나란히 자갈길을 달리는 젊은이들이, 아직도 부모 신세를 지고 있는 주제에 패권주의에 편승한 옛 군가를 흥얼거리고 있다. 그들에게는 그것이 가장 새로운 노래였다. 꽃으로 뒤덮인 무덤 앞에서는 실어증에 걸린 학업 부진아가 두꺼비와 눈싸움을 하고 있다. 쓸쓸한 바람이 몰아치는 들판에서는 늙은 어미가 섭생을 제대로 하지 못하여 급사한 아들을 내팽개치고 풀을 뜯느라 여념이 없다.

너는 그런 사람들의 모습을 마음의 양식으로 삼고 또 무엇보다 귀중한 재산으로 삼았다.

네가 헤쳐나가는 나날은 변함없이 아름답고 훌륭했다. 불길하고 꺼림칙한 일에 휘말리는 일은 거의 없었다. 너를 둘러싼 사회 환경은 여전했다. 인류는 멸망을 향하여 확실하게 치닫고 있다. 어쩌면 그것이 자연스러운 결말인지도 모르겠다. 그들 자신에게나 그들 이외의 생물에게나, 그렇게 되는 편이 다행인지도 모르겠다. 온실효과는 마침내 감당할 수 없는 수준에 달했고, 핵폐기물을 안전하게 처리하는 방안은 아직도 실현되지 않았고, 국가간의 대립의식은 날로 팽배하고, 부유한 나라와 가난한 나라의 격차는 날로 벌어질 뿐이고, 난민의 수는 늘어나고, 범죄에 대한 근본적인 대책은 요원하고, 사형수가 감형의 은전을 입을 가능성은 대폭 축소되었다.

그럼에도 여전히 이 세상은 너를 위하여 빛나고 있다.

너는 지금, 막 떠오른 태양을 이끌고 구불구불 유연한 선을 그리며 이어져 있는 산들의 능선을 따라 걷고 있다. 눈 아래로는 전 세기에 비해 수량이 늘어난 바다가 가로누워 있고, 하얀 파도가 겹겹이 해변으로 밀려오고 있다. 해변 바로 앞에는 아무 멋대가리도 없는 구조의 에너지 절약형 주택이 이열종대로 서 있고 그 길게 뻗은 짙은 그림자는 황금빛으로 물든 해변까지 늘어져 있다.

분명 읍면 통폐합 과정에서 제외되었을, 존재감이 희박한 항구 마을.

너는 한눈에 그 마을이 마음에 들었다. 그래서 그 마을을 향하여 구불구불한 길을 기분 좋게 내려갔다. 그러나 푸근한 대접을 기대하고 있는 것은 아니다. 그저 잠시 그곳에서 어슬렁거리고 싶은 것이다. 그뿐이다. 제일 가까운 역에서 기차를 기다리는 척 해보고, 봄풀 위에 누워 잠도 자보고, 수평선을 마주하고 사정거리 안에 떠 있는 배의 수를 세어보고 싶은 것이다.

너는 이제 도시에는 싫증이 났다.

도시에는 바람을 피할 나무가 없다. 도시에서 보는 원숭이는 우리 안에 갇혀 있거나 쇠사슬에 묶여 있다. 놈들은 화가 난 마음에 너를 공격하기도 한다. 도시는 사람들을 쉬지 않고 재촉하고 사람들을 자신의 뜻대로 조종하려 한다. 앙갚음이며 묵과할 수 없는 부정이며 국민정신의 진흥이 지나치게 두드러진다. 네가 걷고 싶은 곳은 비 갠 후의 진흙길이며 나무가 무성한 산이며, 다음 마을로 통하는 사잇길이다. 네가 보고 싶은 것은 죽은 개를 위하여 만들어진 무덤이며, 난대림에서 피는 충매화이며, 보름달 아래서 마른 정어리를 안주 삼아 홀로 술잔을 기울이는, 구리가라용왕俱利伽羅龍王 문신을 새긴 남자다.

어젯밤 너는 산 위에 있는 무인 별장에 숨어들어 잠을 잤다.

자동경보장치도 설치되어 있지 않고 주위에 아무도 살지 않는, 너한테는 아주 안전한 집이었다. 자작나무숲 속에 있어 사방에서 상쾌한 바람이 불었다. 그리고 반지하인 서늘한 방에는 식료품이 잔뜩 마련되어 있었다. 세상이 한층 더 혼란스러워질 때를 대비하여 준비해둔 것인지도 모른다. 만약 그렇다면 꽤나 식견이 있는 작자다. 그러나 훨씬 더 영리한 자라면 이렇게 일시적인 위안 정도의 준비는 애초부터 하지 않았을 것이다.

　너는 매일 밤 노숙하는 것은 아니다.

　기차나 버스 속에서 하룻밤을 밝히는 일도 있고 여인숙에서 자는 일도 있다. 가끔은 이렇게 빈집을 빌리는 일도 있었다. 너는 생선 통조림과 쌀로 끼니를 준비하고, 온 세계의 전파를 포착할 수 있는 라디오를 들으면서 하늘에 수놓인 별 아래에서 밥을 먹었다. 라디오에서 흘러나오는 음악은 살 방도를 잃은 사람들의 마음에 파고드는, 시대의 분기점에 선 곡들뿐이었다.

　한밤이 되자 임시뉴스가 음악 프로그램에 끼어들었다.

　정도를 걷지 않는 국회의원들의 숙사 한 군데가 폭파되었다. 생존 여부를 확인할 수 없을 정도로 엄청난 폭발이었다고 한다. 통솔력이 부족하기로 유명한 야당 당수가 전신에 유리 파편을 맞아 고슴도치처럼 되었다고 한다. 피투성이가 된 그는 긴급히 달려온 의사가 신속하게 혈관을 묶고 지혈을 했음에도 결국 유명을 달리했다고 한다.

　시사에 정통하고 권력을 좋아하며 유난히 속어를 잘 쓰는 문예

평론가가 이런 코멘트를 하였다.

비열한 폭력주의자를 격퇴할 때가 왔다.

입버릇처럼 정계의 쇄신을 도모하지 않으면 안 된다고 떠들어
대면서도 자본가에게 협력적인 정권에 꼬리를 흔드는, 사연이 복
잡한 남자가 할 법한 소리다.

그 뉴스가 너의 귀에는 음악보다 더 기분 좋게 들렸다.

그러나 왜 그런 기분이 드는지 너는 알지 못한다. 후련한 기분
으로 너는 하룻밤을 푹 잤다. 그리고 새들의 지저귐 소리에 청정
한 아침을 맞이하였다. 목욕물을 데우고 욕조에 몸을 담가, 그동
안의 때와 정액과 피로를 말끔히 씻어냈다. 그러나 한량이 할 법
한 짓을 그대로 흉내내지는 않았다. 사용한 식기류는 깨끗하게 설
거지하고 침대도 정리하고 방과 화장실도 청소하였다. 게다가 집
을 나설 때에는 눈에 잘 띄는 현관 부근에 숙박비까지 놓아두었다.

돈이 궁해 곤란한 일은 없었다.

너의 감성과 나이프가 만드는 원숭이는 완성된 그날이 지나기
전에 살 사람이 나타났다. 사고 싶은 충동에 사로잡힌 사람들은,
원숭이의 어느 구석에선가 구원에 가까운 무엇을 감지하지 않았
을까. 사들이면 복이 굴러들어오지는 않을까 하는 기대가 아니라
뭐라 형용할 수 없는 편안함과 진정한 자유에 침잠할 수 있으리라
고 직감한 것은 아닐까. 그렇기에 이렇듯 어려운 시절에도 돈을
뿌릴 마음이 생긴 것은 아닐까. 과거에는 노동운동의 투사였고
지금은 시골에서 조촐한 골동품 가게를 운영하고 있는 허리 굽은

노인이, 유서 깊은 마키에(蒔き絵)* 그림이 그려진 단도 한 자루와 바꿀 수 있겠느냐고 하는 것을 너는 딱 잘라 거절하였다. 현금이 아니면 팔 수 없다고 하여 물리쳤다.

눈부시게 아름다운 바다를 향하여 내려가는 너에게 부족한 것은 하나도 없다.

발길 닿는 대로 각지를 걸어다니는 너는 흐르면서 네 안에 쉼 없이 새로운 바람을 불어넣고 있다. 한 걸음 내디딜 때마다 높아지는 파도 소리와 짙어지는 소금 냄새가 너를 황홀하게 한다. 해안선을 따라 죽 늘어선 인가의 절반을 비치는 금빛 햇살은, 몇십 년 전처럼, 아니 몇백 년 전처럼, 희망의 조각을 이 세상에 부여하고 있다. 물론 그것은 하루아침에 사라지는 희망이지만 그러나 없는 것보다는 그나마 낫다.

어느 틈엔가 너는 이렇게 먼 데까지 걸음을 하였다.

북쪽 나라의 연초록 들판에는 털빛이 고운 얼룩소가 방목되어 있다. 대해원은 오색으로 찬란한 일광을 한껏 받으면서 인간에게 여전히 불간섭주의를 관철하고 있다. 바위가 많은 해변에 도착한 너는 좌초하여 옆으로 기울어 있는, 섬보다 크게 보이는 화물선과 만난다. 붉게 녹슨 그 배는 철저하게 파도에 부서지고 있다. 하지만 그것은 마치 빛나는 승리를 거둔 자 같은 매력을 발산하며 보는 자의 혼을 빨아들인다.

---

* 금은가루로 칠기 표면에 무늬를 그리는 일본 특유의 공예.

너는 희미하게 온기가 느껴지는 모래산 꼭대기에 앉는다.

시간이 흐르는 것도 잊고, 거대한 난파선이 쉴새없이 발산하는 묵직한 압박감을 즐긴다. 그것은 이 항구 마을에 사는 사람들한테도 없애야 하는 이물이 아닐 것이다. 재빨리 싹 치워버려야 할 부조화한 물건이 아니다. 분명 당시에는 조용한 항구 마을에 파문을 일으키는 일대 사건이었을 것이다. 사고를 한번 보려고 바닷가로 몰려든 구경꾼들도 대단했을 것이다.

그러나 지금은 곶이나 만과 마찬가지로 완전하게 마을 풍경의 일부로 녹아 있다.

수면 위로 쑥 올라와 있는 뱃머리는 마치 점프 직전의 거대한 고래를 연상시킨다. 선교의 창문은 파도에 씻길 때마다, 악한이 좋아하는 선글라스처럼 번뜩 반사광을 뿌린다. 그 배는 이미 자력으로는 일 미터도 움직일 수 없을 텐데, 어쩐 일인지 순풍을 타고 있는 돛단배처럼 약동감에 넘친다. 겉보기에는 의문의 여지가 없는 폐선인데 안은 아직 죽지 않았다. 그 정신은 틀림없는 흐르는 자의 그것이며, 표박의 여행을 계속하는 자의 그것이다. 나는 그렇게 생각하고 있다. 너도 분명 그렇게 생각하고 있을 것이다.

난파 후에도 여전히 살아 있는 배는, 불쑥 이런 말을 뱉는다.

선장의 과실은 불문에 부친다.

오히려 감사하고 싶을 정도다.

왜냐하면 그의 조타 미스로 정해진 항로를 정해진 속도로 나아가는 꼭두각시 신세에서 탈출할 수 있었으므로.

맞는 말인지도 모른다. 그 배는 그렇게 하여 보통 배에서 특별한 배로 해방될 수 있었던 것이다. 천금을 주어도 얻기 어려운 자유에 에워싸인 그 배의 혼은 바다는 물론이요, 우주를 향하여 투지를 불태우고 있다.

"아아, 상쾌하도다!"

마음으로 그렇게 외칠 수 있는 배…… 그 배는 이미 세상의 근심 따위는 신경쓸 필요가 없다. 흘수선의 위치를 걱정하면서 저기압 속으로 돌진해야 할 필요도 없다. 지금 그 배는 기분 내키는 대로 하루를 느긋하게 지낼 수 있고, 영화를 누리면서 삼백육십오 일을 지낼 수 있다. 선박 회사가 인양 작업비가 아까워 방치한 것은 오히려 잘한 일이다.

그러나 겉만 보고 그놈이 진정 흐르는 자인지 아닌지를 판단해서는 안 된다.

끊임없이 이동하는 자만이 흐르는 자라고 할 수도 없다. 모래자갈 운반선은 아무리 팔팔한 현역이라도 흐르는 자가 아니다. 객선도 유조선도 전함도 역시 그렇다. 놈들은 쉴새없이 위치를 바꾸고는 있으나 그 마음은 완전히 고여 있다.

세상을 혐오하며 노상 무거운 기분을 질질 끌고 다니면서 헤매는 자.

그들은 아무리 흘러도 와병 일기를 몇십 년이고 쓰는 자와 전혀 다를 바가 없는 입장에 있다. 그리고 그들은 예외 없이 사도에 빠진다. 그들은 마음 한구석으로 식탁을 함께해줄 상대를 구한다.

그들은 덩달아 울 기회를 엿보고 있다. 그들이 염두에 두는 것은 동심으로 돌아가는 것, 그뿐이다. 그들은 성품도 원만하고 친절함으로 넘쳐흐른다. 그러나 그 친절함이 문제인 것이다. 자칫 마음을 주면 고스란히 빈털터리가 되고 만다. 가질 수 있는 만큼 사랑을 죄 빨아먹고는 그다음 포획물을 찾아 흐르는 그들은 절대로 흐르는 자가 아니다.

너야말로 진정 흐르는 자다.

흐름에 있어서는 어깨를 견줄 자가 없는 너를 부드러운 바닷바람이 꾀고 있다. 무인 등대 꼭대기에 있는 대구를 본뜬 풍향계도 네가 나아가야 할 방향을 어김없이 가르쳐주고 있다.

바다가 너를 부른다.

바다는 자유란 매력으로 넘치고 있다. 온전한 자유 덩어리로 보인다. 그러나 너는 그곳으로 가기에는 아직 시기상조라고 생각한다. 너는 아직 뭍의 나날에 싫증나지 않았다. 너한테는 미지의 땅이 아직도 많이 남아 있다. 너에게는 도처가 큰 이용 가치를 지닌 미개척의 땅이다.

어쩌면 너는 평생을 뭍에서 생활하다가 바다로 나갈 기회를 한번도 잡지 못할지도 모른다.

만약 바다로 나갈 때에는 어디까지나 네 나름의 방식으로 가야 할 것이다.

그렇지 않으면 너는 그저 일개 갑판원으로 혹은 견습생으로 일만 죽도록 하게 될 것이다. 그것은 현인이나 철학자가 남긴 말과는 합치하여도『원숭이 시집』속의 말에는 위반되는 행위이다.

다행히 너는 그럴 마음이 아직 없는 모양이다.

지금 너는 수평선과 마주하여도 흔해빠진 현기증밖에 느끼지 않는다. 해상에서의 나날을 상상하여도 기분이 고양되는 일은 없다. 그러나 장래에 어떻게 될지는 알 수 없다. 혹 내년 이맘때쯤 저 먼 바다에서 이 해안을 바라보고 있을지도 모르는 노릇이다.

원숭이한테는 바다가 어울리지 않는다.

현재 너는 정어리나 고등어 같은 물고기한테도 끌린다. 너에게는 역시 두 다리를 이용한 여행이 가장 잘 어울린다. 그렇다고는 하나 언젠가는 반드시 바다로 나갈 날이 올 것이다. 그런 예감이 든다. 만약 네가 진정으로 그러기를 원한다면, 운명이 그럴 수 있도록 선처해줄 것이다.

네가 원하기만 한다면 우주든 어디든 갈 수 있을 것이다.

이 별은 이미 너덜너덜 만신창이다. 너의 등뒤로 이어지는 육지에는 복잡한 근대 산업사회가 유발한 시커먼 뒤틀림이 있다. 거대한 기업으로 집약되는 자본이 소용돌이를 일으키며 사람들의 양심을 삼킨다. 네 앞에 펼쳐져 있는 바다 또한 얼토당토않은 위험을 내포하고 있다. 전세기 말에 예상한 것처럼 참담하지는 않지만 그래도 오염은 확실하게 진행되고 있다. 고래는 포획당하기 전에 멸종할지도 모른다.

그러나 지구는 네 적성에 맞는다.

너는 지구를 싫어하지 않는다. 지구에 사는 생물이라면 거의 거부하지 않는다. 바로 옆에 떨어져 있는 사람 뼈를 닮은, 바싹 마른 나무마저도 마음에 들어한다. 그 증거로, 너는 그것을 주워든다. 빤히 쳐다보다가 나이프로 마음 내키는 대로 원숭이 모양을 조각한다. 그것은 팔방미인형의 원숭이가 아니다. 태평세월의 민중을 닮은 원숭이도 아니다. 혹은 함부로 심신을 단련하는 귀의 자歸依者에 가까운 원숭이도 아니다. 지금 네 손안에서 태어나고 있는 것은 바로 풍운아 원숭이다.

잠시 후 예사롭지 않은 조각품이 완성된다.

눈알을 새겨넣은 직후에 너와 네가 만든 원숭이는 동시에 죽는 인간을 목격한다. 반도의 끔찍하리만치 높은 벼랑 위에서 그 아래 바위를 향하여 몸을 내던지는 인간을 똑똑하게 보았다. 멀어서 성별을 구별할 수는 없었지만 누군가가 바위투성이 해안을 향하여 낙하한 것만은 사실이다. 그런데 뜻하지 않은 그 사건도 다음 순간에는 눈부신 빛으로 지워져버린다.

그 이후에는 아무 일도 없다.

날카롭고 울퉁불퉁하게 깎아지른 벼랑을 에워싼 반도도, 지상에서 일어나는 그 어떤 변화도 놓치지 않는 하늘도, 산 자든 죽은 자든 가리지 않고 삼켜버리는 바다도, 불과 몇 초 후에는 아무것도 모르는 양 시치미를 떼고 있다. 너도 네가 만든 원숭이도 그에 따른다.

자살이 어리석은 자의 결론이든 아니든 그런 것은 아무 상관 없다.

생을 존중하는 자는 가장 죽음에 가까이 있는 자라는 의표를 찌르는 한마디가 『원숭이 시집』에 쓰여 있다. 자살한 자를 위하여 분발할 필요가 어디에 있단 말인가. 설사 위험하다 싶은 생각에 그 싸구려 목숨을 구해주었다손 쳐도, 그의 행로가 걱정될 뿐이다. 혼자 힘으로 뚫고 나갈 길을 개척할 마음도 없으면서 자기 독단만 심한 자들에게는 자살이야말로 유일한 해결책인 것이다. 누군가 그를 구해주었다 해도 얼마 못 가서 그는 기진맥진하여 다시금 똑같은 결론에 도달하고 죽음을 선택할 것이다. 요컨대 그들은 이 세상이 적성에 맞지 않는 것이다. 상세한 경위는 알 길이 없지만 너를 낳은 어머니도 그런 사람들 중의 한 명이었다.

죽음에 대한 반동으로 뜻하지 않게 너를 낳고 만 여자.
그녀는 지금 이 별의 인력으로 단번에 십 센티미터쯤 늘어난 몸으로 일직선이 되어 흔들리고 있다. 대형 파리가 떼지어 꼬여들어 죽은 자가 흘리는 액체를 탐욕스럽게 핥고 있다. 그러나 그런 일은 팔월 숲의 아름다움을 해치지는 않는다. 나무들도, 흐드러지게 꽃이 핀 들풀도, 하늘을 울리는 작은 새들의 지저귐도, 미묘한 화음을 자아내는 매미 울음소리도, 지하를 종횡으로 달리고 있는 수맥의 자잘한 진동도, 때로 부는 바람에 뒤집혀 빛나는 나뭇잎도 모두가 그녀에게 어울린다.
너 역시도 그렇다.
옆으로 비스듬히 떨어진 탓에 어머니가 흘리는 오물에 범벅이 되지 않은 너는, 아직 귀엽게 미소 짓기에는 한참 먼 존재이지만, 결코 숲의 조화를 깨는 자는 아니다. 아니 오히려 푸근한 정경이 아닌가 싶다. 나는 주저 없이 그렇게 확신한다.

죽은 자와 산 자를 잇는 탯줄이 생명이 무엇인가를 여실히 말해주고 있다.

삼 킬로그램도 채 되지 않는 주름투성이 살덩어리가 이 잔혹한 세상의 눈부신 빛에 드러난 지 아직 얼마 지나지 않았다. 두세 시간 정도도. 그러나 이미 나는 너의 이십몇 년간을 보고 말았다. 고귀하게 태어난 너와 함께 가까운 미래를 달음박질해 통과하고 있다. 실상보다 또렷하게 보이는 아름답고 신기한 영상들…… 전혀 근거 없는 환영이라고 하기에는 너무도 생생하다.

오늘 나는 정말 이상하다.

아주 이상하다. 이런 신생아 한 명 정도에 휘둘릴 내가 아닌데 말이다. 제정신이 아니다. 그러나 천 년 동안 너처럼 태어난 아이는 한 번도 본 적이 없다.

너는 지금 두 눈을 양쪽 다 활짝 뜨고 있다.

그리고 나를 올려다보고 있다. 진흙으로 빚은 인형 같은 얼굴 한가운데서 반짝반짝 빛나는 너의 눈, 어디를 어떻게 살펴보아도 대중 앞에서 면책을 당할 범상한 슬픔은 찾을 수 없다. 나는 너를 높이 사고 있다. 국가에 유용한 그릇이라고는 할 수 없어도, 이 세상 한구석에 귀중한 지표를 세울 남자가 될 그릇이다. 빈정거리기를 좋아하는 나지만, 그래도 너만은 높이 인정해주고 싶다.

지금까지 네가 보여준 건투를 칭찬해주고 싶다.

건방진 소리를 하는 듯하지만, 나는 너의 어버이를 대신하고 싶다. 사악한 귀신을 두려워하는 사람들이 말하듯 만약 내게 나무를 초월하는 힘이 있다면, 너의 생애에 건강과 안전을 약속하리라. 네 목숨을 지켜달라는 절절한 내 바람을 들어주는 자가 나타난다면, 그자가 누구든, 구제 불능의 불량배라 하더라도, 신으로 숭앙하기에 주저치 않을 것이다.

신은 이제 곧 강림하실 것이다.

그렇게 적힌 낡은 간판이 영락한 항구 마을 입구에 서 있다. 수성페인트로 쓴 그 글자는 이미 절반 이상이나 벗겨져 있다. 전세기 말에 왔어야 했을 구세주는 결국 어디에도 모습을 나타내지 않았다. 엄청난 부채와 끝없는 빈곤에 허덕이는 나라에도, 민중의 교육과 생활의 향상을 조금도 생각하지 않는 나라에도, 출생으로 비롯되는 개인적 권리의 향유를 일절 인정하지 않으려는 나라에도, 아사가 빈발하고 있는 나라에도 끝내 나타나지 않았다. 신이 나타나지 않은 상황에서 사람들은 악마와 손을 잡고 신세기를 맞이하였다.

등장을 꺼린 신은 종교와 신자들 사이에 찬물을 끼얹었다.

그렇지만 가정적인 불화는 생기지 않았다. 지금 네가 있는 이 조그만 마을에 한해 말하자면, 신 대신에 느닷없이 외국 국적의 난파선이 나타났다. 그리고 그것은 거친 기질의 마을 사람들을 한층 거칠게 만들었고, 그들의 미래가 아무 멋대가리도 없는 것이며 그걸 믿으라고 일방적으로 강요하였다. 그 탓에 민도民度는 더욱 하강선을 그리고, 사람들은 실생활에 직접 도움이 되는 일밖에 받아들이지 않게 되었다. 좀스러운 사고가 횡행하고, 인습의 타파 따위는 꿈도 꾸지 못하며, 언제까지고 어리석은 대중의 울타리를 벗어나지 못하고 사행심만 부풀어, 각종 수치만 덧칠하는 나날에 떠밀려다녔다.

서민의 형세가 유리하게 급진전되는 일은 이미 불가능하다.

허무하지 않은 기분으로 흐를 수 있는 청년으로 성장한 너는 "신은 이제 곧 강림하실 것이다"라고 쓰인 입간판에 오줌을 갈긴다. 그리고 징소리를 처벅처벅 울리면서 마을로 접어든다. 너의 그런 시커먼 모습은, 신에게 강간당한 사람들이 흔히 말하는 사탄이나 악마를 닮았을지도 모른다. 그 증거로, 너를 본 개가 꼬리를 말고 골목길 안으로 슬금슬금 꽁무니를 뺐고, 떼를 쓰던 아이는 금방 입을 다물었고, 까마귀와 비둘기가 상공을 급선회하면서 요란을 떨었다.

그러나 너야말로 정당한 인간이다.

세상은 너의 정당함을 이상히 여기고 배격하고 싶어한다. 네가 지나간 후, 그들은 스스로에게 몇 번이나 되물었다. 정말 지금 이대로 살아도 괜찮은 것일까, 라고. 어떤 장면과 조우하더라도 지상에 존재함을 마음껏 즐길 수 있는 너는, 가는 곳마다 쏟아지는 의심의 시선과, 사회의 통념을 방패로 삼은 탐욕스러운 시선과,

심장까지 얼어붙을 만큼 싸늘한 시선을 아랑곳하지 않고 하늘 아래 거리를 활보한다.

흐르는 자에게 인생의 궤적이란 없다.

흐르는 자에게 우회로란 말은 없다.

흐르는 자에게는 현재의 한순간 한순간이 전부다.

너의 적은 세습제도 앞에 머리 숙이는 자들이다.

너는 자기도 모르게 외치고 싶은 과거도 갖고 있지 않고, 태양을 향하여 힘차게 당겨진 황금의 화살처럼 미래를 좇고 있지도 않다. 너는 곤혹스러운 상념에 우는 일도 없으며 평소의 불만을 터뜨리기 위해 필사적으로 상대방을 찾지도 않는다. 너에게는 네 뜻을 전해야 할 상대도 없고, 앞질러야 할 동료도 없다. 너는 매일 밤 가위에 눌리지도 않으며, 세상에 알려지면 골치 아플 비밀도 갖고 있지 않다. 그런 네 옆을, 최소한 다른 사람들에게 하는 것만큼만 취급해달라고 애절한 목소리로 호소하는 나약한 사람들이 고개 숙이고 지나간다. 그들의 혼의 표면에는 이미 죽음의 반점이 돋아 있다.

너는 자유롭다.

하루 스물네 시간, 일 년 내내 무수한 위험에 노출되어 있는 까닭은 네가 해방된 자이며 자유로운 몸이라는 더할 나위 없는 증거다.

너는 매일을 자유롭게 사는 자에 합당하게 행동하고 있다.

따라서 너는 자신의 의지를 관철할 필요가 없다. 자신을 굽힐 필요도 없다. 네가 한몫을 할 인간인지 아닌지는 말할 수 없지만, 그렇게 빛나가지는 않을 것이다. 미풍양속을 무시하는 행위 탓에 일반 사람들한테는 다소 기이한 느낌을 주는 너지만, 단지 그것만으로 한 가지를 보면 열 가지를 안다는 엉터리 같은 논리를 내세워 너를 국외자라 여기는 것은 명백한 오판이다. 또 그런 너를 어떤 유의 초인으로 간주하는 것도 옳지 않다.

보통 사람들의 인생의 말로가 훤히 보일 듯한 쓸쓸한 거리를 너는 천천히 걷고 있다.

흥청망청 돈을 써서 치장한 집이 북풍을 고스란히 맞고 있다. 그 창문에 볼이 발그레한 어린 자매가 들러붙어 있다. 아직 초경을 치르지도 않았는데, 그녀들은 재빨리 그 미숙한 자궁으로 너를 의식하고 있다. 만약 둘이 십 년 전에 태어났더라면 너를 따라갈 궁리를 했을 것이다. 정말 따라가지는 않았더라도, 어떤 남자를 선택해야 하는지는 알았을 것이다. 아무 득이 될 게 없다는 것을 알면서도 흐르는 자에게 일생을 맡길 마음이 생겼을지도 모른다. 설사 이 세상 끝에서 버려진다 해도 후회는 하지 않을 것이라고 드라마틱한 몽상에 잠겼을 것이다. 정말 너한테는 그럴 만큼의 매력이 있다.

너의 매력은 타인과 비교하면 한층 돋보인다.

태양에 그을고 깡마른 어부가 자동판매기 앞에서 혼자 덩그마니 잔술을 마시고 있다. 그는 늙어 보인다. 꼬불꼬불한 머리칼 절반이 다 빠졌다. 술이 아무런 위로도 되지 못하는 모양이다. 뒤틀릴 대로 뒤틀린 그의 심사는 알코올의 힘을 빌려서도 원래 모습으로 돌아가지 못할 것이다. 거친 바다 위에서 묵묵히 일하는 그의 모습에서는 아무런 감동도 느낄 수 없을 것이다.

광휘를 잃은 지 오랜 그의 눈이 너를 빤히 쏘아본다.

그러나 관심이 있어 그런 것은 아닌 듯하다. 그날그날의 생활에 쫓겨, 가슴을 도려내는 슬픔에 몇 번이나 멍이 든 그의 눈은, 행운이나 사회의 동정을 직시할 줄 아는 자의 눈이 아니다. 그의 기예를 꺾고 용감한 정신을 둔화시킨 것은 오염된 바다일까, 아니면 줄곧 바다에 압도당하고 있는 육지일까. 이미 그 남자에게는 온 하늘 가득 반짝이는 별밤이나 소나기 후의 청정함도, 문명의 혜택을 입는 일도, 바닷가에서 착착 진행되고 있는 다음 해일에 대한 준비도, 이미 아무래도 상관없는 일이 되고 만 것일까.

그렇다고 그가 고고함을 지닌 것은 아니다.

하물며 흐르는 자일 리가 없다. 흐르고 있는 것은 어부의 혼 따위가 아니고 그의 머리 위를 통과하는 조각구름뿐이다. 한없이 음침해지는 그에게는 이 좁디좁은 마을이 전 세계이며 전 우주이다.

조그만 마을들이 유난히 큰 국기를 좋아한다.

그 어처구니없이 크기만 한 일장기는 바닷바람을 받으면서 학교 건물보다 훨씬 높은 곳에서 위압적으로 펄럭이고 있다. 그리고 그 그림자는 온 교실에 영향을 미쳐 어둡게 흔들리고 있다. 무슨 숨은 뜻이 있을 것만 같은 국기의 움직임…… 그것은 머지않아 애국 일변도의 교육을 재촉하는 깃발이 될 것이다. 군대에 몸

담아 조국을 방어하는 것이 최고의 명예가 되고, 입국 정신을 존중하여 전사하는 것을 최고의 영광으로 받아들이는 그런 시대의 도래를 촉구하는 깃발이 될 것이다.

그러나 그렇게 세뇌당한 세대도 언젠가는 다시 전쟁의 종결을 진심으로 원하는 세대로 교체될 것이다. 그때까지 많은 젊은이들이 일개 병사로, 일개 살인자로, 국가의 명령에 순종하여 피투성이 청춘을 보내지 않으면 안 될 것이다. 국민을 일치단결시켜 대참극으로 몰아넣으려는 권력의 영향이, 이런 시골구석까지 침투해 있다.

시대는 전쟁과 평화 사이를 오가고 있다.

반전운동의 중추 역할을 맡을 교사 따위는 이미 어디에도 없다. 현재 교단에 서 있는 자들은 문부성이 끊임없이 강요하는 불합리한 기존 방침을 고수하는 얼빠진 놈들뿐이다. 그들이 제자들의 머리에 반복적으로 쑤셔박는 것은 국가 없는 자유는 절대로 불가능하다는 것이다. 결론부터 말해, 국회의원의 숙사에 폭탄을 설치하는 그런 놈들을 발견했을 때 국민의 한 사람으로 취해야 할 태도를 가르치고 있는 것이다. 비록 그 사람이 육친이라 하더라도 제일 가까운 경찰서에 고발하는 것이 애국 행위라고 굳게 믿도록 하는 것이다.

그러한 그들의 노력은 효과를 보이고 있다.

그들의 제자가 자아를 완전히 버린, 공포심마저 억제한 우수한 병사가 될 수 있을지는 아직 의문의 여지가 남아 있다. 그러나 유능한 밀고자가 될 수는 있을 것이다. 맹세해도 좋다. 그들이 배우는 교과서 어디에도 상이군인의 말로에 대해서는 언급돼 있지 않다.

너는 목청을 돋우어 지껄이는 노인네들 옆을 지나간다.

양지바른 곳에 놓인 평상에 앉아 아침나절부터 잡다한 세상 얘기에 여념이 없는 노인네들은 누구 하나 바다로 눈을 돌리려 하지 않는다. 파란 하늘에도 전혀 관심을 쏟지 않는다. 그들은 또 바로 코앞까지 다가와 있는 다음 시대가 어떤 것일지 잘 알고 있으면서도 일절 그에 관한 말은 하지 않는다. 생활 물자가 하나같이 바닥난 시대, 혼이 꽁꽁 얼어붙고 만 시대, 대량학살의 시대가 예비적인 단계를 통과하려 드디어 막을 열고 있다는 것을 알면서도, 그것에 대해서는 굳게 입을 다물고 있다. 아마도 그들은, 자손을 위해서 무엇보다 소중한, 집이나 논밭보다 가치 있는 말 한마디 남기지 못하고 죽을 작정이리라.

오래 사는 자는 과연 빈틈이 없다.

급증하는 은퇴 고령자들이 한결같이 인생을 무상하다 여기며 여생을 쓸쓸하게 보내고 있다고 생각하는 것은 말도 안 되는 소리다. 그들은 "세상이 몰인정해졌다"고 투덜거리고, 무능을 드러냈을 뿐인 인생이었다고 한탄하기도 한다. 그러나 풍상을 겪은 그들의 혼은 젊은 사람들이 상상하는 이상으로 끈질기다.

그들은 뻔히 알고 있으면서도 모르는 체하는 것이다.

그들이 청춘의 흔적을 두고 흘리는 눈물에 속아서는 안 된다.

또 그들이 아무나 가릴 것 없이 붙들고 늘어놓는 애타는 고백에 일일이 귀 기울여서도 안 된다. 그들은 다만 그렇게 함으로써, 자기의 결점을 일부러 드러내 인생을 더하기 빼기 영으로 만들고 싶을 뿐이니까.

"보시오, 거기 젊은이."

느닷없이 부르는 소리.

너를 부르는 소리다.

"어이, 거기 까마귀처럼 새카만 자네."

너는 걸음을 멈추고 그쪽을 본다.

무수한 꿈도, 뻔뻔스러운 기대도 다 바닥이 나고 만 노인네들의 메마른 시선이 일제히 너에게 쏠린다. 아무리 버둥거려도 개안하지 못하는 그들의 눈에는 박약한 의지가 알알이 드러나 보인다. 그들은 모두 손에 칙칙한 색의 과자를 들고 있다. 왕성한 식욕이다.

먹으면서 그들은 말한다.

"어이 젊은이, 일을 해야지."

"대낮부터 그렇게 어슬렁거려서야 되나."

"이런 데서 시간 낭비를 해서야."

상대방의 수가 너무 많아 너는 누가 하는 말인지 일일이 구별할 수 없다.

"이번에는 젊은 자네들이 우리 같은 늙은이를 먹여 살릴 차례라고."

"알고 있기나 한 거야, 응?"

너는 잠자코 그곳을 지나치려 한다. 그러자 그들은 위압적인 태도로 제멋대로 지껄여대기 시작한다.

"뭘 해서 먹고사는 거야."

"일할 마음은 있는 거야."

"이 동네에서는 보지 못한 녀석인데."

"떠돌인가."

"아니면 도둑놈?"

입에서 나오는 대로 지껄여대고 있다. 그런 말까지 들어가면서 잠자코 있을 수는 없다. 혼쭐을 내주어라. 아니 가만히 있는 편이 현명하다. 그런 늙은이들은 상대해봐야 아무 소용없다. 그들 전원을 생매장해봐야 황폐한 땅에 비료 구실도 못 할 것이다.

가만히 있어도 될 텐데 너는 원숭이 조각을 내보인다.

그것으로 모든 것을 설명하려는 생각일 텐데 아니나 다를까, 오로지 생각하는 것이라고는 연금을 어떻게 쓸까 뿐인 노인들의 머리로는 도무지 이해할 수 없다.

"그걸 사란 말인가."

"세상을 깔보는 건가."

"한참 일할 나이에 그런 수월한 일만 하다니."

사라지는 너의 등으로, 그저 썩어문드러질 일밖에 남아 있지 않은 몸에 보신술에 능통한 늙은이들의 조소가 쏟아진다. 그러나 그 웃음소리는 네 뒷모습에서 튕겨나와 다시 그들에게로 돌아간다. 요컨대 그들은 그들 자신을 조소한 셈이다.

그렇다는 것을 순간적으로 깨달은 그들은 일제히 입을 다문다.

그리고 그들은 시선을 돌려 요 몇 년 동안 한 번도 본 적 없는 바다를 바라본다. 수심에 찬 표정으로 침묵한 그들을 향하여 바다가 쓰윽 다가온다. 해원은 애처로운 소리로 가득 차 있다. 해변에서 조개를 줍는 유치원 아이들의 조잘거리는 소리가 파란 하늘로 울려퍼진다.

장수의 비결에 대해서 『원숭이 시집』에는 이렇게 쓰여 있다.

세 끼 올바른 식사와 충분한 휴식과 적당한 운동은 어디까지나 부차적인 것이다. 사람으로 하여금 오래 살게 하는 것은 번개처럼 빠른 움직임이다. 그러나 그 말에 이어 이렇게 질문하기를 잊지 않는다.

그렇게까지 오래 살고 싶은가.

아직 죽고 싶지 않은 너는, 한나절을 그 마을에서 지냈다.

그러나 네가 조각한 원숭이를 사고 싶어하는 자는 나타나지 않았다. 해가 바다로 녹아떨어질 무렵까지 여기저기 어슬렁거려보았지만, 빠듯하게 살아가고 있는 마을 사람들의 지갑끈은 단단하여 여간해서 풀리지 않았다. 주머니 사정도 그렇지만 마음 또한 가난한 자들이었다. 그들은 천성이 가난하였다. 한결같이 푼돈이나마 모으려는 자들뿐이었다. 그들은 그들 자신의 깊지 못한 사려 덕분에 아슬아슬하게 살고 있었다. 너는 그렇게 느꼈다.

뉘엿뉘엿 어두워가는 하늘 저 멀리서 적막한 기적 소리가 들렸다.

그 소리는 난파선의 녹슨 선체에 공명하여 세속을 초월한 소리가 되어 너로 하여금 사람들로부터 떠나게 하였다. 너는 만 갈래 지류가 모인 대하를 따라 걸었다. 적당한 잠자리를 찾을 수 있으면 거기서 하룻밤을 보낼 작정이었다. 그런데 밤이슬을 피할 만한 장소는 하나도 남김없이 남녀의 교접 장소가 되어 있었다. 교각 아래 마른자리에서는, 드세게 보이는 아가씨가 예쁘장한 소년 위에 올라타 격정에 몸을 맡기고 있었다. 소년은 너와 시선이 마주치는 순간 볼을 빨갛게 물들이고는 그 직후 절정에 달했다.

어떤 세상이든 인간이 하는 짓은 대개 비슷하다.

살에 대한 유혹이 사람들에게 존재 이유를 공급하고 있다. 그러나 흐르는 자에게는 그것이 전부가 아니다. 인연의 신 따위를 믿고 별 볼일 없는 여자에게 푹 빠져, 자식복도 많다는 소리를 들어가며, 불시착한 비행기 같은 운명을 짊어지다니, 딱 질색이다. 너는 그렇게 생각한다. 밤마다 정부의 잠자리를 드나드는 남자가 매일 밤 잃는 것은 돈이나 정액만은 아닐 것이다. 너에게 치정의 희열이란 아직 보지 못한 공간을 차례차례 지나가는 것에 불과하였다. 그것도 다른 사람의 힘을 전혀 빌리지 않고 말이다. 이미 너는 흐르는 자에게 세심함과 대담함이 필요하다는 것을 알고 있다.

그리하여 지금 너는 허둥지둥 도망치는 중이다.

마을 사람들이 서로 얼굴을 다 알고 있는 좁은 마을에 한나절이

나 머문 것이 잘못이었다. 경솔했는지도 모른다. 누군가가 외부
자인 너를 수상히 여겨, 아니면 눈에 거슬린다는 이유만으로 경
찰에 신고한 것이다. 네가 미행당하고 있다는 것을 한 시간 이상
눈치채지 못한 것은 그 자동차가 위장 순찰차였기 때문이다. 게
다가 너와의 거리를 용의주도하게 유지한 때문이다.

그때 너는 커다란 다리 근처에 있는 조그만 식당에서 저녁을 먹
고 있는 참이었다.

천박한 전구로 테두리를 두른 가게 안쪽 테이블에 앉아, 두 종
류의 덮밥을 먹고 있는데 창 너머로 바깥을 살피고 있던 주인의
안색이 갑자기 바뀌었다. 너는 그것을 놓치지 않았다. 순간에 뒤
를 돌아보았다. 대체 너를 뭐라고 신고했는지는 모르겠지만 위장
순찰차 외에도 보통 순찰차가 세 대나 응원차 와 있었다.

그들은 가게 안으로 일제히 강력한 라이트를 비추었다.

동시에 너는 가게 안으로 진입한 경관들의 움직임을 저지하기
위하여 테이블을 뒤엎고 그 틈에 뒷문으로 돌진하였다. 주방을
가로지를 때에는 큰 냄비에 든 뜨거운 기름을 쏟아놓았다. 확 타
오른 불기둥이 추격자들의 앞을 가로막았다.

그러나 그런 정도로 완전하게 도망칠 수는 없었다.

해안으로만 나가면 소나무숲 속으로 숨어들 수 있으리란 생각
은 너무 단순했다. 너의 기억대로 소나무숲이 있기는 했지만, 하
룻밤 몸을 숨길 만큼 넓지는 않았다. 소나무숲이 끝나자 그 앞에
는 하얀 백사장이 끝없이 펼쳐져 있고 어둠이 밀려오고 있었지만

시커먼 너의 모습은 꽤 먼 곳에서도 뚜렷하게 식별할 수 있었다. 너의 검음이 밤의 검음에 녹았다 해도, 모래 위에는 너의 족적이 분명하게 남아 있다.

너는 도망치면서 생각했다.

과연 도망갈 필요가 있는 것인가를 생각하면서 열심히 도망친다. 그러나 일단 붙잡히면 성가시다는 것은 충분히 알고 있다. 얼굴 사진과 유전자 모양까지 적혀 있는 주민 카드를 소지하고 있지 않은 자의 변명 따위는 통할 리가 없는 것이다. 유치장에 갇혀 심문을 당할 게 뻔하다. 흐름이 막히고 있다. 병원을 탈출할 때 같은 행운은 없을 것이다. 국가는 너 같은 놈을 가장 경원한다.

지금 새삼스레 도망치기를 그만두기도 뭣하다.

너의 등뒤를 쫓아오는 제복의 남자들은 총까지 쏘아댄다. 그들은 문제를 풀 수 있는 길은 실력행사뿐이라고 믿고 있다. 그래서 군중을 해산시킬 때에도 거의 주저치 않고 총을 사용한다. 그것도 무차별 사격이다. 너의 귀밑을 핑핑 소리내며 지나치는 탄환에는 살의가 담겨 있다. 너는 점차 자신감을 잃는다. 불안이 치솟는다. 이 집요한 추적은 대체 뭐란 말인가. 공무원답지 않은 끈질김은?

저녁나절 잔잔한 바다가 너에게 손짓한다.

끝까지 도망치려면 이제 바다로 나가는 길밖에 없다. 그렇지만 바다로 나간다 해도 구조해줄 만한, 보호해줄 만한 배는 떠 있지 않다. 또 일단 뛰어들면 곧장 먼바다로 떠밀어줄 듬직한 조류도 보이지 않는다.

자신의 다리와 심폐기능을 믿는 수밖에 없다.

이제 조금만 참으면 된다. 참고 삼십 분만 더 뛰면 추격자는 완전히 녹초가 되어 포기하고 말 것이다. 앞쪽에 다시 나타난 방사림으로 뛰어들어가면 무슨 수가 생길지도 모른다. 사방이 제법 어두워졌다, 너는 뒤를 돌아본다. 쫓아오는 경찰의 수는 여덟 명, 아니 전부 아홉 명이다. 그들은 손에 총을 쥐고 있다. 그러나 탄환은 다 발사되었다. 다리로는 도저히 따라잡을 수 없겠다고 여긴 그들은, 위성 회선을 이용한 무선으로 응원을 요청하고 있다.

그런데 일이 골치 아프게 되었다.

얼마 후 앞쪽에 한 무리의 사람 그림자가 나타나더니 점점 네쪽으로 다가온다. 협공만은 피하고 싶은 너는 방향을 전환하여 산 쪽으로 향한다. 듬성한 숲으로 들어갔다가 비탈길을 스륵스륵 기어올라간다. 그러나 숲은 금방 끝이 나고, 너의 모습은 고스란히 드러나고 만다. 달이 완전히 적의 편으로 돌아섰다.

새로운 추격자들이 기운차게 총격을 가한다. 물론 위협 발사가 아니다. 탄환이 바위에 부딪치자 불꽃이 튄다. 추격대 속에 개가 있다면 만사는 벌써 끝장났을 것이다. 너는 도망친다. 너의 순환기는 도망을 위해 풀가동하고 있다. 붙잡히지 마라, 고 외치는 것은 나다.

너는 야트막한 산을 하나 넘는다.

그리고 이번에는 교통량이 많은 가도로 나간다. 급커브길이 있는 곳까지 단숨에 달려 속도를 줄인 덤프트럭의 짐칸에 재빨리 올라탄다. 원숭이나 할 수 있는 신속한 재주다. 그것으로 무사히 도망을 친 것은 아니다. 적 또한 지나가는 승용차를 일일이 세워 분승하고는 추적을 재개한다. 덤프트럭의 속도로는 금방 추월당하고 말 것이다. 놈들은 점점 거리를 좁히고 있다. 빨리 무슨 수를 쓰지 않으면 결국은 협공을 당하고 만다. 그렇게 되면 도망치기 어려울 것이다. 어떻게든 수를 쓰지 않으면.

덤프트럭이 터널로 들어가는 순간 네 머리를 번뜩 스치는 생각이 있다.

너는 결단을 내린다. 즉각 실행에 옮긴다. 죽기 아니면 살기의 위험한 도박이다. 그 도박에 이기리라는 확신이 너의 전신을 달린다. 긴 터널을 빠져나와 맨 처음 커브길을 돌고, 추격대가 시계에서 벗어나는 순간, 너는 몸을 날린다. 착지와 동시에 몸을 공처럼 굴려 충격을 완화시킨다. 그리고 그대로 비탈길을 데굴데굴 구른다. 다리를 삐면 그걸로 끝장이다.

다행히 뼈는 무사하고 발목도 삐지 않았다.

게다가 주변에는 키 큰 나무들이 무성하다. 나무는 달빛을 차단하고 어둠은 너를 살린다. 너는 깊은 산으로 도망친다. 골짜기를 따라 올라가는 너의 모습은 인간 같지 않다. 원숭이를 닮았다. 아니 바로 원숭이다. 너의 심장과 폐의 움직임이 산공기를 마시고 한층 활발해진다.

지금 너는 실로 굉장하다.

생명감에 넘친다. 옛 모습을 간직하고 있는 산천초목에 감싸이는 순간, 너의 움직임은 짐승을 닮아간다. 추격대와의 거리가 점점 벌어진다. 그래도 추격대는 금방 알아차릴 것이다. 목표물인 덤프트럭의 짐칸에 아무도 타고 있지 않다는 것을 알게 될 것이다. 그리고 머리를 조금만 쓰면 어디서 뛰어내려 어느 산으로 숨어들었는지 짐작할 수 있을 것이다. 하지만 그쯤에서 손을 털지도 모를 노릇이다. 혀를 차면서, "제법 한 건 하는 놈이군"이라고 중얼거리면서, 적시에 물러나줄지도 모른다. 지칠 대로 지친 그들은 산을 에워싸면서 추격할 상대라고는 생각하지 않을 것이다.

그렇게 바라고 싶지만, 어쩌면 그들은 포기하지 않았을 수도 있다.

너는 길도 없는 산을 헤치며 나무뿌리를 잡고, 험악한 사면을 하염없이 올라간다. 그런 너의 마음에, 그리움이 북받쳐오른다. 산 특유의 향기에 둘러싸인 너는, 마침내 더할 나위 없는 편안함을 느낀다. 내쉬고 들이마시는 숨 속에서 깊은 향수를 느낀다. 너는 그 도망이 자위본능에 의한 행위라는 것을 까맣게 잊는다. 팽팽하게 긴장하였던 기분은 느슨해지고, 지금은 오히려 등산 자체를 즐기고 있다. 솟아나오는 땀이 여느 때처럼 상쾌하다. 추격대의 모습이 보였을 때 위축되었던 흐르는 자의 정신이 다시금 탄력을 받기 시작한다.

너는 이미 추격대를 잊고 있다.

두려움 따위는 손톱만큼도 없다. 대담한 너의 몸에서 방출되고 있는 것은 짐승 같은, 가연성의 생기다. 딱히 특별할 것도 없는데, 흔해빠진 그 숲은 너의 마음을 푸근하게 다독거리는 모든 조건을 갖추고 있다. 바위를 깨무는 격류를 옆으로 보면서, 단숨에 험준한 산을 뛰어올라간 너는, 이번에는 정상에 서 있는 한 그루 천연 삼나무에 스륵스륵 기어올라간다.

눈 아래로는 달빛이 온화한 밤이다.

온 산이 네 천하다. 산은 너한테 필요불가결한 다양한 물질을 갖추고 있다. 너의 고고한 혼을 지탱해주고 촉촉이 적셔주는 물질이 무진장으로 넘친다. 거기서 바라보는 어지러운 인간 세상은, 군데군데 보이는 불빛은 여전히 영화로운 꿈의 자락을 버리지 못하고 있다. 부정행위와 한없는 도덕성의 부패가 매력적인 빛으로 반짝이고 있다. 또 그것이 운명이라고밖에 여겨지지 않는 시대의 퇴보와 주의주장의 실현 여부도 식별할 수 있다. 그뿐인가. 널리 분포해 있는 인심의 위축까지도 분명하게 볼 수 있다.

그러나 너는 홀로 은거하는 자를 닮지는 않았다.

이건 아무래도 상관없는 일이지만, 지금 네가 앉아 있는 나무 줄기의 굵기는 우연찮게도 너를 낳은 어머니가 목을 맨 나무줄기의 굵기와 똑같다. 네가 아직 이별의 슬픔을 느껴보지 못한 것은, 그런 기회가 있었는데도 느끼지 못한 것은, 태어났을 때부터 자신 이외의 의지할 자를 몰랐기 때문이다. 그렇게 혹독한 환경에서 출발하지 않을 수 없었던 너이기에 획득할 수 있는 자유다.

네가 지닌 자유는 교양 따위로 화려하게 치장된 자유가 아니다.

내가 알고 있는 많은 인간들 중에서도, 너만큼 마음 쓸 일만 많은 나날에서 벗어난 자는 없을 것이다. 너는 재산가가 지닌 자유나 예술가가 지닌 자유와는 격이 다른 자유를 갖고 있다. 딱히 신동인 것은 아니지만 너는 사랑니도 나기 훨씬 이전부터 흐르는 자만이 진정한 자유를 소유할 수 있다는 것을 알고 있었다. 그리고 너의 이마 한가운데 있는 별 모양의 멋들어진 점이, 잘 닦여진 반사경처럼 가슴이 찢어질 듯한 슬픔을 일일이 되돌려보냈다.

너의 예민한 청각이 저 멀리서 울리는 봄날의 마른 천둥소리를 포착한다.

우릉우릉하는 천둥소리가 신록으로 싸인 산들에 메아리치면서 어둠에 삼켜진다. 너는 보란 듯 궁지를 번번이 벗어나는 이름난 악당처럼, 발밑에 짓밟히는 봄날의 시름 따위엔 아랑곳하지 않는다. 너는 지금 빙하의 이동처럼 느릿느릿한 시간의 흐름에 몸을 맡기고 있다. 물론 너는 건실한 자는 아니다. 때로는 도망치고 숨지 않으면 안 되는 위험한 입장에 놓이기도 하고, 뉘우쳐야 할 죄를 저지르기도 한다. 그렇다고 하여 너를 지하 수로에 소굴을 트는 시궁쥐에 비교할 수는 없다.

너란 놈은 살수록 악덕을 쌓는 자가 아니다.

천하의 공론을 등지고, 아무한테도 충성을 맹세하지 않고, 나라 위한 마음을 일소에 부치는 너이기는 하나, 인의를 벗어나고 흐르는 자에게 적합지 않은 짓은 하지 않는다. 덕으로 사람을 감동케 하는 위대한 힘은 갖고 있지 않지만 그러나 만사의 이치를 분별하지 못하는 청년은 아니다. 너에게는 도저히 단념치 못할 것이란 없다. 그렇다고 개오의 경지에 빠져 산송장이 되어 있는 것도 아니다. 너는 태어날 때부터 행동의 미추를 분별하는 감식안을 갖고 있다.

너는 뾰족한 그 산정이 각별히 마음에 들어, 오늘밤은 그곳으로 자리를 정했다.

뜻하지 않은 행운이라고는 하나, 너는 봄빛이 그야말로 한창인 하룻밤을 이런 곳에서 맞이할 수 있음을 분에 넘치는 영광으로 느낀다. 깎아지른 듯 높은 벼랑을 앞으로 보면서 삼나무 거목의 뿌리께에 드러누운 너는, 무사히 헤쳐나온 오늘 하루에 만족하면서 원숭이 조각을 베개 삼아 행복한 잠에 빠진다.

바지 주머니 왼쪽에는 시집, 오른쪽에는 나이프가 있다.

그 나이프는 애착을 끊어줄 수 있는 도구다. 그 시집은 인간이 도달치 못한 정신의 영역으로 이끌어주는 지침서이다. 너한테 절대로 없어서는 안 되는 그 두 가지 물건이 상호작용하면서 너 스스로 당당히 뒤틀어버린 인생을 꽃으로 장식하고 광휘를 부여한다. 그 어떤 명산 영봉보다 철학적인 모양의 산꼭대기에서 정신없이 자는 너의 얼굴에는 그늘 한 점 없다. 지금까지 너에게 이렇다 할 실점은 없다. 나는 그렇게 보고 있다. 있다면 젊은이에게 흔히 있을 수 있는 아무래도 상관없는 사소한 실패뿐이다.

너는 나의 비장의 아이임을 고수하고 있다.

자타를 비교할 필요가 없는 자, 그것이 너다. 어디에 있든 깨어 있는 자, 그것이 너다. 죽은 줄 알았더니, 끈질기게 아직도 살아 있다. 그것이 너다. 흐르면서 흐르는 자의 논리를 세우는 자, 그것이 너다.

그런 너를 위하여 별이 내린다.

그런 너를 위하여 부엉이가 물의를 빚는 말을 되풀이한다. 그런 너를 위하여 산벚꽃이 핀다. 그런 너를 위하여 천체 카메라도 미처 포착하지 못할 만큼 아름다운 하늘의 강이 흐른다. 『원숭이 시집』에는 이런 구절이 실려 있다.

그대가 존재하기에 세상 또한 존재한다.

너는 푸근한 꿈길을 더듬고 있다.

기묘한 꿈이다. 한쪽 날개로 간신히 최단 거리에 있는 공항에 착륙을 시도한 중형 여객기가 돌연 부력을 잃고 밤바다로 추락하였다. 물방울이 솟아오르고 기체는 산산조각나고 승무원과 승객이 수면으로 내동댕이쳐졌다. 그러나 신기하게도 그 꿈은 정확하게 사고를 예견하고 있었다. 너 자신은 다른 꿈으로 빠져들어가 알지 못하지만, 꿈과 똑같은 사건이 같은 시각에 발생하였던 것이다. 실제로 네가 자고 있는 곳에서 그리 멀지 않은 해상에서 일대 소동이 벌어졌다. 물론 그 사건은 너와는 아무 관련이 없다. 앞으로도 아무런 영향을 미치지 않을 사건이다. 그런데 어째서 너와 직접적인 관련도 없는 꿈을 꾼 것일까.

막 떠오른 하얀 점박이 태양이 거대한 삼나무와 너를 동시에 비추고 있다.

그리고 네 명의 남자가 너를 가린다. 건장한 놈들이다. 그들 전원이 노골적으로 너를 적대시하고 있다. 그런 눈길이다. 그러나 경찰과는 약간 성질이 다르다. 우선 차림새가 다르다. 등산객 같은 복장이다. 그들은 너를 찾아내기 위하여 밤을 새워 산을 돌아다녔다. 아침이 되어 겨우 너를 발견한 것이다.

한 명이 등산화를 신은 발로 너를 걷어찬다.

네가 벌떡 일어나기 직전, 그들이 일제히 덮친다. 저항하지 못하도록 달려들어 때리고 찬다. 너는 혼란스러운 머리로 나이프를 생각한다. 그것을 사용하지 않으면 이대로 살해당할 것이라 생각하며 어떻게든 오른손을 주머니 안에 넣으려 한다. 그러나 놈들은 그 움직임을 재빨리 눈치채고 너의 양손을 비틀고, 나이프를 뺏는다. 이어 시집과 원숭이 조각도 압수한다.

너는 난생처음 수갑을 찬다.

수갑을 찬 너는 역시 경찰이었나, 하고 생각한다. 그러나 어째 좀 이상하다. 분위기가 다르다. 더욱 이상한 것은 그들 외에는 아무도 없다는 것이다. 범인을 잡기 위해 산을 뒤지는 직업 사냥꾼이라면 경관이나 지방 소방관이 있을 텐데 아무리 사방을 둘러봐도 그 네 명 외에는 아무도 없다. 개도 없다. 대대적인 포위망을 구축하면 오히려 발각되기 쉽다고 생각한 것일까.

더욱 알 수 없는 것은 남자들의 태도다.

이름도 대지 않고 신분도 밝히지 않고 체포하는 이유도 말하지 않는다. 그것은 그렇다 치고 아무 질문도 하지 않는 것은 또 왜일까. 시종 말도 없이 너를 거칠게 다룬다. 어쩌면 그들의 역할은 너를 붙잡는 데 그치는지도 모른다. 밥벌이로 인간을 생포하는 놈들인지도 모른다. 아무튼 어제 너를 쫓느라 고생고생한 경관들이 틀림없이 너를 그들에게 일러준 것이리라. 그렇다면 이놈들도 같은 족속이란 셈이다.

너도 침묵을 지키고 있다.

떠오르는 의문을 일일이 입에 담지 않고 일이 어떻게 전개되는지를 얌전히 관망하고 있다. 그러나 포기한 것은 아니다. 무저항을 가장하면서 탈출의 기회를 엿보고 있다. 문제는 수갑보다 포승이다. 포승에 묶여 있는 한 도망은 어렵다. 그러나 나는 너를 믿고 있다. 너라면 어떤 궁지에서든 대처할 수 있을 것이다. 흐르는 자는 당하고 있어서는 안 된다.

너는 빼앗긴 나이프와 시집에 신경을 쓰고 있다.

나이프나 목각은 포기하더라도 『원숭이 시집』만은 무슨 수를 써서든 되찾고 싶다. 눈물로 호소해봐야 소용이 없다는 것을 알고 있다. 말이 통할 놈들이 아닌 듯하다. 이놈들은 분명 사람의 얼굴을 하고 있지만 그 마음은 인간의 것이 아니다. 눈을 보면 알 수 있다.

너의 발치로 뚝뚝 떨어지는 것은 너의 코피다.

입속 여기저기에서도 피가 나오고 있다. 눈두덩이 점점 부풀어

안구를 덮는다. 시야가 극단적으로 좁아진다. 철창처럼 단단한 체격의 남자들이 너를 전후좌우에서 에워싸고, 걷기 힘든 길을 천천히 내려간다. 너는 아직 포기하지 않았지만, 이젠 틀린 것인지도 모르겠다고 생각하기 시작한다. 양손을 등뒤로 하여 채운 수갑에는 콩알만 한 크기의 고성능 발신기가 장치되어 있다.

오늘도 날씨는 아주 좋다.

비행사들이 말하는 유시계 기상 상태가 온 하늘을 덮고 있다. 사람 하나쯤 험준한 벼랑에서 떠밀려 사라져버린다 해도 눈 깜짝하지 않을 쾌청함이다. 조엽수림의 저 아래쪽 길가를 따라 마을이 군데군데 있다. 물살이 빠른 계곡물을 보았을 때 너는 그 맑은 물을 한 모금이라도 마시고 싶다고 생각한다. 그리고 막 싹이 튼 어린 풀밭에 살며시 누워 타박상의 통증을 조금이라도 누그러뜨리고 싶다고 생각한다.

멀리서 원숭이가 울고 있다.

앞서가는 남자가 일반인에게는 보급되지 않은 손목시계형 텔레비전 전화기로 누구에겐가 연락을 취하고 있다. 너의 신병을 확보했다고 짤막하게 보고하고 있다. 통신수단은 장족의 발전을 이룩하였고, 그 편리함이 오히려 사람들을 지금까지와는 다른 고독으로 몰아넣었다.

숲속에 나 있는 도로로 나오자 왜건 한 대가 세워져 있다. 짙은 선팅 탓에 차창 안을 들여다볼 수가 없다. 너는 뒷좌석으로 처넣어진다. 거기서도 역시 양쪽에서 두 명이 너를 포박하여 꼼짝할 수가 없다. 검은 천으로 눈을 가린다. 대체 무엇을 위해 눈을 가리는 것인가.

차는 삼각창을 약간 열어놓은 채 신중하게 산길을 내려간다. 휘파람새와 뻐꾸기가 요란스럽게 울고 있다. 원숭이 울음소리는 들리지 않는다. 흐르는 물소리가 멀어졌다 가까워졌다 한다. 따스한 바람이 조릿대나무숲을 통과한다. 서서히 속세의 소리와 냄새가 풍겨온다. 네 명의 남자는 여전히 침묵하고 있다. 헛기침 한 번 하지 않는다. 이 숨바꼭질에 관한 한 놈들의 승리를 인정하지 않을 수 없다. 그렇다, 너는 졌다. 완패다.

너는 꿈을 꾸는 듯한 기분이다.

아직 사태를 심각하게 받아들이지 않고 있다. 포장도로로 접어들자 조수석에 앉은 남자가 또 어딘가로 연락을 취한다. 불과 두세 마디, 그것도 의미를 알 수 없는 암호다. 흐르던 코피가 멈추고 입속을 흐르던 피가 멈추자 너는 간신히 제정신을 차린다. 너는 생각한다. 대체 뭐가 어떻게 된 것인지 사건의 과정을 처음부터 생각해본다.

지금 알 수 있는 것은 남자들의 입장이다.

경찰인지 아닌지는 잘 모르겠지만 체제 측의 인간임에 틀림이 없을 것이다. 획일주의와 폭력으로 국민을 결속시키려는 무리의 수하일 것이다. 악에 물든 깡패보다 더 졸렬한 광견들일 것이다. 사람들이 때때로 쉬쉬하며 화제 삼는 비밀경찰이란 이놈들을 말하는 것이리라. 그들은 목하 그림자 같은 존재로 일관하고 있지만 그리 머지않은 장래, 빠르면 내년 봄에는 당당하게 백일하에 모습을 나타내고 활보할지도 모른다.

그러나 너의 그런 예상이 모두 적중하리란 보장은 없다.

현실이란 늘 의표를 찌른다. 원인을 차근차근 생각할 틈도 없이 다른 사건이 전개된다. 그것이야말로 현실의 묘미다. 미래를 정확하게 예측할 수 있는 자가 어디 있으랴. 컴퓨터가 한층 진화하여 성스럽기까지 한 영역에 도달했다지만, 일 년 후의 세계를 예견하기란 절대로 불가능할 것이다.

너는 온 신경을 이마의 점에 집중시킨다.

세세하고 중요한 정보가 별 모양 점을 통하여 모인다. 너를 태운 왜건은 적어도 세 군데, 그것도 지방치고는 꽤 큰 도시를 그냥 지나갔다. 첫번째 도시에서는 열시를 알리는 좀 괴상한 곡의 차임이 흘렀다. 두번째 도시에서는 아침부터 도처에서 라면 스프 냄새가 풍겼다. 그리고 세번째 도시에서는 시장 선거 입후보자들의 선전용 자동차가 여러 대 지나갔다.

그러고도 몇 시간이나 교외를 달렸다.

전혀 운행 시스템에 의지하지 않은 질주였다. 같은 길을 빙빙 돌았을 가능성도 거의 없었다. 그 증거로 너는 같은 소리나 같은 냄새는 한 번도 감지하지 못했다. 암만 그래도 너무 긴 드라이브였다. 다시 울퉁불퉁한 길로 들어서 조금 더 간 후에 결국 차가 섰다.

너는 왜건 밖으로 끌려나왔다.

너는 가까이서 대해원을 느꼈다. 목덜미로 내리쬐는 햇살은 이미 해가 기울고 있음을 말해주고 있었다. 한참 동안이나 너는 키 큰 풀들이 자라고 있는 초원에 서 있다. 마침내 다른 남자가 어디에선가 나타난다. 그놈은 걸어서 온 것 같다. 동물의 똥 냄새가 난다. 말이 틀림없다. 힝힝거리는 말 울음소리와 발굽 소리가 가까이서 들린다.

너는 그 남자에게 인도된다.

너를 붙잡은 남자들의 역할은 거기서 끝난 듯하다. 그들은 다시 왜건을 타고 사라졌다. 뻣뻣한 감의 옷을 입은 남자가 너의 팔을 잡고 초원을 걷게 한다. 부근에 건물이 있는 듯한 느낌은 없다. 바람이 숲을 지나칠 때마다 새소리가 들린다. 새소리가 밀려오는 파도 소리에 삼켜진다. 부서지는 파도 소리로 보아 그 해안은 바위가 없는 모래밭인 듯하다.

느닷없이 묵직한 문이 열리는 소리가 난다.

흠칫 놀라 그 자리에 선 너의 등을 남자가 민다. 등뒤에서 문이 닫힌다. 그렇게 지상의 소리가 뚝 차단되고 만다. 너의 직감은 정확하다. 너는 지금, 지하로 향하는 긴 통로를 걷고 있는 것이다. 터널 비슷한 구조인데 꽤 경사가 져 있다. 너는 아래로 아래로 향한다. 징을 박은 너의 구두굽 소리가 천장과 벽에 부딪쳐 메아리치면서 안으로 안으로 빨려들어간다. 다른 소리는 전혀 들리지 않는다. 역겨운 냄새가 난다. 냄새가 점점 심해진다. 막 소독약을 뿌린 화장실 같은 냄새다.

너의 머리는 활발하게 움직이고 있다.

그곳이 경찰서가 아님은 분명하다. 지하실밖에 없는 경찰서라니, 들어본 적이 없다. 너는 뜻하지 않게 지면 아래로 끌려들어온 것이다. 아래로 내려가는 통로가 끝없이 이어진다. 맛도 없고 눅눅한 공기가 너의 혀를 지나 폐로 흘러들어간다. 몇 번이고 몇 번이고 모퉁이를 돈다. 돌 때마다 철문이 열렸다 닫힌다. 그 무거운 소리가 너의 희망을 차례차례 깨부순다. 두 번 다시 지상으로 돌아갈 수 없을지도 모른다.

그렇게 한없이 걸은 후에야 수갑과 포승이 풀린다.

구두를 벗으라고 명령한다. 허리띠도 풀라고 한다. 눈가리개에 손을 댄 상대방을 노려 반격을 가하려 했는데 결국 아무 저항도 하지 못했다. 돌아보는 찰나 일격을 가하기도 전에 허리께를 얻어맞아 그대로 앞으로 고꾸라지면서 저절로 작은 방으로 들어가는 꼴이 된다. 재빨리 일어서기는 했지만 이미 문은 닫히고, 자물쇠가 잠긴다. 너를 데리고 온 남자의 발소리가 멀어져간다.

그곳은 캄캄하여 아무것도 보이지 않는다.

바로 눈앞에 있는 자신의 손조차도 보이지 않는다. 시력마저 빼앗겼는가 의심스러울 정도다. 아무리 기다려도 불은 켜지지 않고 눈도 어둠에 익숙해지지 않는다. 새카만 어둠에 싸여 있는 너는 몸을 움직일 수 없다. 정신을 차린 너는 손으로 더듬더듬 방의 구조를 신중하게 살핀다. 문 이외에는 돌로 되어 있다. 바닥도 천장도 벽도 모두 까끌까끌한 암석이다. 과거의 채석장을 그대로 이용한 것인지도 모른다. 돌과 돌의 이음매가 없다. 천장은 아주 낮아 손이 쉬 닿는다.

바닥 표면에는 몇 군데 골이 파여 있다.

골에는 물이 줄줄 흐르고 있다. 그리고 그 물은 방 한구석에 뚫린 작은 구멍으로 흘러들어간다. 바닷물인 듯하다. 너무 더러워서 마실 수도 없다. 악취의 근원이 이 물인 듯하다. 바다 냄새 외에도 비린내가 섞여 있다.

방에는 아무것도 없다.

의자도 책상도 없다. 할 수 없이 너는 젖지 않은 곳을 찾아 바닥에 풀썩 앉는다. 그리고 싸늘한 벽에 몸을 기댄다. 너는 그런 자세로 꼼짝도 하지 않는다. 왜냐고 외치지도 않고, 꺼내달라고 고함을 지르며 철문을 걷어차지도 않는다. 또 팔짱을 끼고 서성대지도 않는다. 상자처럼 조그만, 캄캄한 방 안에서 너는 동면중인 짐승처럼 움직이지 않는다.

몸과 마음의 안정을 유지하고 있다.

붙잡힐 때 얻어맞고 걷어차인 자리가 욱신욱신 아프다. 통증이 공복감보다 더하다. 필요에 응하여 명석해지는 너의 두뇌는 지금 풀 회전하고 있다. 그러나 생각할수록 헛고생이란 대답밖에 나오지 않는다. 설사 여기가 어딘지 안다 해도, 무슨 이유로 붙잡혔는지 안다 해도, 놈들의 정체를 안다 해도, 무슨 수가 생기는 것은 아니다.

속수무책이다.

고작해야 할 수 있는 것이란 자는 일뿐이다. *끄덕끄덕* 졸고 있는데 갑자기 너는 강렬한 빛의 기습을 받는다. 심장까지 태워버릴 듯한 빛의 세례를 받는다. 너는 손으로 눈을 가리고 빛이 비치는 쪽을 올려다본다. 빛이 샤워처럼 쏟아지는 천장의 조그만 구멍 옆에 다른 조그만 구멍이 뚫려 있고, 거기에는 감시용 렌즈가 박혀 있다. 카메라다. 너의 움직임은 하나에서 열까지 감시되고 있는 것이다.

빛에 이어 인간의 목소리가 쏟아진다.

카랑카랑하고 위협적인 목소리다. 너는 목소리의 주인공을 찾으려 고개를 갸웃거린다. 그러나 상대방의 모습은 보이지 않는다.

질문이 너를 포박한다.

"이름과 주소를 말하라."

그다음 남자는 이렇게 말을 잇는다.

정직하게 말하면 그곳에서 꺼내주겠다. 그러나 대답을 하지 않거나 거짓말을 하면 물도 음식도 주지 않을 것이며 거기다 내내 방치할 것이다, 라고.

단순한 협박이라고 생각되지 않는다. 그러나 너는 대답하지 않는다. 대답하고 싶어도 일정한 거처 없이 흐르는 자에게는 주소지 따위가 있을 리 없는 것이다. 지금은 이름도 잊어가고 있다. 이름을 댔다 해도, 그 이름은 이미 죽은 자로 처리되어 있다. 도저히 믿지 않을 것이다. 국민 한 사람 한 사람의 데이터 관리에 철저한 정부에 아무리 설명해도 너 같은 예외 중의 예외가 있다는 사실이 믿기지 않을 것이다.

상대는 다시 다그쳤다.

"어디에 사는 누군지 말하시오."

너한테 자신이 어디에 사는 누구인지 따위는 대수로운 문제가 아니다. 지금 여기에 이렇게 있는 것은 다른 누구도 아닌 자신인 것이다. 그것으로 충분하다. 그러나 완력으로 너를 납치하여 이런 곳에 감금한 놈들은 결코 그렇게 생각지 않는다. 그들은 확답을 기대하며 똑같은 질문을 몇 번이나 되풀이한다. 그리고 너한테 대답할 마음이 없다는 것을 알자 위협조의 말투는 거두었다. 굶어 죽고 싶으냐. 까무러칠 정도로 혼쭐이 나고 싶으냐. 천 마리 뱀과 함께 살고 싶으냐고 위협하기를 포기하고 갑자기 불을 꺼버린다. 그리고 아무 말도 묻지 않는다.

너는 다시 어둠 속에 있다.

바닥을 흐르는 물소리가 너를 위협한다. 바닥에 혹 뱀이 기어다니는 것은 아닌가 하는 상상이 너를 긴장시킨다. 버둥거려봐야 소용없다고 너는 몇 번이나 자신에게 속삭인다. 그리고 조금이라도 체력을 유지하기 위하여 옆으로 벌렁 눕는다. 너는 움직이지 않는다. 어제부터 아무것도 채우지 못한 밥주머니가 쪼르륵쪼르륵 운다. 그러나 공복에는 길들어 있다. 배고픔을 비참하다 여긴 적은 한 번도 없다. 굶주림이 두렵고 배고픔에 지쳐 방랑하는 나날에서 벗어나려 한 적도 없거니와 참지 못하여 걸식을 한 적도 없다.

그렇다고 네가 식욕을 가볍게 여기는 것은 아니다.

시대가 눈부신 변화를 보인 이천 년 동안에 나는 기아선상에서 헤매는 인간을 수도 없이 보아왔다. 일반 서민까지 피하지방으로 피둥피둥한 몸집이 된 것은 요 육칠십 년간에 한정된 특이한 현상이다. 그전까지 대부분의 인간은 늘 굶주림과 전쟁으로 세월을 보냈고 고작 먹을 것을 마련하는 것이 인생의 표준이었다.

인간의 역사란 주리지 않고 살 수 있는 방법을 이리저리 궁리하는 역사이기도 하였다.

그리하여 바이오테크놀로지의 눈부신 발달은 높은 수확량을 자랑하는 건실한 품종을 잇달아 내놓았고, 낙농 경영의 체인화에도 성공하였다. 그런데 요즘 들어 다시 굶주림의 시대가 시작된 것이다. 인구의 증가가 식량의 증산을 웃돌기 때문이다. 보다 생산성이 높은 곡물을 개발해본들 인구증가를 감당하지 못한다. 정부는 다시금 개인을 대상으로 가축 사육을 권유하고 있다. 그러나 그럴 장소가 없다. 따라서 작물을 경작하기보다는 훔쳐서 배를 채우려 하는 자들이 급증하였다. 국가는 식육 박테리아처럼 용맹해진 국민의 힘을 교묘하게 이용하여, 천연자원과 노동력을 항상 공급할 수 있는 약소국을 노리기 시작하였다.

옛날 흉작인 해에는 이 숲도 몹시 복작거렸다.

풍년인 해에는 원숭이들이 논밭을 헤쳐놓고 흉작인 해에는 인간들이 숲을 어지럽혔다. 이 숲의 도토리와 도지나무* 열매가 거

---

* 일본 특산의 자생 낙엽 교목. 재목은 가구용으로, 씨는 식용으로 쓰인다.

의 싹쓸이를 당한 어느 가을의 일이다.

배를 곯을 대로 곯은 눈먼 여자 세 명이 내 앞에 나타났다.

눈 밝은 남자들조차 먹을 것을 찾기가 어려운 때에 눈먼 여자가 살아남기란 지난한 시절이었다. 그녀들은 손에 손을 꼭 마주잡고 서로 말을 주고받아 존재를 확인하면서 숲을 헤매었다. 그런 세 여자의 야윈 몸 여기저기에 부득이한 사정이 수도 없이 얼룩처럼 눌어붙어 있었다. 인간이 나누는 대화를 듣기 좋아하는 나이지만 그러나 구질구질한 이야기는 질색이었다.

다행히 그녀들에게는 이미 이야기할 기운도 남아 있지 않았다.

걷기에도 지친 세 여자는 내 발치에 축 늘어져 한마디도 하지 않았다. 바람이 들려준 소식에 의하면, 그해는 흉작이라 굶어 죽은 자가 헤아릴 수 없을 만큼 많고 사람이 사람을 먹는 일도 종종 있었다고 한다. 내가 아는 한, 따뜻한 피가 흐르는 몸을 지닌 생물 중에서 동족의 살을 먹이로 삼는 것은 원숭이와 인간뿐이다. 잡식동물의 업이라고 하면 그뿐이지만 그들의 비극성은 거기에 기인하고 있었다. 그들의 미래가 아무리 세월이 흘러도 광휘를 되찾지 못하는 것은 아마도 그 탓이리라.

세 여자는 죽음을 각오하였다.

그리고 두텁게 깔린 알록달록한 낙엽 위에 나란히 몸을 누였다. 그 모습에 나는 감동하였다. 그때까지 인간이 그렇게 아름다운 줄은 몰랐다. 농익은 성적 아름다움과는 반대로 초조한 미가 깃든 세 여자…… 그야말로 진기한 것을 보아 행복한 마음이었다. 목숨이 정해진 그녀들은 한결같이 지저분한 차림이며, 헝클어진 머리며, 홀쭉하게 야윈 볼이며, 움푹 들어간 눈을 아랑곳하지 않는, 궁극의 미를 보여주고 있었다.

하얗고 동그란 얼굴에 저녁 해가 비쳐 발그스름하게 물들였다.

인간들이 숲의 나무에 깃들어 있다고 믿는 정령이 이럴 것이라는 생각이 들었다. 방금 전까지 식욕의 화신으로밖에 보이지 않았던 세 여자가 지금은 아귀도餓鬼道에서 홀홀 벗어나 있었다. 먹고 마시는 데 완전히 흥미를 잃은 그녀들은 거짓처럼 투명한 마음으로 죽음의 땅으로 정한 장소에 부는 바람 소리에 귀 기울였다. 아무 도움도 못 되는 그 눈에는, 서쪽 하늘을 물들이고 있는 저녁 해와, 창연한 노을 색과, 혼연하게 융화된 달빛과 별 그림자, 내년 봄을 위하여 준비된 새싹과 봉오리와, 머지않아 눈에 덮일 저 먼 산맥, 그런 것들이 실상보다 몇 배나 아름답게 비쳤을 것이다.

거기에 누워 있는 것은 이미 실의의 나락에 빠져 있는 자들이 아니었다.

또 아집에 사로잡혀 판단력을 잃은 자들도 아니었다. 제일 나이가 많은 듯한 여자가 샤미센*을 껴안은 여자에게 말했다. 죽음은 잠의 연장이니 걱정할 필요 없다고. 그 말에 인간의 목숨을 가벼이 여기는 울림은 없었다. 나는 오히려 정반대 인상을 받았다. 난쟁이처럼 몸이 작아 소녀로밖에 보이지 않는 여자가 달빛을 아

---

* 일본 고유의 현악기.

우르듯 얼굴을 들면서 이렇게 말했다. 셋이서 이렇게 나란히 죽을 수 있으니 차라리 행복한 운명인지도 모르겠다. 더는 오래 살아 있어봐야 우리를 기다리는 것은 한 명, 또 한 명 죽어가는 한층 비참한 최후일지도 모른다, 라고. 그리고 샤미센을 켜면서 횡설수설 중얼거리며 우는 재주밖에 없었던 등이 굽은 여자는 가슴속 깊이 간직하였던 말을 문득 꺼냈다.

"태어나길 잘했어."

그때까지 서로 도와가며 살아온 세 여자의 화석처럼 굳은 표정은 달이 점차 높이 떠오르자 온화하게 누그러졌다. 그리고 그녀들은 누운 채 언제 끝날지 모르는 추억담에 잠겼다. 별이 쉴새없이 흘렀다. 늙어 쭈글쭈글한 부엉이가 내 제일 굵은 가지에 앉아 이렇게 울었다.

"여기는 탄식하는 곳이다."

나도 동감이다. 그런데 세 명의 여자가 그대로 천천히 우아한 죽음을 맞이하리란 나의 예상은 적중하지 않았다. 한밤이 지났을 즈음일까. 발목이 잡혀 있던 상쾌한 공기가 다시 이동을 시작하자 신기하게도 세 여자는 기운을 되찾았다. 어쩌면 죽음을 눈앞에 둔 자에게 찾아오는 일종의 독특한 저력인지도 모르겠다.

세 여자는 중얼거리기를 멈추었나 싶더니 벌떡 일어났다. 이어 천천히 샤미센을 켜고 노래하고 춤을 추기 시작하였다. 자신들의 즐거움을 위하여 연주하기는 그것이 처음이자 마지막이 아닐까 싶었다. 세 여자의 얼굴은 새 생명을 얻은 자의 얼굴 같았고, 큰 희망을 품은 자의 얼굴 같았고, 또 격렬한 정염에 몸을 사르는 자의 얼굴에 육박할 만큼 활기찼다.

나는 그녀들의 의기에 깊이 감동하였다.

그리하여 나는 각각 구조가 다른 혼이 하나로 뭉쳐지는 순간을 똑똑하게 보았다. 언제 태어났는지 언제 죽을지 모르는 채 떠돌다 죽어갈 세 여자는 틀림없이 흐르는 자였다. 흐르는 자의 진가를 내 두 눈으로 목격한 기분이었다. 진정한 자유에 잠겨 있는 것은 다른 누구도 아닌 그녀들이었다. 내게는 그렇게 생각되었다. 세 여자가 차례차례 보여주는 춤과 음악은 암담한 밤바다에 떠다니는 야광충이며 또는 짙은 초록으로 에워싸인 깊은 산 깊은 곳에 홀로 피어 자화수분自花受粉을 계속하는 난이며 또는 요동하는 강물이 흐르는 강변에 안치된 젖은 주검이었다.

마침내 그녀들은 차례차례 쓰러졌다.

쓰러진 채 더는 움직이지 않았고 잠자듯 숨을 거두었다. 노래와 춤과 샤미센의 여운이 소용돌이무늬를 그리며 흐르는 물처럼, 한동안 숲에 머물러 있었다. 그러나 그것도 끝내는 숲을 조용히 빠져나가 광막한 황야를 지나 산협의 아름다운 낙엽에 녹아들어, 달의 눈에 깃든 눈물 속으로 빨려들어갔다.

세 여자 모두 죽은 얼굴이 유복한 가정에서 태어난 여자보다 한결 풍요로웠다.

다소 지나친 생각인지도 모르겠으나 나는 지금도 그녀들의 죽음을 지상의 것 이상으로 받아들이고 있다. 또 이것저것 가리지 않고 무엇이든 먹어치우는 겨울잠 들기 전의 짐승들이 서로 약속이라도 한 듯 시체를 먹이로 여기지 않은 연유도 알 수 있을 듯한 기분이었다. 곰도 여우도, 늑대조차 그녀들의 시신을 멀리서 바라만 볼 뿐 얌전하게 물러난 것이다.

이틀이 지난 날 아침, 잎사귀 끝에서 하얗게 빛나던 서리가 꽁꽁 얼어붙는가 싶더니 거목인 나조차도 간이 서늘해질 정도로 폭설이 내렸다. 무거운 눈에 짓눌려 한참 자라는 어린 나무의 가지가 수도 없이 부러졌다. 오랜만에 눈이 많이 내리는 겨울이었다. 눈은 세 여자를 완전히 덮었다. 그렇지만 눈보라가 맹렬하게 몰아치는 밤에는 그녀들의 노랫소리와 샤미센 소리가 되살아났다…… 긴 겨울이 끝날 때까지 내내 그런 기분으로 지냈다.

봄이 찾아오기 얼마 전에 내리던 눈이 그래도 비가 되었다.

큰비였다. 눈이 녹아내린 물과 함께 사방 일대가 질척질척하였다.

그리고 물이 빠졌을 때 그 세 여자의 망해는 자취도 없었다. 흔적도 없었다. 다만 산벚꽃이 필 무렵이 되자 그 장소에서 세 줄기의 물이 졸졸 솟아나와, 늪 방향으로 흘렀다.

그로부터 수백 년이 흐른 지금에도 그 샘은 마르지 않고 있다.

그건 그렇고 인간은 물을 너무 함부로 사용하고 있다.

수원이란 수원을 온통 짓밟고 있다. 숲과 산의 초원을 미개발 지역이라고만 생각한 인간은 지금에 와서는 물의 앙갚음을 당하고 있다. 정신을 차렸지만 녹지화 계획을 추진할 만한 경제적인, 아니 정신적인 여유가 없다. 나무들의 뿌리 덕분에 땅에 고여 있던 빗물이 미끄러지듯 지표를 흐르면서 양분을 담뿍 머금은 흙을 가차 없이 쓸어내려가고 있다. 질소비료를 전혀 필요로 하지 않는 식물이나 척박한 토양에서도 자라는 식물을 만들어내기 전에 미리미리 대책을 세웠어야 하는데 인간들은 그러지 않았다. 그래서 해마다 도처에서 갈수기가 연장되고 있는 것이다.

너는 지금, 혹독한 갈증에 시달리고 있다.

공복은 그나마 참을 수 있지만 물에 대한 유혹만은 이기기가 어렵다. 그래서 너는 끝내 그 물을 마신다. 어둠 속에서 바닥 골에 흐르는 바닷물 같은 물을 떠 마신다. 역겨운 냄새가 났다. 도저히 마실 수 없는 물이 목구멍으로 넘어간다. 먹고 마시지 못한 요 며칠 동안, 너는 빛이 없는 동굴 같은 좁은 돌방에 유폐되어 있다.

어떻게 하면 탈출할 수 있을지 아직 방법을 찾지 못했다. 무리도 아니다. 철문은 밀어도 당겨도 끄떡하지 않고, 맨손으로는 돌벽을 어떻게 할 수도 없다. 기회를 봐서 도망치리라고 마음먹었는데, 시간이 지남에 따라 기력이 급속도로 떨어져간다. 무슨 수를 쓰려 해도 누군가가 문을 열고 들어오지 않는 한 손쓸 도리가 없다.

아무런 기척이 없다.

기다려도 기다려도 누구 한 명 나타나지 않는다. 통로는 항상 잠잠할 뿐이다. 바닥을 졸졸 흐르는 물소리와 너 자신이 내는 소리밖에 들리지 않는다. 완벽한 어둠과 완벽한 정적이 너의 마음을 바싹바싹 죄어든다. 축적된 지각이 점점 줄어든다. 너의 폐를 드나드는 눅눅한 공기는 너를 물러터지게 하려 한다. 눈이 빛에 주려 있다.

그러나 너는 외치지 않는다.

살려달라고 소리치지도 않고 망언을 토하지도 않는다. 너를 가둔 놈들은 네가 울부짖으며 애원하기를 이제나저제나 하고 기다리고 있을 것이 분명하다. 아마도 그들은 "왜 나를 이렇게 가두어 두느냐?"고 한마디 묻지조차 않는 아주 특이한 너를 어떻게 다루어야 할지 모르는 것이리라. 아니면 혼쭐을 내주어야 할 자가 너무 많아 다망한 탓에 너 따위는 벌써 잊어버린 것일까.

그럴 리는 없다.

그들은 너한테 여전히 관심을 갖고 있을 것이다. 왜냐하면 너에 관한 확실한 정보는 한 가지도 쥐고 있지 않기 때문이다. 그들에게 너란 인간은 태생도 성장과정도 불분명한 이름 없는 하수인이다. 속이 부글거리는 것은 네가 아니라 오히려 그들 쪽이다.

그건 그렇고 이 얼마나 어리석은 자들인가.

아무래도 그들은 흐르는 자 이상도 이하도 아닌 너를 국가에 대적하는 무리의 한 명으로 본 모양이다. 의원숙사나 여객기에 폭발물을 설치하는 지하조직의 일원일지도 모른다고 생각하고 있는 것일까. 그렇지 않으면 의심가는 자는 누구든 가리지 않고 체포한다는 인권 무시 방침에 따라 움직이고 있을 뿐인가. 아무튼 그들은 법률의 확대해석을 한층 넘어선 일에 가담하고 있다.

이미 세상은 어수선한 정도를 크게 벗어나 있다.

다가올 가혹한 정치의 시대를 둘러싸고 권력을 원하는 사람들의 암투가 횡행하고 있다. 그리고 추상같은 시대가 드디어 막을 올리려 하고 있다. 그 유력한 증거로, 권력에 대항하는 인간은 가차 없이 잘라버리는 조직이 이렇듯 존재하는 것이다. 탄압하는 측과 그것을 다른 정치사상으로 배격하려는 측의 격렬한 각축전 탓에 흐르는 자의 입장은 완전히 희미해지고 말았다. 흐르는 자는 권력이란 환상을 손톱만큼도 품고 있지 않기 때문이다.

여기에는 윤리적 행위란 것이 일절 존재치 않는다.

여기에는 학대받는 자와 학대하는 자의 관계라는 전세기적인 유물밖에 없다. 항간의 소문은 사실이었다고 너는 생각한다. 무력으로 국내를 단숨에 장악하려는 놈들이 그 세력을 확대하기 위하여 반대파 사람들을 쥐도 새도 모르게 어디론가 데리고 간다는 소문은 거짓이 아니었다.『원숭이 시집』에는 이런 말이 있다.

세상은 복종을 거부하는 자를 말살한다.

흐르는 자는 가장 완벽한 대상이다.

혼미한 세계에 대처하기 위해서는 강압적인 정치가 필요하다고 생각하는 국민의 수가 급증하고 있다. 경기회복에 불을 지펴줄 만한 새로운 시장이 출현하지 않으리라는 것을 알게 된 순간 이 나라 사람들은 평정을 잃고 말았다.

군비를 철폐하라는 슬로건 따위는 지금 터무나 마찬가지다.

사면이 바다로 둘러싸인, 유행 따르기만 좋아하는 이 국가는 발등에 떨어진 불을 끄기에 급급할 정도로 위태로운 상태다. 하루하루의 생활에 쫓기는 서민은 분노를 터뜨릴 상대 대신에, 무시할 만한 상대를 찾고 있다. 즉 열등민족을 찾아내서, 없을 경우에는 만들어내서, 그들을 방석 대신으로 삼고 싶어한다. 불굴의 호기를 숭앙하는 포즈를 즐기는 저 잘난 놈이 상대의 기선을 제압하여 전쟁을 도발해야 한다는 과격한 주장을 되풀이하고 있다. 그런 놈들을 배후에서 조종하는 자는 누구인가…… 말 안 해도 다 아는 사실이다.

미숙한 정신 때문에 포효하는 시대가 다시금 도래하고 있다.

역사가 깊지 못하다는 이유도 있지만 언제까지고 벼락 시책에서 벗어나지 못하는 민주주의가 희미하게나마 아직 여세를 유지하고 있다. 그러나 요즘 들어 성깔 있는 평화론자들의 인기는 땅에 떨어졌다. 변덕이 심한 대중이 지금 가장 고대하고 있는 인걸이란, 무적의 혼에 능란한 언변으로 자기 생각을 거침없이 토로하고 때로는 짐승 같은 성질을 노골적으로 드러내는 그런 인물이다. 그리고 그 조건에 딱 맞고, 이 나라 온 천지에 지배력을 발휘할 남자가, 정치 표면에 등장해 있다.

적어도 국내에서는 그 남자가 이미 확고부동한 지위를 확보한 것으로 통하고 있다.

그 작자는 아무튼 혼미한 기류를 하나로 정리해놓았다. 그의 경우에 한하여 성급함이 재난을 부르지는 않았다. 현재까지는 그렇다. 바로 얼마 전에도 그는 천황을 국정에 관여케 하는 데 성공하였다. 그에 대해 많은 식자들도 근래 보기 드문 쾌거였다고 인정하고 있다. 시대의 흐름에 맞추어 사는 자들은 자기야말로 지식인을 대표하는 자라고 믿어 마지않는다.

이어 그 땅딸보는 내각의 경질에 성공하였다.

그 건에 관해서는 반드시 임시 각의를 열어야 한다고 결의에 찬 주장을 펼치던 지조 굳은 의원은 당장 나라를 배반하는 놈 취급을 받았고 불과 두 주 만에 정계에서 쫓겨나고 말았다. 그뿐인가. 그로부터 일주일 후에는 돌연 행방이 묘연해졌고, 그림처럼 아름다운 마을 한 어귀에서 발견되었을 때는 전라의 사체로 변해 있었다. 다섯 치짜리 못이 빈틈없이 박힌 전신은 고슴도치를 연상케 하였다.

그 사건은 누구나가 기이하게 여기고 간과하지 말아야 할 문제였다.

그런데 어찌 된 셈인지 그 사건에 관한 뉴스는 늙은이와 젊은이가 함께 뛰는 국민 마라톤 대회 뉴스에 밀려 거의 다루어지지조차 않았다. 조국을 위해 심신을 단련하라는 말이 언젠가는 전면에 나설 것이다. 모든 스포츠가 악용될 것이다.

너의 육체는 쇠약해질 대로 쇠약해지고 있다.

도시에서 자란 섬약한 체질의 청년이었다면 벌써 목숨이 다했을 것이다. 그러나 너는 살아 있다. 한 되짜리 병에 갇힌 살모사처럼 끈질기게 살아 있다. 극단적인 영양실조로 건강이 급격히 악화되기는 하였지만 심장과 두뇌는 정상적으로 움직이고 있다. 또기가 꺾이지도 않았다. 육체는 어쩔 수 없지만 변함없이 흐르는 자의 정신은 온전하게 유지되고 있다.

더구나 너는 아주 중요한 발견을 하였다.

설사 어둠 속에서라도 이 세상을 달관할 수 있으면 자신을 해방시킬 수 있음을 깨달았다. 끝없는 악몽에 가까운 가혹하기 그지없는 현실 속에서도, 두려움에 오싹 소름이 끼치거나 또 꺼이꺼이 목메어 우는 일도 없었다. 아니 오히려 고도의 자기 인식을 얻을 수 있었다.

너는 의연한 태도를 유지할 수 있었고 배고픔도 잊을 수 있었다.

그리하여 내재하는 자신과 삶의 욕구에도 지구의 중력에도 굴하지 않는 또하나의 자신과 마주하고 산다는 것이 무엇인지 문답을 주고받게 되었다. 때로는 함께 한적함을 즐기기도 하였다. 오래도록 빛이 없는 공간에서 오랜 기간 단식 상태를 유지함으로써 너는 정신세계의 복잡한 사정을 터득하기에 이르렀다.

그러고서도 몇 시간이나 지나 갑작스레 가시의 세계로 돌아온다.

때마침 잠을 자고 있었기에 망정이지 그렇지 않았다면 그 강렬한 빛에 눈이 어떻게 되었을지 모른다. 그만큼 센 빛이 돌방 한가득 넘치고 있다. 너는 주의 깊게 눈을 가늘게 뜨고 우선은 자신의 몸을 본다. 야윈 것은 분명하지만 예상한 만큼은 아니다. 뼈만 남은 것은 아니다. 손발도 움직일 수 있다. 일어나려 하자 현기증이 일었지만 금방 가라앉았다.

너는 다음 변화에 대비한다.

언제 찾아올지 모르는 탈출의 기회를 놓치지 않으려고 사방에 신경을 곤두세우고 반격의 자세를 갖춘다. 천장 감시 카메라 렌즈를 똑바로 쏘아보면서 스피커에서 들릴 목소리를 기다린다. 그러나 아무리 기다려도 소리는 들리지 않는다. 네가 얼마나 쇠약해졌는지 보기 위함일까. 만약 그렇다면 죽은 척하는 편이 좋을지도 모른다.

드디어 통로에서 발소리가 들린다.

여럿이 아니다. 너의 체력을 얕잡아보고 혼자서 오는 것이라면 절호의 찬스다. 실패로 끝날 공산도 크지만 아무 손도 쓰지 못하고 이대로 굶어 죽는 것보다는 낫다. 너는 약해진 모습을 보이려고 전신에서 힘을 쏙 뺀다. 손잡이를 돌리는 소리가 나고 문이 열린다.

성큼성큼 들어온 것은 건장한 남자가 아니다.

올챙이 같은 배에 좀스럽게 코밑수염을 기른 나이 든 남자다. 머리에는 몇십 년 전 엉터리 화가들이 즐겨 썼던 베레모를 쓰고 있다. 꽤나 추위를 타는 체질인지 출렁거리는 두툼한 코트로 몸을 감싸고 있다. 그 작자가 손에 들고 있는 것은 접이식 의자 한 개뿐이고 무기류는 전혀 갖고 있지 않다. 그 외에 동행자는 없다. 밖에 다른 자가 있는 듯한 기척도 없다. 문은 반쯤 열린 채다. 너는 의심을 품는다. 함정일지도 모른다고 생각한다. 도망을 구실 삼아 사살할지도 모르는 일이다.

너는 잠시 상황을 살피기로 한다.

남자는 들고 온 의자에 풀썩 앉아 잠자코 너를 내려다본다. 너도 벽에 기대어 그 남자를 차근차근 관찰한다. 완력을 보아서는 대수로운 상대가 아닐 듯하다. 오른쪽 팔을 비틀어버리면 그다음은 상대해볼 만하다. 음식만 제대로 먹었다면 단번에 쓰러뜨릴 수 있을 것이다.

더구나 그 남자는 허점투성이다.

굶주린 쥐에 대한 준비가 전혀 되어 있지 않다. 너를 조금도 경계하고 있지 않다. 아무렇지도 않게 시선을 돌리고 등을 보이기도 한다. 코트 주머니에 무슨 강력한 무기라도 숨기고 있는 것일까. 아니면 며칠 동안 물밖에 먹지 못한 인간의 체력의 한계를 숙지하고 있는 것일까.

남자는 한참 동안 말없이 너를 보고만 있다.

네가 얼마나 지쳐 있는지를 가늠하려는 것이리라. 너는 남자의 둥근 안경테 너머에 있는 돌고래처럼 조그만 눈을 들여다본다. 온화한 얼굴과 달리 그것은 언제든 사악한 행동을 취할 수 있는 자의 눈이다. 불그죽죽한 얼굴에 술살이 오른 이 작자를, 체형처럼 우둔하다고 판단하는 것은 경솔한 짓이다. 그 점은 너도 잘 알고 있다. 알고 있기에 움직이지 않는다. 그 편이 현명하다.

여전히 남자는 아무 말이 없다.

무언의 숨은 뜻을 중히 여기는 관료적 인간의 냄새가 풍긴다. 즉 웃어른의 신임을 얻는 순간 그 어떤 비도덕적인 짓도 서슴없이 할 수 있는 놈이다. 시험 삼아 너는 약간 몸을 움직여 상대방의 반응을 본다. 그러자 그는 상체를 비스듬히 누이고 발치에 웅크리고 있는 너를 힐끔 쏘아본다. 그리고 천천히 말을 꺼낸다.

이런 말로 먼저 입을 열었다.

"고통을 능가하는 자백제는 아직 개발되지 않았는데 말이야. 좀 빨리 발명돼야지, 이거야 원 성가셔서."

이어 이렇게 말한다.

"그래도 요즘 젊은이치고는 대단하군, 안 그런가?"

너를 두고 하는 말이다.

"전혀 소리를 내지 않았어"라고 자못 감탄했다는 양 말한다. "아니면 벙어리인가?"

그때 너는 퍼뜩 깨닫는다. 돌방에 갇히던 첫날 스피커를 통해 흘러나온 목소리의 주인이 이 남자였음을 안다. 그 순간 네 안에서 악의가 불끈 고개를 쳐들었다. 그렇게 분노의 웅혼한 외침이 가슴을 한가득 메우기는 실로 드문 일이었다. 태어나서 처음 경험하는 것 같다. 너도 그런 자신에 놀라고 있다. 너는 어쩌면 한 꺼풀 벗었는지도 모른다. 긴 밤잠에서 깨어나 드디어 몸을 일으키려는 것인지도 모른다.

『원숭이 시집』에는 이런 말이 있다.

흐르는 자의 신념을 기르는 것은 지성도 이성도 아니다.

감정의 폭발이다.

나도 그렇게 생각한다.

그러나 이런 경우, 모처럼 고양된 분노에 몸이 따라줄지 문제다. 너는 지금 소금에 절인 배추처럼 축 늘어져 있고 전신 어디로도 힘을 줄 수가 없다. 그리고 상대는 너의 상태를 속속들이 꿰뚫고 있다. 며칠 밥을 굶기면 어떻게 된다는 것을 잘 알고 있다.

"배가 너무 고파 말할 기운도 없나, 응?"이라고 남자는 무심한 얼굴로 말하면서 푹 숙이고 있는 너의 얼굴을 들여다본다.

"여기로 끌려온 놈들은 대개 이런 꼴이 되고 말지."

그리고서 남자는 코트 주머니에 쑤셔넣고 있던 손을 빼면서 무언가를 끄집어낸다. 네가 상상한 것은 아니다. 그저 주스 캔 하나. 그는 그것을 살며시 너의 양다리 사이로 굴린다. 너의 의지와는 무관하게 손이 멋대로 움직인다. 그나마 먹고 마시기 위한 기력은 남아 있다. 너는 게으름뱅이보다도 느린 동작으로 그것을 잡더니 혼신의 힘을 짜내 꼭지를 딴다.

"천천히 마시지 않으면 죽어."

남자는 그렇게 말하고 유쾌하다는 듯 웃는다.

너는 충고를 무시하고 사과주스를 단숨에 마신다. 마시고서 격렬하게 재채기를 한다. 남자는 너의 등을 쓰다듬으면서 이런 말을 중얼중얼 늘어놓는다. 너를 붙잡은 것은 아무래도 실수인 듯하다. 너는 흔히 있는 사회 부적응자도 아니고, 의원숙사나 여객기에 폭탄을 장치하는 놈들과 한패도 아닌 듯하다. 홀로그래피 카메라로 찍은 너의 영상을 체포한 '파란지구' 멤버들에게 보였지만 아무도 모른다고 했다. 놈들은 잘 분다. 손톱을 두세 개쯤 벗겨내면 무엇이든 불고 만다. 전기를 사용하면 질문 외의 사항까지 술술 분다. 반나절쯤 혼쭐을 내주면 당장에 전향하여 배신자의 역할을 자청한다. 말이 좋아 반정부투사지 결국은 각오도 없는 칠칠치 못한 놈들뿐이다. 체제 측의 꼭대기에 서려는 놈들과 마찬가지로 그들 또한 헛된 공명심을 추구하는 데 지나지 않는다. 이 나라는 확고한 신념을 지닌 혁명가를 배출할 수 없다.

"그런데 네놈은 아주 상당했어."

그렇게 말하고 남자는 허세가 섞인 몸짓으로 파이프를 물고 불을 붙인다. 그리고 연기를 네 얼굴에 뿜으면서 다시 말을 잇는다.

"야아 네놈은 정말이지 대단했어. 한번이라도 좋으니까 네놈처럼 기골이 있는 놈을 상대해보고 싶었지."

이어 그는 구두 끝으로 파여 있는 골을 더듬으면서, 왜 물을 흐르게 한 것인지 아느냐고 물었다. 묻고서는 금방 스스로 대답한다. 피나 그밖의 오물을 씻어내기 쉽도록 한 것이라고 상세하게 설명한다.

"내가 제안해서 만든 것이지"라고 남자는 자랑스럽게 말한다. "하지만, 거의 쓸모가 없어. 다 곧 잘 부니까 말이야. 너무 술술 뱉어내니까 재미가 있어야지. 그런데 네놈 같은 질긴 놈이 와주었으니 애써 만든 보람을 느끼겠군."

그는 진지하게 말한다. 너 같으면 손가락이나 발가락 하나 둘쯤 잘려나가고, 코나 귀를 도려내도 침묵을 지킬 것이다. 한 번이라도 좋으니까 초인적인 놈을 상대하고 싶은 것이다.

그리고 심문이 시작되었다.

"그런데 너는 누구지?"라고 남자가 묻는다. "대체 누구냐고?"

왜 주민 카드를 갖고 있지 않느냐.

버린 것인가, 아니면 숨긴 것인가.

지문도 등록되어 있지 않으니 어찌 된 일인가.

일본 사람인가.

외국의 스파인가.

스파이라면 위조 카드를 갖고 있을 것이다.

카드 없이 지금까지 어떻게 살아온 것이냐.

이 나라에서 카드를 갖고 있지 않은 자는 인간이 아니다.

원숭이류인가.

원숭이를 상대해봐야 아무 소용이 없지.

유감스럽게도 이곳에는 원숭이를 사육할 예산이 없다.

원숭이라면 산 채로 해부를 한다 해도 아무도 비난하지 않을 것이다.

거기까지 쫙 늘어놓자 남자는 또 주머니에 손을 넣어 검은 가죽 표지 책을 꺼내, 너의 허벅지께로 힘껏 내던진다. 맞은 곳이 뜨끔하고 아프다. 그 시집이다. 자신과 확신을 갖고 흐르기를 권하는

『원숭이 시집』이다. 순간 그것을 집으려 한 너의 오른손이 남자의 오른발에 짓밟힌다. 작업화처럼 딱딱한 구두에 꽉 힘이 쏠린다. 피하에서 피가 흐를 정도로 세게 밟고서 그는 말한다.

"흠 그런 책이 뭐 재미있다고. 내 한번 대강 훑어보았는데, 딱히 대단한 내용도 아니더군."

그는 『원숭이 시집』에 실려 있는 체제에 대한 독의 함유량이 보잘것없다고 한다. 과연 이 장시는 인정과 도리를 겸비하고 도처에서 지성의 번뜩임을 느낄 수 있으며, 바르고 큰 기운에 넘치고, 결코 음침하지 않으며, 나약하지 않고 당당하다. 그러나 사회나 국가에 대한 영향력 면에서는 『자본론』의 발끝에도 미치지 못할 것이다. 풍속을 교란하는 책도 못 된다고 한다.

"여기저기 박혀 있는 반역사상 말인데, 그런 거야 고작 문학의 범주에서나 통용될 수 있는 것이지"라고 말하고 남자는 싱긋 웃는다. "세상 물정 모르는 풋내기들한테는 위로의 약이 될 테지만, 한몫하는 어른한테는 전혀 쓸모없는 독이야."

그렇게 말하고 나서 그는 너의 손과 너의 애독서에서 발을 치운다. 너는 『원숭이 시집』을 마치 자기 자식이라도 되듯 와락 껴안는다. 그렇게 껴안기만 해도 전신에 활력이 되살아난다. 착각도 유분수다. 아니면 아까 마신 주스가 효과를 보고 있는 것인가.

남자는 정곡을 찔러, 흠칫 놀라는 너의 얼굴이 보고 싶어 다시 주절거리기 시작한다.

"어디 사는 누구인지는 모르겠지만 너란 놈은 요컨대 사람에게 무해한, 깔개도 못 되는, 드문 짐승이란 말이지."

즉 너는 야생 원숭이나 마찬가지로 그냥 놔두어도 아무 탈이 없는 종류의 짐승이라고 한다. 곰이나 멧돼지와는 달라서, 설사 인간 세계에 섞여 들었다 해도 일일이 사살할 필요가 없다고 한다.

"곰이나 멧돼지는 발견하는 즉시 처치해야 하지만 말이야"라고 그가 말한다. "요즘 들어 놈들이 너무 불어나서 말이야. 몇 마리쯤 죽여가지고서는 끝이 없어. 지금까지 너무 풀어준 탓이지."

국가 재건 계획에 걸림돌이 되는 '파란지구', 그들이 정부에 촉구하는 요구가 당치도 않은 것들뿐이라고 매도하는 자는 머지않아 이 나라의 전권을 장악하게 될 그 땅딸보다.

베레모를 쓰고 파이프를 문 이 남자는 그놈을 위해 이런 땅속에서 일하고 있다. 그렇다고 억지로 일하는 것처럼 보이지는 않는다.

그는 말한다.

"그릇된 평등을 추구하는 나라들이 어떤 말로를 맞이했는지 잘 알고 있는 주제에, 아직도 낡아빠진 꿈에서 깨어나지 못하는 얼간이들이 있단 말이야."

그의 연설은 그칠 줄을 모른다.

대중보다 각별하게 뛰어난 인간이나 혹은 그럴 법하게 보이는 인물을 따르기만 하면 나라는 저절로 정돈되는 법이다. 이상적인 지도자가 될 수 있는 인간 따위는 어디에도 존재하지 않는다. 아무리 찾아도 찾을 수 없을 것이다. 그러나 어리석은 대중은 항상 그런 인물을 추구한다. 본능적인 욕구다. 그런 우둔한 대중에게는 영웅 비슷한 인물을 적당히 만들어 던져주면 그만이다. 어차피 실제로 무대를 움직이는 것은 뒤편에 있는 전문가들이니까. 대중의 섬김을 받는 인물은, 섬김을 받음으로써, 주변에서 부추기고 추어올림으로 하여, 어느 사이엔가 정말 어두운 길을 비추는 빛을 발하게 되는 것이다. 그렇게 역사를 좌우하게 되는 것이다.

그는 아직도 말을 계속하고 있다.

원숭이들의 세계도 비슷하게 조직되어 있을 것이다. 그 시집에 등장하여 읽는 이에게 뜨겁게 말을 거는 늙은 원숭이만 해도, 결국은 집단생활에 적응하지 못하는 외톨이 원숭이가 아니라, 구제키 어려운 이탈자가 아니라, 그저 편안한 나날을 보내고 싶어하는 밥벌레에 지나지 않는다. 무한한 가능성을 지닌, 사지 멀쩡한 젊은이가 아직 앞날이 창창한데 인생을 방기하고 소극적으로 뒷걸음질하듯 살다니 대체 무슨 생각인지 모르겠다.

그러나 너는 그 도발에 동하지 않는다.

반론하고 싶은 충동에 사로잡히지도 않는다. 너는 개인적인 의견을 상대로 더구나 대등한 입장도 아닌데 일일이 대꾸할 이유는 없다고 생각한다. 너에게 그는 대수로운 상대가 아니다. 한눈에 수준을 알아볼 수 있는 남자다. 의미심장한 태도를 가장하고, 어설픈 지식을 늘어놓고, 총명한 표정을 꾸미고, 달변인 척 우쭐하여도, 근본을 따지자면 속인의 전형에 불과하다. 나라에서 제일 치사한 일을 지시받고도 희희낙락하는 그런 쓰레기에 불과하다. 말 그대로 죽이든 살리든 마음대로 하라는 확약을 받고, 제 주제를 잊어버린 사디스트에 지나지 않는다. 요컨대, 독재정권을 지향하는 자로서는 절대 무시할 수 없는, 실로 귀중한 남자인 셈이다.

그는 또 주머니에서 무엇을 꺼낸다.

네가 조각한 원숭이다. 붙잡혔을 때 시집과 나이프와 함께 빼앗긴 것이다.

"제법 솜씨가 그럴듯한데. 이런 나이프 한 자루로 이렇게 정교하게 새기다니."

너는 여전히 입을 꾹 다물고 있다. 그 눈이 어딘가 원숭이를 닮았다. 하지만 함정에 걸려 인간의 손에 붙들린 원숭이의 눈이 아니다. 그것은 최악의 사태를 각오한 원숭이의 눈이다. 내습한 한 파를 지그시 쏘아볼 때의 눈이며, 심산유곡에 들어가기 위해 여울을 건너려 할 때의 눈이다.

"이 정도 작품이면 다 갖고 싶어하겠지"라고 남자가 말하고 잠시 후 "너 조각가냐?"라고 묻는다.

그는 그 원숭이가 공예품의 영역을 뛰어넘었다고 한다. 어쩌면 같은 길을 걷고 있는 공예가들이 전원 주목할 만한 일급 예술품일 수도 있다고 한다. 알맹이 없는 공치사라고만은 여겨지지 않는 말투다.

"하지만 좀 유감스럽군"이라 말하면서 남자는 팔짱을 끼고 생각에 잠긴다. "국가가 인정한 예술가라야 일류가 될 수 있으니 말이지."

여전히 부자연스러운 태도로 그는 계속 말을 잇는다.

"국가의 존재를 인정하지 않는 그런 놈을 나라가 인정할 리가 없지. 안 그런가?"

너는 입가에 뜻 모를 미소를 띠고 있다.

그 미소를 본 남자는 울컥 화가 치미는지, 이렇게 말한다.

"조소하는 것은 네 마음이지만 국가권력을 우습게보면 안 되지."

호국의 귀신이라 자처하고 있을지도 모르는 그는 다시 지껄여댄다.

『원숭이 시집』에 대한 패러독스를 풀어놓는다. 그후에 자신의 사명은 강력한 질서를 탄생시키기 위한 디딤돌 역할이라고 단언한다. 그리고 그것은 천명이라고 심각하게 말한다. 이어 변화무쌍한 세상사에 대하여 정통했다는 표정으로 가소롭기 짝이 없는 해설을 늘어놓는다. 우리의 이 초법규적인 계획은 피의 맹세로 실행에 옮겨질 것이라고 의기양양한 얼굴로 말한다. 죽어가고 있는 이 나라의 기능을 회복시키기 위해서는 수단을 가릴 수 없다고 단언한다.

그러나 새로울 거 없는 식상한 말이라 너의 마음을 움직이지는 못한다.

아무리 멋진 말을 늘어놓아본들, 그는 사방에 이리저리 굴러다니는 가학적 취미의 사대주의자에 불과하다. 어른 잠자리가 되지 못하는 유충, 그렇지 않으면 평생을 암흑세계에서 사는 두더지, 아니면 항상 민족문화를 선양하면서도 막상 때가 되면 배를 한일자로 쫙 긋지도 못하는 소심한 허풍쟁이.

그런 놈이 너를 깔보고 있는 것이다.

그는, 너 같은 놈은 개미 한 마리, 구더기 한 마리만 한 가치도 없다고 한다. 그렇게 심한 말을 듣고서도 너는 잠자코 있을 작정인가. 한마디라도 좋으니 뭐라 대꾸를 하라. "빨판상어 같은 놈이 큰소리치고 있네"라든지, "피라미 주제에 꽤나 거들먹거리네"라든지, 뭐라고 한마디 해주어라. 주스 캔 하나 얻어먹었다고 긴장이 풀어져버린 것인가. 흐르는 자로서의 기개를 보여주어라.

그러나 너는 역시 아무 말이 없다.

손목을 베개 삼아 옆으로 누워서는 오랜만에 보는 『원숭이 시집』을 크게 뜬 눈으로 응시한 채 한마디도 하지 않는다. 답답한 녀석이다. 어차피 너는 살아서는 그곳을 빠져나갈 수 없다. 어차피 너는 죽을 것이다. 국가에 칼을 들이밀 마음이 너에게 있든 없든 그런 것은 이미 아무 상관이 없다. 문제는 네가 그들의 존재를 알아버렸다는 것이다. 불합리한 방법으로 국민을 속박하는 현장을 보았다는 것이다. 그 조직은 아마도 막대한 예산을 소비하고, 믿기지 않을 만큼 엄청난 권한도 주어져 있을 것이다. 게다가 그것은 잠재하는 세력의 일부, 앞잡이 기관의 하나에 지나지 않을 것이다. 그 베레모 사나이의 얼굴을 보고 지상으로 돌아간 자는 한 명도 없을 것이다. 시체가 되어서도 돌아가지 못했을 것이다.

남자는 이미 너에게 흥미를 잃었다.

신상이 밝혀지든 그렇지 않든, 그런 것과는 무관하게 그는 너란 인간에게 전혀 관심을 보이지 않는다. 그는 이미 결론을 내린 것이다. 그 개인한테라면 몰라도, 국가적인 차원에서 보면 심문할 만한 가치가 없는 인간이라는 결정이 이미 나 있다. 그는 바쁘신 몸이다. 쓴맛을 보여줘야 할 인간이 너무 많아 쉴 틈도 없을 것이다.

그가 지금 열심히 들여다보고 있는 것은 네가 조각한 원숭이다.

그는 그것을 손에 쥐고 요모조모 꼼꼼히 살피면서 매우 아깝다는 말투로 말한다.

"이거, 기념으로 내가 받아두지. 끈질기게 말이 없는 놈이 있었다는 기념으로 말이야."

너는 무표정을 유지하고 있다.

"말하고 싶지 않으면 안 해도 좋아. 너한테는 이제 아무 흥미도 없으니까. 너 같은 떠돌이를 상대하고 있을 만큼 한가하지 않거든."

그는 천천히 일어나 의자를 탁탁 접는다.

"네놈보다 이 원숭이한테 깊이 빠질 것 같은데."

그렇게 말하고는 그는 나무 조각품을 소중하게 주머니에 넣는다. 그러고서 등을 네게 향하고 문 쪽으로 걷는다. "같이 죽자"를 실행에 옮길 마지막 기회다. 그러나 너는 움직이지 않는다. 체력을 완전히 소진한 너는 꼼짝도 할 수 없다. 고작 사과주스 하나로는 일어서기도 힘들다.

그는 너를 포기하였다.

네가 무해한 짐승이라는 것을 알면서도 사람이 사는 동네로 내려온 곰이나 멧돼지처럼 처분할 작정이다. 너는 너무 많이 알아버린 원숭이다. 사법적 처리가 이중구조를 갖고 있다는 것을 안 이상, 아니 그보다 자신의 얼굴을 본 이상, 그가 너를 순순히 풀어줄 리는 없다.

철문을 닫기 직전에 남자는 너를 돌아본다.

그리고 다시 주머니에 손을 넣는다. 이번에 꺼낸 것은 나이프다. 네가 애용하였던 나이프다. 그러나 너를 해치려고 꺼낸 것은 아니다. 날을 편 채로 네 바로 앞에, 사타구니 사이로 마치 개한테 뼈라도 던져주듯 휙 던지고 그는 이렇게 말한다.

원숭이에 대한 답례다.

의도는 명백하다. 그로서는 대단한 호의를 베푼 것이다. 즉 너는 굶어 죽기를 기다리기 전에 스스로 목숨을 끊을 기회를 얻은 셈이다. 비정한 처사를 생의 가장 큰 보람으로 여기는, 원숭이보다 못한 짐승의 발소리가 통로 저쪽으로 멀어져간다. 자신의 손으로 타자를 고통에 빠뜨려놓고는 그것을 강 건너 불 보듯 할 수 있는, 그러나 결코 드문 타입은 아닌 남자가 어둠 저편으로 빨려들어간다.

너는 어둠 속에서 조소하는 그의 얼굴을 쉬 상상할 수 있다.

태어나서 처음으로 학대다운 학대를 받은 너는 크게 숨을 한 번 내쉬고 『원숭이 시집』을 꼭 껴안는다. 그러나 나이프에는 손끝 하나 대지 않는다. 그 남자는 분명 감시 카메라로 네가 그것을 사용하는지 지켜보고 있을 것이다. 그래서 불을 끄지 않는 것이다. 그가 고안해낸 새로운 고문 방법은 아닐까. 어쩌면 도박의 대상인지도 모른다. 굶어 죽든가 나이프로 자살을 하든가. 마침내 너는 눈에 거슬리는 나이프를 접어 주머니에 넣는다. 아직 허세를 부릴 만한 기운은 남아 있다.

아까 마신 주스가 잊고 있던 식욕에 불을 당겼다.

너의 충혈된 눈 속으로 영양분 넘치는 음식물이 잇달아 스친다.

죽고 싶지 않다는 생각이 온몸에서 불끈불끈 치솟는다. 너는 천장 카메라를 쏘아본다. 그러자 그것은 기세가 꺾인 움직임으로 구멍 속으로 기어들어가고 만다. 동시에 불이 꺼진다. 죽게 될 자를 방치하는 어둠이, 구금성拘禁性 노이로제에 빠뜨리는 완벽한 어둠이 다시 너를 폭 감싼다.

나이프가 주머니 안에서 슬며시 중얼거린다.

"차제에 미련 따위는 깨끗이 버리는 게 어때?"

너는 아무 대꾸도 하지 않는다.

암흑 속에서 흐르는 긴 시간이 너의 의식을 더욱 몽롱하게 한다.

너는 바닥을 졸졸 흐르는 물소리에 반감을 느낀다. 그 찝찔한 물을 마실 때마다 기력이 떨어진다. 그 냄새나는 물은 다른 방을 몇 군데나 통과하여 이곳을 지나는 것인지도 모른다. 그러니까 누군가의 피가 섞여 있을 수도 있다.

너는 악몽을 꾸느라 식은땀에 폭 젖는다.

마침내 한계에 도달한 육체는 단순한 동작조차 불가능해지고 너를 배신하게 되었다. 직접 눈으로 볼 수는 없지만 다른 사람처럼 변했을 자신의 모습이 눈앞에 알알하게 떠오른다. "정신차려"라는 혼의 호통에 육체는 분명치 않은 대답밖에 하지 못한다. 빛이 완전히 차단된 공간에서 『원숭이 시집』은 아무 쓸모가 없다.

단속적으로 꿈을 꾼다.

꿈속에서 너는 정신없이 도망친다. 또는 상대하기 힘든 추격자와 용맹하게 싸운다. 그리고 공중제비를 돌다 쓰러진 너는 사방에 피를 토한다. 너는 최소한 자신의 심판에 따라 죽고 싶어한다.

그러나 생각뿐이다.

아무리 생각해도 나이프를 자신의 심장에 꽂을 만한 이유를 발견할 수 없다. 물론 지금까지 너는 사회의 규칙에 어긋나는 이런저런 행위를 하였다. 그렇다고 그것이 죽음에 상당한 죄라는 생각은 도무지 들지 않는다.

머릿속으로 무수한 생각이 오간다.

누렇게 익은 보리밭 한가운데 우뚝 서 있는 사람은, 과거 네가 진심으로 사랑하였던 동남아시아 출신의 아가씨다. 완벽한 정도는 아니었지만 그래도 충분히 마음을 허락하였던 두 사람의 정분이 네 가슴에 되살아난다. 헛된 꿈으로 끝난 사랑이 단숨에 되돌아온다.

그녀가 지금 너를 향하여 손짓하고 있다.

그쪽에는 아름답고 한가로운 봄날의 오후가 기다리고 있다. 꽃이 안개처럼 피어 있는 완만한 능선이 끝없이 이어지고 있다. 고갯마루의 잔설이 햇살을 담뿍 받아 반짝반짝 빛나고 있다. 물이 풍족한 시기를 맞이한 들판은 농작물로 그득하다. 본 적도 없는 알록달록한 새가 그 날개로 파란 바람을 보기 좋게 가르고 있다.

아름답게 차려입은 그녀가 너에게 말한다.

이쪽에 와서 신선한 물을 실컷 마시고, 맛있는 과일을 함께 먹자고 유혹한다. 그러나 그쪽으로 가서는 안 된다. 물론 그녀는 괜찮은 아가씨였다. 만약 살아 이곳을 나갈 수 있다 해도 그녀 이상의 여자를 만나기는 힘들 것이다. 네가 그 여자한테 푹 빠져 있을 때 나는 마음이 씁쓸했다. 별 볼일 없는 여자한테 돈을 처들인다고 생각했다.

그러나 지금은 다르다.

절대로 그런 식으로는 생각지 않는다. 그녀 또한 흐르는 자였던 것이다. 그녀가 목숨을 잃은 것은 네 탓이다. 그녀는 화염과 연기가 뒤끓는 주상복합 빌딩 지하에서 탈출하지 못했다. 분명 너한테 책임이 있다. 그렇다고 그 죄로 네가 목숨을 끊어야 하는지 나는 뭐라 말할 수 없다. 왜냐하면 그 자리에서 목숨을 건졌다 해도 그녀가 행복하게 살 수 있으리란 생각이 들지 않기 때문이다. 가혹한 말이 되겠지만, 그녀는 마침 좋은 때에 죽었는지도 모른다.

그녀가 사라진 순간, 너는 단풍이 한창인 산속에 있다.

그리고 네 바로 앞에는 늙은 남녀 한 쌍이 웅크리고 있다. 그들은 너를 주워다 길렀고, 마을째 산사태에 매몰되는 순간 너한테 버림받은 마음씨 좋은 부부다. 그렇지만 그들은 그런 대로 행복한 일생을 보내지 않았던가. 네 덕분에 체념하고 있었던 어버이의 행복을 누릴 수 있었고, 양육에 심혈을 기울이며 자기 충족감을 얻을 수 있지 않았던가. 만약 너와의 만남이 없었다면 그들의 일생은 더없이 쓸쓸하였을 것이다. 비참한 생애였을 것이다.

만사는 생각하기에 달렸다.

마을에 남겨진 마지막 원시림을 경시하고, 잇달아 개발의 거친 파도에 휘말리게 한 탓에 발생한 산사태…… 만약 이런 어처구니없는 인재가 생기지 않았다면 너는 죽을 때까지 고향을 떠나지 않았을 것이다. 하물며 흐르는 자가 될 수도 없었을 것이다. 농경민족의 후예의 한 명으로, 세기가 바뀌어도 여전히 봉건제도가 남아 있는 산촌 주민의 한 명으로, 그렇지 않으면 근린 제국에 노골적으로 적대감을 드러내는 조국의 우직한 병사의 한 명으로, 범람하는 거짓 정보의 바다에서 허우적거리다 마지막까지 뭐가 진실인지 모르는 채, 또 알려고도 하지 않은 채, 벌레 같은 일생을 보내게 되었을 것이다. 아니 벌레의 일생이 훨씬 멋들어지다.

네가 지금 놓여 있는 상황은 벌레 이하다.

너는 지금 전쟁에 차출되자마자 자기편이 뿌린 독가스를 들이마신 병사와 별 차이 없는 말로를 더듬고 있다. 즉 싸우지도 못하고 죽어가고 있는 것이다. 그러나 아쉬움은 없다. 나는 권력을 무기로 너의 흐름을 저지하고 너를 포박한 놈들 편이 아니라, 겹치는 재난을 견디다 끝나가는 너의 생애에 주저 없이 승리의 판정을 내릴 것이다.

흐르는 자로 끝나는 너를 볼 수만 있다면 그것으로 충분하다. 사회의 일원으로 삶의 요령이나 터득하면서 고여 있는, 그러다 늙어가는 너의 모습은 절대로 보고 싶지 않다. 석실 같은 지하 돌방에서 굶어 죽었다 해도 그것은 길어야 삼십 일 정도의 비극에 불과하다. 지금까지 네가 헤쳐온 몇천 날의 광휘에 비하면 무시할 수 있는 숫자다.

너는 마음껏 충분히 흘렀다.

나는 너만큼 마음 가는 대로 흐르는 자를 여태껏 본 적이 없다. 정말이다. 네가 흐르던 수많은 날들을 겁 많고 멍청한 얼간이들의 방랑과 비교해서는 안 된다. 양자의 결정적인 차이는, 타인에게 구걸을 하느냐 안 하느냐다. 또는 그날의 양식을 얻기 위하여 타인의 눈치를 보고 알랑거리는 태도를 취하느냐 안 하느냐다. 혹은 또 권력과 밀접하게 관계하여 보잘것없는 힘을 지니게 된 타인에게 굴복하느냐 안 하느냐다. 너란 놈은 항상 너 자신이다.

네가 거머쥔 자유는 틀림없는 진짜였다.

끊임없이 상황이 바뀌는 자극적인 나날과, 공과 죄가 반반인 거친 행동은 너 같은 시골 촌뜨기를, 오로지 정열에만 몸을 맡기는 젊은이를 몇 등급 높은 인간으로 진보시켰다. 물론 하늘을 찌를 듯한 기개와도, 대담한 선동과도, 시원스럽고 밝은 인품과도 전혀 무관한 너였다.

솔직하게 말해 너의 심중을 헤아리기란 쉬운 일이 아니다.

또 너의 앞날을 점치는 것만큼 힘든 일도 없다. 그럼에도 나는 여전히 네 앞에 고개 숙이지 않을 수 없다. 그렇다고 값싼 동정심에서 이런 말을 하는 것은 아니다. 몇 번이나 거듭 말하지만 너한테는 질투심이 일 정도로 눈부신 자유가 따라붙어 다닌다.

잠자면서 흘리는 땀이 엄청나다.

너의 뛰어난 체력도 이쯤에서 한계에 도달한 모양이다. 지금 네가 보고 있는 것은 이미 꿈이 아니다. 뇌의 가장 깊은 곳, 의식의 바닥에서 두서없이 끓어오르는 환각이다. 때로는 생생한 기억 그 자체인 것도 있다. 그 모두가 보통 상태에서는 절대로 떠올리지 못할 기억이다. 그러나 영상으로서의 기억은 아니다.

그것들 모두가 소리로 이루어져 있다.

태양의 교묘한 부추김에 들떠 요란하게 지저귀는 여름새들 소리.

늪의 물살을 간단없이 가르는 무지개빛 담수어의 물 차는 소리.

뜨거운 바람이 숲으로 불어올 때마다 잎사귀를 부딪치는 바스락 소리.

꽃가루 담뿍 묻은 꽃술에 매달리는 황금풍뎅이의 날개 소리.

화석 연료의 대량소비가 초래한 1996년의 신음 소리.

그렇다. 그대로다.

지금 너의 가슴속을 어지럽게 뒤흔들고 있는 무수한 소리는 이십몇 년 전, 이십 세기 말에 너의 무구한 고막을 자잘하게 흔들었던 이 숲의 소리다. 지금도 여기에 이렇게 넘치고 넘치는 변화무쌍한 아름다운 음파다. 그 안에 섞여, 삐걱삐걱하는 기분 나쁜 소리가 들린다. 그것은 너를 낳아준 어머니와 그녀의 목에 조여들고 있는 로프와 그 줄 끝에 묶여 있는 시원스러운 단풍나무 줄기가 서로 부딪치며 내는 소리다. 그리고 마치 이상한 짐승을 연상시키며 온 숲으로 울려퍼지는 소리는, 다름아닌 네가 발하는 울음소리다.

굶어 죽기 일보 직전인 너는 탄생 때의 너와 직결되어 있다.

너는 돌방에서 단숨에 내가 있는 곳으로 돌아와 있다. 엄밀한 의미에서 이 숲이야말로 너의 진정한 고향이다. 죽음을 앞두고 너의 혼은 고향으로 돌아왔다. 바다 쪽에서 불어오는 바람과, 세상에서 불어오는 바람과, 거대한 항성에서 불어오는 바람을 이 한 몸으로 받아들여, 잎과 잎을 살랑거리며 팔월의 충일을 꾀하고, 심상치 않은 너의 탄생을 축복하고 있는 것은, 눈이 높기로 인간에 뒤지지 않는 나다.

너 덕분에 나는 흐르지 않으면서도 흐르는 자가 될 수 있다.

지표에서 그리 떨어지지 않은 공중에서 빙글빙글 돌아가고 있는 너의 어머니에 관해서는 나는 여전히 별 관심을 쏟지 않는다. 그래도 조금은 생각해본다. 그녀가 스스로 목숨을 끊었다 하여, 다만 그 이유만으로 그녀가 간덩이가 크고 성질이 불같은 여자가 아니었다고 할 수 없을 것이다. 또 양다리를 걸친 채 데리고 놀던 중년 남자에게 공갈 협박을 하고, 툭하면 못된 짓을 하는 악녀가 아니었다고 일방적으로 단정할 수는 없을 것이다.

요컨대 박복한 여자였다는 한마디로 그녀를 단정지을 수는 없다는 뜻이다.

어쩌면 그녀는 사리사욕으로 치닫는, 처자식이 있는 남자를 가정에서 꾀어내는 데 능한, 그런 주제에 미련 없이 정을 끊지 못하는 지지리도 칠칠치 못한 여자였는지도 모른다. 만약 그렇지 않다면 그녀의 성격에는 문제가 없었는데 다른 피치 못할 사정이 있었다는 얘기가 될 것이다. 죽음이 확실하게 보장되어 있는 불치의 병에 걸려 살아갈 희망을 잃었기 때문에 죽음을 선택했는지도 모를 일이다.

너한테 한 가지 충고하고 싶은 것이 있다.

좋아봐야 소용없는 어머니에 대한 환상 따위를 언제까지나 그렇게 좋아서는 안 된다는 것이다. 사정이야 어떻든 배 속에 있는 너를 데리고 죽으려 한 여자의 어디에 마음을 줄 가치가 있단 말인가. 나는 분명히 들었다. 죽을 때 그녀가 한 말은 너에 대한 것이 아니었다. 내가 잘못 들은 것이 아니라면 그것은 남자의 이름이었다. 그것도 한두 사람이 아니었다. 그녀는 끝없이 정욕을 억제하지 못하는 자기 자신을 끝장내고 싶었는지도 모른다. 그녀에게는 성의 환희가 너무도 힘에 겨웠는지도 모른다.

양수의 온기를 좋아서는 안 된다.

너를 낳은 것은 이 숲이다. 무수한 나무와 풀, 그리고 무수한 균류가 모이고 모여 구성한 이 숲이 너를 낳았다. 그렇게 생각해주었으면 한다. 그 유명한 화산의 산자락에 펼쳐지는, 바다 같은 숲이란 별명이 붙을 만큼 대단한 산림은 아니지만, 그러나 이 숲은 너의 어머니로서, 또 아버지로서의 자격을 충분히 갖추고 있다. 어쭙잖은 부모보다 훨씬 자애롭다.

지상으로 드러난 나무뿌리가 열심히 빨아들이고 있는 것은 딱히 대기만이 아니다.

태어나면서부터 의지할 자가 없는 어린 너의 혼을 범하려는 사악한 기운도 남김없이 흡수하고 있다. 위태위태한 너의 목숨을 우리 숲이 간신히 지탱해주고 있다. 거짓말이 아니다. 그리고 앞으로 너를 실제로 기를 사람은 후사를 위해서라기보다 자기 자식을 얻고 싶어 어쩔 줄 모르는 농가의 부부다. 또 너의 정신을 단련하고 흐르는 자로서의 사유 방법을 습득시켜줄 것은 검은 가죽 표지의, 아무리 난폭하게 다루어도 낡지 않는, 젖어도 너덜거리지 않는 한 권의 시집이다.

『원숭이 시집』은 지금 너와 함께 조그만 돌방에 갇혀 있다.

백발의 늙은 원숭이는 어둠에 녹아 본의 아닌 침묵을 지키고 있다. 그러나 그래도 네게 힘이 되어주기는 한다. 적어도 그 책을 껴안고 있으면 이 세상이 공허하다고 체념하는 일은 없다. 왜냐하면 종이는 나무로 만들어졌기 때문이다. 나무는 어떤 시대든, 어떻게 모양이 바뀌든 고고한 혼의 친구일 것이다.

수목은 아무도 가지 않는 길을 홀로 가는 자의 편이다.

하지만 아직 발달과정에 있는 너의 정신은 그렇다는 것을 조금밖에 모른다. 지금 너의 귀에 들리는 것은 자신의 점차 가늘어지는 숨소리와, 바닥을 흐르는 더러운 물소리와, 그리고 지하도를 통하여 가끔 들리는 남녀의 비명과 절규 소리 정도다. 이미 너의 지각은 기능을 잃었다. 무엇이 현실이고 무엇인 환각인지 구별할 수 없다.

시간 감각도 희미해졌다.

그로부터 몇 시간이나 지났는지 며칠이 경과했는지 전혀 짐작도 못하는 형편이다. 아무튼 너를 노리고 있는 죽음은 바로 코앞까지 다가와 있다.

모든 것이 너무 늦었다.

지금 너는 네가 본능적으로 기피하는 국가의 불합리한 힘으로 인하여 그 생애의 막을 억지로 내리려 하고 있다. 장래가 극히 우려되는 이 나라는, 민주주의의 근간을 이루는 자유를 짓밟고 지방분권 정치를 해체하고 늘 냉정한 소수파를 탄압하고 있다. 지금이 그 절정이다.

그리하여 완전히 유한계급이 중심이 되어 지칠 줄 모르고 부국강병을 향하여 착착 전비戰備를 강화하고, 분수도 모르고 국운을 걸고 국제분쟁에 나서고 있다. 또 국체의 수호를 대의명분으로 내세워 세력의 만회를 획책하고, 근거도 없는 소문을 뿌려 타인의 눈을 속이는 헛소리만 하고 있다.

국교 단절이 발표될 때마다 국민들 사이에서 와 하는 환성이 인다.

그중에는 결점을 찾을 수 없는, 식견 있는 사람이라고 알려진 자까지 포함되어 있다. 평화교육이 신조였던 시대는 저 멀리 사라지고 말았다. 사문화된 헌법은 지금까지 몇 번이나 오명을 벗을 기회를 놓치고 결국은 푹 쓰러졌다. 국민의 복지를 꾀하겠다고 다짐하고, 국법을 무수히 어기면서 단박에 정계로 뛰어들어 대중의 주목을 그러모은 저 정력적인 땅딸보 사내.

그가 천하를 쥐고 있다.

그는 이미 조심스러운 답변이나 절충안에 의한 양보나, 책임을 회피하기 위한 우둔한 언사는 하지 않는다. "옛 선현의 말씀에 의하면"이 입버릇인, 아직도 동안인 그는 국영방송 스튜디오의 호화로운 의자에 의젓하게 떡 버티고 앉아 팔릴 대로 팔린 얼굴을 열심히 더 팔아대고, 편파적인 그러나 공갈 협박이라고는 여겨지지 않는 임전태세를 갖추기 위한 강력한 슬로건을 줄줄이 늘어놓고 있다.

너를 이 지경으로 만든 것은 그놈이다.

왜 그렇게 되었는지는 모르겠으나 바닥까지 떨어진 주가나 불경기의 여파라는 마이너스 요인이, 도덕심이 현저하게 결여되고 있고 도량도 적은 그를 시대의 조류에 올려놓아 정의의 깃발을 흔드는 영웅으로 만들려 하고 있다. 늘어나는 국방비가 국비의 남용이 아니라고 힘주어 말하는, 이 기고만장한 웅변가의 실체를 파헤치려는 자는 거의 볼 수가 없다.

그런 분위기 속에서 신문이 취하는 자세라니, 이제나저제나 변함이 없다.

즉 자유롭게 발언할 수 있는 시대에만 발언을 한다는 예로부터의 못된 버릇이 또 나온 것이다. 머지않은 장래에 찾아올 일촉즉발의 정세를 한탄하고 난국을 타개하려고 고심하는 외교관은 한 명도 남지 않을 것이다. 그뿐인가, 서너 가지 외교 교섭이 거의 동시에 결렬되었을 때에는 저 땅딸막한 체형의 남자 때문에 전쟁의 시기가 무르익었다는 판단이 내려질 것이다. 그리고 전쟁 초기에는 많은 사람이 그것이 의기에서 발발한 전쟁이라고 믿을 것이다. 이어 그 전쟁은 인간사의 근심걱정을 잊게 해주는 싸움이 되어 마침내는 피가 피를 부르는 결과를 초래할 것이다. 조만간 지난번 지진을 상회하는 대지진이 있을 것이라는 전문가의 자신에 찬 경고가 국가권력에 의해 짓뭉개졌다는 소문이 나돌 것이다. 정말 그렇다면 언어도단이다.

여전히 네가 있는 세계는 암흑 그 자체다.

아니 그렇지 않다. 어둠 속에 파르스름하고 희미한 빛이 있다. 분명 빛이다. 광원은 너의 손에 쥐어 있는 시집이다. 덕분에 많은 지적 발전을 얻었던 그 하찮은 책 전체가 뽀얗게 빛나고 있다. 은은한 빛을 발하고 있다.

백발의 늙은 원숭이가 오랜만에 침묵을 깬다. 짧지만 천금의 무게가 있는 말이 둥실 떠오른다.

편안히 앉아 죽음을 기다리라.

너는 그 한마디를 가슴으로 반추한다.

그것은 원인과 결과를 포함하고 있는 말임이 명백하다. 주술에서 풀려난 것처럼 가슴을 후련하게 해주는 말. 마침내 그 파란빛은 빠르게 힘을 잃고 끝내는 사라지고, 다시 어둠이 돌아온다. 그러자 너는 시집을 주머니에 집어넣고 대신 나이프를 꺼내 쥔다. 너는 그 예리한 칼날로 너 자신을 조각할 생각이다. 자신의 육체를 소재로 등신대의 원숭이를 새기려고 마음먹은 모양이다. 감정이 이성보다 우월하다고 믿는 자이며, 흐르는 자의 사유방식에 따라 정확하게 이치에 맞는 길을 걷는 원숭이를.

너는 우선 목덜미부터 잘라내려 한다.

그러나 체력이 턱없이 떨어졌다. 나이프를 쥐고 있기가 고작인데 칼날을 목덜미에 갖다대다니 도저히 불가능하다. 잠시 더 몸을 쉬는 편이 좋겠다고 생각한다. 그런데 그동안에도 너의 근육은 착실하게 무모해진다. 자살이냐, 아사냐. 아직 어느 쪽인지는 알 수 없다. 나로서는 네가 전자를 선택해주길 바란다. 흐르는 자의 자긍심을, 자신의 목숨은 제 손으로 끝장낸다는 긍지를 가지고 이 세상에서 사라져주기를 바란다.

너의 뇌리로 고향 산하가 스친다.

뜰 한구석에 핀 국화…… 향긋한 냄새가 나는 마른풀로 덮인 산…… 황금색으로 빛나는 논…… 참억새의 파도…… 나뭇가지 끝에서 지저귀는 보호조…… 툇마루에서 아기를 안고 자는 엄마…… 멋들어지게 늘어진 등꽃…… 하루하루 단풍으로 물들어가는 숲…… 도시로 나가 운명을 개척하겠다고 선언하는 둘째

아들…… 바람이 불어 파르르 파도가 이는 호수…… 선묘 스케치 같은 산촌의 풍경.

잠시 후 나이프를 쥐고 있다는 감각마저 없어진다.

동시에 너는 중력을 전혀 느낄 수 없다. 갑자기 몸이 둥실 공중으로 뜨는 듯한 착각에 사로잡힌다. 네 바로 아래에 있는 것은 돌바닥이 아니다. 나무다. 뿌리째 뽑힌 거목들이 비좁은 자리에 죽늘어서 있다. 나무들은 이렇게 중얼거린다. 너 하나쯤 죽게 하지 않는다고 서로 입을 모으고 있다.

그 나무 속에 내가 보이지 않는 것은 어째서일까.

너의 탄생에 입회한 내가 왜 그 자리에 없는 것일까. 물론 나는 너의 죽음에 입회할 마음은 없다. 나는 지금까지 천 년을 살았고 앞으로도 천 년쯤은 살 작정이다. 내 나이테와 나이테 사이에는 무수한 죽음이 깃들어 있다. 너의 죽음을 수용할 여지는 아직도 충분하다.

너는 지금 영과 육의 분리를 여실하게 느끼고 있다.

너는 죽음의 여행을 위한 만반의 준비를 갖추고 있다. 시장기가 싹 가시고, 흐르는 자의 발랄한 기분이 되살아난다. 늙은 원숭이의 가르침 덕에 너는 많은 진리에 눈뜰 수 있었다. 적어도 너는 아무한테도 속내를 들키지 않고 아무한테도 세뇌받지 않고 오늘까지 살았다.

너는 항상 조금도 동요치 않는 고독을 유지하였다.

목례를 나누는 정도의 지기도 만들지 않았다. 그러나 타인을 항상 부드러운 태도로 접하였고 만사를 깨끗하게 마무리지었고 공연히 남의 일에 나서지 않았고 입가에는 잔잔한 미소를 잃지 않았다. 이런 곳에서 이런 모습으로 목숨을 잃어가는 너는 일화가 많은, 언제까지고 구전에 남을 전설적인 인물은 되지 못했다. 그러나 너의 마음은 지금 절대로 순리를 거역하지 않는 노숙한 사상가처럼, 또는 세상의 온갖 방탕을 경험한 탕아처럼 또는 의협적인 생애를 보낸 남자 중의 남자처럼, 모든 응어리가 다 풀려 있다.

태어났을 때와 조금도 다르지 않은 마음을 지닌 네가 거기에 있다.

너는 죽음을 앞두고, 혼의 어디에도 철책을 두르지 않고, 있는 그대로의 자신을 드러내놓고 있다. 그리고 거의 꿈길을 걷는 듯한 마음에 잠겨 있다. 감각작용이 둔해지고 있다. 드디어 너는 죽는 것이다. 그런 너를 위하여 눈물을 흘리는 자는 없다. 하지만 불행하다고는 생각지 않는다. 비극이라고도 생각지 않는다. 불행하고 비극적인 것은 진정한 자유가 주는 가슴 설렘을 한 번도 경험하지 못하고 구질구질하고 무료한 나날을 되풀이하는 사람들이지 네가 아니다.

누군가 너를 부르고 있다.

멀어서 무슨 소린지 분명치 않다. 그러나 그 목소리는 조금씩 조금씩 가까이 다가오고 있다.

"간신히 죽었군"이라고 한다.

남자의 목소리다. 귀에 익은 목소리다.

"간신히 죽었군."

그것은 다름아닌 자기 자신의 목소리라는 것을 알았을 때 너는 적멸의 길을 더듬고 있었다. 자아가 지능의 중심에 존재한다는 생각은 분자 차원에서 꽤 상세하게 설명할 수 있게 되었기 때문에 이미 낡고 말았다. 그러나 그것은 잘못이다. 잘못이라는 것을, 죽음을 맞이한 너는 분명히 안다.

*

　흔치는 않지만 대지진이 사람의 목숨을 구하는 일도 있다.

　그러니까 네다섯 번 이전의 대지진 때였다고 생각한다. 바로 내 앞에서 기적이라고밖에 할 수 없는 사건이 생겼다.

　당시 나는 젊었고, 자신의 직관에만 의존하여 살고 있었다.

　그리고 그 직관은 한 번도 어긋난 적이 없었다. 어느 날 자신감에 차 있던 나는, 눈서리 녹아 질척한 오솔길을 우울한 표정으로 걸어오는 소년을 보았다. 나는 그 소년이 어떤 인간인가를 한눈에 알 수 있었다.

　아주 괴상한 녀석이었다.

　근골이 빠져버린 듯 흐물흐물한 몸짓은 그야말로 미치광이를 방불케 하였다. 나는 실망하였다. 왜냐하면 오로지 인내하며 봄이 오기를 기다렸던 우리 숲이 제일 먼저 보고 싶어한 것은 꽃을 따러 오는 산골 소녀의 모습이며, 한겨울을 무사히 지낸 고상한 인품의 늙은 중의 모습이었기 때문이다. 그런데 산자락에 안긴, 복숭아꽃에 물든 그 마을에서 온 사람은 지능이 정상이 아니고 그 탓에 혼자서는 인생의 키조차 제대로 잡을 수 없는 애처로운 아이 였다.

틀림없이 앉으나 서나 몽환의 경계를 헤맬 소년.

그는 겨울잠에서 깨어난 지 얼마 안 된 독 없는 뱀을 잡아 머리 위로 휭휭 돌리면서, 포자식물의 새싹을 가차 없이 짓밟으면서, 실신한 사람처럼 퀭한 눈으로 사방을 두리번거리면서, 술주정꾼 이 부교라도 건너는 듯 위태로운 걸음걸이로 이쪽을 향해 왔다. 하늘 높이 종달새가 지저귀고, 어느 곳에서나 꿈 하나 꾸지 않고 쾌적한 잠을 즐길 수 있는 화창한 날의 한낮이었다.

늪가에 오자 소년은 뱀을 물속으로 던졌다.

그리고 그는 질겁하여 도망치는 뱀에게 손을 흔들며 작별을 아 쉬워하였다. 이어 게슴츠레 풀린 눈으로 나를 올려다보았다. 나 도 그를 무슨 신기한 짐승이라도 보듯 내려다보았다. 우리는 그 렇게 한참이나 서로를 멀끔멀끔 관찰하였는데, 마침내 그가 이렇 게 물었다.

"왜 너만 그렇게 큰 거니?"

인간이 나한테 말을 걸기는 그때가 처음은 아니었다. 그러나 그렇게 소박한, 소박한 탓에 난해한 질문을 받기는 처음이었다.

만약 내가 인간의 귀로 들을 수 있는 주파수로 말을 할 수 있다면, 필경 이렇게 되물었을 것이다.

"왜 너만 그렇게 미친 거니?"

그러고서 소년은 며칠 전에 내린 때아닌 눈의 잔설을 집어 입에 넣었다. 그러다 썩은 이를 건드렸는지 터무니없이 큰 소리로 비명을 질렀다. 그 엉뚱한 소리가 덧없는 세상 구석구석까지 울려 퍼져 한층 따스한 계절풍을 불러들였다. 그러자 숲의 동식물은 활기를 띠었고, 나는 뜻하지 않은 발견을 하였다. 그 아이의 혼은 살아 있고 자유분방하게 육체를 드나든다는 생각이 들었다. 미친다는 것은 그런 상태를 말하는 것이 아닌가 하고 생각하였다.

그것도 내 직관이었다.

광인들이 느닷없이 얼토당토않은 말을 하거나, 존재하지 않는 무엇을 보거나, 있지도 않은 상대에게 말을 걸거나, 들리지도 않는 소리를 듣거나 하는 것은, 그들의 혼이 어디 다른 시공간을 멋대로 헤매고 있기 때문일 것이라고 생각하였다. 그래서 그런 사람들의 육체의 움직임밖에 보지 못하는 정상인들은 그들을 미쳤다고 단정지을 수밖에 없는 것이다.

깨달은 순간 나는 그 가설을 스스로 믿었다.

어쩌면 미치광이들은 평생 동안 보통 사람들의 열 배나 백 배, 혹은 그 이상의 체험을 하고 있는지도 모른다. 그것이 사실이라면 실로 멋진 일이 아닌가. 움직이지 않고 흐를 수 있는, 그지없이 행복한 자들이라 할 수 있지 않은가.

다만, 한 가지 유감스러운 일이 있다.

그들은 육체를 자유롭게 드나드는 자신의 혼을 제어할 수 없다는 것이다. 언제 어디로 날아갈지 모르는 혼이 초래하는 어지러운 혼란에 그들은 가끔, 그것도 아주 짧은 순간의 더할 나위 없는 행복감밖에 실감할 수 없을지도 모른다. 즉 평온함 직후에 소름이 촤촤 끼치는 공포가 밀려오고 이어 슬픔과 분노가 잇달아 덮칠지도 모른다.

그 찰나, 그의 침착함을 잃은 시선이 허공에 못박혔다. 그리고 그는 영문을 알 수 없는 말을 중얼거렸다. 그러나 그것이 동정을 자아내는 광경인지 아닌지는 뭐라 말할 수 없었다. 하지만 나는 솔직히 말해 그가 조금은 부러웠다. 어쩌면 그는 그 순간 눈부신 해안의 모래를 밟으면서 거대한 고래가 뿜는 물줄기를 보고 있는지도 몰랐다. 혹은 제일 북쪽 나라의 얼음꽃 피는 산을, 추위조차 느끼지 못하고 바람을 맞으며 흐르고 있을지도 몰랐다. 혹은 태양의 코로나 한가운데를 쓰윽 뚫고 나가, 장밋빛으로 빛나는 저 세상의 입구로 들어가고 있는지도 몰랐다.

그 반대도 가능하다.

보고 싶지 않은 세계만 보았을 수도 있다. 대체 무엇을 보았기에, 대체 무엇을 느꼈기에, 대체 무엇이 쫓아왔기에, 소년은 갑자기 흥분하여 손발을 파닥거리는가 싶더니, "흔들린다, 흔들린다!"라고 거푸 소리를 지르면서, 공포에 질려 전신을 부들부들 떨고 급기야는 발작을 일으켰다. 그 격렬한 경련은 이탈하는 혼을 긴급히 육체로 되돌리기 위한, 생명줄을 재빨리 잡아당기기 위한 현상이 아니었을까. 그런 그를 보고 나는 광인에 대한 나의 얄팍한 선망을 거두어들였다. 아무리 이동이 불가능한 몸이라 하더라도, 내 쪽이 그나마 낫다는 생각이 들었다.

거품을 물고 쓰러진 소년은 죽지는 않았다.

그는 축 늘어져 호흡이 정상으로 돌아오기를 기다렸다. 그리고 잠시 후, 시간으로 하면 십 초나 이십 초쯤 후에, 나는 숲이 예사롭지 않은 정적에 휩싸여 있음을 알았다. 온 세상이 다 잠잠하게 가라앉아 있고, 바람은 소슬하지도 않고, 풀 한 포기, 잎사귀 하나 움직이지 않았다. 꼼꼼히 살펴보니 뿌리를 먹고 사는 땅벌레와 환형동물류가 조그만 구멍에서 졸졸 기어나오고 있었다. 엄청난 수였다.

그 광경을 본 순간, 나는 먼 옛날에 있었던 이와 비슷한 현상을 떠올렸다.

그것이 똑똑하게 떠올랐다. 그때였다.

저 먼 해원과 들판이 갑자기 뿌예지더니 지표 전체를 들어올리는 강렬한 힘과 대지를 짓찢는 무시무시한 힘이 어울린 어마어마한 지진이 숲을 기습하였다. 후들후들 떠는 나무들은 모두 제정신을 잃고, 늙은 수목들은 견디다 못해 쓰러지고 찢어지고 꺾였다.

숲 전체가 삐걱거렸다.

짐승들은 당황하여 추태를 보이며 도망치느라 우왕좌왕, 꽥꽥 소리를 질렀다. 원숭이가 몇 마리 나무에서 동시에 떨어졌다. 그런 광경은 처음이었다. 투둑투둑 떨어진 원숭이 위로 이번에는 거목이 쓰러졌다. 원숭이 몇 마리가 깔려 짓뭉개졌다. 사슴과 늑대가 같은 모양으로 여기저기 뛰어다녔다.

늪의 물은 점점 빠져나갔다.

그것을 본 나는 이제 끝장이라고 체념하고 각오를 다졌다. 참고 견디는 데도 한계라는 것이 있다. 그런데 미친 소년은 포기하지 않았다. 믿기 어려울 정도의 민첩한 행동으로 나한테 매달리더니 위로위로 기어올랐다. 잠시 후 나는, 소년의 그런 행위가 위기를 벗어나기 위한 본능이 아님을 알았다.

소년은 지진파를 마음껏 즐기려 한 것이었다.

소년은 지진이 멈추고 나서도 신속하고 정확하게 나를 기어올랐다. 높은 가지 끝까지 오르자 이마에 손을 대고 마을 쪽을 바라보았다. 이건 나의 상상인데, 어쩌면 그는 무슨 일만 있으면 자신을 박대하였던 사람들을 눈 깜짝할 사이에 유린한 참극의 정도를 어서 빨리 확인하고 싶었는지도 모르겠다.

강이란 모든 강은 탁류가 되어 도도하게 흘렀다.

제방이 무너져 넘치는 강도 있었다. 지진이 계속되고 있는 동안 소년은 제정신으로 돌아와 있었다. 적어도 나한테는 그렇게 보였다. 방금 전까지의 그 얼빠진 표정은 아니었다. 그만이 정신을 잃지 않고, 낭패가 났음을 감추지 않는 동식물을 무시하고 숲에서 가장 큰 나무 꼭대기에서 천하를 노려보고 있었다.

나는 그 지진으로 쓰러지지 않았다.

그렇다고 전혀 피해를 입지 않은 것은 아니었다. 겉으로 보이지 않는 부분에 상처를 입었다. 내 자랑인 굵직한 뿌리가 몇 줄기 찢겨나갔고 그 결과 물을 빨아올리는 힘이 급격하게 줄어들었다. 그래서 그해 나의 잎사귀는 한결 작고 가을이 되어 단풍이 들었을 때도 영 볼품이 없었다. 땅속의 진흙이 오랜 비에 녹아 갈라진 틈을 메우고 늪에 다시금 물이 고이자, 나는 낙엽의 계절이 끝날 때까지 매일 자신의 추악한 모습을 수면에 드리우지 않으면 안 되었다.

여진이 잇달아 수차례 밀려왔다.

그 여파가 한 번 밀려올 때마다 뇌파가 진정되어가는 소년의 모습은 정말 볼거리였다. 그날 그는 천성이 준수하고 총명하여, 언젠가는 틀림없이 굉장한 인물로 성장할 품격을 갖추었다. 그뿐만이 아니다. 시인 같은 기품마저 느껴질 정도였다.

그는 인간 세상을 관망하는 듯한 눈길로 재난의 정도를 확인하였다.

그날이 그의 인생에 있어 최고의 날이 아니었을까. 마침내 그는 가지를 타고 다시 기어내려와 지면에 서서는 내 밑동에 누런 오줌을 갈기고 푸르르 몸을 떨었다. 그러고는 완벽한 희열에 젖은 몸으로 종횡무진 갈라진 대지의 틈 사이를 누비며 불기둥이 몇 군데 솟아 있는 마을 쪽으로 돌아갔다.

숲은 다시 평소 같지 않은 정적에 휩싸였다.

하늘의 반쪽을 가득 덮고 있는 구름도 흐름을 멈추고 있었다. 새 한 마리, 벌레 한 마리도 울지 않았다. 지자기地磁氣에 다소의

오차가 생겼을 것이다. 어쩌면 하늘과 땅 사이에도 금이 갔는지
도 모를 일이었다.

그날 이후 소년이 어떤 운명을 살았는지는 모른다.

이후 소년은 한 번도 나에게 모습을 보이지 않았다. 주눅 든 농
부들의 심심풀이용으로 모진 구박을 받는 인고의 세월을 보냈을
까. 아니면 강을 건너던 중 발작을 일으켜 덧없이 죽어갔을까. 아
니면 장님 벙어리 곡예단에 들어가 바람과 달을 벗삼아 온 나라를
편력하며 예언도 하는 미치광이로 행복한 생애를 마쳤을까.

어찌 되었건 그 지진이 그를 구한 것만은 사실이다.

그 거대한 지진이 없었다면 그의 뒤틀린 뇌는 한층 악화일로를
걸어 소년은 짐승에 가까운 일생을 보냈을 것이다. 그런 기분이
든다. 그러나 정확한 사실은 물론 알 수 없다.

나는 너에 관한 것밖에 모른다.

네가, 언젠가 올 대지진이 마침내 왔을 때 목숨을 건지게 될 것
은 분명하다. 그 지진이 오지 않는다면 너의 죽음은 피할 수 없을
것이다. 나는 그렇게 단언한다. 너는 생사의 갈림길에 있다기보
다 거의 죽어 있었다. 그 증거로 최전선에서 국민을 탄압하는 데
종사하는 관계자들은 너를 죽은 자로 분류하였다.

무리가 아닌 판단이었다.

작은 돌방에서, 수레에 실려 지하도 어슴푸레한 불빛 아래로
끌려나왔을 때의 너는 어디를 어떻게 보아도 아사자였다. 전신은

말라비틀어져 막대기처럼 딱딱했다. 심장이 희미하게나마 움직이거나 가는 숨이나마 쉬는 자로는 전혀 보이지 않았다.

노쇠하여 죽은 원숭이를 닮았다.

깊은 밤, 너는 어둠을 틈타 지하 깊은 곳에서 덮개 있는 트럭에 실려 지상으로 옮겨졌다. 네 주변에는 진짜 시체가 깨진 마네킹 인형처럼 마구잡이로 쌓여 있었다. 항아리 같은 얼굴의 여자—필경 죽을 때까지 얻어맞았으리라—가 두 명, 전신에 눌어붙은 핏자국투성이의 남자가 다섯 명. 그들은 모두 젊었다. 젊은 탓에 어리석게도 무혈혁명이란 이상을 품고, 젊은 탓에 좌절감에 시달렸으리라. 그리하여 현실이란 두꺼운 벽을 깨뜨리기 위하여 폭탄 제조에 전념하게 되었으리라.

그들은 '파란지구'의 멤버인 듯하다.

조국의 현실을 직시할 수 있었던 학식과 덕을 겸비한 그들의 귀중한 생명은 결국 스러지고 말았다. 잔인하고 악덕한 짓을 아랑곳하지 않는, 오히려 기꺼이 해치우는 놈들의 손에 목숨을 빼앗기고 말았다. 일곱 명의 얼굴은 한결같이 자신의 무력함과 나타나 돕지 않은 동지에 대한 원망으로 일그러져 있었다. 그들의 동지가 기울어가는 세력을 일거에 만회하기는 불가능할 것이다. 궁지에 몰려 도망치기가 고작이었을 것이다. 어이없게도 동지가 원망의 대상이 되고 말았다.

그들은 안이하게 결속되어 있었던 것이다.

정의감만으로 그런 조직을 구성하는 것은 무모한 짓이다. 혼자

이기를 두려워하는 자가 모여 구성한 조직과 조직의 싸움에서 보다 큰 조직이 승리하는 것은 당연한 결과다. 지나치게 로맨틱한 사상이 그들의 목을 조인 것이다. 그러나 안쓰러워할 필요가 없다. 그들은 자신들의 파멸마저 미학으로 인식하였으니.

저항과 반역은 미학을 바탕으로 자라지 않는다.

액화수소를 연료로 하는 사륜구동 트럭은 라이트를 끄고 황야를 달렸다. 느릿하고 얌전한 주행이었다. 그러나 일단 간선도로로 들어서자 갑자기 거칠게 질주하기 시작하였다. 짐칸에 그런 것을 싣고 있으면서도 당당하게 법정 속도를 위반하고 다른 차들을 잇달아 추월하였다. 운전석에 앉은 남자는 라디오에서 흘러나오는 유행가를 흥얼거리면서 캔 맥주를 찔끔찔끔 마시고 있었다. 거리낌은 조금도 느낄 수 없었다.

그도 그럴 것이다. 그 트럭은 어느 검문소에서나 프리 패스였다.

맥주 냄새를 풀풀 풍기면서 그가 완장을 슬쩍 보이면 경찰은 길을 활짝 열어주었다. 무서울 게 없었다. 그가 가장 두려워하는 것은 그가 일하고 있는 직장이 공개되는 것밖에 없지 않을까. 아니 그건 잘 모르겠다. 그런 일에 두려워 떨 정도라면 애당초 이런 일에 발을 들여놓지 않았을 것이다.

트럭은 산으로 들어갔다.

구불구불 구부러진 산길을 하염없이 달려갔다. 마구 흔들리는 탓에 너를 압박하던 것이 없어졌다. 시체들은 뿔뿔이 나뒹굴고 있었다. 다른 일곱 명의 시체만큼 결정적인 것은 아니지만 그 단계에서도 너는 여전히 죽은 자였다.

한 시간만 더 흔들렸다면 너는 정말 숨이 끊어졌을 것이다.

길은 올라가면서 점점 좁아지고 마침내 쇠창살문이 앞길을 가로막았다. 폐자재 처리장이란 간판이 철사에 묶여 있었다. 그러나 거기에 건물은 없고 원형 공터에는 붉은 흙이 서너 군데 높게 쌓여 있을 뿐이었다. 공터는 산의 급사면과 깊은 계곡 사이에 끼여 있었다.

한밤중인데 까마귀가 울었다.

그것도 한두 마리가 아니었다. 운전사는 열쇠로 문을 열고 트럭을 조용히 안으로 들여놓고는 다시 문을 닫고 잠갔다. 학교 교정만 한 넓이에 제일 안쪽 벼랑 끝에는 깊은 구덩이가 몇 개나 패어 있었다. 구멍 옆에는 천을 덮어놓은 지게차가 있었다. 트럭은 구덩이 하나를 향하여 슬슬 후진하면서 아슬아슬한 자리에서 멈췄다.

유난히 빨간 달이 그 과정을 시종 비추고 있었다.

운전사의 각진 얼굴이 달빛을 받아 쪽매붙임 세공물처럼 보였다. 그는 일하는 동안 내내 콧노래를 흥얼거렸다. 짐칸에서 시체를 끌어내려 구덩이에 내던졌다. 너도 같은 구덩이로 던져졌다. 다른 일곱 명은 모두 구덩이의 바닥으로 굴렀지만 너는 구덩이의 벽면에 걸렸다.

너는 거의 수직으로 마치 허수아비 같은 꼴로 사면에 들러붙어 있었다.

운전사는 그런 너를 보고 개의치 않고 일을 진행하였다. 지게차를 움직여 붉은 흙을 퍼서는 그 구멍을 메웠다. 흙이 떨어질 때마다 너희는 더 깊은 쪽으로 묻혀갔다. 근처에는 그렇게 처리된 시체가 몇십 구, 아니 몇백 구나 묻혀 있을 것이다. 그리고 앞으로도 수많은 사람들이 묻힐 것이다.

구덩이가 몇 군데나 더 있다.

이 구덩이들이 꽉 차면 다른 산을 파헤칠 것이다. 이 산은 대체 몇 번째일까. 만약 이대로 아무 일도 일어나지 않는다면 산 전체가 거대한 묘지, 아니 학살당한 사람들의 폐기장으로 변할 것이다. 너는 점점 흙 밑에 깔리고 끝내는 완전히 묻히고 말았다. 머리카락도 보이지 않는다. 만약 그대로 아무 일도 일어나지 않는다면 너도 거기서 끝장이 났을 것이다.

그런데, 일이 일어났다.

치명적인 마음의 결함을 지닌 운전사가 여덟 명을 묻은 구덩이를 편편하게 밟기 시작한 바로 그때였다. 대지가 산째 흔들리고 그 흔들림은 한층 강한 흔들림으로 발전하였다. 사방은 산울림에 지배되고, 그 중저음은 흔들림의 폭에 따라 증폭하였다. 달까지 몸을 떨었다. 도처에서 경사면이 무너져내리고, 밤인데도 뭉글뭉글 피어오르는 흙먼지가 확실하게 보였다.

골짜기에 면한 벼랑이 와르르 무너졌다.

동시에 지게차가 운전사를 태운 채 휙 기울더니 대량의 토사와 함께 데굴데굴 골짜기를 향하여 굴러내려갔다. 운전사의 절규가 멀리 사라졌다.

그것으로 끝나지 않았다.

벼랑은 점점 더 무너져 방금 여덟 명을 묻은 구덩이뿐만 아니라 이미 메워진 다른 구덩이들까지 점차 붕괴하여 무수한 백골과 썩어가는 시체가 속속 드러나고, 그 모두가 골짜기로 떨어지면서 족히 백 미터는 될 낙차를 좁혔다.

그러나 너만은 그렇게 되지 않았다.

간발의 차로 낙하를 모면한 것이다.

너의 발밑에 있던 흙도 네 앞을 덮고 있던 흙도 깨끗하게 없어졌는데 네가 등을 대고 있던 흙과 발꿈치 아래의 흙은 아직 남아 있었다. 즉 너는 골짜기를 앞으로 하고 벼랑에 등을 댄, 마치 십자가에 매달린 듯한 꼴로 간신히 추락을 면한 것이었다. 그렇지만 그것은 일시적인 행운에 지나지 않았다. 여진이 오면 어떻게 될지 알 수 없는 노릇이었다. 주변의 토사가 너를 함께 데려가고 싶어했다. 다행히 다음 여진은 아직 오지 않았다. 그러나 결국은 시간 문제였다.

그리고 너는 지금 막 숨이 되살아난 참이다.

지각변동 때문에 너는 단숨에 제정신으로 돌아왔다. 호흡도 맥박도 정상으로 돌아오고 있었다. 끊어져가던 의식의 줄도 이어졌다. 옴폭한 눈이 광휘를 더하고 있다. 그 눈은 다시 깜빡이고 있다. 그렇지만 사태가 그 이상 진전되지 않으리라고는 보장할 수 없다.

벼랑은 쉴새없이 무너져내리고 있다.

너를 지탱하고 있는 흙이 점점 줄어든다. 그대로 있다가는 머지않아 골짜기로 추락하여 이번에야말로 진짜 시체가 되고 말 것이다. 너란 놈은 어차피 이런 마지막을 맞이할 운명이었는지도 모르겠다. 과거에 너를 길러준 부모를 삼킨 산사태에서 벗어날 수 있었지만 역시 비슷한 재난이 너를 기다리고 있는 것이다. 이번에는 살아나기 어려울 것이다. 너한테는 이미 그 재난을 이겨낼 체력이 없다. 머리 위 불과 일 미터 정도에 있는 평평한 지면 위로 기어올라갈 힘도 없다. 떨어지지 않고 버티는 게 고작이다. 자칫 함부로 움직이면 오히려 죽음을 자초할 수도 있다.

살려달라는 소리도 입이 바짝 말라 나오지 않는다.

설령 소리칠 수 있다 해도, 그곳은 아무도 없는 산속이다. 너는 꼼짝 않고 있다. 네가 놓여 있는 입장을 인식하기에 너의 의식은 너무 몽롱하다. 뇌가 정상적으로 활동하기까지는 아직 시간이 꽤 걸릴 것이다. 어쩌면 가사 상태에 있던 뇌세포가 산소부족으로 질식해 있는지도 모른다. 그 때문에 만에 하나 살아난다 해도, 흐르는 자가 아니라 정체된 자의 전형으로 칩거의 나날을 보내는 신세가 될지도 모른다. 그런 신세라면 차라리 이대로 벼랑 아래로 굴러떨어지는 편이 행복한 일생을 보낸 셈이 되지 않을까.

그건 그렇고 끔찍한 지진이었다.

밑에서 들어올리듯 예리한 요동은 아니었지만 흔들흔들 비틀비틀, 광범위에 걸친 진폭의 어마어마한 흔들림이 그것도 장시간에 걸쳐 계속되었다. 진원지 부근이 어떨지는 상상도 할 수 없다. 괴멸 상태의 수도를 볼 수가 없어 상당히 유감스럽다. 이것이야말로 학자연하는 자들이 고대하여 마지않던 거대 지진이 틀림없다. 그리고 아니나 다를까. 누구나 노골적으로 느끼고 있던 불안대로, 그것은 위기의식이 희박해진 지 오래된 틈을 타서 기습을 가했다. 이번에도 또 전쟁으로 경도되기 시작한 시간을 노린 것이다.

날이 어언 밝을 무렵 여진이 있었다.

나무들이 파도처럼 물결치는가 싶더니 도처에서 사면이 무너지고 흙먼지가 피어올랐다. 일단 하늘로 피난한 새들이 요란스럽게 울어대면서 미친 듯이 날아다녔다. 또 여진이다. 한 차례 흔들릴 때마다 발밑이 위태로워지고 너의 몸은 죽죽 미끄러져간다. 꼼짝도 못 하는 너지만, 그렇다고 모든 게 끝났다는 자각은 없다.

이 정도 일로 죽는 것인가.

또하나의 네가 네 귀에 대고 몇 번이나 그렇게 중얼거린다. 이런 상황 속에서도 너는 생에 대한 집착을 한시도 잊지 않았다. 너는 언제든, 이 세상에 태어난 이래 한 번도 죽음을 수용하지 않았다. 너에게 이 세상은 어떤 경우에든 살기 위한 장소였다.

높은 봉우리 위에서 하얀 달이 흔들리고 있다.

너의 안구도 흔들리고 있다.

무의식중에 너는 바지 주머니를 뒤지고 있다. 손끝에 닿은 것은 나이프다. 그러나 쇠약한 너한테는 아무 도움도 주지 못하는 도구다. 체력만 있다면 그것을 피켈 대신 사용하여 기어올라갈 수 있겠지만, 지금은 날을 펼 힘도 없다. 이런 지경에 이르러 매달 릴 수 있는 게 있다면 『원숭이 시집』뿐이다.

너는 왼손을 천천히 내려 살며시 그것을 만져본다.

그러자, 보라. 그저 만졌을 뿐인데 그 순간, 가죽 표지의 눅눅한 감촉이 전류처럼 네 전신을 자극한다. 체력은 그렇다 치고 기력 이 놀랄 만큼의 기세로 회복되어 눈이 부릅떠지고, 이런 데서 죽 어서는 안 된다는 생각이, 할 일이 아직 많다는 생각이 불끈불끈 고개를 쳐든다.

그러나 기력만으로는 부족하다.

근육이 쇠한 손발은 아무 소용이 없다. 그래도, 라고 이를 악물 고 죽음과의 승부에 목숨을 거는 너의 얼굴은, 진정 흐르는 자임 을 보여준다. 가만히 있으면 골짜기로 떨어질 테니 실패를 각오 하고 시도해볼 가치는 있다. 그렇게 생각한 너는 배영을 하는 요 령으로 철봉처럼 딱딱하게 느껴지는 오른팔을 머리 위쪽으로 슬 슬 뻗는다. 왼손은 시집을 꽉 잡고 있다.

오른손에 무언가, 흙이 아닌 것이 닿는다.

그것이 풀뿌리든 무엇이든 일단 잡아보자고 너는 생각한다. 그 다음 일에 대해서는 그다음에 생각하면 된다.

태양이 떠오른다.

금빛 화살이 너의 눈을 찌른다. 자기도 모르게 눈을 감았을 때, 또 여진이 밀려왔다. 강한 여파에 발밑에 있던 흙이 와르르 무너 진다. 그리고 다음 순간 너는 몸이 공중으로 붕 뜨는 것을 느낀다.

이제 끝났다고 생각한 너는 돌발적으로 『원숭이 시집』을 옆구리에 낀다.

정신을 잃기 직전 너는 환각에 사로잡힌다.

머리 위로 뻗었던 팔을 꽉 잡는 자가 있었다. 믿을 수 없을 정도의 완력이다. 털투성이, 유난히 뜨거운 손이 언뜻 보인 듯한 기분이다. 물론 그러기를 바라는 너의 마음에서 생긴 환각이다. 의식 비슷한 것이 있었지만 거기까지다.

내가 본 것도 거기까지다.

거기에서 너의 미래 영상은 뚝 끊기고 만다. 구사일생으로 살아나리란 기대도 허망하게 깊은 골짜기로 거꾸로 떨어졌을까. 아니면 너를 벼랑 위로 끌어올려줄 누군가가 돌연 나타난 것인가. 어느 쪽인지 모르는 채 나는 다시 현실로 되돌아온다. 나는 잠시 현실이란 대체 무엇인가 하는 문제로 혼란에 빠진다. 시간의 흐름은 과연 직선적인 것일까. 사실은 지그재그로 움직이고 있는 것은 아닐까. 내가 느끼고 있는 현재는 틀림없는 현재일까.

지금을 사는 나를 인식할 수 있기까지 상당한 시간이 걸린다.

뜨거운 바람이 분다. 우리 숲에서는 고온다습이란 좋은 조건 때문에 무수한 미생물들이 언제나 치열한 전투를 벌인다. 다종다양한 매미의 대합창은 벌써 절정에 달했다.

그리고 너의 어머니는 여전히 공중에서 흔들리고 있다.

그것은 풍경의 움직임을 닮았는지도 모르겠다. 그녀와 아직 탯줄로 연결되어 있는 너는 한여름의 와중에서, 이십 세기 말의 한 귀퉁이에서, 많은 수목의 그림자가 지켜주는 가운데 간신히 목숨을 연명하고 있다. 물론 묵시하기 어려운 사태이기는 하다. 그러나 인간이 아닌 나로서는 어떻게 할 방법이 없다. 우연히 너의 탄생에 입회한 나이기는 하지만, 일개 나무라 지켜보는 것 이외에는 할 수 있는 일이 없다.

너를 구출해줄 법한 인간은 아직 나타나지 않는다.

그런 기척조차 없다. 개발이란 이름의 파괴를 위하여 숲을 측량하려는 자들이 오늘쯤 올 것이다. 아니면 자금을 조달하기가 어려워 계획이 무산된 것일까. 만약 이대로 아무도 오지 않는다면 너는 끝장이다. 아무리 기를 써봐야 해질녘이면 네 어머니 뒤를 따르게 될 것이다.

수유기의 너에게 무엇보다 필요한 것은 보호자다.

너는 인간이다. 이런 데서 태어나 비바람을 맞으면서 쑥쑥 성장할 수 있는 짐승이 아니다. 부모 없이도 살아갈 수 있는 파충류나 양서류가 아니다. 너는 인간이다. 비합리적인 생으로 가득한, 나약한 인간이다. 전신 어디에서도 이상을 찾을 수 없는 완벽한 신생아다. 그런 네가 왜 버려진 기형아 같은 운명을 짊어지지 않으면 안 된다는 말인가.

나는 조금씩 두려워진다.

어쩌면 너를 구원하기 위한 손길 따위는 없을지도 모른다. 그런 생각이 절실하다. 거의 대여섯 시간에 이르는 너의 생과 사의 열전은 결국 헛수고로 끝나는 것은 아닐까. 극적이지도 않고 아무 멋대가리도 없이, 그저 숨이 끊어져 생의 막을 내리게 되는 것은 아닐까. 만약 그렇다면 지금까지 나에게 보인 너의 앞날은 가공의 것이 된다. 그건 너무하다.

그런 나의 걱정을 제치고 영상이 다시 보이기 시작한다.

하늘 꼭대기로 오른 태양의 플레어가 가까이 느껴지는 순간 돌연 너의 미래로 내던져진다. 이십몇 년 후의 너와, 네가 처해진 환경과, 그 시대 배경이 또렷하게 보인다.

너는 살아 있다.

다행이다. 정말 다행이다. 죽은 너의 모습 따위는 보고 싶지 않다. 지금 네가 있는 곳은 대량의 토사로 매몰된 어디 골짜기 같은 데가 아니다.

너는 고목의 밑동에 뻥 뚫린 커다란 구멍 속에 누워 있다. 잘 마른 풀이 두껍게 깔려 있고 너는 그 위에 똑바로 누워 있다. 그곳은 아마도 곰이 겨울잠을 자거나 새끼를 키울 때 사용하는 집이리라.

그건 그렇고 대체 어떻게 이동한 것일까.

아무리 네가 강인한 육체의 소유자라 하더라도 그토록 쇠약해진 몸으로 혼자 거기까지 올라가기는 도저히 불가능했을 것이다. 그곳은 원시림으로 덮인, 짐승들이 다니는 길밖에 없는 아고산亞高山이다. 울새와 큰유리새의 천국이다. 몸에 걸치고 있는 것은 예전과 마찬가지다. 일곱 명의 시체와 함께 동굴에서 실려나왔을 때와 마찬가지다. 검은 셔츠에 검은 바지 차림인데, 흙으로 더럽다. 벨트와 구두는 없다. 돌방에 갇혔을 때 그들이 벗겨갔기 때문이다.

아무튼 너는 위험에서 벗어났다.

그러나 목숨을 건졌다고 해서 중병에서 벗어난 것은 아니다. 너는 정신을 잃고 축 늘어져 있다. 네가 풍기는 악취에 이끌려 파리가 얼굴이며 손이며 다리에 잔뜩 들러붙어 있다.

역시 누군가가 너를 구해준 것이다.

그 증거로 손이 닿는 곳에 먹을 것이 놓여 있다. 조생종인 파란 사과, 주스 캔, 어육 소시지, 빵…… 족히 이틀분, 아니 사흘분은 된다. 신선한 물도 충분하다. 마치 자궁과 같은 모양의 구멍 밖에는 아무리 가뭄이 계속되어도 마르지 않는 샘이 있고, 녹은 유리처럼 깨끗한 물이 그득그득 솟고 있다. 그 샘이 소생의 바람을 끊임없이 보내주고 있다.

네가 베고 있는 것은 『원숭이 시집』이다.

주인은 너덜너덜한 걸레 같은 꼴을 하고 있는데 시집은 거의 멀쩡하다. 그리고 너의 배 위에는 나이프가 놓여 있다. 시집은 너의 두뇌에 많은 영향을 미치고 나이프는 너의 마음에 불을 붙이려 하고 있다. 나무들 잎사귀의 기공이 쉬지 않고 계속하는 증산작용은 너의 세포를 활성화시키고 있다. 이 산중에 있는 모든 것이 너를 죽이지 않으려 애쓰고 있다.

여기에도 깊은 평안이 있다.

여진이 끝나고 다시 부동으로 돌아간 대지는 마치 아무 일도 없었다는 듯 초여름을 만끽하고 있다. 적어도 여기에 있는 한 대지진은 이미 과거로 사라졌다고 해도 좋다. 그러나 도시는 그렇지 않을 것이다. 필시 복구 작업은 난항을 겪고 있을 것이다. 피해자들은 날마다 험악한 표정을 지을 것이다. 이전의 대지진에서 얻은 교훈 따위는 거의 소용이 없을 것이다. 막대한 피해로 사회의 기강이 일변했을지도 모른다. 사람들은 폭동과 악성 유행병과 식량 부족으로 전전긍긍하고 있을 것이다. 거리는 완전히 죽었을 것이다. 아니면 대혼란을 계기로 한시라도 빨리 격변의 시대로 돌입하려 하고 있을까.

너는 눈을 뜬다.

다행히 좋은 방향으로 가고 있는 모양이다. 반짝이는 눈동자를 보면 알 수 있다. 식욕이 솟고 있다. 너는 나이프를 잡고 날을 세운다. 녹은 슬었지만 사과 껍질을 벗기기에는 지장이 없다. 너는 사과를 조금 깨문다. 극도의 영양실조로 잇몸이 상해 세게 깨물수가 없다. 삼키는 힘도 약해졌다. 과즙만 간신히 목구멍을 통과하는 형편이다.

그래도 무언가 먹을 때마다 사고력이 회생한다.

너는 먹으면서 이런저런 생각을 한다. 물론 그 대지진에 대해서도 생각해본다. 하지만 큰 관심사는 아니다. 네가 가장 알고 싶은 것은 너를 구해준 생명의 은인이다. 그것이 알고 싶어 자지 않으려 했는데 해가 떨어지고 사방이 어두워지자 *끄덕끄덕* 졸고 만다. 문득 눈을 뜨면 머리맡에 먹을 것과 마실 것이 놓여 있다. 그

자는 발소리도 내지 않고 다가온다. 아니 발자국조차 없다.

　알 수 없는 일이다.

　정확한 위치도 알 수 없다. 대충 짐작은 할 수 있다. 태양이 솟아오르는 방향으로 보아 저 멀리에 조그맣게 보이는 것은 이 나라에서 가장 표고가 높은 산이 틀림없다. 그렇다면 지하로 끌려내려갔을 때부터 네가 마음속으로 줄곧 그려온 지도는 거의 빗나가지 않은 셈이 된다. 설사 그곳이 처음 발을 들여놓는 곳이라도 산골에서 자란 너한테는 길눈이 어둡다는 말 따위는 통하지 않는다. 그렇지 않겠는가. 너는 깊은 숲속에서 첫 울음소리를 낸 자이다. 그런 장소에는 익숙해 있다. 또 태어났을 때 생긴 이마 한가운데의 점 또한 예사롭지 않다. 때로 그것은 육안 이상의 기능을 발휘한다.

　너는 은혜를 모르는 놈은 아니다.

　너를 낳아준 어머니는 물론이요, 길러준 부모에 대해서도 빚은 없다. 우둔한 농가의 부부는 억지로 너를 보살핀 것이 아니다. 너를 주운 덕분에 그들의 만년이 얼마나 빛났던가.

　그러나 이번만은 그때와 사정이 다르다.

　이번에 너를 구해준 상대에게는 굉장한 빚을 졌다. 상대가 누구든, 그자를 위해서라면 심신을 던져서라도 은혜에 보답하지 않으면 안 된다. 너는 진심으로 그렇게 생각하고 있다. 그러나 지금 너는 너를 비호해주는 정체불명의 누군가의 호의를 누리면서 체력이 회복되기를 기다리는 수밖에 없다. 우선은 일어설 수 있어야 한다…… 그렇게 되면 그다음은 걷는 훈련이다. 그렇게 조금씩 흐르는 자로서의 육체를 되돌이키지 않으면 안 된다.

너는 먹고 자고 구멍 밖으로 기어나와 배설을 한다.

너는 캔 주스를 마시고 빵을 먹고 어육 소시지와 사과로 배를 가득 채운다. 밤이 오고 아침이면 해가 떠오르고, 또 밤이 온다. 밤마다 비가 너의 사고력을 조금씩 고양시킨다. 너는 여전히 은밀하게 너를 보살펴주고 있는 자의 정체를 밝히지 못한 채 느긋하게 지내고 있다. 그리고 어느 틈엔가 관심의 대상이 바뀌었다. 즉 지금 너의 머리에 가득한 것은 너의 보이지 않는 보호자가 아니라 재해 뒤에 찾아온 시대의 변화였다.

과연 이 나라의 장래는 어떻게 될 것인가.

불타는 벌판에서 자라 무예를 숭상하던 정신은 훨씬 더 넓은 지역을 초토화할 것인가. 군대가 처음으로 공격의 포탄을 날리는 곳은 과연 어디일까. 국외인가 아니면 국내인가. 연도의 관중은 눈앞으로 지나가는 천황을 향하여 얼마나 진지하게 만세를 합창할 것인가.

그러나 지금 너를 지탱하고 있는 힘은 그런 것이 아니다.

다시금 건각의 소유자를 지향하는 너를 밤낮으로 부채질하고 있는 것은 좀더 다른 것이다. 하지 않으면 안 될 일이 생겼다. 어쩌면 그것은 네가 태어나서 처음으로 계획한, 윤곽이 확실한 목적이 될지도 모르겠다. 충분히 놀랄 만하다. 너는 그 목적을 위하여, 그것을 실행하기 위하여 『원숭이 시집』을 잡는다. 흐르기 위한 독서가 아니다. 너와『원숭이 시집』의 관계는 이미 겸허한 기독교인과 성경의 관계가 아니다.

돌아갈 수 없는 벽이 네 앞길을 막고 있다.

그곳을 넘지 않는 한 흐르는 자가 될 수 없을 것이다. 신기한 것은『원숭이 시집』을 펼칠 때마다 항상 같은 말이 눈에 띄는 것이다. 쪽수가 달라도 우선은 이 한마디가 너의 마음을 뒤흔들어놓는다.

폭력은 폭력으로 갚을 것이다.

시의 화자인 늙은 원숭이는 거듭 그렇게 말한다.

그리고 너의 마음은 점차 그런 방향으로 기울어간다. 그리하여 지금은 목적 달성을 위해서라면 일의 쉽고 어려움을 따지지 않을 각오도 되어 있다. 너를 어둠 속에 가두고, 너에게 수많은 굴욕을 안기고, 너의 흐름을 막고, 너를 없애려 한 남자. 무슨 생각만 하면 그 남자가 떠오른다. 입가에 조용히 미소를 띤 둥그런 얼굴과, 더없이 얌전하고 온화한 말투와, 유난히 반짝이는 동그란 안경테와, 파이프 연기가 되살아난다. 되살아날 때마다 흉부에 격렬한 통증을 느낄 만큼 분노가 솟구친다.

그놈을 그냥 놔둘 수는 없다고 생각한다.

네가 어떻게 하지 않으면 안 되겠다고 생각한 것은 학정虐政이 아니다. 어디까지나 그 남자 개인이다. 그의 배경이야 어떻든, 그런 것은 별 문제가 아니다. 그렇게 생각한다. 또 이렇게 생각하기도 한다. 사람을 마음대로 죽이고 살릴 수 있는 위치에 있는 그 남자가 소수로 다수에 맞서려는 용기와 정의감을 겸비한 젊은이를 몇천 명이나 그 손으로 죽였든, 그런 것은 알 바가 아니다.

문제는 그 남자 한 명이다.

그놈은 하품을 참으면서 너의 목숨을 가지고 놀았다. 중요한 것은 그 한 가지다. 그놈의 비위를 거스른 것도 아닌데, 무고하다는 것을 잘 알고 있으면서도 죽음의 죄를 강요하였다. 그것도 단번에 깨끗이 죽이지도 않았다. 그놈은 아마 너 따위는 벌써 잊었을 것이다.

혹 벌써 그 자신이 주검이 되지는 않았을까.

지진은 그의 직장에도 피해를 끼쳤을 것이다. 아무리 석조라고 해도 산의 모양이 바뀔 만큼 격렬한 지진에 전혀 끄떡하지 않았을 리는 없다. 떨어진 돌 천장에 깔려 공포도 고통도 없이 몇 초 만에 숨이 끊어졌을까. 그렇다면 도저히 용납할 수 없다.

무슨 일이 있어도 그놈은 살아 있어야 한다.

무슨 일이 있어도 빚을 갚지 않으면 안 된다고 너는 생각한다. 흐르는 자로 복귀할 수 있을지 없을지는 오로지 그 일에 달려 있다. 아니 그렇게 하는 것이야말로 흐르는 자의 의무이며 권리이기도 하다. 죽음으로 직결되는 일격을 가하여 끝장을 낼 수는 없다. 미친 듯 괴로워하다 죽게 만들어야 한다. 그는 지금 너의 공상 속의 희생자가 되어 죽창에 꿰어져 있다. 또는 벌목용 도끼에 손발이 절단되어 있다. 그의 절규가 온 산에 메아리쳐 비구름을 부른다.

비가 오래도록 계속 내린다.

하루 온종일 비 때문에 꼼짝 못하는 날이 며칠이나 지났다. 지난번 대지진으로 흙이 물러진 산이 무너져내린다. 그 굉음이 천둥소리와 어울려 대지를 흔든다. 그러나 원시림으로 덮인 이 산은 끄떡도 하지 않고, 샘물도 전혀 탁해지지 않는다. 비는 너에게 링거 주사 이상의 효력이 있는 모양이다. 잠자고 있는 사이에 마련되는 먹을 것 덕분에 체중은 순조롭게 늘어나고 있다. 한 입 한 입 먹는 음식이 남김없이 피가 되고 살이 된다.

그리고 며칠째 아침인가, 너는 구멍 밖으로 나와 나무줄기를 잡고 서본다.

섰다. 너는 일단 나뭇잎에 떨어졌다가 다시 지상으로 떨어지는 비 아래 우뚝 선다. 상쾌한 기분이다. 목욕재계라도 하고 있는 듯한 기분이다. 죽지 않았다는 것을 실감한다. 살아 있기를 잘했다는 아주 당연한 생각에 가슴이 벅차다. 벅찬 가슴이 활력을 낳는다. 나뭇가지 사이로 스며들어오는 빛이 눈부시다.

시원한 바람을 쐬며 너는 사방을 돌아본다.

그곳은 상당히 험준한 산의 중턱을 차지한, 천연의 요새라고도 할 수 있는 너도밤나무숲이다. 이대로 평생을 살고 싶을 만큼 멋진 숲이다. 이 산에 있는 한, 함부로 정신이 산란해지는 일도 없고 흥분하는 일도 없다. 너의 적응력이 최대한으로 발휘되는 것은 역시 이런 공간이다. 휘파람새의 지저귐 소리가 끊이지 않는 산악 지대다. 은근하게 느껴지는 향수의 출처를 너는 아마 모를 것이다. 너 자신도, 너를 기른 부모도 모를 테지만 실은 너는 이런 숲속에서 태어났던 것이다. 너는 사람의 살을 만지기 전에 숲의 공기를 만졌던 것이다.

너는 그럭저럭 살다가 그럭저럭 죽어가는 자가 아니다.

그렇다고 국가나 민족의 운명을 짊어지는 자도 아니다. 잠시 너는 울퉁불퉁한 줄기에 기대어 대지진을 겪었다고는 도저히 여겨지지 않는 저 멀리 펼쳐져 있는 평원을 관망한다. 흐르는 자가 갈 곳은 얼마든지 있다. 너한테는 이렇게 인적이 드문 산속이 어울리지만, 영광과 권력과 성공을 추구하는 무수한 싸움과 끊이지 않는 자살과 범죄가 아우성대는 도시 또한 어울린다.

지금 너의 가슴속에서는 증오와 분노가 연쇄 반응을 일으키고 있다.

너의 뇌 어딘가에서 음울한 정념이 제멋대로 날뛰고 있다. 너는 느닷없이 외친다. 자기도 모르는 사이에 외치고 있다. 너의 입에서 불현듯 터져나온 귀에 선 말은, 여름 산에 부딪쳐 골짜기를 빠져나간다. 아마도 그것은 인간의 말이 아니었을 것이다. 짐승 같은, 언어 이상의 언어이리라. 다 외치고 나서도 너는 전신을 바들바들 떨고 있다.

장마는 걷히지 않고……

며칠 후 드디어 비가 그치고 온 산에서 매미가 일제히 울어대기 시작하였다.

너는 밖으로 나가 알몸이 되어서는, 아직 회복되지 않은 몸을 살며시 샘 속에 담근다. 그리고 마르지 않는 깨끗한 물과 새하얀 모래와 길게 자란 손톱을 번갈아 사용하여, 끼고 또 낀 때를 정성껏 벗겨낸다. 목욕이 끝나자 이번에는 빨래를 시작한다. 형상을 기억하는 튼튼한 감으로 만들어진 셔츠와 바지가 점차 새것으로 탈바꿈한다. 속옷과 양말도 아직 얼마든지 쓸 수 있다. 구두가 없어 불편하지만 벨트는 어떻게든 마련할 수 있을 것 같다.

숲에 부는 시원한 바람이 빨래를 재빨리 말린다.

그동안 너는 편편한 돌에 손톱을 비벼 적당한 길이로 고른다. 그리고 매끈한 돌을 골라 나이프를 간다. 천천히 시간을 들여 간다. 날 길이가 이십 센티미터인 외날 나이프가 번쩍번쩍한다. 그 광택은 당장에 너의 마음을 반영하여 폭력의 산광散光으로 여기저기 흩어진다. 그것은 이미 호신용이란 소극적인 도구가 아니다. 지금은 그저 수염을 깎는 데 사용되고 있지만, 그러나 언젠가는 피에 주린 단도처럼 사용될 것이다.

너는 억울함을 참고 삭이는 인간이 아닐 터이다.

적어도 나는 그렇게 믿고 있다. 너는 기습공격을 가하기 위한 나이프와, 천하의 희서希書라 할 수 있는『원숭이 시집』을 꼭 안고 잠든다. 잠이 들자 곧 꿈을 꾼다. 나쁜 꿈만 꾼다. 가령 옥중에서 수기를 쓰고 있거나 후두부에 총을 맞는, 그런 별 볼일 없는 꿈만 잇달아 꾼다. 그때마다 너는 비명을 지른다. 비명은 온 산으로 울려퍼지고 짐승들의 온갖 소리를 압도한다.

자신의 소리에 놀라 너는 벌떡 일어난다.

나이프를 쥐고 날쌔게 몸을 놀린다. 민첩한 움직임이다. 한잠 잘 때마다 원래의 몸으로 돌아가고 있다. 어쩌면 그 이상일지도 모르겠다. 즉 너의 전신은 초인적인 회복을 보이고 있는 것이다. 육체뿐만 아니라 더불어 정신까지 단련되고 있는지도 모른다.

무엇보다 눈이 좋아졌다.

시간의 흐름이라도 잡을 듯 예민해진 눈. 그 눈에 비치는 것은 샘에서 미역을 감고 있는 뱀이다. 그러자 너는 화가 치밀어, 이곳에서는 자기가 신참인 것도 까맣게 잊고, "이건 내 물이야!"라고 소리를 친다. 동시에 습격하여, 독니가 반격에 나서기 전에 꼬리를 잡고 빙빙 휘두르다가 옆에 있는 바위에 휙 던지고는 나이프로 마구 찌른다. 눈을 부릅뜬 너의 형상이 삼엄하다.

어느 사이엔가 너는 이 세상을 좁은 뜻으로 해석하고 있다.

여전히 식료품은 차입되고 있다. 눈을 뜨면 도착해 있다. 너의 몸 상태에 따라 놓여지는 장소도 다르다. 지금은 나무 구멍이나 밑동이 아니라 샘가에 놓여 있다. 그리고 그것들을 열심히 나르는 자의 정체는 여전히 알 수 없다. 그러나 너는 한 가지는 알았다. 그 식품 어느 것이나 동네 가게에서 살 수 있는 것들뿐이다. 즉 직접 만든 것은 하나도 없다.

물론 호의를 무시하는 네가 아니다.

아직 보지 못한 은인의 마음 씀씀이에 깊이 감사하면서 먹고 마신다. 하루에도 몇 번이나 "큰 빚을 지고 말았다"고 중얼거린다. 설사 그자가 의리를 지킬 만한 상대가 아니더라도, 어떤 요구에도 응하고 따르지 않으면 안 될 것이다. 너는 이미 그렇게 각오하고 있다. 만약 은혜를 베풀고 싶어하는 놈이었다면 처음부터 모습을 보였을 것이다.

어느 날, 너는 산을 내려갈 결심을 한다.

산을 내려가기 전에 최소한 감사의 말이라도 전하고 싶은 생각에 너는 하루 밤낮을 깨어 있었다. 자는 척하면서 귀 기울이고 있었다. 하지만 들리는 것은 짐승들 발걸음 소리와 우는 소리뿐이었다. 그다음 너는 스물네 시간을 계속 잤다. 그리고 일어나보니 금방 머리맡의 물건이 눈에 띄었다. 먹을 것이 아니었다. 비치 샌들이 한 켤레. 가격표가 붙은 채였다. 상대는 너의 완쾌를 알고 하산하면 가장 필요할 물건을 갖고 온 것일까. 너는 잠자리를 말끔하게 정리하고 너도밤나무에 나이프로 직선과 곡선을 새겨나갔다. 먹을 것을 앞에 두고 두 손을 모으고 있는 자신의 모습을 또렷하게 새겨넣었다.

그리고 지금 너는 산을 내려간다.

네가 먹고 난 찌꺼기에 길든 산쥐 부자가 너를 배웅하고 있다. 길 따위는 없어도 어느 쪽으로 가야 하는지 알고 있다. 샘에서 솟는 물과 함께 가면 계곡이 나올 것이다. 계곡물을 따라 아래로 내려가면 언젠가는 마을이 나올 것이다. 산속에서의 생활이 너의 방향감각을 더욱 예리하게 만든 모양이다.

계곡물은 탁하고, 산천어와 곤들매기가 떠 있다.

지진의 영향이 아직도 가시지 않았는가. 무너져내린 산이 비로 인해 다시 무너지고 있는 것이리라. 너는 서두르지 않는다. 쉬엄쉬엄 걷는다. 그런데도 때로 다리가 저린다. 그러나 걷는 만큼 다리에 힘이 생기고 흐르는 자의 피가 용솟음친다.

넓은 산간도로로 나오자 너의 기억은 한꺼번에 되살아난다.

한 번 지나간 적이 있는 길이다. 트럭에 실려왔을 때 지나간 길이 틀림없다고 생각한다. 터벅터벅 걸으면서, 너는 희미한 기억의 실을 잡아당긴다. 바람 냄새, 주변에서 나는 소리, 시간의 경과 같은 조건을 모두 합하여 전후 사정에 비춰가며 상상력을 한껏 구사한다. 우뇌와 좌뇌의 경계에 한결 큰 불꽃이 튀는가 싶더니 활짝 시야가 열린다.

예의 석조 지하 건물이 어디에 있는지 짐작이 간 것이다.

대충 장소도 추측할 수 있었다. 마을이 점점 가까워오자 너는 자신이 내린 해답에 자신을 얻는다. 지금까지 공연히 전국 방방곡곡을 헤매고 다닌 것은 아니다. 너는 그 골짜기 물의 냄새와, 그 거리의 중심부를 흐르는 강물의 냄새가 거의 비슷하다는 것을 깨닫는다. 그뿐만이 아니다. 땅속 돌방의 바닥을 흐르던 물과도 공통점이 있다. 물을 따라가면 반드시 그곳을 찾을 수 있을 것이다.

너의 직감의 원천인 오감의 활동은 한층 연마되어 있다.

형상적 사유도 날카로워졌다. 산을 내려감에 따라 더위가 심해지고 인간 냄새가 짙어진다. 길들 때까지 울렁거리는 속을 참지 않으면 안 된다. 합성된 식물 냄새가 난다. 석유제품 냄새가 난다. 차별주의의 냄새가 난다. 불안정 속에 떠다니는 안정감과 정상참작의 여지가 없는 귀속감과 획일적인 방향 세우기의 냄새가 난다. 그리고 독재체제의 확립을 지향하는 국가의 짓무른 사상에 자진하여 동화하고 싶어하는 국민들의 냄새가 난다.

동네 어귀에 도착했을 때 너는 장례 행렬과 마주친다.

죽은 자를 묘지로 운반하는 산 자들의 관심이 일제히 너한테 쏠린다. 그렇지만 그것은 단순히 네가 외부 사람이란 이유 때문만은 아니다. 마을 사람들은 모두 겁을 먹고 있었다. 대낮에 망령이라도 본 듯한 얼굴이다. 너는 여태껏 그런 식으로 타인의 시선을 모은 적이 없다. 지금껏 일반 사람들이 너한테 좋은 인상을 느끼지 못했던 것만은 분명하다. 그러나 그렇게까지 겁을 집어먹었던 적은 없다. 어린아이들은 울음을 터뜨리기 일보 직전이다.

너는 무슨 영문일까 하고 생각한다.

자신의 어디가 이상한 것일까 하고 생각한다. 몸가짐은 일단 모양새를 갖추고 있다. 때가 끼어 더러운 것도 아니고 셔츠도 바지도 빨았다. 비치 샌들을 신고 산길을 걷는 게 좀 이상하기는 하지만 맨발보다는 낫다. 머리카락이 다소 길기는 하지만 푸석푸석하지는 않다. 수염도 깨끗이 깎았다. 그리고 나이프는 주머니 속에 들어 있다. 타인에게 공포심을 유발할 만한 재료는 하나도 없다고 생각한다.

그쯤에서 너는 이런 결론에 도달한다.

아무리 세월이 흘러도 구습을 준수하는, 공동감각에만 의존하여 사는 무리들은 모르는 자를 만날 때마다 일일이 겁을 먹는다. 그런데 그게 아니었다. 한참을 더 걸어 마음 중심부로 들어서서 도로변에 나란한 인가의 유리창을 힐긋 쳐다본 너는 자기도 모르는 사이에 흠칫 놀라 걸음을 멈춘다. 유리창에 비친 너는 네가 아는 너가 아니다. 외양은 물론 너지만 인상이 완전히 변해 있다.

특히 눈초리가 매섭다.

그것은 사체를 처분하는 일에 주저치 않는 야수의 눈초리였다. 아니면 언제 어떤 경우에든 죽음과 자신의 육신을 맞바꿀 수 있는 결심이 어려 있는 얼굴이었다. 자신과 마주하고 있는 너는 열심히 자신의 얼굴을 쓰다듬으면서, 병을 앓고 난 후라서 그럴 것이라고 억지로 단정짓는다. 도시로 나가 사우나에서 땀을 흘리고 이발을 하고 제대로 된 식사를 하고 어디 청결한 별장에 틀어박혀 휴양을 취하면, 원래대로의 소슬바람처럼, 잡초처럼 눈에 띄지 않는 인상으로 돌아갈 것이라고 생각한다.

그러나 그런 너의 생각은 잘못이다.

너의 몸은 이미 휴양 따위를 전혀 필요로 하지 않는다. 모든 근육이 더도 덜도 아닌 움직임을 보여주고 있고, 혈액의 흐름은 아주 분명하며, 모든 호르몬의 분비도 순조롭다. 절대 병을 앓은 후라서가 아니다. 지금 너에게 필요한 것은, 오히려 움직이는 것이다.

정신 역시 그렇다.

너의 정신은 수박 겉핥기식의 언동은 삼가고, 사회와 하나로 융합된 상태를 돌파한 곳에 있는 진정한 자유를 추구하고 있다. 거기까지는 이전의 너와 다름이 없는데, 그러나 그렇지 않은 점이 있다. 지난번에 당한 곤경이 너를 변화시킨 모양이다. 구사일생의 어려움에 직면하고, 그것을 무사히 극복한 일로 너는 다소 변한 모양이다. 예를 들면 심심풀이 삼아 조각한 원숭이를 팔아 끼니를 때우던 나날이 바람직하지 않게 여겨졌다. 그 증거로 걷고 있는 도중에 크기도 적당하여 손쉽게 조각할 수 있을 만한 나무토막을 보아도 너는 절대로 줍지 않았다.

나로서는 약간 유감스러운 변화다.

나무를 나이프로 조각하면서 걸으면 심심하지도 않을 것이고, 평야의 한 귀퉁이에 있는 아담한 동네에 도착할 때까지는 아무리 촌스러운 인간이라도 갖고 싶어할 멋진 명품이 완성될 텐데 말이다. 그리고 그것을 팔기만 하면 다시금 무력감과 소외감과도 무연한 자유의 길을 갈 수 있을 텐데 말이다. 잘하면 보복하지 않을 용기를 기르는 일도 가능할 텐데 말이다.

그러나 너는 그렇게 하지 않는다.

너의 나이프는 이미 폭넓게 써먹을 수 있는 편리한 도구가 아니다. 너는 나무를 깎는 일도 걷는 일도 왠지 모르게 성가셔하고 있다. 그래서 농협의 직영점이 있는 동네 공터로 들어서자 조금도 망설이지 않고 키가 꽂혀 있는 경트럭을 훔친다. 그리고 운전석에 앉아 시동을 건다. 동시에 "이놈!" 하는 큰 소리가 등뒤로 쫓아온다. 너는 황급히 지방도로로 차를 몬다.

빨리도 추격자가 생겼다.

그렇게 생각한 너는 필사적으로 액셀을 밟는다. 그런데 사실은 경트럭 따위는 누구의 안중에도 없었다. 남자들이 저마다 막대기를 손에 잡고 가게 밖으로 나타난 것은 네가 아니라 한 마리 원숭이 때문이었다. 결이 좋은 털에 언뜻 보기에도 듬직한 그 짐승은 훔친 식료품을 몽땅 껴안은 채 지붕을 타고 도망가, 일단 커다란 감나무 꼭대기로 피신했다가 가지 끝 위에서 지상을 내려다본다.

그놈은 쫓아오는 인간을 무시하고 있다.

그놈이 지긋이 눈길을 쏟고 있는 것은 엄청난 기세로 날 듯 달리는 경트럭과, 그 차의 핸들을 잡고 있는 청년이다. 그가 누구인지 아는 순간 그놈은 손에 쥔 것을 전부 떨어뜨린다. 위험을 무릅쓰고 애써 훔쳐낸 빵과 주스 캔과 어육 소시지를 미련 없이 죄 버린다. 그러자 나무 아래서 화를 벌컥벌컥 내고 있던 인간들은, 자기들의 험악한 분위기에 원숭이가 굴복한 줄 착각하고 환성을 지른다.

원숭이는 너를 배웅하고 있다.

너는 그것을 알 리가 없다. 원숭이는 멀어져가는 네 쪽을 몇 번이나 몇 번이나 돌아보면서 나무에서 나무로 옮겨, 매미 소리와 더위와 자유가 그득한 뒷산을 향하여 총총히 사라진다. 나는 그놈의 뒷모습에서 깊은 안도감과 큰 만족감을 똑똑하게 보았다.

어디나 여름이다.

자글자글 타들어갈 듯한 한여름의 태양이 너를 따라오고 있다. 농축 우라늄처럼 무색투명한 위험을 가득 품은 계절이 너를 한입에 삼킨다.

너는 계속 액셀을 밟고 있다.

엉겅퀴의 빨강과 감초의 노랑으로 에워싸인 농로를 너는 미친 듯이 질주한다. 오래도록 운전을 멀리한 것치고는 능란한 솜씨다. 뒷바퀴가 찌익 미끄러질 때마다 너의 피는 끓어오르고, 반작용으로 아슬아슬한 흥분이 배가된다.

너는 너 자신을 향하여 격문을 보낸다.

한참을 달리고서야 너는 조수석에 가방이 놓여 있음을 안다. 속도를 떨어뜨리지 않고 한 손으로 가방을 열어 내용물을 꺼낸다. 쓸데없는 서류와 현금 다발이 나온다. 굉장한 금액이다. 자동차를 훔쳐가며 끼니를 잇던 때에도 한 번에 이렇게 큰돈을 쥐어본 적은 없었다. 동남아시아에서 온 아가씨한테 반해 있을 때 이만한 돈이 있었다면 너의 인생은 지금과는 아주 달랐을 것이다.

너는 자신의 운명에 외친다.

너는 운이 좋았다고 생각한다. 운은 아직 다하지 않은 것이다. 너는 돈다발을 전부 주머니에 쑤셔넣고 휘파람을 불면서 샛길로 들어간다. 그러고는 키 큰 귀화식물로 뒤덮인 공터에 경트럭을 버린다. 지문이 묻은 곳은 일일이 깨끗하게 닦아놓는다. 너의 지문은 이미 당국에 기록되어 있다. 설령 죽은 자로 처리되었다 해도 만사 조심하는 것이 최상이다. 이 차도 가능한 한 늦게 발견되는 편이 좋을 것이다. 몇몇 마을 사람들이 너를 목격하였다. 어서 빨리 이곳을 떠나 차림새를 싹 바꿔야 할 것이다.

너는 잡목 가지를 잔뜩 꺾어 차를 감춘다.

그리고 시원한 숲속 오솔길을 걸어 다시 지방도로로 나가서는 때맞춰 온 노선버스를 탄다. 승객은 마을 병원에 다니는 늙은이들뿐이다. 그들도 버스 운전사도 너를 힐끔힐끔 훔쳐본다. 그러다 네가 쏘아보면 얼굴을 수그리고 다시는 보지 않는다. 껄끄러운 분위기가 한동안 지속된다.

그러나 잠시 후 승객들은 기운을 되찾아 다시 큰 소리로 떠들어 댄다. 그 지진 얘기뿐이다. 도시의 피해가 얼마나 막대한지, 친척이나 아는 희생자들의 이름을 무슨 대단한 일이라도 되듯 들먹거리며 희희낙락하고 있다. 운전사까지 얘기에 가담하여 식료품값이 일제히 올라 농가가 허덕이고 있을 것이라고 말한다.

너는 한시도 주의를 게을리하지 않는다.

길 앞쪽과 뒤쪽으로 신경을 곤두세우고 있다. 그만큼 큰돈을 도난당한 자가 가만히 있을 리가 없다. 파출소 경관이 추격해올지도 모르고 또 연락을 받은 경찰이 비상망을 펴고 잠복하고 있을지도 모른다. 길은 외길이다. 수상히 여겨지면 그걸로 끝이다. 그렇게 큰돈을 몸에 지니고 있는 이상 말로는 빠져나가기 힘들다. 하지만 너는 그런 긴장감을 즐기고 있다. 컨디션은 더할 나위 없이 좋다. 전신이 구석구석까지 빈틈없이 제 역할을 하고 있다. 뇌

는 어떻게 대처해야 하는지를 끊임없이 생각한다. 하지 않으면
안 될 일이 많다.

마을이 바로 코앞이다.

승객들은 여전히 큰 소리로 떠들고 있다. 늙은이들의 얘기가
허풍이 아니라는 증거로, 진원지에서 멀리 떨어진 이런 곳에서
도, 여기저기 기우뚱한 전신주를 바로 세우는 공사가 진행중이
다. 도로는 쫙 갈라져 그 틈새가 저 멀리까지 이어져 있다. 물이
빠져 벼가 말라버린 곳도 있다. 동네 안에서는 뒤틀린 건물도 눈
에 띈다. 그러나 완전히 파괴된 가옥은 한 채도 보이지 않는다. 피
해의 중심부는 역시나 도시인 모양이다.

버스에서 내린 너는 재빨리 옷을 갈아입는다.

의류도 값이 올랐다. 섬뜩할 정도의 가격이 붙어 있다. 속옷과
양말은 이전의 서너 배로 값이 뛰었다. 그러나 너는 부자다. 아무
리 걸어도 발이 부르트지 않을 고급 구두를 산다. 지난날의 너 같
으면 구둣바닥에 박을 징을 잔뜩 사들였을 텐데 오늘은 그렇지 않
다. 이제는 징소리를 내며 걷고 싶지 않기 때문이다. 입던 옷은 역
앞 쓰레기통에 버렸다.

오 분 후에 차를 한 대 훔친다.

도난방지장치가 되어 있지 않고 색과 모양이 그다지 눈에 띄지
않는 대중차를 몰아, 다시 오 분 후에는 그 시골 마을을 떠나 다른
곳에 있다. 기온이 점점 상승한다. 국도는 혼잡하다. 공기는 탁할
대로 탁하다. 라디오 방송의 구 할이 지진에 관한 뉴스다. 지진이

있었던 날부터 며칠이 지났는데도 마치 어제나 오늘 일어난 일인 듯 야단이다. 피해 지역으로 통하는 주 간선도로에는 일반 차량의 진입이 금지되어 있다. 성금과 자원봉사자를 열심히 모집하고 있다. 그 사이를 헤치듯 동결된 생활필수품의 가격을 지키지 않는 자는 엄벌에 처한다는 경고가 흐른다.

정부는 아무래도 이 난리를 최대한 악용할 작정인 모양이다.

국민의 단결심을 선동하고, 때를 보아 징병제도를 확립시키려 하고 있다. 집단의 정념에 불을 지피는 뉴스만 내보내고 있다. 즉 장기적인 불황으로 귀농한 남자들을 복구공사에 종사케 하고, 그래도 남아도는 남자는 일단은 모집병이라는 형태로 국방군에 흡수할 모양이다. 귀에 거슬릴 만큼 용감무쌍한 음악이 흘러나온다. 그 사이로 '초대손님의 시간'이 끼어든다.

너의 이마 위 별 모양 점에 직감력이 응집된다.

거대 지진은 이 나라에 기이한 활력을 부여하고 있다. 피해자들에게는 가치 있는 체험이었을 것이다. 그리고 그들의 저력은 흘러넘쳐 위험한 방향으로 돌진할지도 모른다. 또 직접적인 피해를 입지 않은 사람들도 국가에 대한 심리적인 일체감에 취해 있다. 왜곡된 그 흥분감은 중대한 결과를 낳을 다음 체험으로, 참전의 길로 직결될 수도 있다.

대중은 이미 전승국에 복종해온 과거에 넌더리를 내고 있다.

대부분의 사람들은 백인에 의해 강요당한 민주주의에는 일말의 가치도 없다고 결론짓고 있다. 풍요로운 나라로 꽃필 수 있다면 주의주장 따위는 아무래도 상관없다고 생각하고 있다. 이 나라에는 이미 복지라는 향응을 베풀어 국민을 포용할 경제적 여유도 없거니와 본격적인 공해 방지 대책을 세울 여유도 없다.

이 나라가 아시아의 군계일학으로 보였던 것은 이미 먼 옛날이다.

그런데 많은 사람들은 그때에 대한 미련을 버리지 못하고 그 시대의 재현을 위해서라면 수단을 가리고 있을 계제가 아니라고 생각하기 시작하였다. 진보의 흔적이 전혀 보이지 않는 인권 문제를 깨끗하게 잊고 옛 시대의 과오를 되풀이하려 한다. 그러나 아시아는 이 나라가 말하는 대의 따위는 믿지 않는다.

아시아의 눈은 지금 중국으로 집중되어 있다.

물량이 아니라 인구로 항상 타지역을 압도해온 중국은 문명이 퇴보한 수천 년의 간격을 뛰어넘어 다시금 둑을 무너뜨릴 만큼의 기세를 회복하고 있다. 롤백 정책이 하나같이 성공을 거두고 있다. 그리고 음모가 끊이지 않는 정계라는 마귀굴의 주인이 된 저 인상적인 코주부 남자는 감당하기 벅찰 정도의 권력을 장악하고, 니글니글한 강장제를 복용하면서 조석으로 불온한 언사를 구사하고 있다. 그러나 그가 허풍을 떨고 있다고 여기는 자는 한 명도 없다. 그의 등장으로 몇 가지 중요한 조약이 효력을 상실하였다. 남국적인 답답한 얼굴의 그 앞에서는 그 어떤 친선 외교도 무력하다.

그 반면 이 섬나라가 쇠퇴해가는 꼴이라니.

백 년 전과 거의 비슷한 경로를 더듬어 자멸의 길로 돌진하고 있다. 자유주의의 부산물인 다양한 독이 차입한 민주주의를 말살하려 하고 있다. 자본주의는 경제를 자유롭게 조절하는 방법을 끝내 발견하지 못했다. 본격적인 경찰국가의 시대가, 엄격하고 잔혹한 정치의 시절이 바로 코앞까지 육박해 있다. 그러나 그것을 되돌려놓을 만큼 강력한 힘을 지닌 혁신 세력은 전무하다 해도 무방하다.

도처에 덕지덕지 붙어 있는 거대한 얼굴 사진.

지금은 그 작자가 일본의 얼굴이다. 그는 황실을 물리치고 앞으로 나섰다. 인구 삼만 명에 한 대꼴로 설치되어 있는 패널식 거대한 화면에 연일 비치는 땅딸막한 남자의 선명한 영상. 온통 입에 발린 연설만 늘어놓고, 경거망동은 극력 삼가라고 경고하고, 강국의 재구축을 지향하며 염치없는 논쟁을 펼쳐 보이는 그런 남자가, 국민의 눈에는 경륜 있고 어떠한 난관도 돌파할 수 있는 위대한 지도자로 보이는 것이다. 헛기침을 컹컹 해대며 말하고, 쓸데없는 말까지 곁들여 필요 이상으로 일을 확대하고, 자칫 의협심을 연기하고 싶어하는 경박한 재사才士를 존경하고 중시해야 할 위인으로 섬기는 것은 일본 민족의 변함없는 특질이다. 이십 세기를 능가할 격동의 이십일 세기를, 위험을 무릅쓰고 히스테리컬하게 극복하려는 일본에 대한 평판은 당연히 바람직하지 않다.

그러나 땅딸보가 이끄는 정당은 어느 선거에서나 대승리를 하였다.

무수한 식언 행위로 합성된 정부. 그 요직에 있는 별 볼일 없는 자들의 배후에는 험악한 눈초리에 소수파의 볼따구니를 후려칠 수 있는, 다종다양한 죄를 짓지 않고는 못 견디는 모략에 능한 요괴가 미소 짓고 있다. 그놈은 생떼를 부리는 민중에게 머지않아 바라는 것을 가질 수 있다는 착각을 불러일으키는 데 성공하여 단숨에 승격하였다.

그의 톡톡 쏘는 언어가 마시기 좋은 술처럼 대중의 목구멍으로 흘러들어갔다.

경제적으로나 정신적으로나, 그리고 인간적으로도 궁지에 몰린 사람들은, 거의 근거 없는 수박 겉핥기식의 언동을 환영하며 매달리고 있다. 대중들의 그런 반응이야말로 그자가 바라는 바다. 카리스마를 기르고 있는 것은 그 자신도 아니고 그를 둘러싼 자들도 아니다. 자립심을 결여한 민중이 그렇게 만드는 것이다.

그는 입술을 바들거리며 화를 낸 후, 잡다한 지식을 섞어 이런 말을 토해낸다.

이렇게 퇴락한 약소국으로 전락해도 좋은 것인가.

종이 세공품처럼 연약한 국민으로 맥없는 일생을 보내고 싶은가.

적중에서 고립되어 전의를 상실할 것인가.

우리의 자손에게 훨씬 더 비참한 상황을 물려주고 싶은가.

투쟁이야말로 현실적이다.

현실을 회피할 수는 없다.

수소화리튬 무기는 물처럼 깨끗하다.

지금은 유예하고 있을 때가 아니다.

집단 심리적 현상에 지나지 않는 민족주의가 사람들에게 오늘을 살 힘을 주고, 내일의 희망을 일구는 힘을 부여한다. 그러나 최근 발생한 플레이트형 대형 지진이 그 방향성을 완전히 애매모호하게 만들고 말았다. 비극은 이제 서막을 올렸을 뿐이다. 천 년을 산 나는 그런 기분이 든다.

너의 목적은 날로 분명해진다.

너는 오로지 그 단순명쾌한 목적에 따라 달린다. 목하 너의 앞길을 막는 자는 없다. 지금도 여전히 땅속에서 비밀리에 불법 처형을 일삼고 있는 놈들은 아마도 너를 완전히 말살했다고 믿고 있을 것이다. 시체를 산속에 묻은 담당자가 돌아오지 않았지만, 설마 네가 목숨을 건졌으리라고는 생각지 않을 것이다. 지금은 다른 남자가 다른 트럭으로 그들이 살해한 남녀들을 몰래 싣고 가다른 산에 묻고 있을 것이다. 혹 베레모를 쓰고 파이프를 문 그 남자의 기억 한구석에 네가 남아 있을지도 모르겠다. 그는 네가 조각한 원숭이상을 기념으로 갖겠다고 하였다. 그 목각을 갖고 있는 한 너를 잊지 않을 것이다.

문제는 그가 지진으로 목숨을 잃었을 수도 있다는 점이다.

경찰의 수가 여느 때보다 적다. 지진 전까지만 해도 그토록 빈번했던 검문이 지금은 거의 없다. 단속 대상이 피해 지역으로 축소된 것이리라. 반수 이상의 경찰관이 수도를 구출하는 데 동원

되었으리라. 시골을 전전하는 풋내기 범죄자한테도, 또 너한테도 좋은 일이다.

너는 간다.

흔치 않은 일만 당해온 너는, 지금 또 아직 경험하지 못한 일에 도전하려 한다. 과연 그것이 보람 있는 일일지 어떨지는 생각하지 않아도 좋다. 의의가 있건 없건, 득실 따위는 무시하고 아무튼 완수하지 않으면 안 되는 것이다. 비등점에 달한 분노를 격렬하게 발산하는 순간을 향하여 너는 똑바로 돌진한다. 여름이 그런 너를 부추기고 있다.

이미 아무도 막을 수 없는 일이다.

백발의 원숭이도 저지할 수 없다. 『원숭이 시집』은 비단 의식을 고양시키는 책이라고만은 할 수 없다. 거기에 박혀 있는 말들은 처세를 위한 격언이 아니다. 앞으로 네가 하려는 일은 어쩌면 『원숭이 시집』의 진수에 해당되는 행위일지 모른다. 감당하기 어려운 곤란이 따른다 할지라도 너는 최후까지 버틸 것이다. 만약 그 남자가 벌써 죽었다면 어떻게 할 작정인가, 그를 대신할 인물을 찾을 것인가.

물 냄새가 너를 확실하게 그쪽으로 인도하고 있다.

너는 자동추돌 방지장치 버튼을 눌러 운전의 부담을 줄이고, 그만큼 신경을 후각과 청각에 집중시킨다. 창을 전부 활짝 열어놓았다. 눈가리개를 하고 수갑을 찬 채 스테이션왜건을 타고 이동한 그날의 기억이 토막토막 떠오른다.

주물 공장의 매연 냄새가 난다.

내내 라면 냄새가 난다. 오물처리장 냄새가 난다. 온 동네에 울려퍼지는 차임 소리도, 국도변을 흐르는 세찬 강물 소리도 분명 들은 기억이 난다. 방향은 틀림없다. 잘하면 저녁나절에는 그곳에 도착할 수 있을지 모른다. 그러나 서두를 필요는 없다.

강행은 금물이다.

그 남자한테는 동료가 있다. 명령 한마디에 무슨 일이든 복종하는 부하가 있다. 그러나 너는 혼자다.

안전하고 빈틈없는 전술을 펼쳐야 할 것이다. 상대방은 권력을 과신하고 방심해 있을 테지만, 그래도 경계를 풀어서는 안 된다.

언뜻 보면 예술가 같은 그 남자는 너한테 이렇게 말했다.

"국가권력을 우습게보아서는 안 되지."

옳은 말이다. 이번에 다시 그놈의 손에 걸려들었다가는 무슨 짓을 당할지 알 수 없다. 산 채로 사지가 찢겨나갈지도 모른다. 놈들은 인간이 아니다. 아니 그렇지 않다. 너무도 인간적인 유전인자를 용케 물려받은 놈들이다. 그러나 지금 너는 자신에게 위험이 닥치리란 생각 따위는 하지 않는다. 생각하지 않는 것처럼 보인다. 나는 그런 너의 험상궂은 표정을 좋아한다.

네가 지금까지 살아온 인생은 예상 밖으로 훌륭했다.

어쩌면 그 이상인지도 모른다. 너는 군거본능에 지배되지도 않았고, 한창 일할 나이의 장년기에 접어들어 하잘것없는 승진을 바라는 그런 시시껄렁한 나날을 보내지도 않았다. 지금 너는 너에 관한 모든 것을 스스로 결정하고 진행할 수 있다. 그런 너를 좀 유별난 인간으로 보는 경향도 있을지 모르겠으나 나는 너 같은 놈이야말로 가장 인간다운 인간이라고 생각한다.

이 세상에 의미 따위는 없다.

이 세상을 사는 의미에 집착하여 그것을 추구하는 자한테만 의미가 있다. 처음부터 사는 의미가 주어져 있다면, 이 세상은 정말 시시할 것이다. 너는 말이 아니라 행동으로, 흐름으로 끊임없이 그 의미를 묻고 있다. 그렇다고 하여 모든 사람들이 평등하게 취급받고 정의가 지배하는 나라를 찾아다니는 것은 아니다. 또 너 자신을 발견하는 여행으로 사는 의미를 찾으려는 것도 아니다. 너는 그저 이 세상에서만 경험할 수 있는 것을 행하려 할 뿐이다.

『원숭이 시집』에 이렇게 쓰여 있다.

신을 이겨내는 유일한 방법은 자손을 만들지 않는 것이다.

너는 평생 독신으로 지낼 작정인가.

또는 호흡을 함께할 자와 평생 해후할 수 없는 것일까. 어느 쪽이든 너는 경원당하는 자도 냉소주의자도 되지 못할 것이다. 네 안에서 서로 접해 있는 두 가지 자유, 즉 육체의 자유와 정신의 자유가 기분 좋게 만나면서 격렬하게 튀는 불꽃은, 한껏 젠체하면서 저열한 취미에서 벗어나지 못하는 유한계급 사이에서는 절대로 볼 수 없는 종류다.

너는 카 라디오의 채널 버튼을 차례차례 눌러본다.

그리고 차내를 악상이 풍요로운 교향곡으로 채운다. 음질이 점점 더 개선되어, 과거 궁극의 음이라고 찬양되었던 콤팩트디스크 방식 따위는 발치에도 못 미친다. 듣고 있는 사이에, 특정 인물에 증오심을 품은 너의 가슴속으로 시원한 바람이 분다. 단박에 마음도 상쾌하고 깨끗해진다.

그러나 그 어떤 명곡도 너의 분노를 삭이지는 못한다.

너는 해야 할 일은 분명하게 완수하려 한다. 나는 그것이 과연 흐르는 자로서의 면목을 유지하는 일인지 잘 모른다. 너에게는 분명 번거롭고 성가신 일을 떠나 살고 싶은 마음이 있다. 그러나 평온무사하게 지내는 날들에 대한 그칠 줄 모르는 욕구 따위는 티끌만큼도 없다. 강자의 논리에 반발감을 느끼면서도 결국은 굴복하고, 줄곧 위장약을 마셔가면서도 그 자리를 모면하려는 발언만 하고, 수시로 결점을 드러내고, 사뭇 쓸쓸한 표정으로 빈 골짜기에 울리는 발소리를 애타게 기다리는 것은 다른 누구이지 네가 아니다.

너는 흐르는 자다.

국가의 노여움을 사고 사람들에게 배척당하는 일이 있어도 너는 그들에게 아무런 할 말이 없다. 고층 기류처럼, 저 먼 바다의 검은 조류처럼 흐르는 너는, 훔친 자동차로 질주하면서 현 중의 현 소리에 마음을 기대면서, 구절구절 폐부를 찌르는 시집의 한 구절을 낭독한다. 어디까지나 단도직입적이면서 얼마든지 폭넓게 해석할 수 있는 그 시는, 태어나면서부터 집이 없는 너를, 고향에 있으면서도 이방인이었던 너를, 보호시설에 수용되어야 할 운명을 짊어진 부랑자로 간주하여 차별대우하지는 않았다.

그 반역의 언어들은 물론 원숭이를 위하여 쓰인 것은 아니다.

원숭이와 친척인 인간을 위하여, 그것도 흐르기 위하여 태어난 고귀한 인간을 위하여, 세상의 비난을 면할 수 없는 구원의 이상과 부동의 진리를 설파하는 것이다. 그런데 그 표현이 나 같은 언어광한테는 어째 좀 모자란 듯이 느껴지는 게 유감스럽다. 독단적인 경향은 전혀 상관이 없는데, 그러나 개인의 자유를 금지하고자 하는 강적에게 싸움을 거는 자세는 좀더 선명하게, 좀더 노골적으로 찬미해야 하지 않을까. 하기야 모자람을 메울 수 있는 것이 전혀 없지는 않다.

그것은 나이프다.

너 자신은 잘 인식하지 못하겠지만, 쓸수록 예리하게 잘려나가는 나이프를 하나 지니고 있음으로 하여 너는 독립된 존재가 될 수 있었던 것이다. 너란 놈은 외향성과 합리성으로 무장하지 않을 수 없는, 등돌린 자를 공격하는 데 뛰어난 개인과는 분명하게 다르다.

그 무엇보다 좋은 증거가 나이프다.

이미 너는 그것이 나무를 조각하기 위한 도구에 지나지 않는다는 생각을 버렸다. 갈면 갈수록 예리함을 더하는 날은 논쟁을 벌여봐야 무익한 경우, 혹은 기로에 섰을 경우의 좋은 친구이다. 그것은 너의 주저를 잘라버리고, 순조롭지 못한 운을 격퇴하며, 해방되어야 할 개인을 억누르는 고압적 수단을 하나하나 물리쳐줄 것이다. 어쩌면 때와 경우에 따라서는 감칠맛 나게 일을 마무리 해줄지도 모른다.

너는 주유소에 들러 연료 탱크를 가득 채운다.

의외로 매장량이 많은 석유는 아직도 위력을 떨치고 있다. 여전히 에너지를 절약하라고 부르짖고 있지만 제대로 귀를 기울이는 자는 없다. 그리고 너는 오래도록 금했던 아이스크림을 탐식하고 비타민이 들어 있는 드링크제를 벌컥벌컥 마신다. 칫솔을 사서 이를 하나하나 꼼꼼하게 닦고 코인 샤워를 이용한다. 전신을 빈틈없이 씻고서 볼일을 본다.

옆 화장실 문이 열린 채다.

지저분한 변기에는 한눈에 창부임을 알 수 있는 여자가 앉아 축 늘어져 있다. 간신히 앉기는 하였는데 상체는 활처럼 뒤로 젖혀져 있고 손발은 흐물거리고 있다. 눈은 양쪽 다 감겨 있다. 죽은 것이 아니다. 독한 술을 마셨거나 아니면 인조마약을 흡입하여 가수 상태에 빠져 있을 뿐이다.

헐어빠진 브리프가 투실투실한 허벅지 살에 꽉 끼여 있다.

미련 없이 죽어버리는 편이 행복할 그런 여자를 너는 무슨 까닭인가 빤히 쳐다본다. 아주 숭고한 것을 접했다는 생생한 실감이 너를 그 자리에 못박아놓고 있다. 그리고 왜 그런 짓을 하는지 자신도 모르는 채, 돈다발에서 고액권 지폐를 서너 장 꺼내 그녀의 음모 사이에 끼워놓는다. 멸시와 굴욕에 익숙한 그녀의 얼굴에는 애증이란 감정이 완전히 떠나가고 없었다.

세상의 조롱에 꺾이지 않고 살 기력도 상실되어 있었다.

하지만 너는 경멸해야 할 여자라고는 조금도 생각지 않는다. 아니 그녀를 쳐다보는 너의 눈길에는 경의가 어려 있기까지 하다. 너는 모를 테지만 그 여자는 너를 낳은 어머니를 몹시 닮았다. 얼굴 생김이 그렇다는 것이 아니라, 전체 분위기가 꼭 닮았다. 어쩌면 그녀는 기억도 나지 않는 손님의 아이를 뱄는지도 모른다. 그리하여 이 여름이 가기 전에 어느 산속으로 들어가, 하룻밤 내내 숲속을 헤매다닌 끝에 목매달아 죽을지도 모른다.

너는 다시 아른아른한 거리로 나간다.

주유소에서 산 대형 아이스박스에는 마실 것과 먹을 것이 잔뜩 들어 있다. 그러나 주류는 바로 옆에 전문점이 있었는데도 사지 않았다. 언제부터인지는 모르겠지만, 너는 술에는 전혀 입을 대지 않는다. 알코올이란 항상 선동적인 정치가에게 휘둘리고, 집 안에 틀어박혀 잊혀져가는 생애를 보내며, 반反국민이라 불리기를 극단적으로 싫어하는, 혼자 힘으로는 절대로 가슴의 울분을 털어낼 수 없는, 그런 사람들의 음료다. 그들은 처자식 흉을 보면서 술을 마시고, 필요 이상으로 겸손한 자기 자신에게 정나미가 떨어져 술을 마시고, 아무래도 상관없을 옛날 일을 추억하면서 술을 마시고, 사소한 길사吉事를 축하하며 술을 마시고, 금주를 맹세하면서도 술을 마신다. 그리고 때로는 정말 술을 끊고 발원을 하지만 금방 술자리로 돌아간다.

너는 그들과 같은 족속이 아니다.

너는 분명 생업이 없는 자이지만 그렇다고 해서 너를 무산계급의 일원으로 간주하는 것은 얼토당토않은 오산이다. 너는 그들이 갖고 있지 않은 것을, 또는 가지려 하지 않는 것을 갖고 있다. 『원숭이 시집』에도 또 나이프에도 눈길조차 주지 않는 그들은 설사 인격이 더없이 청렴하다 해도 결국은 오래가지 못하는 자들이며, 해방된 개인이 될 수 없는 자들이다.

그들은 악법에 울기는 하여도 나쁜 짓에 스스로 가담하는 일은 없다.

명망 있고 유서 깊은 가문의 가치를 조금도 믿어 의심치 않는 그들한테 반골 정신과 반역자로서 긍지 따위는 아예 털끝만큼도 없다. 태어날 때부터 항거불능인 그들은 싫다는 말을 모른다. 그들에게 수긍하기 어려운 얘기란 없다. 그들은 최종적으로는 무엇이든 받아들인다. 정치운동의 탄압…… 악처에 시달리는 나날…… 정치 경제계의 흑막 뒤에 우글거리는 악…… 조상 대대로 이어져내려온 다신교…… 군정으로 이어지는 필요 이상의 맹렬한 애국심…… 경국미담經國美談으로 미화된 세계 제패의 야망, 무엇이든 말이다. 그런 주제에 사람을 받아들이는 도량은 없다.

그들은 분명 너한테 이렇게 말하며 대들 것이다.

우리를 뭉뚱그려 취급하지 말라고. 우리 한 명 한 명은 각기 다른 유구한 역사를 짊어지고, 잘 참으며, 제반 사정을 고려하여 살수록 깊어가는 인생을 그래도 살고 있다고. 가정도 꾸리지 않고, 취직도 하지 않고, 기분 내키는 대로 각지를 헤매다니는 놈은 설령 천 년을 산다 해도, 사람으로서 산다는 것이 무언지 모를 것이라고.

너는 이제 도망가지 않는다.

너는 쫓기고 있는 것이 아니라 쫓는 입장이다. 너는 느릿느릿 차를 몰면서 너를 궁지에 몰아넣은 자를 쫓는다. 무슨 일이 있어도 결말을 짓지 않으면 안 된다는 다짐이 너를 충동질하고 있다.

왼쪽 앞에 정련소의 매연으로 고갈된 산림이 보인다.

그러자 너는 차를 갓길에 바짝 붙여 세운다. 도로를 따라 흐르는 강이 거기서 두 갈래로 갈라진다. 너는 창밖으로 얼굴을 쑥 내민다. 그리고 눈을 감는다. 바람과 물의 냄새, 졸졸졸 흐르는 물소리, 여름새의 지저귐 소리, 찝찔한 냄새, 그런 것들이 너의 이마 한가운데 있는 별 모양 점을 통하여 직접 뇌를 자극한다. 너는 다시 차를 몰아 달린다. 이번에는 옆길로 들어간다. 자갈길을 달리는 타이어의 감촉이 너의 자신감을 한층 드높인다. 그쪽 방향에는 깊지 않은 골짜기가 있고, 골짜기를 지나면 잡목림이 있고, 그 너머에는 목장이 있고, 모래사장이 있으며, 푸른 해원이 있다. 여기다. 틀림없이 여기다.

자기도 모르게 가슴 깊이 쾌재를 부르는 너의 얼굴이 점점 잔인한 미소로 물든다.

너는 목소리를 바꾸어 베레모를 쓰고 파이프를 문 그 남자의 말을 흉내낸다.

"국가권력을 우습게보지 말라…… 그랬겠다."

*

그러니까 한 팔십 년 전이라고 기억하는데, 이런 일이 있었다.

하늘에서 돌아오는 기러기 떼 어지러이 날고, 구름길을 더듬는 달은 한결 교교한 빛을 발했다. 그리고 푸르스름한 저녁 어둠을 뚫고 찾아온 그 남자는 어디로 보나 틀림없는 폭력배였다. 이마에서 턱으로 길쭉한 흉터가 나 있고, 그 오래된 상처의 그림자가 깔린 두 눈에는 감정의 갈등이 역력했다. 그러나 침착하지 못하고 마음먹은 대로 행동하고, 아무나 가리지 않고 트집을 잡는 잔챙이는 아닌 듯하였다.

조용한 남자였다.

알 수 없는 것은 그가 누구에게 쫓기고 있지도, 누군가를 쫓고 있는 것도 아니라는 점이었다. 그런 자들이 혼자 이 숲을 찾을 때는, 대개의 경우 도망이나 은신이 목적이었다. 감옥에 처박히고 싶지 않든가, 그렇지 않으면 불시에 습격을 당하고 싶지 않든가 둘 중에 하나였다. 그런데 그런 얼간이들이라니. 목숨이 아까워 며칠 동안 숨어 있다가, 그런 며칠이 지나면 당장에 고독에 굴복하여 온갖 죄를 짊어진 자기 자신과 마주하는 하루를 일 년처럼 길게 느끼고, 끝내는 공포에 사로잡혀 헤매다가, 무슨 짓을 당할지 모르는 잔혹한 앙갚음으로 넘실거리는 세상으로 비실비실 돌아갔다.

그게 보통이었다.

그러나 그놈은 예외였다. 언젠가는 업보에 시달릴 운명이었지만 그 태도는 실로 당당하였다. 마치 열사처럼 호기 있게 보였다. 나의 밑동에 풀썩 주저앉은 그놈은 품에서 빨간 잔을 꺼내서는 허리에 찬 호리병의 술을 찰랑찰랑 따랐다. 그리고 막 떠오른 탄력 있는 달과, 여러 가지 고운 빛깔이 극치를 이루고 있는 만추의 숲과, 편편 낙엽을 안주 삼아 마시기 시작하였다. 만약 그 남자가 하룻밤을 청유淸遊하는 풍류시인이었다면 단풍놀이를 겸한 달맞이라고 생각할 수 있었을 것이다. 그러나 상대가 극악무도한 폭력배이고 보니, 그 의도가 분명치 않았다.

그렇기에 오히려 오랜만에 상상력을 자극하는 대상이 되었다. 출소 축하 파티…… 이런 데서, 더구나 혼자 할 리가 없었다. 그 세계에서 발을 빼고 건실해진 축하…… 제대로 살자고 마음먹은 자가 하얗게 바랜 무명천으로 몸을 둘둘 만 옷을 아무렇게나 입고 있을 리가 없었다. 더군다나 그 무명천 안에는 잘 갈아놓은 비수가 숨겨져 있었다.

우리는 첫 만남이었다.

그런데도 오랜 지기처럼 친근감이 느껴지는 까닭은 대체 무엇일까. 또 그런 놈을 주목할 만한 인간이라고 직감한 이유에 대해서도 알 수 없었다. 마침내 나는 이렇게 생각하였다. 어쩌면 이 남자는 우상화되어도 이상하지 않을 굉장한 인물일지도 모른다. 듬직하고 탄탄한 체구의 소유자도 아닌데 거목을 연상시키는 그 호남은 내 마음에 드는 흔치 않은 인간이었다.

무뢰한을 넘어서는 존재로 보였다.

그렇다고 세상을 등지고 산중에서 살고 싶어하는 자로 보이지도 않았다. 또 목적을 향하여 용맹하게 돌진하는 자로 보이지도 않았다. 혹은 또 여색을 멀리하고 겸허한 태도를 취하면서, 그 혼을 천지 끝까지 날려보내 해탈한 후 극락정토에서 편안하고 한가롭게 살고 싶어하는 자로 여겨지지도 않았다.

그와 숲은 나무랄 데 없을 만큼 균형을 이루고 있었다.

우리 사이에 틈이 벌어지는 일은 전혀 없었다. 그는 어느 나무와도, 어떤 풀과도, 어떤 이끼와도 잘 어우러졌다. 더 나아가서는 죽은 이에게 부치는 애가에 어울리는 저녁 풍경과도, 아름다운 달무리와도 멋들어지게 조화를 이루었다. 살살 취기가 돌자 그는 알몸이 되었는데, 그 등판을 메우고 있는 조각물 또한 그랬다.

참으로 보기 드문 문신이었다.

눈꼴이 시어서 보아줄 수 없는 소행을 자랑거리로 여기는 음산한 분위기는 조금도 느낄 수 없었다. 아무한테도 생트집을 잡지 않는, 조심스러운 무늬였다.

그것은 거의 한 폭의 그림이었다.

남자의 전신에는 변화무쌍한 사계절이 절묘하게 배치되어 있었다.

얼어붙은 달빛에 빛나는 설원.

부드러운 나뭇가지에서 울어대는 풀종다리.

새벽어둠을 깨는 만발한 벚꽃의 눈이 반짝 뜨일 듯한 담홍색.

저 높은 곳까지 단숨에 달려올라가는 적란운.

그것들은 혼연일체가 되어 아주 조심스럽게 새겨진 '색즉시공'이란 네 글자와 함께 완벽한 조화를 보여주고 있었다.

결코 과찬의 말이 아니다.

그는 잠자코 암흑세계의 관례를 따르는, 그저 그런 남자로는 도저히 여겨지지 않았다. 나는 한시도 한눈을 팔지 않는데, 그러나 그쪽은 나를 보지 않았다. 그의 눈이 조금도 탁하지 않은 것은 왜일까. 그것은 개체에 구애받지 않고 전체를 바라볼 수 있는 눈이었다. 그리고 오른쪽 눈에서는 더할 나위 없이 생을 사랑하는, 왼쪽 눈에서는 죽음을 존경하는 빛을 확실하게 감지할 수 있었다.

시종일관 혼자 힘으로 산 인간을 가까이서 보자니 실로 기분 좋았다.

한일자로 꽉 다문 입은 가식적으로 말하거나 참회과민증에 빠져들기 쉬운 입이 아니었다. 그것은 설사 합의에 의해서 결정된 일도 사리에 맞지 않으면 당장 이의를 제기하는 입이며, 한결같은 절조를 끝까지 지키는 자의 입이었다. 그 다리는 영험한 산에 참배를 드리기 위한 다리가 아니고, 그 손은 운수대통하게 하는 부적이 갖고 싶어 산사의 돌층계를 빗자루로 쓰는 손도 아닐 성싶었다.

호리병의 술이 어언 없어질 무렵, 온 하늘은 별가루로 가득했다.

강인하고 소탈한 남자는 손에 쥐고 있던 잔을 갑자기 하늘로 던졌다. 그것은 빙글빙글 돌면서 날아갔다. 내가 생각한 이상으로 잘 날아 늪의 수면에 떨어지자 둥실 떠다녔다. 이어 그는 몸에 말고 있던 무명천에 손을 집어넣어 비수를 꺼냈다. 그리고 손잡이를 잡고 달빛에 비춰보며 칼날을 살폈다.

그때 나는 남자의 얼굴에 떠오른 수치심을 놓치지 않았다.

그러나 그것이 어떤 의미를 가진 수치심인지, 어떤 이유로 인한 부끄러움인지는 제대로 파악하지 못했다. 어쩌면 그는 허구한 날, 그런 물건에 의지하며 사는 자신을 폄하하고 있었는지도 모르겠다. 그렇지만 비수는 늪으로 가라앉거나 땅에 묻히지는 않았다.

그는 한참이나 비수를 지그시 바라보았다.

그러고는 다시 원래대로 칼집에 쑥 집어넣었다. 그는 마지막까지 바윗덩이 같은 무게 있는 태도를 허물지 않았다. 그리고 숲에서 지낸 한때를 충분히 즐겼는지 어디론가 가버리고 말았다. 바람이 잘 통하는 마음을 지닌 자라고 나는 생각하였다. 적어도 살아가는 일에 필요 이상 고뇌해야 하는 인간은 아닌 듯하였다. 그 증거로 그는 심각한 표정을 한 번도 보이지 않았다. 해학가인 쪽독새가 등장할 기회는 한 번도 없었다. 바람이 약간 불어 단풍 든 나뭇잎이 팔랑팔랑 떨어졌다. 달이 겸양의 미덕을 발휘하여 만추를 한층 더 돋보이게 하였다. 그 밤에는 아무 일도 없었다. 새끼 원숭이가 어미 원숭이를 죽이는 대죄를 범하는 일도 없이, 조용히조용히 깊어갔다.

그저 그뿐인 사소한 일이었다.

그러나 나는 지금도 그 남자를 또렷하게 기억하고 있다. 그런 폭력배가 그토록 고매한 인격의 소유자 같은 인상을 풍겼다니 참으로 이상한 일이다. 그가 그후 어떤 인생행로를 더듬었나에 대해서는 전혀 관심이 없다. 전과자로 일생을 마쳤을까, 아니면 숲에서 나간 직후 단칼에 살해당했을까, 아니면 그저 입에 풀칠하는 데 지장이 없을 만한 장사를 시작하여 맥이 축 빠지는 느슨한 반생을 보냈을까.

그런 것은 아무래도 좋다.

나에게는 그날 그때, 그런 남자를 만났다는 것 자체에 의미가 있다.

그는 나를 특별한 나무로 보지 않았다. 흔히 있는 거목으로밖에 여기지 않았다. 신통력이 있는 나무라 추켜세우고, 기어들어가는 소리로 울며 매달리는 짓은 하지 않았다. 즉 우리는 거의 대등한 입장에서, 서로에게 의지하지 않는 관계를 유지하면서, 가을날 저녁이 자아내는 도취의 한때를, 불가사의한 긴장감이 떠도는 한때를 함께 지낼 수 있었던 것이다.

지금이 되어서야 나는 혹…… 하고 생각한다.

그 남자야말로 이 세상의 모든 것을 있는 그대로 받아들일 수 있는 남자였는지도 모르겠다고 생각한다. 억지를 부리지 않고, 비탄에 잠기지도 않고, 무연한 표정도 짓지 않고, 인연이 아닌 것을 미련 없이 포기하고, 죽어도 후회하지 않고 삼계대도三界大道를 윤회하는 남자. 만약 그가 오래 살았다면, 분명 장자를 능가하는 노인으로 편안히 죽어갔을 것이다. 그 남자야말로 흐르는 자의 모범이 될 수 있는 인물이 아니었을까.

나는 지금 네 안에 있는 폭력배의 편린을 보고 있다.

아니 꼭 보고 싶어한다. 그러나 유감스럽게도 그와 너의 공통점은 현재로서는 예리한 칼을 소지하고 있다는 점밖에 없다.

너는 아직도 미숙하다.

그 남자에 비하면 아무리 보아도 네 쪽이 모자란다. 너는 앞으로 더 여물지 않으면 안 될 것이다. 그렇지 않으면 잔챙이로 늙어, 부양가족을 거느리고 결심한 바가 늘 흔들리는, 그런 정체된 인간조차 당해내지 못하게 될 것이다.

너는 지금 어두컴컴한 잡목림 사이에 차를 세우고 있다. 풀벌레의 날개 소리와, 여름새들의 지저귐, 매미들의 대합창에 잠겨 상쾌한 바람이 부는 앞쪽의 벌판을 주시하고 있다. 목장으로 가장한, 경찰서가 아닌 경찰서를 줄곧 감시하고 있다. 축사 비슷하게 만들기는 하였는데 어딘가 어색한 건물 안으로 덮개 달린 트럭이 들어간다. 나오는 트럭도 있다. 그러나 아주 가끔씩이다. 트럭이 드나들지 않을 때에는 잠잠하고, 말이나 소가 한가로이 풀을 뜯고 있다. 아무래도 지하 그 방이나 통로는 지진의 피해를 전혀 입지 않은 모양이었다. 공사용 트럭은 전혀 드나들지 않는다. 그곳이 과거 채석장이 아니라 토사를 파내서 만든 지하 건조물이었다면 절대로 무사하지 않았을 것이다.

진원지에서 멀리 떨어진 이런 곳에도 여기저기 땅이 갈라져 있다.

비 올 확률이 낮은 하늘에서는 국수적인 사상을 첨가한 연료를 요란스럽게 태우는 최신예 국산 전투기가 가상 공중전에 여념이 없다. 이 나라는 이미 호국의 길로 치닫고 있고, 그것을 막을 자는 한 명도 없다. 대지진조차도 그 기세를 누그러뜨리지 못했다.

이미 이 나라에 희망의 날이란 없다.

정치와 경제의 파행을 시정하려면 다른 나라를 병합하는 길밖에 없다는 당치도 않은 해결책이 극히 타당한 의견처럼 통용되고 있다. 귀에 들리는 것은 모두 비관적인 자료뿐인데 일반 대중은 그렇다는 자각조차 거의 없다. 정부는 노골적인 속박 때문에 쌓이고 쌓인 울분을 이웃 나라의 화원을 망가뜨려 해소하면 된다고 민중을 세뇌하고 있고, 그 효과는 예상 이상이었다.

골짜기가 끝난 다음에 있는 초원은 튼튼한 철책으로 빙 둘러쳐져 있다.

철책 안쪽에는 걸음새가 성질 있어 보이는 불그스름한 털의 말과 착유기도 거부할 만큼 고집 세 보이는 소가 몇 마리씩 방목되어 있다. 머리 위를 어지럽게 날고 있는 전투기에서 보내는 충격파가 음속의 벽을 뚫고 지상에 도착할 때마다 그들은 일제히 힝힝거리며 전신의 근육을 떨었다. 목장의 철책에는 가시철망이 빙빙 감겨 있고 고압 전류가 흐른다. 건물 입구 부근에는 감시용 텔레비전 카메라가 설치되어 있고, 때로 렌즈가 번쩍번쩍 빛난다. 그곳을 향하여 곧바로 뻗어 있는 길은, 건강했던 네가 땅속으로 끌려가고, 가사 상태에서 다시 끌려나온 길이다.

너는 어리석은 자의 일념으로 사흘 밤낮을 그 숲에서 지냈다.

사들고 온 아이스크림을 먹고 드링크제를 마셨다. 근처 덤불 속에서 몰래 볼일을 보고 차에서 잠을 잤다. 그동안 목장을 드나든 차는 몇 대 되지 않았다. 주유소에서 구입한 망원경을 사용하여, 타고 있는 자의 얼굴 정도는 식별할 수 있었다. 그러나 어느 차에도 목적하는 인물은 타고 있지 않았다. 베레모를 쓰고 파이프를 문 애송이 같은 말투의 그 남자의 모습은 보이지 않았다.

밤이 되면 덮개 달린 트럭이 밖으로 나왔다.

그 짐칸에는 죽은 인간이, 참살된 남녀가 실려 있을 것이다. 정말 그렇다면, 이곳에서 가축보다 더 잔혹한 방법으로 처분되는 인간은 상당한 수에 달할 것이다. 어쩌면 그들의 수는 급증하고

162

있을지도 모른다. 무일푼에 가족마저 잃은 사람들은 퍼뜩 정신을 차리고, 국가가 부여해준 삶의 합당한 준거에 의문을 품게 되었다. 그리하여 권력에 정면으로 맞서게 되었다 해도 이상할 것은 없다. 그런 사람들은 로맨틱한 몽상가의 모임에 지나지 않는 '파란지구' 멤버보다 훨씬 당차다고 할 수 있다.

그러나 그들은 봉기를 일으키는 순간 열세에 몰릴 것이다.

너는 이어폰으로 라디오를 들으면서 차 안에서 목장을 망본다. 쉴새없이 뉴스가 흐른다. 어제, 국책에 따른 사업으로 당대에 거부가 된 경제계 원로의 자택과 별장에 화재가 발생했다고 한다. 지진에 관한 뉴스는 조금씩 줄어들고 있다. 분초를 다투는 피해자의 구원 단계가 좀 지난 모양이다. 극단적으로 부족한 것은 긴급 전화 정도라고 한다. 사실일까.

그 땅딸보가 떠들어대고 있다.

보수주의자인지 급진주의자인지 알 수 없는 태도를 취하며 대중의 마음을 끊임없이 자극하고, 전진이냐 퇴보냐 양자택일을 강요하며 어느 틈에 체제 측의 거물로 부각된 그는 이렇게 큰소리친다. 국운이 심상치 않은 이런 때에 사회질서를 교란시키는 뻔뻔스러운 편승주의자들에 대해서는 단호하게 대처할 것이라고. 그러나 새삼스럽게 언급할 필요도 없이 그는 이미 그렇게 하고 있다. 그의 수하에서 열심히 일하는, 성실하고 편리한 살인마들은 여름새가 이렇듯 아름답게 우짖는 지금도 변함없이 땅속 돌방에서 쉬지 않고 변사체를 제조하고 있는 것이다. 그 비밀스러운 지하 감옥에서 몸부림치다 죽지 않은 것은 아마 너 한 명뿐이리라. 살아서 그곳을 빠져나온 자는 너뿐일 것이다.

노파심에서 말하는데 너는 두 번 다시 그런 곳에 가까이 가서는 안 된다.

네 마음대로 해보라는 말은 도저히 할 수 없다. 보복을 당할 확률이 매우 높다. 또다시 그 흉악한 마수에 걸리느니 귤을 생산하는 따뜻한 고장에 숨어 살면서, 이 시대를 무사히 살아 넘기는 편이 낫지 않은가. 지배욕을 채우려는 시대는 그렇게 오래가지 못할 것이다. 일단 흐르는 자임을 중단하는 편이 좋지 않을까. 너는 아직 젊다. 시간은 얼마든지 있다.

백발의 늙은 원숭이는 이렇게 말한다.

권력은 한결같이 흐르는 자를 적으로 여긴다.

그리고 그대의 모든 언동 또한 한결같이 당국의 금기에 저촉될 것이다.

나흘째가 되었는데도 너의 광적인 집착은 조금도 덜어지지 않는다. 덮개 달린 트럭이 시야에 들어올 때마다 너의 얼굴은 일그러진다. 그것은 다름아닌 분노의 형상이다. 동시에 너는 자신을 초월한 불가해한 힘이 몸속에서 솟구치는 것을 느낀다. 너에게 그런 힘을 주는 것은 『원숭이 시집』이 아니다. 외날 나이프다. 늙은 원숭이는 요즘 내내 침묵을 지키고 있다. "하라"고도 "하지 말라"고도 말하지 않는다. 그러나 너는 할 작정이다.

결말을 짓고 싶어한다. 그렇다고 네가 강력범이 되고자 하는 것도 아니고, 국사범이 되려는 것도 아니다. 너는 그저 흐르는 자의 입장을 되찾기 위해서 그렇게 하는 수밖에 달리 길이 없다고 생각할 뿐이다. 앞길을 가로막고 있는 장애물을 제거하고, 마음의 불순물을 제거하려면 그렇게 할 수밖에 없다. 그렇지 않으면 자유를 되찾을 수가 없다.

자유는 해방의 표증이지만, 이어지는 속박의 발판이기도 하다.

너는 소리를 죽이고 차에서 내려 팔굽혀펴기를 한다. 그리고 타이어에 발을 걸고 윗몸일으키기를 하고 무릎펴기 운동도 한다. 각각 더는 견디기 힘들 때까지 한다. 비 오듯 땀을 흘리는 네 모습 어디에서도 결심이 흔들리는 조짐은 감지할 수 없다. 의외로 끈질긴 성격이다. 사교성이 없고 싫증을 잘 내서 방황하고 다니는 방랑자와는 전혀 다르다.

너는 방랑자가 아니다.

너는 자기 연민이 과한 자도 아니고 온 세상이 적이라고 믿는 자도 아니다. 너는 필요 이상으로 타인의 사랑을 받고자 하지도 않고, 사회로부터 인정받고 칭찬받고 싶어하지도 않는다. 방랑자는 망상으로 이루어진 현실 속에서만 살 수 있다. 그들이 가장 두려워하는 것은 타인이 자신의 약점을 들추어내는 것이다. 그러나 너는 다르다.

그리고 너는 숲을 흐르는 시냇물에서 세수를 한다.

이를 닦고 나이프로 수염을 깎는다. 그리고 차로 돌아가 속옷을 갈아입는다. 그때 목장 건물에서 약간의 변화가 생긴다. 말이나 소가 드나들기에는 너무 크다 싶은 문이 소리 없이 열리는가 싶더니 트럭이 아니라 승용차 한 대가 빛 속으로 미끄러져 나온다. 실로 선명한 인상을 주는 보라색 고급 승용차다.

너는 망원경으로 그 장면을 응시한다.

그러나 창문이란 창문이 짙게 선팅되어 있어 차에 타고 있는 인물을 확인할 수는 없다. 너는 애가 탄다. 초조한 너의 입에서 소리가 새어나온다. 그것은 한숨이나 혀를 차는 소리가 아니라 짐승 같은 외침 소리다. 야생 원숭이가 주변 분위기를 수상히 여길 때 내는 소리를 닮았다. 그러자 매미나 작은 새들은 아무 동요도 하지 않는데 말과 소 떼는 일제히 움직임을 멈춘다. 그러고는 허둥지둥 뛰기 시작한다. 그러나 금방 도망갈 곳을 잃고 우물쭈물하다 승용차의 앞길을 완전히 차단하고 만다. 클랙슨 소리가 요란하게 울리는데도 움직이려 하지 않는다.

운전석 창이 열리고 남자의 얼굴이 쑥 나온다.

그놈이다. 베레모는 쓰지 않았지만 파이프를 물고 있다. 저 남자가 틀림없다. 그는 말과 소에게 냅다 소리를 지르고 있다. 그놈의 목소리다. 네가 끈질기게 기다리던 남자가 드디어 나타난 것이다. 지하의 눅눅한 공기와 완벽한 어둠 속에 갇혀 있던 체험이 어쩌면 악몽이었을지도 모른다는 의심이 순식간에 불식된다.

말과 소가 간신히 이동하자 차는 다시 천천히 달리기 시작한다.

철책의 일부는 자동식 문이다. 운전석 창이 닫힌다. 너는 그 몇 초 동안 동승자가 없다는 것을 확인한다. 그놈의 차는 잡목림을 벗어나 골짜기 길을 간다. 당황은 금물이다. 너는 너 자신에게 이른다. 놈이 자갈길에서 도로로 접어들 무렵 행동을 개시하면 충분하다. 자칫 어설프게 움직이다 들키면 끝장이다. 방심할 수 없는 상대다. 보라색 승용차가 국도에서 오른쪽으로 꺾이는 것을 확인하고 너는 뒤를 쫓기 시작한다.

너는 저 앞을 달리고 있는 천박한 색의 차에서 한시도 눈을 떼지 않는다.

하늘도 땅도 태양의 열기에 축 늘어져 있다. 유해한 배기가스의 증가로 대기가 이상스레 눈부시다. 너는 화가 치밀어 있다. 그러나 그것은 과거에 느껴본 적이 없는, 아주 기분 좋은 분노다. 중죄인은 네가 아니라, 먼 옛날의 엉터리 화가처럼 젠체했던 그놈이다. 그래 봐야 결국은 인간 결격자이며 인골 제조자에 지나지 않는다.

그가 가장 즐기는 것은 사람을 소름끼치게 만드는 끔찍하고도 잔악한 행위다.

그는 별 볼일 없는 부하를 사용하여 체제를 거역하는 자를 포박하고 연행하여 그 건전한 몸과 마음을 마치 판자를 우지끈 뜯어내 듯 난도질한다. 그는 그의 일당과 함께 캄캄한 시대의 제일 선두에 서서, 고의적인 살해까지 허용된 지위를 마음껏 누리고 있다. 키득키득 웃으면서 공포에 질린 얼굴을 때리고 싶은 만큼 때릴 수 있는 그들은, 그들의 노리개가 피와 함께 동지의 이름과 아지트가 있는 장소를 토해낼 때마다 회심의 미소를 지을 것이다.

그들은 가학의 맛에 완전히 길들여져 있다.

그들은 머지않아 거점을 지하에서 지상으로 옮겨 공개적으로 모습을 드러내고 세력을 배가하며 활동할 것이다. 그리고 지하에서 하던 짓을 고스란히, 아니 한층 더 규모를 확대하여 지상에서 대대적으로 펼치게 될 것이다.

이미 야당의 정치활동은 완전히 붕괴되었다.

호언장담 — 어차피 다른 누군가의 지혜를 빌렸을 것이다 — 으로 우둔한 대중의 마음을 꽉 잡고 지금은 하늘을 찌를 듯한 세력으로 명성이 자자한 땅딸보는 실언과 무책임한 말 위에 똬리를 틀고 있다. 지난번 대지진 때도 그 토대는 흔들리지 않았다. 흔들리기는커녕 천재로 인한 혼란을 최대한 이용하였다. 즉 미증유의 국난에 봉착하여, 현재를 극복하기 위해서는 국민이 하나로 뭉치는 길밖에 없다는 연설이 요즘 들어서는 비정상적일 만큼 고조되고 있다.

전란에 휘말려 지냈던 시절의 냄새가 되살아나고 있다.

대외적으로는 구질구질한 변명밖에 하지 못했으면서도 느닷없이 뻔뻔해진 이 나라는 아시아권뿐만 아니라 세계 속에서도 고립을 향하고 있다. 각국에서 파견된 재해 구조대를 공항에서 돌려보낸 정부가 어찌 된 영문인지 국민의 갈채를 받고 있다. 무슨 일에든 지나치길 잘하는 이 나라는 몇백 년이 지나도 이웃에 대한 사랑이나 이방인과의 연대에 익숙해지지 않는다. 대인관계나 대외관계에서는 아부를 하든가 뽐내는 두 가지 방법밖에 모른다. 외국과의 관계가 삐거덕삐거덕 어긋나기 시작하면 당장에 주먹을 들고 흔들어댄다. 그리고 그 책임 소재는 항상 명료하지 못하다.

정부의 선전을 거꾸로 이용하는 그런 강인한 인물은 아직 나타나지 않았다.

이 고도의 섬을 빈틈없이 뒤덮고 있는 것은 고소를 금할 수 없는 시골 촌뜨기의 저열한 근성이며, 절대로 사건의 본질을 갈파하지 못하는 공식주의다. 전승국의 강대한 힘으로 재벌을 해체하고 모든 것을 다시 시작했는데도 결국은 이 꼴이다. 차용한 민주주의는 점차 젤리처럼 흐물흐물해져서 지금은 그저 이름뿐인 대의로 말살되고 말았다. 절호의 기회가 왔다고 여긴 썩어빠진 학자들은, 권력자의 허영심을 교묘하게 부채질하면서, 국민 사이에 만연해 있는 불만의 돌파구를 다른 곳으로 돌리는 작업을 거드느라 여념이 없다. 그 작자들은, 선결문제는 무엇보다 군사력의 증강이고 부국책을 강구하는 것은 부차적인 문제라고, 다른 해결책은 없다는 견해를 되풀이하고 있다. 국가는 개인에 대하여 다양한 가치와 규범에 동조를 구하고, 그에 확고한 통일성을 부가하려 한다. 한숨과 눈물로 하루하루 간신히 살아가고 있는 국민은, 그런 불합리한 강요를 마치 맛있는 과자라도 되듯 탐식하고 있다.

사람은 왜, 어째서 늘 그렇게 순종하고 마는 것일까.

윗사람들한테는 어이없이 수그리고 마는 대중, 그들은 쉬 용납

하기 어려운 참전 무드에도 어느 사이에 완전히 녹아, 이제 원래 자리로 돌아갈 수 없을 지경이 되었다. 우쭐한 위정자들은 그들에게, 그 목숨을 무상으로 내어줄 수 없겠느냐고 스스럼없이 부탁하고 있다. 아직 정식으로 결정된 것은 아니지만, 그러나 그 뻔뻔스러운 의뢰는 머지않아 국민의 의무로 전환될 것이다.

군인, 그것은 버려진 살이다.

네가 세심한 주의를 기울여 미행하고 있는 남자는 이런 시대에 태어나지 않았더라면 영락의 만년을 맞이할, 스스로를 불쌍히 여기며 나날을 보낼 수밖에 없는 그런 흔해빠진 인생길을 걸었을 것이다. 행여라도 보라색 고급 승용차를 몰고 다니는 지위에 올라설 수는 없었을 것이다. 뒤틀린 시대에는 뒤틀린 인간이, 마치 거품처럼 사회의 표면으로 떠오르는 법이다. 그는 그 말도 안 되는 지위를 악용하여 타인의 목숨을 장난감처럼 가지고 놀고 있다. 그리고 그 자신 또한 아주 특수한, 그림자 같은 관리에 의하여 교묘하게 조종당하고 있다.

빛과 열이 격전을 벌이는 여름이 고온을 유발하고 있다.

천박한 색과 형태의 차가 급브레이크 흔적으로 가득한 네거리에서 신호를 기다리고 있다. 좌회전을 할 모양이다. 그 길 앞에는 호화 저택이 밀집한 구릉지대가 있다. 그 언저리에서는 지진의 영향을 거의 볼 수가 없다. 벼랑도 무너지지 않았고 담도 쓰러지지 않았다.

너는 미행을 계속하면서 무관한 타인도 살피고 있다.

땀으로 범벅이 되어 횡단보도를 건너는 사람들을 보고 있다. 남자들이 군침을 질질 흘릴 만큼 풍만한 아가씨가 종종걸음으로 건너고 있다. 공무원들에게 뇌물을 찔러주는 재주가 남다른 장사꾼이 녹아드는 아스팔트에 가래를 탁 뱉는다. 영락없이 불량소년 같은 남자애가 양손을 입에다 대고 도로 건너편을 가고 있는 친구에게 소리를 지르고 있다. 요부 같은 인상의 나이 든 여자가 피해 지역으로 보낼 성금을 모집하는 자원봉사 젊은이들을 상대로 건성으로 맞장구를 치고 있다. 마누라가 먼저 죽어 풀죽은 듯한 노인이 먼지투성이 가로수를 붙잡고 말라비틀어져 초췌한 몸을 간신히 지탱하고 있다.

인간은 변함이 없다.

그들에게는 이미 진화도 진보도 없다. 아니 오히려 후퇴하고 있다. 적어도 이천 년 동안 인간은 경미한 문제밖에 처리하지 못하였다. 그들이 만들어낸 사회는 그 복잡함 때문에 그들 자신도 감당치 못하고 있다. 그리고 그들은 쇠퇴일로를 걷고 있다. 남보다 앞서 근심하고 나중에 기뻐하는 사람은 끝내 보지 못했다. 때로는 고차원적인 문제에 관하여 서로 대화를 나누는 모양이지만 그러나 말만으로 끝나는 경우가 태반이다. 그럴싸한 미끼에 걸려들기 쉬운 그들이 만약 고상한 심경에 잠기는 일이 있다면 아마도 숨을 거두기 직전일 것이다.

그러나 너만은 다르다.

너는 진화하고 진보하고 있다. 너만은 각별하다. 그렇게 생각하고 싶다. 너 역시 이 세상 어디에나 우글거리는 사람들과 마찬가지로 태평한 인간임에는 다름이 없다. 그래도 너는 타의에 의해 흘러가는 자가 아니다. 너란 놈은 경험하기 힘든 일들을 차례차례 쌓아가면서 삶을 살아가는 데 무한한 기쁨을 느끼는 고급한 흐르는 자다. 나는 그렇게 보고 있다.

물론 너는 지닌 재산이 하나도 없는 자이지만 결코 빈자는 아니다.

너는 함께 있으면 숨이 답답할 정도로 고지식하지 않으며 최소한의 도리는 중시한다. 너의 앞날은 밝지 않지만 그렇다고 다난한 것은 아니다. 너의 앞길에 등대의 불빛 같은 신호는 없지만 그래도 너는 지금까지 무엇과도 바꿀 수 없는 감동을 만끽할 수 있었다. 잔잔하고 깊은 그 감동은 포구에 사는 늙은 어부가 헤쳐온 삶에 대한 감동에 필적할지도 모른다. 너한테는 시간이 얼마든지 있다. 애써 젊어 보이도록 치장하지 않으면 안 될 나이까지 충분한 여유가 있다. 너를 구성하고 있는 영과 육의 싸움에서는 항상 육이 압도적인 승리를 거두고 있다.

그런 너에게 나는 매력을 느낀다.

그러니 나의 기대를 저버리는 일만은 하지 않았으면 좋겠다. 조심스럽지 못한 행동이라면 얼마든지 해도 좋다. 곤란해지거나 실패가 당연하다고 판단되면 미련 없이 발길을 돌려도 전혀 상관이 없다. 그러나 행여 타인의 말을 따르거나 아첨을 떤다면, 단 한 번의 실수가 너의 심성을 저녁 햇살에 비쳐 보일 만큼 얄팍하게 만들 것이며, 그 시점에서 너는 흐르는 자에서 정체된 자로 전락할 것이다.

너의 미행은 별 지장 없이 계속되고 있다.

너를 경계하는 경관은 단 한 명도 없다. 네가 훔쳐 사용하고 있는 차는 아직 수배 대상에 오르지 않은 것일까. 경찰은 피해 지역의 치안 유지를 우선하고 있을 것이다. 그것만으로도 벅찰 것이다.

추적중인 차가 언덕 중턱에 있는 어떤 집 앞에 멈춘다.

여름휴가용 집 같은 분위기인데 대단한 위용이다. 남자가 차에서 내려서는 것을 확인하고 너는 다른 언덕 꼭대기로 이어지는 길을 달린다. 그리고 집 한 채 없는 잡풀들만 무성한 공터로 차를 몬다. 아무리 시력이 좋은 너라지만 거기서는 너무 멀어 육안으로 그자의 움직임을 확인할 수 없다.

너는 다시 망원경을 사용한다.

쉴새없이 몰려오는 열 때문에 빛이 흐물흐물 비틀려 있다. 스모그나 피부암을 유발하고 농작물에 막대한 피해를 주는 유해 광선이 가차 없이 쏟아지고 있다. 쓰레기처리장 같은 이 세상을 벗어나기란 이제 불가능하다. 오늘날에는 변방에 살아도 문명의 충돌로 인한 영향에서 자유로울 수 없다.

그래도 그 명산은 멀리서 보는 한 이 나라를 상징하는 산으로 존재한다.

시야를 꽉 메우는 평야 또한 변함없이 나른한 여름으로 가득하여 표면상으로는 아무 일도 없었다는 듯 반짝이고 있다. 그곳이 대지진으로 인하여 한때 마비 상태에 빠졌던, 차마 눈뜨고 볼 수 없는 참상의 현장이었다고는 도저히 믿기지 않는다. 인간으로 태어난 것이 아쉬울 정도로 발달한 너의 동물적 지각은, 시대의 형세를 올바르게 관망할 수 있다. 체력도 기력도 요 며칠 동안 완전히 원상태를 회복하였다. 이제는 휴양이 필요한 몸이 아니다. 어쩌면 지하에 갇히기 전보다 훨씬 건강한 몸이 되었는지도 모르겠다.

그놈이 잠방이 차림으로 정원에 나타난다.

동시에 너의 두 팔의 근육이 히끗 움직인다. 남자는 베레모 대신에 밀짚모자를 썼고, 헝겊장갑을 낀 손에는 원예용 삽을 쥐었다. 한가로이 흙을 일구는 그 모습을 보고 직업을 알아맞히는 자는 한 명도 없을 것이다. 투실투실하게 살이 찐, 초목을 더없이 사랑하는 남자, 그러나 그 이면으로 타인을 어둠에서 어둠으로 매장하는 희한한 재능을 가진 자.

어디로 보나 아주 평범한 남자다.

무위도식하며, 목욕 후에 마시는 맥주를 낙으로 따분한 하루를 보내는 평범한 남자. 자기 손으로 참살한 시체에는 불감증을 보이는 그 실처럼 가느다란 눈이 지금은 알록달록한 여름 꽃을 부드럽게 내려다보고 있다. 그런 그의 정체를 폭로할 수 있는 자는 한 명도 없을 것이다.

놈은 푹푹 찌는 더위를 아랑곳하지 않고 정원 가꾸기에 몰두하고 있다.

피고 진 꽃이며 병든 꽃은 조심스레 꺾어 정원 한구석에 파놓은 구멍에 던져넣는다. 꽃의 무덤…… 그는 자신의 명령하에 산에 묻힌 인간을 한 번이라도 본 적이 있을까. 거기에 묻힌 무수한 남녀는 대지진 때문에 발생한 산사태에 휩쓸려 깊고 깊은 사문암蛇紋巖의 골짜기로 추락하고 말았다. 그리고 그 위로 대량의 적토가 쓸려내렸다.

그는 품위 있고 고급한 이 동네에 정주할 작정이리라.

그러니 넓은 정원이 딸린 집을 지니고 있는 것이리라. 사람들을 사주하여 소동을 일으키는 반체제파를 진압하는 최전선에 종사하는 그는 그 말도 안 되는 직업에서 물러난 후에도 만족스러운 생활을 보낼 수 있으리라 믿고 있을 것이다. 즉 이런 시대가 오래 계속되리라고 믿고 있는 것이리라. 그런 놈들이 유독 오래 살고, 또 죽음의 길을 떠나기 전날 밤까지 갓난아기처럼 새근새근 곤한 잠을 잔다.

만약 자기가 집을 떠나야 하는 사태가 발생하면 그는 심각한 혼란에 빠질 것이다.

이런 남자에게 집이란 모든 것이다. 자기 가정이 행복하게 유지되어야 무슨 일이든 해치울 수 있는 것이다. 어둠 속의 직장에서 피비린내 나는 재능을 마음껏 발휘하고, 비합법적인 강경 수단을 충실하게 이행하는 주구의 역할을 다하고 있는 이 남자는 지금, 무심한 표정으로 마음씨 좋은 서민을 연기하고 있다. 아니면 꽃내음에 푹 잠겨 부정한 몸을 씻으려는 것인가.

아니 그런 놈이 아니다.

절대로 아니다. 지나가던 동네 주부가 담 너머로 말을 건다. 그러자 그는 쑥스럽다는 듯 싱긋 웃는다. 아마도 우아하게 핀 꽃을 칭찬했으리라. 지상에 있는 그는 지하에서와는 전혀 달리 누구한테나 저자세를 취한다. 그의 생활의 표리를 이루는 명암에 관해서는 그의 가족도 잘 모를 것이다. 목장을 가장한 땅속에서 햇살이 쏟아지는 지상으로 나오는 순간, 그의 수상쩍음이 거짓말처럼 사라질 것이다.

그에게 어떤 직함이 붙어 있는지 알 길이 없다.

그러나 요직임에는 틀림이 없을 것이다. 그와 그의 부하가 제조한 나락에서 기어올라올 수 있었던 사람은 오직 한 명뿐이리라. 그 한 명이 탁월한 잔인성을 발휘하여 지금 품안에 날카로운 비수를 감추고 바짝 긴장한 채, 호사스러운 운명을 살고 있는 남자의 머리를 벽력처럼 치기 위하여 기회를 엿보고 있다.

너의 기분을 누그러뜨릴 수 있는 자는 아무도 없을 것이다.

백발의 늙은 원숭이도 힘들 것이다. 그렇다고 네가 필요 이상 감정을 억제하고 있는 것도 아니고, 끔찍하리만큼 사악한 견해를 지니고 있는 것도 아니다. 정열의 발산 같은 에너지에 몸과 마음을 맡기고 있을 뿐이다. 그러나 그것은 절대로 정력의 발산으로 이어지지는 않을 것이다. 이 시점에서 주도권을 쥐고 있는 것은 그가 아니라 너다.

너는 정말 실행할 작정이다.

너에 대해서는 잘 알고 있다. 잔뜩 기대를 품은 채 일을 포기할 놈이 아니다. 네가 지금부터 하려고 하는 일은 흐르는 자의 절개와 의리에 어긋나는 행위가 아니다. 순리를 따른, 완수한 후에 후련해질 정당한 행위다. 『원숭이 시집』에는 어떻게 쓰여 있는지 모르겠지만 나는 그렇게 생각한다.

너에게는 그럴 만한 합당한 이유가 있다.

너는 까닭도 없이 모욕을 받았고 굴욕을 강요당했고 자칫하면 목숨까지 잃을 뻔하였다. 불구가 되지 않고 그렇듯 팔팔하게 살아 있는 것이 신기할 정도다. 너를 그런 지경에 빠뜨린 남자는 지금 수세미넝쿨 아래 놓인 대나무 평상에 앉아 느긋하게 쉬고 있다. 그의 아내인 듯한 고상한 차림새의 여자가 마실 것을 가지고 나온다. 풋콩을 쩝쩝거리며 맥주를 마시는 남편을 바라보는 그녀의 눈길이 만족감에 겨워 있다. 강아지처럼 그녀에게 들러붙어 있는 것은 아마도 손녀일 것이다.

할아버지는 익살을 부려 손녀에게 웃음을 선사한다.

다소 비만체형인 순진한 여자아이의 웃음소리가 뜨거운 바람을 타고 너 있는 곳까지 들린다. 그들은 얼룩 한 점 없는 행복감에 젖어 있다. 그들의 그런 모습은 세상 사람들의 눈을 기만하기 위한 연극은 아닐 것이다. 할아버지는 손녀를 위하여 꽃장식을 만들어 물방울무늬 원피스에 달아준다.

그는 네가 갖고 있지 않은 것을 전부 갖고 있다.

가족…… 집…… 땅…… 차…… 안정된 수입…… 권력. 즉 그는 고여 있기 위해 이 세상에 태어난 인간의 전형이다. 그러니 그런 남자가 너의 선망의 대상이 될 리는 없다. 너는 그가 중요하게 여기는 것을 하찮게 여긴다. 그가 존경하는 행위를 너는 경멸한다. 그는 나라의 재화를 어느 정도 마음대로 쓸 수 있는 입장을 자랑스럽게 여기는 모양이지만, 너는 그러느니 차라리 도둑질이 낫다고 생각한다.

사랑하는 손녀가 조르자 맥주를 다 마신 남자는 산책길에 나선다.

그 정도는 너도 잘 알고 있으리라 생각하지만, 감히 충고할 절호의 기회를 놓치고 싶지 않아 말한다. 꾸물거리고 있을 때가 아니다. 이왕 할 거면 빨리 해치우는 편이 좋다. 이렇게 한적한 주택가에서 오래 배회하는 것은 좋지 않다. 위험하다.

우물쭈물하는 사이에 상대방에게 들키고 만다. 함정에 걸려들어 재차 그놈의 손아귀에 잡힐 수도 있다. 게다가 자칫 시간을 오래 끌다보면, 그럴 리는 없다고 생각하지만, 감정 변화가 고개를 쳐들지 말란 법은 없다. 그리고 어쩌면 "그놈도 결국은 인간이다"란 평범한 감상이 점차 너의 분노를 삭이고 결의를 둔화시킬 수도 있는 노릇이다.

어느 사이엔가 나는 너를 부추기는 쪽으로 돌아섰다.

이런 일은 주저해서는 안 된다. 야금야금 시작해서는 안 된다. 폭력을 동반하는 행위에서는 철칙이다. 너의 나날이 다시금 살랑살랑 흐를 수 있을지 없을지는 놈의 숨통을 끊어놓느냐 못하느냐에 달려 있다. 기습이다. 그것만이 너에게 승리를 가져다줄 것이다. 그 외에는 없다.

가벼이 여길 상대가 아니다.

잔인한 짓을 거듭 되풀이하면서 정신의 균형을 유지하고 있는 자다. 언제 무슨 짓을 할지 예측할 수 없는 놈이다. 흉포함에 있어서는 그쪽이 너를 몇 배 능가한다. 그 세계에서는 학식과 재간을 겸비한 영악한 놈으로 통하고 있을 것이다. 그 앞에서 너 따위는 허섭스레기나 다름없는 풋내기에 지나지 않을 수도 있다. 어쩌면 그놈은 이미 너의 미행을 눈치채고 있는지도 모른다.

아무래도 내가 쓸데없는 걱정을 하고 있는 듯하다.

내가 이래라저래라 참견할 것도 없이 너는 벌써 그럴 마음이다. 상대는 아직도 너의 존재를 눈치채지 못하고 있다. 완전히 방심한 상태. 그는 손녀의 손을 잡고 산책을 하고 있다. 두 사람이 오르막길을 천천히 올라 높은 지대에 있는 공원으로 들어가는 것을 확인하고, 두 사람을 보호하고 있는 자가 없음을 재삼 확인한 후 너는 움직이기 시작한다. 차를 그쪽으로 천천히 몬다.

이번에는 네가 선수를 칠 차례다.

너는 다른 길로 그들을 앞질러 공원 바로 아래에 있는 좁은 주차장에 차를 세운다. 주차장에 차가 한 대도 없다. 너는 순서를 밟아 일을 진행하려 한다. 언제라도 도망칠 수 있도록 차의 방향을 돌려놓는다. 엔진은 껐지만 열쇠는 꽂아둔 채이다. 사방에 인기척이 있는지 살펴보고 너는 차에서 내려 날쌘 몸짓으로 잡풀이 무성한 으슥한 곳으로 숨는다.

녹작지근한 더위가 너를 에워싼다.

땀이 질질 흐른다. 이마에서 땀이 흘러 눈으로 스민다. 그러나 너는 꼼짝도 하지 않는다. 마음의 이완과 긴장이 번갈아 반복된다. 일을 그르쳐서는 안 된다. 너는 자신에게 그렇게 말한다. 그리고 정말 해치울 작정이냐고 묻는다. 이런 일에는 초보라 혼란스러운 것도 당연하다. 정신보다 육체가 의욕에 불타고 있다. 언제든 기습할 수 있는 태세다. 또하나의 네가 이렇게 말한다.

목을 졸라 죽이는 편이 좋지 않을까.

다행히 주변에 제삼자의 모습은 보이지 않는다. 여름 햇살이 소리 없이 요동하고 있을 뿐이다. 세상 사람들은 각기 자기 할 일만으로도 벅차다. 너는 생각한다. 그가 데리고 있는 손녀는 어떻게 할 것인가. 그녀는 아직 말도 제대로 할 줄 모른다. 돌발적으로 생긴 사건을 타인에게 정확하게 전달하기에는 너무 어리다. 그러나 주의를 게을리해서는 안 된다.

그녀는 목에 무언가를 걸고 있다.

은색 가느다란 줄에 걸려 있는 그것이 그녀가 걸을 때마다 가슴 위에서 흔들린다. 목제인형이다. 아니 원숭이다. 네가 조각한 인형이다. 너의 흐름을 저지하고 너의 자유를 속박하고 너를 굶겨 죽이려 한 남자가, "이거 기념으로 내가 받아두지"라면서 뺏어간 목각 원숭이다. 역시 그놈이었다. 다른 인간일 가능성은 전혀 없다. 땅속 석조 건조물로 들어가는 순간 험악한 사디스트로 돌변하는 그가 지금 여기에 있다. 현재는 그가 어린 손녀를 사랑하는 남자든, 강렬한 햇살을 받고 지쳐 숨을 헉헉거리는 노인네든, 그런 것은 문제가 되지 않는다.

그는 시원스러운 등나무 넝쿨 아래의 벤치에 앉는다.

손녀가 바로 앞에 있는 모래 놀이터에서 혼자 중얼거리며 놀고 있다. 둘 다 너에게 등을 보이고 있다. 너는 이제부터 하려고 하는 일을 머릿속으로 반복 연습한다. 시간을 지체해서는 안 된다. 재빨리 해치우고 날쌔게 그 자리를 벗어나야 한다. 납치하여 때려죽이는 방법은 이미 배제하였다.

네가 지금 손에 쥐고 있는 것은 나이프뿐이다.

이런 때 엉뚱한 말을 할지도 모르는 애독서는 차 안에 두고 왔다. 닭 한 마리 뱀 한 마리 개미 한 마리 죽인 적이 없는 네가 덤불 속에서 살금살금 나온다. 산책이라도 하는 걸음으로 손질된 화단 옆을 지나간다. 목표물 뒤로 바싹 다가갈 때까지 너의 어슬렁거리는 걸음걸이는 변하지 않는다. 상대는 아직 눈치채지 못했다. 때로 손녀에게 말을 걸 뿐 뒤쪽에는 전혀 신경을 쓰지 않고 있다. 사람을 노릴 줄만 알았지 노림을 당한 경험이 없기 때문이리라.

너는 나이프를 찰칵 연다.

그리고 날이 아래쪽으로 오도록 손잡이를 거머쥔다. 동시에 왼손으로 남자의 어깨를 탁 친다. 남자는 흠칫 놀라 뒤를 돌아본다. 너로서는, 그가 무슨 영문인지도 모르고 죽어가게 하고 싶지는 않다. 너는 상대가 자신을 기억해낼 때까지 기다린다. 시간으로 하자면 불과 몇 초였을 것이다.

남자는 순간적으로 숨을 삼킨다.

기억이 난 모양이다. 눈을 껌벅거리며 입을 헤벌리고 있다. 그의 손녀가 모래놀이를 하면서 엉터리 노래를 부르고 있다. 그동안 뜨거운 바람이 두 번 정도 공원을 불어 지나갔다. 남자의 눈빛이 변한다. 살아날 구멍을 생각하고 있는 것이리라. 그러나 이미 기습을 피할 방법은 없다.

"기념으로 이걸 주지."

그렇게 말하고 너는 오른손을 획 내리친다.

나이프가 은빛 비늘을 뒤집는 물고기처럼 빛나면서 멋들어진 호를 그린다. 그리고 남자의 후두부 중앙에 꽂힌다. 깊이깊이 꽂힌다. 칼날은 뇌수를 관통하고 메마른 혼에 닿는다. 근육이 수축한 탓에 나이프는 단단히 고정된다. 그 순간 너는 나이프 손잡이를 통하여 뭐라 형용할 수 없는 전류가 찌직찌직 달리는 것을 느낀다. 아주 커다란 진리를, 책에서는 얻을 수 없는 부동의 무엇을 얻어 개오한 듯한 기분이 든다. 지사의 기개를 지닌 인물이 된 듯한 기분이 든다. 위업이라도 완수한 듯한 기분이 든다.

너는 나이프에서 손을 뗀다.

남자는 희미하게 숨을 쉬다가 고개를 떨어뜨린다. 그래도 아직은 벤치에 앉아 있다. 앉아 있는 듯이 보인다. 너는 나이프를 빼지도 않고 이번에는 손녀 쪽으로 다가간다. 그리고 그녀의 목에 손을 두른다. 은색 줄을 쥐어뜯으면서 액세서리 겸 장난감으로 그녀의 목에 걸려 있던 목각 원숭이를 되찾는다. 어린아이는 모래

놀이에 열중하느라 누가 무슨 짓을 하고 있는지도 모른다. 할아버지의 신변에 생긴 변화도 알아채지 못하고 있다.

잠시 후 남자의 숨이 끊어진다.

그의 몸이 천천히 벤치 아래로 기운다. 자신의 다리와 다리 사이로 파고들 듯 허물어지다가 도중에 옆으로 기우뚱하더니 지면으로 쓰러진다. 차에 치인 시체 같다. 너는 그의 머리에 한쪽 다리를 얹고 양손으로 나이프를 힘껏 뽑는다. 피가 콸콸 흘러 모래에 스며든다. 가해자는 나이프 날에 묻은 붉은 피를 피해자의 셔츠에 비벼 깨끗하게 닦는다.

나는 그 보복행위를 칭찬하고 싶다.

너의 꽉 다문 입가에서 후회의 흔적을 찾기란 불가능하다. 너는 단순한 분노형 살인자가 아니다. 벤치 아래, 손녀 바로 뒤에 널브러져 있는 남자는 수난자로 취급될 것이다. 관계자는 '파란지구' 멤버에게 살해되었다고 믿을 것이며, 빗나가도 한참 빗나간 수사에 몰두할 것이다. 어쩌면 당국은 사건을 당당하게 공개하지 못하고 없던 일로 처리할지도 모른다. 그리고 이튿날에는 벌써 그의 후임자를 임명할 것이다.

너는 이제 관계가 끝난 남자에게서 등을 돌린다.

너는 터벅터벅 차 쪽으로 걸어간다. 어린 여자아이의 노랫소리가 멀어진다. 핸들을 잡은 너는 유유하게 차를 몰아 언덕을 내려간다. 너는 언제 깰지 모르는 꿈이라도 꾸는 것처럼 침착하다. 빈틈없이 해치워, 어떤 커다란 실수를 저질렀을지도 모른다는 조바

심은 전혀 보이지 않는다. 실제로 실수는 없었다. 당사자 이외에는 아무도 목격하지 않았다. 그런데도 너는 절대로 백미러를 들여다보려 하지 않는다. 추적하는 차가 있을까봐 두려워서가 아니라 자신의 얼굴을 보게 될까 두려운 것이다.

더위는 조금도 수그러들지 않는다.

그러나 너의 몸은 전혀 더위를 느끼지 않는다. 에어컨을 끄고 창문을 닫고 있는데도 추워서 땀구멍이 열리지 않는다. 오한이 든다. 그리고 속이 메슥메슥거린다. 아무리 달려도 범행 현장에서 벗어나지 못한다. 그런 기분이다.

너를 쫓는 자는 없다.

너를 쫓는 것은 너 자신뿐이다. 너는 급속도로 침착함을 잃는다. 한시라도 빨리 차를 버려야 한다고 생각한다. 그보다 먼저 흉기를 처리해야겠다고 생각한다. 나이프를 버리기에 적당한 개울이 옆으로 흐르고 있다. 그러나 이 길에는 교통량이 너무 많다. 지금은 허튼짓을 하지 않는 편이 좋다. 좀더 신경을 집중해야 할 것이다. 나이프를 처리하는 데만 정신이 쏠려 운전이 허술해졌다. 차간 안전거리를 유지하지 못하고 있다. 그리고 벌써 두 번이나 신호를 보지 못했다.

큰길로 들어선다.

그곳은 시간의 관리로부터 벗어나지 못하는 사람들을 태운 차들로 넘치고 있다. 너는 처음에 생각한 방향으로 달리지 않는다. 너는 바다를 향하고 있다. 너의 몸과 혼이 바닷바람을 쐬고 싶어한다. 그것도 사람 그림자 하나 없는, 그저 넓기만 한 해변을 부는 바람이다.

얼마 지나자 너의 몸은 떨리기 시작한다.

어떻게 해볼 도리가 없다. 떨면서 너는 도망친다. "국가권력을 우습게보면 안 되지"라던 그 남자의 목소리가 너의 배후를 위협한다. 자기도 모르게 포승에 묶여 끌려가는 노인의 뒷모습을 넋을 잃고 바라본다. 차선 밖으로 튀어나올 것만 같은 너 때문에 맞은편에서 오는 차가 요란스럽게 클랙슨을 울린다. 그런데도 너의 운전은 점점 더 지리멸렬해진다. 속도를 올리면 올릴수록, 죽은 그남자의 환영이 선명해진다. 사고 또한 지리멸렬하다. 영혼의 불멸 따위는 믿지 않을 너인데, 지금은 다르다. 혼자 중얼거리는 버릇 따위는 없던 너인데, 지금 영문을 알 수 없는 말을 중얼중얼거리고 있다. 아니 말하고 있는 것이 아니다. 노래하고 있다. 그 어린 여자아이가 모래놀이를 하면서 불렀던 노래를 흥얼거리고 있다.

그리고 진통이 시작된 여자처럼 갑자기 몸을 뒤틀기 시작한다.

핸들이 흔들려 차는 갈지자로 달린다. 클랙슨 소리가 폭풍처럼 요란하다. 충돌사고가 일어나지 않는 게 신기할 정도다. 바다에 도착할 때까지 경찰차가 너를 추적하지 않은 것은 거의 기적이다. 차체 오른쪽이 전신주에 가볍게 스치는 정도에 그쳤다.

바다다.

너의 생리가 바라 마지않는 바다가 바로 거기에 있다. 너의 취향에 어울리는 해변이, 인기척 하나 없는, 그저 반짝반짝 빛나기만 하는, 그리고 상쾌한 바람이 부는 드넓은 해안이, 너의 눈앞에 가로놓여 있다. 그런데도 메슥거리는 속은 진정되지 않는다.

너는 일단 소나무숲으로 차를 몬다.

엔진을 끄는 순간 네 귀로 파도 소리가 밀려온다. 너는 창문을 전부 연다. 네가 바라던 바닷바람이 소슬소슬 불어 들어온다. 그 짠 냄새가 너의 혼란을 반쯤 가라앉힌다. 그러나 어디까지나 절반이다.

너의 마음은 핏빛 짙은 안개 때문에 완전히 방향을 잃었다.

후두부에 나이프를 꽂았을 때의 그 끔찍한 감촉과, 뽑을 때의 몇 배나 더 끔찍하였던 감촉의 압박으로, 지금 너의 혼은 원형을 잃었다. 지금이야말로 적절한 지도와 조언이 필요한 때인데, 지금이야말로 흐르는 자의 마음가짐을 설파하지 않으면 안 될 때인데, 『원숭이 시집』은 세속의 책처럼 시치미를 떼고 있을 뿐이다. 그저 한 번쯤은 읽을 가치가 있는 그런 정도의 책에 지나지 않았다는 말인가.

너는 얼빠진 사람처럼 축 늘어져 있다.

아직 버리지 못한 나이프가 시야에 들어온다. 그러자 언어로는 표현할 수 없는 정신의 착란이 맹렬한 토악질과 함께 너를 엄습한다. 너는 너무도 고통스러운 나머지 차에서 뛰쳐나와 소나무에 양손을 대고 몸을 기역자로 구부려 토한다. 그런 너의 모습이 육욕을 이기지 못하고 고뇌하는 수행승을 닮았다. 또는 쥐약을 먹은 들개를 닮았다.

너는 오래도록 그러고 있다.

혹독한 늦더위에 짙은 노을을 드리운 하늘이 너의 사고를 퇴락의 색채로 물들인다. 너는 마치 자립하지 못하는 고독한 노인처럼 너 자신을 향하여 우문을 던지면서 고래고래 고함을 지르고 있다. 그러나 아무리 머리를 짜내도 용기를 북돋아줄 만한 대답은 하나도 생각나지 않는다. 그뿐인가, 생각하면 할수록 오히려 자책감에 사로잡힐 뿐이다. 끝내 너는 모래 위에 쭈그리고 앉아 둥지를 튼 새 같은 꼴로 미동도 하지 않는다.

앞날을 걱정하는 매미 소리가 파도 소리에 섞인다.

어떤 식으로든 해석 가능한 현세가 필설로 다하지 못할 고뇌를 우적우적 탐식하고 있다. 날기에 싫증난 바닷새가 대나무피리 소리를 내며 울면서 소나무숲 위를 날아간다. 순풍에 돛을 올리고 달리는 대형 크루저가 물고기 떼를 이끌고 먼바다로 멀어져가고 있다.

시간은 너를 그냥 놔두고 점점 앞으로 나아가고 있다.

자타를 구별하는 심리가 오늘만큼 생생하게 작용한 적이 없다…… 너는 그런 생각으로 가득하다. 너는 살인자이지 살해당한 자가 아니다. 너는 이 세상을 사는 자이지 저세상으로 억지로 보내진 자가 아니다. 그것은 결코 좋아서 한 일은 아니었다. 그러나 하지 않고서는 견딜 수가 없었다.

너는 구름 사이로 새어드는 달빛을 온몸으로 받고 있다.

바다가 보내주는 시원한 기운이 너의 가슴속을 씻는다. 너는 다소 침착함을 되찾는다. 위 속에는 이제 아무것도 남아 있지 않다. 만약 남아 있다면 어찌할 수 없는 허무뿐이다. 지금 무엇을 해야 할지 깨달은 너는 당장 실행에 옮긴다. 차에 다가가 필요한 물건만 꺼낸다. 그리고 연료 탱크를 열고 거기에 헝겊 조각을 쑤셔 넣고 불을 지른다.

너는 파도가 철썩이는 해변을 향해 달린다.

있는 힘을 다해 달린다. 폭발은 예상외로 엄청났다. 저 불꽃놀이 때의 사고가 기억에 새로울 정도다.

소나무숲을 빠져나온 네 등뒤로 폭풍이 인다. 그 순간 너의 몸은 공중으로 둥실 떴다. 그리고 다시 착지했을 때는, 확고한 철벽 같은 결론에 도달해 있다. 즉 무엇을 버리고 무엇을 지닐까에 대한 답이 나온 것이다. 남겨야 할 것은 내 목숨이고, 버릴 것은 나이프다.

너는 바닷속으로 철벅철벅 들어간다. 허리 높이까지 물에 잠기자 손에 쥐고 있던 나이프를 먼바다를 향해 던진다. 그것은 빙글빙글 회전하면서, 달빛을 반짝반짝 반사하면서, 긴 이별을 아쉬워하듯 네가 예상한 높이보다 훨씬 높이 날아 돌연 사라지고 만다. 바닷속으로 떨어졌을 텐데, 왠지 그렇게 보이지 않는다.

이어 되찾은 목각 원숭이를 던진다.

고개를 갸웃한 그 원숭이는 바닷물에 둥실 떠서 파도 사이로 떠다닌다. 그러나 머잖아 조류를 타고 멀어져간다. 너는 손을 흔들지 않았지만 원숭이 쪽은 몇 번이나 손을 흔들었다.

이제 남은 것은 『원숭이 시집』과 현금이다.

시집을 손에 쥐고 현금은 주머니에 쑤셔넣는다. 나이프와 완전히 연을 끊은 지금, 나날의 양식을 얻게 해주었던 유일한 도구를 버린 지금, 현금이야말로 생명줄이다. 어디 몸 둘 곳 하나 없이 방랑해야 하는 지금, 뛰어난 인격이 여지없이 허물어져 허망한 말에 현혹되기 쉬워진 지금, 『원숭이 시집』은 공기나 물처럼 소중한 것이다. 나는 그렇게 생각한다.

네 안에서 다시금 새로운 변화가 생기고 있다.

그러나 그것은 내가 바라는 바는 아니다. 너는 자신을 세상에 흔히 있는 짐승 같은 범죄자와 똑같이 취급하려 하고 있다. 고여 있기를 즐기는 국민성 속에 살면서 드물게 흐르는 자를 견지하였으며, 어쩌면 그 기수였을 수도 있을 만큼 고귀한 입장을 스스로 방기하려 하고 있다.

너는 자신을 세상에 넘실거리는 오탁汚濁의 하나로 간주하려 한다.

많은 사람들과 마찬가지로 곤궁에 함부로 일생을 보내는 불쌍한 자라고 단정짓고 있다. 이미 색다른 나그네도, 성실한 방랑자도, 흐르면서 인격을 갖추어가는 호탕한 자유인도 아니라고 생각하고 있다.

그런 극도의 통절함이 너의 마음을 먼 벽지로 갈 것을 충동질한다.

어디 멀리, 비죽비죽한 암석으로 뒤덮인, 맹수류가 큰 원을 그리며 떠돌아다니는 험악한 산악 지대로 가서, 인간 세상에 무해한 항온동물의 한 마리로 살고 싶다는 절절한 생각으로 가득하다. 차제에 홀로 보루를 지키는 나날에서 떠나고 싶다는 기분도 있다. 긴장감과는 전혀 무관한, 고독의 단장이 엄숙하게 걷히는 장면을 가까이서 보고 싶다고도 생각한다. 그런가 하면, 고분에서 출토한 석관에 들어가 몇 년이고 내처 잠만 자고 싶다는 생각도 한다. 그리하여 끝내는 돌부스러기로 화하는 그런 생애를 살고 싶다고 생각한다. 정말 그렇게 생각한다.

너는 바닷바람을 맞으며 비칠비칠 해변을 걷는다.

이것은 사족인데, 그 해변에 사람의 발길이 끊긴 것은 원자력발전소에서 사고가 터졌기 때문이다. 아무리 강도 높은 지진에도 견딜 수 있도록 만들어졌을 원자력발전소가 방사능을 유출하는 사고를 일으킨 것이다. 그러나 유출된 다양한 독극물은 다행히 임해 공업 지대로 새어나가 비교적 피해는 적었다. 지금 네가 호흡하고 있는 공기의 방사능 수준은 통상 기준치를 넘어서지 않는다.

너는 하염없이, 하염없이 걷는다.

걷고 걸어 너는 어느 사이에 네 심경에 어울리는 공간으로 헤매들었다. 그곳은 폐선들의 무덤이다. 아직 충분히 사용할 수 있음에도 어획량이 격감한 탓에 어쩔 수 없이 폐기된 소형선의 잔해가 그 좁다란 만을 메우고 있다. 썩지 않는 재료로 만들어진 배는 하나같이 반영구적인 죽음에 자신을 드러내고 있다. 그 배들은 한결같이, 난파하여 물고기 밥이 된 동료들을 시샘하고 있을 것이다.

걷다 지친 너는 거기에서 하룻밤을 지내기로 한다.

그리고 바다에서 제일 가까운 곳에 널브러져 있는 배 안으로 들어간다. 바다 쪽을 향하고 있는 뱃머리에 앉아 끝없는 밤의 해원을 응시한다. 너는 풀이 죽어 있다. 억지 기운을 차릴 기력도 남아 있지 않다. 배는 고픈데 식욕이 없다. 물 한 방울 마시지 않았다. 별 하나하나가 발하는 너무도 정서적인 빛에 너의 가슴이 젖는다. 여기 이렇게 방치된 배들의 운명이 차라리 부럽게 느껴진다.

그럴 수만 있다면 이대로 숨이 끊어졌으면 한다.

하늘을 떠다니는 혼들의 친구가 되고 싶다. 인간이기를 그만두고 원숭이가 되어 산속으로 도망치고 싶다. 삶에 흥미를 잃은 너의 마음에 바람이 횡횡 몰아친다. 너 자신은 땀이라 여기고 신경을 쓰지 않는 모양인데, 너의 미간 조금 위에 있는 별 모양 점에서 끈적끈적 배어나오는 액체의 주성분은 슬픔의 눈물과 전혀 다르지 않다.

너는 그 물방울을 열심히 닦아내며 문득 이런 생각을 한다.

나는 바라지도 않았는데 무슨 착오로 이 세상에 태어난, 딱히 이렇다 할 존재 이유도 없는 인간이 아닐까. 그 증거로 지금까지 몇 날 몇 밤을 기다릴 정도로 구체적인 목적을 가져본 적도 없고 또 누군가가 나를 기다린 적도 없었다. 인간은커녕 개나 고양이와도 마음을 나눌 수가 없었다.

나는 너의 그런 생각을 바람직하다고 여기지 않는다.

양부모이기는 하였지만 너한테는 부모가 있었다. 그들은 넘치는 정을 너에게 쏟았다. 친부모라도 그렇게는 못 했을 것이다. 하지만 너는 그 사랑에 답하지 않았다. 집과 부모가 산사태에 휩쓸린 직후에, 흙먼지가 채 가라앉기도 전에, 너는 장례를 치를 생각은 않고 기다렸다는 듯 고향을 떠났다. 그러나 자책할 것은 없다. 네 탓이 아니다. 왜냐하면 생후 며칠 동안 모성애에 굶주린 너는 다른 개체와 애정을 나눌 수가 없었으므로.

그래도 너는 딱 한 번이지만 여자한테 마음을 주었다.

그 이후 너는 그 어떤 대상으로부터도 멀리 떨어져 있었다. 그리고 자기를 사랑하는 것에도 전혀 관심을 보이지 않았다. 묻지도 않은 말을 늘어놓는 지인도, 권커니 잣거니 술로 밤을 새우는 친구도 얻지 못했다. 아니 얻으려 하지 않았다. 그런 네가 오늘밤 속을 열고 진정을 토로하는 상대는 백발의 원숭이가 아니라 저 먼 바다에서 반짝이는 고독한 등대다. 너는 새벽별처럼 찬연한 그 빛에 이것저것을 묻는다.

그러나 듣고 싶은 대답은 없다.

상대는 너의 성격을 잔인하다는 한마디로 규정지으려 한다. 도저히 인간이라 여길 수 없다고 한다. 성장과정이 그렇다고는 하나 너무하다고 한다. 피도 눈물도 없는, 세상에 해를 끼칠 뿐인 살인자라고 몰아붙인다. 그 말을 들은 나는 분연히 화를 낸다. 무슨 소리를 하는 거냐.

너를 대신하여 소리쳐주고 싶다.

"남 듣기 거북한 말은 좀 삼가지!"

그러나 먼바다에 떠 있는 고독한 등대는 여전히 떠들어대고 있다. 요컨대 너는 짐승이다. 끊임없이 종적을 감추고 충동적인 나날을 되풀이하는 것은 인간의 삶이 아니다. 원숭이도 너보다는 나은 생활을 하고 있다. 그렇게 한 몸으로 자유의 본질을 탐구하고 있다니 웃기는 일이다. 그렇게 구사일생으로 목숨을 건진 사건에 휘말리는 것은 네 자유지만, 그러나 어떤 이유에서든 타인을 죽였다는 것은 차원이 다른 이야기다. 그런 놈은 폭정에 분노하는 인민도 아니고, 또 영구적인 평화를 간절히 바라기에 파괴적인 언동도 서슴지 않는 분자라고도 할 수 없다.

고독한 등대는 한층 더 너를 비난한다.

살해에도 우열이 있다. 피의 숙청과 단순한 살인은 전혀 의미가 다른 행위다. 들리는가, 지금 너의 귀에 들리는 소리의 정체를 알겠는가. 그것은 파도 소리가 아니다. 또 가까운 미래에서 들려오는 구제의 발소리도 아니다. 잘 들어라, 그것은 악마의 세계에서 부르는 소리다. 너는 더는 도망칠 곳이 없다.

나는 감히 너에게 한마디 한다.

누가 뭐라든, 절대로 고여 있어서는 안 된다. 다시금 흐르라. 아직 실력이 모자라기는 해도 너는 틀림없이 흐르는 자다. 진정 흐르는 자는 누가 물어도 태생을 밝히지 않으며 유혈의 참사도 사양치 않으며, 항시 만만한 패기로 삶을 헤쳐나가지 않으면 안 된다. 흐르는 자는 불전에 쌀을 공양하거나, 차분한 중간색을 좋아하거나, 종일 칩거하여 독서에 열중해서는 안 된다. 흐르는 자는 쭈뼛 쭈뼛 사람의 안색을 살피거나 화기애애한 분위기를 바라거나, 시간의 빠름을 새삼 인식하며 "아아, 가는 세월이 원망스럽구나"라고 중얼거려서는 안 된다. 무슨 일이 있어도 흐르라, 그것이 너다.

바닷물이 빠진다.

해변에 남겨진 조개가 여기저기서 노골적인 저주를 퍼붓고 있다. 마음에 좋지 못한 바람이 불기 시작한다. 느긋하게 떠돌던 나그네길이 허둥대는 도피행으로 변했다. 홀가분한 몸의 편안함이 오히려 견디기 힘든 짐이 되었다. 너는 정답을 얻지 못하고, 잠시도 눈을 붙이지 못한 채 이 인상 깊은 한밤을 지내고 있다.

『원숭이 시집』은 무언을 관철할 모양이다.

네가 나이프를 목각 이외의 목적에 사용한 일에 대해 아무 말도 하지 않는다. 지나침에 대한 시정도, 간담을 서늘케 할 용맹을 지니라고 부추기는 선동의 말도, 줄타기 같은 모험의 나날을 즐기라는 격려의 말도 끝내 하지 않는다.

너의 고뇌 따위는 아랑곳하지 않고 밤은 깊어만 간다.

어둠이 절정에 달했을 때, 수평선에 한없이 가까운 하늘 한쪽이 일찌감치 밝아지기 시작하였다. 그리고 너는 바다에서 기세등등하게 떠오른 태양 쪽으로 침울한 얼굴을 똑바로 향한 채, 거무죽죽한 화근禍根을 껴안고 말았다고 자각한 채, 죽음처럼 깊은 잠에 빠진다. 바작바작 태양에 타면서 땀범벅이 되어 자는 너는, 네 손에 목숨을 잃은 남자와 마찬가지로, 그다지 끔찍한 면상을 지

닌 자는 아니다. 일류 관상쟁이가 보더라도, 피비린내를 맡는 일
은 없다고 볼 것이다. 누가 보아도 그것은, 언젠가는 인덕이 있는
노인이 될, 범용한 일생을 보내는 그저 흔해 빠진 남자의 잠든 얼
굴이라 여길 것이다.

너의 잠이 깊어갈수록 정력은 소진된다.

오히려 자지 않는 편이 좋을 잠이다. 그러나 너의 신체는 여전
히 건강 그 자체다. 그저 일념으로 미명을 추구하는 태평양은 시
대의 암울한 흐름 따위에는 아랑곳하지 않는 일본 해류를 교묘하
게 조정하여, 눈부신 미래를 날라온다. 풍기문란이나 도리의 퇴
폐를 선동하고, 황당무계한 세간의 기풍을 부추기는 한여름은,
어리석은 자와 그렇지 않은 자의 경계를 애매하게 만들려고 애를
쓰면서 강렬한 늦더위를 열심히 나른다.

그러나 나는 너를 포기하지 않는다.

*

　생활의 본거지를 주소로 삼는 사람들.

　좁아 답답하고 불결한 축사에서 커다란 엉덩이를 나란히 하고
자는 돼지들.

　애완동물 가게 앞에 놓인 소형 수족관에 갇혀 있는 비만한 금
붕어.

　강바람을 맞으며 어깨를 움츠리고 빌딩 사이를 종종걸음으로
걷는, 겁 많은 샐러리맨들.

　바이러스 감염증을 퇴치하기 위한 실험물이 되어 각기 맡은 역
할을 다하고는 차례차례 소각로로 던져지는 모르모트의 시체.

　전지요양을 한 보람도 없이 여전히 병에 찌들어 비쩍 마른 얼굴
을 한 아이들.

비가 후둑후둑 내리는 가운데 오래도록 침묵 속에 사고하는 부엉이.

난생이든 태생이든, 동물들의 무참한 삶의 모습이며 죽어가는 모습을 힐긋힐긋 곁눈질하면서 너는 조금씩조금씩 도심으로 다가간다. 왜 네가 그러고 싶어하는지 나는 잘 알고 있다. 인파와 대지진 후의 혼란에 휩쓸려 너 자신을 잊고 싶은 것이다. 그렇게 하여 자신을 무에 가까운 존재로 만들고 싶은 것이다. 나쁜 일은 아니다. 몸을 지킨다는 점에서는 그럴싸한 방법인지도 모른다. 너 같은 떠돌이가 인구가 적은 지방에서 꾸물거리는 것은 매우 위험한 일이다. 너무 눈에 잘 띈다. 언제 또 사대주의자들의 주구한테 습격을 당할지 모른다. 지금 너는 확고부동한 범죄자다. 나는 그렇게 생각하지 않지만, 너 자신은 그렇게 믿고 있다.

너는 서두르지 않았다.

너는 가을이 끝날 때까지 바닷가를 전전하면서, 끊임없이 등뒤를 힐금힐금 신경쓰면서, 목숨을 빼앗은 남자의 환영에 쫓기면서 괴로운 나날을 보냈다. 그렇게 너는 권력의 맹점인 안전한 공간을 찾아다녔다. 그런데 아무리 떠나녀도, 아무리 흘러도, 이 섬나라에서는 그런 장소를 만날 수 없었다. 어부들의 오두막에서 하룻밤을 지새울 때면 너는 항상 물고기로 다시 태어나는 꿈을 꾸었다. 방추형 푸릇푸릇한 물고기가 되어 창망한 대해를 자유자재로 헤엄쳐 다니는 꿈을 꾸었다.

훔친 돈은 아직도 많이 남아 있다.

식음의 욕구를 절제하고 소비를 극도로 억제한 덕분에, 이듬해 봄까지는 그럭저럭 먹고살 수 있을 것 같다. 어쩌면 여름까지 견딜 수 있을지도 모르겠다. 너는 정상적인 건강을 유지하고 있다. 아이스크림과 비타민제를 주식으로 하는 너의 신체는 어디 한 군데도 결점이 없고, 허튼 채식주의자보다 피부가 매끄럽고, 하루에 열 시간 이상 걸어도 피로가 쌓이지 않았다.

너는 연일 걸었다.

같은 길을 두 번 걷지는 않았다. 도시 주변으로 사통팔달한 교통망은 가능한 한 피하고, 이어진 산속 길 없는 길과 해안만 골라 걸었다. 밤에는 달이 따라왔다. 울긋불긋 흐드러지게 핀 꽃 같은 별들이 네가 저지른 죄를 다소나마 위무하여 그 괴로운 체험을 현실로부터 유리시켰다.

하지만 또하나의 너는 단박에 이런 말로 반론하였다.

"그것은 어쩔 수 없이 저지른 일과는 성질이 달라."

꿈처럼 지나가는 날들이 너를 이 세상의 중심인물로 이끌었다. 요컨대 너 없이 이 세상은 성립하지 않는다는 생각이 점차 강해진 것이다. 그리하여 그 생각이 정점에 달해 주관에만 의지하여 살 자신과 맺어졌을 때 너는 은둔을 단념할 수 있었다. 네 안에서 지견을 넓히고 싶고 살아 있는 동안에 무엇이든 봐두고 싶은 욕구가 불끈 고개를 쳐들어, 그 기세를 타고 너는 다시금 도시로 숨어들었다.

그러나 그곳은 이미 밀려난 자의 천국이 아니었다.

플레이트형 대지진이 초래한 충격파는 상상을 훨씬 초월하는 것이었다. 도처에 깨진 기와와 무너진 건물의 잔해가 널렸고 정연하던 거리는 거의 사라지고 없다. 게다가 그로부터 몇 달이 지났는데도 복구 작업은 지지부진 진척이 없고, 식료품이나 식수 배급을 받는 사람들의 행렬이 여기저기서 줄을 이었다. 그들의 눈은 모두, 냄새를 잘 맡는 개 같은 눈빛이었다. 어떻게든 살아남으려는, 번뜩일 뿐 아니라 살아 있는 눈이었다.

어디를 가나 화재 현장 같은 냄새가 따라다녔다.

돈의 가치는 하루하루 추락할 뿐이었다. 역에서 파는 도시락보다 더 형편없는 것을 사기 위해 고액권 한 장이 필요할 정도였다. 각 교통기관과 마찬가지로 행정기관 역시 여전히 마비 상태였고, 국가를 안정시킨다는 대의로 급부상한 천도遷都 문제에 대한 분분한 견해에 유명무실해진 모양이었다.

잡화상이 성시를 이루고 있다.

우물이 부활하였다. 가스관과 지중 송전선이 여기저기 파헤쳐진 채다. 하수관은 파괴되고, 음식물 쓰레기를 치우지 않아 온 도시가 악취를 풍기고 있다. 그것은 다름아닌 근대 도시의 죽음의 냄새다. 이 도시는 이미 죽었다. 설사 재생할 가능성이 보인다 해도, 대부분의 사람들은 이미 이곳을 돌아보지 않을 것이다.

이루 다 헤아릴 수 없을 만큼 많은 사상자를 낸 대참사는 아직도 끝나지 않았다.

인간의 사체는 어언간 처리됐는지 도처에서 향냄새가 코를 찌르고 독경 소리도 들린다. 유난스레 활기를 띠고 있는 것은 가두에 설치된 슈퍼 비전뿐이다. 실상보다 훨씬 선명한 영상을 보여주는 대화면은 하루 스물네 시간 쉬지 않고 정부에 유리한 정보만 내보내고 있다. 국부적인 해결을 과장되게 전하는 뉴스와 일본 민족의 우수성을 강조하는 미담과 뜻밖에도 중론이 일치하였다는 거짓말을 마구잡이로 쏟아내고 있다. 그런가 하면 다시없는 혼란을 역이용하여 아시아 통일의 패업을 조금씩 암시하는 조작도 시도하고 있다.

나라가 주도하여 헌혈자를 모집하고 있다.

군화 소리 높이 행진하는 젊은이들이 가학성과 자학성이 넘치는 사명감에 불타고 있다. 방탄조끼를 입은 경관이 길목을 지키고 서서 지나가는 사람 한 명 한 명을 감시하고 있다. 그들이 움켜쥐고 있는 것은 권총이 아니라 총신이 짧은 자동소총이다. 이제는 거의 필요하지 않은데도 자원봉사자가 우글거리고 있다. 자신의 회색 인생과 답답한 현실로 돌아가고 싶지 않아서, 여전히 감동적인 연극을 계속하고 싶어서, 감사의 말에 취하고 싶어서, 부흥에는 아무 소용도 없는 떼거리들이 잔뜩 남아 있다. 그들은 혼란이 진정될까봐 두려워하고 있다.

도민들 대부분이 근접한 시읍면으로 분산되어 인구는 대폭 줄어들었다.

유명한 번화가에는 사람들의 걸음이 뜸해졌다. 거기에는 이미 술에 취해 허튼소리를 주절거리는 자도 없거니와 그 아름다움에 가슴 설레게 하는 여자도, 선동가로 활동하는 강건한 의지의 소유자도, 비역질할 상대를 물색하는 중년 남자도 없다. 그 대신 정체를 알 수 없는 작자들이 눈에 띈다. 희생정신으로 위장한 국민의 의무를 자진해서 완수하고 싶어하는 자들이 북적거리고 있다. 그들은 국가에 아주 편리한 존재다…… 간단히 말하면 그런 셈이다. 물론 흔치 않은 대혼란으로 막대한 부를 거머쥔 자도 있을 것이다. 거의 원점으로 돌아갔다고 해도 좋을 이 도시에 내장된 이익이 천문학적 숫자에 달한다는 것은 누가 봐도 분명하다.

이는 문민통제를 타도하기에 절호의 기회일 것이다.

드디어 한 세기에 한 명 나올까 말까한 대정치가로 추앙된 그 땅딸보가 지금 슈퍼 비전을 통하여 국민에게 훈화를 늘어놓고 있다. 아랫배에 힘을 꽉 주고, 거짓 없는 표정을 가장하고, 연설의 비법을 완전히 터득한 듯한 말투로, 국론을 하나로 통일하기 위하여, 선민사상을 기조로 한 속임수를 거창하게 떠들어대고 있다.

그는 이렇게 설파한다.

우리 위대한 민족의 쇠망을 방지하기 위해서는 국민 한 사람 한 사람이 대승적인 견지에서 어려움을 함께 나누고, 각자의 소임을 철저히 하는 도리밖에 없다고. 그러고는 말끝마다 국가와 황실의 체질적인 차이를 모호케 하는 표현을 끼워넣는다. 몇 년 전까지만 해도 입 밖에도 내지 않았던 시대착오적인 사상을 지금은 당당하게 내뱉고 있다.

천재天災가 절대주의 시대에 박차를 가하고 있다.

문필업계에서는 여전히 말해야 할 때 말하지 않고, 지극히 당연한 말도 삼가고 있다. 오히려 그뿐인가, 그 땅딸보에게 보조를 맞추고 있을 정도다. 그들은 다른 식으로 생각할 수도 있다는 견해는 조금도 밝히지 않고, 오로지 엄벌주의의 뒤를 밀고 있다. 그런데도 이 나라가 언어의 혼이 번성하는 곳이라니, 말도 안 되는 헛소리다.

이 나라 사람들의 공통적인 심리, 그것은 자발적인 예속이다.

나랏분들께 대들 줄 모르는 그들은 보통 때는 어느 쪽도 아닌 태도를 취하면서 신을 넘보는 인간이 등장하면, 그리고 그자가 권력의 자리에 앉으면 순식간에 상찬을 아끼지 않고, 그야말로 기다리고 기다리던 조국을 지켜줄 위인이라고 단정짓는다. 이는 곤충들이 살아가는 방법과 극히 유사하다.

절반은 인재라고 할 수 있는 천재 때문에 포화 상태였던 인구가 조금은 줄어든 듯하다.

그 반면 일자리를 찾아 지방에서 모여든 노동자의 수는 급증하였다. 육체노동자는 얼마든지 널려 있다. 어쩌면 그들은 여기에 눌러 살지도 모르겠다. 배를 채우는 일이 최대의 관심사가 된 주민들은 이제 화를 낼 기력도 여유도 없이 그날그날을 무기력하게 살 뿐이다. 그런데 신기하게도 그들의 눈은 열렬한 신념을 가진 사람처럼 반짝인다. 그러나 저의를 알 수 없는 그런 눈은 아니다. 그들은 실로 원시적으로, 단순명쾌한 움직임을 반복하고 있다.

여기에서는 타산이 행동의 원리다. 도시인들이 흔히 취하는 이해할 수 없는 태도, 그런 태도는 어디에서도 볼 수 없다.

해가 완전히 기울었는데도 너는 계속 걷는다.

밤이 되었는데도, 거대한 가람伽藍으로 변한 도시 도처에서 보수공사가 강행되고 있다. 신속하게 마르는 콘크리트가 폭포수처럼 흘러 떨어지고, 용접공의 불꽃이 샤워처럼 쏟아지고, 포클레인이 괴물처럼 긴 팔을 획획 돌리고, 각종 트랙터가 전쟁터의 전차처럼 바쁘게 돌아다니며 활약하고 있다. 아직도 이어지고 있는 여진으로, 기울어 있던 빌딩이 지금 막 붕괴하였다. 그 밑에 깔린 자동차의 클랙슨이 애처롭게 울고 있다. 그러나 아무도 신경을 쓰지 않는다.

너는 후회하고 있다.

이런 곳에 어정어정 다시 돌아오는 게 아니었다고 후회하고 있다. 너는 번잡한 도시생활에 완전히 흥미를 잃고 말았다. 그리고 너는 기가 죽어 있다. 도미노 현상으로 연쇄적으로 쓰러진 빌딩들 사이를 맥없는 걸음으로 터벅터벅 걷는 너는, 이미 예지에 차 흐르는 자가 아니다.

아직 가로등이 켜지지 않은 지역에는 수상한 사람들이 우글거리고 있다.

놈들은 어둠 속에서 지나가는 사람들을 관찰하고 있다. 그러나 너를 건드리는 놈은 없다. 한참을 배회하다 마음이 이끄는 대로 네가 들른 장소는, 과거 네가 목숨을 건진 일이 있는 그 주상복합 빌딩이다. 들렀다기보다 문득 정신을 차리니 그 건물 앞에 서 있었던 것이다.

너는 지금 동남아시아의 아가씨를 삶의 구렁텅이에서 건져올리려다 실패한 그 현장에 와 있다. 그녀는 연기와 불길에 휩싸였고 너는 병원으로 실려갔다.

너란 놈은 참 어리석기 짝이 없는 놈이다.

지금 새삼스럽게 그런 말을 해봐야 소용이 없지만, 그 아가씨가 너를 알지 않았다면 네가 손님의 입장에서 일탈하지 않았다면 죽지는 않았을 것이다. 지진 때문에 벽면에 무수한 균열이 생긴 그 건물은 너의 기억을 단번에 되살려놓는다. 네가 탈출에 성공한 후 기절한, 지하로 통하는 계단 여기저기에 불에 탄 흔적이 분명하게 남아 있다. 보지 않으려 해도 저절로 보게 된다.

오랜 상처가 네 가슴속에서 욱신욱신 통증을 유발한다.

그리움이 회고의 정과 뒤섞여 너를 압도하여 번민의 신음 소리를 내지른다. 그런 쓸데없는 짓을 하지 않았더라면 그녀는 지금도 살아 있을 것이고, 잘하면 자활의 길을 걸었을지도 모른다. 그러나 다른 뜻이 있어서 내가 그런 말을 하는 것은 아니다. 또 너의 어리석음을 탓하는 것도 아니다. 그때 절망의 심연에서 재기불능의 상태에 빠지지 않은 것만 해도 그나마 다행인 너에게, 피도 눈물도 없는 냉혈한이라고 비난하는 것은 아니다. 심기일전하거나, 취사선택에 주저하거나, 타인의 생과 비교하지 않는 너를 마음에 들어하고 있다. 너의 심사를 의심한 적은 없다. 그런데 지금 네 꼴이 그게 무어냐.

그 꼴이 뭐란 말인가.

너는 애석함을 견디지 못하여 일그러진 표정이다. 깨진 유리문 앞에 서서 캄캄한 지하실을 멀뚱멀뚱 들여다보고 있다. 그러나 계단을 내려가지는 않는다. 차제에 너한테 분명히 말해두어야겠다. 애당초 너 같은 놈에게는 미칠 듯한 사랑도, 집착의 포로가 되는 일도 전혀 어울리지 않는다. 지금 눈앞의 사태에는 얼마든지 놀라도 좋지만, 놀랄 만큼 놀랐으면 미련 없이 그 자리를 떠나야 할 것이다. 상념에 빠져 끝없이 우물쭈물해서는 안 된다. 그것은 금물이다.

너는 안타까운 마음에 그 자리에 붙박이가 되어 있다.

진정 흐르는 자라면, 범행의 현장으로 돌아가는 삼류 범죄자 같은 짓을 해서는 안 된다. 뒷걸음질은 물론 뒤를 돌아보아서도 안 된다. 매끄럽고 신속한 이동이야말로 싱싱하고 활달한 나날을 되찾는 지름길이다. 그리고 그것이 습성이 될 때까지 노력하지 않으면 안 된다.

고여 있는 자들이나 과거의 추억에 잠긴다.

간신히 그 자리를 떠난 너는 이번에는 거리를 가로질러 뒷골목으로 빠지는 좁은 길로 들어간다. 발 디딜 틈이 없을 정도로 물질 세계의 붕괴를 여실히 느낄 수 있는 거리는 엉망진창이다. 생선 비린내 같은 악취가 발밑에서 피어오른다. 푸르스름한 어둠 속에 고양이의 시체가 서넛 나동그라져 있다. 어쩌면 이 벽돌 아래 납작하게 짜부라진 인간의 시체도 몇 구 있을지 모르겠다.

너는 애가 탄다.

이런 곳까지, 인기 정책을 잇달아 내놓아 명성과 덕망을 높인 그 땅딸보가 국민을 격려하는 카랑카랑 목소리가 들린다. 지폐를 남발하여 인플레를 초래한 책임 소재에 대해서는 한마디도 언급하지 않고, 공익을 우선한다고 목청을 돋우고 있다. 끼니를 때우기도 어려워진 사람들에게 근검을 요구하고 있다. 유언비어에 현혹되어서는 안 된다고 한다. 그런 반면 육친을 잃고 눈물로 지새우는 자들에게는 아무런 위로의 말도 건네지 않는다.

그는 구습을 타파하는 시늉을 내면서 시대에 역행하고 있다.

짐작건대 그는 자기가 권력을 잡고 있는 동안에 사상 최대의 판도를 확보하려는 야망을 품고 있으리라. 힘주어 강조하는 그의 대사가 옆으로 쓰러진 고속도로에 반사하여 교정 불가능한 말더듬이로 화하고 있다. 그러나 살아남은 대부분의 사람들은 단독 질주하는 그의 기백에 압도되어 있을 뿐이다. 평화를 기원하는 척하면서 군비에 충실을 기하여 국방 정책을 강화하려는 남자에게 매료되어 있을 뿐이다. 그들은 마치 하늘의 도움이라도 기다리는 듯한 눈길로, 권력투쟁의 장을 제압한, 그리고 앞으로 무슨 대단한 일을 해줄 듯한 정력적인 땅딸보를, 천하의 애송이를 그저 우러르고 있다.

안팎 사정에 훤하고 생각이 깊어 장래를 내다볼 줄 아는 사람.

그런 인물이 홀연히 나타나 이 나라를 반듯하게 정리했다는 감상을 품을 만한 경우는 한 번도 없었다. 설령 그런 남자가 나타났다 해도 민중은 결코 그를 받아들이지 않을 것이다. 사람들의 지지를 받고 이 세상의 요직을 차지하는 자는 언제든 그럴싸하게 보이는, 잔꾀를 잘 부리는, 언젠가는 상식을 벗어나는 언행으로 질주하여 자멸의 길을 걸을, 그 정열을 망상이 지탱하고 있는, 광기에 찬 성격파탄자에 지나지 않는다.

어느 시대든 대중은 인물 심사에 허점이 많았다.

그들은 언제나 겉만 번지르르한 사기꾼에 불과한, 그러나 권력욕만은 남보다 강한 협잡꾼을 받들어 모신다. 그 결과가 그들 자신 위에 비극의 비를 뿌린다. 그리고 그에 해당하는 인물을 찾지 못할 경우에는 무슨 일이든 운에 맡기고, 도저히 스스로 결정하지 않을 수 없는 상황에 처했을 때는 그때까지 잊고 있던 온갖 신들을 떠올리면서 체면 불구하고 울며불며 매달리는 것이다. 인간이란 참 철저하지 못한 족속이다.

사람은 철저하지 못하기에 살아갈 수 있는 것이리라.

지금 막 기억이 났다. 열여섯 나이에 수태한 여자아이가 드물지 않고, 복수의 신을 믿으면서도 전혀 모순을 느끼지 않았던 시대의 어느 해 일이다. 계속되는 가뭄에 안달이 난 백성들이 무슨 생각을 했는지 느닷없이 나한테 비를 내리게 해달라고 빌러 왔다. 그들은 아마도 숲에서 가장 크고 가장 푸릇푸릇한 잎을 무성하게 달고 있는 나를 물이 풍부한 나무라 간주하고, 비를 부르는 힘을 지닌 나무라 생각한 것이리라.

그렇게 생각하는 것도 무리는 아니었다.

매일처럼 하늘은 파랗고 강물은 줄어들고 늪은 말라들고 나무도 메말라가는데 어찌 된 셈인지 내가 땅속에서 빨아올리는 수량은 단속적으로 비가 내리는 계절과 거의 차이가 없었다. 전답들은 심각한 지경에 이르렀다. 내가 있는 곳에서도 하루하루 제 색을 잃어가는 논이 보였다.

그러나 때가 늦은 것은 아니었다.

비가 한차례 내려주기만 하면 퇴세退勢를 만회하기는 충분하였다. 농부들도 날씨는 어떻게 할 도리가 없었다. 마지막으로 마을 어귀를 흐르는 강이 바삭바삭 말라버리자 은혜로운 신을 찾기 시작하였다. 그들도 이런저런 지혜를 다 짜내어보았을 것이다. 그렇게 견디다 못해 다른 숲보다 비교적 피해가 덜한 이 숲을 자기들 멋대로 신비의 영역이라 규정하고 나를 그 주체가 되는 신이라고 믿었을 것이다.

그들은 나에게 열심히 애교를 떨었다.

풍채만 당당한 촌장이 내 밑동에 소금을 뿌리고 탁주를 흠뻑 부었다. 그들은 공손히 머리를 숙이고 박수를 치고, 우는소리를 늘어놓았다. 지옥 같은 모진 시련을 당하기 전에 비를 내려달라 탄원하고, 홍수로 고통을 겪고 있는 곳이 있다면 그 비를 절반만이라도 이쪽으로 돌려달라고 애원하고, 굶어 죽은 동네 사람을 먹어야 하는 바보 같은 짓만은 두 번 다시 하고 싶지 않다고 한탄하였다. 만약 소원을 들어준다면 차도, 소금도, 술도, 음행도 자제하겠다고 맹세하였다. 그러나 끝까지 끊겠다고는 하지 않았다. 그렇게 항상 도망갈 여지를 남겨두는 것이 농부들이다.

소용없는 짓이다.

나는 그렇게 말해주고 싶었다. 인간이란 천리를 거역하기 위해 존재하는 생물이니까 그 자세를 견지해야만 했다. 설령 그게 원인이 되어 쌓인 죄업으로 인해 보복을 받는 한이 있더라도, 그때 일은 그때 가서 해결하면 된다고 배짱을 부려야 했다. 내가 그들의 입장이었다면 주저치 않고 산적이 되었을 것이다. 그리고 강수량이 많은 마을을 차례차례 털었을 것이다.

나는 농부가 싫었다.

그들은 선조의 은덕에 기대어 자유의 절반을 스스로 방기하고 그 탓에 중요한 것은 잊고 사소한 일에만 매달린다. 그런 그들이 어찌 생각하든, 그들은 나와는 뜻이 맞지 않는 상대일 뿐이었다. 같은 태양과 같은 공기와 같은 물에 의지하여 사는 생물은 공평무사하지 않으면 안 된다는 것을 잘 알면서도, 나는 도저히 그들을 좋아할 수 없었다.

원숭이들도 그들을 깔보았다.

그렇다고 내가 그들의 야비한 언사며, 위축된 성품이며, 혹독한 대우에 대한 면역성 따위를 일일이 열거하고 싶은 것은 아니다. 더구나 그들도 태생이 성실하고 착하다는 미덕 한두 가지는 갖고 있을 터이다. 내가 그들을 기피하는 가장 큰 이유는 동물 중에서도 으뜸가는 존재임에도 불구하고 마치 식물처럼 한군데 머물러 있다는 점이다.

농부는 흐르지 않는다.

우리 식물만 해도 가능한 모든 방법을 구사하여 그 종자를 멀리 퍼뜨리고 무한한 세력의 확대를 도모한다. 그런데 그들은, 자기 자식을 죽이면서까지 대대손손 같은 땅에 눌러살려 한다. 아무리 이주가 금지된 시대라고는 하지만 그럴 마음만 있으면, 조금만 용기를 내면 흐를 수 있는데 그들은 절대로 엉덩이를 들지 않았다. 고이다 못해 썩어가는 그들의 비애에 찬 눈물은 그들의 분뇨와 함께 물대기가 나쁜 땅에 경작한 계단식 밭이나 불법 논으로 빨려들어가, 불안만 앞서는 나날에, 지배자나 자연의 혹독한 처사에, 그 노고가 대단하다 여기는 이 한 명 없는 시대에 순순히 따르고 만다.

나는 농부만큼 고여 있기를 좋아하는 생물을 달리 알지 못한다.

기생식물도 그 나름으로 자부심을 갖고 있다. 농부들은 그 비굴함 덕분에 자신의 목덜미를 한곳에 눌러붙일 수 있었다. 그리고 그게 움직이지 못하는 원인이 되었다. 그렇지만 그들의 자각 없는 태도를 정면으로 비난하는 자는 없었다. 게다가 그들한테는 세상의 변이 따위는 전혀 자극이 되지 못하고, 여전히 인식의 대상은 한정되어 있으며, 백 년이고 천 년이고 완고한 사고로 똘똘 뭉쳐 있다.

고여 있는 자는 마음의 하얀 지도에 아무것도 그리지 못하고 죽어간다.

그들이 당당히 가슴을 펴고 무시할 수 있는 것은 원숭이 정도가 아닐까. 그러나 원숭이 쪽에서도 그들을 깔보고 있다. 믿을 수 없을 정도로 폐쇄적인 생을 되풀이하고 있는 그들은, 당연한 일이지만 타인의 장점을 본받아 자신의 결점을 메우는 기회를 얻지 못하고, 그 때문에 설사 고향을 떠난다 해도 흐르는 자가 될 수 없었다. 아직도 그들은 고귀한 피를 흘려야 얻을 수 있는 자유보다는, 이것도 저것도 아닌 낮은 수준의 안정을 바람직하다 여긴다. 설령 압정에 견디다 못해 폭동을 일으키는 일이 있다 해도, "그런 일이 대체 무슨 득이 된다는 거야"라는 이웃 사람의 한마디에 모처럼 단호히 맞싸우려 한 기개를 상실하고 만다.

뭇사람에 의지하여 억척을 부릴 힘조차 잃어가고 있다.

그들은 흐르는 일에 무한한 의미가 있다는 것도 모르고, 나이에 어울리는 사고도 하지 못한 채 파토스의 불꽃을 스스로 불어끄면서 단조롭기 짝이 없는, 회한의 눈물을 흘리는 정도의 변화밖에 없는 생애를 마감한다. 참으로 유별난 사람들이다. 그들은 벼의 작황이 좋지 않을 때에는 잡곡의 그늘에 숨어 그럭저럭 한 해를 보낸다. 그들은 흐르는 방향으로 몸을 내밀지조차 않는다. 그들은 흐르기를 흉작 이상으로, 때로는 죽음 이상으로 두려워한다. 그런 자들한테서 어찌 반기를 들 수 있는 건방진 놈이 나올 수 있으랴.

아니면 농민봉기를 일으키기 전에 나한테 몰려온 것인가.

만약 내게 비를 내리게 할 수 있는 힘이 있다 해도 나는 그들의 바람을 들어주지 않았을 것이다. 설령 나 자신이 고목으로 화하는 최악의 사태에 몰린다 해도, 비 한 방울 내리게 하지 않았을 것이다. 왜냐하면 나는 평범한 한 그루 나무로 이 세상을 하직하고 싶었기 때문이다. 그 마음은 지금도 변함이 없다.

그런데 비가 내렸다.

그들이 내 앞에 엎드려 빈 지 얼마 되지도 않아 하늘 모퉁이에 구름이 몰려들었다. 시원한 바람이 숲을 휙 지나가는가 싶더니, 땅울림 같은 천둥소리가 여름을 찢었다. 그리고 성깔 더러운 검은 구름이 점차 세력을 더하여, 사방 일대에 빛이 격감하더니, 열광적인 비가 대지를 두드렸다. 물론 그들은 환성을 질렀고, 아니 미칠 듯이 기뻐 날뛰었고, 늙은 몸으로 더위를 견디면서 필사적으로 기원하였던 촌장은 감격한 나머지 눈꼬리를 훔쳤다.

초목이 내쉬는 한숨 소리가 숲의 소리가 되어 빗소리를 증폭시켰다.

만일 그것이 신의 소행이라면, 성질 더러운 권력자와 마찬가지로 신 또한 이도저도 아닌 분별없는 짓을 한 셈이 된다. 농부들은 일제히 나를 껴안고 고마움을 표했다. 그리고 가능하다면 사흘 밤낮을 뿌려달라고 욕심을 부리고, 덩실덩실 춤을 추면서 비를 뚫고 돌아갔다.

그 비는 정말 사흘 밤낮을 내렸다.

벼는 생기를 되찾고, 가을에는 황금빛 파도가 온 논을 메웠다. 그러나 풍년을 누리지는 못했다. 수확을 앞둔 어느 날 태풍이 잇

212

달아 상륙한 것이다. 바람은 그리 심하지 않았지만 비가 엄청났다. 태풍이 두 개나 겹쳐 꼬박 나흘 동안 폭우가 내렸다. 강이란 강은 모두 범람하고, 높은 지대에 있는 전답까지 모두 비에 쓸려 내려가고 말았다.

물이 빠진 자리는 뻘바다였다.

그 뻘이 마르자 더는 손을 쓸 수 없는 황무지가 되고 말았다. 물론 이 숲도 무사하지 않았다. 온 숲이 물에 잠겨, 뿌리가 얕은 나무들은 하나같이 쓰러지고, 어린 나무는 쓰러진 나무에 깔렸다. 비가 그친 후에도 물이 좀처럼 빠지지 않아 뿌리가 썩어 죽은 나무가 많았다. 동물도 무사하지 않았다. 휑해진 숲에서 겨울을 날 수 있었던 동물은 극소수였다. 그 이후로 나는 몇십 년 동안이나 쓸쓸하게 지내야 했다.

간신히 살아남은 어치가 이렇게 말했다.

"결국은 이렇게 되리라 생각했어."

막판에 역전패를 당한 농부들 거의가 그해를 넘기기 어려웠을 것이다. 그들은 매일처럼 숲에 찾아왔지만 먹을 수 있는 나무 열매는 금방 동이 나고 말았다. 그러니 아사자가 속출했을 것이다. 그런데도 고향을 버리고 흐르는 자가 되려 하지 않은 그들을 기다리고 있었던 것은 그야말로 비참한 나날이었을 것이다.

다시금 인육을 먹는 궁지에 빠졌을 것이다.

그리고 그것은 그들이 밥주머니로 내려보낸 음식물 중에서 가장 소화가 잘되고 가장 영양가 높은 먹을거리가 아니었을까. 어쩌면 그 금단의 단백질이 그들의 혼을 가차 없이 파먹어, 자유와 독행獨行을 기치로 하여 돌진하는, 만인이 겸비하고 있을 기본적인 능력을 강탈해갔는지도 모른다.

그 이후에도 생사가 걸린 한발이 이따금 발생하였다. 그러나 나한테 비를 내려달라고 빌러 오는 이는 없었다. 아마 부탁할 상대를 바꾼 것이리라. 사찰 한가운데 건방지게 자리 잡고 있는 신목 같은 것에 울고 매달렸을 것이다. 울고불고 매달리든 매달리지 않든, 언젠가 비는 반드시 내린다.

비를 내리게 하는 나무……

내가 아는 한 그런 나무는 어디에도 존재하지 않는다.

지금 너의 표정은 흐르는 자의 표정이 아니다.

비유하자면, 어떻게 될 것인가 싶어 숨을 죽이고 낙수 소리를 기다리던 그때의 농부들 표정하고 똑같다. 남의 힘을 빌려 무언가를 이루고픈 표정을 낱낱이 드러내고 다시금 도시를 떠나고 있다. 재앙 후의 거리는 결국 너를 받아들이지 않았다. 거기에는 이미 네 마음의 바람구멍을 막아줄 것이 하나도 남아 있지 않았다. 자극은 얼마든지 있었지만, 너의 취향에는 전혀 맞지 않았다. 너는 이미 그런 변화를 바라고 있지 않았다. 피해 지역의 중심부를 잠시 어슬렁거렸을 뿐인데, 치유키 어려운 마음의 상처가 도져 욱신욱신 아팠다.

견딜 수 없어 너는 텅 빈 야간열차에 올라탄다.

그리고 내쫓기기라도 한 듯이, 화려한 수도로 다시 꽃필 수 있을지 의심스러운 대도시를 소리 없이 떠나간다. 그러나 네가 가고자 하는 곳은, 늘 가을의 막바지가 되면 찾아가는, 한겨울에도 셔츠 한 장으로 지낼 수 있고 고여 있을 필요가 없는 피한지가 아니다. 너는 남동쪽이 아니라 북서쪽을 향하고 있다. 오른손에 꼭 쥔 기차표에 적힌 역 이름…… 본 적이 있는 곳이다.

그렇다, 기억이 난다.

너는 뻔뻔스럽게 돌아갈 수 없는 곳을 향하고 있다. 대체 무슨 바람이 불었는지 고향을 향하고 있다. 그 동네에는 농부가 사과 과수원 옆에서 너를 주워 데리고 간 작은 병원이 있다. 그리고 그 동네에서 차로 삼십 분 남짓 달리면 닿는 곳에는 네가 자란 마을이 있다. 산 하나둘쯤 무너졌다고 해서 마을 자체가 소실된 것은 아니다. 전망 좋던 언덕도, 그 꼭대기에 있던 벽이 하얀 집도 없어졌지만, 그렇다고 추억 속의 모든 풍경이 사라져버린 것은 아니다.

그건 그렇고 나는 네 마음을 이해할 수 없다.

새삼스럽게 뭘 어떻게 하고 싶다는 말인가. 고향으로 돌아가는 게 무슨 의미가 있다는 말인가. 그리고 너의 그 얼굴은 대체 뭐냐. 제사를 지내기 위하여 향리로 돌아가는 촌뜨기와 거의 다름이 없지 않은가. 너란 놈은 그렇게 일찍 고인의 명복을 빌고 싶은 나이가 되었단 말인가. 아직 얼마 흐르지도 않았는데, 이제 막 시작이다 싶은데, 그런데 너는 그리운 땅을 향하여 맥없이 돌아가고 있다.

나를 실망시키지 마라.

너 자신은 어떻게 생각하는지 모르겠으나, 내가 보기에 너는 흐르는 자로서 더할 나위 없는 조건을 스스로 방기하고 있다. 점점 악화되는 상태다. 젊디젊은 나이에 너는 세상을 비관하는 방향으로 점점 기울고 있다. 그까짓 일이 그토록 마음의 부담이 된다는 말인가. 사람 하나 죽인 것이 뭐 그렇게 대단하단 말인가. 그런 놈을 인간이라고 생각한다는 말인가. 네가 한 일은 바로 정의다. 이는 결코 피상적이고 일시적인 위로의 말이 아니다.

『원숭이 시집』에는 이렇게 쓰여 있다.

흐르다 지치면, 그때는 그저 흐름에 몸을 맡겨라.

나는 그렇게 생각하지 않는다.

본의 아니게 흐르다보면 그걸로 끝장이다. 고여 있는 자와 똑같든가 아니면 그보다 못하다. 고향을 떠난 이후의 너에 대해서 있는 그대로 평가하자면, 너는 흐르는 자로서 보기 드문 천재였다. 어떤 궁지에 몰렸을 때 너는 늘 손쉽게 평균 이상의 점수를 땄다. 그런데 지금은 대체 뭐란 말이냐.

그 꼴이 뭐란 말이냐.

까무잡잡하고 탄력 있던 얼굴이 흙색을 띠고 있지 않은가. 고사 직전의 나무라도 그보다는 나을 것이다. 거액의 현찰을 지니고 병은커녕 찰과상 하나 입지 않았는데도 기진맥진한 그 꼴이 뭐란 말이냐. 아무리 객지를 전전하여도 닳지 않았던 네가 지금은 세속의 더러운 때에 찌들어 지칠 대로 지쳐 있지 않은가. 거꾸로 떨어진 사람처럼, 표정 전체가 팍삭 짜부라져 있지 않은가. 참으로 마음에 드는 놈이라고 여긴 것은 나의 과대평가였단 말인가.

또하나의 네가 이렇게 중얼거리고 있다.

"무슨 얼굴을 하고 돌아갈 것인가."

그래도 너는 간다. 아득할 정도로 멀어져버린 옛 인연을, 그 거리를 단번에 되돌이키려 한다. 너를 그렇게 만든 주요인이 무엇인지 모르겠다. 후두부에 깊숙이 박힌 나이프를 뽑았을 때 너의 손에 묻은 피가, 잔학성을 무기로 하여 일개 관리직에서 수직 상승하였을, 그 남자의 마음속까지 물들이고 있는 피와 조금도 다르지 않다고 생각하는 것인가.

좀더 마음을 편안히 가질 일이다.

네가 한 일은, 실은 과실상해죄보다 가벼운 것이다. 아니 천 번은 표창을 받아야 마땅한 일이다. 너는 한 사람을 구제한 것이다. 아니 그 이상이다. 아무튼 흐르는 자이고 싶다면 이미 저지른 일을 후회하는 나약함을 보여서는 안 된다.

그놈은 너한테 매국노라는 극언까지 하였다.

그 한마디를 입에 담을 때마다 그놈은 진정한 애국자를 죽였다. 물론 그놈 하나를 죽였다고 해서 대세가 바뀌는 것은 아니다. 그런 놈의 후임자 정도는 얼마든지 있을 것이다. 후임자는 제일 먼저 전임자에게 손을 댄 자를 찾을 것이다. 그놈은 필시 '파란지구의 잔당이 한 짓이라 단정하면 했지 너를 쫓지는 않을 것이다. 그들의 리스트에 사진만 달랑 올라와 있는 너는 이미 사망자로 처리되어 있을 것이다.

그러니 너는 잊어야 한다.

모든 것을 잊고 다시 시작해야 한다. 재출발한다는 의미로 귀향해야 할 것이다. 너는 지금 차창에 비친 자신의 얼굴과 그 배경인 칠흑 같은 어둠을, 한없이 무거운 두 눈으로 응시하고 있다. 밤저 너머에 있는 희미한 산들이, 소리 없이 이성과 감정의 상극을 부채질하고 있다. 끊임없이 반복되는 나날을 마음껏 즐길 수 없게 된 너는 그저 한낱 부랑자로 전락하고 말았다. 즉 무질서하고 방일한 생활에 찌든 자들과 조금도 다르지 않다.

옆 차량은 전세 차량이다.

거기에는 너보다 한결 젊은, 한참 자라나는 기운차고 발랄한 젊은이들이 복작거리고 있다. 막 군인이 된, 전쟁이 무엇인지도 모르는 자들로 가득하다. 자립 따위는 상상도 하지 못하는 그들은, 텅 빈 정신을 시대 흐름과 국가의 방침에 적응시킴으로써, 괴이한 정기를 발산하고 있다.

말하자면 고독의 지옥에서 살아나온 자들이다.

지금 그들은 슬픔의 나락에 고개 숙이고 어둠 속에 선 자가 아니다. 마치 그들의 쿵쿵거리는 가슴이 이 열차의 원동력이 되고 있는 듯하다. 그런 그들의 맑은 표정에서, 피범벅이 되어 쓰러질 미래를 예감하기란 어렵다. 그들은 모두, 한솥밥을 먹고, 세탁이 불

필요하며 통기성이 탁월한 전투복으로 무장을 하고, 일 분에 천팔백 발의 탄환을 발사할 수 있는 무기를 휴대하고, 똑같은 목표하에 화통하고 무모한 명령을 따른다. 그렇게 하여 비로소 진정한 친구를, 진정한 가족을 얻을 수 있다는 착각에 빠져 있다.

그들은 국가의 계략에 빠져 있다.

사이버 게임에 물들어가는 그들의 꿈같은 뇌를 차지하고 있는 것은, 공상의 연장선상에나 존재하는 패자의 용감한 모습에 불과하다. 그들은 어떤 위기에 처하더라도 함께 싸우는 친구만 있어주면 돌파구를 찾을 수 있다고 믿고 있다. 아니 자국의 정당성을 광신적으로 주장하는 그 땅딸보에 의해 믿도록 강요당하고 있다.

그들이 설레는 가슴으로 기다리는 것은 과연 무엇일까.

그것은 망상 같은 격정이 폭발하는 한순간이다. 그들 안에서 나날이 고조되는 것은 애국정신과는 전혀 거리가 먼, 동성애자의 미적 정조에 지나지 않는다. 그들은 군대란 세계를 이렇게 받아들이고 있다. 어른이 되어서도 학동의 입장을 유지할 수 있고, 여러 가지로 돌봐주는 보호자로 가득하며, 조금도 타산이 파고들 여지가 없는, 이상에 가까운 만남의 장이라고 생각하고 있다. 그리고 그중에는 전쟁터가 현실을 초월하여 완벽한 미를 체현할 수 있는 장이라고 믿고 있는 자도 섞여 있다.

어째서 그런 오합지졸을 부러워하는가.

그들이 목소리를 맞추어 노래하는 치졸한 군가 따위에 어째서 넋을 잃는가. 조국을 위해서가 아니라, 착취계급의 부추김과 꼬

드김에 주구 노릇을 자청하는 얼간이들의 집단에 선망의 눈길을 보내는 이유는 대체 뭐란 말인가. 국가는 그들을 이용하기에 최적인 폐품이라 여기고, 내심 조소하고 있다.

정신을 차리고 생각해보라.

너는 지금 흐르는 자로서의 실력이 어느 정도인지를 묻는 중대한 국면에 처해 있다. 똑바로 정신을 차려라. 나는 네 편이다. 설사 네가 은둔주의로 돌아선다 해도 나는 너를 버리지는 않을 것이다. 그러나 집단에 매몰되었을 경우에는 그것으로 끝장이다. 조직에 가담하거나, 사람을 막 부리게 되었을 때는, 그 시점에서 안녕이다. 그렇게 생각하라.

나는 이 숲에 속하는 한 그루 나무다.

이 숲의 보호를 받았기에 이만큼 생장하였고 여태껏 살아남았다. 그렇다는 것을 부정할 마음은 없다. 드넓은 초원 한가운데서 홀로 자란 나무처럼 생색을 낼 마음은 털끝만큼도 없다. 그러나 숲이 있기에 내가 있다고는 생각지 않는다. 물론 내가 있기에 숲이 있다고도 생각지 않는다. 나와 숲의 관계를 생각할 때 나는 지금껏 개개의 나무나 풀이나 동물과의 연관밖에 염두에 두지 않았다. 앞으로도 그럴 것이다.

너는 기차에서 내려 싸늘한 밤공기 속에 선다.

너는 뼈에 사무치는 추위에서 벗어나려고 택시를 잡는다. 그리고 밤 깊어 잠잠한 동네를, 오랜만에 찾는 고향 마을을 가로지른다. 너는 고향을 떠난 이래 한 번도 입에 담지 않았던 마을 이름을 운전사에게 말한다. 그 순간 너를 지탱하고 있던 긴장감이 쓰윽 사라진다. 전신이 흐물흐물해지는 것 같다. 사고가 뚝 정지한다.

너의 진의는 과연 어디에 있는 것인가.

가난한 거리거리의 구석구석까지 죄 알고 있는 이런 고장에, 거의 십 년 만에 훌쩍 나타난 진의를 알고 싶다. 설마 망가진 여자처럼 훌쩍거리고 엎드려 울 작정은 아니렷다. 운전사는 이렇게 깊은 밤에 그 마을로 가려는 너를 수상히 여긴다. 너를 의심하고 있다. 그는 인가가 드문드문한 산길로 접어들자 열심히 백미러를 들여다보면서, "어느 동네죠?"라고 묻고, "하기야 그 동네는 면적만은 우리 현에서 가장 넓으니까요"라고 한다. 그 말에 너는, 옛날에 산사태가 발생하였던 현장이라고만 말하고 더는 아무 대꾸도 하지 않는다.

나는 그런 너를 호되게 꾸짖고 싶다.

할 수만 있다면 철퇴라도 내려치고 싶다. 아니면, 차근차근 깨닫게 하고 싶다. 처음으로 다시 돌아가봐야 얻을 수 있는 것은 하나도 없다. 아무것도 없다는 것을, 반드시 네가 깨닫도록 하고 싶다. 걸음 내키는 대로 타향을 떠돌지 않고서는 자족의 심경에 도달할 길이 없다는 것을 충분히 이해해주었으면 좋겠다. 고향 사투리로 대화를 나눌 상대가 필요한 것인가. 살아 있었다는 것을 고향 사람들에게 알리고 싶은가. 그리하여 다시금 그들 속에 포함되고 싶은 것인가. 지금까지의 일은 없었던 것으로 하고 주민카드를 만들어 일개 농부로 끝을 보겠다는 말인가. 아니면 버려진 살덩이에 불과한 군인이라도 되겠다는 말인가.

너에게 해가 되는 말은 하지 않겠다.

너는 다시 한번 나이프를 입수해야 한다. 잘 드는 나이프로 마른 나무를 깎고, 그때그때의 마음을 원숭이의 모양으로 표현하면서, 하염없이 하염없이 흘러야 한다. 그러면 언젠가는 꼬리를 감추고 도망치거나 사소한 일에 집착하지 않는 버릇이 몸에 밸 것이다. 혹 이대로 흐르다가는 사람을 죽이는 버릇이 생기지 않을까 걱정하고 있는 것인가. 만약 그렇다면 그것은 당치도 않은 노파심이다. 그런 개 같은 경우는 다시는 없을 것이다. 그 점, 너의 출생의 비밀을 알고 있는 내가 보장한다.

그래 물론 너는 지쳤다.

인파에 시달리는 일도, 끊임없는 이동도, 허구한 날 자기 자신만 마주하는 일도, 매일 밤 잠자리를 바꾸는 일도, 너의 피로를 가중시키고 있다. 이쯤에서 신중을 기하여 휴식을 취해야 할 것이다. 그 점은 나도 인정한다.

그러나 고향으로 돌아가는 것만은 그만둬주었으면 한다.

그것은 흐르는 자를 지향하는 너 자신에 대한 용서키 어려운 배신행위다. 문제는 내 기대를 저버렸다는 것만으로 끝나지 않는다. 그런데 너는 벌써 땅 냄새 물씬 나는, 써늘한 그 공간에 몸과 마음을 맡기고 있다. 그리고 인조마약이라도 들이마신 사람 같은 표정을 짓고 있다.

"정말 거기 가는 겁니까."

택시 운전사는 세 번이나 그렇게 물었다. 그는 무너진 산 아래 깔려 아직 발굴되지 않은 마을에 사람들의 망령이 떠돈다는 소문이 나돌고 있는데 그래도 상관없느냐고 묻는다. 그렇게 말하는 자신이 겁을 먹고 있다. 거기까지 태우고 간 낯선 손님이 만약 살아 있는 인간이 아니라…… 그런 가정이 그의 얼굴을 뒤틀어놓는다.

너는 요금을 지불하고 택시에서 내린다.

그리고 그 자리에서 꼼짝 않고 서서 눈이 어둠에 익숙해지기를 기다린다. 잠시 후 주변 지형이 조금씩 눈에 들어온다. 지금 네가 서 있는 곳은, 깊은 골짜기다. 산이 무너져내린 당시의 생생한 상흔이 양쪽 벼랑에 그대로 남아 있다.

골짜기의 폭이 이전보다 몇 배나 넓어졌다.

물은 거의 흐르지 않는다. 골짜기 거의 한가운데에 사다리꼴로 높은 흙이 쌓여 있고 그 주변을 콘크리트로 다져놓았다. 그 위에 거대한 자연석을 이용한 당당한 위령탑이 세워져 있다. 탑 꼭대기에는 날카롭게 벼려진 낫 같은 달이 걸려 있다. 구름이 흩어지고 네 머리 위로 영롱한 별빛이 박힌다.

국화꽃 향기가 사방으로 분분하다.

살아남은 마을 사람이 공양의 의미를 담아 심은 것이리라. 너는 잠시 상념에 잠긴 표정으로 그 자리에 우뚝 서 있다. 그리고 뭐라 말할 수 없이 나약하고, 이쪽저쪽 눈치를 살피며 결단을 내리지 못하는 젊은이의 한 사람으로 변해간다.

혼자 힘으로 살고, 스스로 행동하는 너는 어디론가 사라져버리고 말았다.

청명한 대기는 천체의 군청색으로 물들어, 젖먹이 같은 너의 부드러운 혼을 감싸고 있다. 지금 너는 하찮은 일에 구애받고, 만사 수동적이며, 정반합과는 인연이 없는, 하는 일 없이 일생을 보내는 그런 남자를 닮았다.

너에게 이곳은 푸근하고 여유로운 땅이 아니다.

이런 데서 그자의 피로 얼룩진 너의 혼을 씻어내려고 해봐야 소용없다. 소용없다는 것을 알았으면 한다. 흐르는 자의 거점은 타향에만 존재한다. 고향에서는 고통스레 궁지에 몰릴 뿐, 슬픔의 회로를 완전히 차단할 수는 없다. 그 점을 잊지 말기 바란다.

너는 지금 쓸데없는 일에 연관되려 하고 있다.

혼자 맥없이 서 있는 네 바로 앞에는 길쭉한 거석이 땅속 깊이 뿌리내린 나무처럼 우뚝 서 있다. 돌 표면에는, 그 산사태로 순식간에 목숨을 잃은 마을 사람들의 이름이 빼곡하게 새겨져 있다. 그리고 너의 어두운 눈이 맑게 갠 어느 날 오후 본의 아니게 저세상으로 간 사람들의 이름을 더듬고 있다. 읽어나감에 따라 너는 그들이 잊지 못할 자신의 옛 친구였음을 깨닫는다. 소꿉친구, 반친구, 친척, 알고 지내던 사람…… 너는 거의 동지적으로 결합되어 있는 지역사회의 온기를 떠올리고, 더불어 친자의 정을 떠올리고, 농가에 있어 둘도 없는 적자였던 자신의 입장을 떠올린다.

떠올리는 순간, 너의 오감의 움직임이 둔해진다.

잠시 후 너는 고향을 떠난 이래 거의 십 년이란 세월이 얼마만

한 긴장의 연속이었는가를 깨닫는다. 몸이 떨리는 것은 추위 탓만은 아니다. 너는 방금 버려진 강아지처럼 바들바들 떨고 있다. 그 틈을 타고 애잔한 바람이 살그머니 다가온다. 너는 너를 주워 길러준 양부모의, 그러나 너 자신은 친부모로 믿고 있는 자의 이름을 발견한다.

부모님의 이름이 너를 지그시 응시하고 있다.

그러나 그 옆에 나란한 이름을 도저히 읽을 수가 없다. 어둠 탓도, 피로하여 시력이 떨어진 탓도 아니다. 너는 주저하고 있다. 보려거든 보든지, 보지 않으려거든 보지 말든지 어째서 분명히 하지 않느냐. 답답해서 짜증이 난다.

너는 오래도록 고개를 숙이고 있다.

너의 그런 모습은, 내 앞에서 목을 매단 여자를 닮았다. 마침내 너는, 밤처럼 까만 방한복 속주머니에서 기차에서 산 물건을 꺼낸다. 생전에 아버지가 즐겨 마셨던 보리소주와, 어머니가 좋아하였던 차과자이다. 너는 소주병의 뚜껑을 열고 꾸러미를 펼쳐 위령탑에 바친다. 합장하고 고개를 숙인다. 그러자 그날의 광경이 생생하게 되살아난다. 우릉우릉 땅이 울리고 사면에 있던 나무들이 뿌리째 쓰러지기 시작하였다. 산의 절반과 고갯마루 하나가 소용돌이치는 급류를 향하여 무너져내렸을 때, 너는 도처에서 어지러이 번쩍이는 태양의 반사광을 볼 수 있었다. 그리고 그 골짜기의 폭은 서너 배로 늘어나 칼데라와 똑같은 지형으로 변하고 말았던 것이다.

그때 너의 전신으로 전류 같은 것이 관통하였다.

가슴속 안개가 깨끗이 걷히는가 싶더니, 확고한 대답이 나왔다. 무엇을 해야 하는지, 자신의 미래를 어떻게 펼쳐나갈 것인지, 분명하게 알았다. 태양을 가릴 정도로 뭉글뭉글 피어오르는 흙먼지가 채 가라앉기도 전에 너는 행동을 개시하였다. 중대한 결심을 한 자 같은 패기는 없었다. 너는 자기 집의 운명을 확인하려고도 하지 않고, 마치 이날을 기다렸다는 듯 미련 없이 고향을 떠나고 말았다. 똑바로 앞을 보고 걸었다. 한 번도 뒤를 돌아다보지 않았다.

너는 지금 이렇게 생각하고 있는 것이리라.

그날 자신이 취한 태도를 도저히 용서할 수 없다고, 짐승보다 못한 행위였다고 수치스럽게 여기고 있을 것이다. 만약 그렇지 않다면 주먹에 피멍이 들 정도로 힘껏 위령탑을 내려치지도 않았을 것이다. 혹이 생길 정도로 돌에 머리를 짓찧지도 않았을 것이다. 너의 아픔은 다른 것 때문이다.

너는 여전히 너의 이름을 보지 못한다.

도저히 위령탑을 올려다보지 못한다. 용기를 얻으려고, 아니면 죽은 자를 대신하여 너는 차과자를 안주 삼아 보리소주를 마신다. 꿀꺽꿀꺽 마신다. 술을 마시기는 참으로 오랜만이다. 금방 취기가 돈다. 그러나 얼굴을 들 수는 없다. 자기도 모르게 내쉰 한숨이 무슨 소린지 알 수 없는 혼잣말로 바뀐다. 중얼거림이 어느 사이엔가 멜로디가 있는 노래로 바뀐다.

마음의 고통에 시달리면서 너는 감정을 담아 노래한다.

노래하는 너를 처음 보았다. 잘 부르는 것은 아니지만 그리 서툴지도 않은 노래가, 흥얼거리고 있는 당사자를 이 골짜기에서 물놀이를 하며 놀던 먼 옛날로 인도한다. 너는 노래하면서 소주를 마시고, 소주를 마시면서 조금씩 고개를 든다. 그러고는 끝내 염치도 없이 자신의 이름을 보고 만다. 잊고 있었던 네 글자가 화살처럼 너의 눈동자를 쏜다. 애통함에 쥐어짜내는 너의 목소리가 골짜기로 울려퍼지고, 삐죽 솟아 있는 벼랑에 부딪쳐 증폭되고, 마치 살아 있는 나무를 찍어내는 듯한 소리가 되어 산간벽지 일대를 뒤덮는다.

너는 고주망태가 되도록 취한다.

취해 추태를 부린다. 너는 너 자신을, 아무런 아픔도 느끼지 못하고 정도 모르는 전형적인 철면피라고 제멋대로 단정짓는다. 그러나 절대 그렇지 않다. 너 역시 마음이 있는 사람들의 일원이다. 고향을 떠났기 때문에 어리석고 융통성 없고 선조의 방침을 답습하면서 현상만 유지하려는 자들과 한통속이 되는 운명에서 벗어날 수 있지 않았던가. 너의 선택이 옳았다고는 할 수 없지만 그러나 틀리지도 않았다.

운명을 저주해서는 안 된다.

아직까지 발견되지 않은 마을 사람들의 백골 속에 너의 부모가 섞여 있다 해도, 그리고 그것이 바로 지금 네가 서 있는 지면 아래 십 미터 지점에 묻혀 있다 해도 동요해서는 안 된다. 죽은 것은 그들이지 네가 아니다. 너는 지금도 이렇게 이 동네에서는 유일무이하게 흐르는 선각자로 살아 있지 않은가.

너는 대기만성형이 아닌지도 모르겠다.

일단 이 땅에서 죽은 것으로 되어 있는 너의 이름이 후세에 남을 리는 없을 것이다. 그렇지만 나는 너를 높이 사고 있다. 어디든 흔히 있는 품행이 불량한 자라고는 생각지 않는다. 그렇다고, 과연 네가 자애로운 인간인지, 또 그쪽으로 조금씩이나마 나아가고 있는지에 대해서는 뭐라 말할 수 없다.

다만 한 가지 분명한 것은 있다.

다소 주제넘은 말이 될지는 모르겠으나, 태어나자마자 어머니와 사별하고, 검은 흙과 상록수로 뒤덮인 이 숲 가장 깊은 곳에서 첫울음을 운 너 치고는 실로 잘해나가고 있다. 좋은 선생을 만난 젊은이보다도, 계율이 엄한 절로 들어간 청년보다도, 훨씬 더 정정당당하게 살고 있다. 너는 자제를 모르는 자가 아니다. 너는 하지 않으면 안 될 경우에 할 수 있는 남자다. 초록이 무성한 숲의 그늘에서 첫 울음소리를 낸 너를 발견한 나이니만큼, 네가 어떻게 살아가야 할지에 대해서 이러쿵저러쿵 참견할 자격이 조금은 있을 것이다.

그때 나는 분명 이런 소리를 들었다.

"잘 태어났다!"

대체 누가 그렇게 외쳤는지는 알 길이 없다. 어쩌면 나 자신일지도 모르겠다. 아무튼 네가 헤쳐나온 이십몇 년 세월을 들여다본 지금에도 그 말이 적절하다는 생각에는 조금도 변함이 없다. 이 세상에 존재하고 있음을 너만큼 만끽하고 있는 자는 그리 흔치 않을 것이다. 지금까지 너의 마음은 활달함 그 자체이다.

앞으로도 제발 그래주었으면 한다.

시덥지 않은 정이나 쓸데없는 법에 준하여 행동하는, 응답에 빈틈이 없는 그런 인간이 되지 않기를 바란다. 즉 내가 하고 싶은 말은, 낯선 고장을 흐르는 너로 다시 돌아가주었으면 한다는 것이다. 비 내리는 밤이면 도깨비불이 깜박깜박 돌아다니는 이런 음산한 장소를 한시라도 빨리 떠나야 할 것이다. 어떤 철인이라도 나이는 이길 수 없다는 정도의 해결책밖에 없는, 언제 또다시 산이 와르르 무너질지 모르는 이런 고장에서 서둘러 사라져야 한다.

너의 심상에 옛 사람들의 추억이 잇달아 떠오른다.

네가 용서를 빌지 않으면 안 되는 산 자도 죽은 자도 없다. 설마 고향에 묻히고 싶어 슬쩍 돌아온 것은 아니리라. 이곳에는 이미 집도 땅도 없다. 게다가 너는 서류상으로는 죽은 자다. 실종 신고를 하지 않는 것은 네가 사자가 되었다는 좋은 증거 아니겠는가.

운 좋게도 너는 살아 있으면서 죽은 자의 자유를 얻었다.

그러니 너는 이대로 시치미를 딱 떼고, 사람의 힘을 초월한, 호환성이 없는 시간의 흐름을 타고, 흐를 수 있을 때까지 흐르면 되는 것이다. 불기 없는 휑한 방구석에 누워 있는 너의 모습도, 호화로운 소란반자가 멋들어진 방에 진을 치고 아무 불편 없이 생활하는 너의 모습도 나는 보고 싶지 않다.

너는 지금 미친 듯이 날뛰고 있다.

너는 있는 대로 소리를 질러대고 있다. 그 소리에 답하는 것은, 아마 너 자신뿐이리라. 아니 그렇지 않다. 무언가 다른 목소리가 섞여 있다. 그러나 인간의 목소리가 아니다. 인간과 가장 비슷한 짐승의 소리다. 들은 기억이 있다.

너는 전신을 잔뜩 도사리고 귀를 기울인다.

원숭이다. 야생 원숭이가 자기네들끼리 부를 때 주고받는 소리다. 틀림없다. 너의 울부짖음이 원숭이를 자극하여 원숭이가 너를 부르고 있는 것이다. 아무리 불러도 그쪽으로 가서는 안 된다. 너는 곤드레만드레 취해 있다. 위험하다. 갈지자로 심야의 산길을 걷는 것은 위험천만하다.

그런데 너는 휘청휘청 그쪽으로 걷고 있다.

원숭이의 소리에 빨려들어가듯, 휘청거리는 걸음으로 산 쪽을 향한다. 곧추선 벼랑 위로 이어지는 비탈진 돌계단을 올라간다. 만약 난간이 설치되어 있지 않았더라면 너는 벌써 굴러떨어졌을 것이다. 계단 하나를 오를 때마다 너는 지나간 날들에 우롱당하고 무수한 추억에 휩쓸린다. 그리고 너는 감회에 젖어 울음을 터뜨린다. 아니면 현실을 직시하고 두려움에 떤다. 또는 사방을 뒤흔드는 망령들의 홍소에 둘러싸인 듯한 환각에 자기도 모르게 손가락으로 귓구멍을 틀어막는다.

너를 부르는 것은 과연 진짜 원숭이일까.

목숨을 잃고 이 골짜기에 묻힌 마을 사람들의 망령이 원숭이 소리를 흉내내며 너를 사자들의 반열에 올려놓으려 하는 것은 아닐까. 너를 주워 기른 부모가 혼의 갈증을 풀려고 자식을 부르는 것은 아닐까. 아들은 이제 충분히 살았다. 더 살아봐야 별 좋은 일은 없을 것이다. 그러니 우리가 있는 세상으로 오는 편이 낫다. 그런 식으로 생각하고 너를 꾀고 있는 것은 아닐까.

너는 불현듯 옆을 본다.

그러자 거기에, 시큰둥한 표정을 짓고 있는 소년 시절의 너 자신이 어깨를 늘어뜨리고 타박타박 걷고 있다. 사심 하나 없는 그 눈에 비치는 것은, 고향과 의리를 등지고 오랜 세월 방랑한 끝에 너덜너덜한 혼으로 돌아온 유감천만한 너다. 이미 의지할 사람도 없고, 살아갈수록 뿌리 깊은 원한만 남길 그런 너다.

너는 지금 양심의 가책을 느끼는 듯한 표정이다.

그런 너에게 이런 말을 해주고 싶다. 그렇게까지 신경쓸 필요는 없지 않은가. 굳이 충효의 길을 지키는 것은 흐르는 자가 할 일이 아니다. 또 전통과 미풍양속을 지킬 필요도 없다. 그러나 진정 흐르는 자는 난폭한 인간도 아니고, 이 세상의 분위기를 저해하는 인간도 아니다.

그러나 가슴에 교차하는 만감이 너를 가차 없이 몰아붙인다.

다시금 고향의 공기를 들이마시는 순간, 감수성이 풍부하고 사람 해하기를 극도로 싫어하게 된 너는 마구마구 외친다. 굵은 못이

발바닥에 박혔을 때처럼 비명을 지른다. 그 기괴한 절규에 답하여, 골짜기 저 아래로 이어지는 산길 저 멀리서 원숭이가 운다.

맑디맑은 달빛을 한껏 받으면서 너는 구불구불한 산길을 걷는다.

개울에 걸린 다리를 건널 때 까맣게 잊고 있었던 이런저런 마음의 풍경이 너의 서늘한 가슴속을 내달린다. 그렇게 되면 이미 너는 제삼자의 눈으로 이 고장을 볼 수 없다. 누렇게 물든 오솔길을 가는 너는, 어느 결인가 흐르는 자가 아니다. 이미 미지의 땅을 밟는 데 능하고, 세상 일에 능통한 진귀한 경력의 소유자가 아니다. 윗분들의 온정을 기대하고, 불단과 신단, 산사와 신사를 마음의 기둥으로 삼는, 그저 평범한 시골뜨기다. 그 걸음걸이라니, 잔치에 불려가거나 문상길에 오른 자의 걸음 같다.

강들은 장송 행진곡 같은 리듬으로 흐른다.

너는 머리를 조아리고 사과할 대상을 찾고 있다. 그러나 아무리 찾아도 그럴 만한 상대가 없다는 것을 알자, 이번에는 메마른 벌판 어귀에 있는 지장보살에게 침통한 얼굴로 이렇게 말한다.

아무리 생각해도 팔자가 드세다.
나와 나 자신을 돌아볼 만큼 허망함이 몸에 저민다.
정말 나는 원하여 태어난 아이일까.
혹 나는 이 세상의 말석을 더럽힐 자격조차 없는 인간이 아닐까.

원숭이가 너를 부르고 있다.

너는 거센 바람이 몰아치는 억새풀 들판을 똑바로 가로질러 인간들의 서식지에서 점점 멀어진다. 눈앞에 우뚝 솟아 있는 준령을 향하여 산등성이를 올라간다. 그 도중에 문득 깨닫는다. 죽고 싶어하는 자신을 깨닫는다. 철이 들고부터 지금까지 줄곧 죽고 싶어했던 것은 아닐까. 그런 생각으로 가슴이 답답하다. 그렇게 목표한 지점을 몰라 헤매는 나날을 거듭한 것은 아닐까 하고 생각한다.

젊디젊은 나이에 너는 죽을 때를 놓쳤다고 단정한다.

이 세상에 태어난 것을 원망하고 있다. 조로성 철학에 침식되어 있다. 너는 산을 내려갈 생각은 조금도 하지 않는다. 올라갈 뿐이다. 술을 마셔 몸을 데웠다고는 하나, 이렇게 표고가 높은 산에서 하룻밤을 지내기는 무리다. 너무 춥다. 방한 준비도 없이 눈 쌓인 벌판을 지나는 것이나 다름없는 행위다. 요즘 들어 너의 생명력은 하강선을 그리고 있다. 너는 지금 자신을 향하여 총을 난사하고 싶은 기분으로 가득하다. 그리하여 너는 죽음의 최전선으로 향하기 위해 그 건장한 다리를 사용하고 있다.

지금 너의 사고는 사는 방향으로 회전하고 있지 않다.

네가 몸으로 느끼고 싶어하는 것은 그야말로 죽음 그 자체다. 이미 기구한 운명에 기꺼이 농락당하는 쾌남의 잔영은 없다. 끝내 너는 나약한 정서의 바람에 휘날려 흘러가는 부유생물로 전락하고 말았다. 그런 너는 이제 곤경을 헤쳐나갈 수도, 자신에게 제동을 걸 수도 없을 것이다. 지금 너의 마음은 별들의 반짝임 하나에도 동요한다.

대체 그게 무슨 꼴이냐.

너는 게슴츠레 풀린 눈으로 짙어가는 가을과 깊어가는 밤에 젖어 고향의 산길을 올라간다. 오를수록 너의 정신은 추락한다. 이제 오기를 부릴 힘도 없다. 겨우 그만한 일로, 쓰레기보다 못한 남자 하나를 처치하여 울분을 터뜨렸다고 해서 그렇게까지 추락할 줄이야 꿈에도 생각지 못했다. 너에 대해서라면 누구보다 잘 알고 있는 내가, 거기까지는 생각이 미치지 못했다.

새삼 세월의 흐름이란 것을 깨달은 너.

체면도 위신도 다 버린 너.

마음의 여유를 잃은 너.

세상이란 아무 재미도 없는 것이라 여기게 된 너.

너는 지칠 대로 지쳐 있다.

너는 흐르는 자로서의 터전을 확보할 수도 없게 되었다. 내가 너를 각별히 취급하는 것도 이게 마지막일지 모르겠다. 마침내 너는 끝장인가보다. 오늘밤 너를 낳은 어머니처럼 네가 스스로 목숨을 끊는다 해도 나는 그 죽음을 안타까워하지는 않을 것이다. 격노하지도 않을 것이다. 아마 "잘 태어났다"란 말을 가슴속에서 슬며시 지우는 정도로 너를 포기하고, 평소와 똑같이 미미한 변화밖에 볼 수 없는 숲의 나날로 돌아갈 것이다.

한동안 나를 즐겁게 해준 너에게는 감사해야 할 것이다.

너는 나한테 천 년에 한 번뿐인 감동을 주었다. 너를 추억하면서 앞으로 천 년은 살 수 있을 것이다. 그러나 너의 최후를 내 똑똑히 보아주리라. 그것이 나의 사명이다.

너는 아직 살아 있다.

살아 걷고 있다. 산에서 골짜기로 골짜기에서 산으로 부는 바람이 두런거리는 고인의 소문에 너는 숙연해진다. 바람의 말에는 절절한 애상이 담겨 있다. 바람 소리 사이로 원숭이 소리가 들린다. 그 소리는 바로 가까이에 있다. 그리고 너는 잠시 후 원숭이 떼와 조우한다.

네가 다가가도 원숭이들은 도망가지 않는다.

당황하지도 않고 적의를 드러내지도 않는다. 그들은 모두 나무 위에서 너를 지그시 내려다보고 있다. 벌써 털갈이를 하였고 이듬해 봄을 무사히 맞이하기 위하여 피하지방을 듬뿍 저장하고 있다. 그들은 너를 가까이로 부르기 위하여 소리를 질렀던 것이다.

그리고 너는 그 부름에 응하였다.

지금 너는 우연히 옛날 친구를 만난 표정으로 현 상황에 안주하고 만족하여, 털이 무성한 생물을 바라보고 있다. 원숭이들은 한결같이 너의 눈을 똑바로 쳐다보고 있다. 그저 보고 있는 것이 아니다. 몇 놈이 말을 건다. 입을 우물우물하여, 인간과는 다른 언어로 조용히 말을 건다. 원숭이들과는 제법 오래 사귄 나인데, 무슨 소리를 하는 건지 전혀 알 수 없다. 그런데 너하고는 뜻이 통하는 모양이다. 원숭이와 너 사이에 대화가 한차례 이루어진다.

너도 그들과 같은 말로 얘기한다.

천 년을 사는 동안, 원숭이와 인간이 대화하는 것은 처음 본다. 너란 놈은 그저 단순히 원숭이를 좋아하는 것이 아니었다. 한 번 입을 열자 너는 열기를 띤다. 그에 따라 원숭이들도 점차 격앙된다. 위협하는 듯한 말투다. 그중에는 눈알을 까뒤집는 원숭이도 있다. 너를 신랄하게 깎아내리고 있는 듯하다.

너는 열이 올라 있다.

두 눈에 눈물을 가득 머금고 고래고래 소리를 질러대는 너는 지금까지 내가 몰랐던 너다. 혹 양자는 까다로운 관념론을 떠벌리고 있는지도 모르겠다. 아무래도 그런 것 같다. 양자가 서로를 힐난하고 있다는 것만은 분명하다. 이대로 가다가는 충돌이 불가피할 것이다. 어느 쪽이나 예의를 지키고 있지 않다. 앞줄에 있는 원숭이들은 공격할 때를 가늠하고 있다.

그러나 결국은 아무 사고 없이 끝났다.

뒤엉켜 치고받고 싸우다 피를 보는 데까지는 발전하지 않았다. 어떤 결론에 도달하여 어떻게 결말을 지었는지는 알 길이 없지만 아무튼 험악한 공기가 물러가고 있다. 양자 사이에 지금은 부모 자식 간 같은 애정 어린 분위기가 흐르고 있다. 그러나 그 모습이 꼴사나운 것은 아니다. 원숭이들이 달이 있는 방향으로 이동하고 있다. 가지에서 가지로, 나무에서 나무로 폴짝폴짝 옮겨가면서 깊은 산으로 사라진다. 바람도 자고, 사방 일대가 잠잠하다. 산들을 덮고 있는 것은 넉넉한 정적이다.

너는 그 자리에 망연하게 서서, 그 속을 헤아릴 수 없는 천체의 빛을 보고 있다.

그리고 풀썩 지면에 주저앉는다. 스멀스멀 기어오르는 토악질을 참는 자세 같기도 하다. 그러다 격렬하게 요동치는 속을 참지 못하여 끝내 너도밤나무를 붙잡고 웩웩 토한다. 인간 불신, 아니 자기를 불신하게 된 너는 소주와 차과자가 범벅이 된 오물을 토해내면서 너 자신까지 토하려 한다.

그러나 뜻대로 되지 않는다.

원숭이들이 너한테 무슨 말을 했는지는 모른다. 또 네가 원숭이를 상대로 자신의 어떤 심정을 토로했는지도 모른다. 아마도 매우 위급한 문제였을 텐데, 어떤 식으로 결말을 지었는지는 짐작이 가지 않는다.

너는 여전히 뚱한 표정이다.

후련한 대답을 얻은 자의 표정이 아니다. 일생일대의 반역자가 될 인상과는 거리가 멀다. 차라리 마술사에 가까운 구세주의 출현을 기다리는 얼굴이다. 즉 만사가 끝났다는 얼굴과는 거리가 멀다.

너는 망설이고 있다.

이대로 하산할 것인가, 그렇지 않으면 원숭이를 쫓아 더 높은 곳으로 올라갈 것인가, 아니면 언제까지 여기 이렇게 있을 것인가. 그렇게 망설이다 너는 거목의 밑동으로 기우뚱 쓰러져, 두껍게 쌓인 낙엽 카펫 위에 엎드린다. 그러고는 십 초도 지나지 않아 코를 드르렁거린다. 길가에 쓰러져 죽은 시체 같은 모습이다. 사방으로 음침하게 울려퍼지는 코 고는 소리가 죽음의 신이라도 초대할 것 같다.

정신없이 자고 있는 너의 코끝으로 무상한 바람이 스치고 지나간다. 살랑살랑 흔들리는 대나무 잎이 너의 죽음을 예언하고 있다. 방사냉각작용으로 기온이 점점 내려가고 있다. 만약 지금이라도 눈을 뜨지 않으면 너는 새벽녘 찬 서리를 맞아 체온을 완전히 빼앗겨버릴 것이다. 어쩌면 사후의 일을 맡길 친지 하나 없는 너로서는 이런 산중에서 맞는 최후가 다른 어떤 형태의 죽음보다 어울릴지 모르겠다. 이 세상에 작별을 고하기에는 더없이 좋을 때인지도 모르겠다.

그렇게 태어난 너치고는 꽤나 잘 살았다고 생각한다.

내가 기대한 정도는 아니더라도 잘 흘렀다고 생각한다. 태어난 보람이 있는 이십 년이었다고 생각한다. 어쩌다 맺은 인연들이 이 세상의 안목으로 보기에는 하잘것없는 너란 놈에게 항상 그윽한 빛을 던져주었다. 저녁 해를 등지고, 혹은 아침 햇살을 온몸에 받으면서 다른 고장으로 흘러가는 너를 배웅하는 자는 한 명도 없다. 그래도 대단한 남자라고 느낄 만한 뒷모습이었다. 풀과 바람을 이해하고 헤치며 아름다운 사계절을 독점하면서 방랑하는 너는 자유의 깃발을 쳐들고 돌진하는 당당한 인물이 아니었을지 모르나, 그러나 안정만을 추구하는 산송장은 절대로 아니었다. 적어도 너를 기행을 일삼는 놈이라 대놓고 비난하거나 미친놈 취급을 하는 자는 없었다. 설령 있었다 해도 너는 개의치 않았을 것이다.

아무도 그렇게 말하지 않았지만 너는 네 고향의 자랑이다.

왜냐하면 네 고향의 역사가 시작된 이래 너처럼 흐르는 자가 없었기 때문이다. 너는 흐름으로 하여 너 이외의 다른 아무것도 아닌 너 자신을 순수하게 유지할 수 있었다. 한시도 흐름을 멈추지 않음으로 하여 세속에 안주하는 태도를 버릴 수 있었고, 부화뇌동하는 민의에 휘말리지 않을 수 있었고, 그리고 도래하고 있는 암흑시대가 어떤 것인지를 일찌감치 간파할 수 있었다.

흐를수록 너의 마음은 풍요로워졌다.

너는 고향을 버린 것이 아니다. 그것은 둥지를 떠난 행위와 다를 바가 없다. 너는 부모의 슬하를 떠남으로써 인간이 된 자의 전형이다. 산골에서 자란 네가 이렇듯 산에서 죽어가는 것은 아주 자연스러운 일이다. 가난한 농가의 생활을 계속하면서 죽어라 일을 하고, 미풍양속을 해치지 않도록 조심하며 구질구질하게 오래 사는 것보다 훨씬 바람직한 인생을 보냈다고 생각한다. 부모의 유산에 의지하거나, 집안을 내세우거나, 가산을 탕진하는 그런 놈보다는 천 배나 눈부시게 살았다고 생각한다.

그런데다 너는 나를 꽤나 즐겁게 해주었다.

짜증스럽도록 따분한 나날과의 씨름에 시종하는 너를 보지 않을 수 있어 얼마나 다행이었는지 모른다. 그러나 애석하게도 개인의 자유를 저해하는 놈들을 혼내주는 남자로 성장하기 전에 너의 흐르는 생애가 막을 내리게 되었다. 너의 정신의 핵을 이루는 자유, 그것을 금지하고 압박하는 놈들과 충돌할 때마다, "두고 보라, 언젠가는 반드시 네놈들을 혼내줄 것"이라고 중얼거리는, 그리고 정말 그들과 정면으로 부딪치는 그런 어른이 되어주길 바랐다.

내가 무엇 때문에 너를 좋아했는지 아는가.

너의 방황이 타인의 애정을 확인하기 위한 행위가 아니었기 때문이다. 그런 의미에서 너의 흐름은 더없이 고급한 것이었다. 나는 자신 있게 그렇게 말할 수 있다. 그리고 더욱 좋았던 것은, 그러기 위해 네가 예의에 힘쓰거나, 필요 이상 신경을 곤두세우지도 않았고 배수진을 치지도 않았다는 점이다.

너는 시시비비주의자도, 세상을 개탄하는 인사도 아니었다.

또 이치에 맞지 않는 말을 하면서 속시원해하는 변절자도 아니고, 눈에 띄고 싶어 억지를 부리는 자도 아니었다. 무겁게 짓누르는 하늘 아래를 걷는 너의 모습도, 소슬바람 부는 자작나무숲 오솔길을 걷는 너의 모습도, 태풍에 몰려가는 너의 모습도, 아침밥 짓는 연기가 피어오르는 해안을 따라 걷는 너의 모습도, 실로 자연스러웠다. 다소 격한 견해일지 모르겠으나 비굴하기 짝이 없는 촌뜨기들로 구성되어 있는 이 나라에서 너야말로 흐르는 자의 원조라 할 수 있을 것이다.

너의 체온은 외기外氣를 따라 점점 내려가고 있다.

머지않아 최후를 맞이할 너의 주검은 수많은 제자에 둘러싸여 입적하는 위대한 시인의 그것보다, 수술자국 하나 없이 온전하게 조용히 죽어간 늙은이보다 훨씬 고상할 것이다. 늦어도 한 달 후면 이 산을 덮을 눈이 새싹이 움트는 계절이 찾아올 때까지 너의 육체를 완벽하게 보존해줄 것이다. 어쩌면 그 혼까지 냉동 보존해줄지 모르겠다. 그리고 한여름 높은 기온에 뇌가 녹아 흘러나오고, 거기에 비와 함께 흘러든 미세한 진흙이 합세해 퇴적암이 되어, 너의 빛나는 인생의 궤적을 일억 년 후의 세상에 전해주는 일도 있을지 모르겠다.

중천에 걸린 달이 너에게 이렇게 묻고 있다.

그 죽음은 자살인가?

*

만약 동사를 면했다면 너는 두 번 다시 고향을 찾지 않을 것이다.

산상의 혹독한 추위 속, 네가 밤기운에 눈을 뜨고 아침에 우는 까마귀 소리에 기운을 얻어 벌떡 일어났다 해도, 사리에 어긋나는 이야기는 아니다. 왜냐하면 너의 몸 구 할은 마른 낙엽에 묻혀 있었으므로. 산자락을 훑는 바람에 모여든 낙엽이 털이불 구실을 하여 너를 부드럽고 따뜻하게 감싸 정상 체온을 유지해주었으므로.

콧물 한 방울 흘리지 않고, 재채기 한 번 하지 않고, 너는 위험한 잠에서 깨어났다.

그런 너는 과연 장래성이 있는 놈이다. 그런 너에게 이 세상은 일시적인 안식처가 아니다. 너는 내세를 기리며 울고 지내는 나약한 젊은이가 아니다. 너란 놈은 변함이 없다.

너는 태양을 등지고 산을 내려간다.

너의 걸음이 다소 무거운 것은 피로와 공복과 숙취 탓이지 그이상 다른 이유는 없다. 가령 죽어야 할 때 죽지 못했다는 회한 같은 것은 없다. 또 한밤중에 엿본 죽음의 심연에 완전히 기가 죽어 도망치려는 걸음도 아니다.

네가 걸치고 있는, 까마귀처럼 검은 코트가 신선한 햇살을 흡수하고 있다.

그 오른쪽 주머니에는 예의 돈다발이 들어 있다. 아무리 인플레의 바람이 거세다고는 하나, 그만한 돈이면 당장의 생활에 곤란은 없을 것이다. 왼쪽 주머니에는 『원숭이 시집』이 아무렇게나 쑤셔박혀 있다. 그 책이 반드시 지당한 말을 하리라고는 생각지 않지만, 그러나 흐르는 자가 지향해야 하는 이념이 갈피마다 아주 함축성 있는 말로 표현되어 있음은 사실이다.

그리고 너의 육체에는 아무런 문제도 없다.

한겨울 강물에서 목욕을 하며 단련한 너의 몸에는, 가을바람으로 인한 초라함을 완전히 녹일 뜨거운 피가 흐르고 있다. 그것은 험난함을 족히 극복한 피이며, 의를 중히 여기는 피이며, 언젠가는 뛰어나게 두각을 나타낼 반역아의 피다. 영롱하게 울리는 계곡물 소리와 함께 다시금 황진의 저자로 내려가는 너의 뒷모습을 보고 있는 동안 나는 그렇게 확신하게 되었다.

바다와 하늘이 어우러진 먼 풍경이 너를 오라 손짓하고 있다.

땅속 깊이 뿌리 내린 나무들이 너를 부러워하고 있다.

나무 위에서 너를 남몰래 배웅하는 야생 원숭이들은 한마디도 하지 않는다.

네가 자란 마을은 이제 겨울나기 준비에 들어갈 것이다.

뜰에 있는 나무에는 짚을 씌우고, 한참 먹기 좋은 감을 말려 출하하고, 무와 배추로 절임음식을 만들 것이다. 마을 사람들은 겨울을 함께 보낼 사람들에 대해 이러쿵저러쿵 말이 많고, 단조로운 생활에 다소나마 변화를 주기 위하여 허언을 늘어놓을 것이다. 그런 주제에 악화일로를 걷고 있는 시대에 대해서는 일절 언급하려 하지 않을 것이다.

너 같은 놈이 어떻게 그들과 한 무리가 될 수 있으랴.

농로를 따라 싸늘한 비에 젖은 고향을 떠나는 너를 얼룩덜룩한 말이 울타리 너머에서 빤히 쳐다보고 있다. 길바닥에 쭈그리고 앉아 한숨 돌리고 있는, 말라비틀어진 노인네 또한 너를 이상하다는 듯 보고 있다. 그러나 너는 그들을 보지 않는다. 너는 한눈 한 번 팔지 않고, 여전히 봉건시대의 잔영을 버리지 못하는 산투성이 골짜기투성이 모순투성이 공간을 가로질러 조용히 사라진다.

떠나라.

그리고 두 번 다시 돌아오지 마라.

나한테는 네 마음의 소슬함이 또렷하게 보인다.

너의 미몽은 앞으로도 당분간 계속될 것이다. 너의 앞길에는 허망한 세상이, 어제의 그름이 오늘은 옳음이 되는 세상이 기다리고 있다. 경제 사정이 호전되지 않는 시대가, 이웃 나라의 영토를 잠식코자 하는 흉악한 시대가 가로막고 있다. 또 너의 등뒤에는 산세가 험악한, 산등성이를 그대로 드러낸 고장이 마치 고문에 죽은 시체처럼 가로놓여 있다.

이곳은 흐르는 자를 위한 고장이 아니다.

이곳은 오로지 죽는 날까지 아무 탈도 없기를 바라는, 그저 그뿐인 사람들이 사는 장소에 지나지 않는다. 너한테 새 다다미방은 어울리지 않는다. 길일을 골라 휴양 여행을 떠나거나, 아르바이트로 끼니를 잇거나, 자신에 대한 평가를 말소하거나, 제야의 종소리에 귀를 기울이며 인생의 고락에 대해 생각하는 일도 어울리지 않는다. 너에게 어울리는 것은 여행길의 잠을 깨우는 파도 소리다. 나라의 앞날도 자신의 미래도 우려하지 않고 절대로 한 점을 지향하지 않으며 천천히 흐르는 나날이다.

내적인 양심의 소리 따위는 깨끗하게 흘려버려라.

그런 것은 환청이나 마찬가지다.

『원숭이 시집』을 숙독하라.

고여 있지 마라.

또다시 옛 기억이 되살아난다.

동쪽으로 몰아치는 태풍을 피하여 이 숲을 찾은 약장수가 생각난다. 그는 시시콜콜한 약이 가득 들어찬 나무상자를 비바람의 영향이 가장 적은 내 줄기에 꽉 묶었다. 그리고 꽤나 오랜 시간 배가 든든할, 된장 냄새가 고소하게 풍기는 휴대용 음식을 꿀꺽꿀꺽 먹기 시작했다.

아직 바람도 불지 않고 비도 내리지 않았다.

기우는 햇살을 담뿍 받아 거대한 꽃방석처럼 보이는 숲은 고요하게 가라앉아 있었다. 그러나 동물이나 식물들은 머지않아 날씨가 급변하리란 것을 잘 알고 있었다. 모두 긴장하고 있는 것이 그 증거다.

내 가슴도 웅성거리고 있었다.

콧날이 날카로운 데 반해서는 잘생기지 못했고, 야위어 볼이 움푹 들어간 것치고는 건강해 보이는 약장수. 그가 흐르는 자에 속하는지는 잘 알 수 없었다. 그러나 그에 가깝다는 것만은 분명했다. 아무것이나 가리지 않고 잘 먹고 굳건한 다리를 지닌 그의 홀쭉한 몸에는 놀랄 만한 정신의 풍요로움이 깃들어 있었다. 혼잣말을 하는 그의 버릇 덕분에 알 수 있었다. 나한테 등을 기대고 땅바닥에 철퍼덕 앉은 그는, 단골손님인 아이들의 흥을 돋우기 위해 갖고 다니는 종이풍선을 하나 불어서 그것을 손바닥에 팡팡 치면서, 천천히 그러나 막힘없이 중얼거렸다.

꾸미지 않고 우선 이렇게 말했다.

"이 세상을 찬미하기 위해서라면 온갖 언어를 다 구사해도 모자람이 없다."

이어 이렇게 말했다.

"쉰 살에 죽기에는 이 세상이 너무 재미있다."

나는 그 너무도 낙관적인 인생관에 어이가 없어, 그만 넋을 잃고 듣고 있었다.

동시에 의심하였다. 혹 이 남자는 관대하고 아량이 많은 척하고 있을 뿐인지도 모른다고 생각하였다. 실제로는 삶에 대한 두려움에 매일매일 소름끼쳐 하는 인간인지도 몰랐다. 그렇지 않으면 눈물겨운 노력의 결과, 그럭저럭 각지를 전전할 수 있게 된 소심한 노력가인지도 몰랐다.

그런데 아무래도 그렇지만은 않은 듯하였다.

가식이나 허영은 전혀 느껴지지 않았다. 어디에 있든 아주 자연스럽게 주변과 균형을 이루는 남자임에 틀림이 없었다. 그 보기 드문 동화작용이라니, 하늘 가득 퍼져 있는 구름에도 뒤지지 않을 정도였다. 그의 마음은 손으로 만든 일본종이처럼 야들야들하여 끊임없이 파고들어오는 현실의 자극적인 빛을 누그러뜨리고 있었다.

잠시 후 그는 또 이렇게 중얼거렸다.

"이름 없이 무덤에 묻혔다고 한탄하는 자는 어리석다."

참으로 들을 만한 말이었다. 결국 흐르는 자에게 무덤은 필요 없다는 의미이리라. 만약 나의 짐작이 맞는다면 잘 설파하였다고 생각한다. 그리고 그는 저 먼 대해원을 바라보는 듯한 눈길로 숲 이곳저곳을 바라보았다. 내가 본 바로는, 세상에 아부하는 자도 아니고, 시류에 편승하는 자도 아니었다. 또 사람에 따라 대하는 방식이 다른 차별주의자도, 혼란한 시대에 사재기를 하거나 잔재주만 피우는 몽상가도 아닌 듯하였다.

그는 유유히 자기 사타구니에 손을 쑤셔넣었다.

그러고는 번들번들 우람한 자기 물건을 꺼내는가 싶더니, 갑자기 종이풍선에 푹 꽂고는 열심히 비벼대기 시작하였다. 그런 그의 모습은 억제키 어려운 정욕과도 잘 융화를 이루고 있었다. 그 사정 또한 실로 볼 만하였다. 온 숲으로 울려퍼진 그 절정의 외침은 단말마의 비명과는 정반대에 위치하는 것이었다.

저녁 어둠이 잦아들던 하늘이 순간 빛난 것처럼 보인 것은 나의 착각이었을까.

결국 태풍은 우리 숲을 비켜 지나갔다.

약장수의 입에서 터져나온 소리에 겁을 먹은 나머지 진로를 갑자기 바꾼 것일까. 만약 그렇다면 그 덕분에 비바람의 피해를 면한 셈이 된다……설마…… 설마.

그날 밤 그는 내 품에서 잤다.

늑대 울음소리도, 곰의 발소리도, 끝없는 어둠도, 산천을 떠도는 망령들의 농후한 기척에도 떨지 않고, 악몽에 가위눌리는 일도 없이 아침까지 숙면을 취했다. 그 남자는 자기의 일생을 돌아보며 후회할 일이 전혀 없지 않았을까. 홀로 번뇌하는 자기비판과는 평생 무관하지 않았을까. 그가 가는 곳마다 여정을 달래주는 풍경으로 넘쳐흐르고 있지 않았을까. 게다가 흐르는 자로서 유유자적하게 생을 보낸 그의 마지막은, 일반 사람들의 마지막에 견주어볼 때 월등히 고급하고 아름다운 광휘에 싸여 있지 않았을까.

그런 기분이 들었다.

설사 행려병자의 한 사람으로 그림자 하나 없고 쉴새없이 지반이 침하하는 사막에서 목숨이 끊어졌다 해도, 또 그 몸이 바람에 꺾인 나무나 오랜 세월 소금에 절여 방치된 살덩어리 같다 해도, 그 주검이 던지는 감동은 분명 각별했을 것이다.

그런 기분이 들었다.

그는 물론 일개 약장수에 불과하였다. 하지만 결코 일개 인간은 아니었다. 필경 그는 꼭두각시의 입장에는 한 번도 서지 않았을 것이다. 기생식물을 부러워한 적도 없고 군거하는 야생 원숭이를 시기하지도 않았을 것이다. 만물의 영장이라 하기에 어울리는 해방된 자율의 나날을 영위하고, 병으로 고통스러워하거나 사고를 당하는 일도 없이, 산상호山上湖 위를 부는 훈풍처럼 상쾌하게 이 잔혹하기 그지없는 세상을 살지 않았을까.

그에 비해 지금 너의 꼴은 뭐란 말이냐.

그 정나미 떨어지는 꼴이 다 뭐냐. 한잔 거나하게 걸치고 싸늘한 빗속을 어정어정 걸어가는 너는 저질이다. 흐르는 자로 부활해야 할 네가 게으름뱅이 히치하이커 흉내를 내다니 대체 어찌 된 영문인가. 큰 도로로 나와 허수아비처럼 우뚝 서서는, 차가 지나갈 때마다 엄지손가락을 세우는 그런 염치없는 짓은 그만두어라.

걷기에 지쳤다면 버스나 기차를 이용하라.

네 코트 주머니가 그렇듯 부풀어 있는 까닭은 무엇이냐. 무엇을 위한 현금인가. 그 돈을 풀면 비행기든 뭐든 얼마든지 탈 수 있지 않은가. 만약 생활비를 절약하고 싶은 것이라면 차를 훔쳐라. 그 정도야 식은 죽 먹기가 아니냐. 너는 잘못돼가고 있다. 잘못된 방향으로 점점 깊이 빠져들고 있다. 그런데다 설상가상으로 영육의 싸움마저 깊어지고 있다.

아니 그 무엇보다 술을 먼저 끊어라.

그렇게 술에 취해서야 어떻게 흐른다는 말인가. 나는 실망했다. 너의 그런 모습을 보게 될 줄이야 꿈에도 생각지 못했다. 너는 아직도 무엇 하나 실패하지 않았다. 흐르는 자에게 실패란 죽음뿐이다. 이런저런 일이 많았지만 너는 아직 죽지 않았다. 살아 있는 한 포기하지 마라.

그렇게 마시다가는 몸을 망칠 것이다.

술주정뱅이를 위하여 일부러 브레이크를 밟는 드라이버는 없다. 시커먼 차림에 음산한 표정의 너는 지금 세상의 허섭스레기다. 누가 봐도 그럴 것이다. 이렇게 혹독한 한기 속에서 설령 아름다운 눈에 치열이 고른 젊은 아가씨가 교태를 한껏 부린다 한들 서줄 차가 어디 있을 법한가. 노면은 얼어붙어 있다.

얼마 가지도 못해 싸락눈이 내리기 시작한다.

그 눈은 당장 네 마음에도 내린다. 이리도 매정한 계절에 네가 북쪽을 향하고 있는 것은 자기를 소외하려는 억제키 어려운 욕구 때문일 것이다. 다음 차가 지나갈 때까지 너의 몸은 지체부자유아처럼 흔들린다. 마음도 흔들린다. 너는 흔들리면서 병에 든 독한 술을 꿀꺽꿀꺽 마시고 두리번두리번 사방을 살핀다. 저열한 성미에 유별난 것만 골라 먹는 들개와 다름없는 눈초리……

너를 그렇게까지 추악하게 만든 것이 무어란 말이냐.

시시껄렁한 양심의 가책이란 것인가. 그렇지 않으면 홀로 살아가는 자신감을 잃은 탓인가. 대충 양쪽 다이리라. 설사 그렇다 해도 이런 때 공연한 위로는 필요치 않으리라. 너한테는 괜한 간섭에 지나지 않으리라. 타인 앞에서 진정 치사한 욕설로 매도당하고 싶어하는 자한테는 이미 그 어떤 말도 통하지 않을 것이다. 차라리 『원숭이 시집』을 버리는 편이 낫지 않겠는가. 그리고 그 주머니를 술병으로 채우는 편이 좋지 않겠는가.

내 마음은 매우 혼란스럽다.

너 같은 놈의 입에서, 세상에 술만 한 것이 없다는 어이없는 말이 튀어나오리라고는 상상도 하지 못했다. 할 수만 있다면 너의 혼을 싸그리 몰수해버리고 싶다. 그것이 현재 나의 거짓 없는 심경이다.

고향을 찾은 의미가 술의 힘 때문에 흩날려 사라지고 없다.

그 밤, 너는 정다운 산의 품에서 원숭이들과 무슨 이야기를 나누었단 말인가. 거기서 다시금 흐르는 자로 돌아가기 위하여 죽기를 포기한다는 결론이 나지 않았단 말인가. 네 앞에 줄줄이 늘어선 얼굴들이 각기 최선의 방안은 이런 것이라고 시사하지 않았던가. 그리고 너는 그것을 받아들이지 않았던가. 흐르는 자의 철학이 한결 연마되지 않았단 말인가.

아니면 원숭이들까지 너를 포기했다는 말인가.

산을 내려오자 너는 제일 가까운 가게에 들어가 독한 술만 잔뜩 사들였다. 주머니란 주머니에 온통 술병을 쑤셔박고, 두 손에도 한 병씩 들었다. 그리고 너는 상처입은 짐승처럼 발광을 하면서 종일 숲속을 헤맸다. 거기가 어딘지도 모르고 얼쩡거렸다. 해가 떨어지자 근처 저잣거리에 나가, 네온사인 번쩍이는 밤거리에 전신을 드러내고 암모니아 냄새 풍기는 뒷골목으로 기어들어가 술에 절어 배회하였다.

자괴작용이 점점 진행되고 있다.

너는 변했다. 술을 한 병 비울 때마다 다른 인간으로 되어간다. 그때그때의 감정을 거침없이 드러내는 반면 마음에 겹겹이 울타리를 치게 되었다. 그러고는 끝내 앞과 뒤를 고려치 않는, 정신의 실명 상태로 급속히 기울어갔다. 즉 위기에 처한 국가의 운명도, 격동하는 인심도, 세계를 통치하고 있는 불과 수백 명의 얼토당토않은 획책에도 일절 관심을 쏟지 않게 되었다.

물론 그런 너와는 아무 상관없이 세상은 움직이고 있다.

공공의 소유를 개인의 소유로 바꾸기에 분망한 관리들.

한참 전성기를 누리고 있는 정치가가 보다 높은 직위에 오르기 위하여 부리는 수작, 지저분하고 노골적인 잔재주.

그릇된 자본투자로 부진을 면치 못하고 있는 기간산업.

뒤엉키기만 하는 대외교섭과 순조롭게 해결되지 않는 인권 문제.

점점 더 고전을 면치 못하고 있는 예술.

비용의 벽을 넘지 못하는 핵융합로.

거무죽죽하게 되살아난 전통주의에 봉쇄된 생디칼리슴.

네가 그렇게 술에 취해 있는 동안에도 시대는 시시각각 급변하고 있다.

스스로 단백질의 구조를 변형시켜 새로운 종을 낳는 병원균처럼 사회악 또한 하루하루 인간이 감당할 수 없는 지경으로 진화하고 있다. 머지않아 그 악명을 천하에 날릴 비밀경찰이 수상하다 싶은 국민을 노려보고 있다. 그자들은 비합법적인 수단을 사용하여 소동을 피울 만한 민중의 기선을 제압하고 완전히 진압한다. 구경꾼들이 몰려드는 것조차 허락하지 않는다. 그자들은 산업예비군을 은밀히 선동하려는 자를 불의에 습격한다. 빗발이 세찬 한밤중에도 쥐도 새도 모르게 납치당하는 자는 그대로 행방이 묘연하다 한다.

온통 그에 관한 소문뿐이다.

그럼에도 국가는 영세한 서민을 구제한다느니, 국민의 염원에 부응하겠다느니, 고령자의 해고를 삼가겠다느니, 교육적 배려로 기호품의 세율을 대폭 늘리겠다느니, 알프스 종단 도로의 건설에 착수하겠다느니 큰소리를 치고 있다. 그런가 하면 내외에 군사력을 과시하기 위하여 전함을 전시하는 성대한 행사를 일 년에 네 번이나 거행하고 있다. 암을 정복하여 매년 감소 추세에 있던 사망률이 요즘 들어서는 답보 상태에 있다. 그 정확한 숫자는 공표되지 않았지만, 자살자가 증가하고 있기 때문이다. 과학은 이 세상에 존재하는 생명이 전부가 아니라고 증명하고 있다.

저세상이 있든 없든 이 세상에 집착하는 자는 얼마든지 있다.

요인의 경호를 담당하는 무례하고 어리석은 자들은 기관단총을 항시 휴대하게 되었다. 약삭빠른 문화인들은 일제히 태도를 바꾸어 권력에 알랑거리고 있고, 급기야 국책에 따라 지식을 팔아먹기까지 하고 있다. 얼마 전까지만 해도 국민들 사이에서 존경받던 반체제 화가마저 지금은 보지 않고 듣지 않고 말하지 않는 주의를 관철하는 것이 고작인 터라, 차마 그 꼴을 봐줄 수가 없다.

혼란의 궁극이 무엇인지 아는 자는 없다.

세계 각국은 수년에 걸친, 이유도 분명치 않은 분쟁으로 이념을 상실하였고, 정의는 쇠약해지고 말았다. 그리하여 어떤 나라든 자국의 이익을 최우선으로 하였고, 이 아름다운 행성에 사는 가장 고등한 생물의 대부분은 사투를 거듭하는 나날 속에서만 충족감을 찾을 수 있게 되었다. 그리고 전세기 후반까지만 해도 그토록 고조되었던 안락사에 대한 여론도 홀연히 꼬리를 감추고 말았다.

그러나 너의 불어터진 눈에는 그러한 것들이 비치지 않는다.

네가 보고 있는 것은, 젖먹이를 들쳐업고 일할 수밖에 없는 여자와, 공중변소 구석에서 인조마약을 두 팔에 주사하는 허약 체질의 젊은이와, 성악설에 물든 소년에게 걸려 맹렬하게 불타오르고 있는 빈 빌딩과, 무시무시한 눈빛의 광신도 남자의 등뒤로 뚝뚝 떨어지는 선혈과, 뒷골목에서 한 걸음도 나올 용기가 없는 꾀죄죄한 도둑고양이와, 농염하게 미소 지으면서 팔자걸음을 걷고 있는 창부 같은 것들이다. 너의 마음속에 싹튼 저항의 정신 따위는 그리 대수로운 것이 아니다. 기껏해야 사람의 손에 길들지 않는 관상조의 저항정신에 불과하다.

너를 가두어두고 있는 것은 바로 너 자신이다.

이렇게 되면 이미 네가 설 자리가 없다. 너는 네 마음의 무게에 짓눌려버릴 듯하다. 흐르는 자로서의 너의 능력은 벌써 절반으로 줄어들고 말았다. 육안으로 보이는 천체의 광휘 속에서 입자의 진리를 발견할 수도 없고, 거친 바다를 바라보며 반나절을 서 있어도 지구의 곡면을 실감할 수 없으며, 또 이마 한가운데 있는 별 모양 점으로 다원적 우주를 인식할 수도 없다.

『원숭이 시집』의 가르침조차 체현하지 못한다.

지금 너는 문설주에 멍하니 기대 서 있는 사팔뜨기 여자보다도 존재감이 희박하다. 밤낮 살얼음을 밟는 기분으로 자신으로부터 도망치고 있다. 요컨대 산 자에 속하지 않는, 들개나 망령 같은 존재인 셈이다. 그런 너 바로 옆으로 체력 향상이 두드러진 소년들이 직업군인을 소망하여 똑같은 전투복으로 무장하고 큰북을 치면서 질서정연하게 행진한다.

얼빠진 듯한 그 얼굴이 대체 뭐냐.

불안정한 정서가 고스란히 드러나 있는 그 표정은 뭐냐.

멍청하게 사고라도 낼 듯 쉴새없이 두리번거리며 식은땀을 흘리는 너는, 술에 매달려 시골 거리를 배회하고 있다. 너는 신이 포기한 자가 아니거니와 악마의 마수에 걸려든 자도 아니다. 너는 모든 욕망을 끊어버린 자도 아니거니와 짐승 같은 욕망을 노골화하고 있는 자도 아니다. 너는 흐르는 자도 아니고 고여 있는 자도 아니다.

너는 대체 뭐냐.

너는 거의 제정신을 잃은 상태에서 각박한 세상에 짓눌린 듯 앉았다 섰다 안절부절못하고 있다. 그런 너에게 호기심 어린 눈길을 보내는 자는 없다. 보아봐야 기분만 상할 뿐이다. 더구나 세상 사람들은 너나 할 것 없이 너무 바빠서 너 같은 자에게 일일이 신경을 쓸 수가 없다. 그러나 나는 너한테서 눈길을 떼지 않는다. "부족하지만 힘을 빌려주마"고 말할 처지는 아니지만, 지켜보는 정도는 할 수 있다.

사람들은 연일 잡무에 시달리고 있다.

그들은 모두 해답이 없는 문제에 둘러싸여 한없는 허무감과 사투를 벌이면서 조금이라도 열량이 높은 음식물을 거둬들이기에 여념이 없다. 그들은 서서히 이러지도 저러지도 못하는 입장에 몰리고 있다. 그들이 돌연 독한 마음을 품고 중죄를 저지를 가능성도 날로 높아지고 있다. 그것은 숨길 수 없는 사실이다. 길에 서 있는 트럭의 짐칸에서 식료품과 의류를 훔친다. 가시철망으로 둘러쳐진 동네 과수원의 담을 백주대낮에 당당히 넘나든다. 망보는 개를 죽이고 양어장에 투망을 던진다. 그런 정도의 일은 이제 범죄 축에도 끼지 않는다. 그러나 도덕의 기준이 크게 어그러진 데서 오는 활기는 그리 대단치 못하다.

며칠 지나 너는 뜬금없이 북쪽으로 향했다.

지금까지 겨울을 피해왔던 네가 무슨 생각을 했는지 이 계절에 북상하고 있는 것이다. 너는 연일 북풍을 맞으며 걸었다. 밥은 거의 먹지 않고 아이스크림도 사지 않고 술만 마시면서 비틀거리는 걸음으로 히치하이크를 하고, 인가가 드문 마을을 몇 군데나 통과하였다. 술에 취해 쓰러지는 곳이 잠자리였다. 그러고는 조금씩조금씩 한기의 중심으로 헤치고 들어갔다.

그리하여 마침내 이렇듯 먼 곳까지 오고 말았다.

눈송이가 점점 커진다. 차도 잘 잡히지 않는다. 운전자들은 모두 너를 보자 혐오감을 보이며 속도를 높여 질주한다. 너는 걷기를 포기하고 길바닥에 주저앉는다.

맹렬하게 몰아치는 눈보라가 미개한 세상을 휘젓고 있다.

술로 탁해진 너의 눈은 도로를 끼고 건너편에 펼쳐져 있는 황야와 그 너머로 이어지는 지루산맥을 달리고 있다. 자신을 소원하게 여기는 너 같은 자에게 어울리는 황량한 설경이다. 너는 한숨 쉬고 또 술을 한 모금 들이키고는 북쪽으로 걷기 시작한다. 방한복을 푹 뒤집어쓰고 황야를 헤매는 너의 모습은 죽어가는 까마귀를 연상시킨다.

너는 또하나의 너에게 거꾸로 원한을 사고 있다.

피곤하여 껌벅거리는 눈에 잇달아 눈송이가 달라붙는다. 너를 유인하고 있는 것은 악성 미래다. 북풍을 맞으며 고압선을 지탱하고 있는 철탑이 핑핑 신음을 내지른다. 아주 오래된 근사한 비석이 하나 하늘을 향하여 뒤집혀 있다. 너는 그 비석을 보지 않으려고 고개를 돌린다. 그래도 눈에 들어오자 너는 괴상한 소리를 지른다. 원숭이 소리와 똑같다.

암만 그래도 너무 마신다.

대대로 술을 많이 마시는 핏줄인가. 너도 모르고 나도 모르는 너의 진짜 아버지나 할아버지는 술과 여자로 몸을 망친 것일까. 너를 낳은 어머니가 자살한 원인은 분명치 않지만 술을 좋아하는 남자가 그렇게 만들었는지도 모른다. 세상에 흔히 있는 일이다. 그리고 너는, 그런 아버지와 그리 다르지 않은 말로를 걸으려 하는 것은 아닐까.

그러나 그렇게 추락하였음에도 너는 선조의 잔영을 단호히 거부하고 있다.

과연 대단하다. 과연 너한테는 그럴 만한 자격과 권리가 있다. 아무도 바라지 않았는데 이 세상에 태어나고 만 너를 구성하고 있는 것은 오로지 너 자신이다. 핏줄 같은 성가시고 끈적거리는 관계 따위는 끼어들 여지가 없다. 설사 열성 유전형질이 대뇌피질 부근에 서너 개 섞여 있다 한들 무슨 대수겠느냐.

눈보라를 헤치고 희미하게 들리는 어린아이들 놀이 소리.

그렇게 여긴 너는 가만히 귀를 기울인다. 물론 그것은 환청이다. 그 소리 속에는 소년 시절 너의 기운찬 고함 소리도 섞여 있다. 섞여 있지 않으면 이상하다. 불쑥 운동회 때 반 친구와 함께 개선문을 지나갔던 추억이 되살아난다. 그리하여 너는 친구를 사귈 기회가 얼마든지 있었다는 것을 안다. 동시에 삭막한 나날을 보냈다는 것도 안다. 청춘을 함부로 보낸 것 같은 생각에 자책감을 느낀다. 어쩌면 그것은 스스로를 기만하는 나날이 아니었을까. 그런 의문을 품기 시작한다.

너의 흐느끼는 울음소리가 세찬 바람에 흩어진다.

나로서는 너의 가슴속에서 소용돌이치고 있는 상념을 부정하고 싶다. 지금까지의 너는, 아니 얼마 전, 그 날카로운 도구로 사람의 목숨을 빼앗기까지의 너는, 맑고 깨끗하였다. 누가 어떻게 살든 물론 그것은 각자의 자유다. 네가 지향한 자유는 티없이 깨끗한 자유였지, 후회를 자초하는 어중간한 자유가 아니었다. 만인이 지향하는 자유도, 화합을 동반하는 자유도 아니었지만, 그러나 그것은 지극히 너다운 자유였다.

네가 추구한 그런 자유를 나는 높이 평가하고 있다.

몸이 부서져라 일하는 자의 자유…… 격의 없는 교제 속에 우러나오는 자유…… 머리를 맞대고 수도 없이 협의를 거듭하는 자들이 바람직하다 여기는 자유…… 음탕한 생활에 푹 잠겨 있는 자유…… 노동력을 대폭 절감해주는 로봇 덕분에 생긴 자유…… 여름 하늘 아래 모자를 쓰지 않고 걷는 자유…… 긴 제방 버드나무 아래서 기타를 퉁기는 자유. 그런 자유와 마찬가지로 너의 자유 또한 어디 하나 트집 잡을 데 없는 순순히 승복할 수 있는 자유였다. 적어도 구습에 따라 길하다느니 불길하다느니 하며 하찮은 일에 신경을 쓰는 자유나, 충군애국의 지사가 되고 싶어 하는 자유나, 하루 종일 집 안에 틀어박혀 나오지 않는 게으름뱅이의 자유나, 신흥종교에 몰입하는 자유나, 화려한 옷으로 몸을 치장하는 자유보다는 훨씬 고급한 것이었을 터이다.

말해두지만 너는 결코 포악하기 이를 데 없는 놈이 아니다.

너는 슬하에 자식을 두지 못해 비탄에 빠진 농가의 부부에게 인생의 꽃을 선사하였다. 마음씨 좋은 그 부부는 고아인 너를 친자식처럼 보살핀 것이 아니다. 그런 게 아니다. 그들은 너를 얻어 너 이상으로 구원받았던 것이다. 만약 그날 과수원 옆에서 너를 만나지 않았더라면 그들은 부부끼리 적막한 생활을 계속하다가, 맥없이 산사태에 휘말려 죽어야만 했을 것이다.

그렇다면 너무하다.

그렇게 생각하지 않는가.

네가 부모의 생사도 확인하지 않고 발작적으로 이때다 하고 고향에 작별을 고한 것은 물론 칭찬받을 만한 일은 아니다. 그러나 그것은 껍질을 벗고 싹을 틔우는 것과 마찬가지로 아주 자연스러운 결과였다. 그 이후 네가 흐르는 자로서의 본령을 충분히 발휘했다는 것이 그 증거가 아닌가. 흐르고 흘러 조금도 세파에 시달

260

리지 않고, 물들지 않고, 흐를수록 오히려 소탈한 방향으로 나아가지 않았던가. 흐르는 자는 선조의 무덤을 지킬 의무가 없다.

다소 혈기가 왕성한 것은 건강한 젊은이라면 당연한 일이다.

둔재로 태어나지 않았으니, 때로는 신경이 과민해지고 성격이 모나지고 이성을 잃는 일도 있을 것이다. 무슨 일이 있어도, 어떤 희생을 치르더라도 지향하는 자유를 끝까지 추구하는 것은 젊은이의 특권이다. 그것은 실로 정당한 행위다. 실력을 능가하는 힘을 분출시켜주는 것은 거침없는 분노다. 그리고 참을 수 없는 분개야말로 살아 있다는 증거다.

타인을 향한 분노가 이번에는 자신을 향한다.

너도 슬슬, 세상에는 죽여도 상관없는 놈이나 죽어도 싼 놈이 우글우글하다는 것을 이해할 나이다. 물론 인간을 판단한다는 것은 어려운 일이다. 언뜻 보기에 그럴싸한 놈이 있는가 하면 전혀 알 수 없는 놈도 있다. 온화한 성품으로 향내나는 국화꽃을 사랑하면서 태연하게 타인의 존엄성을 짓밟고 모욕하는 자가 있다. 그런 놈들이 표적이 되었을 때는 조금도 망설여서는 안 된다. 상대방의 기선을 제압하여 주저 없이 그 목숨을 빼앗아야 한다.

세상을 산다는 것은 그런 것이다.

『원숭이 시집』에는 뭐라 쓰여 있는지 모르겠지만, 천 년 동안이나 이 세상을 바라보아온 나의 견해는 그렇다. 살해당하기 전에 살해하는 것이야말로 흐르는 자의, 진정한 자유인의 정신의 핵을 이루는 사상이다.

그런데 어떤가.

지금의 너는 그저 무능하고 쓸모없는 인간에 불과하지 않은가. 악동들에게 놀림을 받아도 어쩌지 못하는 진짜 멍청이로 보이지 않는가. 힘차게 흐름으로써 이 세상에 그득한 생기를 영양분으로 섭취해왔던 네가 지금은 만신창이 패배자 꼴이 아닌가. 이는 대체 어찌 된 일인가. 너는 자신의 있지도 않는 옛 악행을 폭로하며 애써 반짝반짝 연마한 마음을 붉은 녹투성이로 만들려 하고 있다. 너란 놈은 설사 사람을 죽였다 해도 타인에게 누를 끼치는 흉악한 인간은 되지 못한다. 너란 놈은 고작해야 소극적인 품행 불량자에 지나지 않는다. 환멸의 비애에 고통스러워하는, 흔해빠지고 결함 있는 인간일 뿐 절대로 그 이상은 아니다.

눈보라 몰아치는 들판을 가는 너의 그림자는 옅다.

혹독한 환절기를 지나는 너의 발걸음은, 마음이 해이해진 병자의 걸음걸이를 닮았다. 그것도 발병 후 사흘 이내에 죽을 운명을 짊어진 자의 걸음을 생각게 한다. 이는 아무런 이득도 없는, 싸구려 동정도 살 수 없는 방랑을 위한 방랑이다. 어쩌면 너는 두 번 다시 정기를 회복할 수 없을지도 모른다. 어쩌면 너는 오늘 저녁쯤에는 새하얀 설원 한가운데서 호흡을 정지할지도 모른다.

그런 털 코트 정도로 이 추위를 이겨낼 수는 없을 것이다.

술도 머지않아 동이 날 것이다. 심장의 움직임이 정지한 너의 모습은 고인 바닷물에서 죽은 고古생물의 시체처럼 서글플 것이다. 후세의 사람들이 결정하는 가치와는 전혀 무관하게 이런 객지에서 죽어가는 너를 직시할 용기가 과연 나에게 있을까. 금박이 벗겨진 흐르는 자의 혼이라니, 그냥 보기에도 무참하다.

마침내 너는 한 그루 고목을 만난다.

그 나무는 망망한 시계 한가운데 우뚝 서 있다. 잎이 한 장도 남지 않고 다 떨어져, 목을 매달기에는 더할 나위 없이 좋은 가지가 종횡으로 뻗어 있다. 그러나 흑자색, 좋고 싫음이 분명한 그 나무는 단호히 너를 거절한다. "죽을 가치조차 없는 놈은 사양한다"고 말하고 있다. 지금의 너한테는 뼈에 사무치는 한마디다. 그러나 각성을 촉구하는 말은 아니다.

나는 너에게 이렇게 말해주고 싶다.

어머니의 전철을 밟지 마라.

큼직한 눈송이가 죽음을 바라기에 부적격한 너에게 손짓하고 있다.

생을 마감하고 싶은 일념으로 방황하는 너를 북풍이 조롱하고 있다.

치밀함이 지나쳐 거칠어진 너의 신경이 얼어붙고 있다.

너는 느릿느릿 걸으면서 계속 술을 마신다.

빈 병을 하나하나 던져버린다. 버릴 때마다 병 하나만큼의 무게가 너의 마음을 짓누른다. 술에 취하면 본성이 드러난다고 하는데, 아무래도 그 말은 너한테는 적용되지 않는 모양이다. 지금 너의 모습이 진정한 너의 모습이라고는 생각되지 않는다. 너는 그저 흐르는 자로서의 미숙함을 드러내고 있을 뿐이다. 실제 너는 그 미숙함을 보충하고도 남을 저력을 비장하고 있을 터. 나는 그렇게 믿고 싶다. 언젠가는 반드시 지행합일이 가능한, 기골이 장대한 인물이 될 수 있으리라 믿고 싶다. 변란이 많고, 파멸의 냄새가 짙어질 뿐인 이 시대와 미래지향적으로 마주할 의지를 키우기 위한 고뇌며 시련이기를 바란다.

나는 너의 열렬한 신봉자이다.

많은 재주를 지니고도 파묻혀 사는 인재는 얼마든지 있다. 어쩌면 나무 그루터기에서 뻗어나온 어린 가지의 수보다 많을지도 모른다. 그러나 너 같은 놈은 그리 흔하지 않다. 몇백 년에 한 명, 아니 천 년에 한 명 나올까 말까 한, 새로운 형태의 자유주의를 창시하는 자가 될지도 모르는, 아주 귀중하고 뛰어난 인재가 아닐까. 만약 그렇다면 뜻밖의 횡재를 하는 셈이 된다. 별 의미도 없는 거목이 되기 위한 천 년은 아니었다는 얘기다.

너는 노력하여 출세를 꿈꾸는 놈이 아니다.

또 국가에 충절을 맹세하고 용맹을 떨칠 놈도 아니거니와, 사계절 피는 꽃처럼 항시 세상에 얼굴을 드러내는 놈도 아니다. 그렇다고 하여 뜬세상의 한 귀퉁이에서 조용히 살다가 자신도 모르게 늙어가는 늦된 아가씨를 닮은 놈도 아니거니와, 북방에 홀로 살면서 문에다 부적을 붙이고 사회와 절연관계를 유지하는 놈도 아니다. 너는 필요할 때 필요한 만큼 움직일 수 있고, 필요할 때가 되면 다른 누구에 앞서 자기 자신에게 결연한 의지를 분명하게 보일 수 있는 놈이다.

그런데도 유감스럽게 그건 나 혼자만의 지나친 생각이었던 모양이다.

과하게 평가했던 모양이다.

너의 강한 이미지는 실망이란 물로 인해 점점 희석되고 있다. 어느 누구보다 개인의 자유를 존중하였던 너의 정신은 시시껄렁한 죄의식과 양심의 가책으로 마멸되고 있다. 그러니 몇 시간 후에 너의 생이 미련 없이 막을 내린다 해도 그리 놀랄 것은 없다.

여하튼 눈보라 속이다.

하늘 도처에서 눈이 소용돌이치면서 너의 목숨을 집어삼키려 하고 있다. 이미 눈밖에 보이지 않는다. 보이는 것은 눈뿐이다. 길도 산도 마을도, 층을 이루어 쌓이는 괴로운 추억도, 생에의 집착도 한결같이 하얀 마귀의 아가리로 삼켜진다. 이미 너는 자신을 던져버렸다.

너란 놈은 결국 그 정도였단 말인가.

일이 이렇게 되자 그따위 한심한 해석도 떠오른다. 황천 한가운데, 두터운 눈구름 너머로 태양이 떨어진다. 미움 살 일을 자처한 계절풍이 살고자 하는 모든 것들에게 으름장을 놓고 있다. 몰인정한 어둠이 단박에 사방을 덮는다. 나는 벌써 네 모습을 놓친 지 오래다. 너는 완전히 시계에서 사라져버렸다. 그러나 찾을 마음은 없다. 더는 너의 운명을 좇고 싶지 않다.

나에게 너는 이미 주목할 만한 인간이 아니다.

너의 최후를 지켜보고 싶다는 열렬한 마음도 지금은 희미해졌다.

이즈음에서 나는 내 의지력으로 나의 현실로 돌아가야겠다.

그리고 어제 오후 땅속으로 스민 향긋한 빗물을 마음껏 들이마시면서 다음 천 년을 생각해야겠다. 오늘 아침 일찍, 아직 날이 밝지도 않은 때 내가 본 것은 어차피 환영이리라. 아직도 생장을 멈추지 않은 내 뿌리 하나가 환각작용을 일으키는 균이라도 빨아들인 것이리라.

내 앞에서 네가 탄생했다는 것만은 사실이다.

죽은 자의 배에서 오물과 함께 튀어나온 산 자. 어떤 외적인 힘이 작용한다 해도 너는 오늘 저녁을 무사히 넘기기는 힘들 것이다. 밤이면 너의 어머니와 마찬가지 살덩어리로 화하여 잡식성 동물의, 무엇이든 소화시키는 튼튼한 밥주머니 속으로 완전히 들어갈 것이다.

그런데 어찌 된 일인가. 나는 나의 현실로 돌아가지 못한다.

1996년 한여름의 현재로, 잎사귀들이 잔잔한 파도처럼 반짝이는 한낮의 숲으로 돌아가지 못한다. 아무리 의식을 집중하여도 광분하는 눈보라를 떠날 수 없다. 지금 나에게 현실이란 대량의 눈이 아무 거리낌 없이 휘날리는 겨울 풍경이다…… 누란의 위기에 처한 것은 네가 아니라 내 쪽인지도 모르겠다.

결국 나는 밤새도록 그 눈보라와 함께하였다.

물론 네가 어디서 뭘 하고 있는지는 알 수 없었다. 알 턱이 없었다. 너는 여느 때처럼 투과성 높은 공간에 있지 않았으므로. 어쩔 수 없이 나도 같은 공간을 헤매었다. 좌우를 분간할 수 없는데 오로지 너의 기척을 찾아헤맸다.

나는 이미 너에게 찬동하는 자가 아니다.

이미 손에 쥔 보물이 아닌데 나는 여전히 얼토당토않은 미래와 본의 아니게 함께하고 있다.

하늘이 밝아올 무렵인가, 눈보라가 멈춘 것이.

온 사방의 세계가 빛날 대로 빛나며 기이한 활기를 띠고 있다. 그리고 너는 바로 거기에 있다. 쓰러지거나 죽어 있는 것은 아니다. 너는 살아 있다. 살아, 걷고 있다. 무릎까지 쌓인 눈 속에서 발을 질질 끌면서 천천히 앞으로 나아가고 있다.

밤을 새워 걸었으리라.

만약 눈을 파고 동굴을 만들어 잠이라도 잤다면, 이렇게 멀리까지 오지 못했을 것이다. 바로 코앞에 있는 청회색 평면, 그것은 틀림없는 바다다. 너는 참 대단한 놈이다. 정신은 어떨지 모르지만 그 육체의 강인함에는 혀를 내두를 노릇이다. 동사를 면한 것은 술 덕분인가, 아니면 짐승만큼이나 활발한 신진대사 덕분인가, 아니면 그 양쪽 다인가.

아무튼 너는 지금 살아 거기에 있다.

게다가 발길 내키는 대로 무턱대고 걷고 있는 것은 아닌 듯하다. 행선지를 정해 걷는 걸음걸이다. 그대로 똑바로 나아가면 구름 모양의 조그만 반도다. 그렇다고 바다 외에는 아무것도 없는 곳을 향하고 있는 것은 아니다. 그 길쭉한 지형 끝에는 기묘한 건물이 있다. 민가나 등대, 혹은 여인숙이 아닌 것만은 분명한데 아직은 잘 모르겠다.

태양이 네 등 가득 비치면서 돌고 도는 혈액을 빈틈없이 데우고 있다. 너의 마음의 음영이 눈 위에 또렷하게 새겨지고 있다. 거기에는 언제 죽어도 미련이 없다는 생각 외에, 죽어야 할 때에 죽지 못했다는 후회도 가미되어 있다. 그러나 아무래도 너란 놈은 단명할 자는 아닌 듯하다. 생멸유전하는 만물 중에서, 너를 연약한 생물 축으로 분류하는 것은 좀 무리인 듯하다. 너 자신은 죽음의 여행으로 이어지는 길 없는 길을 일직선으로 나아가고 있다고 여기는 것인가.

그런데 실상 너는 생환의 길을 걷고 있다.

너는 지금 결코 전도가 유망한 젊은이가 아니다. 또 한껏 파란을 내장한 이 나라의 장래를 짊어진 자도 아니다. 또는 전제정치를 추구하는 강자에게 정면으로 저항하는 열혈남도 아니다. 그렇지만 저지른 죄과의 두려움에 몸을 떨면서 스스로 목숨을 끊는, 그런 풋내기도 아니다.

너는 비탄에 잠겨도 절대로 굴하지 않는 남자다.

역경을 역경이라 여기지 않는 남자다. 그러기에 내가 눈독을 들인 것이다. 목을 맨 어머니의 끈적끈적한 태내에서 자력과 인력으로 쏙 빠져나온 너에게 두려울 것은 없다. 속을 끓일 일도 없다. 너는 애당초부터 자유가 점지하여 이 세상에 첫울음을 운 자다.

그러나 지금은 흐르는 자로서의 고귀한 정신이 완전히 침몰해 있다.

대체 이는 어찌 된 일인가.

잘못된 생각에서 벗어나라.

제발 부탁한다. 신불神佛에 엎드리는 수치스러운 짓만은 말아다오.

네가 지금 향하고 있는 곳의 그 건물이 무엇인지 알기나 하느냐. 그것은 절이다. 강렬한 아침 햇살 탓에 식별할 수 없을지 모르겠으나 누문樓門에 태양색 등이 켜져 있다. 즉 폐사는 아니다.

불길한 예감이 든다.

설마 도를 닦으려는 것은 아니겠지. 덕이 높고, 생과 사에 관한 문제가 무엇인지 알고 있는 고승을 만나, 부드러운 목소리로 불교의 교리라도 풀어달라고 할 생각인가. 그리하여 그 포괄적인 구제의 개념과, 그 수상하고 불가사의한 교리에 휘말려 지금까지 네가 의지해온 자유를, 빗나가도 한참 빗나간 유심론 따위라 치부하고 싶은 것인가.

너에게는 『원숭이 시집』이 있지 않은가.

백발의 늙은 원숭이의 의미심장한 말투와 역설적인 표현에 부족함을 느낀단 말인가. 네가 원하는 것은, "사람은 모두 타인으로 인해 살아가고 있다"는 평이하고 얄팍한 감동의 언어인가. 그런 것은 결국 공론과 교만한 말에 지나지 않는다. 찬송가나 마찬가지로 일시적인 위안에 지나지 않는다. 종교적인 언어는 어느 것이나 억지를 강요하고, 답답하고, 자유에 대한 침식작용이 심하다.

그런 점에서 『원숭이 시집』은 다르다.

『원숭이 시집』은 귀 기울일 마음이 없는 자에게는 말을 걸지 않는다. 왜냐하면 그런 자들에게는 무슨 소리든 해봐야 소용없다는 것을 알고 있기 때문이다. 그러나 지금 너는 잠자코 있어도 먼저 말을 걸어주고, 마음을 헤아려주는 도승道僧을 원하고 있다. 그저 슬픈 듯이 고개를 숙이고만 있어도 구원의 손길을 살며시 내밀어주는 그런 상대를 기다리고 있다. 즉 너는 어리석은 자의 꿈을 좇고 있다.

너는 전형적인 산문적散文的 남자로 전락하고 말았다.

반도의 능선을 따라 나 있는 좁다란 길의 눈을 밟으며 느릿느릿 걸어가는 너는 좌우 양쪽으로 짙은 바다 기운에 싸여 있다. 너는 불현듯 걸음을 멈추고 꼼짝도 하지 않고 부서지는 파도 소리를 듣는다. 그 묵직하고 단조로운 소리는 너한테는 특별한 의미를 지니고 있는 듯하다. 울컥 솟구치는 눈물이 채근하듯, 너는 다시 앞으로 나아간다. 그러나 이제는 기진맥진이다.

나무들 사이로 백사장에서 거품을 뿜어내는 파도가 보인다.

이 바다는 네가 바라는 안식의 조건을 하나에서 열까지 충족하고 있는 듯하다. 이 바다는 너의 질질 늘어진 흐름을 친절하게 막아줄 듯한 분위기를 자아내고 있다. 이제 더는 흐를 필요가 없다. 이제 이쯤에서 한숨을 돌리는 게 좋을 것이다. 그렇게 말해줄 듯한, 사람들에게 알리고 싶지 않은 전력을 깨끗이 씻어줄 듯한 바다가 바로 코앞에서 넘실거리고 있다.

곶에 가까워짐에 따라 너는 무의식중에 너 자신을 지워버린다.

물론 극도의, 거의 한계에 달한 피로가 그렇게 만들고 있는 것이다. 아니면 눈 쌓인 소나무숲 속에 있는 전체적으로 검은 인상을 주는 고찰이 그렇게 만든 것일까. 드디어 그 절의 문 앞에 도달했을 때, 너는 과거 한 번도 그런 기억이 없을 만큼 엄숙한 기분에 젖는다.

모든 감각이 급속하게 마비되어간다.

그것은 열과 가위에 눌려 헛소리를 지르는 때의 기분을 닮았다. 그리하여 마침내 혼 그 자체의 자각이 단숨에 부상한다. 정신의 범상치 않은 고조를 느끼는가 싶더니 이마의 별 모양 점을 통하여 논리를 전혀 무시한 언어들이 가슴속으로 왈칵 밀려들어온다. 그러나 악령에 시달릴 때의 가슴 답답함이나 끔찍함과는 전혀 다르다. 오히려 기분이 상쾌하다.

잠시 후 너는 푹 쓰러진다.

편안히 생을 마감하듯 눈의 무게로 기우뚱한 누문 앞에 쓰러진 너는 그대로 정신을 잃는다. 마른 소나무 꼭대기에 있던 까마귀 떼가 일제히 퍼드덕거리며 날아올라 종루를 빙빙 돌며 그런 너를 내려다본다.

너의 얼굴에서 핏기가 물러간다.

만약 아무도 없는 절이었다면 너의 운명은 끝장이 났을 것이다. 지금까지 너란 인간을 형성하고, 정념에 불을 질러온 몇억 개에 달하는 세포가 불과 한 시간도 채 못 되어 다 얼어붙고 말았을 것이다. 설령 주지승이 있었다 해도 출타를 하였거나, 갑작스럽고 소리 없는 방문자를 알아채지 못했거나 했다면 역시 같은 결과를 초래했을 것이다.

마침내 까마귀 떼가 날아내린다.

까마귀들은 너를 빙 둘러싸고 있다. 그중에는 걱정스럽다는 듯이 들여다보는 놈도 있다. 솔직하게 말해 나는 너의 그런 모습을 보고 싶지 않다. 더 솔직하게 말하면 이쯤에서 죽어주었으면 한다. 가능하면 남은 힘을 쥐어짜내 벼랑 위에서 바다로 몸을 던지는 마지막을 선택해주기를 바란다. 그런 최후야말로 흐르는 자로서 그나마 명맥을 유지할 수 있는 최후일 것이다.

그런데 너는 그렇게 하지 않았다.

너는 변했다. 타인의 사랑과 힘 따위에 힘입어 꼴사납게 사는 놈으로 변해버렸다. 어쩌다보니 그렇게 되었다고는 도저히 생각되지 않는다. 어쩌면 너는 처음부터 그럴 생각으로 이곳을 향해 왔는지도 모른다. 아니면 이 특별할 것 하나 없는 절이 너를 끌어들인 것인가. 어느 쪽이든 실망스럽다.

만약 내게 눈에 상당하는 기관이 있었다면 나는 눈길을 돌렸을 것이다.

그렇지 않으면 꼭 감아버렸을 것이다. 그리고 너에게 작별을 고했을 것이다. 그런데 아무리 애를 써 너를 보지 않으려 해도 끝내는 보고 만다. 눈 속에 엎어져 꼼짝도 하지 않는 너의 모습이 언제까지고 끝없이 보인다.

너를 둘러싸고 있는 까마귀 떼의 원이 점점 좁혀진다.

굵고 예리한 주둥이들로 너의 안구와 귀를 콕콕 쪼고 싶어한다. 눈 탓에 제대로 먹지도 못했을 것이다. 드디어 제일 우락부락한 놈이 앞으로 쑥 나온다. 굶주린 그들에게는 너의 죽음을 기다릴 여유가 없다. 살아 있어도 네가 전혀 움직이지 않는다면 먹이로서의 가치는 충분하다.

그놈은 흥분한 몸짓으로 풀쩍 네 얼굴 위로 날아내린다.

그래도 너는 움직이지 않는다. 네가 까마귀의 표적이 된 것은 두번째다. 불꽃놀이 때, 폭발사고에 휘말렸을 때도 까마귀밥이 될 뻔했다. 지금 또 곡괭이처럼 단단한 주둥이가 반원을 그리며 너를 내리치려 하고 있다. 그 강력한 무기는 아침 햇살 속에 또렷하게 떠오르고 있다. 이는 흐르는 자의 최후가 아니다. 이렇게 될 거라면 폭한에게 습격을 당하여 목숨을 잃는 편이 그나마 낫다.

그러나 지난번과 마찬가지로 간발의 차로 너는 목숨을 건졌다.

그 쩍 벌어진 밉살스러운 주둥이가 너의 얼굴 위로 막 내려꽂히려는 순간 "깍!" 하는 소리가 들려왔다. 경계를 재촉하는 소리였다. 까마귀 떼는 모두 긴장하였고 "깍!" 소리가 모두에게 전염되었고, 이어 날갯짓 소리가 섞인다. 한순간에 너의 주변에서 까마귀 떼의 검정이 사라지고 눈의 흰색이 기세를 되찾는다. 이어 인간인 듯한 그림자가 네 위를 덮치는가 싶더니 너의 몸이 둥실 지면에서 떨어져 공중에 뜬다. 순간적인 일이었지만 내게는 그렇게 보였다.

너를 가볍게 둘러멘 사내는 마흔 남짓의 뚱뚱한 거한이다.

때에 전 닳아빠진 옷이기는 하나 그것이 승복임에는 틀림없으니 불목하니는 아닌 것 같다. 그러나 승려라고 보기에도 석연치 않은 점이 너무 많다. 술에 전 시뻘건 얼굴…… 끈적끈적한 눈초리…… 거친 몸짓. 이마 옆으로 비스듬하게 그려져 있는 선은 칼자국이 아닐까.

너는 본당으로 옮겨져 일단 마룻바닥에 눕혀진다.

이어 주지승은 다른 건물에서 침구를 가지고 온다. 요 두 장에 담요 한 장, 이불 세 장으로 따뜻한 잠자리를 만든다. 뜨거운 물이 들어 있는 유탐포湯湯婆*도 집어넣는다. 그러고서 그는 너의 젖은 옷을 전부 벗겨 알몸으로 만들어서는 이부자리 속에 넣는다. 그는 잠시 너의 머리맡에 서서 내려다본다. 이 절에는 다른 사람이 없는 모양이다. 있다면 얼굴을 내밀고 거들 것이다.

주지승은 그저 잠자코 너를 보고 있다.

의사를 부르려고도 않고 경찰에 신고하려고도 않는다. 그런데다 거의 동요를 보이지 않는다. 너구리 새끼를 주워왔어도 그 나름의 흥분은 있을 텐데 이 남자는 침착하다. 하지만 깨달음을 얻은 자의 침착함은 아니다. 세상물정에 통달한 자의 그것이다. 승

---

* 끓는 물을 집어넣어 발이나 허리 등을 따뜻하게 하는 기구.

려로서는 이채를 띠는 그의 얼굴에서 아침저녁으로 염불하는 자의 혼적을 찾아볼 수 없음이 그 증거다.

그러나 사람의 목숨을 구하는 데 주저하는 남자는 아닌 듯하다.

그는 너를 조용히 내려다보고는 부엌으로 통하는 복도로 나가 종이 문을 탁 닫는다. 힘찬 발걸음 소리가 멀어진다. 그다음 사방은 잠잠해지고 파도 소리가 다시금 일대를 지배한다. 잠시 후 범종이 울린다. 울려퍼지는 종소리는 반도 전체를 감싸고 수평선을 향하여, 하늘의 중심을 향하여 예기치 않은 사건을 환영하는 파동을 전하고 있다.

나 또한 이 변화를 바람직하게 여긴다.

너의 운명이 이렇듯 새로이 전개된 것을 보게 되었음에 이의가 없다. 오히려 바라는 바다. 내 생각이 돌연 바뀐 모양이다. 어떤 형태로든 네가 살아 있어주기를 바란다. 어느 틈엔가 나는 너의 어머니라도 된 듯한 기분으로 벅차다.

이후 너는 꼬박 이틀을 깨지 않고 자게 된다.

그동안 주지승은 너의 상태를 살피기 위해 이따금 본당으로 들어온다. 유탐포를 바꾸고, 해가 기울면 불을 켜고, 눈보라가 몰아치면 서둘러 덧문을 닫는다. 또 너의 옷가지를 밖으로 들고 나가 겨울에도 얼지 않는 샘물에 빤다. 손은 다 텄다. 그리고 너의 소지품도 조사한다. 그가 제일 관심을 보인 것은 현금이다. 『원숭이 시집』은 쳐다보지도 않았다. 돈다발을 풀어 다다미 위에 한 장 한

장 정성껏 펼쳐놓고는 세 번이나 세어보았다. 그리고 황홀한 눈빛으로 이렇게 중얼거렸다.

"그렇지, 이게 보시라는 거야."

그러고는 희망이 이루어진 흡족한 표정으로 이런 말도 하였다.

"모처럼의 호의를 사양해서는 안 되지."

그렇게 말한 그는 돈을 모조리 자기 주머니 속에 넣었다.

눈은 단속적으로 내렸다. 내릴 때마다 겨울이 깊어갔다. 절을 찾는 자는 없었다. 범종이 울리면 까마귀가 일제히 날아올라 용맹한 소리를 지르며 가람 위 하늘을 날았다.

사흘 후 아침이 되자 너는 간신히 잠에서 깨어났다.

그러나 완전히 회복한 것은 아니었다. 너는 높은 열에 시달리고 있다. 그리고 등이 으슬으슬하는 한기에서 벗어나지 못하고 있다. 하지만 목숨에는 별 이상이 없다. 그러고는 너는 거의 일주일이나 몽환의 세계를 헤매었다. 잠을 자고 있는지 깨어 있는지, 유동식을 먹는지 하얀 죽을 먹는지, 변소에 있는지 욕탕에 있는지, 낮인지 밤인지, 거의 구별할 수 없는 상태가 계속되었다. 다만 한 가지 분명한 것은, 눈은 하염없이 내리고 바다는 거칠게 성을 내고 있었다는 것뿐이다. 끝없이 이곳으로 밀려와 단애에 부딪치는 거센 파도는 우릉우릉거리는 땅울림이 되어 반도 전체에 전해지고, 본당의 제일 굵은 나무 기둥까지 뒤흔들었다. 풍성함이 지나친 눈은, 대지에 눌어붙어 사는 자들에게 "분수를 알라"는 말만 몇 번이고 몇 번이고 되풀이하였다.

원숭이 소리가 나는 듯한 기분이 든다.

나의 착각이었다면, 너 역시 동시에 환청에 빠졌다는 얘기가 되리라. 원숭이가 울 때마다 너는 소리를 질렀다. 그리고 소리를 지를 때마다 열이 떨어졌다. 체온도 정상으로 돌아오고 의식도 분명한데 너는 아직도 여러 가지를 알지 못하고 평소의 명료한 힘을 되찾지 못하고 있었다. 아니 모든 사고를 방기하고 있었다. 예를 들어, 가난한 절일 텐데―불구佛具가 조악하기 이를 데 없었다―넘쳐나는 음식에 대해서 전혀 의심을 품지 않았다. 네가 먹고 있는 음식, 그것은 주지승이 자기 주머니를 털어 마련한 것이 아니다. 지금 이 절의 부엌살림은 네가 소지하고 있던 돈으로 유지되고 있다. 하기야 그 덕분에 네가 살아난 것이지만. 주림을 면했을 뿐만 아니라 폐렴에 걸리기 직전에 살아날 수 있었다.

주지승은 너를 애지중지 다루었다.

융숭한 대접은 아니더라도 식객으로 취급받고 있는 것만은 분명했다. 주지승이 생면부지의 남에게 성심성의껏 봉사하는 남자인가 아닌가는 별개의 문제다.

그는 날씨를 보아 출타하였다. 스노모빌을 타고 외길을 달려, 돌아올 때는 먹을 것을 잔뜩 사들고 왔다.

끔찍할 만큼 먹성을 발휘한 너의 몸은 점점 부활하였다.

주지승 역시 너에 뒤지지 않는 대식가였다. 그것도 생선이든 네발 달린 짐승의 고기든 술이든 무엇이든 먹어치웠고, 심지어는 네가 먹다 남긴 것까지 싹 해치웠다. 신기한 것은 네가 술을 한 방울도 입에 대지 않았다는 점이다. 이 절에 오기 전까지만 해도 그렇게 술독에 빠지도록 퍼마셨는데 주지승이 아무리 권해도, 통증을 삭이는 약이라 해도 너는 절대로 손을 내밀지 않았다. 발열과 발한의 이레를 견딘 너의 몸과 마음은, 알코올을 일절 필요로 하지 않았다. 이대로 순조롭게 회복한다면 다시 한번 흐르는 자의 출발점에 설 수 있을지도 모르겠다.

"마실 수 있을 때 안 마시면 나중에 후회해"라고 주지승은 말했다.

"세상 따위는 술에 취해 대충 보내면 그만이야."

병자의 베갯머리에서 폭음하는 남자는 엄해 보이는 얼굴이나 몸집에 비해 입은 가벼웠다. 스스로 파계한 땡중이라고 했다. 자기는 순수한 쾌락주의자이며, 한마디로 말해 호색한이라면서 굵고 탁한 소리로 컬컬 웃었다. 그리고 해가 떨어지면 우왕좌왕 서성이다가 저녁을 먹고 나면 서둘러 채비를 차리는 것이었다. 눈보라에 조난을 당해도 금방 발견될 수 있는 빨강과 노랑 얼룩무늬 방한복으로 몸을 감싸고 털모자를 쓰고 고글을 끼고 배기가스량이 엄청난 스노모빌을 타고 상쾌하게, 긴 머플러를 펄럭거리는 화려한 모습으로 설원 저편으로 사라져 아침까지 돌아오지 않았다. 은색 태양이 높이 올랐을 무렵에야, 그는 여자 냄새를 풀풀 풍기면서, 눈에는 시커먼 테를 두른, 방사가 과다한 남자의 모습으로 절에 돌아오는 것이었다.

그럴싸한 여자를 만난 날에는 종을 평소보다 많이 쳐댔다.

자리에서 일어나 정상적인 식사를 할 수 있게 되자 주지승은 너와 대좌하여 이런 말을 하였다. 딱히 화술에 능한 것도 아니고 어미도 분명치 않았지만, 그의 독특한 말투에는 듣는 이를 매료시키는 무엇이 있었다. 네가 지금까지 그토록 타인의 이야기에 귀를 기울인 적이 있었던가.

그는 우선 절의 연혁에 대해 말했다.

불상류는 일절 두지 않고 염불도 외지 않는 것이 이 절의 전통이라고 말했다. 하는 일이라고 해봐야 마음 내킬 때 종을 울리고 싶은 만큼 울리는 것뿐이라고 설명하였다. 요컨대 사교라고 말했다. 그리고 이런 말도 하였다. 과거에는 절을 지탱해주는 신도들이 더러 있어서 이럭저럭 꾸려왔지만 오랜 불황 탓에 지금은 독지가도 없어서 잡수입으로 간신히 입에 풀칠이나 하고 있다고 투덜거렸다. 거짓말 같은 이야기였다.

혹 본존을 팔아먹었는지도 모를 일이다.

그는 그 외에도 이런저런 말을 하였다. 그러나 별 내용은 없었다. 요약하자면 보상이 따르지 않는 행위나 봉사활동 삼아 곤경에 처한 사람을 도와줄 여유는 없다. 그래서 네 돈을 쓸 수밖에 없었다. 그러니 나한테 고마워할 필요 없다는 뜻이었다. 사람을 우습게 봐도 유분수다.

"오히려 내가 도움을 받았지. 때마침 복덩이가 굴러들어온 거야"라고 말하고 혼자 키들거렸다.

그 정도 설명으로는 정확한 사정을 알 수 없었다. 사기당한 기분이 든다 해도 당연한 일이다. 그런데 너는 그를 조금도 의심치 않았다. 의심은커녕, 요사스럽고 음탕한 길에 얼을 빼고 있는 땡중이 상당히 마음에 든 모양이었다. 자기에 관해서는 말해도, 쓸데없는 질문은 물론이요 필요한 질문마저 하지 않는 상대방에게 고마움까지 느끼는 꼴이었다. 그리고 또 너는 그와 그의 생활에서 지표로 삼을 만한 자유를 감지하였다. 또 기둥도 널마루도 천장도 시커멓고, 번쩍번쩍하는 불상 하나 없는 이 공간을 아주 편안하게 느끼기까지 하였다. 이런 정도라면 장기 체류를 해도 괜찮겠다고 생각하였다. 네가 스스로 고여 있기를 원하기는 처음이었다.

다시 눈이 내릴 것 같은 하늘을 올려다보면서 주지승은 말했다.

여기에 있는 동안은 이름을 말할 필요가 없다. 어디 사는 누구인가 하는 것은 아무 의미가 없다.

"나는 여기에 있는 나이고, 너는 여기에 있는 너다. 그것이면 족하지 않은가."

나는 대의에 어긋나는 짓을 아무렇지도 않게 여기는 저열한 놈이고, 때린다고 겁만 주어도 무슨 말이든 지껄이는 얼간이며, 여자를 훨씬 능가하는 수다쟁이니까 남이 들어서는 안 될 소리는 안 해주었으면 좋겠다. 듣지 않으면 할 말도 없을 테니까.

그는 또 이렇게 덧붙였다.

적어도 내가 맡고 있는 돈만큼은 너를 보살피겠다. 반 년분이라고 생각하면 반 년 있어도 좋고 십 년분이라고 생각하면 십 년 있어도 좋다. 먹을 것을 살 수 없어도 여기에 있고 싶으면 언제까지든 있어도 좋다. 여기는 단지 불도를 위해 있는 절은 아니다. 여기에 있고 싶어하는 자를 위한 절이다.

그렇게 말하며 그는 크게 아량을 보였다.

너는 태어나서 처음으로, 진심으로 감사하는 마음으로 타인을 향해 깊이깊이 머리를 숙였다. 그 순간, 네 가슴의 바람구멍으로 아주 따스한 것이 불어왔다.

그리고 주지승은 너에게 삭발을 권유하였다.

"뭐 딱히 중이 되라는 것은 아니야"라고 그는 말했다.

"그렇게 하는 편이 만약의 경우에 둘러대기 쉬울 테니까, 안 그런가."

아마 그는 너를 도망자라고 생각한 모양이다. 그러나 전혀 빗나간 관찰은 아니었다. 혹 당국이 너를 살인사건의 범인으로 주목하고 쫓고 있을지도 모르는 노릇이다. 만약 추적자가 나타났을 경우, 주지승은 틀림없이 너를 행려승이라 말할 것이다. 그러나 그런 변명이 통하리라고는 생각지 않는다. 주민 카드를 제시하라고 요구하면 빠져나갈 구멍이 없다.

그런데도 너는 삭발에 동의하였다.

신변의 안전을 위해서가 아니다. 물론 중이 되고자 함도 아니었다. 마음을 바꾸어 진정한 인간이 되고자 하는 발상에서도 아니었다. 아무튼 변하고 싶었던 것이다. 어떻게 변하고 싶은지에 대해서는 아직 잘 모르지만 지금과는 다른 자신이 되고 싶었던 것이다. 변할 수 있는 계기만 된다면 삭발이든 문신이든 상관없었다.

너의 머리는 구식 바리캉과 전기면도기로 깨끗하게 깎였다.

너는 목욕탕에 들어가 민머리를 쓱싹쓱싹 씻었다. 그리고 주지 승이 마을에서 사온 따스한 속옷을 입고, 그가 빌려주는 숯처럼 검은 옷을 걸쳤다. 그리고 너는 거울 앞에 섰다. 거울에 전혀 다른 사람이 서 있었다. 어린 동자승 같은 얼굴에, 떨어지는 벼락 아래 서 있어도 아무 느낌이 없을, 멍한 남자였다. 내 인상으로는 주지 승보다 네 쪽이 몇 배나 승려답고 모양새가 낫다.

뇌가 직접 외계와 이어져 있는 듯한 느낌이 들었다.

더욱 기묘한 일은, 그렇게 겉모습을 바꾼 것만으로도 일거일동 에 주의하게 된 점이다. 그러나 아무래도 어색한지 이후 너희는 눈길을 마주하지 않도록 애썼다. 절 자체는 그리 넓지 않았지만 둘이서 살기에는 충분했고, 그럴 마음만 있으면 하루 종일 자기 가 내는 소리만 듣고 지낼 수도 있었다. 전원도 있었다. 태양빛은 물론 달빛도 집적할 수 있는 장치 외에, 한 번 충전하면 십 년은 쓸 수 있는 배터리가 있었다. 보급형 싸구려였지만 제 기능은 충분 히 다하고 있었다.

전원은 있었지만 텔레비전은 없었다.

라디오도 없고 전화도 없으니 당연히 전자메일 발수신 장치도 없었다. 그리고 이런 시골구석까지 배달되는 신문도 없었다. 즉 너에게 주어지는 정보는 육안으로 포착할 수 있는 범위의 하늘과 바다와 물의 미묘한 변화가 전부였다. 바다는 한없이 거칠었고,

하늘에는 언제나 어두컴컴하게 구름이 끼어 있고, 대지는 나날이 적설량을 늘리고 있었다. 그리고 거기에서 흐르는 시간은 마치 고분에서 나온 석관처럼 역류하는 힘을 발하고 있었다.

그러나 너는 남는 시간을 어쩌지 못해 어정거리는 일은 없었다.

여유롭게 한가한 때를 얻은 너는 어쩔 수 없이 너 자신의, 그것도 마음속 깊숙한 방으로 눈을 향하게 되었다. 그 눈길은 뜻밖에도 지知를 연마하는 일로 이어졌다. 흐름을 중단한 너의 넓다고도 좁다고도 할 수 없는 마음에 온갖 의심의 반점이 퍼져나갔다.

결과적으로 너의 대뇌는 맑디맑아졌고 몸을 조심하게 되었다.

뜬눈으로 밤을 새우는 일이 많아졌다. 낮이 되면 너는 오백 년은 되었음직한 툇마루에 앉아 느긋한 자세로, 간만의 차가 심한 바다와 그저 하얀색 한 가지만이라 할 수 없는 미묘한 색의 눈을 바라보며 지냈다. 때로는 오랜 생각에 잠기기도 하였다. 너는 네 대에서 끊길 핏줄을 생각하고, 국가의 성립에 대해서 생각하고, 혼돈스러운 세계정세에 대해서 생각하였다. 또는 인간 세상의 명암에 대해서 생각했고, 가끔씩 모습을 보이는 태양을 통하여 대우주의 심원을 직감으로 찾으려 하였다.

너의 심중을 헤아리기가 점점 어려워졌다.

파르스름하게 깎은 머리를 한풍寒風에 드러내고 두서없는 생각을 거듭하는 너의 입에서 무거운 말이 넘쳐흘렀다. 마치 샘처럼 솟고 솟고 또 솟아나왔다.『원숭이 시집』에 이런 말이 쓰여 있을 것이다.

흐르기를 멈춘 자가 발하는 언어는 한량의 잠꼬대에 지나지 않는다.

그런데 네 입에서 술술 흘러나온 언어는 분명 그와는 달랐다. 잡담을 늘어놓는 데 불과하다고, 그렇게 일축할 수가 없었다. 예를 들면 이런 식이었다. 제해권의 완전 장악을 기도하는 이 나라의 함정이 선단을 조직하여 바다로 향하는 것을 보았을 때 너는 반사적으로 이렇게 중얼거렸다.

"이제 곧 많은 사람들이 죽어갈 것이다."

그 엉뚱한 말은 네 안에서 몇 번이나 메아리쳤다. 메아리가 계속되는 동안 너는 별 모양 점을 통하여 가까운 미래를 똑똑하게 보았다. 신흥종교 교단이 이용하는 방법과 똑같은 식으로 국가에 의해 세뇌당하여, 충효의 사상을 진정으로 받아들여 화려한 최후를 맞이하는, 무익한 전쟁에 스스로 몸을 던지려 하는, 엄청난 수에 달하는 젊은이들의 차마 눈뜨고 볼 수 없는 주검을 똑똑하게 보았다.

해가 기울 무렵, 너는 엉덩이를 들었다.

그리고 목불木佛 하나 없어 휑한 본당을 구석구석 걸레로 깨끗하게 닦았다. 그리고 불을 켜고 오직 자신의 존재를 확인하기 위하여 범종을 울렸다. 그 중저음은 밤을 초대하고 네가 뱉어낸 과격한 말을 벼랑 아래로 내던졌다. 너는 목욕물을 데우고 부엌에 들어가 밥을 짓고, 있는 재료를 사용하여 큰 냄비에 잡탕찌개를 끓였다. 연료는 전부 나무였다. 한겨울 지낼 땔감이 높이 쌓여 있었다. 너는 자반 생선을 굽고 촉감이 보드라운 그릇에 야채를 담고, 술을 데웠다. 너는 실로 바지런하게 일했다.

너희는 화로를 사이에 두고 숟가락질을 하였다.

주지승은 술을 마시고 너는 밥을 먹었다.

"자네 덕분에 식생활이 꽤 개선됐어."

그렇게 말하고서 주지승은 이런 질문을 하였다.

절문 앞에 쓰러져 있을 때는 그렇게 술냄새가 지독했는데 지금은 어째서 한 방울도 마시지 않느냐고.

네가 잠자코 아무 대꾸도 하지 않자 그는 쓸데없는 것을 물어 미안하다고 사과하고, 잠시 후에는 이런 말을 하였다.

육체와 함께 사는 동안에는 육체에 충실해야 한다.

혼의 존재에 대해 생각하는 것은 육체에서 해방된 후라도 상관없다.

"요컨대 먹고 싶은 만큼 먹고 마시고 싶은 만큼 마시고 몸을 망쳐서 미련 없이 죽어 저세상으로 간 놈이 이득이라는 거야."

주지승의 말대로라면 죽음이 이르면 이를수록 좋은 셈이다.

죽음이란 생의 끝을 의미하는 것이 아니기 때문이라고 한다. 수행이라 칭하며 육체를 학대하고 번뇌를 억지로 꽉꽉 누르는 데 성공해봤자 자신을 이긴 것은 아니라고 한다. 주색에 빠지는 것도 좋고, 세상의 정에 매달리는 것도 좋고, 많은 재화를 저장하는 것도 좋고, 정치의 총책이 되어 날개를 펴는 것도 좋고, 분노에 몸을 맡기고 사람을 죽이는 것 또한 좋다.

그렇게 말하고 그는 비죽 웃으면서 이런 말을 덧붙였다.

그 덕을 우러르기에 합당한 성인 따위는 사실은 역사상 한 명도 존재하지 않았던 것이 아닐까. 그러니 앞으로도 그런 인물은 등장하지 않을 것이다. 사람은 모두 그럴싸하게 보이는 상대를 만나면 고개를 숙이는 습성을 갖고 있다. 그러면 상대는 금방 우쭐하여 그럴싸한 처신을 보인다.

"이놈이나 저놈이나 한 꺼풀 벗기면……"

뜻밖이라고 나는 생각하였다.

그 나이에 제 자랑에 정신이 없는데다 만사를 다 알고 있는 양 주절거리는 사내와 너 같은 자가 마음이 맞으리라고는 생각지 않았다. 아무리 그가 많은 말을 늘어놓아도, 어찌 된 영문인지 너는 기차나 버스 안에서 친근하게 말을 거는 타인처럼 성가시게 느끼지 않았다. 목숨을 구해준 은인이라는 것 때문이 아니라, 너는 그 남자 안에 있는 어떤 종류의 가치를 인정하고 있었다. 그 증거로 너는 남자가 얘기하고 있는 동안 내내 듣고 있었다. 그냥 듣고 흘리기만 해도 얼어붙은 마음이 녹아내렸다.

며칠이 지나자, 너는 조금 변했다.

도망길이 끊겼다는 생각이 엷어졌다. 자기 자신을 무겁고 성가신 짐으로 생각지 않게 되었고, 바람에 쌓인 눈이 미친 듯 흩날리는 밤에 알전구가 드러난 천장을 쏘아보면서 잠을 못 이루고 번민하는 일도 거의 없어졌다. 다른 사람은 몰라도 너에게 그것은 틀림없이 윤기 있는 생활이었다. 언제까지나 걱정할 일이 없을 것 같은 안온한 나날이었다. 그리고 너는 반듯하게 오랜 사색에 잠겨 있을 때나, 처마 밑에 뿌린 밥찌꺼기에 진박새가 모여들었을 때, 알게 모르게 얼굴에 떠오르는 뭐라 형용할 수 없는 환희를 은밀히 자각하였다.

네가 울리는 범종 소리는 분분히 흩날리는 눈을 압도하였다.

새 아침을 맞을 때마다 그렇게 집요하게 들러붙어 있었던 쇠락의 징후가 너한테서 떨어져나갔다. 배 지나간 하얀 흔적이 언제까지고 지워지지 않고 남아 있을 듯 더할 나위 없이 화창한 어느 날 오후, 드디어 한 마리 진박새가 네 손안에서 소나무 열매를 콕콕 쪼아먹었다. 한 마리가 그렇게 하자 두 마리, 세 마리가 차례로 따라하였다. 그중에는 너의 까까머리에 앉으려다 미끄러지는 놈도 있었다. 푸르르 기분 좋은 날갯짓 소리와, 치치치치 하고 귀엽게 우짖는 소리에 에워싸였을 때 너는 지복의 경지를 느끼고, 탁구공만 한 크기의 하얀색과 까만색의 보드라운 털로 덮인 생물을 놀래키지 않으려고 조심조심하면서, 감정에 북받쳐 울었다. 실컷 먹은 진박새 떼가 날아간 후에 너는 후련하고 호쾌하게 웃었다. 그러자 위축되어 있던 마음이 점점 부풀고 싱그러움을 되찾아갔다.

몸을 망치는 생활에 분주한 주지승이 어느 날 너에게 말했다.

"이 절에는 오히려 자네 같은 사람이 어울릴지도 모르겠군."

마침내 모이 없이도, 휘파람을 불지 않고서도 들새들을 불러들여 전신에 앉힐 수 있게 되었을 때 그가 그렇게 말한 것이다. 너는 감지하지 못했을 테지만, 그때 그의 얼굴에는 아주 조심스러운 질투가 눌어붙어 있었다. 그리고 그는 한파가 밀려오기 전에 식료품을 사러 가야겠다면서 스노모빌과 함께 은백의 세계 저편으로 사라졌다.

네 쪽이 그 절에 훨씬 잘 어울리는 것은 분명했다.

흐르기를 멈춘 너는 오로지 고차원의 힘에 몸과 마음을 맡기고 있었다. 미숙하고 덜 완성된 인격을 어떻게 해보아야겠다는 생각은 전혀 하지 않았다. 몸가짐을 반듯이 하고 마음을 통일하고 삼매에 빠지려고도 하지 않았다. 또 주야로 독서에 정진하지도 않았고 팔짱을 끼고 또다른 변화를 기다리지도 않았다. 반도를 형성하는 산의 정기와 해변 가득한 오존을 들이마셨다가는 토하고, 또 들이마셨다가는 토하는 너는 맑은 물처럼 고요하고, 거세한 말처럼 얌전하였다.

그런 너를 바람직하다 해야 할지 나 혼자서는 판단하기 어려웠다.

네가 너일 수 있는 모든 것을 삼킨 이 세상은 여전히 하늘과 땅처럼 무궁하기 이를 데 없고, 모든 물질을, 유기질 무기질에 관계없이 똑같이 취급하고 있다. 싸늘한 하늘을 꾸미고 있는 푸르스름한 하현달도, 그 아래에서 율동적인 운동을 반복하는 하얗게 부서지는 파도도, 지금은 오로지 너 하나만을 위하여 존재하는 듯하다. 그렇게 생각지 않는가. 바다의 울음소리는 묘한 악기 소리처럼 너를 부드럽게 감싸고 있다. 하늘 저 멀리서 지금 막 도착한, 아득할 정도로 오랜 여행을 한 빛은 너의 혼을 청정함으로 인도하고 있다. 그리하여 너는 음양의 조화를 이루는 막힘이 없는 위대한 자연의 에너지를 오감으로, 아니 육감으로 감지하고 있다.

너는 아직 흐르는 자다.

그런 생각이다. 육체는 절 밖으로 한 발도 나서지 않았지만, 그리고 네 자랑인 두 다리도 그저 썩히고 있지만 그래도 너란 놈은 여전히 누구에게도 뒤지지 않는 흐르는 자다.

육체를 대신하여 정신이 흐르고 있다.

적어도 너는 자유라는, 안장 없는 말을 안전하게 탈 수 있는, 독립된, 건강한 자다. 가령 앞으로 옥사를 면치 못하는 일을 당하거나, 어둠에서 어둠으로 매장당하는 일이 있다 해도 그것에는 아무 변함이 없다.

너는 지금 겨울새에 둘러싸여 있다.

진박새 외에도 피리새와 연작을 팔과 어깨에 앉히고, 쉬지 않고 내리는 눈 속에 우뚝 서 있다. 너는 꼼짝 못 하게 된 자의 모습을 닮았을지도 모른다. 그러나 절대로 그렇지 않다. 네가 은닉하고 있는 무모한 용기는 조금도 손상되지 않았던 것이다.

실제로 너의 몸을 열심히 흐르고 있는 피는 지나칠 정도로 뜨겁다. 뜨겁기 때문에 오랜 시간 뜰에서 한풍을 맞고 있어도 동상에 걸리는 법이 없다. 오히려 너의 파격적인 정열은 주변의 눈을 녹이고 있다. 그러니 너를 범상한 종말관을 짊어지고 한가로이 세월을 보내는 노인네와 똑같이 취급해서는 안 된다. 너는 가치 없는 인간이 아니다. 너는 태어나고 죽어갈 뿐인, 처음부터 끝까지 본능에 지배되는 남자가 아니다.

너는 절대로 지나간 날들을 되돌아보지 않는다.

앞으로 다가올 날들에 대해 이리저리 생각하는 일도 없다. 그렇다고 그것을 장기적인 인생 설계의 결핍으로 보는 것은 당치도 않다. 너는 항상 개인의 자유란 것을 축으로 지금을 살고 있다. 그런 너에 관해 자신은 이렇게 생각하고 있다. 중용을 유지하는 사람이 아니라도, 순연한 일본인의 특질에서 벗어나 있어도, 권력을 쥐고 있는 자가 필요 이상 거북살스러워하는 존재가 아니라도 상관없다고 생각하고 있다. 타율적인 국민들 속에서 도저히 공존공영을 도모하지 못하는 자라도, 자신을 학대하는 타인에 대해서는 도마뱀 같은 냉혈한이 될 수 있는 자라 해도 전혀 상관없다고 생각하고 있다.

너는 자신을 법률보다 위대하다고는 생각지 않지만, 그러나 법률이 위대하다고도 생각지 않는다.

너는 자신을 국가보다 위대하다고는 생각지 않지만, 그러나 국가가 위대하다고도 생각지 않는다.

하늘에서 횡횡 짖어대는 한풍이 며칠이나 한적한 고찰의 경내에 불어친다.

태곳적부터 한시도 쉬지 않고 계속되고 있는 지금이 쌓이고 쌓여 너의 사색을 점차 열매 맺게 한다. 『원숭이 시집』 안에는 아직도 퍼뜩 정신을 차리게 하는 내용이 많이 기록되어 있다. 그리고 눈 사이로 새싹이 움터올 무렵 너는 지금까지 크게 빗나간 적이 한 번도 없었음을 깨닫는다. 상실의 연속이었다는 결론에는 도달하지 않았다. 피해의식도 그와 유사한 것도 전혀 없었다.

뜨뜻미지근한 바람이 부는 밤, 주지승은 애욕에 대해 말했다.

설사 그것이 사정 후 몇 초면 소멸하고 마는 거짓이라 해도 그 어떤 해탈보다 월등하다. 여자란 생물은 그저 잠자코 보고만 있어도 눈과 마음의 보양이 된다. 즉 여자는, 자칫 정신의 나락에 빠지기 쉬운 남자를 구해주는 존재이며, 본디 그래야 하는 인간의 모습으로 되돌리는 역할을 지고 있다.

그의 주량은 날로 늘어갔다.

말수도 많아졌다. 자가당착의 말을 이러니저러니 늘어놓다가 그가 갑자기 이런 말을 꺼냈다.

"오늘밤, 여자를 데리고 와줄까, 응?"

그러자 너는 틈을 주지 않고, 그러나 완곡하게 거절하였다.

주지승은 기가 차다는 표정으로 말한다.

"자네는 아직 젊은데, 전혀 이 세상에 길들지 않았군."

그렇게 말한 그는 늘 그러듯 너의 돈을 품에 집어넣고 밤놀이에 나섰다. 그런데 한 시간도 채 지나지 않아 돌아온다. 스노모빌에 여자를 태우고 온 것이다. 그는 여자를 너한테 넘겨주고 다시 마을로 돌아간다. 아침까지 돌아오지 않으리라.

기껏 중년 여인 한 명으로 절의 분위기가 일변한다.

본당으로 성큼성큼 들어온 음탕한 여자는 너를 무시하고 마치 오래전부터 그곳에서 살아온 사람처럼 행동한다. 화로 앞에 널브러져 앉는다. 담배를 뻑뻑 피우고 가지고 온 쌀과자를 오물오물 먹고, 제 마음대로 차를 꿀꺽꿀꺽 마신다.

"가난신도 도망갈 절이로군."

그렇게 말하고 여자는 허리까지 내려오는 풍성한 머리칼을 빗질한다. 이어 느닷없이 옷을 훌훌 벗어던지고 알몸이 된다. 그리고 오동통한 몸을 너의 잠자리로 쑥 밀어넣는다. 성적 봉사를 장기로 하는 여자의 앙증맞은 코가 부풀어 있다. 농염한 생김새가, 어떤 남자라도 삼켜버릴 듯한 끈적한 색기가 너를 해일처럼 강습한다.

여자는 순간적으로, 몸을 비키려 하는 너의 목에 매달린다.

이상한 병은 없으니까 걱정할 필요 없다면서 음모가 부숭부숭하고 몸집이 실팍한 여자가 신음 소리를 내면서 엄지손가락만 한 젖꼭지를 너의 얼굴로 밀어붙인다. 나이에 비해서는 모양새가 일그러지지 않은, 숨이 꽉 막힐 정도로 향내나는 유방에는 어떠한 금기도 깨부수지 않고서는 못 견디는 마력이 숨어 있었다. 그런데 너의 마음은 조금도 웅성거리지 않는다. 여자는 박진감 있는 교성을 질러 보이지만, 너는 눈길도 주지 않는다. 이런저런 방법을 열심히 구사한 끝에 여자는 갑자기 이불을 걷어내고 벌떡 일어난다. 수상쩍다는 표정으로 너를 빤히 쳐다본다. 데굴데굴한 눈에는 이렇게 쓰여 있다.

그러고서도 남자야.

그리고 여자는 그 말을 실제로 입에 담는다. 날씬하고 젊은 여자가 좋으냐고 묻는다. 여자보다는 남자한테 안기고 싶으냐고 묻는다. 그리고 여자는 자신을 냉대한 상대를 똑바로 노려본다. 그러나 너는 다른 쪽을 보고 있다. 곶을 때리는 높은 파도 소리가 끓어오르는 환성처럼 들린다. 쏟아지는 함박눈으로 지붕을 받치고 있는 대들보가 삐걱댄다. 너는 당황한다.

답답한 침묵이 여전히 계속된다.

용모에 다소 자신이 있는 듯한 여자는 마침내 눈을 내리깔고, 갑자기 우왕좌왕한다. 그녀는 잠시 후 몸가짐을 바로 하고, 아무 짓을 안 해도 돈은 돌려줄 수 없다고 한다. 주지승이 돌아오는 내일 아침까지 절에 있겠다고 한다.

"이렇게 눈 내리는 밤에 걸어서 돌아갈 수 있겠어?"

그녀는 주머니에서 면도칼을 꺼내 이불을 뒤집어쓴 채 눈썹을 밀기 시작한다. 사타구니를 그대로 내보인다. 아무래도 그녀는 서두르지 않기로 작정한 모양이다. 실제로 시간은 얼마든지 있다. 아침이 되기까지는 마음이 바뀔 것이라고 생각했음이 분명하다. 자존심 때문이기보다 그녀는 너에게 관심을 갖게 된 것이다. 너 같은 남자를 만난 적이 없었기 때문이다.

"당신, 진짜 중?"

너는 대꾸하지 않고 여자를 남겨둔 채 복도로 나간다.

너는 고무장화를 신고 눈을 쓸기 시작한다. 무거운 눈을 열심히 쓴다. 눈 때문에 번져 보이는 달이 너의 번뇌를 희미하게 비추고 있다. 인가에서 멀리 떨어진 이곳까지 미치는 인공의 빛은 아주 적다. 거친 바다를 가는 배의 불빛과 저 건너 곳의 등댓불 정도다. 아니 또 있다. 그것은 절 바로 근처에 있다. 소나무숲 속에 파르스름한 빛덩어리가 있다. 더구나 그것은 이동하고 있다. 나무에서 나무로 옮겨간다. 비 오는 날의 인광과는 좀 다르다. 너는 전혀 모르고 있다.

눈 쓸기에 몰두하는 동안 네 마음의 동요는 진정된다.

마침내 본당에 있는 알몸의 여자가 고통스럽지 않게 된다. 억지로 참는 것도 고려할 만한 문제라고 말하는 또하나의 너의 목소리가 사라진다. 잠시 후 너는 의지할 데 없는 너의 신세를 새삼 깨닫는다. 태어나는 그 순간 바람구멍이 뚫려버린 너의 가슴으로 소름이 쫙 끼칠 정도의 허망함이, 유체의 법칙을 거스르는 움직임으로 쓰윽 지나친다. 그리고 "남자 체면이 말이 아니다"라거나 "남자의 수치"라는 등의 봉건시대의 잔재라고 해야 할 가치관이 너의 심중을 마구 돌아다닌다.

여자 냄새가 다시 너를 위협한다.

주지승의 후계자가 되고 싶지는 않다고 너는 생각한다. 그가 추구하는 자유는 유흥비가 떨어지면 동시에 소멸한다. 그런 자유는 진정한 자유가 아니다. 흐르는 자가 지향할 자유가 아니다. 주색에 빠져 있는 주지승은 이러니저러니 돼먹지 않은 핑계를 둘러 대지만, 결국은 이 절이 있기에 존재할 수 있는 남자에 불과하다. 몇백 년 전에는 광대한 토지를 소유했다는 이 절도 지금은 변경에 어울리는 장식물로 화해버렸다. 그리고 주지승은 황폐한 절의 공양물에 불과하다.

그렇게 되고 싶지는 않다.

그렇게 되고 싶지 않다고 중얼거리면서 너는 또 눈 쓸기에 열중한다. 예의 파르스름한 빛덩어리가 절 쪽으로 다가와 드디어 절문을 들어선다. 너는 아직 모르고 있다. 연못에 걸린 조그만 무지개 다리를 쓸 때 너는 자신의 발자국과는 다른 발자국을 발견한다. 인간의 것과는 명백하게 다르다. 그것도 막 찍힌 새 발자국이다. 너는 그 발자국을 따라 간다. 고목 앞에서 뚝 끊겨 있다.

너는 흑송의 잔가지를 올려다본다.

너는 흠칫 놀라 그 자리에 우뚝 선다. 손을 뻗으면 닿을 만큼 가까운 가지에 야생 원숭이 한 마리가 있다. 그놈은 전신이 파르스름한 빛에 싸여 있다. 그 빛에 닿은 눈은 단박에 녹는다. 너는 안면으로 기화열을 느끼고 있다. 그놈은 꼼짝하지 않는다. 그러나 나무 위에서 얼어 죽은 원숭이는 아니다. 눈동자가 움직이고 있다. 엄동은 이미 지났다.

꽃소식을 기다리는 계절이 임박해 있다.

너희는 잠시 서로를 응시한다.

훌륭한 원숭이다. 어디선가 본 기억이 있다. 그렇다. 『원숭이 시집』에 실려 있는 유일한 삽화, 그 백발의 늙은 원숭이를 똑 닮았다. 아무 산에나 흔히 사는 원숭이가 아니다. 재능이나 인격을 갈고닦을 성질이 결여된 생물이 아니다. 마음의 갈등도 있고, 자기도 모르게 우는소리를 토하던 시대를 거쳐, 때로는 어쩔 수 없는 이유로 살생을 한 적도 있을 법한 원숭이다. 그러나, 지금 그놈은 언제 죽어도 여한이 없다는 듯한, 득도한 것처럼 시원시원한 표정이다. 그렇다고 천연덕스러운 태도는 아니다.

위엄 있으되 사납지 않다.

그건 그렇고 정말이지 멋진 짐승이 아닌가. 털의 결이며, 단단한 골격의 체구며, 침착한 몸짓이며, 어쭙잖은 사이비 신사나 땡중 따위는 발치에도 못 미칠 당당한 풍채가 아닌가. 그러면서도 결코 원숭이임에 진력을 내고 있는 원숭이가 아니다. 또 인간에게 골수에 사무친 원한을 품은 원숭이도 아니다.

적어도 너의 눈에는 그렇게 보인다.

그리하여 너는, 이 세상에 존재하는 자로서 자기 쪽이 오히려 격이 한참이나 떨어진다는 것을 순간에 깨닫는다. 너는 지금 고승의 법문이라도 기다리는 듯 얌전한 얼굴이다. 그런데 그 거구의 원숭이는 입을 꾹 다물고 한마디도 소리를 내지 않는다. 다만 파르스름한 빛이 강약을 반복하고 있을 뿐이다. 그 빛에 너의 이마에 있는 별 모양 점이 반응하고 있다. 별처럼 반짝이고 있다.

아무래도 너는 상대가 무슨 말을 하는지 쉬 이해한 모양이다.

너는 가볍게 목례를 하고 부엌 쪽으로 사라진다. 그러자 흑송이 크게 흔들리더니 가지에 쌓인 눈이 투둑투둑 떨어진다. 원숭이가 기운차게 뛰었기 때문이다. 그러나 옆 나무로 옮겨가기 위하여 껑충 뛴 것은 아니다. 파르스름한 빛덩어리는 그대로 똑바로 하늘로 날아올라 두터운 눈구름 속으로 빨려들어간다.

구름 전체가 파르스름한 빛을 발하는가 싶더니, 거기에는 이미 한 조각 구름도 남아 있지 않다. 눈이 그치고 청명한 부스러기 별들이, 있다고도 없다고도 할 수 없는 너의 미래를 어둠 위로 부상시키고 있다. 너는 아무 일도 없었다는 듯 눈을 쓸고 있다. 예사로운 놈은 아닐 듯한 그 원숭이가 너에게 무슨 말을 전했는지, 나로서는 짐작도 할 수 없다. 그러나 원숭이의 마음과 너의 마음이, 혼과 혼이 순간에 융합되었던 것만은 분명하다. 내가 끼어들 여지는 전혀 없었다.

어차피 나는 식물이다.

이 세상의 존재 같지 않은 원숭이가 너한테 무슨 말을 했든 나하고는 아무 관계도 없다. 그 말이 너의 심신의 발달에 크게 도움이 되는 말이든 혹은 정반대 말이든, 내가 일일이 안달할 필요는 없는 것이다. 태평스럽지 못한 세상에 산다는 것을 충분히 인식하여 변사變死에 대비하라고 말했다 한들, 또는 행여 비장한 결의 따위는 하지 말고 이 세상을 즐기라고 했다 한들, 나는 아무 상관 없다. 혹은 눈앞에 알몸인 여자가 누워 있으면 설령 다모증이든 뭐든 안아야 할 것이라고 했다 한들, 남자를 마음대로 농락하면서 돈에 따라 사타구니를 열었다 닫았다 하는 여자를 피하라고 했다 한들 마찬가지다.

결국 너는 날이 밝기까지 본당에 가까이 가지 않고 눈 쓸기를
계속하였다.

처음이자 마지막으로 보는 오늘이란 날이 목탄화 같은 경치 속
에서 천천히 지나가고 있다. 겨울의 세력이 점차 약화되고 있는
것은 누가 보아도 자명하다. 격변의 길을 걷고 있는 사회 정세의
누릇누릇한 냄새도 여기까지는 풍기지 않는다. 명성을 휘날리면
서 국민을 위기에 몰아넣고 있는 놈들이 조성하는 예사롭지 않은
공기도 여기서는 전혀 느낄 수 없다.

어젯밤 주지승이 데리고 온 중년 여인이 네 바로 뒤에 있다.

툇마루 굵은 기둥을 잡고 어쩔 도리가 없다는 듯 서 있다. 험난
한 속세를 살아갈 방편으로 남자를 속이는 재주가 비상한 그녀
도, 눈부신 햇살 속에서는 보잘것없기 한이 없다. 봐주기가 눈물
겨울 정도다. 그녀는 담배를 뻐끔거리면서 너란 남자를 신기하다
는 듯 쳐다보고 있다. 그리고 스노모빌 소리가 다가오자 복도를
타박타박 걸어 현관 쪽으로 간다. 곧바로 그녀와 주지승의 뻔뻔
스러운 웃음소리가 인다. 필경 너를 상대로 상스러운 농담을 주
고받는 것이리라. 모멸을 담은 웃음소리가 스노모빌을 타고 설원
저편으로 옮겨진다.

너는 문을 활짝 열고 본당을 청소한다.

여자 냄새가 밴 이불을 햇빛에 말리고, 잠옷과 시트와 베갯잇

을 뺀다. 그리고 평소처럼 아침식사를 준비한다. 너는 이 절의 생활에 완전히 녹아든 모양이다. 마치 태어났을 때부터 줄곧 절에서 산 사람처럼 익숙하다. 그러나 과연 그 생활이 너에게 바람직한 것인지는 판단하기 어렵다. 내 생각이야 차치하고 너한테는 어쩌면 이런 나날이 어울리는지도 모르겠다.

너는 남은 인생을 여기서 지낼 작정인가.

봄이 오면 떠나게 되리란 나의 예상은 빗나갈지도 모르겠다. 강하고 속된 욕심과 부도덕한 행위야말로 가장 좋은 수행이라고 호언하는 그 주지승의 폭음 폭식 탓에 나날이 비대해지는 심장을 곁눈으로 보면서, 도저히 감당할 수 없는 현실에서 하염없이 도망치는 것은 아닐까.

그리고 주지승이 죽은 후에도 질기게 살아남는 것은 아닐까.

무절제한 나날과 거의 구별할 수 없는 세월을 지내며, 어쩌다한 번씩 찾아오는 백발의 늙은 원숭이와 무언의 대화를 나누고, 우물쭈물하는 사이에 사람들 속으로 나서기가 더욱 귀찮아져, 노쇠라는 등의 꼴사나운 답변을 내리고는, 뭐라 말할 수 없이 쓸쓸한 일생을 마치는 것은 아닐까. 어떤 불합리한 짓을 해서라도 권력의 옥좌에 앉으려는 무리들을 고집스레 반대하는 일도 없고, 국가의 치안을 필요 이상 유지하려는 무리들에게 선전포고를 하는 일도 없고, 비합법적인 정부의 가면을 확 벗기는 일도 없고, 대량학살을 마다하지 않는 꼭두각시가 이 섬나라의 전권을 장악한 것도 모르는 척하면서, 평화에서 전쟁으로 이행하는 과도기를 돌이라도 된 듯한 마음가짐으로 헤쳐나가고, 마침내 자기 식의 득도를 하여, 드디어 목숨이 간당간당해졌을 때는 내세를 믿으며 성불하는 그런 아무 재미도 없는 늙은이로 생을 마감할 것인가. 너란 놈은 그런 좀스러운 생애를 보내기 위하여 그렇게 처참하게 태어났다는 말인가.

너는 득도하고 싶은 것인가.

아니면 잠시 출가하고픈 마음이 일었을 뿐인가.

그렇게까지 세속을 초탈하고 싶은가.

만약 네가 정말 그쪽으로 마음이 기운다면, 이즈음에서 작별을 고하지 않으면 안 될 것이다. 평생 움직일 수 없는 입장에 있는 내가 보고 싶은 것은 흐르는 자의 선구자가 될지도 모르는 인간의 빼어난 일생이다. 뒤숭숭하고 다사다난한 세상의 거친 파도를 헤치고 나아가는 너의 모습을 보고 싶은 것이다.

지금까지 너는 내 안에서 뭉글뭉글 연기만 피워대는 불씨를 들 쑤셔주는 존재였다.

그런데 지금에 와서 나 몰라라 하다니 그런 법은 없다. 나는 보고 싶다. 인간의 저력을 보고 싶다. 인간이기에 가능한 이지가 폭발하는 장면을 보고 싶다. 인간이 어느 정도의 생물인지, 그 굉장함을 보고 싶다.

그러나 지금은 일단 기다리기로 하자.

꾹 참고 기다리기로 하자. 그러면 아마도 머지않아 결심이 서서 자기도 모르게 무릎을 탁 치는 너를 볼 수 있을 것이다. 혀를 내두를 만큼 치밀한, 그림처럼 생생한 너의 미래가 보이고 있는 한, 그렇게 기대하는 수밖에 없다. 그러나 인간의 수명은 너무도 짧다.

나는 기다렸다.

그러나 초목이 푸릇푸릇해질 무렵이 되어도, 물고기 떼를 찾아 춤어하는 계절이 찾아와도, 네 인생의 국면은 조금도 변함이 없었다. 너는 꼼짝하지 않았다. 꼼짝은커녕, 그 낡은 절에 완전히 엉덩이를 눌어붙이고 말았다. 너의 혼은 나날이 점착력을 잃고 사람의 접근을 금하는 분위기의 그곳에 딱 들러붙어 있었다.

한 가지 놀랄 일이 있다.

너 같은 놈이 농부 흉내를 내기 시작한 것이다. 밭을 갈고, 주지승에게 부탁하여 사온 씨앗을 뿌리고, 묘목을 심었다. 고향집에서는 들일 한 번 거들지 않은 너인데, 지금은 너를 길러준 부모를 흉내내 괭이를 휘두르고 퇴비를 나르고 있다. 그런 너를 보고 주지승이 말했다.

"자네 쪽이 훨씬 중답구먼."

절의 광에는 자활에 필요한 도구가 거의 빠짐없이 갖추어져 있었다. 다만 선대가 사용했던 물건이라 다 녹이 슬고 낡아 대부분 쓸 수가 없었다. 낫 같은 것은 한 번 휘두르자 목이 쑥 빠져나갔다. 손도끼는 잘하면 쓸 수 있을 것 같았다. 너는 그것으로 장작을 팰 생각이었다. 녹슨 도끼를 가는 사이 그 나이프가 떠오르고, 이어 그 살인이 떠올랐다. 그러나 너는 동요치 않았다. 도끼를 바다에 던져버리지는 않았다.

너는 재기한 상태였다.

너는 손도끼를 갈면서, 그것이 칼을 능가할지언정 뒤지지 않는다는 것을 알았다. 과거에 애용하였던 나이프가 잡동사니로 여겨질 만큼 훌륭했다. 너는 그것을 햇빛에 비춰보며 넋을 잃었다. 그러자 장작을 패는 데 사용하기가 아까워졌다. 그리고 오래도록 고여 있었던 창조적인 피가 웅성거리기 시작하였다. 그러나 이번에는 팔아먹을 마음이 없는 발상이었다. 즉 팔아서 생활의 양식을 마련하려는 세공 조각품 같은 아기자기한 것이 아니라, 거칠고 억세도 손도끼에 어울리는 대작에 도전하고 싶었다.

게다가 나무랄 데 없는 소재도 입수하였다.

해초라도 뜯으려고 벼랑 오솔길을 걸어 해변으로 내려가는데 마침 그게 눈에 띄었다. 잘 마른, 기기묘묘한 모양의 유목流木이 너를 부르고 있었다. 팔처럼 튀어나온 가지가 너에게 손짓하고 있는 것처럼 보였다. 석탄처럼 거뭇거뭇 빛나는 그것은 아직 손끝 하나 대지 않았는데도 토르소를 연상시켰고, 이른 봄 바다의 반사광을 한껏 받으면서 나전칠기 같은 진줏빛 광택을 발하고 있었다. 그것이 시야에 들어오자마자 무슨 창 같은 감각이 너의 영육을 일시에 관통하였다. 동시에 너는 강을 무사히 헤엄쳐 건넌 개처럼 푸르르 몸을 떨었다. 눈의 광채를 되찾았다.

그러나 그런 대목을 벼랑 위로 옮기기란 쉬운 일이 아니었다.

한참을 생각한 후에 너는 로프에 묶어 메고 가기로 하였다. 그 방법밖에 없었다. 주지승의 힘은 빌리고 싶지 않았다. 아니 누군가가 손을 댄다는 것조차 싫었다. 너는 구불구불 경사가 심한 비탈길을 신중하게 올라갔다. 한 걸음 내디딜 때마다 등뼈가 으적거렸고 허리가 후들거렸고 땀이 비 오듯 쏟아졌다. 어쩌면 그 목재는 중금속보다 무게가 훨씬 더 나갈지도 몰랐다.

절까지 운반하는 데 거의 반나절이 걸렸다.

너는 그것을 본당 한가운데 내려놓았다. 내려놓은 것이 아니라 굴렸다. 그러고는 저녁밥을 평소보다 세 배는 먹고 한밤중이 되도록 그것을 수직으로 세웠다. 지렛대 원리를 응용하였지만 만약 너의 체중이 이삼 킬로그램 모자랐다면 하룻밤이 더 걸렸을 것이다. 너는 당장에라도 조각하고 싶었다. 그러나 유감스럽게도 힘이 다하고 말았다. 이튿날이 되었는데도 다리가 서지 않았다. 마디마디가 아팠다.

너는 사흘 동안이나 옆에 누워 그것을 바라보았다.

그리고 나흘째 아침 간신히 도끼를 잡을 수 있었다. 아니나 다를까 무지무지하게 딱딱한 나무였다. 돌을 파는 게 차라리 쉬울 정도였다. 그러나 너는 손도끼를 내던지지 않았다. 끈질기게 손을 놀렸다. 소리를 듣고 나타난 주지승은, "자네한테 불상을 만드는 재주가 있다는 것은 몰랐군"이라고 말하더니 매우 감탄하는 표정이었다. 그런데 그후 그는 왠지 아주 침울해지고 말았다.

네가 눈에 거슬린 것일까.

너 같은 놈이 곁에 있는 것만으로도 자기 부정을 야기한다고 생각한 것일까. 그래도 그는 나가달라는 말은 절대로 하지 않았다. 네가 소지한 돈이 이제 얼마 남지 않았는데도—그 대부분을 여자한테 쏟아부었지만—그는 너를 방해꾼으로 취급하지 않았다.

너를 쫓아낸 것이 아니라, 주지승 자신이 모습을 감추었다.

아무리 밤놀이가 과해도 아침이면 반드시 돌아오는 그가 그날은 오후가 지나도 돌아오지 않고 해가 기울어도 모습을 보이지 않았다. 다음 날이 되어도, 사흘이 지나도 나타나지 않았다. 사랑하는 전기 스쿠터와 함께 나갈 때 옷차림 그대로 어디론가 사라져 행방이 묘연해지고 말았다. 그렇다고 그가 너를 대신하여 흐르는 자가 되었다고 생각하기는 이르다. 그가 좋아하는 타입인 뚱뚱한 여인의 집에 틀어박혔는지도 모르고, 아니면 뇌출혈이라도 일으켜 병원에 실려갔는지도 모를 일이다. 아니면 또다른 남자의 여자한테 손을 댔다가 한바탕 소동을 피우고 죽임을 당한 후 어느 산에 묻혔거나 바다로 가라앉았을지도 모르는 일이다.

그러나 너는 그리 마음을 쓰지 않았다.

너는 손도끼 하나만 사용하는 조각에 몰두하였다. 혼자서 밥을 먹고, 지치면 목욕을 하고 자고, 눈을 뜨면 또 딱딱한 나무를 상대로 분투하였다. 대팻밥이 날릴 때마다 너의 가슴속 불순물이 깎여나갔다. 그리고 전신의 근육이 야생 원숭이를 닮은 우람한 모습으로 변해갔다. 네가 조각하고 있는 것은 나무가 아니라 바로 너 자신이었다. 나한테는 그렇게 보였다.

금방 열흘이 흘렀다.

또 열흘이 흘렀지만 주지승은 여전히 돌아오지 않았다. 좀 이상하다 싶었지만 너는 마을로 찾아나서려는 생각은 하지 않았다. 만약 어디선가 곤경에 처해 있다면 이번에는 네가 도와주어야 할 차례라고도 생각지 않았다. 그는 죽고 싶어했다. 괜한 방해를 해서는 안 된다고 너는 생각하였다. 파멸의 길에 매력을 느끼는 자는 그 나름의 사정이나 마음의 상처 같은 것이 있을 터였다.

너는 주지승의 방을 들여다보았다.

제일 먼저 눈에 띈 것은, 백로에 모란꽃이 그려진 조잡한 금박의 병풍이었다. 그리고 그 표면에 묻어 있는 검붉은 반점이었다. 그것은 피였다. 피를 토한 흔적이었다. 술 때문에 위가 엉망이었는지도 모른다. 마을에서 술을 퍼마시다가 또 피를 토하고, 근처 응급실로 운반되는 도중에도 대량의 피를 토하여, 그 빨강을 아름답다 느끼며 돌아올 수 없는 자가 된 것일까. 그렇지 않으면 채 죽지 못해 진심으로 자살을 생각하고 있는 중일까. 어찌 되었든 그런 생활 태도에서는 그런 해답밖에 나오지 않을 것이며 그것은 또 그가 바란 바이기도 하였다. 벽장 구석에서 먼지를 뒤집어쓰고 있는 것은 과거의 수첩이었다. 천 년 치는 돼 보였다. 그런 물건에 관심을 보일 네가 아닌데 어쩐 일인지 펼쳐보았다. 그것도 망설이지 않고 제일 오래된, 천 년 전의 수첩을 펼쳐, 최초에 기록된 이름을 보았다. 너는 한 번 보고는 눈을 딱 감고 바로 벽장 속에 넣었다. 밖으로 튀어나가 어지럽게 흩날리는 봄눈 속에 섰다. 하늘을 우러른 채 하염없이 그렇게 서 있었다. 한참이 지난 후에 너는 침착하게 자신에게 두세 마디 중얼거렸다.

"그냥 우연이야."

"동성동명은 드문 일이 아니잖아."

"천 년 전에도 그런 이름이 있었다니……"

그러고서 너는 갑작스레 되살아난 자신의 이름에, 부모가 지어준 이름에 휘둘려 도끼를 잡은 손에 힘을 주지 못했다. 결국 그날은 일에 진척이 없었다. 한밤에 너는 밖으로 나가 범종을 울렸다. 그리고 아직 진동이 계속되고 있는 종 안으로 머리를 처박았다. 그러나 그런 정도의 일로 잊혀질 이름이 아니었다. 그래도 너는 잊으려고 큰 소리로 외쳤다. 소리를 지르는 바람에 머리를 심하게 부딪쳤다. 종이 자그맣게 울렸다.

봄이 무르익자 너의 머리에서 주지승이 지워졌다.

또 너 자신의 이름도 희미한 기억 속으로 돌아갔다.

돈은 한 푼도 없지만 식량은 듬뿍 남아 있었으므로 당분간 지내기에는 곤란함이 없었다. 쌀도 된장도 몇 종류의 절인 채소도 나무처럼 바싹 마른 생선도 있었다. 더구나 한 사람이 줄어들었다는 것은 식량이 배로 늘어난 것을 뜻하기도 했다. 또 나날이 날씨가 따뜻해져 늦서리가 내리지 않자, 슬슬 밭에서 키운 채소류도 먹을 수 있게 되었다. 해변에는 해초가 밀려오고, 반도 전체는 산채의 보고였다. 낚시 도구만 있으면 생선도 충분히 구할 수 있었다.

소금기가 많은 음식은 오히려 네 몸에 맞았다.

혈압을 적당히 올려주고, 창작 의욕을 북돋우고, 열정의 원천을 끊임없이 자극하였다. 네가 지금 일사불란하게 조각하고 있는 것은 물론 천연덕스러운 얼굴의 불상 따위가 아니다. 그 원숭이다. 눈 내리는 밤, 늙은 흑송 가지에 마치 부엉이처럼 앉아 있었던 그 거구의 원숭이를 새기고 있다. 그것은 또『원숭이 시집』의 화자인 백발의 늙은 원숭이이기도 하다. 바람직한 착안이라고 생각한다. 너한테 그만큼 어울리는 테마는 없다. 만약 네가 생각하는 대로 완성한다면 이 절의 본존불로 앉혀도 손색이 없을 것이다.

너는 조각을 하고 있다는 자각이 거의 없다.

검은 유목 속에 마치 화석처럼 갇혀 있는 원숭이를 끄집어내고 있다는 느낌밖에 없다. 팔이 저려오면 일을 쉬고, 율무차를 마시고, 바다를 바라보고, 온통 청초靑草로 뒤덮인 곳을, 이 끝에서 저 끝까지 걷는다. 그곳에는 초목의 생장을 저해하는 요인이 없다. 아련한 밤의 달이 사양길에 접어든 이 나라를 불쌍히 여기고 있다.

너는 아무 걱정도 않는다.

갑자기 실종된 주지승에 대해서도, 갑자기 미친 듯 거대한 원숭이를 조각하기 시작한 자신에 대해서도 심려하지 않는다. 그런 생활이 과연 언제까지 계속될 것인가. 양식이 완전히 떨어지면 어쩔 셈인가. 동회 사람이나 경찰이 절의 상황을 살피러 오면 어쩔 것인가. 그런 일은 조금도 생각하지 않는다. 그렇다고 태만하게 흐르는 생활과 똑같이 취급해서는 안 된다. 너는 하루하루를 성실하게 보내고 있다. 각고 끝에 성공한, 실로 모범적인 그 어떤 입지전적인 인물에도 결코 뒤지지 않을 것이다.

너의 하루는 변함없이 흘러간다.

해가 뜨기 전에 일어난다. 아침은 하얀 죽에 매실 장아찌로 끝낸다. 남은 찌꺼기는 들새에게 준다. 청소를 하고 빨래를 한다. 그리고 정성스럽게 도끼를 갈아 본당에 틀어박힌다. 그렇지만 돌을 깎는 석공 같은 생활은 아니다. 또 그 예가 없을 정도로 견실하여 그저 생활에 쫓길 뿐인 나날과는 전혀 다르다. 너는 살아 있다. 너의 생은 모두가 너 자신을 위하여 연소되고 있다. 온화한 표정을 짓고 있는 일이 거의 없어 항상 까다로운 표정이지만, 그러나 생기를 잃은 적은 없다.

너는 어떻게 기분을 전환해야 하는지 잘 알고 있다.

가끔은 밭을 갈고, 뒷산에서 섶나무 가지를 주워 모으고, 샘에 떨어진 쓰레기를 줍고, 연고 없는 무덤에 들꽃을 바친다. 즉 이 절은 이제 너의 것인 셈이다. 어느 사이엔가 너는 주지승의 뒤를 잇고 있었던 것이다. 독경을 하지 않더라도, 내용 면에서는 진짜 중을 넘어서고 있는지도 모른다. 반영구적으로 작동하는 전기면도기로 머리를 깎을 때마다 복잡한 구조의 회색 뇌로 상쾌한 바람이 살랑살랑 분다. 그러면 머리뼈 바로 옆, 그러니까 과거에 머리카락이 텁수룩하게 있었던 부근에, 우주가 있다는 것을 실감할 수 있어 개운한 기분이 들었다.

방문객은 없다.

성묘하러 오는 자도 없고 승방에 재워줄 수 있느냐고 문을 두드리는 행려승도 없다. 또 혼란 끝에 헤매다니고, 헤맨 끝에 우연히 이 절에 오게 되어 절문 앞에 풀썩 쓰러지는 자도 없다. 너는 누군가 와주기를 은밀히 바라는 것은 아니다. 그러나 아무도 오지 않기를 바라는 것도 아니다. 너의 마음은 원숭이상이 완성에 가까워짐에 따라 점점 열린다. 바깥을 향하여 열려간다. 검정으로 물들인 승복과 감색으로 물들인 작업복이 한결 잘 어울리게 된 너는, 저녁 햇살의 투명한 그림자에 길들고, 어린 잎사귀들로 뒤덮인 곳에 충만한 봄빛에 무리 없이 녹아들고, 이따금 나타나 겁을 주는 옛 사자의 망령도 쉬 물리친다.

너는 잠자리에서 빗방울 소리를 듣고, 홀로 밥상 앞에 앉아 파도 소리에 귀를 기울인다.

자욱한 봄비에 젖어 있는 반도 전체가 너의 왕국이다. 당장은 생활에 지장이 없는 세속을 떠난 나날을, 들뜬 기분으로 흐르는 솜구름과 사방으로 부는 유난히 부드러운 봄바람이 긍정하고 있다.

비가 내릴 때마다 봄은 무르익고, 바다는 급속하게 목소리를 낮춘다.

너의 싱그러운 혼은 세정을 관찰하여 흑백을 가리는 일에서 멀리멀리 떨어져 유목 속에서 조금씩 부상하는 늙은 원숭이에게 맡겨져 있다. 그 원숭이는 네가 무심한 경지에서 도끼질을 할 때마다 확실하게 품격을 갖춰간다. 사방을 제압하는 위엄을 갖춰간다. 다부진 양어깨에는 실로 균형 잡힌 애증이 배어 있고, 단단한 턱선에서는 불합리한 명령에 대항하는, 지렛대로도 움직일 수 없는 강한 의지가 뚜렷하게 느껴졌다. 그리고 텁수룩한 털로 뒤덮인 몸은 유약한 정신을 보란 듯 거부하는 눈부신 아우라를 발하고 있었다.

얼굴 생김 역시 나무랄 데가 없다.

함부로 천벌을 내리고 싶어하거나, 장난삼아 세뇌하고 싶어하는 자의 상이 아니다. 그러나 번뜩이는 눈동자에는, 설사 상대가 신이든 부처든 이러니저러니 하며 간섭하지 못하게 하겠다는 매서움과, 타오르는 불길처럼 초지일관을 지향하는 열정이 담겨 있었다.

이 계절에 앞서 피는 꽃들이 꽃샘바람에 흩날리고 있다.

바람이 자고 나면 바다가 너의 마음을 수평선처럼 평평하게 한다. 가슴에 새기고 있는 무수한 말들이 차례차례 지워진다.

날갯소리를 일으키며 날아오른 곤충이 눈 깜짝할 사이에 푸른 풀잎에 머물러 있다.

세상은 원인이 되고 결과도 되는 천차만별한 움직임으로 가득하다.

동식물은 물론이요 인체에도 유해한 물질이 변함없는 기세로 늘어나고 있다.

넓어져만 가는 오존 구멍에서 소리도 없이 쏟아지는 자외선이 피부암을 억제하는 유전자를 파괴하고, 우선은 개구리의 수를 격감시키고 있다.

그런데도 너는 너를 상대로 불만을 터트리는 일 없이 너를 둘러싼 풍광을 있는 그대로 찬미한다. 또 가는 봄을 서러워하지도 않는다. 그리고 너는 바다에 매혹되어 있다. 황홀한 눈에 바다의 모든 것이 아름답게 느껴진다.

　해상에 발생한 농무 속에서 돌연 소해정掃海艇이 나타났다.
　그것은 위풍당당하게 사방을 제압하면서 북쪽 군항을 향하여 다시 안개 속으로 사라졌다. 그 묵직한 엔진 소리는 험악한 국제정세를 구실 삼아 해역 방위에 주의를 기울일 필요성을 과장하고, 현재 보유하고 있는 병력으로는 도저히 대처할 수 없음을 강조하고, 징병제도의 중요성을 열심히 역설하고 있다. 노년층은 늘어나고 조세수입은 줄어만 가는 이 나라는 억지에 억지를 쌓아가고 있다. 대지진의 영향은 아직도 계속되고 있다. 위정자들은 국민들에게 은총을 베푸는 척하면서 얼토당토않은 잘못을 저지르고 있다. 군사력을 시위하는 단계에서 더 발전하여 그 윗단계로 이행하고 있다. 이런 때가 절박한 정세는 아니라고 하는 사람이 있다면 그는 어지간히 태평한 사람이다. 과연 중상주의 정책은 유사 이래의 번영을 가져다주었지만 지금은 이미 죽어가고 있다. 미군을 전 기지에서 쫓아내기로 결정했을 때부터 반일적인 행동을 취하는 나라가 급증하고 있다. 이 나라는 입장을 거듭 지나치게 선명히 했던 것이다.

그런데 너란 놈은, 나는 무관하올시다이다.

세인의 관심사에 등을 돌리고 있다. 그런데다 보통 사람들은 간담이 서늘해질, 마음이 약한 자 같으면 돌아버릴지도 모르는 기이한 현상에도 너는 전혀 동요치 않는다. 울타리가 쳐진 묘지 쪽에서 귀신불이 타올라도, 미모의 여자가 본당의 두꺼운 벽을 스윽 뚫고 나타나도, 절문 앞에서 염소수염을 기르고 홀쭉한 얼굴에 쪽빛 옷을 걸친 남자가 으스스한 목소리로 하룻밤 잠을 청해도, 너는 일일이 놀라 오싹해하지 않는다. 그렇다고 하여 너 자신이 모르는 사이에 귀신 축에 끼어든 것은 아니다.

너는 살아 있는 인간이다.

그러나 반년 전의 너와는 어딘가 다르다. 현재의 너는 목전의 변화를 원하지 않는다. 너는 지금 자신의 가슴속을 흐르고 있는 것이다. 그리고 조혈작용과 마찬가지로 너의 혼 내부에서는 자립에 필요불가결한 무언가가 생성되고 있다. 어쩌면 그것은, 눈부신 약진이라고 할 수 있는 것인지도 모르겠다.

너는 꽃 필 무렵의 구름 걷힌 하늘 아래, 벼랑 끝에 서서 바람에 옷자락을 펄럭이며 바다를 바라본다…… 너는 막 면도한 머리로 봄의 따스함을 만끽하면서 유성을 헤아리고, 공룡시대를 지나 쉴 새없이 흐르고 있는 시간의 최첨단에 존재한다고 자각한다…… 하루하루를 소중하게 여기고, 탈 없이 지나는 한 해를 동경하게 된 너에게 비스듬히 뿌리는 비바람이 이렇게 말하면서 너를 흔들어놓는다…… 아무리 몸부림쳐도, 아무리 젠체해도, 생물 이상이 될 수 없다고.

그러나 나는 그렇게 생각지 않는다.

원시의 바다에서 밀물과 썰물의 힘으로 거대한 혼합작용이 일어나 탄생한 생명의 원천은 이후 끝없는 진화를 거듭하였고, 몇억 년이 지난 지금도 그 도상에 있다. 특히 인간이란 복잡기묘한 생물은 앞으로 어떻게 변할지 아무도 예측하지 못한다. 언젠가 인간을 초월한 존재가 될지 모른다. 어쩌면 이미 몇 사람쯤 그런 존재가 되어가고 있는지도 모르겠다.

그 증거로 사오백 년 전, 나는 벌써 그 비슷한 인물을 만났다.

지금 막 그때 생각이 났다. 역병이 유행하여, 불태워지는 시신 냄새가 밤이고 낮이고 숲속까지 흘러들어왔던 어느 해 여름의 일이었다.

선승 한 명이 내가 있는 곳을 찾았다.

아마 거목 아래에서 명상 삼매에 빠져, 개오할 심산이었을 것이다. 그런데 나는 그런 유의 남자를 자학 취미가 있는 염세론자로밖에 여기지 않았다. 요컨대 한없이 도망다니다가, 재수가 좋으면 꿈꾸는 기분으로 이 세상에 작별을 고하려는 얼간이로 여기고 있었던 것이다.

저녁 서광을 받으며 좌선에 들어간 그는 뭐 딱히 유별난 인물은 아니었다.

사자의 혼을 불러들여 생전의 모습을 연기 속에 보이게 한다는 반혼향返魂香을 피우고 싶어하는 찝찝한 놈은 아닌 것 같았다. 아무 데나 흔히 있을 법한, 눈이 축 늘어진 애교 있는 자였다. 하지만 가짜 중 같지는 않았다. 먹지도 마시지도 않고, 더구나 자지도 않고 앉아 무릎 위로 뱀이 지나가도 미동도 하지 않았다.

사흘 정도 지나자 동그스름하고 통통하였던 얼굴이 일변하였다.

혹독한 형벌을 받은 자라도 그렇게 급작스럽게 야위지는 않을 것이다. 다시 사흘이 지나자 고사한 나뭇가지처럼 가늘어진 몸이 마치 대지에 뿌리를 내린 듯 안정되었다. 가끔은 기이한 말을 토하였던 입이 완전히 다물어졌고, 정신이 육체를 대신하였다. 그 정신은 물질로 구성되어 있는 세상에 당당히 반기를 드는 정신이었다.

미래지향적인 학자들은 슬슬 깨닫고 있다.

생명이란 원래부터 물질로만 이루어진 것은 아니다. 이미 알려져 있는 물질과, 인간이 아직 알지 못하고 발견하지 못한 많은 물질이 기적적이랄 만큼 교묘하게 얽혀 있는 것이다. 영혼이란 것도 실은 물질의 일부이며 죽음이란 물질과 암흑물질의 분열을 뜻한다. 천 년 동안 움직이지 않고, 천 년 동안 불도에 정진한 것이나 다름없는 삶을 산 내가, 최종적으로 내린 결론이 그것이다.

죽어 암흑물질로만 존재하게 된 자는 단숨에 중력에서 해방된다.

그리하여, 그 자신의 마음이 투영되어 현세보다 한층 생생한 세계로 여행을 떠나는 것이다. 그러나 전생에 미련을 남긴 자, 즉 그리 나쁜 인생은 아니었다고 생각하는 자는, 잠시 후에는 다시 중력에 이끌려 보통 물질과 합체하는 기회를 만나 새로운 생명을 형성한다. 그렇다고 염세주의자가 다른 세계로 날아갈 수 있다는 것은 아니다. 그들의 혼은 슬픔이나 원한 때문에 지나치게 무겁다.

파란 구름이 길게 늘어진 빛의 세계로 이행할 수 있는 자는 흔치 않다.

완전하게 자립해 있고, 한없이 시원시원하며, 결코 발길을 되돌리지 않는 자만이 이 세상도 저세상도 아닌, 전혀 새로운 제삼의 세계로 파고들 수 있는 것이다. 그것이 해탈이다. 그러나 해탈할 수 있는 자는 극소수다. 신이나 권력에 굴복하고, 떼지어 사는 것으로 거품 같은 안식을 얻으려는 대부분의 사람들은 사후의 세계를 언뜻 들여다보았나 싶으면 다시 원래의 세계로, 다른 생명을 먹이로 하지 않으면 안 되는 세계로 끌려온다. 그 되풀이가 윤회라는 것이다. 그리고 이 세상에서나 저세상에서나 동일한 공간에 겹쳐서 존재한다.

생은 어디까지나 부차적인 현상에 지나지 않는다.

생명은 지구보다 귀중하다고 득의양양하게 떠드는 자들은 대개가 민중의 여린 마음을 강탈하고 싶어하는 지배계급의 주구인 종교인들이다. 아니면 그들에게 기생하여 사는 곡학아세의 무리다. 그렇지 않으면 정에 얽매이기 쉽고, 항상 자신의 주관으로 타인을 조종하고 싶어하는 미욱한 온정주의자이거나 인도주의자들이다. 죽음을 동경하여 미련 없이 죽어버리는 자가 급증하면 가장 곤란한 것이 그런 패거리들이다.

권력이나 종교는, 죽음의 공포에 질려 있는 사람들이 많이 있어주지 않으면 상당히 곤란한 것이다. 그들을 지탱하고 있는 것은 사람들의 두려움이므로. 통치자가 가장 두려워하는 것은 죽음을 두려워하지 않는 피통치자다. 왜 우리가 너희한테 엉덩이를 걷어차이지 않으면 안 되느냐고 고함을 지르는 폭도로 변하여, 공안을 저해하는 자가 되어 죽을 각오로 반격하는 자들을 그들은 가장 두려워한다. 그런 주제에 그들은 국가를 위하여 혹은 종교를 위하여 목숨 바치는 자를 대환영한다.

무엇보다 권력의 소실을 두려워하는 그들은 바보가 아니다.

그저 뒷짐을 지고 대중의 돌변한 태도를 바라보는 것은 아니다. 빠르건 늦건 그에 상응하는 수를 쓴다. 필요하다면 제아무리 무도한 수단이라도 사용한다. 그리고 그들은 지금, 생명이 일회성이 아니라고 주장하는 ─ 실제로 윤회는 분자 레벨에서 과학적으로 증명되어가고 있다 ─ 서적을 음란물과 똑같이 취급하며 세상의 해독이라고 탄압하고 있다. 그 반면 교활한 지혜에 능한 그들은, 그 놀랄 만한 설을 거꾸로 활용하여, 충성스러운 신민을 호국의 기둥으로 내세우고 군신으로 숭앙함으로써 국민의 단결을 획책하고 있다. 종교의 세계에서도 순교자가 속출하고 있다.

목숨처럼 가벼운 것은 없다.
가벼운 목숨을 즐기며 살아라.
그러나 그 가벼움으로 타인에게 이용당해서는 안 된다.

이는 내 생각이지만, 『원숭이 시집』에도 이와 유사하게 기술되어 있다.

그것은 그대의 생명이니, 그 취급을 결정하는 것은 그대가 아니면 안 된다.

생명이 그대의 선택이 아니었으니, 최소한 죽음이나마 그대의 자유로 택하라.

과연 말 그대로라고 생각한다.

지친 몸으로 번뇌하는 일생을 숯불처럼 따스한 사랑의 온기에 의지하여 조용히 지내는 것도 좋다. 착취당하면서, 사람으로서의 존엄성을 짓밟히면서, 자아를 죽이고 불평을 주절주절 늘어놓을 뿐인, 그저 그런 세월에 푹 잠겨 지내는 것도 좋다. 그러나 풀내음이 풀풀 피어오르는 아름다운 계절에, 원시의 잔향이 지금도 살아 있는, 아름다움만이 아닌 이 숲을 남몰래 찾아, 반짝반짝거리는 싱그러운 잎사귀를 담뿍 단 튼튼한 가지에 비닐 끈을 걸고, 그 끈 끝에 손이 아니라 목을 걸어보는 것도 나쁘지는 않다. 누가 너의 어머니가 그런 생각을 하였다고 말할 수 있으랴. 이 세상으로부터 일탈에 억지로 성공한 그녀이지만 너를 길동무로 삼는 일에는 실패하였다.

내가 뭐 딱히 좋아서 도그마나 패러독스와 장난을 치고 있는 것은 아니다.

다만 언제든지 다시 시작할 수 있다는 것을, 천 번이고 만 번이고 가능하다는 것을 얘기하고 싶을 뿐이다. 죽음은 그러기 위한 마지막 카드로 주어진 특권이며, 영구히 사용할 수 있는 무료 통행권임을 알아주었으면 하는 것이다. 특히 흐르는 자인 너는 알아야 할 것이다.

그런데 내 아래서 목숨을 건 좌선을 계속하고 있는 남자의 목표는 새로운 시작이 아니었다.

새로운 시작이 목적이었다면 일부러 그런 고생을 하지 않더라도, 등에다 돌을 묶고 눈앞에 있는 바닥 모를 늪으로 뛰어들면 그만일 것이다. 그가 지향하고 있는 것은 다름아닌 윤회라는 숙명을 끊는 데 있었다. 즉 이 세상도 저세상도 아닌 제삼의 세계, 빛 그 자체가 되어 존재할 수 있는 세계로 단숨에 날아가고 싶었던 것이다. 물질과 암흑물질 사이를 끝없이 오갈 뿐인, 진퇴양난의 입장에 싫증이 났던 것이리라. 사람들이 부러워할 정도로 행복한 생애를 보내다가, 꽃잎이 하늘하늘 떨어지는 넓은 정원을 산책하는 길에 심장이 딱 멈추어, 많은 사람들이 뼈를 주워담는 그런 종말이었다 해도, 이 세상에는 두 번 다시 돌아오고 싶지 않았던 것이리라. 그렇지 않으면 미지의 세계를 추구하는 가슴 설레고 들썩거리는 마음을 도저히 억제할 수 없었던 것이리라. 그런 기분은 나도 잘 안다.

그가 심각하게 추구한 것은, 말하자면 완벽한 해탈이었다.

필경 그것은 반反물질만으로 만들어진, 한 조각의 고통도 슬픔도 없는, 기쁨에 찬 세계로 돌입하기 위한 훈련이었을 것이다. 그러나 한 번 물질의 진흙탕에 빠졌던 인간이, 그렇게 간단히 소망을 이룰 리가 없었다. 단식을 하는 정도로 생과 사의 연쇄에서 벗어날 수 있다고는 생각되지 않는다. 살아 있으면서 이 세상과 저 세상을 동일시하고, 무아의 경지에 올라, 지향하는 세계의 입구가 보였다 해도 과연 그곳에 도달할 수 있을지는 큰 의문이었다.

차마 눈뜨고 볼 수 없는 나날이 며칠 더 흘렀다.

나는 가능하면 그를 보지 않으려 하였다. 그러나 그렇게 애를 쓰면 쓸수록 그에게 신경이 쓰였다. 계속 내리는 비로 숲은 초록을 더하고 있었다. 그 기운은 멈출 줄을 몰랐다. 그리고 우리 숲은 뼈와 가죽만 남은, 보기에도 애처로운 인간을 이물질로 토해내고 싶어하였다. 그러나 그는 여전히 앉아 있는 석상 자세를 풀지 않았다. 물론 기력이 남아 있는 것은 아니었다. 그러나 결코 가사 상태는 아니었다. 또 반광란 상태에 빠져 수습이 불가능한 그런 일도 없었다. 인간이란 참으로 알 수 없는 생물이다.

그리고 또 광적인 며칠이 흘렀다.

어제 타고 남은 것이라고는 여겨지지 않을 만큼 발랄한 태양이 바다 위로 떠올랐다. 금빛 햇살이 숲으로 쏟아진 한순간 후에, 시야 전체가 훨씬 더 강렬한 빛에 싸였다. 번쩍 빛난 그것은 파르스름하였고, 대도시를 순간에 초토화하는 수소폭탄이 발하는 빛보다 눈부시고, 눈부신 나머지 아무것도 보이지 않았다. 캄캄한 밤이 그나마 나을 정도였다.

그 빛이 사라졌을 때 이미 그의 모습은 어디에도 없었다.

내 밑동에는 아무도 없었다. 거기에는 그가 걸치고 있었던 쪽빛 너덜너덜한 옷밖에 남아 있지 않았다. 그 외에는 아무것도 없었다. 그것은 나의 상상을 아득히 넘어서는 현상이었다. 내가 예상했던 일과는 아주 달랐다. 가령 그의 엄청난 목표가 대성공을 거두었다 해도 고작해야 육체에서 이탈하는 반투명한 그가 희미하게 보이는 정도일 테지 하고 생각하고 있었던 것이다. 그렇게까지는 안 되더라도 좌선을 한 자세로 목숨이 끊기면 그나마 다행이라고 생각하고 있었다.

설마 육체까지 흔적도 없이 사라지다니……

대체 그 안에서 어떤 변화가 일어났던 것일까. 모든 욕망을 완전히 버리고 자신을 멸함으로써 고스란히 반물질로 화한 것인가. 만약 그렇다면 그의 의지력은 위대하다. 아무튼 그가 바라는 바가 이루어진 것이다. 강건한 의지의 힘과, 세계에서 그 비슷한 예를 볼 수 없는 자립의 정신으로, 신이나 종교의 힘 따위와는 아무 상관없이, 로켓처럼 날아올라 산 자도 죽은 자도 아닌 존재가 된 것이다.

그렇다고 그를 본받고 싶은 생각은 없다.

나는 수목으로 이 세상에 존재하는 것에 만족한다. 때로는 더없는 기쁨까지 느끼는 일도 있다. 그러니 그 현상이 아무리 멋지고 기적적인 것이라 해도, 스스로 죽음을 불러들이는 일에 매력을 느낄 턱이 없었다. 그로부터 몇백 년을 살았지만 나는 지금도 여전히 이 세상에 존재함을 즐기고 있다. 천 년을 살았는데도 아직 어설픈 말을 얼마든지 뱉어낼 수 있는 나 자신을 마음껏 즐기고 있다. 갖가지 가혹한 현실을 충분히 알고 있으며, 인간들의 망상이 빚어낸 신들이 고개를 들이밀 여지가 아직도 한참 남아 있는 모순투성이 세상을 향유하고 있다.

끊임없이 진화의 도상에 있는 강인한 생물들.

그들은 제각각 묘안을 짜내면서, 각기 당치도 않은 특색을 발휘하면서, 생에 대한 유난스러운 집착을 보이면서, 시간의 흐름을 따라 한없이 흘러가고 있다. 사태가 정상으로 회복되기를 바라지만 않는다면, 복잡한 사정을 그대로 내버려두도록 항상 유념하기만 하면, 이렇게 꼼짝도 할 수 없는 형태로 살아가는 것도 그리 나쁘지는 않다고 생각한다. 그 증거로 나는 십 세기에 걸쳐 살았고 지금도 살아 있지만 산다는 것에 식상한 적이 한 번도 없다. 아니 한두 번 있었을지도 모르겠지만 지금은 전혀 기억에 남아 있지 않다.

이 세상에 사는 생명은 모두 인연이 닿는 사이다.

이것은 나의 직감이지만, 어떤 생명이든 자신이 바라는 생명으로 다시 태어날 수 있을 것이다. 만약 내 직감이 사실이라면 다음에는 인간으로 태어나고 싶다. 인간으로 다시 태어나, 열광하는 군중 속의 한 명이거나, 생업에 열심인 자의 한 명이거나, 수다스러운 자 중의 한 명이거나 흐르는 자의 한 명으로 살아보고 싶다.

비극적이기에 자극적인 인간의 입장을 한껏 만끽해보고 싶다.

인간이 무리라면 인간과 유사한 동물이라도 상관없다.

과묵하고 냉정한 고릴라나 되어 조준경 달린 라이플총을 겨누고 있는 밀렵자의 정면에 불쑥 나타나 바위처럼 단단한 주먹으로 두터운 가슴팍을 내리쳐보고 싶다. 아니면 부화하여 맨 처음 만난 풀잎을 한입 깨무는 순간 울새한테 콕콕 쪼아 먹히는 애벌레라도 좋다. 그것도 안 된다면, 어떤 도감에도 실려 있지 않은 멸종해가는 해면동물의 일종이라도 좋다. 어쩌면 나는 이미 다양한 동식물을 체험하고 있는지 모르겠다.

그리고 너 역시 그렇다.

뭐가 어찌 되었든, 이 세상과 저세상의 중심이 되고, 산 자와 죽은 자 사이를 중재하는 역할을 맡아, 태양처럼 군림하는 자는 있을 리가 없다. 그런 자가 존재하지 않음으로 하여 다중 우주의 균형이 어그러지지 않는 것이다.

여기는 천국도 아니고 지옥도 아니다.

여기는 지옥이기도 하고 천국이기도 하다.

여기는 이 세상 이외의 어떤 세계도 아니다.

이 세상과 저세상의 완충지대라 할 수 있는 남근 모양의 반도.

여기는 지금 흐드러지게 핀 산벚꽃으로 뒤덮여 있다. 구석구석 빈틈없이 넘치는 봄 햇살이 생물들의 자기 현시욕을 열심히 도발하고 있다. 한없이 펼쳐지는 푸른 해원을 바라보는 고찰古刹의 주인이 된 너는 여전히 대작을 조각하기에 여념이 없다. 하지만 이전처럼, 막 조각을 시작했을 때처럼 정열을 쏟지는 않고 느긋하게 진행하고 있다. 저녁이면 자고 새벽이면 일어나는 너의 가슴속은 여느 때 없이 안정되어 있다. 마음의 바람구멍이 완전히 막힌 것은 아니지만 그러나 거기에 자기 파멸이란 함정에 빠뜨리는 한풍이 부는 일은 거의 없다.

너는 국 한 사발, 반찬 한 가지인 식사에 만족하고 편안한 잠에 빠진다.

그리고 뜨거운 차를 마시면서 처마에 둥지를 튼 제비의 다부진 삶을 잠시 넋을 잃고 올려다본다. 너는 젊고 너는 늙었다. 피비린내로 끈적거리던 그때 그 손의 감촉 때문에 숙면을 그르치는 일은 이제 없다. 정수리에서 터져나오는 자신의 목소리에 놀라 벌떡 일어나는 일도 없어졌다. 그것은 아마도, 죽음에 상응하는 죄가, 죽이기에 합당한 인간이 실제로 존재한다는 것을 이성이 아니라 피부로 느끼고 있기 때문이리라. 그때 일은 어디까지나 개인적인 임무를 수행했을 뿐이지, 마음의 옥사에 평생 갇혀 살아야 하는 행위는 아니다. 후회의 어두운 흐름에 몸을 맡길 정도의 일은 아니다. 아니 오히려 너는 그를 구원해주었다. 죽음과 폭력에 찌든 남자를 뒤틀린 잠재적인 욕구에서 해방시켜준 것이다. 그 자식의 썩어 문드러진 혼은 오히려 너의 손에 걸려 성불하지 않았을까.

너는 지금 원숭이상을 다 완성한 후의 일을 생각하고 있다.

주지승이 돌아오기를 기다릴 마음은 없다. 또 그의 뒤를 이을 마음도 없다. 너는 자신이 머잖아 흐름을 재개하리라는 것을 알고 있다. 범종을 울리는 횟수가 나날이 줄어들고 있다. 너는 金銀 파도가 몰려오는 해변을 어슬렁거리면서, 저 먼 바다로, 수평선 너머로 마음을 날린다. 그러나 영공을 침범한 외국 비행기에 맞서 긴급 발동하는 전투기나 바다 건너 땅도 폭격할 수 있는 대형 무인 비행기에는 일절 관심을 보이지 않는다. 불과 몇백 미터 앞에서 초저공비행을 하여도 그쪽에는 눈길을 돌리려 하지 않는다. 네가 하염없이 자신의 마음을 주고 있는 것은 오로지 바다다.

자신에 대한 주도권이 다시금 숨쉬기 시작하였다.

『원숭이 시집』 또한 베갯머리 책의 입장으로 돌아갔고, 이전보다 훨씬 읽은 보람이 있는 책이 되었다. 불연속선이 보란 듯 통과하는 무거운 하늘 아래서 그것을 탐독할 때, 자청하여 곤란과 마주하고 싶은 정도는 아니지만 방랑의 피가 희미하게 웅성거린다. 그래도 흐르고 싶다는 일시적인 충동에 사로잡힐 뿐, 실제로 엉덩이를 드는 일은 없다.

그때마다 너는 자신에게 이렇게 말한다.

아직 다하지 못한 일이 있지 않은가. 흐를지 머무를지 결정하는 것은 조각이 완성된 후에라도 늦지 않다. 시간은 얼마든지 있다. 국가나 기업을 아비 대신으로 하고 아내를 어미 대신으로 사는 남자들보다 몇 배는 시간을 갖고 있지 않은가. 서두를 것 없다. 게다가 이 절에 있는 한 현금이 전혀 없어도 어떻게든 생활을 꾸려나갈 수 있다.

네가 조각하고 있는 늙은 원숭이는 착실하게 약동의 힘을 더하고 있다.

그것은 너의 내면의 표출이며, 너의 감정의 전위를 올바르게 흡수하는 것이다. 그러나 원숭이를 이 절의 본존으로 하기에는 문제가 많을 것이다. 그 앞에 엎드려 절한 어미는 태아에게 나쁜 영향을 미칠지도 모른다. 그리고 비합리주의자한테는 위대한 환멸과 더할 나위 없는 불쾌함을 줄지도 모른다. 풍류인은 그때까지 열심히 닦아온, 울적한 욕망의 돌파구인 미학을 망가뜨릴지도 모르겠다.

주저하는 자는 사건의 본말을 명백히 하는 자를 기피한다.

요컨대 네가 조각하고 있는 원숭이가 몸으로 나타내려 하는 것은 독립독행과 복종치 않는 정신이다. 즉 인간 한 명 한 명의 가슴 속에 태어났을 때부터 들러붙어 있는 내적인 법률을 무엇보다 우선시키려는 삶의 양식이다. 그것은 다름아닌 강적과 겨루고 집단과 대결하기에 신변의 안전을 유지하기 어려운, 흐르는 자의 삶의 양식이다. 그렇게 위험한 삶의 보상으로 얻을 수 있는 것은 무엇인가.

그것은 현기증이 날 정도의 자유다.

야산을 뛰어다니는 짐승과 마찬가지로, 드넓은 하늘을 비상하는 조류와 마찬가지로, 빛나는 자유를 네 소유로 하는 것이다. 그 자세는, 떼지어 사는 흉악한 무리나, 위정자들에게 한없이 가벼이 여겨지는 국민이나, 정기적으로 사냥되는 부랑자나, 군대의 화려하고 요란한 행렬을 구성하는 일개 군인이 되는 것과는 대극을 이루는 것이다.

그렇다고 하여 네가 사회에 적응치 못하는 자는 아니다.

탄화한 목재보다 검고, 산 나무보다 딱딱한 유목에서 태어나고 있는 원숭이는 쓸데없는 이치를 둘러대는 말 많은 자를 싫어하고, 애정에 굶주린 젊은이를 멀리하고, 명문가의 후예라는 것만으로는 인정치 않고, 연면하고 있는 황통皇統과 많은 추종자들을 거느린 교조를 비웃는다. 그리고 나라의 근본을 해치는 것이 무엇인지를 우국지사 이상으로 잘 알고 있으며, 절대로 속임수에 넘어가지 않는다.

강대화한 관권…… 현저한 빈부의 격차…… 윤곽이 애매한 소란죄.

애써 사태를 확대하고 싶지 않은 국민성…… 고조될 뿐인 금권정치와 강권정치.

난항을 거듭하고 있는 국교…… 정세의 급변에 촉발된 전쟁…… 내릴 줄 모르는 물가.

정치적 사면으로 출옥한 자의 야비한 근성…… 타국의 내정에 대한 집요한 간섭.

동족사회가 만들어낸 굴지의 군수산업도시…… 은닉 물자의 증대.

온 나라가 한통속이 되어 문화의 흥성을 재촉하는 무수한 행사…… 수수께끼가 되어버린 선거에 의한 숙청.

만연하는 벌족정치…… 신명의 가호를 구하는 나약한 마음.

이런저런 일이 겹쳐 치국의 실패를 초래하고 망국의 비탈길로 단숨에 굴러떨어지는 것이다. 이 국가의 기초는 언제나 위약하였다. 국가 경영의 재능을 지닌 인물은 단 한 번도 출현하지 않았다. 그럼에도 한 나라를 유지할 수 있는 까닭은 국민 한 사람 한 사람에게 거국일치하여 사태에 대처하는 습성이 있었기 때문이다. 그리고 그것이 수치스러운 일임을 모르기 때문이다.

국가의 주석이 되는 자는 언제든 외적 욕망의 권화權化였다.

그들 대부분은 겉모양만 열심히 가꾸는 무능한 자였다. 죽이든 살리든 마음대로 할 수 있는 힘만 얻고 싶어하는 유치함 탓에 잔혹한 낭만주의자라고밖에 할 수 없었다. 희대의 사기꾼에도 미치지 못했다. 그리고 그들이 험담도 할 수 없을 만큼 명성을 떨칠 수 있었던 기간은 초목도 굴종하는 기세가 다수의 헛소문에 의하여 간신히 유지되는 동안에 불과하였다.

사람들은 구면경球面鏡에 비친 그들을 보고 있는 것이다.

그렇게 경솔한 작자들을 선각자라고 착각하거나, 그런 패거리들과 뜻을 같이하며 살 필요가 어디 있단 말인가. 그들은 모두 자립을 경원하는 민중이 낳은 허상이다. 사람들은 그 허상에 박해당한다. 병역에 복무하느라 목숨과 육체의 일부를 잃고, 역선전에 이용되어 무고하게 살해당하고, 또는 조작된 죄로 구인되며, 또는 빈민굴로 내쫓긴다.

자유의 적은 대중이다.

네가 조각하고 있는 원숭이는 그렇게 단언한다. 『원숭이 시집』에도 유사한 말이 실려 있다. 그러나 이 말이 좀 과하지 않나 여기는 자도, 마음에 들지 않아 씁쓸해하는 자도 없다. 나만 해도 비슷한 생각을 품고 있다.

절대로 물러서지 않을 결의로 맹세를 실천할 원숭이의 상이 완성되어간다.

그리고 수많은 천둥이 일시에 떨어지듯 굉음이 끊이지 않는 폭풍우의 밤, 너는 드디어 완성을 한다. 너는 불빛을 원숭이 얼굴에 살며시 갖다대고 그 마음의 얕고 깊음을 가늠하려 한다. 그런데 실제로는 네 쪽이 원숭이에게 품평을 당하고 있다. 원숭이는 네가 추구하여 마지않는 자유가 과연 어느 정도인지를 살피고 있다. 흐르는 자로서의 각오가 어느 정도인지 확인하려는 안광.

넓은 본당 중앙에 단정하게 앉은 원숭이.

그 용모는 한없이 웅장하고, 형형한 눈 속에는 야성의 외침 소리가 골짜기의 메아리처럼 격렬하게 난무하고 있다. 그러면서도 어딘가 뛰어나게 훌륭한 구석도 있다. 그 어떤 극한 상황에 처해도 유유자적하게 대처할 수 있을 것만 같은, 인간 이상의 생물.

그놈은 지금 얄밉도록 침착하게 너의 눈앞에 홀로 우두커니 앉아 있다.

보기에 따라서는 한 세기 전의 창백한 문학청년처럼, 혹은 인생의 패자처럼 보이는 너를 빤히 쏘아보고 있다. 원숭이의 제작자이며 진짜 주지승보다 더 그럴듯하게 보이는, 일가친척 하나 없는 젊은이는 지금, 필사적으로 침착을 가장하여 상대방의 강렬한 눈빛을 견디고 있다. 너희의 생각은 정말 궤를 같이하고 있는 것일까. 실은 미묘한 부분에서 의견의 차이를 보이고 있는 것은 아닐까.

그렇게 양자는 날이 밝도록 서로를 쏘아보고 있다.

과도한 응시로 너의 눈은 새빨갛게 충혈되었다. 어지간한 일로는 지쳐 늘어지는 일이 없는 너인데, 지금은 된서리를 맞은 풀처럼 축 처져 있다. 범상치 않은 원숭이는 네 안에 싹트기 시작하였던 저급한 개념을 걷어차고, 중놈의 흉내나 내며 무사태평하게 지내고 싶어하는 자세를 때려눕혔다. 그러나 너는 기르던 개한테 물렸을 때처럼 화가 치밀지는 않았다. 아니 오히려, 지극히 폐쇄적이고 고이고 고인 나날에 만족한 몸으로 잠겨 있음을 순순히 인정하였다.

그러고서 너는 바다의 기운에 이끌려 곶의 해변 쪽으로 내려간다.

밥도 먹지 않고, 들새가 채근을 하여도 모이조차 주지 않고, 온기 있는 모래 위에 풀썩 주저앉아 찬란하게 반짝이는 태양과 대치한다. 하늘에는 오색구름이 길게 드리워져 있고, 바다에는 양립하기 어려운 사상과 철학이 꽉 차 있다. 그리고 지금 절정을 이루고 있는 봄은 벼랑 위에 펼쳐지는 푸른 들판에 들끓어오르는 흥분을 선사하고 있다.

덧없는 세상을 파도에 비유하는 얄팍한 발상을 해서는 안 된다.

찬란한 세계를 만들어내고 있는 빛의 파도, 그것은 딱히 단면적인 진리만을 비추고 있는 것이 아니다. 이렇듯 뜨뜻미지근한 공간에서는 자칫하면 진리에서 크게 벗어난 거짓 척도까지 반짝반짝 빛나 보이는 것이다. 일 년 중에 가장 온화하고 가장 신명나는 계절은 항상 옳고 그름의 태동을 느끼는 세상에 온종일 유연한 태도를 취하고 있다.

너는 따뜻한 해변에 누워 얕은 잠을 청한다.

꿈을 살고 있는 것인지도 모르겠다는 생각이 한층 강해지고, 잠시 후에는 물아일치의 경지에 끌려들어가 깊은 잠에 빠진다. 너는 인면수심일지도 모르는 자신을 잊고, 혼의 전부를 파도 소리에 맡기고 푹 잠든다.

바다가 너에게 손짓하고 있다.

귀항선의 기적 소리가 너를 부르고 있다.

전력을 다했다면 바다로 오라고 소슬바람이 속삭이고 있다.

뭍을 헤매다가, 흐르고 흐르다가 갈 곳을 잃고 해안선에 앞을 가로막혔을 때는 망설이지 말고 바다로 나갈 일이다, 라고 갈매기가 말하고 있다.

혹 그렇게 말하고 있는 것은 네가 막 완성한 늙은 원숭이일지도 모르겠다. 그렇지 않으면 나인지도 모르겠다. 어느 쪽이든 맞는 말이다. 그런 너를 위하여 다음 운명이 서둘러 준비를 갖춘 것이리라. 네가 어디로 가든 나는 따라갈 생각이다.

그러나 썰물이 너를 바다에서 멀리 떨어뜨려놓는다.

파도 소리가 점점 작아진다. 오염이 만연하여 비료로도 쓰지 못하는 작은 물고기 떼가 먼바다로 밀려난다. 너는 죽은 듯 잔다. 해변으로 밀려올라온 익사체 같은 꼴로 햇살과 하얀 모래 사이에서 잠자고 있다. 고독 따위는 아랑곳하지 않고, 그렇다고 고독을 벗삼은 것도 아닌, 코를 드르렁 골면서 자는 너는 흐르는 자의 철학과 이론을 실천할 수 있는 재능을 타고난 자이다.

나는 너를 믿고 있다.

너는 절대로 들뜨디들뜬 생활만으로 일생을 마감할 놈이 아니다. 목적도 없이 허송세월을 하거나, 부모의 유산을 거덜내거나, 세상 물정에는 어두운 주제에 억지 헛소리만 지껄여대는 놈들과 너를 똑같이 취급할 수는 없다. 적어도 나는 그런 짓은 하지 않는다. 물론 사사로운 정에 휩쓸린 적은 있었다. 해롱해롱 취한 적도 있었다. 느닷없이 고향으로 돌아가고 싶은 마음이 생긴 적도 있었다.

그러나 너는 언젠가 반드시 비장의 수법을 쓸 것이다.

아니 이미 너는 그것을 사용하고 있다. 너는 나이프를 타인의 후두부에 내리꽂은 적이 있다. 지금 생각하면 그것은 그렇게 하지 않으면 도저히 분을 삭일 수 없는 사적인 범주를 훨씬 넘어선 행위였는지도 모르겠다. 흐르는 물의 철학을 단적으로 표현하는 행위였는지도 모르겠다. 그 행위는 너한테는 최상의 정치참여였는지도 모른다. 그런 기분이 든다.

너는 해야 할 때에 하지 않는 자가 아니다.

목숨을 구걸하는 소리에 쾌감을 느끼던 그 남자의 죽음은 필경 체제 측에는 심한 타격이 되었을 것이다. 셈속이 빠를 뿐인 남자를 대신할 수 있는 인간은 얼마든지 있을 테지만, 그런 일을 기꺼이 맡아 하고, 철면피를 관철하는 남자는 그리 흔치 않을 것이다. 만약 그렇다면 너는 본의 아니게 목표를 이룬 셈이다.

너는 자제심이 결여된 자가 아니다.

지금까지 네가 해온 일은 사실은 너한테 어울리는 행위였을 수도 있다. 그렇게 하는 것이 인간의 정이라고 여겨지는 일을 순수한 혼으로 해치웠을 뿐인지도 모른다. 만약 그렇다면 너는 흐르는 자로서의 긍지를 가슴에 품고 당당하게 살아가야만 한다. 어쩌면 너의 탄생에는 위대한 가치가 있는지도 모른다.

어떤 사람도 너에게 사과를 요구할 자격이 없다.

어떤 자도 너를 짓밟을 수 없다.

너를 성질만 괴팍한 하잘것없는 사람, 행실 나쁜 짓만 하고 다니는 우둔한 자로 치부하고 깔보는 것은 자유지만, 그러나 어디 사는 누가 되었든 이 젊은이의 흐름을 방해해서는 안 된다. 마음껏 흐름으로 하여 이 젊은이의 개성은 점점 더 빛이 나고, 그가 가는 곳에서 지금까지 없었던 새로운 형태의 민주주의가 싹트는 것을 볼 수 있을지도 모른다. 반드시 그래주기를 바란다. 그렇게 되는 것이야말로 백발의 늙은 원숭이와 나의 애절한 바람이며 부디 권유하는 바이다.

너는 정확하게 정오에 눈을 뜬다.

바다 위를 지나가는, 세 종류의 미사일을 적재한 순양함의 기적 소리가 너의 잠을 짓찢는다. 너는 천천히 일어나 잠든 사이에 저 멀리로 빠져나간 바닷물로 저벅저벅 걸어간다. 그리고 옷을 걷어붙이고 절에 눌러 살게 된 이래 상당히 온유해진 얼굴을 어푸어푸 씻고 소금물로 입을 헹군다. 짭짤한 맛이 퍼뜩 정신을 차리게 한다. 동시에 너는 여기가 이미 네가 있을 장소가 아니라는 것을 분명하게 깨닫는다. 온몸으로 넘실거리고 있는 것은 외계의 공기를 마시고 싶어하는 마음이다.

돌아가는 길에 너는 길옆에 핀 제비꽃을 꺾는다.

그것을 좀 색다른 모양의 찻잔에 꽂아, 원숭이 조각상 앞에 살짝 놓는다. 그러나 공양하려는 뜻은 아니다. 작별의 표시로 손을 흔드는 꽃이다. 너는 심각하게 생각하면 머리가 욱신욱신 쑤시고 위가 따끔따끔 아플 정도인 마음의 미몽을 하나하나 그 흐르는 나무속에 봉하였다. 너의 기념물인 원숭이는 본당 한가운데 정좌를 하고, 누구한테든 반역을 공언하는 거리낌 없는 입술을 꽉 다물고 있다. 자주독립의 요소를 터득하고 있는 그 눈이 이렇게 호소하고 있다.

어떻게 흐르느냐에 따라 성패가 갈린다.

너는 주홍색 저녁 하늘을 등지고 부뚜막에 불을 지핀다.

너는 사람을 기다리는 듯한 표정의 만월을 올려다보면서 천천히 욕조에 잠긴다. 금실을 길게 늘어놓은 듯한 대해원을 아련히 바라보면서, 돌연 행방을 감추고 돌아오지 않는 주지승을 생각한다. 어쩌면 그는 이 절을 너한테 물려준 것인지도 모른다. 그렇지 않다면 어디 이 근처에 숨어 네가 나가기를 기다렸다가 다시 돌아올 작정인지도 모른다. 그는 더는 너처럼 사는 자를 곁에서 볼 수 없었던 것이리라. "나가라"고 단호하게 말할 수 없을 만큼 너한테 열등감을 품고 있었던 것이리라.

너는 남은 물로 옷을 빤다.

그리고 그것들을 비가 와도 젖지 않고 바람이 불어도 날아가지 않을 곳에 넌다. 그런 다음 너는 반년 만에 너의 옷을 입는다. 딱 맞다. 체형은 조금도 변하지 않았다. 다리가 둔해지지 않았을지가 걱정이다. 그러나 서두를 필요는 없다. 걷다 지치면 쉬면 되는 것이다. 걷고 싶어지면 다시 걸으면 된다.

너는 툇마루에 상을 꺼내놓고 절에서의 마지막 식사를 한다.

막 지은 밥…… 조갯살을 듬뿍 넣은 된장국…… 손수 담근 야채절임…… 노릇노릇하게 구운 자반 생선. 아마 앞으로 당분간은 이런 성찬을 먹지 못할 것이다. 먹고 싶어도 먹을 수 없는 날이 한없이 이어질지도 모른다. 그러나 너는 이미 마음을 굳혔다. 흐르던 시절에 입었던 옷으로 매무새를 갖추고 구두를 신는 순간, 가슴이 쿵쿵거리기 시작하였다. 그렇지만 곧바로 떠나지는 않는다. 떠나기 전에 해야 할 일이 있다.

어둠이 방약무인한 태도를 보이고 있다.

어둠의 무게에 짓눌려 스스로를 하찮게 여기는 그런 기분은 이미 너를 멀리 떠났다. 곰곰이 생각건대, 너란 놈은 점진주의자의 모범이다. 물론 너 자신은 의식하지 못할 테지만 나는 그렇게 생각한다. 너는 자신이란 인간을 찬찬히 관찰하고 드디어 때가 무르익었다 싶으면 재빨리 엉덩이를 드는 타입이다. 나이를 먹으면서 그런 남자가 되었다. 나한테는 그렇게 보인다.

그러나 무슨 일이든 신중을 기하는 것이 가장 좋다.

그렇다고 분별 있게 행동하라는 뜻은 아니다. 너란 남자는 상황에 따라서는 성공의 공산이 전혀 없는 위대하고도 어리석은 거사도 사양치 않고 저지를 것이다. 한동안 태평하게 지낸 네가 북국의 엄동과 정신의 위기도 이겨내고 화사한 봄에 둘러싸여 오랜만에 능동적인 자기로 돌아가고 있다.

너는 바다와 달을 바라보며 배를 채운다.

다시금 흐름을 시작하기에는 더없이 좋은 밤이다. 서둘러 핀 벚꽃이 하늘하늘 떨어지고 있다. 달빛이 골라낸 꽃잎이 마당 전체를 부상시킨다. 너는 뒷설거지는 하지 않기로 한다. 밥도 국도 반찬도 그냥 놔두고 갈 참이다. 오늘밤 주지승이 훌쩍 돌아오지 말란 법은 없다. 혹 주지승이 아니고 다른 누구라도 좋다. 타인의 조소를 사기에 지쳤거나, 자신의 존재의 무거움 내지는 가벼움이 견딜 수 없어진 방랑자라도 전혀 상관없다. 누구든 주린 자가 배를 채울 수 있으면 그만이다.

아무하고든 교류하고픈 봄 바다가 천체의 빛을 반사하고 있다.

풍요로운 대기의 유입과 수증기의 활발한 움직임이 일단락되고 사방은 고요하게 가라앉아 있다. 그렇지만 현세의 지속적이고 위태로운 시도는 오늘밤도 도처에서 끝없이 되풀이되고 있다.

　흐르는 자에게 우회란 없다. 또 지름길도 없으며 샛길도 없다. 그저 마음 내키는 대로 흐를 뿐이다. 너는 용케 흐르는 자로 변신한 남자가 아니라, 오로지 흐르기 위해서, 이 세상을 지그시 관망하기 위해서 태어난 자다. 혹 나의 대리자로 그렇게 하는 것일까. 조직을 꺼리고, 의지할 친구도, 죽음을 애도하지 않으면 안 될 육친도 거의 필요로 하지 않는 너의 활력에 찬 육체는 지금 오직 흐르기 위한 나날을 재개하려고 들먹거리고 있다.

　그런 너를 사회에서 따돌림을 받는 외톨이로 보는 경향도 물론 있다.

　그러나 너는 사회를 따돌린 적이 없다. 혹 무뚝뚝하고 꽁하여 사소한 일에도 뾰로통하는 남자처럼 보일지도 모르겠지만 너의 마음은 항상 밖을 향해 활짝 열려 있다. 그러니 속셈 없이 사람을 대하는 너의 순수한 마음과 지나가는 누군가의 얼룩 적은 마음이 우연히 맺어져 너나들이 교분이 시작될 가능성은 언제든 있다. 다만 지금까지 흉금을 털어놓고 얘기를 나눌 수 있는 상대를 만나지 못한 것뿐이다. 물론 나는 그런 일을 유감스럽다고는 생각지 않는다. 왜냐하면 우정의 소원함을 초래할 것이 뻔하기 때문이다.

　네 나이 또래의 남자들은 대개가 의지가 박약한 무리들이다.

　그들은 모두, 아직 희망의 문턱에 서보지도 않았는데 갖은 방법을 다 써보지도 않았는데, 닳아빠질 대로 닳아 있다. 그런가 하면 서구화 사상을 하나에서 열까지 비웃는 단락적이고 구태의연한 언행을 되풀이하면서 당대의 제일가는 인물이라고 자처하고 있다. 그중에는 옛것을 소중히 여기는 체하는 자도 있다. 그들은 시대의 탁류에 떠밀려 자기 자신의 절반을 완전히 잃어버리고 말았다.

그런 놈들뿐이다.

그들은 목걸이를 풀고 쇠사슬을 끊어 들개의 입장에 설 배짱이 없다. 그들은 일장기를 등에 지고 가슴을 쫙 펴고 큰길을 활보하든가, 바람직한 선인의 가면을 쓰고 몸을 약간 숙이고 터벅터벅 걷든가, 국민을 조롱하는 위정자의 목청 높은 발언에 꼼짝 못하든가, 세계 평화에 공헌하는 황실이란 허황된 이미지에 현혹되어 천황 앞에서는 조용조용 걷든가, 그 정도로밖에 움직이지 못한다.

한때 그토록 많았던 평화론자는 대체 어디로 사라져버린 것일까.

위기에 직면한 지금이야말로 전쟁을 포기해야 한다는 이념이 고취되어야 할 때인데, 어찌 된 셈인지 그들의 목소리는 흔적도 없이 사그라지고 말았다. '파란지구' 멤버에 가담하거나, 지하로 숨어든 것일까. 그렇게는 생각되지 않는다. 좌경화 경향이 일시에 수그러든 것은 그들이 원래부터 정치사상이란 현실적인 문제를 지나치게 정서적으로 파악하였기 때문이다. 또 안이하게 반체제 입장에 서서 그것을 처세의 수단으로 삼았기 때문이다.

그들은 수다스럽지만 지략에는 그다지 뛰어나지 않았다.

그들이 의지한 것은 사상과는 거리가 먼 것이었으며, 유치한 문학론의 연장선상에 있는 미학을 위한 미학에 불과하였다. 실제로 포악의 극치를 다하고 있는 반동적인 권력 앞에서도 그들이 매달린 외형만의 평등사상은 보다 깊이 구체화되는 일이 없었다. 그들은 말하고 싶은 만큼 말할 수 있는 시대에는 말하고, 소란을 피울 수 있는 시대에만 소란을 피우지 않았던가. 그들은 틀림없이 이런 말을 주고받으며 활동 전선에서 물러났을 것이다.

"일단 이것으로 마무리를 짓지."

반항해야 할 때는 반항하지 못하고, 모두가 반항할 때 덩달아 반항하는 이 나라 사람들, 그들은 평생 염치없는 사대주의와 생을 같이 할 작정이다. 천 년 동안 내내 그랬다. 다른 나라 사람보다 두 배는 수치심을 아는 고상한 국민…… 그런 엉터리 같은 헛소리를 해대는 놈은 대체 어떤 놈이냐.

너는 용솟음치는 마음을 자제하며 편지를 쓴다.

주로 주지승에 대해 고맙다고 하는 말이다. 네가 타인에게 자신의 마음속을 글로 전하기는 이게 처음이 아닐까. 지독한 괴발개발이지만 읽을 수 없을 정도는 아니다.

다 쓴 후에도 너는 잠시 책상 앞에 묵좌하고 있다.

바다 위에서는 별과 번개가 반짝이고 있다. 저 먼 데서 반짝거리는 고깃배의 불이 두드러진다. 너는 아마도 이 고찰에서 지낸 반년의 의의를 가슴 깊이 새기고 잊지 않을 것이다. 외견은 차치하고 내면은 눈부신 변모를 달성하였다. 나한테는 그렇게 보인다. 실물을 능가하는 크기의 원숭이 조각상을 완성함으로써 너는 다시금 흐르는 자로 복귀하였다. 그리고 다시 한번 실사회로 나아갈 수 있게 된 것이다.

몇 번이고 곱씹어볼 가치가 있는 『원숭이 시집』 서두에는 이렇게 기술되어 있다.

흐름의 의미를 물어서는 안 된다.

타인에게나 자신에게도 물어서는 안 된다.

왜냐하면, 존재의 이유까지 묻게 되는 곤경에 빠지게 되기 때문이다.

무에 의미가 없는 것과 마찬가지로, 존재에도 거의 아무런 의미가 없다.

너는 그 말을 충실하게 지키고 있다.

이런 식으로 계속 흐르면 언젠가 너는 반드시 지와 정을 겸비한 자유인으로 새로운 인생을 개척하게 될 것이다. 진심으로 그렇게 믿기에 합당한 네가 여기에 있다. 너의 일생이 나쁜 결과로 끝나는 일은 없을 것이다. 왠지 그런 기분이 든다. 탄생하여 무난한 출발을 보였을 때처럼 너는 지금도 순조롭게 나아가고 있다.

거동은 단정하고 세련되었다.

주지승이 돌아오면 한눈에 알아볼 수 있도록 너는 편지를 목각 원숭이의 오른손에 쥐여준다. 원숭이는 눈으로 이렇게 말한다.

"조심해서 가거라."

초저녁부터 잠이 쏟아지는, 따스하고 조용한 밤이다.

너는 방한 코트를 두고 가기로 한다. 절을 떠나기 전에 너는 범종을 딱 한 번 울린다. 까마귀가 날아올라 까악까악거린다. 묵직하고 투명한 종소리가 반도 전체로 울려퍼지면서, 수평선과 지평선을 잇달아 넘고, 나아가서는 우주에 편재하는 생과 사의 인과에 공명한다. 너는 동사 직전 절로 들어가는 이곳 산문 앞에 쓰러졌을 때와 전혀 다른 자신을 느낀다. 지금 너는 마음의 동요를 감추려 하지 않고 술에 잠겨 방황하였던, 그런 아량 없는 얼간이가 아니다. 이미 너는 너 자신에게 매몰되어, 항로에서 크게 벗어난 그런 젊은이가 아니다.

너는 잔설을 밟고 길을 떠난다.

너는 걷는다. 굴절된 심리를 완전히 해명해줄 달빛을 받으며 너는 터벅터벅 걷는다. 네가 걱정했던 것만큼 다리가 굳지 않았다. 슬리퍼에 길든 발도 반도의 능선을 따라 오솔길을 다 걸었을 무렵에는 구두에 부드럽게 융화되었다. 도보 감각이 점차 되살아난다.

걸음걸이는 한없이 가볍다.

함박꽃이 필 무렵에 부는 포근한 바람이 웅크림에서 비행으로 이행하는 너의 뒤를 밀어주고 있다. 되찾은 자유가 너의 배후에서 마치 후광처럼 반짝거리고 있다. 그리하여 얼마 가지도 않았는데 너는 벌써 이 세상의 중요한 축을 이루는 자가 된다.

세상은 이전보다 훨씬 더 몰인정한 행위와 냉혹한 처우로 가득할 것이다.

아마 요 반년 동안 여론의 동향이 한층 더 왜곡되고, 흐르는 자의 권리를 박탈하려는 계급의 세력은 한층 확대되었을 것이다. 불과 한 계절 사이에 시대는 악화되어 도처에 충성을 다하여 나라를 구한다는 정신이 창궐해 있을 것이다. 막대한 부를 보유하고 있는 자와 권세를 쥔 자야말로 이면에 잠복한 음모의 장본인일 것이다. 국민을 감시하기 위한 카메라 수가 늘어나고, 임시 파출소가 증설되고, 무수한 사람들이 오가는 거리에서는 검문이 행해지고 있을 것이다.

그런 예감이 든다.

무역으로 나라의 부를 증진한다는 국가 재건 방침이 소실되었음에도 불구하고, 정부는 여전히 고자세를 견지하고 자국의 권익을 지키기 위함이라면서 예비군까지 징집하려 하고 있을 것이다. 또는 어째서 한 나라를 적성국가로 단정하기에 이르렀는가에 관해 돼먹지 않은 이치를 둘러대면서 대대적으로 선전하고 있을 것이다. 신기하게도 인덕이 있는, 언뜻 보면 정상적인 그 땅딸보 풋내기는 광범위한 권한을 수중에 장악하고 그 특권을 남용하여 한층 주가를 올리고 있다. 그리하여 이미 전기적傳奇的인 생애를 보내기 위한 궤도에 올라 있는지도 모를 일이다.

설사 일이 그렇게 되었더라도 걱정할 것은 없다.

지금 너에게 불가능한 것은 없다. 너의 자유를 봉쇄하려는 문이 아무리 튼튼하여도, 지금 너의 다리라면 걷어차 깨부술 수 있을 것이다. 가령 그 일로 불법 유치된다 해도 너라면 며칠 만에 그 철창을 격파하고 말 것이다. 지금의 너한테는 그만한 투지가 불타고 있다.

나한테는 그렇게 보인다.

그렇다고 너는 큰일을 완수하여온 자도, 앞으로 큰 역할을 맡기 위해 가려는 자도 아니다. 굳이 너의 목적을 한 가지 들자면, 그것은 완전히 독립한 혼의 지침에 따라 어디까지고 하염없이 흐르는 것이다. 너는 학업에 정진하듯 흐름에 정진한다.

너의 주머니에는 시집 한 권밖에 들어 있지 않다.

그것이 네 재산의 전부다. 돈은 한 푼도 갖고 있지 않다. 또 몸을 지키거나 돈을 벌기 위한 예리한 칼도 지니고 있지 않다. 그런 물건을 지니고 있지 않은 만큼 마음은 가볍다.

너는 속세와 단절된 길쭉한 고장을 떠나간다.

그리고 다시금 거친 파도가 밀려오는 현실이란 사회로 여행을 떠난다. 그것은 세상과 맞서 겨루기 위한 여행도, 시정에 숨어 사는 선비를 지향하기 위한 여행도 아니다. 또는 타락하고 싶어서도, 허허로운 벌판에서 노숙을 하고 싶어서도, 심장까지 닿는 상처를 입고 싶어서도 아니다. 물론 환속하기 위함도 아니다. 너는 지금까지 중이었던 적이 한 번도 없다. 삭발을 하고 승복을 걸친 것은 어디까지나 남의 눈을 피하기 위한 일시적인 방편에 지나지 않았다.

너는 바다로 나아가려 한다.

복잡하게 뒤엉킨 마음에서 완전히 해방된 너는, 분명 바다를 향하고 있다. 너의 앞길에는 언제 세찬 파도가 용솟음칠지 모르는 망망한 바다가 가로놓여 있다. 겨울을 지내는 동안 너는 곶의 끝에서 매일 바라보았던 바다 저 멀리서, 한줄기 광명을 발견했다. 따분한 공간으로밖에 여겨지지 않는 물의 세계 어디에 이끌린 것인지는 분명치 않지만, 그러나 네가 내린 그 결론은 감정의 괴리와는 전혀 무관하고 억지도 아니었다.

매일 밤처럼 풍정이 빼어난 달이 오늘밤은 비장의 우윳빛으로 융기해안 구석구석을 아련하게 비추고 있다. 파도가 깎아낸 땅을 빈틈없이 뒤덮은 어린 풀들은 다 너한테 밟혀 한층 튼튼하고 건강한, 무슨 일이 있어도 꺾이지 않는 잡초로 생장하리라. 섬 뒤로 가려지는 배의 하얀 항적航跡이 또렷하게 보인다. 넓은 해원 속의 하찮은 군도群島가 청자색 산들보다 몇 배나 웅대하게 보인다.

바다는 과연 너를 받아들일 것인가.

바다는 과연 흐르는 자가 정신을 몰입하기에 최적의 곳이라 할 수 있을까. 그러나 나는 그렇게 단언할 자신이 없다. 한 가지 말할 수 있는 것은 너를 둘러싼, 끊임없이 소용돌이치는 대우주가 결코 유한한 세계가 아니라는 점이다. 여기는 지금 생의 추억을 만들 요인이 별보다 많이 우글거리고 있고, 가령 십만 년의 세월이 주어졌다 해도 흐름을 멈추지 않는 한 연일 미개척지에 첫발을 내디딜 수 있을 만큼 무궁하다. 신에게 발원을 하거나, 부처님에게 탈 없이 오래 살게 해달라고 빌거나, 성실하게 살기 위한 처세술에 귀를 기울이거나, 안이하게 다수의 의견을 따르거나 하지만 않는다면, 삼라만상이 너를 위해 존재하게 될 것이다.

흐르는 자로 존재하는 한 인간임에 역부족을 느낄 필요가 없다.

인화를 지나치게 소중히 여기고, "세상은 서로 돕고 사는 것"이란 말을 좋아하는 사람들은 고여 있음으로 하여 생을 허비한다. 그들은 항상 상황을 오도하고, 잘난 체하는 패거리들에 학대당하고, 번쩍번쩍대는 가문 따위에 현혹되고, 타인의 사주로 자선을 베푼다. 그러다 결국은 부의 힘에 짓밟혀 체면은 완전히 손상되고, 근속자에게 수여되는 상찬의 거짓된 울림에 고개를 푹 숙이고, 중산계급의 신화가 완전히 붕괴한 후에도 고작해야 세상을 풍자하는 만화 정도의 분노밖에 느끼지 못한다. 그렇기에 그들은 죽지 않고 무사히 살아 있는 것이리라.

그러나 이미 천 년을 산 나 역시 그들과는 전혀 성격이 맞지 않다.

나는 그들의 생명력과 신의를 확인하고 싶다. 한때를 인내하려던 것이 평생 인내가 되고 마는 그들의 그칠 줄 모르는 생에의 집착은 과연 진정한 것일까. 과연 진정이라면, 어째서 그들은 억지로 할복을 강요당하고, 그러나 끝내는 총을 메고 살덩어리가 사방으로 튀는 전쟁의 와중으로 던져지는 그런 길을 택하는 것일까. 그들은 오로지 복종하기 위해서 태어난 것일까. 폭리를 탐하는 책략가들은 그런 그들의 속내를 꿰뚫어보고 달콤한 말로 미끼를 던지고는 마침내는 그 혼까지 송두리째 정복하고 만다.

왜 그들은 그렇게 항상 순종하고 마는 것일까.

그들은 아무리 세월이 흘러도 관점을 바꾸지 않고, 탄압자에게 적의도 품지 않고, 권력의 실상을 파헤치려 하지도 않는다. 그들 사이에 만연한 악습도, 그들 사이에 범람하는 불만도, 언제든 그들 자신을 위협할 뿐이지 않은가. 그들은 모두 직장을 잃으면 밥줄이 끊어지는 줄 알고 두려워한다. 그들이 때로 생각났다는 듯 엉거주춤한 자세로 행하는 합법적인 저항활동이나 자발적인 활동이, 불합리하기 짝이 없는 통제를 뒤집어놓았던 일은 한 번도 없었다.

그러나 너는 어떨지 모르겠다.

앞으로 네가 어떤 식으로 행동할지 전혀 예측할 수 없다. 젊고 민첩하게 움직일 수 있는 너는 어떤 일에든 시치미를 떼는 짓은 하지 않을 것이다. 내가 기대하여 마지않는 너는 지금 초원을 똑바로 걸어가고 있다. 한 걸음 내디딜 때마다 네 안에서 흐름에 대한 사랑이 흘러넘친다. 낡은 절에서 지낸 겨울은 조금도 허송한 시간이 아니었다. 오히려 의의 있는 생활이었다. 그 몇 달이 없었다면 너는 흐르는 자로 복귀하지 못했을 것이다.

주변에 사람의 기척은 없다.

격렬한 욕정에 풀숲을 헤치고 들어가는 남녀의 모습도 없거니와, 벚꽃놀이 행사를 벌여놓고 흥에 겨워 한판 춤을 추는 자도 없고, 칭얼거리는 아이를 달래면서 야반도주를 하는 일가도 보이지 않는다. 들판에서 폭설을 맞아 무너진 폐옥이 가죽으로 엮은 호화스러운 책처럼 보일 뿐이다. 어린 풀들이 뒤덮여 달빛을 한껏 받고 있는 대지 구석구석에는 이름도 없는 사람들의 오랜 세월에 걸친 원한이 배어 있을지도 모르겠다.

그러나 그런 생각을 해보지도 않은 너는 오로지 걷기만 한다.

깊은 어둠 속에서 빛나는 모든 빛은 너의 앞길을 비추고 있다. 현재 너는 온갖 고난을 헤치고 가고 싶은 곳으로 갈 수 있는 힘을 갖추고 있다. 그리하여 너는 날카로운 창끝을 숨기고 흐르는, 눈에 띄게 두각을 나타내는 흐르는 자다. 골격이 탄탄한 자도, 용모 아름답게 태어난 자도, 뛰어난 혈통을 자랑하는 자도, 법규 만능의 관료주의에 빠져 있는 자도 너한테는 대단한 것이 못 된다.

너는 살아 있는 주검이 아니다.

너는 틀림없이 살아 있다. 활기차게 살아 있는 너의 후각을 돌연 악취가 자극한다. 방금 전까지 소금 내음과 들꽃 향기로 그득했는데 갑자기 엉뚱한 악취가 코를 찌른다. 한 걸음 앞으로 나아갈 때마다 더욱 심해진다. 너는 기억에 있는 냄새라고 생각한다. 썩은 시체가 발하는 냄새다. 산책로를 벗어나려 할 때는 이미 때가 늦어 네가 예상한 물체가 눈앞에 뒹군다. 검은 물체가 그곳에서만 풀의 생장을 저지하고 있다.

개나 고양이가 아니다. 원숭이도 아니다.

다름아닌 인간이다.

너는 손바닥으로 입과 코를 막고, 재빨리 그곳을 지나치려 한다. 그런데 잠시 가다가 다리가 제멋대로 걸음을 멈추고 만다. 입과 코만 말고 눈도 가렸어야 했다. 옆을 지날 때 너는 보고 싶지 않은 것을 보고 말았다. 전기 스쿠터가 힐긋 보였을 때 사자의 옆얼굴도 보였던 것이다. 불과 한순간의 일이었는데 누군지 금방 알수 있었다.

그는 대지에 유유히 누워 자는 것처럼 보였다.

투실투실 살이 찐 몸은 가스가 가득 들어차 팽팽하게 부풀어 있었다. 만약 그자가 화려한 승복을 걸치고 있지 않았더라면 누군지 금방 알 수 없었을 것이다. 아니 설령 알았다 해도 일일이 확인하지 않고 보고도 못 본 척 지나쳤을 것이다. 그리고 쉰 걸음도 채 못걸어 악취의 영역 밖으로 벗어나는 순간 잊을 수 있었을 것이다.

열 걸음쯤 가다가 너는 걸음을 멈추고 되돌아선다.

너는 어떻게 된 일인가 하고 신세를 진 땡중을 멀끔멀끔 들여다본다. 술에 취해 여기까지 왔다가 쓰러져 그대로 동사한 것일까. 아니면 높은 혈압 때문에 뇌의 혈관이 터져버린 것일까. 그것도 아니라면 철 늦은 겨울 한풍에 심장이 뚝 멈춰버린 것일까. 그렇지 않다면 범죄에 휘말린 것일까. 갑자기 두둑해진 그의 속주머니를 노리고 누군가가 미행을 하다가 여기까지 와서 덮친 것일까.

그러나 너는 주지승의 사인에 대해서는 관심을 보이지 않는다.

어떤 식으로 죽었든 아무튼 죽은 것이다. 거의 이상에 가까운 형태로 죽음을 맞이할 수 있었던 것이다. 수행에 정진한 덕분이라든가, 착실한 노력이 결실을 맺었다든가, 그런 칭찬은 적합하지 않을지 모르겠으나, 그것은 그가 평소에 바라던 가장 바람직한 죽음이었다. 죽은 자에게는 볼일이 없다. 이리하여 그 절은 빈

절이 되었다. 본당에 두고 온 원숭이를 봐줄 자가 없어졌다는 것도 너에게는 별 대수로운 일이 아니다.

너한테 남은 문제는 시체를 어떻게 처리하느냐이다.

가장 간편한 방법은 근처 벼랑으로 질질 끌고 가 전기 스쿠터와 함께 바다로 던져넣는 것이다. 물론 다른 방법도 있다. 절까지 운반하여 빈 묘지에 정성껏 묻어줄 수도 있다. 그러나 너는 그 어느 쪽도 택하지 않는다. 빙글 걸음을 돌려 다시 네가 가려던 방향으로 걸음을 옮긴다.

그것으로 족하다고 나는 생각한다. 설사 칼에 맞아 쓰러졌다 해도, 그리고 벌판 한가운데 버려졌다 해도, 그 남자라면 자력으로 성불할 수 있을 것이다. 흐르는 자는 어떤 일이 있어도 되돌아와서는 안 된다. 흐르는 자는 절대로 죽은 자를 상대해서는 안 된다. 물론 너는 그에게 많은 신세를 졌다. 그가 너의 목숨을 구해준 것도 사실이다. 그후에도 유형무형으로 너를 도와주었다.

그렇다고 네가 아무런 보답도 하지 않은 것은 아니다.

네가 굴러들어온 덕분에 주지승은 행운을 얻었다. 네가 소지하고 있던 돈 덕분에 씀씀이가 넉넉한 남자가 될 수 있었고, 매일 밤 여자를 끼고 놀 수 있었고, 통달할 정도로 주색에 빠질 수도 있었다. 그리고 이렇게 바라 마지않았던 죽음을 맞이할 수도 있었다. 은덕을 베푼 것은 오히려 네 쪽이다. 빚은 벌써 갚은 셈이다.

그 남자를 벼랑에서 던져버리면 바다는 한층 더 더러워진다.

수질이 어떻게 된다는 뜻이 아니라 바다가 품고 있는 거대한 정신이 오염되고 만다. 바다는 흐르는 자를 위하여 존재하고, 정주를 바라지 않는 너를 위해 존재한다. 또한 그를 절로 데려간다 해도 원숭이는 반가운 표정을 짓지 않을 것이다. 그 원숭이는, 그런 놈은 상관 말라고, 그런 놈이야말로 흐르는 자를 등쳐먹는 자라고 말할 것이다.

나도 똑같은 말을 하고 싶다.

그는 죽고 싶어했던 남자고, 그뿐인 남자에 불과하였다. 그는 술에 절어 죽든지, 질 나쁜 바이러스에 감염되어 죽든지, 배가 터지도록 먹다가 죽든지, 아무튼 일찌감치 괴로운 인생의 막을 내리려 하였다. 그리고 바라던 대로 죽었다. 그로서는 가장 이상적인 최후를 맞은 것이다.

젊은 시절의 그가 어떠하였는지는 알 길이 없다.

약속을 어김없이 지키는 성실한 사람이었는지도 모르고, 교류 범위가 아주 넓은 호인이었을지도 모른다. 부모의 은덕에 보답할 일만 열심히 생각한 효자였는지, 논쟁을 벌여 상대방의 코를 납작하게 만드는 달변가였는지도 모를 일이다. 그후 무슨 사연이 있어, 책상에 엎드려 우는 날이 계속되다가 눈물이 마르자 동시에 인격도 인생관도 싹 변해버렸는지도 모른다.

만약 그렇다 해도 그런 놈에게 상관할 일은 없다.

다시 흐름을 재개한 너이니, 그런 놈 때문에 일일이 흐름을 중단해서는 안 된다. 너 스스로 흐름을 중지하지 않는 한, 나는 너의 언동에 전적으로 동의할 것이다. 너는 한시도 소홀히 할 수 없는 현재에 몸을 담고 있다. 그렇다는 것을 분명히 인식해야 할 것이다. 설렘의 양과 질, 그 점에서 뭍을 훨씬 능가하는 바다가 너를 기다리고 있다. 그리고 나는 온갖 환난을 헤치고 바다로 나아가는 너를 기다리고 있다.

주지승은 그에 어울리는 생애를 관철하였다.

이제 죽는다고 자각하였을 때 그는 싱글벙글 웃었을 것이다. 이제야 비로소 이해타산에 휘둘리지 않고, 인간임을 걷어치울 수 있고, 속세의 일에 상관할 필요가 없어졌다고, 그런 생각에 히죽 웃지 않았을까. 네 앞에서 이러니저러니 강경한 말을 늘어놓은 모양이지만, 결국 그는 현세에서 사는 일을 진심으로 즐길 수 있는 자는 아니었다. 살려고 몸부림치면 칠수록 회한을 남기는 그런 인물의 전형이었다. 그가 없어도 그 절은 계속될 것이다. 후계자는 목각 원숭이로 충분하다. 너의 분신이라고도 할 수 있는 그 원숭이는 주지승을 대신하여 절을 지킬 것이다. 그냥 지키는 것이 아니라 완전히 흐르는 자가 되지 못하여 고뇌하는 진정한 인간을 훌륭하게 부활시킬 것이다.

거대한 원형동물 같은 시체에서 너는 점점 멀어진다.

죽음의 악취는 점차 엷어지고 사방 일대가 다시 생명 그 자체의 향기로 감싸인다. 상상도 못할 만큼 큰 유성이 너의 새출발을 축복한다. 바다에서는 밀물이 저 먼 쪽에서 봄을 날라온다. 수평선 저 너머로 바닷바람에 탄 너의 용맹한 얼굴이 희미하게 보이고 있다. 거기에 너의 진의를 억측하는 자는 한 명도 없을 것이다. 너의 결점을 들추어내는 자도, 너의 약점을 이용하는 자도 없을 것이다. 젊은 시절에 반드시 봐두어야 할 세계가 있다면 그것은 바다다. 그저 보는 것이 아니라 배를 타고 나아가지 않으면 안 된다. 그리고 우리가 사는 이 지구가 물의 별임을 온몸으로 알아야 한다. 나한테도 그런 기회가 올 수 있을까. 아무쪼록 나도 너와 함께 바다로 나가보고 싶다.

머지않아 옷을 갈아입을 계절이 찾아온다.

점퍼를 벗고 티셔츠 차림으로 지낼 수 있게 될 즈음이면 너는 바다 위에 있을 것인가. 그러나 초조해할 것은 없다. 시간만 허비한다는 사고는 금물이다. 이 변화무쌍한 해안선을 따라 천천히 남하하여 여기저기 널려 있는 선착장을 기웃거리다보면 언젠가는 반드시 바람이 이루어질 것이다. 바다에서라면 어떤 일을 하게 되든 결코 네 할 일이 아니라는 생각은 들지 않을 것이다.

왠지 그런 기분이 든다.

너를 위한 새로운 밤이 고요히 깊어간다.

가지색으로 물든 대기가, 하늘 도처에서 환희를 나누는 별들이 존재에 대한 총괄적인 의견을 하나같이 숨기고 있다. 다른 곳은 몰라도 이곳의 녹지는 아직 건재하다. 그다지 황폐해지지 않았다. 멀리서 깜박깜박 빛나는 마을의 불빛은 별 변함이 없다. 중농주의가 되살아난 덕분에 삼각주 구석구석까지 농경지로 화하였다. 거기에는 허수아비가 서 있다. 달빛의 각도 때문일까. 그것은 창에 찔린 인간처럼 보인다.

*

햇살이 화창하게 비치고 있다.

찬미하기에 많은 말이 필요치 않는 햇살이 유채꽃과 배추흰나비와 높은 데서 지저귀는 종달새와 매화나무숲에 집약되어, 영원히 아름다운 세상으로 착각게 한다. 농로 한가운데로 순간의 생명을 옆구리에 낀 애벌레가 열심히 기어가고 있다. 꽃바구니를 든 아가씨가 보리밭 사이를 간다. 무통분만으로 이런 시대에 태어난 갓난아이가, 그래도 연락교連絡橋의 개통식에 선두를 끊었다고 까르륵까르륵 웃고 있다.

때는 무르익은 봄.

그리고 오랜만에 헤매는 너는 지금 발걸음도 가볍게, 바다와 전원 지대 사이에 낀 오월을 탐닉하고 있다. 너의 육체가 흐름을 재개하자 너의 정신까지 덩달아 발랄해졌다. 그것은 재생의 기쁨에 필적한다. 자기도 모르게 봄날의 우수를 느끼는, 그런 일은 단 한 번도 없다.

절을 떠난 지 벌써 이레가 되었다.

아니 여드레인지도 모르겠다. 그동안 미지의 길만 걸었다. 그리고 항구도시에 도착할 때마다 닻을 내리고 정박해 있는 소형 어선을 향하여 소리 높이 말을 걸어본다. 너는 일자리를 찾느라 정신이 없다. 바다로 나갈 수만 있다면 잡역이든 무슨 일이든 할 각오다. 어떤 일이라도 상관없으니 써주지 않겠느냐고 부탁한다.

그러나 응해주는 배가 없다.

점점 심해지는 불경기 탓에 일손이 남아돌아가고 있다. 그 대지진 직후에는 어린 노동자들까지 쓰겠다는 곳이 많았는데 지금은 그렇지 않다. 예산 부족, 자금 부족으로 재건의 가능성이 불투명하기 때문이다. 하물며 수도를 옮기는 일 따위는 꿈도 꿀 수 없게 되었다. 친미정책으로 돌아가기에는 너무 늦었다.

아무도 너를 고용하지 않는다.

경험도 없는데다 신분을 증명하는 카드도 갖고 있지 않은 까까머리 젊은이를 굳이 고용할 괴짜는 없다. 아무리 부탁해도 소용이 없다는 것을 알면 너는 재빨리 그 항구를 떠나 다른 항구로 향한다. 그러나 서두르지 않는다. 시간은 얼마든지 있다. 다만 먹는 것이 골치다.

절을 떠나 지금까지 변변한 식사 한 끼 못했다.

언젠가는 죽을 운명인 들개나, 애당초 들새로서의 긍지 따위는 갖고 있지 않은 까마귀에 섞여 닥치는 대로 음식 찌꺼기를 뒤져 먹는 나날이 계속되고 있다. 하지만 비슷한 짓을 하고 다니는 사람들이 얼마든지 있으니 그다지 고통은 아니다. 『원숭이 시집』이 예시하는 삶과 다르다고 고뇌하는 일도 없다.

너는 이제 도둑질은 하지 않는다.

나쁜 버릇을 고치려고 애쓰는 것이 아니다. 도둑질에서 얻은 자극이 너무 유치하다고 느꼈기 때문이다. 또 원숭이 조각을 팔지도 않는다. 목각을 그만둔 이유는 두 가지. 그 절에서 대작을 완성한 뒤로 완전히 흥미가 사라졌다는 것, 그리고 두 번 다시 칼을 들고 다니고 싶지 않다는 것, 게다가 마음먹고 조각을 한다 해도 이전처럼 살 사람이 선뜻 나설지 알 수 없었기 때문이다. 네가 겨울잠을 자고 있는 반년 동안 경제 사정은 한층 더 악화되었다.

저소득층이나 실업자의 급증을 부정할 수 있는 정부 고관은 한 명도 없다.

정계의 거두가 된 땅딸보는 경제와 국방은 별개 문제로 생각해야 한다고 떠들고 있다. 매사에 성급한 그가 몇 번이나 거듭 강조한, 참석한 사람들을 깊이 감동시킨 정책의 대전환은 너무 무모하다. 그의 이미지는 미친 듯이 피묻은 칼을 휘두르는 자로 급변하고 있다. 대열을 이루어 행진하는 어린 병사들을 흐뭇하게 바라보는 그의 눈은 상어나 악어의 눈을 닮았다.

떠오르는 달을 등지고 걷는 너는 여전히 우국지정에 불타는 자는 아니다.

저녁 어둠이 밀려와 창문마다 불이 켜질 무렵, 턱을 괴고 생각에 잠기는 장년들의 모습이 눈에 띈다. 마음 편할 날이 없는 그들은 보기만 해도 소름이 끼치는 귀신 같은 모습으로 밤늦게까지 잠을 못 이루고 있다. 이제 세상을 등지거나 놈팡이가 되는 길밖에 남지 않은 그들의 안하무인격인 행동 뒤에는 다소의 분노가 들러붙어 있다. 그러나 유감스럽게도 그 분노 또한 움츠러들어 있어, 그 화살이 금의환향한 대신들의 목숨으로 향하는 차원 높은 것이 되지는 못한다.

깊은 밤에 훔친 물건을 가지고 해변으로 모이는 패거리들이 있다.

그들은 우루룽우루룽 울리는 봄날의 천둥소리 아래서 밤마다 광란의 연회를 벌이고 있다. 그러나 현지 경찰의 손전등 빛이 언뜻 보이기만 해도 거미 새끼들처럼 사방으로 도망친다. 걸음이 느려 붙잡힌 자들은 방사능에 관계된 위험한 일을 강요당한다는 소문을 떠올리고 큰 소리로 엉엉 운다. 너는 절대로 그들과 동류가 아니다. 그러나 단속하는 측에서 보면 틀림없는 부랑자에 해당하는 자이다. 공중도덕심이 부족하고 일일이 법에 견주어 처분할 필요도 없는 쓰레기다.

너는 줍기만 할 뿐 남의 것을 슬쩍하지는 않는다.

훔치면서 흐르면 바다로 나가겠다는 빛나는 목적이 퇴색해버릴 것이다. 너는 그렇게 생각하고 있다. 지금 너는 개안하여 장대한 뜻을 품게 된 자와 조금도 다르지 않다. 즉 흐름에 대한 마음가짐이 지금까지와는 전혀 다른 것이다. 이미 너는 마음의 공백과 바람구멍을 메우기 위하여 걷고 있지 않다.

어느 틈엔가 평생 네 등을 따라다닐 그림자 같은 불운이 사라졌다.

현재 너는 수많은 곤란을 극복할 수 있는, 어떤 중압과 무거운 짐에도 견딜 수 있는, 기골 찬 사나이로 변해가고 있다. 쓰레기 더미를 뒤질 때에도 그렇게 보인다. 식빵 껍질만 꽉 찬 주머니를 뜯을 때도, 유효기간이 지나 폐기처분된 도시락을 거머쥘 때도 흐르는 자로서의 너의 자랑스러운 태도는 조금도 동요치 않는다. 너는 인심을 교란케 하는 풍문이나 인심의 동요를 무시하고, 자기 뜻과는 다른 인생을 보내지 않을 수 없는 남자와, 술꾼과 벗하여 몸을 망가뜨리는 남자와, 매일 아무 낙도 없는 남자와, 청춘의 추억을 야금야금 갉아먹으며 일찌감치 늙어가는 남자를 구별하면서 유목민보다 자유롭게 방랑하며 바다로 가는 입구를 찾는다.

어제 이런 일이 있었다.

어느 시골 마을에서 이쑤시개로 잇새를 쑤시면서 걷고 있는데 어떤 비렁뱅이가 너를 불러세웠다. 겉모양만으로 너에게 친근감을 느낀 것이리라. 뼈와 가죽만 남은 애처로운 모습에 입 주위에는 이런저런 음식 찌꺼기가 잔뜩 붙어 있었다. 그는 너를 조롱하였다. 그런 꼴을 하고서 왜 비럭질을 하지 않느냐고, 헤실헤실 웃으면서 저자세로 그렇게 말을 건넸다. 너도 지지 않을 정도로 재치 있게 대꾸하였다.

그 질문에 대한 너의 답변이 근사했다.

"줍는 것하고 받는 것하고는 사느냐 죽느냐 만큼의 차이가 있지."

그러자 비렁뱅이는 납득하기 어렵다는 표정에 신경질적인 눈초리가 되었다. 그러나 금방 첫 대면에 속을 털어놓는 남자로 돌아가 또 이런 제안을 하였다.

"어떤가, 나와 함께 일해보지 않겠는가."

좋은 아이디어였다. 젊고 힘세 보이는 남자와 받는 것이 주특기인 절름발이 남자가 한패가 되면 무슨 일이든 잘 풀리리라고 계산한 것이리라. 그러나 너한테는 가소롭기 짝이 없는 말이었다. 진부하기 짝이 없는 아이디어였다. 너는 그로부터 냉담하게 돌아서서 소나무 지팡이를 아무리 능숙하게 짚어도 따라오지 못할 속도로 걸었다. 도저히 쫓아올 수 없다는 것을 알자 그는 기가 찰 만큼 큰 소리로 이렇게 말했다.

"너 같은 놈은 말이지, 오래 못 살아!"

너한테 그는 이미 죽은 자나 다름없었다. 경직된 이 시대에 너만큼 생기발랄한 놈은 없다. 지금 너한테는 나만이 알고 있는 출생의 비밀 따위는 아무 문제도 안 되는 비극에 지나지 않는다. 이토록 불안에 찬 시대와 상황 속에서 너만 한 낙관주의자도 없을 것이다. 너한테 비하면 아무리 명랑한 인간이라도 껍질뿐인 생애를 보내고 있는 것으로밖에 보이지 않는다. 자신은 무력한 인간이라고 체념하고 그것을 구실로 고여 있는 남자들…… 그들은 맹세한 일을 지키는 나날에 지쳐 있고, 가족을 데리고 살아가는 나날에 진력이 나 있고, 운명에 좌지우지되는 나날에 싫증이 나 있다.

너의 주머니는 물론 비어 있다.

하지만 너는 다른 무엇을 갖고 있다. 자신의 목소리에만 따르는 정열과, 계급의식에서 완전히 벗어난 자유를 갖고 있다. 너는 자기 일을 제쳐두고 남의 일을 하는 자가 아니다. 너는 피해자를 위한 구원활동의 선두에 나서서 인정을 베푸는 일로 무상의 기쁨을 느끼는 자도 아니다. 너는 항상 너 자신을 위해서만 위험을 무릅쓴다. 네게는 너 자신이 전부다.

네가 옳은지 그른지는 뭐라 말할 수 없다.

다만 그런 너를 짓밟으려는 사고가 악이라는 것만은 분명하다. 민중의 피를 부르는 목적에 적합하도록 교화하는 국가의 의도가 너한테는 전혀 통하지 않는다. 앞으로 어떤 일이 일어나더라도, 어떤 짓을 저지르더라도, 너는 두 번 다시 자신을 성찰하지 않을 것이다. 그것으로 족하다.

세상은 여전하다.

세상은 아직 욕심 많고 비도덕적이며 온갖 계층을 자기 수중에 장악하려 획책하는 땅딸보를 열광적으로 지지하고 있다. 국민 대부분이 그가 하는 일에 손뼉을 치면서 감탄하고 있다. 또는 그렇게 하지 않으면 위험할 것이라 여기고 그런 척하고 있다. 외압을 이용하여 국내의 결속을 공고히 하는 상투적인 수법이 지금도 효과를 거두고 있다. 그는 엄중한 경계태세를 펼쳐 자기와 대중의 견해 차이를 무마하고, 이웃 나라를 병합하려는 오랜 야망을 달성하려 하고 있다.

그의 세력은 날로 확장되고 있다.

병력을 마음대로 사용할 수 있는 엄청난 권력, 이제 여차하면 그것을 장악할 수 있는 지점까지 가 있다. 민주주의와 사회주의로는 이 시대를 이끌어나갈 수 없다는 그의 연설과, "우리나라의 미래는 제군의 양어깨에 달려 있다"는 구태의연한 훈시에, 호적상의 아버지밖에 모르는 많은 젊은이들이 그를 진정한 아버지라고 착각하고 있다.

나는 인간의 학습능력에 대해 의문을 품고 있다.

어인 까닭인지 그들은 똑같은 실수를 무수히 범한다. 주지의 사실인 실패를 몇 번이나 되풀이한다. 그것이 인류의 역사라는 것이다. 만민을 연루시키는 크나큰 비극은 항상 그칠 줄 모르는 욕망에서 비롯되었다. 그렇지 않으면 비정상적인 욕망을 품고 돌진하는 기이하고 이상한 인물의 등장에 광분하는 데서 비롯되었다. 인간만큼 폭력적인 생물은 없다. 사람은 모두 공격적이다.

종의 기원에 대체 무슨 일이 있었던 것일까.

네가 사모하여 마지않는 상대는 너 자신이지 다른 누가 아니다. 너의 어깨를 움켜잡고 으름장을 놓는 자는 너의 적이다. 타산적이고, 그렇지 않으면 자립하기가 귀찮아 특정한 타인에게 머리를 조아리고 마는 그들은 너 같은 자를 기피할 것이다. 보고 싶지도 않다고 생각할 것이다. 왜냐하면 일단 너를 인정하고 나면 그들 자신의 두루뭉술한 입장이 없어지는 것이나 마찬가지기 때문이다. 그들이 너를 그렇게 생각하듯, 너에게도 그들은 격한 감정으로 미련 없이 목숨을 빼앗아도 좋은 상대다. 『원숭이 시집』에서는 그런 일에 대해 어떤 식으로 언급하고 있는지 모르겠지만 나는 그렇게 생각한다.

너의 머리카락은 확실히 자랐다.

수염도 자랐다. 그렇다고 더부룩한 것은 아니다. 또 칠칠치 못한 놈으로 변한 것도 아니다. 너의 모습은 지금 막힘없는 길을 지향하는 자와 흔들림 없는 신념을 지닌 자를 닮았다. 외계에서 소용돌이치는 사물에 정확하게 감응하는 너의 혼은 정신과 육체의 완벽한 조화를 바탕으로 하고, 길거리에서 방황하는 일은 절대로 있을 수 없다는 확신을 움켜잡고 있다.

비상시에 대비하고 싶어하는 것은 국가지 네가 아니다.

너는 개인의 입장과 개인의 자유보다 우선하는 무언가를 가지지 않은 자이다. 너는 빈집털이 전문 도둑의 끄나풀도 아니거니와 사방에 기세를 떨치고 싶어하는 권력자의 주구도, 방자한 생활을 보내는 재산가에게 아첨을 떠는 자도 아니다. 너는 누구의 명령도 받지 않으며 누구의 방침에도 따르지 않고 살아갈 수 있는 자이다.

너는 누구한테 가는 곳을 알릴 필요도 없다.

걷다 지치면 졸졸 흐르는 개울물에 발을 담근다. 깊은 강이면 몸을 담근다. 담근 김에 옷을 벗어 빨고, 그것이 마를 때까지 알몸으로 모닥불과 태양열의 온기를 취한다. 산골에서 자라 골격이 큰 너는 화창한 햇볕 속에서 반짝반짝 빛나고, 흐르는 자로서의 마음은 점점 더 순도를 더하면서 원래 크기를 유지하고 있다.

너는 이 세상에 존재함을 몸이 저리도록 기쁘게 여긴다.

그리고 너는 바닷바람을 따라 해안까지 가서는 적당한 온기를 품고 있는 모래와 아름다운 물결무늬 구름 사이에서, 인적 없는 해변을 뒹군다. 그렇게 파도가 그리는 무늬와 먼바다가 인간 세상을 향해 보내는 설렘에 언제까지고 취해 있다. 또는 풍랑에 휩쓸리는 나뭇조각의 용감함을 가슴속으로 칭송한다. 그리고 마음을 깨끗이 하고, 이성에 호소하며, 현세가 무엇인가를 이해하려 한다.

이 세상에 상주하는 것은 없다는 것을 피부로 안다.

의외로 너를 오해하는 사람이 많을지도 모르겠다. 너를 아주 불행한 처지에 있는 자로 보거나, 보잘것없고 초라한 생활을 하는 자로 보거나, 세상의 웃음거리로 보거나, 무모한 자로 보는 사람들이 내가 상상하는 이상으로 많을지도 모르겠다. 그들은 아주 좁은 마음과 메마른 주름투성이 정신밖에 갖고 있지 않을 것이다. 바닥이 훤히 드러나 보이는 천박한 지혜밖에 없는 그들은 눈앞의 이익에 동분서주하고, 이해의 충돌에 시간을 낭비하고, 거스름돈의 일부를 슬쩍하는 그런 쩨쩨한 도박에 만족스럽게 웃는다. 근심과 괴로움에 찬 눅눅한 이론 앞에 설 수밖에 없는 매일을 보내고 있는 것은 그들이지 네가 아니다.

너는 아주 고급한 자유놀이에 마음껏 잠겨 있다.

게다가 요즘 들어, 흐를수록, 어떠한 상대도 빈손으로 대항할 수 있는 품격을 갖추어가고 있다. 너는 우둔한 인간이 아니다. 엉덩이 무겁게 우물쭈물하는 놈이 아니다. 너는 세상을, 타인을, 그리고 동식물과 광물 그 모든 것이 복잡하게 얽혀 구성하는 이런저런 현상을 끊임없이 치밀하게 고찰한다. 그런 습관 덕분에 대개의 위험은 사전에 간파할 수 있게 되었고 재빨리 회피할 수 있게 되었다.

너는 천천히 걸음을 옮기면서 스치는 사람들을 낱낱이 관찰하고 있다.

아른아른한 대기 저 너머에서 다가오는 어깨 올라간 남자는 그 날카로운 눈길로 보아 사복경찰이라는 것을 안다. 그리고 천진난만하게 길에서 노는 동그란 얼굴의 소녀가 실은 젊은 나이에 독수공방의 한을 시로 푸는, 앞날이 걱정되는 아이라는 것도 안다. 그렇다고 해서 너는 함부로 남의 속을 염탐하는 짓은 하지 않는다.

흐르는 자가 명확하게 대답하지 못하는 문제란 없다.

흐르는 자에게 불확실성의 시대란 있을 수 없다.

이런 식으로 가면 언젠가 너는 사람의 지혜가 미칠 수 없는 몇백 년 후의 세계 정세를 통찰할 수 있을는지도 모른다. 하지만 천년을 산 내가 보기에는 아직도 멀었다. 일단 마음에 뜨거운 꿈을 품은 자는 그 꿈에 합당한 타인의 말을 너무도 가볍게 믿어, 그 탓에 뜻하지 않은 난관에 봉착하기도 한다. 그때를 대비한 마음가짐은 되어 있다. 동시에 그렇게 되기를, 너의 미래에 예기치 않은 오산과 파국이 생기기를 은밀히 바라는 또하나의 내가 있다.

지금 바다로 나가고자 하는 너의 강렬한 마음은 오히려 너의 약점이 되고 있다.

단조로우면서도 신기한 마력을 지닌 바다에는 과연 너를 매혹하는 무언가가 있다. 틀림없이 무언가가 있을 거라는 생각이 너의 직감력을 둔화시키고 있다. 즉 그만큼 위험한 상태에 있는 것이다. 그러나 네가 한시도 놓지 않는 시집 어디에도 원숭이가 바다에 어울리지 않는다는 글귀는 없다. 다른 사람은 몰라도, 나는 바다가 너에게 어울리지 않는 무대라고는 생각지 않는다.

수목 또한 그렇다.

네가 조각하여 절에 두고 온 원숭이만 해도 원래는 떠다니는 나무토막으로서 넓은 바다를 방랑하던 것이다. 또 대형 배의 용골이 되어 대양으로 떠나간 우리 숲 출신도 적지 않다. 너 역시 우리 숲 출신이다. 그러니 네가 죽도록 육지를 방랑하지 않으면 안 된다는 법은 없다.

해변에서 자란 자가 아니기에 더욱 그래야 한다.

어쩌면 바다는 곰상스럽고 성급한 남자의 성격을 강인하게 바꾸어줄지도 모른다. 어쩌면 바다는 알게 모르게 주입된 고이기 위한 사상을 깨끗하게 씻어줄지도 모른다. 어쩌면 바다는 가슴속 어딘가에 들러붙어 있는 자신의 처지를 불쌍히 여기는 마음을 남김없이 긁어내줄지도 모른다. 그리고 또 어쩌면 바다는 다른 나라를 소개해줄지도 모른다.

너한테는 모든 대륙이 신대륙이다.

너는 갯벌에서 노니는 새에게 바다를 향한 너의 마음을 실었다.

너는 만에 정박한 낡은 배를 좀더 자세히 보려고 소나무가 듬성듬성한 숲을 서둘러 빠져나간다. 너는 누런 물결이 파도치는 보리밭과 새싹이 빼곡한 차나무 밭을 따라 오솔길을 간다. 너는 분재시장이 서 있는 옛날 길을 걸으면서 봄풍경을 즐긴다. 너는 항구 마을의 시끌벅적한 뒷골목에서 음식 찌꺼기를 거둬 먹는다.

목하 너의 흐름은 실로 매끄럽다.

지금까지 너는, 너를 저해할 만한 타인을 만나지 않았다. 멱살을 잡고 신분을 밝히라고 추궁하는 자들이 있을 만한 지역을 조심스럽게 피해 다닌 덕분이다. 밭농사를 짓는 지역이나 농산물 집산지를 통과할 때에는 도둑으로 오해받지 않도록 충분한 주의를 기울인다. 멈춰 서서는 안 된다. 서서 오줌만 누어도 몽둥이를 든 농사꾼이 나타난다. 모두가 식료품에는 신경을 곤두세우고 있다. 채소든 과일이든 곡류든 가축이든, 아직 이 전부를 수입에 의존하지 않아도 될 정도의 품종개량은 실현되지 않았다. 우선적으로 강력한 군사력을 자랑하는 국가를 지향하고 있기 때문이다. 그러나 전쟁을 일으키기 전에 그런 나라가 되기는 어려울 것이다. 자금이 부족하다.

이제는 작은 전쟁에서 이겨 그 자금을 만드는 길밖에 없다.

그 야심을 불태우고 있는 땅딸보와 그의 지지자들은 자기들 시대에 그 일이 가능하다고 믿고 있다. 실제로 시대는 역행하고 있다. 홀쭉하게 키만 큰 소년들이 가짜 총을 어깨에 메고 교정 한가득 줄지어 훈련에 여념이 없다. 기지에 집결한 함대를 견학하러 가는 유치원 아이들은 손에 손에 일장기를 쥐고 있다. 그러나 너는 오로지 좁은 만에 면한 어항에 정박해 있는 비린내 나는 배에만 관심을 보인다.

너는 양지바른 곳에서 혼자 묵묵히 도구를 수리하는 노인에게 말을 건다. 바닷바람에 거칠어진 피부에 무뚝뚝하기까지 한 상대는, 어부가 되고 싶다, 가능하면 원양어선에서 일하고 싶다는 너의 얼굴을 보려고도 하지 않고 이렇게 말한다.

"일찌감치 그만둬."

들르는 항구마다 벌써 몇십 번은 들었을 충고가 되풀이된다.

바다는 이미 어부들을 위한 세계가 아니다.

지금 바다는 살인자들과 살인 무기를 실은 배들로 복작거리고 있다.

귀에 못이 박히도록 들은 설명이다. 세상이 이렇게 어수선한데 바다로 나가는 것은 자살행위나 다름없다…… 어부들의 일치된 견해였다.

그러나 너는 끈질기게 물고 늘어진다.

뭐가 어쩌니저쩌니 해도 여전히 바다로 나가는 배가 있지 않느냐고 반문한다. 출어한 배들이 모두 빗나간 탄환에 맞아 침몰하는 것은 아니지 않느냐고 덧붙인다. 그러나 무슨 말을 해도 시원한 대답은 돌아오지 않는다. 여기뿐만 아니라 어느 항구에 가도 새로 사람을 고용할 배는 한 척도 없을 것이라는 매정한 답변뿐이다. 그렇다고 외부자에 대한 뿌리 깊은 편견으로 그런 소리를 하는 것은 아니다. 친절을 베푸느라 하는 소리다.

너는 꺾이지 않는다.

일할 사람이 병에 걸렸거나 다쳐서 곤란에 빠진 배도 있을 것이다. 그렇게 생각한 너는 여기저기 말을 걸어본다. 그러나 결국은 맨 처음 말을 걸었던 늙은 어부한테 똑같은 질문을 하고 만다. 그러자 그 노인네는 천천히 고개를 돌리고 너를 빤히 쳐다본다. 그리고 들리지도 않을 만큼 작은 소리로, "참 말귀를 못 알아먹는 사람이로군"이라고 중얼거리면서 너의 얼굴을 또 신기하다는 듯 쳐다본다. 경찰에 신고하기 위해 인상착의를 정확하게 봐두려는 의도는 아니다. 정말로 너를 신기해하고 있다.

한참 후 노인은 너의 눈을 칭찬한다.

옛날 어부보다 더 좋은 눈이로군, 이라면서 자못 감탄스럽다는 투다. 오십 년 전 같으면 초일류 어부가 되었을 텐데, 라고 진지하게 말한다. 그러나 그후에 덧붙인다. 탐지기의 발달로, 지금은 아무 도움이 안 되는 눈이다, 라고. 요즘에는 장님도 어부가 될 수 있다고. 그는 또 이렇게 말하며 더욱 몰아붙인다. 심정적으로는 이해가 가지만, 이미 이 바다에는 기대할 만한 것이 아무것도 없다. 이 바다는 그저 넓기만 한 웅덩이에 지나지 않는다.

고맙다고 말을 하고 돌아서는 너의 등으로 이런 말이 날아온다.

"나도 참 오래 살았네."

시원시원한 성품의 노인네는 이어 이런 말도 했다.

"이런 나이가 돼서야 저런 놈을 만나다니, 허 참."

그가 대체 너의 어떤 부분에 감동받아 그런 말을 하는 것인지 나는 모르겠다. 아니 전혀 짐작이 가지 않는 것은 아니다. 조금은 알 듯한 기분이다. 무리도 아니라고 생각한다. 나만 해도 너한테 매료되어 있다. 나는 뿌리에서 잔가지까지 부르르 떨릴 정도의 긴장감을 느끼면서 너의 앞날을 지켜보고 있다. 너란 놈은 천 년 만에 울창한 우리 숲에 뜨거움을 느끼게 해준, 아주 생동적이고 가치 있는 침입자다.

너는 세차게 내리기 시작한 빗속을 걸어간다.

머리까지 점퍼를 푹 뒤집어쓰고 적막한 거리를 가로지른다. 아침부터 재수가 없는 날이 아니다. 어제도 대충 이런 식이었고 엊그제도 그랬다. 그 전날도 비슷했다. 전혀 실마리가 보이지 않았다. 오늘은 차라리 행운이라 해야 할 것이다. 왜냐하면 우연히 동전을 주웠기 때문이다. 물을 마시려고 길가의 작은 공원에 들렀을 때 일이다.

수도꼭지에 입을 대려다 너는 흠칫 놀라 자기도 모르게 몸을 뒤로 뺐다.

녹슨 꼭지에 커다란 거미가 한 마리 붙어 있었다. 시커먼 그 거미는 아무도 물을 마시지 못하게 하겠다는 듯 찰싹 들러붙어 있었다. 요 몇 년 사이에 급증한 귀화 생물로, 약하면서도 독을 지니고 있는 종류였다.

너는 거미를 손으로 탁 쳐냈다.

그리고 지면에 떨어진 거미를 밟아 죽였다. 발을 들고 보니 납작하게 짓뭉개진 거미 말고도 동전이 네 개 있었다. 옥신각신 끝에 간신히 새로운 천황이 결정되었을 때 발행한 주화였는데 남발하여 액면가 이상의 가치는 없었다. 물을 마시려던 누군가의 주머니에서 떨어진 것이리라. 푼돈도 못 되는 액수였지만 너한테는 큰돈이었다. 그 정도만 있으면 한 일주일은 쓰레기통을 뒤지지 않아도 될 것이다.

『원숭이 시집』 다음가는 귀중한 재산이 된 그 돈을 너는 소중하게 주머니에 집어넣는다.

어디다 쓸지를 곰곰 생각한 후에 너는 마을 어귀에 있는 가게에 들러, 치약 대용으로 껌을 사고 비타민과 미네랄을 함유한 한입에 먹을 수 있는 치즈를 듬뿍 사들였다. 껌은 치아를 보호하기 위해서, 치즈는 바다로 나가는 데 필요한 체력을 유지하기 위함이다. 본래 흐르는 자는 병이든 상처든 약과 자연치유력으로 고치지 않으면 안 된다. 화상을 입고 병원에서 의식을 회복했던 일을, 동사 직전에 주지승의 도움으로 살아난 일을, 너는 지금도 부끄럽게 여기고 있다. 그때 차라리 죽는 편이 나았다고 생각하는 너다. 타인의 도움으로 살아난 주제에 자신은 누구 한 명도 도와주지 못했다는 자책감이 마음 한구석에 남아 있다. 복수에는 열심인데 은혜를 갚는 일에는 전혀 무심하다고.

너는 눈물은 많으면서 쌀쌀맞은 사람들과 함께 물가에 서 있다.

떼지어 물고기를 잡는 강가마우지의 모습에 목숨 있는 것의 비애감이 어려 있다. 뒤늦게 핀 겹벚꽃이 어둑어둑한 밤에 삼켜지는 모습을 바라보면서 너는 오늘의 마지막 식사를 천천히 즐긴다. 느닷없이 나무에 열린 열매를 뜯어먹었던 날의 기억이 너를 추억의 강으로 끌고 들어간다. 너는 입안 가득한 치즈를 씹는 것도 잊고, 대열을 이루어 둥지로 돌아가는 강가마우지 떼를 열심히 배웅한다.

이유 없는 슬픔이 점차 사그라진다.

너는 다시 치즈를 우물거린다. 그리고 고향을 떠나기 전에는 네가 추구하여 마지않던 자유가 전혀 없었음을 새삼 느낀다. 부모의 사랑…… 물론 넘치도록 있었다. 그러나 그뿐인 나날이었다. 지금은 네 발길 닿는 곳 전부가 자유의 천지다. 해가 저물녘 다소 쓸쓸함을 느끼는 일이 있어도, 전혀 명분이 없는 행위의 연속이라 해도, 태양력과 함께 살아 움직이는, 아직 앞날이 창창한 너에게는 매일매일이 충족의 폭풍이다.

또 밤이 와, 가느다란 달이 흐트러진 세상을 빈틈없이 비춘다.

피골이 상접한 들개가 치사량 이상의 쥐약이 들어 있는 떡을 먹고 별 가득한 하늘 아래 몸부림치다 끝내 목숨을 잃는다. 여기저기 불야성을 이룬 도시에서 멀리 떨어진 이런 지방에는 이십 세기와 이십일 세기가 병존하고 있어 뒤죽박죽인데도 위화감은 없다.

정화된 수로와 오염도가 날로 심각해지는 강이 나란히 흐르고 있다. 언론의 자유는 지나치게 확대 해석된 소란죄가 적용되어 완전히 봉쇄되었다. 그러나 현재의 극동 정세를 논하거나 근자의 정치 상황을 개탄하거나 흐지부지 묻힌 큰 사건을 다시 조사하려는 자가 한 명도 없는 것은 아니다.

중요한 비밀을 조심스럽지 못하게 흘리고 다니는 고급관리가 있다.

은폐되어야 할 사실이 중도정치 시대보다 한층 까발려져 다 알려진 사실이 되었다. 민주주의 여명기에 자란 사람들이 지금은 패권주의에 투신하는 것이야말로 구태를 탈피할 수 있는 유일한 길이라고 믿고 있다. 진정으로 군축을 제안하는 나라는 어디에도 없다. 평화도 반전도 마지막 문제로 방기되어 있다. 통일된 행동을 추앙하는 고풍스러운 성격의 소유자가 요즘 들어 각광받고 있다. 천하의 풍운을 타고 사후에 명예를 남기고 싶어하는 자야말로 진정한 남자라고 높이 평가되고 있다. 기가 드센 고장에 사는 사람들은 호기심을 드러내며 이젠 꺼지지 않을 전쟁의 불씨를 지그시 지켜보고 있다. 이웃 나라와 융화를 도모하는 정책보다 약소국을 멸시하는 방침에 가슴 설레는 자들이 우글거린다. 지배자는 그런 저열한 촌뜨기의 잔학성을 교묘하게 이용하고 있다. 그들을 유능한 살인자로, 양 떼를 쫓는 개로 개조하려 하고 있다. 그렇게 구태의연한 수법이 지금도 별 탈 없이 통용되고 있다. 인간은 정기적으로 싸움을 원한다.

늦은 봄인데 밤에는 기온이 뚝 떨어진다.

풀밭이나 모래 위에 누워 자기는 아직 이르다. 너는 번잡한 시가지를 피하여, 수목이 울창한 산기슭에 있는 무너지기 직전의 빈집에 기어들어간다. 그리고 불그죽죽한 다다미 위에 벌렁 눕는다. 구멍이 뻥 뚫린 지붕으로 밤하늘의 일부가 천구의처럼 선명하게 보인다. 테두리가 삐죽삐죽한 구멍으로 쏟아져들어오는 것은 별빛만이 아니다. 희망의 빛도 들어온다. 파도 소리도, 항구를 떠나는 뱃고동 소리도 쏟아진다. 항해중인 선박을 상상하는 너는 이미 구원받기를 원하는 자가 아니다. 네가 그토록 절망하였던 것은 한겨울 동안이었다. 지금의 너를 보아서는 상상도 할 수 없는 나락이었다.

너는 재생의 길을 걷기 시작하였다.

너는 자신에게 적확한 지시를 내리게 되었다. 물론 어떤 일에든 태연자약한 것은 아니지만 뜻하지 않은 재난을 두려워하지는 않는다. 너는 간담을 서늘케 하는 사건이 잇달아 터지는 세상을 피하여 산중 한적한 곳에 숨어 사는 남자가 아니다. 결코 주의를 게을리하지는 않지만, 그래도 이전처럼 모나지 않고 늘 세상과 너 자신과 융화하면서 흐르고 있다.

그렇다고 노숙의 길을 가는 것은 아니다.

너는 구사일생으로 달인의 경지에 근접하고 있는 것이리라. 그러나 남다른 고생과 절차탁마와 고군분투의 결과인 것은 아니다. 물론 하늘의 도움 탓도 아니다. 너는 오로지 은덕을 입고 있는 것이다. 단지 그 덕분이 아닌가 싶다.

태어남과 동시에 어머니와 사별한 너는 처음부터 해방되어 있었다.

말하자면 자유의 자식이다. 즉 너란 놈은 육친의 애정에 목말라하는 일도, 세인의 신망을 얻기 위해 아등바등해야 하는 일도, 사람들 앞에서 요란스럽게 돈을 펑펑 써대거나 쭈뼛거리는 일도 없이 살랑살랑 흐른다. 너를 감싸고 있는 자유는 참 대단한 것이다. 그에 견줄 수 있는 자유는 이 세상에 존재하지 않을 것이다.

너는 허물없는 사이를 동경하지는 않는다.

또 가족끼리 오붓하게 여행하는 사람들을 부러워하지도 않는다. 다행히 너는 보은의 굴레가 되는 핏줄 같은 것 때문에 알맹이를 전부 내주어야 하는 입장에 있지 않다. 너만큼 혜택받고 자란 자도 흔치 않을 것이다. 부모 자식의 눈물 젖은 이별로, 또는 예기치 않게 부모한테 버림받아 인생을 망친 남자들이 얼마나 많은가. 이후 그들은 일생을 허비하였다. 독립독행의 길을 끝내 걸을 수 없었다. 그런 자들에게 바다는 어울리지 않는다. 바다에 잘 어울리는 자는, 길러준 어버이조차 잃어버린 너 같은 남자다. 배의 밧줄을 푸는 모습이 가장 보기 좋은 자가 너 외에 어디 있다는 말인가. 그런 기분이 든다.

태어나서 지금까지 너는 오점 하나 남기지 않았다.

너 자신은 어떻게 생각하는지 모르겠으나 나는 그렇게 믿고 있다. 내가 아는 한 너는 고여 있는 더러운 물인 적은 한 번도 없었다. 도둑질을 하여도, 살인을 하여도, 항상 너는 흐르는 싱그러운 물이었다. 앞으로도 그 점은 변함이 없으리라. 너는 증발작용으로 사라지는 운명의 물이지만, 그전에 바다로 흘러드는 물이기도 하다.

너는 지금 바다로 나갈 길을 찾아 암중모색하고 있다.

네가 바라는 대로 물을 떠날 수 있을지는 네가 어떻게 흐르느냐에 달려 있다.

『원숭이 시집』에는 이렇게 쓰여 있다.

시대는 언젠가 흐르는 자를 따라잡을 것이다.

하지만 나는 그렇게 생각하지 않는다.

흐르는 자로 세상이 가득한 그런 시대가 정말 도래하리라고는 도저히 생각되지 않는다. 천 년 후라도 어려울 것이다. 지금까지 어떤 시대든, 지배계층 피지배계층을 막론하고 모든 사람들이 흐르는 자를 경원하고 이단시하였다. 위정자는 애써 쌓아올린 권위를 무시당할까봐 두려워하였고, 일반인들은 자립하는 길이 얼마나 험한지를 두려워하면서 모두가 흐르는 자를 탄압하고 소외시켰다.

밤길을 서두르는 몇몇 사람들의 발소리가 들린다.

어린아이의 발소리도 섞여 있다. 너한테 해를 끼칠 집단은 아닌 듯하다. 아마 도주하는 일가일 것이다. 강제징수가 심한 수전

노로부터 도망치는 것인가. 아니면 관권의 손아귀에서 도망치는 것인가. 살림에 찌든 젊은 부부의 얼굴이 떠오른다. 타박타박 걷는 그들의 발걸음 소리는, 고투의 일생을 단숨에 뛰어넘어 황천 길을 서두르는 것인가. 그렇게까지 궁지에 몰렸으면서도 아직 양민의 입장에 미련이 있는가.

조용히 사색하기에 더할 나위 없는 밤이 깊어간다.

그러나 너는 아무 생각도 하지 않는다. 자신에 대해서도 타인에 대해서도 생각지 않는다. 마음을 위하여 생각하지 않는 것이 얼마나 좋은지를 너는 잘 알고 있다. 너는 생각 없는 행위를 바람직하다 여기는 자다. 설령 그것이 가책을 느끼게 하는 일이라도, 자연스러운 흐름 속에서 한 일이라면 후회할 게 없다고 생각하고 있다. 결과에 대해서는 무심하다.

쥐가 찍찍거린다.

막 핀 관상화가 향내를 풍긴다. 지상의 기온이 영 내려가지 않는다. 망망한 대해가 발하는 신기한 소리에 맞추어 너는 오른손을 꼼지락거린다. 태워 죽인 이국의 아가씨 생각이 밀려온다. 지붕, 뚫어진 구멍으로 조각달이 조용히 흐른다. 성기에서 돌발적으로 넘쳐흐른 하얗고 따끈하고 끈적끈적한 액체가 네 마음의 바람구멍으로 점점 침투한다.

깊은 잠이 한때, 너를 이 세상으로부터 떼어놓는다.

그리고 평범한 아침이 평범하게 밝자 너는 또 평범한 걸음걸이로 걷기 시작한다. 우유처럼, 정액처럼 짙은 안개 속을 터벅터벅

걷는다. 안개 외에는 아무것도 보이지 않는다. 너를 인도하고 있
는 것은 소금 냄새다. 분명 그쪽은 바다 방향이다. 손질이 덜 된
인공림을 빠져나가자 그 오솔길은 모래사장으로 이어져 있다. 바
로 옆에서 파도가 밀려왔다 밀려가고 있다. 벼랑과 해안을 일직
선으로 잇는 폭포 바로 아래 선 너는 떨어지는 맑은 물로 목을 축
이고 치즈를 먹고 껌을 씹는다. 이렇게 하여 무슨 일이 생길지 전
혀 알 수 없는 하루가 시작된다.

너는 안개가 마음에 든 모양이다.

나도 좋아한다. 안개는 뜬세상의 온갖 잡동사니를 덮어 가리고
꼭 필요한 현실만을 보여준다. 과다한 정보의 바다에서 허우적거
리는 자들에게 안개는 유효한 구조선이 될 수 있을지 모르겠다.
그러나 본질에 대한 탐구심을 잃은 자에게는 아무리 짙은 안개도
수수께끼 같은 세계만 보여줄 것이다.

안개는 지금 건국에 관한 거짓 역사를 덮고 있다.

그리고 안개는 사람의 목숨은 조금도 존중하지 않는 반동화 경
향을 부각시킨다. 더 나아가서는 뒤에서 지휘하는 자가 누구인가
를 여실히 보여주고, 그들과 그 일파가 노리는 사람들이 더는 수
수께끼의 의문사를 당하지 않도록 몸을 숨겨주고 있다. 그러나
안개는 오래 지속되지 않는다. 횡포한 태양이 오르면 그것으로
끝이다. 잠시 후면 안개가 걷히고 가해자들에게 유리한 쾌청한
날씨가 될 것이다.

바다 위에서는 무적霧笛이 난무하고 있다.

잠든 사이 몸이 차가워져 나오는 너의 재채기 소리가 먼바다까지 날아간다. 파도가 찰싹이는 해변에서는 갈매기가 물고기의 썩은 살을 열심히 파먹고 있다. 너는 어디까지 계속될지 짐작도 가지 않는 소나무숲 속으로 들어가 웅크리고 앉아 시원하게 볼일을 본다.

그때 불쑥 사람의 기척을 느끼고 너는 얼굴을 든다.

앞쪽 안개 속에 누군가가 있다. 남자다. 그 남자도 너와 마찬가지로 모래땅을 화장실 대신 삼고 있다. 중이다. 승복을 입고 있다. 지저분한 차림으로 보아 행려승이리라. 어쩌면 그 실체는 거렁뱅이인지도 모른다. 안개와 홀쭉한 몸 때문에 나이를 가늠할 수 없다. 그런데 상대방은 벌써 너의 윤곽을 파악한 모양이다. 너를 "젊은이"라 부른다.

"어이 거기 젊은이"라고 부르고서, "미안하지만 종이 좀 나눠주려나"라고 말한다.

너는 상대하지 않는다. 젊은이라고 불러서도 종이가 아까워서도 아니다. 타인의, 그것도 막 싼 똥을 가까이 하고 싶지 않아서다. 너는 자신의 배설물 위에 모래를 덮고 남은 종이를 중 쪽으로 획 던진다.

"먹으면 싸야 하니, 산다는 건 정말 성가신 일이야"라고 남자는 말한다.

너는 아무 대꾸도 하지 않고 다시 걷는다. 서둘러 소나무숲을 빠져나와 다시 해변으로 나가 파도 소리와 함께 남쪽으로 내려간다. 너는 이미 중놈 따위에는 식상해 있다. 놈들한테는 배울 것이 하나도 없다고 생각하고 있다. 종교를 등에 업고 위세를 떨치고, 신불에 기원하는 그런 놈들은 애당초 이 세상을 살 자격이 없다고 생각하고 있다.

백발의 늙은 원숭이도 이렇게 말하고 있다.

이 세상은 자립을 지향하는 자를 위해 존재한다.
그러기에 잔혹하게 만들어져 있다.

그 한마디를 화두로 삼을 것이다.
어차피 우연히 만나는 사람이라면 쩨쩨하지 않은 선주나 사소한 일에 개의치 않는 뱃사람이 낫다. 너는 그렇게 생각한다. 그러면 바다로 나가는 길이 단번에 열릴지도 모른다는 염치없는 기대를 품는다.
하지만 운명은 너에게 구호의 손길을 뻗어주지 않는다.
너는 바다에게 시험당하고 있다. 제구실을 하는 어엿한 남자인지 아닌지를 가늠하기 위하여 바다는 너를 시험하고 있다. 일부러 애를 태우는 것인지도 모른다. 바로 네 옆에서, 불과 몇 미터밖에 떨어지지 않은 곳에서 너울거리는 바다는 오염이 상당히 심각한 수준에 달해 있는데도, 자신을 상실하기에는 아직 멀었다. 인간들의 장기간에 걸친 부아가 치미는 짓거리에도 바다는 조금도 주눅드는 기색이 없고, 변화무쌍한 세상에서 여전히 포용력 있는 재생의 어머니인 대자연으로 존재한다. 듬직하지 않은가.

지금 바다가 잔잔한 것은 너를 손님 취급해서가 아니다.

산악 지대에서 태어나 내륙성 기후에서 자라고, 전국 각지를 걸어서 돌아다닌 너의 마음을 바다는 들여다보려 하고 있는 것이다. 사람 없는 광야를 홀로 갈 때나 번잡한 상점가를 갈 때도 흐르는 자로서의 수직 좌표에 이상이 없는지 확인하려는 것이다. 창밖에서 들리는 빗소리에도 일일이 충격을 받는 그런 얼빠진 놈이 아닌가 확인하고 있다.

그때 안개 속에서 한 마리 커다란 새가 소리도 없이 날아오른다.

그러고는 바로 다시 안개 속으로 사라진다. 유유한 비상이 고스란히 네 마음의 공동에 각인되어 너의 정신의 날개를 자라게 한다. 그렇다고 너의 두 다리가 대지를 밟고 있지 않다고 여기는 것은 명백한 잘못이다. 너를 언제까지나 철새를 동경하는 경박한 졸개로 단정짓는 것은 옳지 않다. 네가 추구하여 마지않는 것은 국가가 부여한, 고형화固形化되어 신물나는 자유가 아니다.

무뚝뚝하면서도 그윽한 자유야말로 진정한 것이다.

진정한 자유라는 성역을 더럽히는 것은 언제든 한곳에 안주하고 싶어하는 자다. 그들이 굳이 흐름을 원하는 때는 실책으로 하야하거나 시세에 짓눌리거나, 그렇지 않으면 군인으로 전장을 향해 떠날 때뿐이다. 그런 그들은 막상 흐름을 개시해야 할 때가 되면 꼬리를 감추고 도망간다. 그렇게 되기 전에는 서민의 정당이라는 금박간판과 군사력으로 타국을 위압하려는 정책과 더불어

태연하게 산다.

그런 놈들을 아무쪼록 조심하여라.

이 세상에 가장 친근하고, 이 세상에 존재함을 마음껏 만끽할 수 있는 것은 재빠른 처신으로 끈질기게 살아가는 민중이 아니다. 그것은 오로지 흐르는 자뿐이다. 영과 육이 디들디글 살이 쪄 움직이는 것도 수월찮은 유약한 사람들만이 국가나 사회, 세상을 최우선 방편으로 취한다. 타국의 분쟁에 교묘하게 끼어들어 통치권을 장악코자 하고, 자위권을 행사한다는 명분하에 침략 전쟁을 벌이고 싶어하는 것은 실로 그들처럼 대인관계가 부드러운, 고여 있는 자들이다.

그들은 자신의 입장에 대해서조차 생각할 줄 모를 만큼 어리석다.

때로 그들은 시치미를 뚝 떼고 스쳐지나갈 뿐인 신의 환영과 손을 잡는다. 그들은 필요 없다는 목소리 아래로 손을 내민다. 그들은 함부로 사람을 매도하는 주제에 권력의 기세에 압도되면 당장에 위축되고 결의를 미련없이 뒤집는다. 그들은 굳건한 태도로 흐르는 자를 바보 취급함으로써, 인간이란 한 꺼풀 벗기면 결국은 욕망 덩어리에 불과하다는 관점을 간신히 유지하고 있다.

나는 흐르는 자를 찬탄하여 마지않는 나무다.

나는 흐르는 자를 위해서라면 자진하여 보좌 역할에 만족하는 나무다.

사회의 격한 변동에 짓눌리지 않고, 새삼스럽게 용맹한 표정을 짓거나 삐딱한 자세를 취하는 것도 아니고, 어디까지나 자연스럽게 어디까지나 조용히 흐르는 네 안에서 인간의 위대함을 느끼지 않을 수 없다. 나는 지금 분명하게 느끼고 있다. 네 안에서 자그마하나마 이상의 불씨가 생기고, 한없이 정의에 가까운 것이 싹트고 있다. 너 자신은 아직 모르고 있고, 나 역시 말로는 뭐라 표현하기 어렵지만, 그러나 그것은 틀림없이 자라고 있다. 고여 있음으로 하여 눈앞의 현실밖에 모르는 사람들, 실제로는 아무래도 상관없는 지식을 한계점까지 머리에 쑤셔박아넣고는 현실 전체를 파악했다고 착각하는 젊은 사람들이 떠들어대는 이상이나 정의에 비하면, 너의 정의와 이상은 너무도 단순하고 너무도 소탈하다. 그러나 그것에야말로 세계를 바꿀 수 있는 힘이 숨겨져 있다. 너란 놈은 이루 헤아릴 수 없는 에너지를 내장하고 있다. 세상의 흐름을 크게 바꾸어놓을 힘을 은닉하고 있다. 그런 기분이 든다.

"또 만났군."

갑작스러운 목소리에 놀라 너는 뒤를 돌아다본다.

상대방은 짙은 안개 속에 몸을 가리고 있다. 하지만 누군지는 알 수 있다. 아까 소나무숲 속에서 엉덩이를 닦을 종이를 좀 달라고 한 남자다. 행려승치고는 허물없는 말투다. 싹싹하다. 그리고 멋진 목소리의 소유자다. 두 사람 사이가 꽤 떨어져 있음에도 불구하고 남자의 목소리는 네 귓전에 속삭이듯 들린다. 너는 그를 무시하고 걷는다.

흐르는 자에게 길동무는 필요치 않다.

특히 지금의 너한테는 타인을 상대하고 있을 여유가 없다. 지금 네 머리에 가득한 것은 어떻게 하면 바다로 나갈 수 있을까, 어떻게 하면 배를 탈 수 있을까, 그뿐이다.

너는 걸음을 서두른다.

도보에 익숙한 사람도 쉬 따라올 수 없는 속도로 성큼성큼 걷는다. 그런데 그는 쫓아온다. "후후후" 하고 웃음을 머금고, 꽤 여유 있게 너를 따라오고 있다. 아무리 서둘러도 금방 쫓아오고 만다. 거무튀튀하고 곰보가 덕지덕지한 얼굴에, 비쩍 마른 행려승은 상당히 나이를 먹었을 것 같은데 젊고 기민하고 건각인 너와 나란히 걷고 있다. 너는 오기가 나서 열심히 걸음을 재촉한다. 그래도 따돌릴 수가 없다.

"성가신 노인네로군."

그렇게 중얼거리면서 너는 오른쪽 옆으로 나란히 걷는 남자를 빤히 쳐다본다. 눈동자를 들여다보듯 상대방을 관찰한다. 연상인 것만은 분명한데 정확한 나이는 아무리 봐도 짐작이 안 간다. 사십대인지 오십대인지, 어쩌면 육십을 넘었을지도 모르겠다. 성격도 짐작이 가지 않는다. 아무나 거리낌 없이 대하는 소탈한 성격인지, 기분 내키면 언제든지 눈물을 질질 짤 수 있는 땡중인지, 성호르몬에 이상이 생겨 사냥이라도 하는 기분으로 젊은 남자를 후리고 다니는 호모인지, 아무튼 너의 경험에 근거하여 추리하자면 이렇다 할 일도 없이 접근해오는 놈은 예외 없이 요주의 인물이다. 그러나 그런 유의 인간에게 독니를 내보일 네가 아니다.

너는 노인네를 떨쳐버리기로 한다.

적당히 맞장구치는 짓은 하지 않고 단호하게 말한다. 혼자 마음대로 걷고 싶으니 앞서가라고 말한다. 그러자 대뜸 행려승은 이상하다는 표정으로 이렇게 말한다. 여기서 이렇게 만난 것도 전생의 인연이 틀림없으니 구태여 거역할 일은 없지 않은가, 라고 진지하게 말한다. 그리고 더 심한 말을 하려던 너를 저지하며 다시 이런 말을 한다. 혹 우리는 목적을 같이하는 동지일지도 모르지 않는가, 라고.

그리고 그는 단숨에 말을 쏟아낸다.

이렇게 여기저기 떠돌아다니는 것은 견문을 넓히기 위해서만은 아니다. 하물며 죽을 곳을 찾고 있는 것도 아니다. 살아남아 있음으로 하여 조금이라도 혼의 무게를 덜기 위해서 떠도는 것이다. 결국 편안히 저세상으로 가고 싶기에 그 수련을 쌓고 있는 것이 아닌가.

장황하나 알맹이 없는 이야기가 계속된다.

그냥 떠들게 놔두면 끝이 없다. 시시껄렁한 이야기가 끊임없이 터져나온다. 너는 의심한다. 이놈이 조만간 나를 으슥한 곳으로 끌고 갈지도 모른다. 그러고는 엉덩이를 좀 빌려달라고 할지도 모른다. 그렇게 되면 도리가 없다. 주먹으로 한 대 갈기는 수밖에.

만약 거기서 그가 바다 이야기를 꺼내지 않았더라면 너는 화가 나서 마지막 경고를 했을 것이다. "더는 따라오지 마"라고.

그런데 온화한 풍모의 행인이 이렇게 말한 것이다.

"바다로 나갈 작정이신가."

정곡을 찔린 너는 걸음을 멈춘다.

남자는 말을 잇는다.

"자네한테는 짐승의 영이 씌어 있어."

그는 눈알을 부라린다.

"원숭이로군. 아마 원숭일 거야."

그렇게 말하고 행려승은 눈 깜짝할 사이에 안개 속으로 모습을 감추고 말았다. 도저히 인간의 것이라고는 여겨지지 않는, 저벅저벅 울리는 발소리가 빠르게 멀어진다. 멀어지고 있는데, 그의 중후한 목소리가 바로 네 옆에서 들린다.

그는 이런 말을 한다.

짐승의 영이라고 해서 악령은 아니다.

그것은 너를 지켜주는 영이다.

재난을 당해도 걱정할 필요 없다.

그러니 마음껏 흐르라.

바다든 어디든 가고 싶은 곳으로 가거라.

너는 한참 동안 행려승의 족적을 쫓는다.

보폭이 점점 벌어진다. 뛰고 있다. 풍풍 튀고 있는지도 모른다. 튀는 것치고는 지면을 찬 흔적이 없다. 모래사장에 난 발자국의 깊이는 평소 걸음과 조금도 다르지 않고 어지럽지도 않다. 더욱 놀랄 일은 어느 사이엔가 그것이 인간의 발자국에서 벗어나고 있었다. 분명 원숭이의 발자국이 바다로 향하고 있었고 파도에 지워져 뚝 끊겨 있었다. 아무리 사방을 돌아보아도 너의 발자국밖에 없다.

문득 얼굴을 든 너의 눈에 헤엄쳐가는 누군가의 모습이 보인다.

한순간의 일이다. 인간인지 원숭이인지 모를 누군가가 먼바다를 향하여 헤엄치고 있었다. 그러나 기억은 안개에 싸여 눈 깜짝할 사이에 아득해진다. 동시에 지금 네가 여기서 접한 현실 또한 애매모호한 것으로 바꿔놓는다.

태양이 떠올라 아침 안개를 거두어간다.

조금씩 바다가 보인다. 예인선에 끌려 항구로 들어온 노후한 배와, 만 어귀에 위치한 조그만 섬들이 보인다. 그러나 헤엄치는 자의 모습은 없다. 익사체는커녕 유목 하나 흐르지 않는다. 너의 운명이 대체 무엇을 의도하고 있는 것인지, 도무지 종잡을 수 없다. 상상도 못 하겠다.

*

신생아인 너의 생명은 그럭저럭 유지되고 있다.

이 시간이 되도록, 이렇게 태양이 높이 올랐는데도 탈수 상태에 빠지지 않은 것은, 숲 전체를 자욱이 덮고 있는 높은 습도 덕분이다. 나무들과 풀들이 모두 너를 구하기 위하여 일치단결하여 만전의 조치를 취하고 있다. 부드러운 촉감의 이끼와 부엽토는 너의 전 체중을 받아들이고, 육체보다 몇 배나 무거운 혼을 버텨내고 있다. 그리고 온 우주에 떠 있는 별의 수에 필적할 만큼 많은 잎사귀가 평소보다 한층 힘을 모아 주술적인 힘을 행사하고 있다. 즉 흐르는 자로서의 너의 정신을 발아시키는 투명한 물질을 방사하여 어떻게든 살려보려고 애쓰고 있다.

너는 가만히 앉아서 목숨이 끊어질 때를 기다리는 자와 정반대에 위치하고 있다.

너의 머리 위에 축 늘어져 있는 뽀얗고 풍만한 몸집의 여자와 연결되어 있는 탯줄은 무슨 초현실적인 역할을 하고 있는 것일까. 설마 그런 일은 없을 것이다. 이제 완전히 사지가 굳은 그녀에게는 이미 제 자식에게 무슨 도움을 줄 힘 따위는 전혀 없다. 무엇보다 그녀는 너의 탄생을 원하지 않았다. 아마도 그녀는 자신만을 생각하느라 너에게 신경을 쓸 여유가 없었을 것이다. 그런 어머니에게 의리를 지킬 필요는 없다.

어머니는 죽었지만 너는 살아야 한다.

어머니를 요모조모 닮은 얼굴에는 벌써부터 급격한 감정의 진자가 움직이고 있다. 부리부리한 눈은 뜨거운 바람이 숲을 지나갈 때마다 천변만화하는 햇살을 통하여, 현세를 메우고 있는 기본적인 정보를 놀랄 만큼 빠른 속도로 흡수하고 있다. 우리 숲을 구성하고 있는 모든 나무와 풀이 똑똑하게 들은 너의 첫 울음소리는, 목숨 있는 온갖 것들의 주의를 환기시키는 우렁찬 여운을 숲 여기저기에 남기고 있다.

고귀하게 태어난 너는 어머니의 죽음 따위는 전혀 개의치 않는다.

천국과 지옥의 조건을 겸비한 이 세상에 태어난 너는 지금 자주독립의 영예를 제 것으로 하고 수면보다 훨씬 더 눈부시게 빛나고 있다.

나는 시기하고 있다.

그저 오로지 사태의 추이를 관망할 수밖에 없는 자신에게 이토록 화가 난 적은 없다. 가능하다면 네 쪽으로 몸을 수그려 너를 살며시 안아올리고 싶다. 그리하여 저 높은 가지 끝으로 들어올려 열의에 찬 말을 토하면서 너의 탄생을 세상에 널리 알리고 싶다. 그리고 이 아이가 가는 곳은 어디든, 설사 그곳이 감옥이라도 해방 지구가 될 것이라고 목청을 돋우어 선언하고 싶다.

결과야 어찌 되었든 네가 흐르는 자로 살아주었으면 한다.

나는 네가 불과 몇 시간의 생명으로 이 세상을 떠나리라고는 생각하지 않는다. 말할 것도 없지만 생명의 가치란 시간의 길고 짧음으로 결정되는 것은 아니다. 천 년을 살았는데도 아직 죽지 않은 나는 행복하고, 부화되자마자 얼마 못 가 죽는 하루살이는 가없은 존재라고 할 수 있겠는가. 어떤 생명이 어떤 식으로 생을 마감하든 그 나름의 의의 있는 한때를 지내고 그 나름으로 충실한 생애를 보낸다. 돌발적인 사고로 평균수명에도 못 미치는 나이에 죽었다 해도 그리 한탄할 일은 아니다. 짧았던 만큼 이 세상의 번잡함에 시달리는 품을 더는 셈이 된다. 설령 네가 이대로 쇠약해지고 너를 주워갈 사람이 한 명도 나타나지 않아, 일몰을 앞두고 어머니를 뒤따른다 해도, 불행이란 한마디로 간단히 치부해서는 안 된다.

넓은 세상에는 다종다양한 인간들이 우글거리고 있다.

겹치는 비극에 침울해져 구질구질하게 사는 자도 있다. 그런가 하면 운이 강하다는 것만으로 미결수처럼 어중간하게 오래 사는 자도 많다. 가령 네가 반나절 만에 일생을 마친다 해도, 절대로 생전의 공로가 하나도 없는 것은 아니다. 누구의 도움도 받지 않고 혼자 힘으로 그만한 시간을 살았다는 것 자체가 훌륭한 공적이다. 나는 그렇게 생각한다. 그리고 네가 죽은 후에도 너의 명성은 우리 숲이 이어갈 것이다. 숲이 말살되어도 이 대지가 언제까지나 너를 기억해줄 것이다.

기죽을 마음이 전혀 없는 여름이 종횡무진으로 설치고 있다.

염천에 일하는 꿀벌이 화사한 꽃가루에 묻혀 죽어간다. 계속하여 고온 기록을 갱신하고 있는 대기, 그 속에서 조용히 떠다니는 애정의 단편이 반짝반짝 태양에 비쳐 보인다. 도저히 인간들의 압승으로 끝날 것 같지 않은 이 별 도처에서, 다양한 모양의 구름이 오그랑한 머리칼처럼 소용돌이치고 있다.

인간은 자연을 필요로 한다.

그러나 자연은 인간을 필요로 하지 않는다.

숲을 떠난 삶을 배운 지 오랜 털 없는 원숭이들…… 그들은 지금 번영의 극에 달했음을 어렴풋이 느끼고 있다. 인류가 퇴조할 징후는 찾아볼 마음만 있으면 얼마든지 발견할 수 있다. 이 열도에 사는 사람들은 쇠퇴일로를 걷고 있는 나라의 세력을 피부로 느낄 때마다 각인각색으로 좌절감을 맛보고 있다. 그래도 여전히 그들은 질질 끌어서는 안 될 문제를 간과하고 장래를 낙관하고 있으며, 변함없이 풍속의 변화에 적응하고, 시대의 추세를 따르면 어떻게든 미래에 녹아들 수 있을 것이라고 믿고 있다. 그런 그들의 타율적인 삶의 양식은 언젠가 반대로 그들의 목숨을 앗아갈 것이다. 절개와 지조를 팔아넘기기에 익숙한 그들에게는 이미 내다 팔 것도 없다.

그런데 사실은 나도 잘 모른다.

영험한 나무도 아니고 신목도 아니고 그저 거목에 지나지 않는 내가 이 별이 감당할 운명을 어찌 알 수 있으랴. 무리다. 지나간 천 년 동안에도 그랬지만 앞으로의 천 년이 어떨지 예상할 수 없다. 중대하고 심각한 변화는 늘 아무런 전조 없이 불쑥 찾아온다. 설사 전조가 있었다 해도 놓치든가, 보고도 못 본 척하고 만다. 그런 법이다.

오늘 소나기가 내릴지 안 내릴지 판단하기 어렵다.

이렇게 더우니 소나기구름이 마땅히 생길 테지만 정작 그때가 되지 않으면 알 수 없다. 훨씬 더 지글지글 끓는 날에도 아무 탈 없이 끝나는 경우마저 있다. 여우비가 후드득 내리는 일도 없이 그냥 그대로 후텁지근한 밤으로 이어지는 경우도 있다.

옛날에 하늘의 형상으로 미래를 점치는 눈먼 노파가 있었다.

그러나 결국 그녀도 기이한 취향의 소유자에 지나지 않았다. 흰 구름이 길게 뻗어 있는 파란 하늘 아래서 갑자기 발생한 낙뢰를 맞아 죽을 자신의 운명조차 예지하지 못했으니 말이다. 만약 아무도 시간을 앞당길 수 없고 미래를 들여다볼 수 없다면, 지금 내게 똑똑하게 보이고 있는 이 현실보다 생생한 광경은 대체 무얼까. 그것이 이십 년 후의 네 모습이 아니라면 대체 누굴까. 내 망상의 산물이라 하기에는 너무도 선연하다.

그렇다, 다시금 네가 보인다.

거친 파도가 몰아치는 갑판에 나와 갤지 어떨지 분명치 않은 날씨를 지그시 관찰하고 있는 네가 바로 거기에 있다. 그렇다, 네가 맞다. 너는 드디어 희망을 이루어 바다로 나가는 데 성공한 것이다. 격랑이 하늘을 때리는 바다에 둘러싸인 너의 다부진 얼굴은 한결 매끄러움을 더하고 있다. 폭풍우에도 불구하고 배의 속도는 빠르다.

그로부터 너는 한 달 남짓 흘렀다.

그리고 매일 다른 항구에 들렀다. 그러나 주민 카드도 없고 신상에 관해 물으면 우물쭈물하는 젊은이를 태우고 싶어하는 배는 한 척도 없었다. 가까운 파출소에 통보하는 선주도 있었다.

그렇지만 그동안 너는 줄곧 무사히 지낼 수 있었다.

함부로 신병을 구속하고 싶어하는 오만불손한 무리와 맞닥뜨리지 않았고, 들개한테 물린 상처가 화근이 되어 화농성 질환에 걸리는 일도 없었다. 또 색정을 자극하는 추잡한 여자한테 걸려 빈털터리 신세가 되는 일도 없었고, 한시라도 낙오자의 입장을 잊으려고 홈리스에게 뭇매질을 하는, 번화가를 배회하는 불량배들의 표적이 되는 일도 없었다.

머리카락도 자라고, 수염은 더욱 자랐다.

너는 점점 더 시커먼 차림이 어울리는 풍모가 되어가고 있다. 그렇다고 불필요하게 사람의 눈길을 끄는 일도 없고, 한창 무르익은 아가씨들과 스칠 때도 뜨거운 눈길의 집중포화를 받는 일도 없었다. 너는 어디를 가든 그 고장의 분위기에 금방 녹아들었고, 토박이 같은 말투를 사용하였다. 그리고 또 자기도 모르게 관계 없는 타인, 많은 타인을 뭉뚱그려 부정하는 마음을 지워가고 있었다. 그들의 자유도 나의 자유도 동일 공간에 존재한다는 것을 새삼스럽게 깨달은 것이다.

그 점을 깨닫지 못했다면 배도 타지 못했을 것이다.

"애송이가 바다를 어떻게 알아"라고 조금은 잔인하게 거절당해도, 매몰찬 취급을 당해도 너는 절대로 조급해하지 않았다. 고개 숙여 부탁할 때마다 흐르는 자의 정신이 연마되었다.

너는 보란 듯한 흐름이 아니라 땅속을 흐르는 물처럼 눈에 띄지 않게 흐르고 있다.

그리하여 비가 많은 계절이 목전에 다가온 어느 날 오후, 너는 번개구름을 이끌고 풍문으로 들은 어항에 도착하였다. 막 귀항한 중형 어선이 긴 해안 벽에 줄지어 계류하고 있었다. 외국 배도 몇 척 기항하고 있었는데, 모두 당분간은 적이 될 수 없는 나라의 배들이었다. 혈기왕성한 선원들이 어깨로 바람을 가르며 걷고 있었다. 장사꾼이 길거리에서 암거래품을 당당하게 팔고 있었다. 그들의 이익금을 가로채는 패거리들이 안색을 바꾸어 고함을 질렀다. 위조지폐가 유통되고 있으니 주의하라는 경고가 여기저기 붙어 있었다. 높은 곳에 매달린 스피커에서는, 거국일치하여 사태를 이겨내자는 내용의 슬로건이 끊임없이 흘러나왔다.

그때 너는 쫄쫄 굶은 상태였다.

전날부터 한 푼도 없었다. 떨어져 있을 만한 장소를 아무리 찾
아다녀도 동전 한 닢 줍지 못했다. 그런데다 음식 찌꺼기도 찾지
못했다. 먹으면 당장에 배탈날 음식조차 없는 지경이었다. 물은
이제 마시고 싶지 않았다. 마시면 마실수록 힘이 빠지고, 배에 관
계된 자들을 붙잡고 뭐라 말을 걸려 해도 목소리가 제대로 나와주
지 않았다.

그러저러하다가 너는 현기증을 일으켰다.

사람들이 수없이 오가는 선착장 한가운데서 비칠비칠 쓰러지
고 말았다. 딱히 지저분한 차림새를 하고 있는 것도 아닌데 누구
하나 가까이 가보는 자가 없었다. 남자 하나둘쯤 쓰러졌다 해서
사람들이 모여드는 그런 동네가 아니었다. 먹고사는 것만 해도
벅찬 시절에 영양실조에 걸린 떠돌이한테 일일이 관여하는 것은
주제넘은 짓이라고 모두의 얼굴에 쓰여 있었다.

너는 벤치까지 기어가 옆으로 누웠다.

축 늘어져 있으면서도, 저 먼 바다 위에 떠 있는 배의 그림자에
마음 설레고 있었다. 바다는 거칠었다. 바다로 나온 인간은 누가
되었든 그냥 놔두지 않겠다는 양 파도가 기염을 토하고 있었다.
어선의 근거지이며 천연의 항구임에도, 어황이 그리 대단치 않다
는 것은 문외한의 눈에도 분명하였다. 풍어가 지나쳐 오징어 값
이 폭락하였다는 소문을 이 항구 저 항구에서 들었다. 또 이웃 나
라의 영해 부근에서 조업중에 소식이 끊겼다는 배 이야기도 들

었다. 부설 기뢰機雷를 건드려 항해중에 침몰한 배가 늘어나고 있다는 소문도 들었다.

이 바다는 이제 싸움의 장이 되어가고 있다.

어획구역을 좀더 세분화해야 한다고 주장하는 어부들과, 그 견해를 정면으로 반대하는 어부들이 길거리에서 티격태격하고 있었다. 그러나 양쪽 모두 일찌감치 공동 투쟁할 자세가 흐트러져 있었다. 술 탓도 있었다. 그들 대부분은 취할 대로 취해 있었다. 만취 끝에 급기야는 몸으로 치고받는 싸움을 하게 되었고 출동한 경찰에 줄줄이 연행되고 말았다.

그래도 너는 동요치 않았다.

아직 표면화된 적이라 규정되지도 않은 적을 찾아 해상을 여기저기 항행하는 전함이 우글거린다는 말을 들어도, 바다로 나가기가 꺼려지는 일은 없었다. 먹을 것이 있어 먹을 수만 있다면 언제든 바다로 나갈 수 있다고 마음 편히 생각하고 있었다. 그런데 중요한 먹을 것이 여의치 않았다. 현기증은 그럭저럭 가라앉았지만 걸을 힘도 일어설 기운도 없었다.

할 수 없이 너는 벤치에 내내 누워 있었다.

그런 네 옆으로, 이 세상을 다 훑어보았다는 표정의 도둑고양이가 지나갔다. 그리고 날개가 너덜너덜한 갈매기가 네 머리 위를 날아 지나, 퇴폐적인 기풍이 비만한 세상을 천천히 가로질렀다. 선적船籍이 불투명한 화물선의 검색을 위하여 눈을 치뜬 남자들이 사다리를 뛰어올라갔다. 항만을 바라보고 줄줄이 늘어서 있는 싸구려 아파트의 살풍경한 방에서는 선원을 상대로 몸을 파는 여자가 거울 앞에 웅크리고 앉아 자신의 퇴락한 몸을 구석구석 바라보고 있었다. 높은 곳에 있어 전망이 좋은 백악저택에는 정부와 민간 기구 명사들의 수상쩍은 모임이 있어, 그곳만 쇠락과 침체를 면하고 있었다.

너의 오감은 주변의 사사로운 변화에 일일이 반응하고 있었다.

언뜻 보기에도 성장이 느린 아이가 유난히 자존심이 세어 보이는 어미에게 무가치한 존재로 취급당하고 있었다. 전생의 인연으로 한 몸이 되어 힘을 합하여 새로운 생활을 시작하게 된 온순한 성품의 남녀가, 장기화되고 있는 불황 탓에 풀이 푹 죽어 있었다. 쩨쩨하고 곰상스러운 민족정신이 드디어 본격적으로 발현되기 시작하였다. 아무리 몸부림쳐도 평범한 서민에 지나지 않는 남자들의 낱낱이 드러난 정념이 난잡하게 방기되어 있었다.

세상은 여전히 혼란스러웠다.

국가 융성의 기운 따위는 어디에서도 찾아볼 수 없었다. 안녕과 질서를 유지한다는 대의 이래 헌법은 최대한 왜곡되었고, 평화라는 명분은 하염없이 오염되었고, 전제정치가 굳어져가고 있었다. 너한테는 이마 한가운데의 별 모양 점을 통하여, 어수선한 시정과 국력의 피폐와, 총탄에 쓰러진 인간과 아수라 같은 저자와, 일반 사람들의 간담을 서늘케 하는 병기 사용 같은 무참한 정경이 선명하게 보일 것이다.

그럼에도 너는 이 세상을 즐기는 마음을 잃지 않을 것이다.

흐르는 자로서의 궁극의 뜻을 깨달아가고 있음에 틀림없었다. 즉 인간의 운명이 그렇게 만들어진 것이라는 해답에 매일 조금씩 다가가고 있었다. 그리고 너에게는 그에 대한 자각이 싹터 있었다. 이런 식으로 줄곧 흐르면, 흐르는 자로서의 위엄을 공고히 하고, 묵직한 태세를 갖춘 남자가 될 수 있으리라고 생각하고 있었다.

고향을 떠난 지 벌써 십여 년, 그만큼 성장한 것은 당연한 일이다. 그렇지 않다면 오랜 세월의 방랑이 덧없어진다.

그러나 겉보기에는 그런 것만도 아니다.

어디서나 흔히 볼 수 있는 생계가 막막한 자이거나, 세상에서 따돌림을 받은 자로밖에 보이지 않을 것이다. 사실 낡아빠진 벤치 위에서 굶주림으로 비참한 최후를 맞이할 개연성이 전혀 없는 것도 아니었다. 그런데 다행히 그런 너에게 말을 걸어주는 자가 나타났다. 근육이 우락부락한 어부와는 어딘가 분위기가 좀 다른, 오히려 협객풍의 남자가 기절 직전에 있는 너의 어깨를 툭 치면서, 십 년을 알고 지낸 지기처럼 친밀한 태도로 말을 걸었다. 게다가 첫마디가 이런 내용이었다.

"혹 할 일이 없으면 우리 배에서 일 좀 해줄 수 있겠나?"

선원을 급히 모집한다는 뜻하지 않은 말에 너는 놀라 할 말을 잃었다. 조급한 마음을 억제하지 못한 너는 벌떡 일어났다가 허기와 구토증에 다시 의식을 잃을 뻔하였다. 그러나 "어디 이 근처에서 같이 식사라도 하지"란 한마디에 정신을 차렸다. 근처에 있는 대중식당으로 들어서는 순간 불편하였던 몸이 단번에 회복하

였다. 돈가스 덮밥과 라면 곱빼기와 크림 파르페를 얻어먹은 너
는 이미 상대방이 하라는 대로 순종하는 종이었다. 흐르는 자로
서의 자긍심 따위는 손톱만큼도 느낄 수 없는, 흔해빠진 부랑자
로 전락해 있었다.

네가 식사를 하고 있는 동안에 남자는 잔술을 마셨다.

남자는 굵고 탁한 목소리로 일의 내용을 장황하게 설명하였다.
어부 노릇은 아니었다. 해류도를 만들기 위하여 세 종류의 부표
를 띄우는 간단한 작업이라고 그는 말했다. 그리고 너에게 지불
할 급료에 대해 얘기했다. 너무 많지도 적지도 않은 금액이었다.
너는 고개를 끄덕이며 듣고 있었다. 거의 꿈을 꾸는 듯한 기분이
었다. 얘기를 끝낸 남자는 안주머니의 두툼한 지갑에서 고액지폐
를 두 장 빼서는 네 손에 쥐어주었다. 그리고 이렇게 말했다.

"내가 주는 용돈이야. 이걸로 축하주라도 한잔 하지."

이어 그는 "궁금한 것이 있으면 무엇이든 물어보라"고 하였다.

너는 두 가지 질문을 하였다. 경험이 없는 자도 할 수 있는 일이
냐, 주민 카드가 없는 자라도 상관이 없느냐고 물었다. 남자는 힐
긋 네 얼굴을 쏘아보았다. 그러나 금방 웃는 표정으로, "그까짓
것은 아무 상관없어"라고 말했다. 두 손과 두 발이 있으면 얼마든
지 할 수 있는 일이며, 일만 해준다면 인간이 아니라도 상관없다
는 뜻 같았다. 실제로 그는 너에 관해서 아무것도 묻지 않았다. 그
자신도 이름을 대지 않았고 명함도 주지 않았다.

그렇게 결정이 났다.

너는 아무 의심도 품지 않았다. 너답지 않은 일이었지만 그만큼 바다로 나가고 싶었던 것이리라. 절호의 기회를 놓치고 싶지 않았던 것이리라. 좀 멍청하지만 담력은 있어 보이는 얼굴……단순한 브로커로는 보이지 않았다. 그는 지금 막 생각났다는 투로 말했다. 일단 선원이 되는 셈이니 형식적으로나마 선원수첩이 있어야 되지 않겠느냐면서 주머니에서 두께 일 센티미터도 채 못되는 소형 카메라를 꺼냈다. 그러고 너를 하얀 벽 앞에 세우더니 찰칵 셔터를 두세 번 눌렀다. 그러고는 또 지갑을 꺼내 선불금으로 닷새치 일당을 지불하고, 밥값도 냈다. 네 얼굴에서 일말의 불안을 엿보았는지, 그가 이렇게 말했다.

"뭐, 바다에 나가서 좀 어정거리다 올 뿐이니까."

배도 부르고, 혈당치도 올라가 사고를 되찾은 너는 간신히 깨달았다. 석연치 않은 점이 너무 많았다. 확인하고 싶은 의문점이 잇달아 떠올랐다. 그러나 결국 아무것도 묻지 않았다. 성가신 일이 벌어질지도 모른다는 예감이 들면 그때 가서 튀면 된다고 생각하고 아무튼 남자의 뒤를 쫓아가기로 하였다.

아니 그보다 바다를 향한 마음이 가장 우선되었을 것이다.

남자는 너를 보트에 태우고 항만 옆에 세워져 있는 배들 사이를 헤치고, 파도를 헤치고 나아가 항구 입구의 등대 근처에 정박해 있는 배로 안내하였다. 멀리서 보기에는 평범한 어선과 별 차이도 없고, 특별히 개조한 흔적도 없었다. 그러나 배에 대해서는 전혀 문외한인 너도 몇 가지 사실은 알 수 있었다. 페인트칠을 하여 감추고는 있지만 낡아빠져 거의 못 쓸 배라는 것…… 다른 배들보다 서너 배는 크고 또렷하게 눈에 띄는 배 이름…… 일장기가 마치 풍어의 깃발이라도 된 듯 화려하게 펄럭이고 있는 것…… 하지만 너는 그런 것들을 별로 이상하다 여기지 않았다.

해안에서 그저 바다를 바라보는 것과 실제로 바다에 나온 것과는 크게 달랐다.

실제로 바다로 나와 배를 탈 수 있게 되었다는 사실에 너는 상궤를 벗어날 만큼 흥분하였다. 이날을 위해서 살았고, 이날을 위해서 고향을 떠났고, 이날을 위하여 각지를 방랑했고, 이날을 위하여 살아남았다는 기분마저 들었다. 너의 바람은 의식주의 불편이 없는 선원으로 사는 것이 아니라, 바다로 나가는 행위 그 자체였다.

파도 사이로 빠져나가는 날치가 너의 희망을 선도하였다. 북서풍으로 바뀐 바람이 환영의 뜻을 표하였다. 슬며시 북상한 정체전선 탓에 비가 부슬부슬 내리기 시작하였다. 사다리를 올라 보트에서 본선으로 옮겨탔을 때 너는 거친 파도 때문에 휘청거리는 두 다리의 불안정함을 기꺼이, 그 끊임없는 흔들림을 설렘의 표상으로 몸 전체로 받아들였다. 그리고 너는 끔찍하게 좁고 가파른 계단을 내려갔다. 네가 안내된 곳은 컴컴한 선실이었다. 거기서는 남자 셋이 둘러앉아 술을 주거니 받거니 하고 있었다. 한눈에 바닷일에는 초보자라는 것을 알 수 있었다. 게다가 세 사람 다 얼빠진 표정이었다. 무뢰한이라고까지는 할 수 없어도, 무슨 복잡한 사정이 있어 잠시 몸을 숨기지 않으면 안 될 사정이 보이는 그런 작자들이었다. 하기야 꺼림칙하게 보인 것은 피차 마찬가지일지도 몰랐다. 너는 그렇게 생각했다.

딱 한마디로 소개가 끝났다. 너를 그 배로 데리고 온 남자는 이렇게 말했다.

"이 사람들이 자네 동료야."

그리고 너는 그가 선장이라는 것을 처음 알았다. 또 너를 포함한 다섯 명이 배의 선원이라는 것도 처음 알았다. 선장은 아직 할일이 남아 있다면서 황망히 부두로 되돌아갔다. 너처럼 부두 근처에서 어물쩍거리다 이 배로 오게 되었을 세 명은 모두 너보다나이도 많고, 각기 세대도 다른 듯이 보였다. 흰머리의 양이며 피부의 탄력 정도로 대충 구별은 하였지만 맞는지는 알 수 없었다. 어찌 되었든 중노동에 적합한 육체와 바다에 어울리는 정신의 소유자는 아닌 듯하였다.

그들은 너에게 말했다.

여기는 팔다리를 쭉 펼 수 있을 만큼 편한 곳이 아니다. 형무소가 그나마 나을지도 모른다. 그러니 뱃멀미를 하기 전에 술을 마시고 취하는 편이 좋을 것이다.

싸구려이기는 했지만 술은 잔뜩 있었다.

또 안주감도 풍성하였다. 그러나 너는 그들의 술자리에 끼지 않았다. 그들도 너를 끌어들이려 하지 않았다. 비슷한 처지이기는하나 부류가 다르다고 느낀 것이리라. 너와 마찬가지로 세 사람도 오늘 막 고용되었고 바다에서 노동을 하기는 처음이라고 한다.

갑판으로 나간 너는 부슬부슬 내리는 비를 맞으며 먼바다를 바라보았다.

저물어가는 하늘을 올려다보고, 한 등 한 등 불이 켜지는 항구를 바라보았다. 몸을 가누지도 못할 정도로 술을 마시고 소란을 피우는 세 사람의 비뚤어진 성격을 고스란히 드러내는 혀 꼬부라진 소리가 선실에서 흘러나와 파도에 삼켜졌다. 잠시 후 그들은 큰 소리로 이런 말을 하였다. 별 볼일 없는 우리 같은 놈들을 고용한데다 이렇게 술까지 마시고 싶은 대로 마시게 해주다니 좀 이상하지 않은가. 틀림없이 무슨 흑막이 있을 것이다.

너도 정말 그럴지도 모르겠다고 생각하였다.

그래서 다시 선실로 내려가 한구석에 앉아 귀를 기울였다. 잇몸 색이 아주 나쁜 뻐드렁니 남자가 말했다. 설마 보험금을 노리는 것은 아니겠지, 라고. 예순쯤 돼 보이는 얼굴에 검버섯투성이인 남자가, 보험금을 노린 수작이라면 이런저런 서류를 빈틈없이 갖추어야 할 테니까 그 때문은 아닐 것이라고 즉시 그 말을 부정하였다. 그리고 밀어선이 틀림없다고, 이 배는 누가 보아도 어선이라고 말했다. 그러자 복스럽게 생긴 남자가 옆에서 끼어들었다. 밀어선이라면 어구나 냉동 창고가 있어야 하지 않느냐, 고기잡이는 아무나 하는 일이 아니다, 혹 위험한 거래라도 시키는 것은 아닐까, 하고 말했다. 밀수라면 더 빠른 배를 사용할 것이다. 이렇게 걸레 같은 배는 아무 쓸모도 없다고 말한 것은 맨 처음 말을 꺼낸 남자였다. 그는 그렇게 말하고는 네 쪽을 보고, "댁도 무슨 생각이 있으면 말해보구랴"라고 하였다. 그러나 너는 아무 대꾸도 하지 않았다.

정상적으로 대화가 오간 것은 거기까지였다.

아무리 궁리해봐도 마땅한 대답은 없고 달리 갈 곳도 없는 신세를 새삼 깨달은 세 사람은 또다시 눈앞에 있는 술로 피신했다. 그들은 서로 통성명도 하지 않은 모양이다. 서로를 "당신"이나 "댁"이라고 부르고 있었다. 물론 그들은 지금까지의 자신의 인생에 대해서도 풀어놓거나 묻거나 하지 않았다. 현명한 처신이었다. 현재 자신들이 놓여 있는 상황이, 거의 연금과 다르지 않느냐고 말하지도 않았다. 그것도 현명한 일이었다. 그날그날을 간신히 연명하고, 그때그때를 넘기면 된다는 즉흥적인 사고로 사는 그들에게 과연 올바른 처세술이었다.

어차피 그들은 흐르는 자가 아니었다.

적어도 진정한 자유를 키우려 애쓰는 자들이 아니었다. 그들은 독립한 일개 인간의 입장을 버린 지가 오랜 자들이며, 철저히 속물근성에 젖어 세상의 거친 파도를 조금이라도 피해보려는, 마음이 비겁하고 빈곤한 자들이었다. 그런 탓에 그들은 이전보다 더한 고통에 몸을 던지게 되었고 비운을 맞이하는 신세가 된 것이다. 너는 어떻게 생각하는지 모르겠지만 내 생각은 그렇다.

그들은 태어나지 않아도 좋았을 자들이다.

같은 종류에 같은 성질을 지닌 생물이라도 그중에는 이 세상에 적합하지 않은 놈이 반드시 섞여 있다. 특히 복잡한 대뇌를 지닌 인간에게 그런 현상이 두드러진다. 처음에는 그렇지 않았는데 살면 살수록 그렇게 되고 만다. 일단 자신을 궁지에 몰아넣는 방향으로 마음이 뒤틀어지면 원래대로 고치기가 어렵다. 사진을 수정하는 것처럼 손쉽지가 않다. 그들이 취할 수 있는 유일한 해결책은 술에 취해 곤드레만드레 곯아떨어지거나 만사를 잊는 것이다.

그러나 너는 다르다.

나는 그런 패거리들과 너를 혼동할 마음은 없다. 물론 너란 놈의 성격이 원만하다고는 하기 어렵다. 공명정대하게 행동하는 자도 아니고 자비심이 많은 자도 아니다. 요컨대 선량한 인물이 아니다. 그리고 네 가슴속은 항상 거칠게 파도치고 있다. 누군가에게 성심성의를 다하는 일도 없고 화해를 중재하는 일도 없다.

그렇다고 스스로를 경계할 언어를 갖고 있지 않은 흐르는 자도 아니다.

너는 떠돌이가 아니라 흐르는 자다. 꽉 다문 입가에는 복종을 강요하는 자를 단호히 거역하겠다는 강한 의지가 나타나 있다. 결코 시원스럽다고는 하지 못할 눈매에는, 믿음에 값하는 자라면 설령 그가 칼도 들지 않은 어린아이라 해도 끝까지 믿으려는 온화함이 어려 있다.

선창을 때리는 파도 소리에 너는 다시 갑판으로 나갔다. 비가 그치고 본격적인 밤이 시작되고 있었다. 너는 막 떠오른 둥근 달을 바라보았다. 그것은 선연한 오렌지빛으로 물들어, 섬세한 감수성을 지닌 인간과 소심할 뿐인 인간을 차별하지 않고 웃고 있었다. 잔광과 어슴푸레한 어둠이 창조하는 황금분할의, 그야말로 가경이라 할 수 있는 풍경에 너는 크게 분발하고 있었다. 검게 빛나는 바다는 "개체에 연연하지 마라" 하고, 파릇파릇한 어둠은 "개인적인 감정은 버리라"고 몇 번이나 말했다.

인공의 빛으로 덮인 뭍의 아름다움은 각별했다.

그러나 너는 뭍에는 아무 미련도 없었다. 뭍은 어디를 가든, 태어나서 죽을 때까지 한 번도 기치를 선명히 하지 않고 그런 주제에 시종 농지거리는 계속하고 권세에 아첨하는 볼품없는 인간들의 퀴퀴한 입냄새로 가득할 뿐이었다. 그리고 그것은 미미한 바람이 몰아갈 수 있는 정도가 아니었다. 항상 사람의 마음을 무시무시한 세계로 유혹하려는 것은 바다가 아니라 뭍이었다. 네가 난간에 기대어 바라보고 있는 것은 민주주의의 주된 흐름에서 멀리 벗어나 멸망할 운명의 흐름을 탄 제 처지를 모르는 섬나라이며, 파국을 향하여 포물선 운동을 계속하고, 출처가 명확지 않은 정보가 넘실거리는 혼탁한 말세이다.

거의 모든 잘못은 육상에서 발생한다.

거기에는 천박한 인간이 저지르는 잔학 행위와, 시정 불가능한 부의 편재와, 논점에서 벗어난 스콜라적 언어유희와, 정의를 잃은 무수한 집단과, 일반 대중의 게으름과, 무지로 인한 지극히 악질적인 사상적 편견이 터져나갈 듯 북적거리고 있었다. 거기에서 자기 견해를 고집스레 견지하는 자는 언젠가 철창에 갇혀 신음하는 신세가 되고 만다. 거기에서는 예로부터 축재를 해온 사람들이 밤마다 모여들어, 뜻한 바대로 재차 착취에 성공한 축하연을 베풀고 있다. 거기에서는 국정에 관계하는 권능에 관심을 보이기 시작한 황실이 신의 옷을 걸치고 존경과 복종의 정서를 국민 한 사람 한 사람에게 심으려고 하고 있다.

선교 쪽에서 사람 소리가 들렸다.

너는 그쪽으로 가보았다. 무선기에 포착된 것은 조난 신호용 주파수에 억지로 끼어든 고출력 전파였다. '파란지구'의 잔당이 전국으로 흩어진 동지들에게 호소하는 해적 방송이었다. 그들은 묵직한 말투로 민주주의의 부활을 외치면서 기염을 토했다. 그들이 도화선이 된 저항에 의한 분쟁이 현재 아시아 전체로 파급되고 있으며 승리도 임박해 있다는 귀에 익은 내용이었다. 물론 허풍이다. 신경전을 치를 정도도 못 되었다. 만약 그들이 발하는 수치스럽기 짝이 없는 말을 한마디도 빼놓지 않고 들으려고 애쓰는 자가 있다면, 그는 필경 '파란지구' 일파의 숨통을 끊어놓으려는, 표면에 드러나지 않는 피에 주린 국가 공무원일 것이다.

마침내 그들은 발신원을 추적당할까봐 침묵하였다.

과연 그들은 소문대로, 멤버 한 명 한 명이 자살용 독약이 들어 있는 반지를 하루 스물네 시간 끼고 있을까. 소문이 사실이라 쳐도, 막상 죽어야 할 때 기민하게 사용할 용기가 있을까. 그들은 저 구태의연한 정의에 언제까지 충성을 바칠 수 있을까. 솜씨를 좀 구경해보고 싶지만 그들의 투쟁이 성공치 못할 것은 뻔한 일이었다. 잠든 사이에 습격을 당하여 일망타진되는 날이 그리 머지않을 것이다. 그리고 지하의 저 돌방에 갇혀, 빠짐없이 신원을 털어놓고, 동료의 거주지를 불게 될 것이다. 그러다 끝내는 부검도 할 수 없는 시체가 되어 어느 산속에 묻히게 될 것이다. 그들에게 부족한 것은, 이미 시대의 병폐를 도려낸다는 말 따위나 하면서 유유자적할 때가 아니라는 한 사람 한 사람의 자각이었다. 그들의 전술은 이십일 세기의 예술과 마찬가지로 너무도 말초적이다. 투쟁의 궁극은 폭력이라는 진리와 본질을 너무도 무시해왔다.

그러나 그런 일은 아무래도 상관없지 않은가.

바다로 나온 너하고는 아무 관계없는 일이다. 사소한 일에 일일이 이견을 내세우거나 양보할 수 없는 경계선을 찾아내지 않아도 좋은, 무엇이든 있는 공간…… 그것이 바다였다. 바다란 곳은, 오늘 하루를 살 기력도 없이 망가진 혼을 한 점 티 없는 것으로 바꾸어놓는, 혹은 돌고 도는 인과와, 마음속의 어두운 방 높이 쌓인 죄과를 깨끗이 잊게 해주는 경제성을 지닌 것이었다.

그러나 선실에서 술에 절어 있는 세 사람한테는 그렇지 않다.

그들에게 바다란, 이 세상 어디에도 있을 곳이 없는 자의 마지막 은신처이거나 지옥의 입구란 의미밖에 없었다. 어디에 있든 집요하게 귀밑을 떠나지 않는 절규는 다른 누구도 아닌 자기 입에서 나온 비명 소리였다. 마실수록 취할수록 그들의 얼굴은 자유나 해방과는 동떨어진 것이 되어간다.

그런 반면 너의 얼굴은 구석구석이 빛났다.

너는 닻을 내리고 있는 조그만 배의 뱃머리에 서서, 등댓불에 반짝이는 저 먼 바다의 하얀 파도를 하염없이 바라보고 있었다. 바람은 한층 더 거세지고 파도 또한 한층 더 거칠어졌다. 선실에서 술을 마시던 세 사람이 나란히 갑판으로 뛰어나와 난간 밖으로 몸을 쭉 내밀고 먹고 마신 것들을 웩웩 토해냈다. 그것을 먹이 삼으려 물고기와 갈매기가 모여들었다. 납작코 때문에 얼굴이 귀신 가면 같은 남자가 피를 토했다. 그러나 늘 그 모양인지 별 동요가 없었다. 토할 만큼 다 토해내자 그들은 다시 선실로 내려갔다. 그들은 바다를 더럽히는 무리였다.

한밤중에야 선장이 돌아왔다.

혼자서 돌아왔다. 그는 몹시 서두르고 있었다. 타고 온 보트를 윈치를 이용하여 끌어올리는 시간조차 아까워하였다. 그냥 놔두면 조류를 타고 자연히 부두로 돌아갈 것이라며 보트를 버렸다. 그러고는 황급히 닻을 올리고 출항하였다. 그는 네 명의 급조 선원에게 선원수첩을 나누어주었다. 얼굴 사진 외에는 전부 엉터리였다. 이름과 주소와 나이가 기재되어 있었지만 전부 거짓이었다. 그러나 그 거짓 사실에 불평하는 자는 없었다. 신기하게도 모두 새것이 아니었다. 오래 사용한 것처럼 조작되어 있었다.

요컨대 네 명은 베테랑 선원인 셈이다.

선장은 너를 제외한 세 명의 부하한테서 주민 카드를 수거하였다. 배에서 내릴 때 돌려주겠노라며 어딘가에 보관하였다. 그리고 그는 낡은 작업복을 나누어주면서 입으라고 말했다. 등판에는 발광색 일장기가 붙어 있었다. 그것은 배의 이름보다 몇 배나 커서 눈에 잘 띄었다. 선장은 말했다. 덮개가 있는 윗주머니에 선원 수첩을 넣고 단단히 단추를 잠그라고. 그가 명령조로 말한 것은 그때뿐이었다. 바다와 배에 대해서는 전혀 문외한인 자들을 앞에 놓고 대장인 척 위세를 부리는 짓은 하지 않았다.

제일 나이 많은 남자가, 대체 무슨 일을 하는 것이냐고 물었다.

다른 남자가, 위험한 일이 아니고서는 그렇게 많은 보수를, 이라고 말했다.

한 남자는 이왕 이렇게 되었으니 무슨 일이든 하겠노라고 한다.

그러자 선장은, "아하, 그렇게 긴장할 필요는 없어"라고 말하고 "일 축에도 끼지 않는 일이니까, 뱃놀이 하는 셈 치고 잠들이나 푹 자두라구, 때가 되면 깨울 테니까"라고 말했다.

거친 날씨를 무릅쓰고 출항한 것은, 필요 이상으로 일장기를 많이 단 '국화호' 딱 한 척뿐이다.

그렇게 하여 너는 지금 파도가 미친 듯이 용솟음치는 드넓은 바다 한가운데 있다.

어제까지의 너와는 너무도 다르지 않은가. 어제 이때쯤, 너는 배가 고파서 잠도 자지 못하고 뒷골목의 식당가를 들개와 함께 배회하고 있었다. 그 전날 밤에는 땀으로 눅진눅진해진 셔츠를 입은 채 부슬부슬 내리는 비를 맞으며 죽은 듯이 자고 있었다.

너의 운명은 너의 희망에 따라 흐르고 있다.

앞으로 한 달 정도, 아니 열흘만 더 뭍에 어슬렁거렸다면 흐르는 자로서의 너의 심신은 완전히 무너졌을 것이다. 그리하여 초조감에 쫓기다 못해, 어느 날 너의 혼은 가루처럼 산산이 부서졌을지도 모른다.

국화호는 낡은 배 나름으로 파도를 헤치며 쾌주하고 있다.

구식이지만 강력한 디젤 엔진이 선체와 다섯 명의 남자를 부르르 떨게 한다. 항구의 불빛이 점점 멀어지고, 지금은 산속 조그만 취락 같은 존재가 되었다. 너는 자지 않는다. 자기가 아깝다. 너는 선교에 있다. 파도가 너무 세서 갑판에 서 있기는 무리다. 선실에 누워 있는 편이 뱃멀미가 덜하다는 충고를 무시하고 너는 선장 뒤에 서 있다.

선장은 시간에 몹시 신경을 쓰고 있다.

그리고 꽤 멀리 나가서야 자동 조타로 전환한다. 그럼에도 현재 위치만은 계기를 일일이 자기 눈으로 들여다보면서 확인한다. 파도가 너무 거칠어 배가 제대로 조류를 타지 못하고 있다고 투덜거린다.

너는 뱃멀미를 하지 않는다.

기분은 최고다. 쉴새없이 덮치는 큰 파도가 겁쟁이같이 나약한 사나이들에게 채찍질을 하고 있다. 배의 격렬한 요동에도 눈썹 하나 까딱하지 않는 너를 보고 놀랐는지, 아니면 수상히 여겼는지, 선장은 바다가 정말 처음이냐고 몇 번이나 묻는다. 경험자면 안 되는 일이라도 있는 것일까. 너를 시험하듯 질문을 퍼부어대고 있다. 그리고 네가 레이더조차 볼 줄 모른다는 것을 알자 마음을 놓고 콧노래를 흥얼거리기 시작한다. 그러나 거칠게 꿈틀대는 파도를 똑바로 쏘아보는 눈을 보자니, 너한테는 여전히 정체를 알 수 없는 대상이었다.

선장은 너의 신상에 관해서는 줄곧 관심을 보이지 않는다.

어디 살던 누구인지 알 바 아니리라. 너는 오히려 그렇게 대해주는 것이 마음 편하다고 생각한다. 선장은 또 표면적인 관찰도 하지 않는다. 그것은 너도 마찬가지다. 태어나서 처음 경험하는 항해에 압도된 너는 타인에게 마음 쓸 여유가 전혀 없다.

너는 바다에 그야말로 마음이 쏙 빠져들고 말았다.

그것은 겨우 궁지를 벗어난 심리를 닮았다. 바다로 나온 지 얼마 되지도 않았는데 지금까지 뭍에서 지낸 이십 년이 대체 무엇이었나 싶을 정도로 몰입해 있다. 너는 지금 바다에 맞추어 감정을 드러내고 싶은 욕구에 사로잡혀 있다.

바람은 불어도 하늘은 맑게 개어 있다.

온 하늘에 가득한 별이 단순명쾌하게 빛을 발하고 있다. 공연히 기분이 좋지 않은 바다는 변화무쌍한 인간 세상에 침을 뱉고 있다. 그러나 실존하는 너는 끄떡도 하지 않는다. 여기에는 대기와 물의 관계와 마찬가지로 존재와 무의 구별이 뚜렷하다. 너는 산 자다. 죽은 자나 그에 가까운 자가 아니다. 너는 흐르는 자이지 고여 있는 자이거나 그에 가까운 자가 아니다.

너는 돌연 껄껄 웃는다.

너 자신도 잘 모르는, 그러나 진짜 웃음이 배 속 깊은 곳에서 끓어오른다. 이 세상 그 자체의 애호가인 네 면모가 생생하게 드러난 웃음이다. 선장은 그런 너의 옆얼굴을 찡그린 얼굴로 힐긋힐긋 훔쳐보고 있다. 웃으면서 너는 문득, 이런 당연한 일을 생각한다. 만약 배가 파도에 져서 전복하여 바다에 내던져진다면 끝장일 것이라고. 그런 생각은 하지만 그렇다고 마음속에 막막하게 퍼져나가는 불안이나 공포감은 없다.

너에게는 거친 바다가 어울린다.

용솟음치는 바다는 닥치는 대로 사는 삶을 끝까지 관철하는 데서 의미와 가치를 찾으려는 자에게 어울리는 무대다. 자유자재로 출몰하는 너 같은 남자에게 바다는 그야말로 독무대라고 할 수 있다. 너는 이미 벽촌 출신의 원숭이가 아니다. 네가 고향을 떠난 진정한 목적은 어쩌면 바다에 있었는지도 모르겠다.

그러나 조심하여 가거라.

산이 그랬던 것처럼 바다 또한 너를 편들고 있지 않다.

바다는 틈만 있으면 너를 집어삼키려 노리고 있다. 인공위성에서 보내는 전파가 전리층을 뚫고 국화호의 위치를 일 미터의 오차도 없이 정확하게 알려준다. 거친 바다에서 성가신 조타의 품을 덜어주는 전자계기류는, 구식이지만 빈틈없이 작동하고 있다. 암초투성이 얕은 해역도 쉽사리 빠져나갈 수 있을 것이다.

선장은 무선으로 누군가와 연락을 취하고 있다.

쌍방이 사투리는 쓰지 않는다. 그러나 이야기의 내용은 종잡을 수 없다. 아마 은어와 암호류를 사용하는 것이리라. 선교에서 통 나가지 않으려는 너에게 선장은 노골적으로 불쾌감을 드러내고 있다. 눈에 거슬리는 놈이라 여기고 있다. 마이크를 입에 댈 때마다 너를 힐금힐금 쏘아본다. 저러다가 뱃멀미를 하여 기분이 나빠지면 갑판 아래 잠자리로 기어들어갈 것이라고 얕잡아보고 있는지도 모를 일이다.

그러나 너는 생기발랄하다.

먼 바다로 나가면 나갈수록, 파도가 높아지면 높아질수록, 너는 정기를 더해간다. 너의 체질은 바다에 맞는다. 애가 타는 선장은 이렇게 말하며 너를 내쫓으려 한다. 지금 자두는 편이 좋을 것이다. 정작 현장에 도착했는데 잠이 쏟아져 일을 할 수 없다면 곤란하지 않은가. 그런데도 너는 체력에는 자신이 있으니 괜찮다면서 그 자리를 떠나려 하지 않는다. 선장은 "그럼, 마음대로 해"라고 말하며, 몇 번에 한 번 바윗덩어리처럼 앞을 가로막는 큰 파도에 대비하여 두 다리에 힘을 꽉 준다. 너도 그 타이밍을 가늠할 수 있게 되었다.

너는 이미 제 몫을 다하는 선원이다.

물로 충만한 별 한가운데 떠 있는 너에게 저 먼 옛날의 아득한 기억이 되살아난다. 찰랑찰랑하게 물을 담은 산 위 호수에 보트를 띄우고 가운데를 향하여 노 저어 갔던 소년 시절의 추억……당시의 광경이 느닷없이 그리고 생생하게 떠오른다. 보트 안에 벌렁 누워 죽은 사람처럼 잠들어 있던 그날의 일들이 마치 혜성처럼 빠른 속도로 다가온다.

원숭이 소리에 눈을 뜨자 보트는 어느 사이엔가 나무들이 무성한 호숫가로 흘러가 있었다.

나무 위의 원숭이들이 가지 끝까지 기어올라가 너의 얼굴을 들여다보고 있었다. 그리고 그들의 언어로 열심히 말을 주고받았다. 너한테도 전혀 요령부득인 내용은 아니었다. 조금은 이해할 수 있었다. 그 조금이 상당히 의의 있는 수확이 되었다. 그날이야말로 너의 불연성 마음에 최초의 불이 붙은 날이었다. 설사 이것이 아지랑이나 신기루 같은 존재라 해도 일단 매혹을 느꼈을 때는 그 대상 발치까지 혼자 힘으로 가겠다는 자세가 처음으로 싹튼, 기념할 만한 날이었다.

그날을 경계로 너는 흐르는 자를 지향하게 되었다.

그때까지의 너는 오로지 고여 있는 자가 되기 위하여 조용한 길을 걷고 있었다. 미래에 대한 막연한 불안을 억제하고, 재난을 피해 쉽게 살 길만을 생각하는 평범한 아이에 지나지 않았다. 그 무렵의 네가 바랐던 것은 마음의 평안이었다. 마음만 평안하다면 그 외에는 아무것도 필요치 않다고 생각했다. 배설물처럼 태어나 방치되었을 때의 공포감이 오래도록 너를 위축시켰던 것일까. 그렇지 않으면 너를 주워 길러준 마음씨 좋은 부부의 골수까지 배인 농경민족의 피로 인한 감화 탓인지 모르겠다. 대대로 논밭을 지키며 그 땅을 절대로 떠나지 않는 농부의 삶이 다소나마 너에게 영향을 미쳤는지도 모르겠다. 그런데 실제로 너의 몸을 흐르는 피는 산촌생활에 안주하는 온화한 피는 아니었던 것이다.

네 마음의 발화점은 아주 낮다.

그런 네가 한곳에 지그시 머물러 있을 리가 없다. 흐르기 위해서라면 너는 주위 사람들과 의사소통이 소원해지는 것도, 온갖 낙인이 찍히는 것도 마다하지 않았다. 그날을 경계로 너는 변했던 것이다. 쓸쓸한 황야를 가는 자가 되었고, 교묘히 행적을 감추는 자가 되었고, 숨막히는 순간에 주저치 않고 몸을 날리는 자가 되었다. 그리하여 지금 너는 바다로 나아가는 자가 되었다.

그날 원숭이들은 너한테 이렇게 말하지 않았을까.

너란 놈은 원숭이들과 함께 산에서 지내는 나날에 만족하면서 죽어가는 그런 인간이 아니다.

그날 이후 너는 변했다.

겉모양은 차치하고 내적인 변화가 눈부시다. 산골짝으로 밀어닥치는 물 같은 기세였다. 너의 가슴속에서 소용돌이치기 시작한 격류는 날마다 그 격렬함을 더해갔다. 어찌 된 셈인지 너는 마을 어귀에 굴러다니는 신원 불명의 변사체에 매료되었고, 무사히 첫 아이를 생산한 그다음 날 모습을 감춘 후 소식이 없는 가출자에게 각별한 관심을 쏟게 되었다. 그런가 하면 평상에서 일광욕을 하면서 나이를 먹는 나날을 싫어하게 되었고, 귀에 거슬리는 중상을 양식으로 하며 미숙아인 채로 끝나는 일생을 경원하게 되었다.

그런 끝에 너는 이런 결론에 도달하였다.

유랑의 나날에 몸을 던짐으로써 천수를 누리는 기회를 다 빼앗긴다 해도, 그건 그 나름으로 멋진 일이다. 왜냐하면 그런 삶이야말로 진정한 자유를 헤쳐나온 증거이기 때문이다.

『원숭이 시집』은 이렇게 노래하고 있다.

흐르는 자로 존재하는 한, 이 세상은 그대를 위하여 있다.
그러니 아무도 개의치 말고 마음껏 흐르라.
고여 있음에 자유가 없다는 것을 결코 잊지 말아라.

또 백발의 늙은 원숭이는 이런 말을 하였다.

나날의 생활비를 마련하느라 골머리를 썩고, 나날의 속사에 쫓기고, 뼈가 으스러져라 일하는 그런 삶에 무슨 의미가 있을까. 국가와 동고동락하는 국민의 한 사람으로 생을 마감하는 데 대체 어떤 가치가 있을까. "그러고 싶은 마음은 굴뚝같지만"이란 말은 잊고, 최근의 정세를 개탄하는 것도, 향냄새가 끊이지 않는 무덤도 죄 잊고, 느끼는 대로 흐를 일이다. 흐르고 흘러, 꾸다 만 꿈처럼 헛된 세상을 한껏 만끽하라. 흐르는 자에게 고난의 인생은 불가피함과 동시에 또 바라는 바이기도 할 것이다.

나도 동감이다.

『원숭이 시집』의 어느 한 구절, 어느 한 마디도 소홀히 여기지 않는 너야말로 명실상부한 산 자이다. 야무지지 못하고 게으르고 빈둥거리며 방랑하는 자는 결코 흐르는 자가 아니다. 그런 자들은, 그저 바보 얼간이에 지나지 않는다. 그들은 동굴 같은 선실에 틀어박혀 오물을 토하며 옆으로 나뒹굴고 있다. 술로 뱃멀미를 이길 수 없었던 모양이다. 세 사람 다 분명 후회하고 있을 것이다. 육지에서 하는 중노동보다 훨씬 편하다는 말에, 술도 마음껏 마실 수 있다는 말에 넘어가 바다로 나온 그들은, 감쪽같이 속아넘어갔다는 기분일 것이다. 그들의 꽉 막힌 마음을 메우고 있는 것은 늘어질 대로 늘어진 정신과 거기에서 파생된 죽음에 대한 동경일 것이다. 그들한테서는 계절풍을 타고 서쪽 해안으로 밀려올라온 하얀 껍질을 지닌 조개와 마찬가지로, 의지력의 작용을 조금도 감지할 수 없다. 그런 무리가, 짓밟혀도 꿈틀조차 하지 않는 미련한 놈들이 즐기는 떠다니는 생활을 예술가는 인정할지 몰라도 나는 인정하지 않는다.

그들 세 명은 나서고 물러설 때를 놓친 자들이다.

아니면 친척들과 사이좋게 지내지 않았거나, 선조의 말에 귀를 기울이지 않았음에 여태껏 부끄러워하는 자들일지도 모른다. 아니면 술고래가 되지 않고서는 무위와 무직 무관의 안락함을 느낄 수 없는 자들일지도 모른다. 어찌 되었든 그들은 이미 끝장났다. 자력갱생이라니 어림도 없다.

흐르는 자는 그 어떤 곤경에도, 제아무리 힘겨운 상대라도 죽을 각오로 몸을 던지는 마력을 지닌 자이다. 그리고 너한테는 분명 그런 것이 있다.

너는 선장한테 말한다.

나는 산촌에서 자랐는데 아무래도 바다가 적성에 맞는 모양이라고. 산원숭이가 이렇게 바다 위에 떠 있다니, 나 자신도 신기한 기분이라고.

그러자 선장은 놀라서 이렇게 말한다.

일단 바다로 나왔으니 원숭이란 말을 절대로 입에 담아서는 안 된다. 왜냐하면 그것은 고양이나 뱀처럼 옛날부터 선원들 세계에서 가장 터부시되는 말이기 때문이라고.

"지금은 이십일 세기입니다"라고 네가 말한다.

"무슨 탈이라도 생기지 않으면 다행이겠는데"라고 중얼거리는 선장.

그러나 너의 주머니 안에 들어 있는 책은, 바다 사나이들이 소름끼치도록 싫어한다는 원숭이의 말로 가득하다. 네가 그런 걸 소지하고 있다는 것을 알면 선장은 간담이 서늘해져 바들바들 떨 것이다. 그렇다고 자신의 애독서를 바닷속 깊은 곳으로 내던질 마음은 없다. 『원숭이 시집』은 너한테는 진흙탕 속에 피는 연꽃이며, 은처럼 빛을 발하는 정확한 지표이다.

너와 나는 그렇다 치고, 너와 『원숭이 시집』은 끊을 수 없는 연줄로 연결되어 있다.

초라하지만 내용이 깊이 있고, 항상 실리적인 입장에서 노래하는 그 책은, 출판사의 이름은커녕 작가의 이름조차 적혀 있지 않은 그 책은, 형극의 길을 타파하기 위해 필요한 기본적인 언어로 가득하다. 그들 무수한 언어는 영원불변한 진리라고는 할 수 없을지 모르겠지만, 마디마디가 압권임은 분명하다.

백발의 늙은 원숭이를 만나, 너는 진정한 자아에 눈을 떴다.

『원숭이 시집』은 이 세상에 창궐하는 정보를 정리하고, 그에 대해 우선순위를 결정한다. 인간으로 살아감에 있어 무엇을 우선해야 하며 무엇을 나중으로 할 것인가를 가르친다. 늙은 원숭이는 늘 예측할 수 없는 사태의 발생에 대비하며, 일단 사건이 생기면 기민하고 명확한 판단을 내린다. 예를 들어, 다시금 국민을 향하여 장중한 말투로 훈시를 내리게 된 천황으로 인한 불온한 형세에 관해 분명하게 말한다.

평온한 세상은 끝났다고.

겨울밤의 단란함…… 이기적인 여자의 눈물 젖은 얼굴…… 유명인들이 운집하는 화려한 장소…… 자신을 뽐내기 위한 양로원 위문…… 막역한 친구를 얻기 위한 타협…… 육친의 시신에 매달려 통곡하는 사람…… 청렴결백한 의인…… 그런 것들을 등지고 흐르는 너한테 백발의 원숭이는 대변자가 아니라, 감탄하고 경앙하여 마지않는 스승이다.

너는 점차 바다에 익숙해져간다.

국화호는 어느 사이에 거친 파도를 헤치고 나아가, 잠잠한 해역으로 들어선다. 파도는 점차 잦아들어 끈적한 기름처럼 매끄럽고, 장마가 머지않은 고온다습한 대기는 거의 정체돼 있다. 선체가 둘로 가르는 바닷물이 파랗게 빛나는 것은 야광충에 에워싸였기 때문이다.

다부진 얼굴의 선장은 꼼짝 않고 앞쪽을 주시하고 있다.

동시에 눈을 부릅뜨고 계기류를 들여다보고 있다. 그의 신경은 온통 현재 위치와 시간에 집중되어 있는 듯하다. 그는 극도로 긴장하고 있다. 거친 파도가 몰아쳤을 때보다 더하다. 치켜뜬 눈에 안면은 긴장으로 파르르 경련하고 있다. 마른 목을 축이려고 쉴 새없이 물을 마시고 있다. 태도에 가시가 돋아 있다. 너도 바짝 긴장하고 있다. 그러나 그것은 처음으로 물의 세계에 뛰어든 데에서 오는 실로 상쾌한 긴장이다.

여전히 선장의 진의가 어디에 있는지는 확연치 않다.

이웃 나라의 풍부한 어장을 넘겨다볼 심산은 아닌 듯하다. 최근 횡행하고 있는 조제 마약을 해상에서 인수하려는 속셈도 아닌 듯하다. 양쪽 다 급조한 선원들이 감당해낼 수 있는 일거리가 아니다. 선장이 무선으로 연락을 취하는 간격이 좁아지고 있다. 상대의 말투가 점점 거칠어진다. 그러나 너는 아무것도 의심하지 않는다. 선장은 보이지 않는 상대에게 소리를 꽥꽥 지르면서 너에게 선교에서 나가라고 손짓한다.

갑판으로 나온 순간, 너의 도취는 한층 심해진다.

선체와 스크루의 자극에 발광하는 야광충은 마치 암흑 성운 속에서 빛나는 별이다. 여기저기 나타난 야광충 떼에 눈이 어지러울 지경이다. 파란빛에 싸여, 너는 국화호가 수면이 아니라 우주에 둥실 떠 있는 듯한 착각에 사로잡힌다.

너는 그 파랑이 아주 마음에 든 모양이다.

그런데 내가 보기에 그 파랑은 불길한 예감으로 가득한 색이다. 갑자기 운명이 뒤바뀔 징조를 보이는 파랑이다. 그러나 몽상에 잠기듯 그 광경에 푹 젖어 있는 탓에, 위험을 직감하는 너의 능력은 마비된 모양이다. 이마의 별 모양 점은 아무 도움이 되지 못한다.

나는 느낄 수 있다.

엉뚱한 일이 일어나고 있다. 그게 무엇인지는 모른다. 태풍으로 배가 전복할 가능성이 사라진 지금 달리 어떤 위험이 도사리고 있단 말인가. 지각의 변동인가. 바로 아래 가로놓여 있는 심해 해구 부근에서 대규모 이변이라도 일어나고 있는 것인가. 이 배를 단숨에 뒤집어버릴 강한 해진이라도 발생한다는 말인가. 아니면 거대한 운석에 맞기라도 한단 말인가. 도무지 알 수 없다. 뭐가 뭔지는 잘 모르겠지만, 그러나 그것이 시시각각 다가오고 있는 것만은 틀림없다.

너는 얼빠진 사람처럼 멍해 있다.

초여름 밤의 바다가 자아내는 선연하고도 나른한 인상이 너로 하여금 평소의 경계심을 풀게 하고 있다. 좌현 앞쪽에 보이는 검은 덩어리는 무엇인가.

섬이다. 과거 해수海獸가 산 적이 있다는 섬이다. 그리고 현재는 세 나라가 각기 영유권을 주장하고 있는 작은 섬이다.

국화호는 지금 이해관계가 복잡하게 얽혀 있는 해역을 조용히 나아가고 있다.

그런데도 선장은 항로를 변경하려 하지 않는다. 모니터에 비친 해도로 현재 위치를 충분히 파악하였을 텐데 오히려 속도를 떨어뜨리고 있다. 그런데다 갑판에 설치된 조명 스위치까지 켜고 있다. 작업을 할 요량이면 그렇게 밝지 않아도 된다. 국기와 배 이름을 선명하게 드러내려는 의도로밖에 여겨지지 않는다.

이렇게 하여 영해 침범은 엄연한 사실이 되었다.

선장은 좁은 선교 안을 서성거리고 있다. 그리고 열심히 레이더를 들여다보고 있다. 지금은 무선으로 누군가와 대화를 나누지 않는다. 마침내 그는 자동 조타로 전환하고 선미 쪽 갑판으로 나간다. 그는 카랑카랑한 목소리로 너한테 말한다. 선실에 있는 세 명을 데리고 오라고. 너는 뱃멀미로 창백하게 질려 망령 같은 얼굴로 잠들어 있는 세 명을 두드려 깨워 선장의 뜻을 전하고 밖으로 데리고 나온다.

선장은 부하 네 명에게 명한다.

작업을 시작할 테니 이 구명동의를 착용하도록, 이라고. 오렌지빛 형광색으로 몸을 감싼 네 명은 야광충보다 더 눈에 띄는 존재다. 무슨 까닭인지 선장의 구명동의는 소탈한 색상이다. 갑판 일부를 덮고 있는 비닐 시트가 벗겨진다. 거기에는 일장기를 사면에 그려넣은 커다란 부표가 줄지어 있다. 선장은 다음 지시를 내린다. 크레인으로 부표를 하나씩 들어올려 바다에 던지라고. 그러나 실제로 크레인을 조작할 수 있는 사람은 선장 한 명뿐이다. 나머지 네 명은 와이어로프 끝에 달려 있는 고리를 부표에 걸 뿐이다. 다 큰 어른이 다섯 명이나 달라붙어 해야 할 만큼 대단한 일이 아니다. 부표도 많지 않고, 혼자 해도 한 시간 안에 끝날 것이다.

부표는 해면으로 옮겨지자 빛을 발한다.

바늘처럼 날카로운 그 빛은 사방팔방으로 보란 듯 튀어나간다. 처음에는 모두 그 광경을 흥미진진하게 바라보다가, 단조로운 작업 내용에 싫증을 내고 만다. 너 역시 그렇다. 선장 혼자만 열심이다. 그러나 긴장하고 있는 것과는 조금 다르다. 안절부절못하고 있다. 손목시계를 들여다보면서 사방을 두리번거린다. 요령을 알았으니 네가 하겠노라고 말해도 들은 척 만 척이다.

바다는 끝없이 온화하다.

부표가 수면으로 떨어지는 소리가 유난스럽게 울려퍼진다. 작업에 방해가 될 만큼 야광충 수가 늘어났다. 섬과 우현 중간에 한결 큰 무리가 떼지어 떠다니고 있다. 아니, 다르다. 그건 야광충이 아니다. 색이 다르다. 자멸하지 않고 내내 일정한 빛을 발하고 있다. 더구나 이쪽으로 다가오고 있다. 굉장한 속도다.

배다.

이쪽으로 똑바로 돌진해오는 것이 배임을 아는 순간, 거기서 다른 색 빛이 확 터진다. 다음 순간, 국화호의 도처에서 끔찍한 소리가 나고 불꽃이 요란하게 튄다. 정신을 차렸을 때 선교 벽에는 커다란 구멍이 세 군데나 나 있고 난간 일부도 날아가고 없었다.

그런데도 너는 대체 무슨 일이 일어난 것인지 영문을 모르고 있다. 한참이나 지나 기관총 사격을 당했다는 것을 안다. 무기에 대해서는 전혀 문외한인 너희는 잠시 아연해서 그 자리에 꼼짝 못하고 있다. 아니 이미 한 명은 목숨이 끊어졌다. 머리 없는 시체가 벌렁 나뒹굴고 있다. 살아남은 자들은 순간적으로 엎드린다. 제일 효과적인 방위책을 강구한 것은 너뿐이다. 너는 죽은 시체의 가슴팍을 잡아당겨 방패로 삼는다. 없는 것보다는 낫다.

그동안에도 탄환은 쉴새없이 쏟아진다.

너희는 아무 대책 없이 갑판에 착 달라붙어 있다. 불꽃이 난무한다. 누군가가 떨리는 목소리로 외치고 있다. 소리내어 울고 있다. 구멍투성이가 된 국화호는 벌써 침수가 시작되어 뱃머리 쪽부터 기울고 있다. 그런데도 상대방은 사정을 봐주지 않는다. 바싹 다가오고 있다. 근거리로 접근한 경비정은 이때가 고비다 싶은지 맹렬하게 공격한다. 날아오는 탄환의 수와 위력이 늘어나면 늘어날수록 너의 혼란은 수습된다. 지금껏 무수한 위험을 극복해온 너다운 일이다.

너는 단박에 침착함을 되찾는다.

심상치 않은 사건의 진행 상황을 아주 냉정하게 마치 남의 일처럼 관망하고 있다. 대포를 장탄하고 있는 적의 모습이 분명하게 보인다. 돌연 날아온 살 조각이 너의 얼굴에 들러붙는다. 너는 그것을 뜯어내고 눈을 한 점에 집중한다. 적은 국화호를 완전히 침몰시킬 작정이다.

조준이 빗나갔는가, 첫번째 포탄이 날아오고 바로 옆에서 물기둥이 솟는다. 탄착 지점인 해수에 포함된 야광충이 반짝반짝 빛난다.

구명보트가 화약의 힘을 빌려 기운차게 공중으로 날아간다.

그 베개 모양의 덩어리는 수면에 떨어지는 순간 양산처럼 쭉 펴져 보트로 돌변한다. 보트로 헤엄쳐간 선장이 거기에 올라타려 한다. 그리고 간신히 올라탄다. 선장은 뭐라고 열심히 소리를 치고 있지만 총성과 포성 탓에 무슨 소린지 알 수가 없다. 그러나 너를 살리려는 외침이 아닌 것만은 분명하다. 그 증거로 엔진이 달린 보트는 본선에서 점점 멀어져가고 있다.

너는 버려졌다.

경비정 위에서는 사람 그림자가 바쁘게 움직이고 거친 목소리가 난무하고 있다. 두번째 포탄이 발사된다. 순식간에 너의 몸은 선체를 떠난다. 공중을 날면서 너는 불꽃놀이 때의 폭발 사고를 떠올린다. 그러나 이번에는 기절하는 수난은 겪지 않았다. 충격이 반감한 것이다. 바닥으로 내던져지기 직전에 너는 이 일련의 만행을 직시한다. 그리고 어떻게 대처해야 할지 그 대책까지 세운다.

파도 사이로 떠다니는 임시 선원이 조준의 표적이다.

이미 죽은 자도 몇 발이나 맞았다. 화려한 구명동의와 헬멧 탓에 사수는 표적을 잃지 않는다. 그들은 너를 발견하고 뱃머리를 돌리려 한다. 그 움직임을 눈치챈 너는 전광석화 같은 동작으로 구명동의를 벗어던지고 잠수하여 헬멧을 벗는다. 간발의 차였다.

방금 전까지 네가 떠 있던 수면에 총탄이 빗발처럼 쏟아진다.

너는 더 깊이 잠수한다.

정신이 아득해질 만큼 깊이 잠수한 너는 마침내 죽음을 각오한다. 아무리 버둥거려봐야 소용없다는 것을 깨닫고는 각오를 단단히 하고 부상한다. 죽기 전에 최소한 신선한 공기를 한껏 들이마시고 싶다고 생각한다. 어차피 죽을 거라면 한 방에 머리통이 날아가는 편이 좋겠다고 생각한다. 그런데 막상 떠올라보니 거기에는 아무도 없다. 맛있는 공기는 있는데 총탄은 날아오지 않는다. 네가 짐작한 이상으로 현장에서 멀리 떨어져 있다. 심해등의 불빛이 비쳐도 적은 너의 머리통과 어둠을 구별하지 못한다. 모두 해치웠다고 판단한 것인가. 그들의 수색에는 별 성의가 없다. 범위를 확대하여 찾을 생각은 없는 모양이다.

그들의 눈은 지금 소용돌이 모양을 그리는 파도에 쏠려 있다.

그 파도 한가운데 국화호가 수직으로 서 있다. 침몰하고 있는 배 위 상공에는 헬리콥터가 정지해 있다. 그런데 어처구니없게도 너의 나라 군용 헬리콥터이다. 인명 구조 활동을 펼치지도 않고, 적을 섬멸하기 위하여 외국 경비정을 쫓지도 않고, 냉정하게 해상에서 벌어지는 사건을 관망하고 있다.

쌍방이 총격을 하지 않은 것은 어찌 된 셈인가.

초저공으로 비행하는 헬리콥터와 경비정은 아무래도 협력관계에 있는 듯하다. 그렇게밖에 생각되지 않는다. 헬리콥터에서 튀어나와 있는 것은, 필경 적외선을 포착하는 고감도 카메라와 망원렌

즈일 것이다. 그리고 그들의 카메라는 이 바다에서 일어나는 일을 빠짐없이 기록했을 것이다. 대책 없이 침몰하는 국화호…… 수박처럼 나뒹굴고 있는 선원의 머리통…… 적국의 배.

지금 심해등의 강렬한 빛은 구명보트를 비추고 있다.

선장은 몸을 쑥 내밀어 손을 흔들고 있다. 헬리콥터와 경비정 두 방향으로 손을 흔들고 있다. 그쪽으로 다가간 것은 경비정이 아니라 헬리콥터다. 그리고 선장을 향하여 발사된 것은 구조용 로프가 아니다. 길쭉한 화염이 한 줄기, 두 줄기 탄도를 그리며 뻗는가 싶더니, 그다음 순간에 이미 구명보트는 불덩어리가 되어 있다. 산산조각나 사방으로 흩어지는 선장의 몸이 똑똑하게 보였다. 이리하여 너희를 이용한 남자 또한 동지에게 이용당했고, 역할이 끝나자 배신당했다.

즉 국화호 전원이 당한 것이다.

그때 어디선가 나타난 소형 호버크라프트*—그 또한 군용으로 일장기를 펄럭이고 있다—가 네 옆구리를 스치고 지나간다. 그러고는 시체를 거둬들여 온 방향으로 돌아간다. 헬리콥터도 경비정도 그쪽으로 향한다. 그렇게 하여 그 경비정이 외국 선적이 아니라는 것이 분명해졌다. 겉보기에는 적국의 배 같지만 내용물은 아니다. 그들은 모두 동지였던 것이다. 섬의 반대쪽에 대기하고 있는 순양함 역시 그렇다. 그들의 작전은 성공리에 끝났다. 파

---

* 물 위나 땅 위를 닿을락 말락 하게 떠서 나아가는 수륙양용 배.

도 사이로 언뜻언뜻 보이는 것은 잠망경이리라. 그것도 조용히 현장을 떠나간다.

너는 그제야 사태를 파악하였다.

그럴싸한 미끼에 쉬 걸려든 네가 어리석었던 것이다. 선장을 포함하여 다섯 명의 남자가 깜박 속아넘어갔다. 선장 자신은 아마 마지막 순간까지도 자기가 속이는 쪽에 있다고 믿고 있었으리라. 너는 이제 안다. 두 나라 사이를 이간질하기 위하여 평지풍파를 일으킨 이 계획이 누구의 손에 의하여 주도면밀하게 준비되었는지 대충 짐작이 간다.

너는 무사하다.

어쩌면 마지막이 되었을지도 모르는 세상에 너는 머물러 있다. 관계자는 모두 너 하나만 현장에 남겨두고 어디론가 가버렸다. 아마 헬리콥터와 호버크라프트는 순양함에 실리고, 가짜 경비정은 서둘러 침몰시켰을 것이다. 그리고 잠수함은 일의 진행을 방해하거나 목격한 배는 같은 편이고 뭐고 할 것 없이 어뢰로 처리한다는 임무를 다하고 바닷속 깊이깊이 잠수했을 것이다.

너는 가라앉지 않는다.

너는 마치 해파리처럼 느긋하고 편안하게 도깨비불이 떠다니는 바다에 떠 있다. 너는 태평하게 휴식을 취하고 있다. 신변의 불안을 한탄하는 일은 없다. 너무도 갑작스러운 일에 공포심이 마비된 것일까. 아니 그렇지는 않은 듯하다. 과거 너는 꿈속에서 이와 비슷한 사태를 종종 보았다. 이번에도 같은 꿈을 꾼 것이라고 생각한다.

너는 떠 있기 위한 노력은 하지 않는다.

손발도 전혀 움직이지 않는다. 구명동의도 입지 않았고 붙잡을 것도 없는데, 언제까지고 그렇게 떠 있다. 여러 번 읽을 가치가 있는 시집이, 오래도록 너의 정신적 기둥이 되어온 『원숭이 시집』이 지금은 너의 육체를 떠받치고 있다. 그 자그마한 책은 물을 한 방울도 빨아들이지 않을 뿐만 아니라, 한 쪽 한 쪽이 예사롭지 않은 부력을 지니고 있다. 더구나 바지 주머니 안에서 너의 가슴속으로 직접 이런 말을 보내고 있다.

이렇게 되었으니 이제 운명은 하늘의 손에 달려 있다.

그렇게 말하면서 너를 격려하고 있다. 맞는 말이라고 생각한다. 지금의 너한테는 그보다 적합한 말이 없다.

어처구니없는 밤이 아직 계속되고 있다.

너의 어처구니없는 운명도 아직 계속되고 있다. 표표한 수평선 저 너머까지 드넓게 퍼져 있는 야광충 떼들이 너의 인생을 조롱하고 있다. 하늘에 초롱초롱한 별들이 해봐야 소용없는 말을, 예를 들면 "좀더 주의해야 하지 않는가"란 유의 말을 늘어놓고 있다. 그러나 너는 그 이상 침착할 수 없을 정도로 침착하다. 그리고 급한 조류에 몸을 맡기고 있다. 아무리 둘러보아도 섬은 보이지 않는다. 방금 전까지의 그 소동은 무엇이었을까.

사방은 아무 일 없었던 듯 고요하다.

바닷물을 그렇게 차갑지 않다. 오히려 미지근한 물에 잠겨서 속세의 마음고생에서 벗어난 것처럼 편안한 마음이다. 너는 『원숭이 시집』만 갖고 있으면 절대로 가라앉지 않으리란 자신이 있다. 그 책은 어부의 부레 역할을 하고 있는지도 모른다. 아니면 훨씬 더 굉장한 힘을 발휘하여 너를 지켜주고 있는지도 모른다. 상어가 가까이 오지 못하게 한다든가, 조류의 방향을 일시적으로 바꾼다든가⋯⋯ 오히려 몸에 걸치고 있는 것들이 방해가 된다.

너는 구두를 벗는다.

이어 선장이 나누어준 작업복을 벗는다. 속옷도 양말도 전부 벗는다. 알몸이 된 너는 수생동물처럼 바다에 녹아 있다. 부력이 한층 높아진다. 너는 둥실 떠서 가슴에 얹은 시집을 편다. 야광충이 발하는 빛과 천체의 빛으로 조그만 글자라도 쉬 읽을 수 있다. 이런 말이 쓰여 있다.

흐르는 자는 멸함을 두려워해서는 안 된다.

그것만 두려워하지 않으면 결코 고이지 않는다.

육체가 멸한다고 그대의 존재 전체가 종국을 고하는 것은 아니다.

이 세상에서의 죽음은 다른 생으로 통해 있으니.

너는 다시금 한 꺼풀 벗는다.

구사일생으로 목숨을 건질 때마다 너는 변한다. 그것도 내면이 바람직한 형태로 변해간다. 불꽃놀이 때, 폭발로 호수에 내던져졌던 너와 지금의 너는 아주 다르다. 상황은 비슷하지만 하늘과 땅의 차이다. 너는 너 자신을 초월하면서 성장하고 있다. 나는 그렇게 생각한다. 그런 의미에서 이 세상은 상당한 의미를 가지고 있다. 적어도 너의 생애는 죄 많은 몸으로 끝나지 않을 것이다. 실의에 빠져 스스로 목을 맨 여자의 배 속에서 태어난 자라고는 도저히 여겨지지 않을 만큼 너는 듬직하고 표표하게 살아 있다.

너는 지금 경탄할 만한 침착함으로 진퇴양난의 재난 가운데 있다. 쉬운 일이 아니다. 팔굉일우八紘一宇*라는 시대착오적인 사상이 재연되기 시작한 나라와, 침략의 위협을 절절하게 느끼고 있는 나라 사이에 가로놓인 바다에서 오늘 싸움의 불씨가 번졌다. 아니 스스로 획책하고 스스로 연기한 싸움이 벌어졌다. 삼군을 장악하고 있는 땅딸보는 드디어 폭거를 일으켰다. 그의 명령을 받은 관계자들은 예정대로 사건을 일으켰다. 생각만 해도 속이 뒤집힐 만큼 비열한 공작의 증거는, 너를 제외하고는 남김없이 바닷속으로 가라앉고 말았다. 덧없는 최후를 맞이한 선장은 벌써 물고기밥 신세가 되었을 것이다. 그러나 인양된 세 떠돌이의 시체는 다시금 이용될 것이다. 그들이 고용된 이유는 시체가 되었

---

* 2차대전 때 일본이 자국의 해외 진출을 정당화하기 위하여 표방했던 구호.

을 때의 값어치 때문이다.

너의 눈은 날카롭다.

너의 이마 한가운데 있는 별 모양 점과, 그 안쪽에 있는 투명한 전두엽이 음모의 내용을 낱낱이 꿰뚫고 있다. 텔레비전의 임시 뉴스나 신문의 호외로 사용될 영상을 너는 손에 잡을 듯 예견한다. 너의 두 눈에 또렷하게 보이는 것은, 이웃 나라의 경비정으로 위장한 너의 나라의 경비정에 의해 격침된 일장기를 단 배…… 바다 위에 떠 있는 선원들의 무참한 시체…… 그들의 얼굴 사진이 붙어 있는 위조된 선원수첩…… 그리고 네 귀가 듣고 있는 것은 땅딸보가 국민에게 "저렇듯 무고한 목숨을 아깝게 보내도 좋은가"라고 외치는 탁한 목소리다.

도처의 기지에서 정예 부대를 열병하고 있는 사령관의 모습이 너를 통하여 나한테도 보인다.

정부는 불과 일주일이면 국내외에 어떤 억지라도 부릴 수 있는 막강한 체제를 확립할 것이다. 적어도 양국의 상호불가침 조약을 파기하기 위한 계기와 평화를 교란하기 위한 구실은 생겼다. 더구나 이번 일로 사고력이 부족한 그 땅딸보는 밀실에서 누구와 의논하지 않고도 불순분자나 실력이 필요 이상 비대해진 동지를 일소할 수 있게 되었다. 이미 어느 누구도 그의 오만한 콧대를 꺾을 수 없을 것이다. 당분간은. 국군을 통솔하고 있는 그는 약소한 근린 제국에서 발발한 내란에 개입한다는 독재자의 정공법을 내세울 것이다. 그는 틀림없이 핵무기의 힘을 빌리지 않고도 쉬 이길 수 있는, 소규모 해전부터 벌일 것이다.

너는 앞날을 내다볼 수 있게 되었다.

시국에 대한 너의 식견은 정확하다. 예측이 불가능한 정세의 와중에서 너의 식견은 정치평론가의 견해를 훨씬 능가한다. 대부분의 실권을 장악한 직후 드디어 본성을 드러내기 시작한 땅딸보…… 점령지에서의 군정…… 살상되는 무고한 민중…… 피비린내나는 일련의 승리를 더할 나위 없는 호재로 하여 속등하는 주가…… 진리와 진실에 대한 통제…… 마침내 양산 체제에 돌입한 무기와 탄약…… 기뻐 날뛸 줄은 알아도 수치와 부끄러움을 모르는 욕심 많은 국민.

그러나 너는 이런 시대에 태어난 것을 조금도 후회하지 않는다.

천추의 한이라 여기지도 않는다. 또 시대의 소용돌이에 휘말리게 된 것도 저주하지 않는다. 아무 일도 없이 지나가는 무료한 날들보다는 낫다고 여기고 있다. 바라는 바였다고까지 생각하고 있다. 너는 이 세상을 한껏 살고 있다. 이대로 표류하면 언젠가는 반드시 생사의 갈림길에서 헤매게 될 것이다. 그렇게 되기 전에 어느 해안으로 표착漂着할 확률은 아주 낮다.

그런데도 너는 두려워하지 않는다.

그런데도 너는 바다로 나온 자신을 어리석었다 나무라지 않는다. 포기하지 않을뿐더러 허세도 부리지 않고 초연하다. 잔혹한 세상에서 살아야 하는 입장에 무상의 기쁨마저 느끼고 있다. 너는 자신의 운명에 정나미가 떨어진다고 생각지 않는다. 기가 꺾이기는커녕 다음 시련에 맞서기 위한 투지로 불타오르고 있다.

바다는 너를 사리에 통달케 하였다.

이런 지경에서도 바다는 너를 만족시키고 있다. 바다로 나옴으로 하여 너는 시대의 과도기적 현상을 두 눈으로 직접 볼 수 있었고, 역사를 창조하는 대사건을 목격할 수 있었다. 일반 사람들을 무서워 떨게 할 중대한 사실을 너는 직접 보았다. 그러나 설사 목숨을 건진다 해도, 또 그런 기회가 주어진다 해도, 너는 오늘밤의 일에 대해서는 한 마디도 하지 않을 것이다. 신변의 안정을 보장한다 해도 발설하지 않을 것이다. 뜻하지 않게 잡게 된 국가 차원의 음모의 확증. 그것은 너한테는 어디까지나 개인적인 문제다. 그 이상의 아무것도 아니다.

너는 지금 뭉글뭉글 끓어오르는 분노를 즐기고 있다.

실로 완벽한, 과거에 한 번도 느낀 적이 없는, 격렬하고 기분 좋은 분노다. 그 분노의 중심에 놓여 있는 것은, 노리갯감으로 이용당하고, 견디기 어려운 수모를 당했다는 감정이 아니다. 예를 들어 지하실로 끌려가 굶어 죽을 뻔했던 당시에 끓어올랐던 분노와는 좀 성질이 다르다. 지금의 분노는 좀더 다른 의미를 지닌, 단순한 보복이 아닌 방향으로 가지를 뻗고 있다. 그러면서도 어디까지나 개인적인 분노다.

물론 너는 이 사건을 중시하고 있다.

이 사건을 그냥 보기만 하고 지나칠 생각은 추호도 없다. 이번 일은 목숨만 건질 수 있으면 천행이고 그것으로 모든 것이 끝날 수 있는 성질이 아니다. 흐르는 자에게 이는 체면에 관계되는 문제이며 일신의 영욕에 관계되는 중대사이다. 그뿐만이 아니다. 만일 살아서 어느 해안으로 표착할 수 있다면 그때는 일을 벌이지 않으면 안 될 것이다. 너는 진심으로 그렇게 생각하고 있다.

이미 너는 누가 적인가를 알고 있다.

오늘밤의 작전에 참가한 놈들과 그 작전을 짜낸 관계자들, 그들에게 명령을 내린 권력자만이 너의 적이 아니다. 곰곰 생각도 해보지 않고 국가의 명령에 복종하는, 떼지어 살고자 하는, 고이고 싶어하는 많은 사람들, 즉 너의 진정한 적은 이 사회다. 혼자서는 감당하기 어렵다 하여 세상도 시대도 사회도 등진 채 방랑의 나날로 돌아갈 수는 없다. 너는 그렇게 생각하고 있다.

나 역시 동감이다.

독립된 자존이 강한 자에게 이번 사건을 없었던 일로 한다는 것은 말도 안 되는 소리다. 체면이 서지 않는다. 백발의 늙은 원숭이한테도, 그리고 다른 누구보다 자기 자신에게 얼굴을 들 수가 없다. 흐른다 함은 도망을 뜻하지 않는다. 물론 목전의 자유도 중요하다. 그러나 그보다 중요한 것은 그 배후에 마치 공기처럼, 물처럼, 초목처럼 퍼져 있는 보편적인 자유다. 방금 너는 그것을 깨달았다. 동시에 진정 흐르는 자라면 무엇을 해야 하는지도 확연하게 깨달았다.

그런데 네가 사사한 상대의 의견은 다르다.

끝없는 자유를 추구하는 늙은 원숭이는 그 점에 관해 분명한 언어를 구사하여 이렇게 말한다.

　오늘밤의 일을 개인적인 원한 이상으로 확대 해석해서는 안 된다.

　행여라도 조국의 미래를 위하여 몸을 바치는 그런 자세를 취해서는 안 된다.

　요컨대 자기 자신만의 자유를 위해서 행동해야 한다.

　설사 개인적인 원한을 푸는 경우에라도, 직접 해를 끼친 자에 한해야 할 것이다.

　그렇지 않으면 모든 것이 거짓이 되고 만다.

　거짓은 자유를 흐리게 한다.

　그렇게 말하고 늙은 원숭이는 지겹도록 다짐을 한다.

　분명 일리는 있다. 그러나 너의 폐부를 찌르는 말은 되지 못한다. 특히 직접 해를 끼친 자에 한해야 한다는 부분이 마음에 걸린다. 일단 손을 댔다 하면 끝이 없다는 말은 이해가 간다. 그러나, 과거 네가 나이프로 숨통을 끊어놓은 남자는 얼마든지 누군가가 대신할 수 있는 촉매적인 인간에 불과하였다. 그는 재능은 있으나 덕은 없는 말단에 지나지 않았다. 그 정도 구더기 같은 놈들은 쓰레받기로 쓸어낼 만큼 많다. 그런 놈 하나 해치웠다고 상황이 변할 리는 없다. 그뿐인가. 너는 또다시 살해당할 뻔하였다.

　흐르는 자에게 시대는 악화일로를 걷고 있다.

만약 네가 이대로 아무 저항도 하지 않고 흐른다면, 국가한테 너란 놈은 대중 이상으로 다루기 쉬운 바보 얼간이가 된다. 이는 중요한 일이다. 그런 것은 나중 일이라고 할 수 없다. 나를 꺾는 데도 정도가 있다. 너는 내 생각 쪽으로 기울고 있다.

어차피 일을 벌인다면 원흉을 노려야 하지 않는가.

너는 그렇게 생각하고 있다. 급소 중의 급소를 찔러야 하지 않는가 하고 생각하고 있다. 이왕 하는 일이니 시대의 흐름을 바꾸는 그런 일을 해야 하지 않는가. 그런 생각은 뒤틀린 정열과 썩은 공명심에 휘둘려 저명한 인물을 표적으로 삼는 행위와 비슷할지도 모른다. 똑같이 보일지도 모른다.

그러나 본질에는 큰 차이가 있다.

흐르는 자는 제국주의나 천황제의 가부 따위는 논하지 않아도 좋다. 또 그런 압력에 대항하려 동지를 모아 비밀회담을 나눌 필요도 없다. 세상을 향하여 큰소리를 탕탕 칠 필요도 없다. 또 어떻게 해볼 도리가 없지 않느냐면서 오로지 뒷짐을 지고 있는, 조금은 제대로 되어 먹은 지식인들을 경멸할 필요도 없다. 너는 그저 진정한 자유의 정신을 지닌 개인의 힘이 어느 정도인지를 알려주기만 하면 되는 것이다.

너는 그러기 위해서는 어느 누군가를 호되게 혼내줄 필요가 있다.

설사 네가 이 세상에서 잊혀진 자라 해도, 비뚤어진 사고에 얽매여 생을 마감하는, 국가권력의 계략에 휘말려 맥없이 물러나는 개인이 아니라는 것을 가르쳐주어야만 한다. 그것도 장난삼아 혼내주는 미적지근한 정도가 아니라 완전히 쳐부수지 않으면 안 된다. 일거에 시대가 바뀌는 정도가 아니면 의미가 없으니 나중에 맥만 빠질 것이다.

이는 『원숭이 시집』에는 실려 있지 않은 말이다.

이는 내가 너를 향해 하는 말이다. 지금껏 쉬지 않고 성장한 너이기에 감히 고언을 한다. 아무리 얘기해봐야 소용없는 놈에게 이런 말을 할 법이나 한가. 지금까지 쓸데없는 간섭은 삼가왔지만 지금은 말해야겠다. 불꽃놀이 때 폭발 사고에서 살아남았던 것처럼 만약 이번에도 익사를 면하는 행운이 찾아온다면, 무슨 일이 있어도 너는 네 머릿속에서 소용돌이치고 있는 계획을 실행에 옮겨야 할 것이다. 너의 입에서 "처음부터 다시 시작하겠다"는 둥의 엉터리 같은 소리는 듣고 싶지 않다.

네 안에서 움터 고개를 쳐들고 있는 적개심은 내 뜻에도 합당한 것이다.

지금 그것은 피둥피둥 살이 쪄서 어정어정 걷는 그 땅딸보를 정확하게 조준하고 있다. 그는 사회의 변혁기를 교묘하게 이용하여, 오래도록 독기 없고 명랑활달한, 잘 꾸며진 인물을 연기해왔다. 그리고 직설적이고 간명한 말투로 저속한 청중에 영합하는 말을 뱉으면서 정적을 공격 일변도로 밀어내었고, 정사에 관한 모든 결사를 어둠에 묻었고, 끝내는 이 나라의 중추와 생사 여부 권을 장악하기에 이르렀다. 그는 민주주의를 무책임이란 한마디로 단죄하였다. 그리하여 중우정치에 도취되어 있는 국민이 숭앙하여 마지않는 위인이 되었다.

그는 이미 삼가고 조심해야 할 필요도 없는 위치에 있다.

일일이 실언을 취소하지 않아도 되고, 체결된 의안을 강행하려고 서두르지 않아도 된다. 또 정계의 장로를 자택으로 초대하여 융숭한 대접을 하지 않아도 되고, 질문이 핵심을 찌르는 순간 화제를 다른 곳으로 돌리지 않아도, 경관과 군인을 동원하여 군집한 대중을 해산시키지 않아도 된다. 구십구 퍼센트의 국민들이 국가의 대사를 관장할 수 있는 사람은 오직 그밖에 없다고 믿고 있다. 믿지 않거나 의심하는 자는 이 나라에서 살아갈 수 없다. 너같은 놈을 살려둘 리가 있겠는가.

선택의 여지가 없다.

살고 싶으면 너는 그 작자를 어떻게든 처리해야 할 것이다. 그렇지 않으면 죽는 길밖에 없다. 살기를 숨긴 미소 띤 얼굴이 주특기인 그 덕분에 격상된 천황은 방편으로 이용될 뿐인 복고조의 입장을 부여받아 그에 걸맞게 처신하고 있다. 영원한 평화를 지속하겠다는 황실의 거듭된 맹세는 오늘날에는 비난의 표적이 되었다. 반전사상이 다시 한번 대중의 주목을 받게 되는 날이 과연 앞으로 몇 년 후일까. 그때 과연 이 나라는 독립된 하나의 나라로 존재하고 있을까.

인류의 보편적 공통점은 투쟁을 위한 폭력이다.

처음부터 승산이 없는 게임이라 여기고 전쟁을 시작하는 자는 흔치 않다.

이미 국가 기밀의 일부를 알고 있으며, 흐르는 자의 앞길을 저지하는 자가 누구인지를 알고 있는 너이지만, 그러나 밤바다에 알몸으로 표류중인 상태로는 어떻게 손쓸 길이 없다. 숙고하여 단호히 결행할 수 있게 된 너지만 물 위에 떠 있기가 고작인 꼴로는 아무것도 할 수 없다. 이런 식으로 너의 일생이 끝난다면 정말 뭐라 말할 수 없이 아쉽다. 지금까지 목숨을 연명해왔으니 어떻게 좀 해주었으면 싶다. 시원스럽게 소망한 바를 이루는 대단원을 맞이해주었으면 좋겠다.

다행히 수온은 높고 파도는 잔잔하다. 식인 상어가 나타날 기미도 없다.

지금은 그저 빠르게 움직이는 조류에 떠내려갈 뿐이지만 정갈한 마음은 강렬함으로 충만하다. 그 강렬함은 엄청난 기세로 가연성의 사상을 키우고 있다. 너에게 끊임없이 영향을 끼치고 있는 것은 무엇인가. 만물의 근원을 정한 자가 존재하는지는 차치하고, 너를 이렇게까지 변화시킨 것은 누군가. 그자가 인간이 아님은 분명하다. 책의 세계에 사는 원숭이인가. 아니면 현실을 사는 원숭이인가. 너와 원숭이의 인연은 어떻게 된 것인가.

나라의 근본을 정하는 것은 인간이지 원숭이가 아니다.

너 또한 그 인간의 한 명이지 원숭이의 한 마리가 아니다. 그리고 너는 일본인의 특성을 고루 갖춘, 중용을 존중하는 자의 한 명이다. 내가 뭐 너를 통하여 인류의 기원을 탐구하려는 것은 아니다. 원숭이와 종이 한 장 차이인 인간이 무엇을 뜻하는지 알아봐야 딱히 이렇다 할 일은 없다.

그렇다. 나는 너의 운명을 즐기고 있다.

너의 운명은 순일무구한 이론을 따라 만사형통하게 진행되고 있는 것은 아니다. 또 생의 모든 국면이 너에게 유리하게 전개되고 있는 것도 아니다. 그 대부분은 상당히 순조롭지 못했고, 그 대부분은 지나간 시간에 가차 없이 짓밟히고 말았다. 네가 취하고 있는 태도는 유아독존과도 다르다. 너는 뭐라 명백히 말할 수 없는 크고 작은 인과관계에 포위되어 있다. 나 같은 외부 인사가 비집고 들어갈 여지가 있다고도 없다고도 할 수 없다.

너의 행동을 결정하는 것은, 놀랄 만한 직감력이다.

너는 신중을 기하고 숙고하여 행동하지 않는다. 그렇다고 자포자기한 심정으로 일을 벌이지도 않는다. 너의 이마 한가운데 있는 별 모양 점은 네가 태어나면서부터 마음의 상처를 지닌 인간이라는 좋은 증거다. 그러나 그것은 또한 감각기관이기도 하다. 지금까지 너는 그 점을 통하여 신시대의 맥박을 민감하게 감지할 수 있었다. 사건의 본질을 꿰뚫을 수 있었고, 사소한 친절을 자랑으로 삼는 자들의 의도를 간파할 수도 있었다. 그리고 고여 있는 자들로 치자면 천 명 이상분의 자극을 얻었고 몇 번인가 목숨을 구하기도 하였다.

그러나 이제 더는 없는지도 모르겠다. 이걸로 끝인지도 모르겠다.

아무리 시간이 흘러도 배 한 척 나타나지 않는다. 섬들이 군데

군데 있는 해역으로 흘러들지도 않는다. 설령 바로 근처를 지나는 배가 있다 해도, 승선원 누구 하나 검은 바다에 떠 있는 검은 머리통을 알아채지 못할 것이다. 네가 있는 힘을 다해 소리를 지른다 해도 그 목소리는 엔진 소리에 지워지고 말 것이다.

이제는 야광충도 없다.

물의 빛은 말할 것도 없고 항공기의 불빛도 보이지 않는다. 하늘을 향해 누운 자세로 표류중인 너는 무량한 생각을 담고 쏟아지는 별을 바라보고 있다. 별들로 뒤덮인 천체가 투명한 직조물처럼 너의 영과 육을 덮고 있다. 너는 여전히 자신의 심각한 상황을 만끽하고 있다. "이런 곳에 오래 있을 필요는 없다"란 따위의 말을 중얼거리지 않는다. 네 가슴속에서 진짜 적에 대한 대항책이 떠올랐다가는 사라지고 사라졌다가는 다시 떠오른다. 죽을 마음이 없다.

흐르는 자에게 이정표는 필요 없다.

백발의 늙은 원숭이가 그렇게 말하고 있다.

너의 현재 위치를 파악하고 있는 것은 너 자신이 아니다. 『원숭이 시집』이다. 그것은 십칠 세기까지 사용되었던 항해용 천체관측기인 아스트롤라베보다 훨씬 정확하다. 그런데다 네가 도착할 곳까지 이미 알고 있는 모양이다. 그래 봐야 고작 한 권의 책일 뿐인데, 배와 나침반의 역할을 동시에 하고 있는 모양이다. 하지만 한계는 있다. 잠이 쏟아져 부력이 떨어진 너를 더는 버텨내지 못하고 있다.

잠들어서는 안 된다.

누군가 너를 부르고 있다. 여자다. 그 여자는 물 위에서 손짓하고 있다. 입을 빠끔거리는 것을 보아 무슨 말인가 하고 있는 것이리라. 그러나 목소리는 들리지 않는다. 너의 눈길은 여자에게 고정되어 있다. 그녀가 누구인지 몰라 너는 고개를 갸웃하고 있다. 나는 단번에 알았다. 너는 열심히 기억을 더듬고 있다. 그러나 아무래도 기억이 나지 않는다. 그럴 만하다. 그녀는 너를 낳은 어머니다. 죽음의 에너지로 본의 아니게 너를 낳아버린 여자다.

이제 급속도로 기운을 잃어 가물거리는 너의 눈꺼풀이 닫히고 만다.

몸의 자세가 수직으로 바뀌더니 고개가 앞으로 푹 고꾸라진다. 코로 물을 들이마셔 쿨럭거린다. 그렇게 쿨럭거리다 잠시잠시 정신이 돌아온다. 너를 낳아준 어머니가 나타날 때마다, 그녀가 손짓할 때마다 너는 수마에 무릎을 꿇는다. 이대로 가다가는 너에게 죽음의 사자가 찾아오는 것은 시간문제다. 방랑으로 애써 얻은 해답이 제 모양을 이루지도 못하고 바닷속으로 가라앉는 것인가. 진짜 적이 무엇인지를 안 지금, 이대로 생의 막을 내리려는가.

그럼에도 너는 『원숭이 시집』을 놓지 않는다.

너의 혼은 흐물흐물한 유동체로 변하고 있다. 너는 토막토막 끊긴 꿈을 꾼다. 꿈의 박편이 눈발처럼 네 주위를 날고 있다.

젖먹이인 너는, 지금 들판에 핀 알록달록한 꽃에 둘러싸여 달콤새콤한 과즙을 쪽쪽 빨고 있다.

소년인 너는 지금, 정액보다 몇 배는 끈적한 수액을 온 손가락에 묻히고 숨이 막힐 듯한 녹음 속에 잠겨 있다.

그리고 너는, 안채가 움푹 들어가 있는 집 한 모퉁이에서 하얀 잠옷을 입고 웅크린 채 먼 데서 울리는 천둥소리를 듣고 있다.

너는 툇마루에 걸터앉아 막 끓인 차를 마시면서 한숨 쉬고 있는, 남들보다 두 배는 자식에게 정성을 쏟는, 그럼에도 어딘가 애처로워 보이는 부모의 모습을 물끄러미 바라보고 있다.

그리고 너는, 나뭇가지 끝에 줄을 묶고 목을 매단 여자를 본다. 추태의 종말을 멋들어지게 연기한 여자를, 너는 지금 바로 아래서 올려다보고 있다. 너희는 남남이 아니다. 길게 늘어진 탯줄이 너희 두 사람을 잇고 있다. 아직 살아 있는 듯한 죽은 자의 얼굴은, 차마 데리고 가지 못한 자기 자식에게 마지막 자애를 베풀려 하고 있다. 그녀는 늪을 끼고 정면으로 우뚝 서 있다. 족히 천 년은 살았을 거목에게 너의 생명과 운명을 고스란히 맡기려 하고 있다. 네가 질러대고 있는 기운찬 첫 울음소리는 나뭇가지 사이로 스미는 얼룩 한 점 없는 무구한 황금빛을 받아, 이 세상에 적지 않은 영향을 끼칠 에너지 입자가 되어 온 숲으로 흩어지고 있다.

너의 꿈은 계속된다.

한없이 사선에 다가가고 있는 네가 꾸는 꿈, 그것을 화려하게 수놓고 있는 것은 불꽃이다. 그것도 그냥 불꽃이 아니다. 너 자신의 손으로 점화한 불꽃이다. 마른침을 삼키며 수많은 별들이 흩어지듯 연이어 터지는 불꽃의 명멸하는 빛을 지켜보는 너의 이마에 구슬 같은 땀방울이 맺힌다. 사방으로 튀는 불똥이 마치 쏟아지는 비처럼 사방팔방으로 내리고 있다. 너는 흑색 화약이 폭발하는 화산의 폭발음과도 같은 울림과 파괴의 냄새에 도취되어 있다.

불꽃의 꿈을 마지막으로 너는 끝내 깊은 잠에 빠져든다.

『원숭이 시집』은 아직도 너의 손에 있다. 그것은 이제 너의 몸의 일부로 화했는지도 모르겠다. 백발의 늙은 원숭이는 이제 너의 편이 아니란 말인가. 구제할 가치도 없는 인간이라 판단하고 포기한 것일까. 아니면 그냥 놔두는 것이 너를 위한 길이라고 생각한 것일까.

바닷물이 코와 입으로 침입해와도 너는 이제 고개를 들지 않는다.

이제 모든 일이 다 틀린 것인가. 이대로 흘러 어디 먼 해안으로 표착한다 해도, 그때는 이미 해안으로 밀려올라간 유기 비료이든가 몰매 맞아 죽은 들개 이하가 되어 있을 것이다.

그건 너무하다.

너는 그렇게 생을 마감하려고 이 세상에 태어났던가. 너의 생애는 대해원 한가운데서 소리도 없이 막을 내리는 것인가. 아니 반드시 그렇다고만은 할 수 없다. 아직 가능성은 있다. 나는 방금에야 그렇다는 것을 깨달았다. 거의 죽어가고 있는 너는 자각하지 못할 테지만 나한테는 분명하게 보이고 있다. 너의 두 눈이 완전히 감기는 그 순간, 미간 바로 위에 있는 그 점이 한 줄기 희미한 빛을 발하기 시작하였다.

그 빛은 야광충이 발하는 빛이나 도깨비불과는 달랐다.

루비에서 쥐어짜낸 빛처럼 확산되지 않고 일직선으로 날아가 잠시 사방을 헤매다가 이윽고 바다 위의 한 점을 비춘다. 그리고 파도가 아무리 너를 흔들어놓아도 미동도 하지 않는다.

그러자, 보라.

그 빛에 이끌리듯 무슨 시커먼 덩어리가 쑥쑥 다가오고 있는 것 아닌가. 움직임은 살아 있는 것 같은데, 그러나 상어나 거북은 아니다. 나무다. 한 아름이나 되는 나무토막이 마치 의지를 지닌 생물처럼 너를 향해 다가오고 있다. 수피가 벗겨져 있어 무슨 나무인지는 모르겠다. 그러나 처음 보는 종류는 아니다. 그렇게 검은, 속까지 검은 나무를 잊을 리가 없다. 그 나무와 같은 종류다. 네가 거대한 원숭이를 조각하여 절에 남기고 온 그 나무토막과 같은 종류다.

그 어둠보다 더 검은 나무는 너를 업기라도 할 듯 네 몸 아래로 파고든다. 부력을 되찾은 너의 입과 코로 공기가 드나든다. 이리하여 폐와 위가 바닷물로 가득 찰 염려는 없어졌다. 흐르는 나무는 미지근한 온기까지 품고 있어, 나무를 껴안고 있는 네 체온을 정상으로 유지하고 있다. 너는 『원숭이 시집』을 손에 쥔 채 곤하게 잠들어 있다.

하지만 온 사방이 다 바다라는 점은 변함이 없다.

　　　　　　　　　　　　*

　맹렬하게 기승을 부리고 있는 폭염도 녹음이 울창한 우리 숲으로 하여 비명을 지르도록 하지는 못한다.

　비옥한 지표를 가득 덮은 초목은 모두 아무 탈 없이 증식에 정진하고 있으며, 정적靜的으로 보이나 실은 가변성에 찬 생존경쟁을 만끽하고 있다.

　적어도 이 숲에서 현저하게 생명력을 잃은 개체는 하나도 볼 수 없다.

　어떤 식물이든 서로의 기운을 겨루고 남에게 얽매이지 않는 독립의 정신을 유지하고, 각기 온갖 방법으로 유전자의 기대에 부응하면서, 하늘의 은총을 조화롭게 누리고 있다. 그리고 그 모두가 인연과 공손함과 조심스러운 마음으로 굳게굳게 맺어져 있다.

나는 동물들에게 말하고 싶다.

특히 인간들에게 말해주고 싶다.

"식물의 세계를 가벼이 여기지 말라!"고.

모든 생명이 우연과 필연의 도태만으로 성립한다고 생각하는가.

광대하면서도 더없이 폐쇄적인 암흑의 대우주 안에서 다양한 조건으로 한정된 생명인 우리가 아무 목적도 없이 고립된, 기적적인 존재라고 생각하는가. 각기 제멋대로 자신의 가치를 선택하지 않으면 안 되는, 극미한 입자로 이루어진 애처로운 존재라고 생각하는가.

만약 그렇다면, 유감천만이다.

성급한 결론을 내려서는 곤란하다. 식물, 동물, 인간, 사물, 여러 가지 현상과 작용과 그들의 활동을 단지 그뿐으로 간주하는 것은 너무도 경솔한 생각이다. 그 활력, 위력, 생명력, 주력呪力, 초자연력을 감득하는 기상과 태도야말로 중요한 것이다. 온천에 사는 생물과 생물암生物巖 사이에 아무 연관이 없다고 생각하는 것은 잘못이다. 촉수동물과 썩어가는 나무가 껄끄러운 관계라는 견해도 옳지 않다.

백 보, 아니 천 보 양보하여 조물주인 자가 실재한다고 치자.

그리고 그 작자가 온갖 생물에게 압력을 가하고 있다고 치자. 이 세상이 그런 얼개로 성립되어 있다면, 그건 얼토당토않은 일이다. 장난이 지나쳐도 한참 지나치다. 그 작자는 숭앙할 가치 없는, 그저 바보 얼간이보다 훨씬 처치곤란인 골칫덩어리이며, 살고자 하여 사는 생물들이 총합세하여 배제하지 않으면 안 될 원흉 중의 원흉이다. 과연 그렇게까지 잔혹한 작자가 있을 것인가.

결국 그 작자는 인간들의 어설픈 지능이 만들어낸 환영에 지나지 않는다. 악마나 귀신류도 마찬가지다. 천 년 동안에 용신이 비를 내렸다는 둥, 이 세상을 우려한 나머지 여신이 나타났다는 둥 기담은 수도 없이 들었지만, 그러나 그것들은 불안에서 비롯된 망상이었다. 너무도 급진적인 인간이란 종족의 부귀영화는 이제 막 시작되었을 뿐인데 급하게도 쇠퇴의 길로 기울어가고 있다.

전세에서 저지른 악의 업보라고나 해야 할까.

인간은 아직도 가장 중요한 진리에 이르지 못했다. 육체는 왜 혼을 필요로 하고 혼은 왜 육체를 필요로 하는지, 그런 것조차 알지 못한다. 죽음이야말로 중생을 구제하는 유일한 길이라는 것을 아는 자는 흔치 않다. 이 세상에 살아남는다는 것은 중대하고도 대단한 문제다. 그 점은 인정한다. 그러나 동시에 아주 가볍고 극미한 문제라는 것도 잊어서는 안 된다.

이는 나 혼자 중얼거리는 말이 아니다.

나는 너에게 말하고 있는 것이다. 무성하게 잎을 달고 있는 나는 지금, 천 년째에 비로소 핀 하얀 꽃에 뒤덮여, 이 덧없는 세상의 한가운데 싱긋 웃지조차 않는 목석처럼 서 있다. 때로 불어오는 열풍을 온몸으로 받아 무한한 잎사귀를 살랑살랑 흔들며, 모태를 떠난 지 얼마 되지 않은 좌우 대칭형의 너를 내려다보고 있다. 너의 숨구멍이 떨리듯 움직이고 있고, 문득문득 생각났다는 듯 울거나 손발을 파닥거리는 것을 보아 너는 아직 살아 있다. 너의 신선한 육체를 돌고도는 혈액과 임파액 그리고 기氣라 불리는 유익한 암흑물질은, 무엇보다 개인의 자유를 우선하고자 하는 정열가의 그것이며, 흐르는 자로서 파란에 찬 일생을 보낼 소지를 지니고 있다.

너는 위대한 영웅이 되기 위하여 태어난 자는 아닌 듯하다.

대단한 부를 축적하기 위하여 태어난 자도 아닌 듯하다. 또는 세상의 지인들에게 널리 호소하는 효력 있는 말을 지니고 태어난 자도, 그저 세상에 묻혀 사는 목석의 한 명이 되기 위하여 태어난 자도, 요행히 소망한 바를 이루기 위하여 태어난 자도 아닌 듯하다.

그러나 고귀하게 태어난 너는 흐르는 자가 될 것이다.

용맹한 자나, 정신력이 강한 사람이나, 고등한 떠돌이나, 존귀하고 이름이 높은 사람들의 대열에 끼는 일은 없을지라도, 언젠가는 반드시 빛나는 날이 있을 것이다. 선택의 여지가 별로 없는 이 별에 사는 수억 인간들 속에서, 너는 반드시 눈부시게 빛나는 한순간을 얻을 수 있을 것이다. 네가 발하는 광휘는 전장에서 이름을 떨친 청년의 가슴을 장식하는 훈장보다, 민족 독립의 총알받이가 된 위령비보다 몇 배 몇십 배 강렬할 것이다.

그런 기분이 든다.

그리하여 나는 지금 이십몇 년 후의 너의 모습을 똑똑하게 보고 있다.

죽음을 두려워하지 않는 다부진 얼굴에, 이 세상의 얼개를 터득한 너의 모습이 보인다. 어두컴컴하고 좁고 무더운 구멍에 두더지처럼 파고들어가, 꼼짝 않고 숨을 죽이고 있는 너의 모습이 낱낱이 보인다. 그렇다고 또 누군가에게 붙잡혀 그런 곳에 갇힌 것은 아니다. 죽어 무덤에 묻힌 것도 아니다. 파도에 밀려 해안으로 올라온 신원불명의 익사체로 연고자 없이 매장된 것도 아니다. 그것은 네가 오랜 시간을 들여 스스로 판 구멍이다.

그렇다, 너는 아직 죽지 않았다.

그 바다에서 어떻게 탈출했는지는 모르겠으나 아무튼 너는 아직 시퍼렇게 살아 있다. 그것도 그냥 살아 있는 것이 아니라 무슨 터무니없는 일을 벌이려 하고 있다.

네가 놓여 있는 상황이 늘 그렇듯 조금씩 이해된다.

벼랑처럼 깎아지른 고갯마루의 북쪽 사면, 그 가운데쯤에 파인 동굴. 그런 곳에 동굴이 나 있으리라고는 아무도 눈치채지 못할 것이다. 밖에서는 전혀 알아볼 수 없게 되어 있다. 출입구가 하나도 없기 때문이다. 동굴을 다 완성했을 때 잔디로 감쪽같이 뚜껑을 만들었을 것이다. 다만 환기와 배수와 채광을 겸한 조그만 구멍이 몇 개 나 있어, 그곳으로 반원의 절반만큼 바깥 경치가 보인다.

사면 아래로는 완공된 지 얼마 안 된 고속도로가 지나고 있다. 전투기도 이착륙할 수 있는 도로다.

그리고 그 건너로는 푸른 바다가 펼쳐져 있다. 반짝반짝 빛나는 먼바다를 향하여 일직선으로 뻗어 있는 반도의 끝부분에는 참신하다고 하기 어려운 모양의 순백색 탑이 서 있다. 그 탑은 영령을 위로하기 위하여 졸속으로 건립되었다. 아무래도 이 나라는 또 무모하고 아무 득도 되지 않을 전쟁에 돌입한 모양이다. 누적하는 난제 때문에 궁지에 몰린 나머지 드디어 성급한 행동을 취한 모양이다. 그러나 이십 세기 마지막 전쟁 때와 마찬가지로 국민들은 이십일 세기 최초의 전쟁을, 혼란한 사태를 수습하고 번영을 되찾기 위해서는 회피할 수 없는 전쟁이라고 믿고 있을 것이다.

굉장한 더위다.

혹서가 굴절한 해안선을 한층 더 굴절시키고 있다. 아스팔트 노면은 사탕처럼 질질 녹아 흐르고 있다. 무더운 한여름의 대낮인데도 사방은 귀기 띤 정적에 싸여 있다. 온통 살벌한 분위기가 넘실거리고 있다. 막강한 경계 태세 탓이다.

요소요소에 경관과 군인이 배치되어 있다.

그들이 휴대하고 있는 총기는 언제든 발사 가능한 상태에 있다. 또 도로 양옆에는 천왕의 백성으로 불림을 받았다고 세뇌받은 동안의 병사들이 초동 진격을 장식할 날을 고대하면서 줄줄이 정렬해 있다. 해상에는 경비정이 우글거리고 있다.

사방이 일장기의 물결이다.

동원된 인원이 엄청나다. 그러나 관계자 누구 하나 너를 눈치채지 못하고 있다. 빈틈없이 일을 처리했기 때문이다. 그리고 충분한 시간을 들였기 때문이다. 오늘이란 날이 오기 몇 달 전부터 준비했기 때문이다. 너는 거의 밤에만 활동하였다. 밤에만 움직이면서 필요한 모든 것을 입수하였다. 확실한 정보를 얻어낸 것도 한밤중이었다. 술취한 경관이 혼자 중얼거리는 소리를 귀동냥하여 언제 누가 어느 길을 지나가는지 알아냈다. 그놈은 경호를 맡게 된 기쁨에 감격하여 질질 눈물을 짜고 있었다. 네가 슬쩍 미끼를 던지자 그놈은 술술 말을 뱉었다.

장소가 정해지자 다음은 동굴 파기였다.

파낸 흙을 반출해 버리는 장소를 물색하느라 고생하였다. 주머니에 넣어 짊어지고 사면을 기어올라가 소나무숲 사이에 골고루 뿌리는 작업을 매일 밤 계속하였다. 그 덕분에 경관들이 사전 조사를 하러 왔을 때 너는 이미 땅속에 있었다. 식량과 물, 그리고 일을 보고 처리할 수 있는 간이 화장실까지 함께 동굴 속에 있었다. 경찰견이 몇 번이나 네 위를 지나갔지만 조금도 의심치 않고 횡횡 지나갔다. 대량의 탈취제를 사용한 효과인지도 모르겠다. 아니면 너의 체취가 인간의 체취와 좀 달랐기 때문인지도 모른다. 어쩌면 너의 체취는 원숭이와 비슷한지도 모르겠다.

너는 한결같은 마음으로 오로지 때가 오기를 기다렸다.

대기하고 있는 동안, 매일처럼 소나기가 내렸다. 빗물은 거의 사면을 흘러내려갔지만 일부가 동굴 안으로 침투하였다. 빈 깡통으로 발치에 고인 물을 퍼내면서 너는 조마조마했다. 천장이 무너져내릴까봐 가장 염려스러웠다. 그렇게 되면 모든 것이 끝장이었다. 속이 훤히 보인다.

그러나 다행히 그런 일은 일어나지 않았다.

어둡고 좁고 눅눅한 곳에서 며칠을 지낼 수 있었던 것은 과거
네가 비슷한 체험을 한 적이 있기 때문이리라. 지하의 돌방에 갇
혀 있었던 날들의 체험이 크게 도움이 되었다. 어쩌면 너는 이날
을 위하여 흐르고, 이날을 위하여 필요한 것을 배웠는지도 모르
겠다. 이날을 위하여 태어났는지도 모른다. 이날을 위한 인생이
었는지도 모른다.

즉 너는 무모하게 흐른 것이 아니다.

엄지손가락만 한 구멍으로 새어들어오는 빛에 의지하여 너는
『원숭이 시집』을 몇 번이고 몇 번이고 읽었다. 너처럼『원숭이 시
집』도 무사했다. 황금색으로 빛나는 파도에 밀려 인적 없는 해변
에 도착했을 때 너는『원숭이 시집』을 손에 꽉 쥐고 있었다. 너를
짊어지듯 운반한 검은 유목은 그대로 다시 조류를 타고 먼바다로
사라졌다. 그때 너의 의식은 또렷했다. 정신을 잃기는커녕 파도
가 찰싹이는 해변에 도착하자마자 일어나 힘찬 걸음으로 걷기까
지 하였다. 알몸으로『원숭이 시집』한 권을 손에 쥐고 밤의 장막
을 헤치며 걷는 너의 모습은 실로 장엄하였다. 너란 놈이 그렇듯
장쾌해 보인 적이 없다. 이미 그때 너는 결심이 굳어 있었다. 무엇
을 향하여 돌진할 것인가가 이미 정해져 있었다. 그 결심은 지금
도 전혀 흔들림이 없다.『원숭이 시집』은 이견을 내세우지 않았
다. 오히려 너의 결의를 순수하고 바람직하다 여기고 지원의 말

을 아끼지 않았다. 잠복하고 있는 동안 단 한 번도 망설이지 않았고, 왕성한 투지를 불사를 수 있었던 것도 오로지 그 한 권의 책 덕분이었다.

백발의 늙은 원숭이는 이렇게 말했다.

도살장으로 끌려가는 소가 되지 말라.

그리고 또 이런 말도 하였다.

단독으로 이루어지는 일도 있다.

그런 말을 접할 때마다 너의 몸은 파르르 떨렸다. 물론 그것은 긴장으로 인한 떨림이었다. 그런 너에게 나는 공감한다. 이 세상을 살려고 하는 한 투쟁은 피할 수 없다. 투쟁에야말로 삶의 중대한 의미가 숨겨져 있다. 중요한 것은 그것이 개인의 의지로 선택된 좋은 성질의 투쟁이냐 아니냐 하는 점이다. 그것이 문제다. 그런 점에서 네가 시작한 투쟁은 책잡힐 것이 없다. 그래서 나는 네가 벌이고 있는 그 투쟁을 높이 평가하고 전적으로 지지한다. 이는 너 개인에서 비롯된 투쟁이기는 하나 언젠가는 국민 전체, 더 나아가서는 다른 나라의 국민에게도 지대한 영향을 끼칠 것이다.

지금 이 나라의 미래는 오로지 너의 양어깨에 달려 있다.

귀중한 사람의 목숨을 대가로 삼기에 적합한 투쟁이라 해도 전혀 과언이 아니다. 지금 네가 지형의 묘를 살려 은거하고 있음은 이미 일주일 전부터 도처에서 불침번을 서며 엄중한 경계태세에 들어가 있는 자들과 그들의 보호 아래 계획을 짜는 자들의 패배 가능성을 의미한다. 안이하게 실행에 옮겼다가는 당장 실패로 끝날 일이다. 그러나 너는 무슨 일이든 빈틈없이 해치울 수 있는 재주꾼이 되어 신중하게 계획을 짰고 세심한 주의를 기울여 준비를 갖추었다. 필요한 것은 모두 훔쳤다. 과거의 경험을 충분히 활용하였다. 성사 여부는 의심의 여지가 없다…… 그럴 것이라고 생각한다.

그러나 단정은 금물이다.

과연 해야 할 일은 빠짐없이 정확하게 해두었고 단호한 기개로 임하고 있다. 그렇지만 아직 그 기회를 얻은 것이 아니다. 아름다운 풍경이 바라다보이는 이 사면 아래 도로로 그들이 틀림없이 지나가리란 보장은 없다. 예정은 얼마든지 변경될 수 있다. '파란지구'의 잔당이 앞서 손을 쓰는 바람에 너의 계획이 수포로 돌아갈 수도 있다. 잠복에 지친 그들이 자포자기한 돌격을 시도할 수도 있는 일이다. 생매장당할 것을 두려워하는 자들은 흔히 그런 수단을 사용한다. 그런 식으로 성공하기란 어림도 없다.

이 투쟁은 흐르는 자로서의 한계를 넘는 것이 아니다.

발칙하기 짝이 없고 몰아내야 할 이질적인 사람은 네가 아니다. 그것은 집단적인 투쟁을 좋아하고 자유와 독립을 모독하는 투쟁을 즐기는 자들이다. 일반 사회에서 거듭 자행되는 추악한 투쟁은 대부분 그런 자들이 시작하는 것이다. 머지않아 그들이 나타난다. 그리고 네가 있는 곳 아래를 지날 것이다. 곶에 있는 위령탑으로 가는 길은 이 도로밖에 없다. 한 번 들은 것은 절대로 잊지 않는 너의 귀가 수집한 정보가 옳은지 그른지 이제 곧 판명될 것이다.

너의 마음속 침전물은 하나도 없다.

가슴에 뚫려 있던 바람구멍도 어느 사이엔가 다 메워졌다. 대신 응축된 정열이 넘실거리고 있다. 너의 태도는 지금 딱딱하게 굳어 있지도 않고, 너의 양심은 이완되어 있지도 않다, 너는 지금 실로 활짝 열려 있는 성격에 자유자재로 신축하는 혼을 지니고 있다. 너는 시큰둥한 얼굴에 짜증만 부리는 그런 자가 아니다. 너는 필요할 때에 적절한 판단을 내릴 수 있고, 그것을 실행에 옮길 수 있는 흐르는 자다.

곤드레만드레가 된 그 경관이 얼떨결에 흘린 정보는 정확했다.

드디어 그들이 나타났다. 필요 이상으로 엄숙하게 보이고자 애쓴 어마어마한 행렬이, 빛과 열의 소용돌이 속으로 나타났다. 급가속 성능이 뛰어난 오토바이를 거느린 검정 세단이 서서히 이리로 다가오고 있다. 앞 유리창과 고글이 햇볕을 받아 빛나고 있다. 자동차에 단 조그만 일장기가 관존민비官尊民卑의 악습과 그와 유사한 수많은 야만적인 풍습을 번들번들하게 드러내고 있다. 그들은 네가 동굴 속에 스스로 갇히기 전날, 국제조약을 몇 개나 파기하고 그다음 날에도 신헌법 선포 의식을 옛날식으로 치렀다. 이번

개헌이 국민에게 선정을 베풀기 위해서라는 것은 표면적인 이유에 불과하고, 그 진정한 노림수는 대대적으로 병사를 육성하는데 있었고, 더 나아가서는 이웃 나라를 당당히 침범하는 데 있었다.

여론은 일제히 전쟁으로 기울고 있다.

죽이지 않으면 죽는다는 논리가 활개를 치고 있다. 그러나 장기전에 돌입할 가능성을 예상하는 자는 적다. 몇 안 되는 제대로 된 사람들이 혹 주위에 밀고자가 있는 것은 아닌가 눈치를 보면서, 기어들어가는 모기 같은 목소리로 말할 뿐이다.

행렬이 다가온다.

그 행렬은 정계 재계의 중진들과, 국정을 총람하여 모든 권력을 마음대로 주무르고 있는 배불뚝이 땅딸보와, 그들의 손에 드높이 받들어 앉혀진 매부리코에 외까풀 눈의 남자와, 그가 아니라 그의 지위를 맹목적으로 숭배하거나 그런 척하면서 국록을 먹는 수하들과, 그 몇 배나 되는 경호원들로 구성되어 있다. 지금 그들을 음울한 눈길로 바라보고 있는 자는 이 나라에 너 한 명 정도밖에 없을 것이다. 그들의 죄를 단죄할 수 있는 자는 몇 명쯤 있을 수도 있겠으나 그 죗값을 치르게 할 수 있는 자는 아마 너밖에 없지 않을까.

깊은 생각을 결여한 자들은 그들이지 네가 아니다.

화가 나서 도저히 간과할 수 없는 자들이란 그야말로 그들을 가리킨다. 이대로 그들이 활보하게 놔두었다가는 대참사가 잇달아 발생할 것이다. 그에 비하면 이제 네가 그리려 하는 피바다는 그리 대단한 것이 못 된다.

시대는 벌써 당장이라도 변란이 일어날 듯 험악한 상태에 돌입해 있다.

악화일로를 걷고 있는 국제 정세는 시시각각 긴박감을 더하고 있다. 절대로 소행을 반성치 않으려는 위정자들은 과거 역사를 따라갈 데까지 따라갈 것이다. 그런 자들에게 대항하기 위해서는 역시 가는 데까지 가는 길밖에 없다. 필연적으로 그렇게 될 수밖에 없다. 네가 그렇게 함에 무슨 주저가 있으랴.

대전이 발발할 수 있는 계기는 얼마든지 널려 있다.

전쟁에서의 승리에 한 가닥 희망을 걸고 있는 이 섬나라 또한 빼도 박도 못 하는 사태에 직면해 있다. 국교를 단절당할 때마다 정부는 "외부에 대한 국민적 자립을!"이란 상투적인 슬로건으로 얼버무리고 있다. 그리고 얼마 전에는 약소국을 상대로 한 전쟁에서 이겼다. 대중은 이에 빛나는 전과를 거두었다고 군부 이상으로 우쭐해 있다. 앞장서 적진을 돌파한 소부대의 공명이 근래에 없는 쾌거로 회자되고 있다. 그 지역이 무방비 상태였으며 비전투원도 모조리 살해했고 부상을 입고 돌아온 병사들이 집단 자살한 건은 완전히 묵살당했다.

국민들은 죄업이 많은 몸이 되었다는 자각이 전혀 없다.

공세로 시종한 그 소규모 전투에서 목숨을 잃은 이 나라 병사의 수는 병력의 온존을 꾀하려는 파벌의 참고 수치도 되지 못했을 것이다. 그럴 만큼 미미한 손해였던 것이다. 그 탓에, 아니 언제 심신의 착란을 초래할지 모르는 뻔뻔스럽고 염치를 모르는 오직 한 명의 야심가로 인하여, 결코 편하지만은 않은 세상살이에서 해방되어 빈둥빈둥 세월을 보내는 아둔한 젊은이들이, 쾌감이 동반되는 퇴폐의 미학을 살육의 세계 속에서 찾고 있다. 한목숨 바쳐 나라에 보답하는 것이 순박하고 양순한 기질의 증거라고 믿고 있다. 그런 믿음이 털끝만 한 진리에도 미치지 못한다는 것을 그들은 깨닫지 못한다. 진정한 적이 그들을 포섭한 정부이며 자기 나라라는 것을 깨달았을 때, 이미 그들은 저세상의 흙이 되어 있을 것이다.

진짜 적의 생사를 거머쥐고 있는 자는 오로지 너뿐이다.

모래 범벅으로 푸석푸석한 머리카락이 덮고 있는 머릿속도, 땀으로 끈적끈적한 몸속도 불요불굴의 정신으로 충만해 있다. 모든 준비는 완벽하게 갖추었다. 이제 네가 시작하려는 일은 예속을 원하여 마지않는 자들에게 철퇴를 내려 그 사고의 근본을 뜯어고치려는 일이 아니다. 이제 네가 취하려는 행동은 결코 그렇게 표피적인 행동이 아니다.

너는 흘러내리는 땀을 막기 위해 맨 띠를 꽉 조인다.

그리고 피부에 밀착하여 움직임에 방해가 되는 셔츠를 짝짝 찢어 벗어던지고 알몸이 된다. 너는 행렬을 이루는 자들에게 또다른 전쟁이 있음을 보여주려 하고 있는 것이다. 물론 그들에게 흐르는 자의 근본 원리를 아무리 설명해봐야 헛수고일 것이다. 전혀 통하지 않을 것이다. 귀공자연하는 태도며 권력에 아첨하는 얄팍한 근성에 당장 거부당하고 말 것이다.

그들을 토벌하는 것은 조야한 행위도 아니거니와 무익한 살생도 아니다.

그러니 행여 도중에 물러서서는 안 된다. 너는 조국에 청신한 바람을 몰고 오고, 새로운 초석을 구축하기 위한 디딤돌이 되려 하는 것이 아니다. 하물며 이대로 살다가는 남자의 체면이 서지 않는다는 단순명쾌한 의협심 따위에 사로잡혀 큰일을 벌이려는 것도 아니다. 또 세상을 경원하고 고집스럽게 마음을 닫아왔던 자가 음험한 수단으로 세상에 앙갚음을 하려는 것도 아니다.

흐르는 물의 철학을 터득한, 기골이 장대하고 활달하고 큰 아량을 지닌 청년인 너.

그런 네가 하는 일에 뭐라 불평할 여지는 없다. 어느 사이엔가 너의 투쟁은 빚을 갚으려는 그런 단순한 수준을 벗어나 있다. 어느 사이엔가 너는 사심을 버리기를 원치 않는 너를 초탈해 있다. 그 증거로 너는 지금 그야말로 명경지수의 심경이다. 그 증거로 너는 실로 쾌청한 표정이다.

실행을 지연시킬 마음은 조금도 없다.

흐르는 자가 무엇과도 바꿀 수 없는 것은 개인의 자유다. 그러나 그 자유는 염세주의의 우울함에서 파생한 알맹이 없는 껍질뿐인 자유가 아니다. 네가 추구하여 마지않는 자유를 든든하게 뒷받침하고 있는 것은, 사악함 없는 마음이 기른, 그러나 조금도 답답하지 않고 거리낌 없는 자긍심이다. 너란 놈은 도거리로 취급할 수 있는 어리석은 자임과 동시에, 다섯 손가락 안에 꼽히는 철학자일지도 모른다.

너는 내가 은근히 기대한 이상의 네가 되려 하고 있다.

스스로 판 동굴에 갇혀 절박한 공기 속에 있는 너는, 인생을 일장춘몽으로 여기려는 자들과는 염연하게 다른, 기개 있고 도량이 큰 청년이다. 그런 너를 볼 수 있어 정말 다행이다. 정말 다행이다.

이제 마지막 독서라 생각하면서 너는 『원숭이 시집』을 손에 든다.

조그만 구멍으로 새어들어오는 한여름 정오의 햇빛이 무심히 펼친 페이지를 구석구석 비춘다. 너는 거기에 쓰여 있는 말을 탐독한다. 그 한 구절을 목청 높이 읽으면서 혼자 만장의 기염을 토한다.

이 세상에 의미가 있는지를 타인에게 물어서는 안 된다.

왜냐하면 그 대답은 그대 안에 잠들어 있으니.

이미 내가 쓸데없는 간섭을 할 필요도 없다.

앞으로의 일은 네 재량에 맡긴다. 마음껏 하고 싶은 대로 하라. 하늘이 놀라고 땅이 요동할 위업을 이루기 위한 준비는 완벽하게 갖추어져 있다. 빈틈은 전혀 없으니 일이 실패로 끝날 가능성은 만에 하나도 없을 것이다. 갑갑한 예복을 몸에 두른, 지위에 안달복달하는 사람들의 염치없을 정도로 화려하게 치장한 행렬이 바로 저기까지 다가와 있다.

너는 그들에게 과감한 공격을 가하기 위하여 숨을 고른다.

무수한 악조건을 하나하나 극복하고 드디어 때를 맞이하게 된 너한테 혼신을 다하여 용맹을 떨칠 순간이 다가오고 있다. 이마의 별 모양 점은 안광과 같은 빛을 발하고 있다. 뭍에서도 바다에서도 뜨거운 파동이 맹렬한 기세로 용솟음치고 있다. 전몰자의 영을 위로하기 위해 세운 순백의 탑이 이제 죽어갈 병사들을 싸늘하게 내려다보고 있다.

이리하여 일격의 순간이 등장한다.

네 손에 쥔 망원경은 이마가 벗어진 꼭두각시와 그를 교묘히 조정하는 뻐드렁니 땅딸보와 그들을 따르는 공격해야 할 자들을 차례차례 포착한다. 앞으로 일어날 일이 어떤 결과를 초래하든 전혀 내가 관여할 일이 아니다. 아니 어떤 답이 나온들 나는 그 모든 것을 지지할 작정이다.

행렬이 네 바로 아래로 접어든다.

너는 왼손을 『원숭이 시집』 위에 얹고 오른손을 단추식 스위치 위에 살며시 놓는다. 이어 너는 목청을 돋우어 전쟁을 선포한다. 말이 아니라 배 속 저 밑에서 쥐어짜낸 외침 소리다. 그 소리는 조그만 구멍을 통해 한여름 속으로 흩어진다. 뭐라 말할 수 없는 충족감을 느끼면서 너는 벅찬 가슴을 억제하고 오른손에 힘을 꽉 준다.

불안한 한순간이 있고 다시 한번 스위치를 누르려 할 때다.

사방 일대가 강렬한 빛에 휩싸이더니 경사가 급한 사면 지표에 균열이 내달린다. 그러자 연질의 지반 자체가 쑥 들어올려졌다. 네가 설치한 장치는 네가 바라던 대로 작동하였다. 모든 배선이 정확하게 제구실을 하였다. 무선과 유선으로 원격조정을 하지 않기를 잘했다. 사용한 화약은 전부 불꽃놀이용이었다. 어깨너머로 화약 다루는 법을 배워둔 것이 큰 도움이 되었다. 예전의 직장에서 대량으로 훔쳐낸 흑색 화약이 한꺼번에 폭발하였다.

귀청을 찢는 작렬음과 반투명 충격파가 퍼져간다.

그것은 고고한 영웅에게 보내는 송가가 되어 매끄러운 포물선을 그리며 한여름의 하늘 저편으로, 수평선과 지평선 끝으로 확산된다. 그 엄청난 기세에 튕겨나가 백일하에 드러난 너의 오체는 산산조각으로 부서지면서도 그 한 조각 한 조각은 여전히 흐르는 자임을 유지하고 있다.

그 검정 화약의 위력을 얕보아서는 안 된다.

양과 다루는 방법에 따라 이렇듯 엄청난 폭발도 가능한 것이다. 사면은 완전히 붕괴하여 내려앉았고 무너져내린 흙은 행렬의 중심부를 덮쳤다. 검은 연기가 흙먼지와 함께 뭉글뭉글 피어올라 하늘을 가린다. 그 속에서 유리 파편이 반짝반짝 빛난다. 자동차 창문이 날아간 것이리라.

자욱한 연기와 먼지 속에서 송장이 겹겹이 쌓이는 광경이 드러난다.

크고 작은 폭발이 잇따르고 있다. 도처에서 절규의 파동이 소용돌이친다. 숨골을 정통으로 맞아 즉사한 자, 치명상을 입은 자, 토르소 같은 몸이 되어버린 자가 여기저기 나뒹굴고 있다. 그들의 상처난 몸에서 선혈이 솟구치고 있다. 순직한 셈 치고 그들에게 꽃이라도 한 송이 던져주자. 그러나 나는 그들에게 조의를 표하지 않는다.

이 나라를 좌지우지하는 자는 멸망하였다.

요행히 목숨을 건진 자들은 한동안 정신을 잃고 아연해 있다가 겨우 자신의 직무를 떠올리고 보이지도 않는 적을 향해 총탄을 난사한다. 그러다 끝내는 저희끼리 총격전을 벌인다. 엄격한 군율을 잊고 뿔뿔이 도망치는 자들도 있다. 지금에 와서 비상망을 쳐봐야 때는 이미 늦었다. 저들이 잡으려고 하는 자는 이미 세상에 없다. 지금까지 몇 번이나 사선을 넘은 너도 이번만은 어쩔 도리가 없었다. 사방으로 흩어진 너의 살점은 하늘 한 귀퉁이에 공중누각을 짓고, 그후에는 하나도 남김없이 사라졌을 것이다.

너의 죽음은 이제 엄연한 사실이다.

나는 너의 요절을 아쉬워하지 않는다. 조사를 헌정하고 싶은 마음도 없다. 너는 마침 좋은 때에 갔다. 너의 태생에 어울리는 죽음이었다. 애당초 이 세상에 오래 살 네가 아니었다. 흐르는 자에게는 늙어 쓰러져 죽기보다는 이런 폭사가 어울린다.

아무튼 너의 노력은 결실을 보았다.

네가 취한 거친 행동, 과연 그것이 선견지명이 있는 행위였는지에 관해서는 아직 뭐라 말할 수 없다. 한층 더한 혼란을 야기할 뿐인지도 모른다. 다만 한 가지 분명한 것은 있다. 대폭발중에, 너의 예사롭지 못한 태생으로 마음 한가운데에 생긴 공간이, 가슴의 바람구멍이 완전히 메워져버린 것만은 확실하다. 여태껏 네가 걸치고 있었던 육체는 이 여름이 끝나기 전 미세한 생물들에 의해 분해되어 흙으로 변할 것이다. 거의 정체를 모르고 끝까지 흐를 수 있었던 너는 행운아다.

더욱이 행복하게도 너는 스물여덟이란 젊음으로 이 세상을 떠날 수 있었다.

장수라면 나한테 맡겨다오. 너를 대신하여 내가 얼마든지 살아주겠다. 그리고 여름이 찾아올 때까지 네가 죽은 해를 거꾸로 계산해보기도 하면서 너를 추모할 것이다. 나는 내가 본 너의 일생을 나이테에 또렷하게 새겨놓았다. 이십팔 년 후의 여름이 기다려진다. 그때 정말 그런 사건이 일어난다면 나는 수목을 대표하여, 아니 모든 생물을 대표하여 이렇게 감상을 말하리라.

"거성이 땅에 떨어진 느낌이었다."

무너져내린 흙을 위에서 내려다보면, 그것은 거대한 별 모양이다. 뜻하지 않은 재난을 당한 자들은 여전히 우왕좌왕하고 있다. 영문을 알 수 없는 소리를 질러대고 있다. 여기저기서 총성이 터진다. 그런 그들에게 나는 이렇게 말해주고 싶다.

"개인의 힘을 우습게 여겨서는 안 된다."

너에게는 늘 성전이었던 『원숭이 시집』은 무사하다. 그 산의 중턱까지 날아올라 잡목림 사이에 떨어졌다. 상처는 한 군데도 없다. 그때, 저 아래 세상에서 벌어지고 있는 소동은 아랑곳하지 않고 시집을 향하여 살며시 뻗는 손길이 있다. 아주 닮았지만 인간의 것은 아닌, 털이 무성한 손이 그것을 재빨리 주워올린다.

거기까지다.

내 안으로 제멋대로 날아들어온 영상이, 실상을 능가하는 영상이, 거기서 뚝 끊어지고 만다. 지금 내가 보고 있는 것은 나무 사이로 쏟아지는 햇살이다. 그리고 이 세상을 향하여 일사불란하게 우는 너의 목소리가 들린다.

너는 아직 살아 있다.

살아 외치고 있다. 그것은 이미 첫 울음소리가 아니다. 너는 세상을 향하여 자신의 존재를 강렬하게 어필하면서 나를 보지 못하면 안 된다고 소리치고 있다. 자신의 믿음에 만족하지 않고, 때로는 재미 삼아 살아보기도 하는, 탄력에 찬 흐르는 생애를, 너는 큰소리를 지르며 불러들이려 하고 있다.

나는 거듭 이렇게 말하며 너를 축복해주고 있다.

"잘 태어났다!"

그러나 현실은 너의 약점을 간파하고 있다.

너의 힘찬 외침 소리를 들어줄 사람은 아직도 나타나지 않는다. 자연을 개조하는 데 정열을 불태우며 아무런 거리낌도 느끼지 않는 남자들이 슬슬 숲에 나타나도 좋을 때다. 그런데도 아직 그 모습이 보이지 않는다. 여느 때 같으면 혐오스러운 대상이지만 오늘만은 그들을 기꺼이 환영해주리라. 너의 목숨과 우리 숲의 목숨을 교환해도 아깝지 않다. 정말이다. 너를 살려만 준다면 그들이 이 숲을 죽여도 상관치 않겠다. 진심이다. 골프장이든 스키장이든 저들 멋대로 개조해도 상관없다.

그러나 네가 그냥 이대로 죽어간다면 그건 너무도 안타까운 일이다.

나의 기대에 반하여 너를 덮치는 죽음의 그림자는 짙어질 뿐이다. 너야말로 살 가치가 있는 인간이다. 내가 살아온 천 년은 어쩌면 너를 만나기 위한 천 년이었는지도 모른다. 오직 그러기 위한 천 년이었는지도 모른다.

목매단 너의 어머니는 너한테서 눈길을 돌리고 있다.

자기 자식에게 얼굴을 들 수 없는 것이리라. 설령 그녀가 살아 너를 낳았다 해도, 싸구려 아파트의 구석방에서 무더위와 습기에 짓눌려 신문지 위에 너를 싸질러놓았다 해도, 너를 자상한 눈길로 보았으리란 보장은 없다. 설사 그녀가 이런 식으로 죽음을 자초하지 않았더라도 언젠가는 미친 사랑 끝에 동반 자살을 하게 될 것이다. 그녀를 욕되게 하고 싶은 마음은 없지만, 그녀는 언제든 자기 자신밖에 생각지 않는, 그런 이기적인 여자였다. 그러기에 심정을 헤아려줄 필요는 없다. 감은感恩의 마음을 표할 필요도 없다.

너를 낳은 것은 이 숲이다.

네가 탈수 상태에서 벗어나지 못하고 세찬 소나기를 맞아 숨통이 끊어진다면, 오늘 내가 본 저 소름끼치도록 생생한 영상은 대체 뭐란 말인가. 움직이고 싶어도 움직일 수 없는, 흐르고 싶어도 흐를 수 없는 숙명의 수목이 발작적으로 정신이상을 초래하여 강렬한 환각 작용에 빠진 것일까. 순순히 인정하고 싶지는 않지만 전혀 있을 수 없는 일은 아니다.

가령 그로 인한 영상이었다 해도, 너를 만나 행복했다.

정말 영광이었다. 마치 내 소망한 바가 이루어진 기분이다. 신목의 영역에 도달한 듯한 기분마저 든다. 너와 함께 지낸 반나절 남짓, 이 세상에 존재한다는 것에 대한 의문이 대개 풀렸다. 목숨을 부지할수록 미혹을 더할 뿐인 천 년은 오늘로 끝을 고했다. 앞으로 천 년이든 이천 년이든 그저 묵묵히 여기에 이렇게 우뚝 서서 지낼 수 있을 것이다. 그런 기분이 든다.

설사 네가 죽는다 해도, 내 안에서 나와 함께 살게 될 것이다.

그러기 위해서는 네가 짐승이나 새나 곤충의 밥주머니로 들어가서는 안 된다. 너의 어머니는 가능하면 곰과 여우와 까마귀 밥이 되거나 반묘의 밥이 되어 사라져주었으면 한다. 내 뿌리 끝은 네가 누워 있는 지면 바로 아래까지 뻗어 있다. 네가 지금 그 자리에서 흙으로 화해준다면 그 양분을 나는 남김없이 빨아들일 것이다. 그렇게 되면 너와 나는 일심동체가 되어, 위풍당당한 늙은 수목이 되어, 수목이기에 가능한 장수를 누리게 될 것이다. 그리고 언젠가는 흐르는 자의 후계자에 값하는 인물이 나타날 것이다.

머지않아 인간들은 득의만면하여 이 숲에 손질을 가할 것이다.

그들은 자연의 미를 동경하지만, 그것은 어디까지나 그들 취향의 자연에 불과하다. 그들은 있는 그대로의 자연을 사랑하지 못하고, 진정한 자연을 대하면 강박관념에 사로잡히고 있다. 그런 것이 문명인이다.

그러나 그들은 나만은 남겨둘 것이다.

그들은 이 숲의 나무들을 미련 없이 베어 넘어뜨릴 테지만 나한테만은 손을 대지 않을 것이다. 나는 그럴 만한 자신이 있다. 눈을 의심하리만큼 아름다운 가을 단풍 외에 학문적인 가치도 있을 것이다. 나는 세인을 현혹하는 힘을 갖고 있다. 즉 나는 인간에 가장 가까운 나무인 것이다.

나는 아직 죽고 싶지 않다.

적어도 앞으로 이십팔 년은 살고 싶다. 그리고 너와 함께 이제 시작될 이십팔 년의 정체를 직접 확인하고 싶다. 아니 사실은 그 미래를 알고 싶다. 네가 위대한 자폭을 거행한 후 해일처럼 밀려올 변혁, 그것이 어떠한 모양인지 알고 싶다. 설마 개죽음으로 끝날 리는 없을 것이다. 설마 장렬한 개죽음으로 역사의 소용돌이에 삼켜져, 아무 결과도 없이 묻히지는 않을 것이다. 그건 너무하다.

나는 흐르는 자의 한계를 내 두 눈으로 보고 싶다.

그러니 제발 네가 살아주었으면 한다. 너를 어떻게 이대로 저 세상으로 넘길 수 있단 말인가. 네가 존재하지 않는 미래에 어떤 가치가 있다는 말인가. 만약 네가 여기서 죽는다면 나도 너를 따라 죽겠다. 수목은 자살할 능력이 없다는 생각은 얼토당토않은 잘못이다.

그때다.

그때, 네 외침에 응답하는 자가 있었다.

누군가, 마침내 숲을 죽일 인간들이 나타난 것인가. 아니 그렇지 않다. 인간이 아니다. 야생 원숭이 떼다. 이 숲 북쪽 어귀를 차지하고 있는 원숭이 떼다. 그들을 이끌고 있는 원숭이는 나도 잘 아는 놈이다. 제법 상당한 놈이다. 거만하게 거들먹거리지도 않고, 항상 엄중하고 중립적인 판단을 내리며, 이타주의를 관철하는 놈이다. 포악무도하기 그지없었던 선대先代를 일격에 쓰러뜨린 이래 십 년 동안 현재의 위치를 유지하며 일족을 무난히 통솔하고 있다. 대범하고 느긋한 성격이며 동시에 불굴의 의지를 지니고 있다.

도량이 넓은 거대한 원숭이가 앞장서서 무리를 이끌고 이리로 오고 있다.

그놈은 지금 흥분한 젊은 원숭이를 제지하고, 혼자 이쪽으로 다가오고 있다. 그러나 곧장 너한테로 다가가지는 않는다. 우선 내 꼭대기로 쓱쓱 기어올라 사방의 정황을 주의 깊게 살핀다. 그리고 네가 혹 인간들이 설치해놓은 함정이 아닌지를 확인하려 한다. 이어 늪 쪽으로 길게 뻗은 굵은 가지를 타고 내려가 좀더 자세하게 너를 관찰한다. 그놈은 미지의 상대와 조우할 경우, 절대로 끓어오르는 성깔대로 행동하지는 않는다. 어느 정도의 상대인지를 가늠하고 나서야 혼자 확인하러 간다.

지면으로 내려선 그놈은 아무도 거느리지 않고 확인하러 간다.

늪가를 따라 신중하게 걸어 네 옆까지 다가온다. 그리고 주위에 거동이 이상한 인간이 있는지 살핀다. 죽은 자에 대해서는 별 신경을 쓰지 않는 모양이다. 바람이 불어 그것이 흔들려도 이미 죽은 인간임을 알고 있는지 동요하지 않는다.

거대한 원숭이가 뒤를 돌아다보면서 날카로운 소리를 내지른다.

그러자 내 등뒤에 대기하고 있던 수십 마리 원숭이가 나를 타고 기어올라 다음 지시를 기다린다. 그놈은 울고 있는 너를 충분히 살핀 후에 최종 확인을 위해 조금 더 다가간다.

두둑한 배짱과 자상한 마음씨와 강한 호기심이 그놈으로 하여금 점점 더 너한테 다가가게 한다. 그놈을 따르는 원숭이들은 내 위에서 눈을 반짝이며 꼼짝도 하지 않고 우두머리의 행동을 지켜보고 있다. 그들 또한 그게 무언지를 알고 있다. 배타적 정신이 그들을 긴장케 하고 있다. 그들이 두려워하는 것은 인간 새끼가 아니라, 그 위에 매달려 회전하고 있는 인간 암컷이다. 그녀가 왜 공중에 매달려 있는지 궁금해 못 견디겠다는 표정이다.

특별히 열심히 너를 관찰하는 원숭이가 있다.

그것은 성숙한 암컷 원숭이다. 성격은 온유하나 어딘가 조울증이 있는 듯한 그 원숭이는 옆구리에 새끼 원숭이를 꼭 껴안고 있다. 그것이 다른 새끼 원숭이들과 크게 다른 점은 벌써 며칠 전에 심장의 고동이 정지했다는 것이다. 말라비틀어져 거의 미라로 화해 있다. 가엾은 어미 원숭이는 지금 오랜만에 모래를 씹는 듯한

470

심정에서 벗어나려 하고 있다. 눈을 보면 안다. 갓 태어난 인간 새끼의 울음소리는 그녀의 감성을 자극하여 모성 본능을 일으켰다. 그 소리의 높낮이는 원숭이 새끼와 그리 다르지 않다.

골격이 단단한 그놈은 인간처럼 두 다리로 서 있다.

그는 비로소 너에게 호의적인 태도를 보이고 있다. 새끼의 처지를 안타까워하는 아비의 눈길로 너를 지그시 내려다보고 있다. 잠시 후 너는 울음을 뚝 그친다. 그놈이 몸을 굽혀 얼굴을 바싹 너한테 갖다대고는 혼의 밑바닥까지 들여다보듯 오래도록 너를 응시한다.

네 얼굴에 미소가 퍼진다.

어색하지만 그러나 너는 웃는 얼굴을 한다. 네가 이 세상에 태어나 처음으로 지은 표정이다. 거대한 원숭이의 털이 북실북실한 팔이 너의 웃는 얼굴로 쭉 뻗어지고, 목뼈 정도는 간단히 으스러뜨릴 수 있는 악력을 지닌 손바닥이 네 얼굴을 살며시 어루만진다. 그렇게 어루만지다 네 이마 한가운데 있는 별 모양 점을 알아챈다. 그놈은 제일 긴 손가락으로 그곳을 가볍게 만진다. 만지는 순간, 마치 강한 전류라도 흐른 것처럼 얼른 손가락을 떼고, "깟" 하고 소리를 지른다. 그러나 겁을 먹은 것은 아니다. 또 적의를 품은 것도 아니다. 오히려 그 반대다. 거대한 원숭이는 아무래도 너에게 점점 더 친근함을 느끼고 점점 더 호의를 품게 된 모양이다.

그놈이 네 위에 올라앉아 있는 무리를 천천히 돌아본다.

그리고 경계 해제를 한다. 이제나저제나 신호를 기다리고 있던 무리는 일제히 환성을 지른다. 흥분하여 가지를 신나게 흔든다. 흔들흔들 흔들리는 나의 기쁨 또한 각별하다. 천 년 만에 처음으로 꽃을 피운 하얀 꽃송이가 일제히 하늘하늘 떨어진다. 느슨한 바람을 타고 꽃잎이 늪 쪽으로, 그리고 네 쪽으로 흘러간다.

꽃은 전부 졌다.

아니 전부인 것은 아니다.

열매를 맺은 딱 한 송이만 저 높은 가지 꼭대기에 남아 있다. 원숭이 떼는 차례차례 나를 떠나 앞을 다투어 너한테로 달려간다. 제일 앞에 선 것은 젊은 암컷이 아니라 미라로 변한 새끼를 껴안고 있던 그 암컷이다. 그녀는 전속력으로 달리는 도중에, 한시도 놓으려 하지 않았던 자기 새끼를 늪에 던졌다. 쓰레기라도 버리듯 늪으로 내던졌다. 늪은 기다렸다는 듯 그것을 삼켜버렸다.

암컷 원숭이는 격한 감정이 이끄는 대로 너한테로 똑바로 달려가고 있다.

그리하여 우두머리를 제치고, 피부 감촉이 다른 것 따위는 아랑곳하지 않고, 아무 망설임 없이 너를 꼭 껴안고 탯줄을 이로 깨물어 끊는다. 그녀는 정성을 담아 너를 부르고 너는 그에 답한다. 그녀의 젖꼭지를 문다.

그 광경을 본 거대한 우두머리가 그다음 신호를 보낸다.

성가신 일이 생기기 전에 서둘러 이 자리를 떠나자고 생각한 그는 무리를 이끌고 눈 깜짝할 사이에 모습을 감춘다. 이제 한 마리도 남지 않았다. 뒤에 남은 것은 짐승 냄새와, 환희의 여운과, 목매단 시체 한 구뿐이다. 잡다하게 뒤섞인 여름새의 지저귐 소리와 매미 울음소리가 되살아나고, 기온과 습도가 한층 상승하였다. 그다음은 아무 일도 없었다.

이리하여 흐르는 자로서 너의 일생이 막 시작되었다.

남겨진 사자의 주위로는 시커먼 대형 파리 떼가 극성스럽게 날아다니고, 진혼의 뜨거운 바람이 불고 있다. 그 여자한테는 어떤지 모르겠지만 나한테는 오늘이란 날이 내 생애 최고의 날이 되었다. 천 년을 사는 동안 무수한 감동과 조우하였지만, 그러나 오늘 새벽녘부터 반나절 동안만큼 심금을 울렸던 적은 없다.

그와 동시에 지금 나는 왠지 모르게 주눅이 들어 있다.

왠지 자신이 무용지물이 된 듯한, 주어진 소임을 다 끝낸 듯한, 그런 허탈 상태와도 비슷한 느낌이다. 그런 느낌 속에서 까닭 모를 감격에 젖어 있다. 오로지 이 세상에서만 맛볼 수 있는 흥분이 내 안을 가득 메우고 있다. 그 열을 식힐 것은 현재로서는 아무것도 없다.

오늘부터 시작된 너의 나날이 나의 새로운 나이테를 형성하려 하고 있다.

앞으로 천 년은 어렵다 해도, 네가 헤쳐나갈 이십팔 년 정도는 함께할 수 있을 것이다. 오늘 내가 들여다본 너와 이 나라의 미래가 사실인지 아닌지를 확인하고 싶다. 너란 놈이 뛰어난 흐르는 자가 될 수 있는지, 또는 너란 놈이 난세에 숨은 영웅이 될 수 있는

지를 지켜보고 싶다. 그 정도 수명은 남아 있을 것이다.

나는 아직 젊다.

그런데 잠시 후 나는 이 숲의 말석에 있는 나무 한 그루에 지나지 않는다는 것을 알고 만다. 나에게 아무런 신통력도 없다는 것을 똑똑하게 증명하는 사태가 시시각각 다가오고 있다. 원숭이들이 주울 것을 주워 총총히 사라진 이유를 이제야 알았다. 그들은 나보다 훨씬 더 빨리 인간의 접근을 간파한 것이다. 틀림없이 그들이 평범한 인간이 아니라 이 숲을 토막질하려는 자들임을 알고 있었던 것이리라.

무자비한 운명이 담배연기와 함께 몰려온다.

손에 손에 대형 전기톱을 들고 노란 헬멧을 쓴 사나이들이 이쪽으로 오고 있다. 전기톱 외에도 이상한 도구를 짊어지고 있다. 열명도 넘는다. 그들의 몸은 수목을 대량학살하고 싶어 근질근질하다. 그들이 점점 다가오자 나만은 남겨두리란 자신감이 흔들리기 시작한다. 아니나 다를까, 그것은 나의 소망에 불과하였다.

그들은 나를 빙 둘러싸고 입을 모아 이런 말을 한다.

"첫번으로 이 큰 놈부터 해치우지."

"전기톱으로 도저히 힘들겠는데."

그 순간 벼랑 끝으로 몰린 나는 그저 아연하게 서 있을 수밖에 달리 길이 없다. 그 아이의 미래는 그렇듯 선명하게 볼 수 있었던 나인데, 자신에 대해서는 까맣게 모르고 있었다. 오늘 나 자신이 어떤 처지에 놓일지도 모르면서 지금까지 느긋하게, 무슨 대단한 나무라도 되듯 허세를 부리고 있었던 자신이 부끄럽다. 이렇게 되기까지 몰랐다니 불찰도 이만저만이 아니다.

덜렁덜렁하고 쾌활한 작업원들이 당장 준비를 시작한다.

그들은 나를 죽이는 일에 정신이 빼앗겨 가지에 목매단 여자는 전혀 눈치채지 못하고 있다. 설사 알았다 해도 가엾은 사자를 위하여 일을 중단하는 아량은 베풀지 않을 것이다. 애당초 그들은 예의라는 것을 모른다. 제대로 된 나무꾼이라면 이런 때 술이나 소금을 갖고 오는 법이다. 채벌 전에는 뿌리께에 소금을 뿌리고 술을 붓는다. 그런데 그들은 내 몸에 담뱃불을 비벼 끄지 않나, 오줌을 싸고 침까지 뱉는다. 그런데다 일을 하면서 겁도 없이 불손한 말까지 마구 내뱉는다. 그들은 이 숲을 개조하는 꿈에 자신을 내맡기고 있다.

그들은 나를 산 제물로 삼을 작정이다.

암만 그래도 지금껏 나무를 자르는 데 그런 방법이 동원되는 것은 본 적이 없다. 그들은 엔진이 달린 드릴로 내 줄기에 굵직한 구멍을 몇 개나 뚫었다. 그리고 그 구멍에 원통형 물체를 몇 개나 쑤셔박았다. 거기에는 전선이 연결되어 있다. 구멍의 입구가 점토 비슷한 물체로 막힌다. 그들이 무슨 짓을 하려는지 대충 알겠다. 이런 미치광이 짓을 당할 바에야 차라리 낙뢰를 맞아 죽거나 무거운 눈에 짓눌려 죽거나 강풍에 뿌리째 뽑혀 죽거나 산불로 타 죽는 편이 훨씬 좋았다. 아니 그렇지 않다.

나는 나도 모르는 사이에 무애의 경지로 급속하게 기울어간다.

그렇다는 것을 깨닫는 순간 나는 지고한 경지에 도달해 있다. 이미 충분하고도 넘칠 만큼 생의 추억을 간직한 나다. 이미 죽음은 공포의 대상이 아니다. 숲이 무엇인지를 모르는 인간들에게 푸념을 늘어놓을 마음은 없다. 옳고 그름을 분별하지 못하는 자들 머리 위로 우드득 쓰러져 정토로 가는 길동무로 삼을 마음도 없다. 그렇다고 관대한 처분을 구걸할 마음도 없다.

나는 지금껏 이 세상을 통일하는 재생의 힘을 믿은 적이 없다.

그 아이를 만난 일로 이제 안심하고 다음 차원으로, 다음 세계로 여행을 떠날 수 있을 듯한 기분이다. 오늘이 있기 위해 천 년을 살았음을 실감한다. 어쩌면 나는 별들 사이의 윤회에 휘말리는 것인지도 모르겠다. 어느 다른 은하단의 다른 별에서 또 수목으로 다시 태어날지도 모른다. 그리하여, 거기서도, '싸움나무'라 불리며 원숭이와 인간의 차이를 가늠하기 위해 천 년을 지낼지도 모르겠다. 그리고 천 년 만에 훨씬 뛰어난 흐르는 자를 만날지도 모르겠다.

그들은 나를 재목으로서의 가치로 운운한다.

채벌을 벌이로 하는 남자들이 나를 놓고 성분이 나쁘다고도 좋다고도 할 수 없다고 이러쿵저러쿵 말이 많다. 펄프용 칩으로나 써먹어야겠다고 의견의 일치를 본다. 즉 내가 수목으로서 아무런 특징도 없고, 품질의 좋고 나쁨을 가릴 만한 값어치도 없다는 소리다. 무슨 말이든 지껄이고 싶은 대로 지껄여라. 이런 말로에 대해 나 자신 또한 아무런 미련도 없다.

지금에야 죽음이 여행이란 비유를 잘 이해할 수 있겠다.

나는 어떤 세계로든 기꺼이 즐거운 마음으로 떠날 것이다. 어차피 사자의 혼을 재판하는 자 따위는 있을 리가 없을 테니 말이다. 성선설이나 성악설로 그 전모를 파악할 수 있을 만큼 유치한 생물은 하나도 없을 것이다. 죽은 자를 재판할 수 있는 자가 있다면, 그것은 죽은 자 자신뿐이다. 나는 그렇게 생각한다. 그 자각만 분명하다면 어떠한 생물이든 죽음을 디딤돌로 하여 바라는 세계로 바라는 형태로 비상할 수 있을지도 모른다. 만약 이 우주가 그런 얼개로 이루어져 있다면 다음 세상에서는 새로 태어나고 싶다. 생각하는 새가 되어 이 숲에서 저 숲으로 마음껏 흘러보고 싶다.

죽음이 다가오고 있다.

남자들은 전선을 끌어당기며 안전한 곳으로 피난하여 땅 위에 엎드린다.

"자, 이제 멋지게 날려보지."

누군가 그렇게 말하자 전선을 타고 전류가 내 줄기에 도달한다. 동시에 내 안에서 엄청난 이변이 생긴다. 휘청 내가 기운다. 그러나 다음 변화는 아무도 예상하지 못했을 것이다. 나도 전혀 예상치 못했다. 나무 부스러기와 함께 다량의 수액이 마치 핏방울처럼 사방으로 튄 것은 그렇다 치고, 문제는 그 색이었다. 먹물보다 시커먼 검정 수액이 분출한 것이다. 나는 지금껏 모르고 있었다. 내 수피 아래가 어둠과 그림자를 능가하는 암흑이라고는 꿈에도 생각지 못했다.

나는 점점 더 기운다.

나는 내 무게로 인해 천천히 대지를 향하고 있다. 그런 내 마음은 그야말로 욱일승천의 기세다. 껍질을 깨고 나온 병아리 같은 기분이다. 나는 지금, 날개를 한껏 펼치고 하늘을 달리고 있다. 잔가지가 거대한 호를 그리면서 빛 고운 구름이 길게 뻗어 있는 하늘을 가로지르고, 올여름 최고의 기온에 달한 혹서를 지나, 괴리 개념으로 가득한 어지러운 세상에 작별을 고하려 하고 있다.

탄생이라면 몰라도, 적멸에는 딱히 이렇다 하게 정해진 모양새가 없다.

죽는 데에 무슨 창작이 필요하랴. 과거에 없이 만유인력을 절절하게 느끼는 나는 울창한 자연림 속, 늪 쪽으로 쓰러진다. 나는 뭐 딱히 이렇다 하게 큰일을 완수한 것도 아니다. 나는 한 그루 나무로 살아왔을 뿐이다. 그렇지만 나는 좁은 곳에서 몸을 움츠리고 주눅들어 있던 거목도 아니었거니와 우물 속의 개구리도 아니었다. 내가 자랑할 것은 천 년이란 수명이 아니라, 스스로 존재하고 스스로 지키는 길을 그 나름으로 열심히 걸었다는 점이다. 그러나 이와 유사한 현상은 이 숲 도처에서 볼 수 있으니, 애써 자랑할 일이 못 될지도 모르겠다.

나는 늪을 둘로 쫙 가르듯 쓰러진다.

물기둥이 서고 뽀얀 물안개가 사방으로 퍼진다.

끈기 없는 젊은 나무가 내 밑에 깔려 우지끈 비명을 지르며 짓뭉개진다. 조류들이 소동을 피우며 도망가느라 허둥댄다. 다이너

마이트를 사용했는데 어째서 사방 일대에 흑색 화약 냄새가 떠다니는지 모를 일이다. 내 굵직한 가지 하나가 목매단 여자를 쳐 단숨에 지면으로 내동댕이친다. 다른 가지가 그녀의 텅 빈 태내를 푹 찌르고 내장을 휘젓는가 싶더니, 내가 천 년 만에 맺은 오직 하나인 열매가 꽃째 그 안에 묻혔다. 그리고 그 위로 또 떨어진 굵은 가지가 그녀를 짓뭉개 땅속에 묻어버리고 만다. 두껍게 깔린 이끼와 족히 이 미터는 될 부엽토 아래로 순간에 꺼져버린 그녀는, 이리하여 영원히 사람 눈에 띄지 않게 될 것이다.

나를 쓰러뜨린 남자들이 승리의 환호성을 지른다.

폭발로 분쇄된 내 기둥뿌리 언저리에 모인 그들은 새삼 내 검정에 놀란다. 누군가 이렇게 말한다. 이렇게 불길한 색의 나무는 바다에 던져버리는 길밖에 없다고.

흙먼지가 가라앉자 다시금 맹렬한 열기가 피어오른다.

남자들의 흥분한 목소리가 멀어져간다. 그들이 나한테서 멀어지는 것이 아니라 내가 그들로부터 멀어져가고 있는 것이다. 그들에게도 그렇겠지만 이번 일은 나한테도 속이 다 후련한 일이었다. 내 주변에는 지금, 종잡을 수 없는, 그러나 무지개 따위는 비교도 안 될 만큼 아름다운 빛이 난무하고 있다. 그리고 나는, 내 주검에서 벗어나려 하고 있다. 마침내 흐르는 자로 화한 나는, 매보다 빨리 고도를 높인다. 우리 숲은 이제 저 아래에 조그맣게 보인다. 지평선과 수평선이 점점 둥그레진다. 물이 빛나고 있다. 대기가 반짝이고 있다. 모든 존재가 빛나고 있다. 오늘 이 별에 탄생한 모든 생명을 향하여, 나는 이렇게 작별을 고한다.

"잘 태어났다!"

역자 후기

먼먼 옛날, 수렵민은 자신의 생명을 유지하기 위하여 뛰어난 예지능력을 키우지 않을 수 없었다. 풀벌레의 울음소리, 달빛의 오묘한 변화, 짐승들의 발자국, 들판을 스치는 바람, 어두운 밤하늘을 나는 새들의 날갯짓 소리, 어떤 동식물과의 조우, 꿈, 그런 자연과의 교감을 통하여 앞으로 일어날 일을 직관적으로 파악하고, 내일의 사냥과 채집에 임했다. 그들은 축적을 몰랐다. 사냥과 채집에서 얻은 먹을거리를 적당히 분배하여 남김없이 먹어치웠다. 그런 사회에서는 물질을 소유하는 데서 오는 힘의 집중이나 권력의 구조화가 있을 수 없다. 그들은 흘렀다. 자연의 변화와 생명을 유지해줄 먹을거리를 따라. 그들은 결코 한자리에 머물지 않았다. 이동이 그들의 삶의 양식이었다. 그들은 자연을 노래하였고, 자연에 깃들어 있는 신과의 대화를 통해 병을 치유하고 공동체의 미래를 예견하였다.

그러나 지금으로부터 약 일만 년 전, 인류는 농경문화를 일구었다. 물이 있는 비옥한 땅에 정착하여 자연에 인위적인 변용을 가하면서 양식을 얻었다. 그들은 축적하였다. 소유의 편향에 따른 힘의 격차는 점차 권력으로 발전하였고, 그들의 앞날은 예지되는 것이 아니라 계획되었다. 그들의 삶의 양식은 정체였고, 땅과 재물에 대한 집착이었다. 그 농경문화의 마지막 언저리에서 화석연료를 이용한 산업혁명이 일어났다. 그리고 문명은 근대로 나아갔다. 근대는 폭발적인 기계문명의 발달을 추진하였고, 자연은 이제 인간의 삶을 보듬어주고 앞길을 열어주는 친구가 아니라, 이용과 개발의 대상이 되었다. 천체는 인공의 빛에 가려 그 빛을 잃었고 소유와 권력에 따르는 힘의 구조적 차별화는 조직을 낳았다. 인간은 철저하게 관리되고, 조직사회에 편승한 붙박이 삶이야말로 행복의 조건이 되었다.

마루야마 겐지의 작품을 이야기하는 자리에서 이렇듯 거친 문명사의 개관이 필요한 것은, 그가 붙박이 사회와 '흐르는 자'를 대비시켜 일본이라는 한정된 무대에서 벗어나 문명사의 과거와 현재, 그리고 미래를 예지적으로 투시하려 하기 때문이다.

이 작품의 시공간은 셋으로 나뉘어 있다. 울창한 숲속에서 비바람을 맞으며 인간의 삶을 지켜보며 천 년을 산 주인공, '싸움나무'의 기억에 각인된 과거 천 년의 인류의 역사. 숲의 위기를 알리는 개발의 기계 소리가 점점 다가오는 1996년 한여름의 새벽에서 정오까지의 현재, 그리고 '싸움나무'가 보고 있는 영상을 통해 예지되는 또하나의 주인공 '흐르는 자'의 이십팔 년 인생이란 미래.

생에 원한을 품고 숲속 늪가 나뭇가지에 목매단 여자의 몸에서 한 남자아이가 태어난다. 이마에 별 모양 점을 갖고 있는 그 아이는 이미 태어날 때부터 자연의 품에 안겨 있으며, 먼 옛날에는 인간과 거의 다르지 않았을 원숭이와 교감한다. '흐르는 자'로서의 유전자를 갖고 태어난 것이다.

아이의 탄생을 내려다보고 있는 '싸움나무'는 천 년의 기억과 아이의 이십팔 년 미래를 영상을 통해 아이와 공유한다. 아이의 이십팔 년 인생이 권좌의 중심을 파멸시키려는 폭발의 현장에서 산화하고, 나무 또한 개발의 파도에 밀려 검은 피를 흘리며 폭파당할 때까지.

아마도 원숭이에 의해 사과나무 과수원으로 옮겨졌을 아이는 자손이 없어 고뇌하는 농부의 손에 거두어져 십오 년을 평범하게 자란다. 그러나 아이는 보이지 않는 끈으로 싸움나무 그리고 원숭이와 이어져 있다. 그것은 아이의 가슴에 뻥 뚫려 있는 검은 심연의 구멍으로 불어드는 태고의 바람, 우주 저편의 바람이다.

무절제한 개발로 아이가 사는 마을에는 산사태가 일어나고, 십오 년을 살았던 고향과 양부모를 동시에 잃은 아이는 미련 없이 고향을 등진다. 바람이 인도하는 대로.

사망 처리된 그 아이는 이름도 없다. 법적으로 그는 존재하지 않는다. 인간들이 떼지어 사는 사회를 거부하기에 아주 적합한 조건이 갖추어진 셈이다. 그는 떠돈다. 마치 수렵민처럼 있는 것을 채집해 먹으면서. 그러나 앞길에는 흐름을 부정하는 사회가 있고, 흐르는 정신을 탄압하는 조직과 권력이 있다.

아마도 미래의 일본을 상징할 파시즘의 변견들이 그를 체포하고 고문하고 소리도 없이 죽이려 한다. 그러나 이번에도 그를 구하는 것은 자연이다. 인간이 미처 예측하지 못한 거대한 지진과 싸움나무의 분신이, 그리고 비슷한 유전자 코드를 갖고 있는 원숭이와 그에게 '흐르는 자'의 철학을 가르쳐주는『원숭이 시집』이 그를 죽음에서 건진다.

그는 깨닫는다. 자신이 흐를 수 없음을. 자신의 흐름을 가로막는 존재의 정체를. 그는 인간의 자유를 탄압하고 정신의 말살을 획책하는 '중심'을 폭파하고, 그 자신 또한 산산이 부서진다. 그를 떠난 '흐르는 자'의 정신은 그 유전자 하나하나에 각인되어 우주 전체에 흐른다.

'싸움나무'는 나무다. 즉 식물이다. 산속에 조용히 뿌리박고 오랜 세월을 사는 나무는 정체성에 있어서는 붙박인 자이지만, 태고의 바람을, 우주를 부는 바람을 맞고 있다는 점에서 그 정신은 흐르는 자이다. '싸움나무'는 자신의 감각기관을 통하여 시간을 인식하고 '흐르는 자'의 정신을 공유하는 인간과 교감한다.

'싸움나무'의 예지는 수렵민이나 유목민 같은 면이 있다. 집착이 주된 미덕인 농경문화에서 보자면 자연에서 불어오는 바람을 따라 흘러가는 유목민은 분열증 그 자체일 것이다. 그가 한때 정신병자로 취급되는 것은, 오늘날의 사회가 유목민적인 정신을 질병으로 간주하고 도태시키는 전제 위에 성립해 있기 때문일 것이다. 이 사회는 가슴에 뚫린 바람구멍으로 우주의 바람을 맞으면서 끝없이 흐르는 인격 그 자체를 부정하는 것이다. 현대를 살면서 그런 정신을 유지하고 있는 인간은 도시의 외곽을 어슬렁거리며 범죄를 저지르거나 정신병자가 되거나, 부랑자가 되거나, 독창적인 예술가가 되거나, 테러리스트가 돼야 할 것이다. 늘 검은 옷을 걸치고 흐르는 아이의 삶이 말해주듯이 말이다.

　마루야마의 생태학적 예지는 저 생명나무의 상징으로 우뚝 선 천 년이 된 나무의 시점을 도입하여, 일본의 근미래, 아니 이른바 패권주의를 지향하는 현대의 강대국, 선진국의 억압구조와 그 미래의 형상에 대해 경고하고 있다. 우리의 시대는 예지를 갈구하고 있다. 현대를 살면서 몸에 밴 농경문화의 집착과 점착력과 정체에서 벗어나지 않으면, 지구 생태계는 인간에게 처절한 보복을 가할 것이다. 아니 인간에게 이미 내재되어 있는 태고의 기억에 의한 본성 때문에, 우리는 이 사회를 스스로 파괴하고 말 것이라고 경고하고 있는 것이다.

　　　　　　　　　　　　　　　　바람 부는 봄날
　　　　　　　　　　　　　　　　　김난주

지은이 **마루야마 겐지**

1943년 나가노 현 이야마 시에서 태어나서 1966년 「여름의 흐름」으로 『문학계』 신인문학상을 수상하면서 작품활동을 시작했다. 이듬해 같은 작품으로 일본의 대표 문학상인 아쿠타가와 상을 수상했다. 이후 어떠한 문학상과의 인연도 거부하며 철저히 문단의 영향 바깥에 존재하면서도 가장 중요하고 특출한 작가로 평가받고 있다. 주요 작품으로 장편소설 『천 일의 유리』『무지개여 모독의 무지개여』『물의 가족』 등과 소설집 『어두운 여울의 빛남』『달에 울다』, 산문집 『소설가의 각오』『아직 만나지 못한 작가에게』 등이 있다.

옮긴이 **김난주**

경희대학교 국어국문과를 졸업하고 동대학원을 수료한 후, 쇼와 여자대학에서 일본 근대문학 석사학위를 받았다. 이후 오쓰마 여자대학과 도쿄 대학에서 일본 근대문학을 연구했다. 현재 일본문학 번역가로 활동하고 있으며, 번역한 작품으로는 『소설가의 각오』『천 일의 유리』를 비롯해 『키친』『냉정과 열정 사이 – Rosso』『박사가 사랑한 수식』『내 남자』『작은 별 통신』『겐지 이야기』『오 해피 데이』『다잉 아이』『여름의 마지막 장미』『돈 없어도 난 우아한 게 좋아』 등이 있다.

문학동네 세계문학
천 년 동안에 2

1판 1쇄 1999년 5월 17일 | 2판 1쇄 2011년 4월 25일

지은이 마루야마 겐지 | 옮긴이 김난주 | 펴낸이 강병선
책임편집 박아름 | 편집 홍지은 | 독자 모니터 서윤이
디자인 엄혜리 유현아 | 저작권 김미정 한문숙
마케팅 정민호 김도윤 박보람 장선아 | 온라인 마케팅 이상혁 한민아 정진아
제작 안정숙 서동관 김애진 | 제작처 영신사(인쇄) 경일제책(제본)

펴낸곳 (주)문학동네
출판등록 1993년 10월 22일 제406-2003-000045호
주소 413-756 경기도 파주시 교하읍 문발리 파주출판도시 513-8
전자우편 editor@munhak.com | 대표전화 031) 955-8888 | 팩스 031) 955-8855
문의전화 031) 955-3576(마케팅) 031) 955-2654(편집)
문학동네카페 http://cafe.naver.com/mhdn

ISBN 978-89-546-0976-0 04830
     978-89-546-0974-6 (세트)

www.munhak.com